中文社会科学引文索引（CSSCI）来源集刊

文学理论前沿

第七辑

国际文学理论学会
中国中外文艺理论学会
上海交通大学人文艺术研究院
清华大学比较文学与文化研究中心

图书在版编目(CIP)数据

文学理论前沿. 第 7 辑/王宁主编. —北京：北京大学出版社, 2010.6
ISBN 978-7-301-17273-5

Ⅰ.①文… Ⅱ.①王… Ⅲ.①文学理论-研究 Ⅳ.①I0

中国版本图书馆 CIP 数据核字(2010)第 101593 号

书　　　名：	文学理论前沿（第七辑）
著作责任者：	王　宁　主编
责 任 编 辑：	艾　英
标 准 书 号：	ISBN 978-7-301-17273-5/I·2239
出 版 发 行：	北京大学出版社
地　　　址：	北京市海淀区成府路 205 号　100871
网　　　址：	http://www.pup.cn　电子邮箱：pkuwsz@yahoo.com.cn
电　　　话：	邮购部 62752015　发行部 62750672　出版部 62754962
	编辑部 62752022
印　　刷　者：	北京宏伟双华印刷有限公司
经　　销　者：	新华书店
	650mm×980mm　16 开本　22.25 印张　380 千字
	2010 年 6 月第 1 版　2010 年 6 月第 1 次印刷
定　　　价：	45.00 元

未经许可，不得以任何方式复制或抄袭本书之部分或全部内容。
版权所有，侵权必究
举报电话：010-62752024；电子邮箱：fd@pup.pku.edu.cn

国际顾问委员会

拉尔夫·科恩　乔纳森·卡勒　特里·伊格尔顿　杜威·佛克马　胡经之
弗雷德里克·詹姆逊　陆贵山　J. 希利斯·米勒　W. J. T. 米切尔
钱中文　佳亚特里·斯皮瓦克　童庆炳　吴元迈

主　编

王　宁

副主编

徐剑　生安锋

编　委

霍米·巴巴　马歇尔·布朗　曹顺庆　陈永国　戴维·戴姆拉什
党圣元　金元浦　刘康　罗钢　陶东风　王一川　王岳川
谢少波　许明　周宪　朱立元

International Advisory Board

Ralph Cohen　Jonathan Culler　Terry Eagleton　Douwe Fokkema　Hu Jingzhi
Fredric Jameson　Lu Guishan　J. Hillis Miller　W. J. T. Mitchell
Qian Zhongwen　Gayatri Spivak　Tong Qingbing　Wu Yuanmai

Editor

Wang Ning

Associate Editors

Xu Jian　Sheng Anfeng

Editorial Board

Homi Bhabha　Marshall Brown　Cao Shunqing　Chen Yongguo
David Damrosch　Dang Shengyuan　Jin Yuanpu　Liu Kang
Luo Gang　Tao Dongfeng　Wang Yichuan　Wang Yuechuan
Shaobo Xie　Xu Ming　Zhou Xian　Zhu Liyuan

目　录

编者前言 ……………………………………………………（1）

前沿理论思潮探讨
关于文学与音乐的再思考 ………………………… 马歇尔·布朗（3）
后现代主义文化和消费主义 ……………………………… 王逢振（31）
空间生产与文化表征：空间转向与当代文艺理论建构 ……… 谢纳（65）
德勒兹的症状式批评之特征：解读卡夫卡和普鲁斯特 ……… 尹晶（98）
伊格尔顿的审美文化理论与中国当代审美文化研究 …… 黄卫星（139）
美与功用／功利：兼论整体性的艺术 ……………………… 刘琼（176）

当代西方文论大家研究
朱迪斯·巴特勒的性别操演理论探幽 …………………… 都岚岚（203）
相对主义的相对性：论佛克马的文学史观和比较文学观 …… 王蕾（226）

当代中国文论大家研究
论蒋孔阳的文论思想 ……………………………………… 朱志荣（267）
朱立元与中国文学理论的现代性创新 …………………… 刘阳（285）

对话与访谈
后殖民理论的反思与未来
　　——罗伯特·杨访谈录 ………………………… 生安锋（311）

Contents

Editor's Note .... (1)

Exploring Frontiers of Literary Theory and Cultural Trends
Marshall Brown
    A Reconsideration of Literature and Music .... (3)
Wang Fengzhen
    Postmodernist Culture and Consumerism .... (31)
Xie Na
    Spatial Production and Cultural Representation: A Spatial Turn and the Construction of Contemporary Literary Theory .... (65)
Yin Jing
    The Characteristics of Deleuze's Symptomatological Criticism: Reading Kafka and Proust .... (98)
Huang Weixing
    Eagleton's Theory of Aesthetic Culture and the Study of Contemporary Chinese Aesthetic Culture .... (139)
Liu Qiong
    The Function/Utilitarian Purpose of Beauty: On the Arts of Wholeness .... (176)

Studies of Contemporary Western Master Theorists
Du Lanlan
    Exploring Judith Butler's Theory of Gender Performativity ...... (203)
Wang Lei
    The Relativity of Relativism: On Fokkema's Ideas of Literary Historiogra-

phy and Comparative Literature ·· (226)

Studies of Contemporary Chinese Master Theorists
Zhu Zhirong
    On Jiang Kongyang's Literary and Theoretic Thoughts ············ (267)
Liu Yang
    Zhu Liyuan and the Innovation of Modernity in China's Literary Theory ··· (285)

Dialogues and Interviews
Sheng Anfeng
    A Reflection on Postcolonial Theory and Its Future
    ——An Interview with Robert Young ···························· (311)

编者前言

经过近一年时间的组稿、审稿和编辑加工,《文学理论前沿》第七辑马上就要与专业文学理论工作者和广大读者见面了。我像以往一样在此重申,本丛刊作为中国中外文艺理论学会的会刊,由学会委托清华大学比较文学与文化研究中心负责编辑,北京大学出版社出版。由于目前国际文学理论学会尚无一家学术刊物,而且该学会秘书处又设在中国清华大学(王宁任该学会秘书长),因此经过与学会主席希利斯·米勒教授等领导成员商量,决定本丛刊实际上又担当了国际文学理论学会的中文刊物之角色。去年的一个变化是,由于本刊主编王宁被上海交通大学人文艺术研究院聘为讲席教授,因而本刊将由清华和交大两大名校联合主办,这应该说是一种强强联合吧。值得我们欣慰的是,本刊第一辑到第六辑出版之后在国内外产生了较大的反响,不仅读者队伍日益增大,而且影响也在逐步扩大。可以说,本刊立足中国、面向世界的第一步已经实现。尤其值得在此一提的是,从 2008 年起,本丛刊已被中国社会科学引文索引(CSSCI)列为来源集刊。这自然是对本刊的一个极大鼓励和鞭策,我想我们今后的任务不仅是要继续推出高质量的优秀论文,还要争取冲击国际权威检索数据库 A&HCI(艺术与人文科学引文索引)。

正如我在第一辑编者前言中指出的,我们办刊的立足点是两个:一是站在当今国际文学理论和文化研究的前沿,对当今学术界普遍关注的热点话题提出我们的研究成果,同时也从今天的新视角对曾在文学理论史上有过重要影响但现已被忽视的一些老话题进行新的阐释;二是着眼于国际性,也即我们发表的文章并非仅出于国内学者之手,而是在整个国际学术界物色优秀的文稿。鉴于目前国际文学理论界尚无一家专门发表高质量的反映当今文学理论前沿课题最新研究成果的长篇论文的大型集刊,本刊的出版无疑填补了这一空白。本刊本着质量第一的原则,暂时每年出版一辑,也许今后会出版两辑。与国内所有集刊或期刊不同的是,本刊专门刊发20,000—30,000字的既体现扎实的理论功力同时又有独特理论创新的长篇学术论文10篇左右,最长的论文一般不超过40,000字。所以对于广大作者的热心投稿,我们不得不告诉他们,希望他们在仔细研究本刊的办刊方针和研读各辑之后再寄来稿件。本刊每一辑发表境外学者论文为1—2篇,视其是否与该辑主题相符,这些论文分别选译自国际文学理论的权威刊物《新文学史》和《批评探索》(主编者拥有这两家刊物的中文版版权)或直接向境外学者约稿。国内及海外学者用中文撰写的论文需经过匿名评审后决定是否刊用。每一辑的字数为250,000—300,000字。

  读者也许已经看到,本辑与第六辑的栏目设置基本相同。第一个栏目依然是过去既定的"前沿理论思潮探讨"。这一栏目的第一篇文章出自美国学者马歇尔·布朗之手,他在前几辑中曾为本刊撰稿,在本辑发表的论文依然体现了布朗同时在文学和音乐两个领域内的深厚造诣和广博知识,为我们从跨学科和跨艺术门类的视角从事比较文学和文学理论研究提供了一种范例。接下来的四篇论文分别从各自研究的角度对后现代主义这个虽然已经成为历史但在今天仍有着较大诱惑力的话题作了进一步的探讨:王逢振的论文在继续以往的后现代理论研究基础上,回顾了关于后现代主义的理论讨论,并且专门探讨了对这一讨论贡献重大的美国新马克思主义理论家和文化批评家弗雷德里克·詹姆逊的后现代理论,这无疑有助于我们结合当今中国的消费社会特征重新理解后现代主义的本质特征。谢纳的论文的切入点是空间理论,这也是当今的后现代主义研究者所密切关注的一个前沿理论话题,该文以空间生产理论为切入点,以当代西方文化研究中的空间转向为理论资源,从跨学科的视角,在文学与空间的互动阐释中建构自己的文学空间理论,这充分体现了青年学者的理论探索精神和勇气。尹晶的论文在仔细考察了德勒兹的文化和哲学理论之基础上,将其用于文学批评的理论方法建构为文学的症状式批评,这是一种大胆和新颖的建构。她的论文的价值实际上更在于通过对卡夫卡和普鲁斯特这两位公认的现代主义文学大师代表性作品的解读,提供了一种文学症状式批评的范例。黄卫星的论文讨论的是当代审美文化现象,而她的理论切入点则是英国马克思主义理论家特里·伊格尔顿的审美意识形态理论。她的论文一方面从中国文化的具体实践接着伊格尔顿往下说,另一方面则通过对伊格尔顿理论的阐释又发掘出其之于中国当代审美文化研究的新的意义。刘琼的论文虽然讨论的是欧洲19世纪印象派和象征主义艺术所推崇的唯美主义精神,但她却别出心裁地将其放在当今的"后理论时代"的大语境下来讨论,因而使一个看似成为过去的话题依然具有理论争鸣的活力。应该说,上述几篇论文基本上体现了本刊的基本宗旨。

本辑第二个栏目仍为"当代西方文论大家研究",凑巧又与后现代主义文论相关:都岚岚的论文讨论的是在欧美性别研究领域内炙手可热的理论家巴特勒的性别操演理论,对于中国读者来说,巴特勒这个名字也许还不太熟悉,但通过她的介绍和阐释,广大读者应该对当今社会风行的"女同性恋研究"和"怪异研究"以及巴特勒的理论建树略知一二了。王蕾的长篇论文则首次在中文的语境下对佛克马的文学史观和比较文学观作了详细的梳理和理论阐释,这不仅对我们理解佛克马本人的理论贡献有帮助,同时也有助于我们进一步理解当今学界所关注的诸如"文化相对主义"、"世界主义"和"世界文学"这些热点话题。读者们是否会得出这样的结论,作为中国后现代主义研究的始作俑者,你这个主编是否精心准备了这一辑呢?我的回答是既肯定又否定:一方面说明作者们更加了解本刊的理论偏好,另一方面则说明这些作者的理论探索与本刊主编的办刊方针不谋而合。对于这种巧合,读者也许在读完全书之后才会发现。

沿袭上一辑的编排,第三个栏目还是"当代中国文论大家研究",本辑推出的两位文学理论大家又凑巧是师生关系,这足以见出"名师出高徒"这句名言的效力。蒋孔阳这个名字也许对我们年轻一辈文学研究者已经陌生了,但他的历史贡献仍应该得到承认;此外,他的理论和批评实践给我们的一个最重要的启示就在于,他从不陷入纯理论的无端演绎,而是将文学理论的原理用于对文学创作实践的批评和研究。朱立元则是仍然活跃于中国当代文论界的一位学者和理论家,他对理论的敏感性、对西方最新理论思潮的关注以及对中国当代文学和文化理论的建构都提出了不少富有洞见的观点,颇为值得我们研究和向外推介。今后我们还要编发更多这样的文章,以便及时向国际学术界推出我们自己的文学理论大家。

本刊的编定已经过了 2009 年,邻近春节时分,大家都在忙着过节,我在此谨向为本丛刊的出版投入大量时间和精力的北京大学出版社编辑人员致以深切的谢意。我们始终期待着广大读者的支持和鼓励。

王 宁

2010 年 1 月

前沿理论思潮探讨

关于文学与音乐的再思考

马歇尔·布朗

> 人们以为只有用音符才可以写交响乐,这是愚蠢和滑稽的,如果人们愿意的话,也可以用话语来表达。我们大多数书籍不也是如此吗?就像很多交响乐一般,是一种低速律,让一些思绪表现出来,而不能被其他的思绪替换。
>
> ——路德维希·蒂克《颠倒的世界》

音乐意味着什么?这个疑问由三个问题组成:它要讲述什么?它的目的是什么?它要表达什么?或者,换句话说:一段音乐的内容、影响和结果是什么?尽管本文只涉及一部分欧洲音乐会音乐,但是我仍然提出了以上泛泛的问题,我也不能说这些问题能有多大的普及性,或多么能概括例子以外的内容。

在本文中我所强调的是术语的抽象性。在《噪音》(*Noise*)中,雅克·阿塔利(Jacques Attali)清楚地区分了音乐表达术语的三个历史阶段,分别是牺牲、表现与重复。"表现"是雅克·阿塔利关于欧洲音乐会音乐时代独创的术语,他是这样形容它的作用的:"表现强调模型的观点,是一种抽象,代表其他所有内容的元素概念。"[1]根据阿塔利的历史观点,音乐的抽象性据说会渐变成最为民主的十二音体系(所有的音调都是平等的,但是只是对于勋伯格的"音乐私人演奏协会"入门者而言),使音乐会音乐变成愤怒的、焦虑的,而极少怀旧的,而机械的复制提供给大众的音乐感受则是标有"滚石"和"打击"这两个术语(德语中为"Schlager")的身体性与暴力。抽象并没有消失,也许是变成了其他的表达模式。但是至少在一段时间,它的核心仍是音乐。

我的文章围绕其中心主题提供了大量的思路。它涉及哲学、现代绘画、诗歌和音乐。这就意味着本部分不是在文本上而是在总体上讨论,其目的是引发思考而不是争论。与我的题目一样,我会点出这些问题,然后留给后人用文章(通过更有效的精细阅读)来分析(同更总体概括的理论)和探讨。

1. **黑格尔,首先要排除掉**。我首先要将黑格尔这一障碍排除出去,因为黑格尔挡着路。尽管他是抽象的理论大师,是引领下面各章节的灵魂,但是另一方面,在我的阅读中,他也是一位哲学家,但他在音乐方面却是相当拙劣的。黑格尔死后出版的关于美学演讲的书反复批评他知识和理解的局限性。音乐似乎使黑格尔迷惑了。然而辩证精神则似乎有一种能把迷惑转变成机会的能力。黑格尔消减了音乐的隐晦,但是音乐的消极性将诱发争论。由于以上原因,我将跳过黑格尔。

无论他是如何感知音乐的,黑格尔并不爱音乐人和音乐事件。他和他的妻子是著名的歌剧赞助人。他是门德尔松的老师和朋友。歌德最喜爱的作曲家札特(Zelter)是他一直不多说话的合伙人。但是没有文字的抽象音乐仍无法打动他,显然,他是对社交场合而不是这种亲密表达方式有好感。确实,几十年前,黑格尔讨论"热爱"(Andacht)时称之为"不过是闹钟的吧嗒吧嗒声(gestaltlose Sausen),或是香薰的薄雾,或是并非归结于概念,而是单一的,固有的,客观的模式的音乐思考"[2]。他的《精神现象学》一书以"不快乐的意识"为题总结了音乐。这本书另外唯一独立的有关音乐的条目出现在其后很近的地方,而且也可能更不积极。[3] 这是因为,在不快乐意识的最低点,音乐和魔鬼纠缠在了一起。"然而,敌人以他们一如既往的姿态待在那里。在心灵的战役中,独立的意识只是存在于音乐的,抽象的时刻之中。"(p. 168; par. 223)乏味的音乐!看起来只有一个可能的结论,即在他年轻的时候没有很多的特权,黑格尔的早期音乐知识是他作为一个不快乐的神学学生在教堂里习得的。在那种背景中,音乐不是精神,往坏的方面说,倒是反精神;往好的方面说,是为精神自我表现提供一个场所,它与"香薰"以及"铃声"完全风马牛不相及。

然而为了总结,要伪造黑格尔的动态学。正确的黑格尔学说给予程序的结尾以特权。如果黑格尔开始享受音乐事件,那大体上就应该是从一开始就隐匿在他身上的快乐在起作用。黑格尔同样也给否定以特权。如果音乐是对立—精神,那它确实就是精神启迪的传声板。的确,另一事件的续篇也没有任何怀疑:"在工作和娱乐中,就如同这种无精神存在的实现——这种压制实际上重现了它本身的意识,更准确地说,就像真实的现实存在一样,通过眼睛重现本身的意识。"(168;par. 223)当然,在前面引文中挣扎的 Gemüt(这个集合名词被翻译为"心")并不是感性的,然而它因为特性的缺失而同感性连接在一起。纯粹的理性的力量太具体,甚至有些死板。音乐便取消了它的限制;的确,音乐唤起了恶魔,重击了自私,打击了人类的"答谢"关系的特性(就像人们在公共的、路德教会式的赞美诗中所感受到的)。黑格尔将"反映"(niederschlagen)既用成了名词,也用成了动词。或者也许是整个《现象学》中关于否定的最强大的术语,它强调要唤起辩证法特有的成效——自然,并非众所周知地那样通过升华而保存的逻辑,而是相当基础的,甚至比 Zugrundegehen 更基础(要想体现该词的双关性,可以拼成 zu Grunde gehen),倒塌了再建造,撕碎在地面上/撕碎以至于成为基础。音乐就如同思想(Denken)变成热爱(Andacht)一样,从心灵出发,撕碎独特思想的大厦来用精神重建。抽象概念移到了外面的世界并升华了灵魂。

Andacht(热爱)在他书的后面再一次出现,很明显,它是早先出现的意识的唤起:在"不幸的,所谓的美丽灵魂——突然像无形的水汽消失在空气中"之后,一个"无力的本质宁静地汇合"组成了意识,引向了艺术的信仰。艺术的信仰是"纯净的内在性"的"精神的河流",通过热爱"那些内在性质存在于圣歌之中",它证明了自己。这时发生的变形就称为"纯粹的思想"(p. 463,496;par. 660-661,712)。黑格尔对音乐的质疑消失成为共有的交流("消失"这一词是黑格尔用来描述最不明显的辩证过程),启示抽象概念的纯粹性。[4]

因此,音乐的抽象性便被看成是音乐意识形态的批判性对手。的确,在有关音乐的论述中,这两方面一直在反复地对抗:贝多芬与罗西尼;完美与大众音乐;勃拉姆斯与瓦格纳;理性过程与神秘动力;布鲁克纳与马勒;虔诚与挖苦;勋伯格与斯特拉文斯基;智力与推动力;交响乐与歌剧;世界的与民族的。在表达的时候,这种对立看起来总是绝对的。然而,对于后来的听众而言,在许多情况下,这种现象都不断地再现,就像内在的《心灵之战》:勃拉姆斯与瓦格纳的音乐中,同样的世界与民族的辩证统一,贝多芬标题音乐以及大众音乐,与罗西尼的音乐一样得到人们真挚的喜爱。因此,音乐的某些抽象性并不是没有动力,而是不断地作为内在的差异性重复着辩证的潜流。音乐为思考提出了一个挑战,而不是否定它。

的确,如果酒神的狂欢是联系尼采和黑格尔的主题,那么音乐的持续就一定可以和它们平等地和谐共存。[5]

关于《现象学》最疯狂的一章中的一段"颠倒的世界"(96-100;121-124),没有文献资料可以将其与蒂克1798年的歌剧(我篇首引文的出处)联系到一起。[6]然而如果黑格尔听到贝多芬在他写作《现象学》时期的音乐创作,他就会遭遇到"纯粹出于本身的绝对不安",会发现贝多芬也像蒂克一样,联系这颠倒的世界,"这种绝对的无穷大,绝对的概念也许就是生命的真正本质,是世界的灵魂,是宇宙的血液……它在自己的体内颤动,但并不移动,内心的震颤,仍处于安宁状态……这个统一体……就是与差异形成对照的单一或整体自然的抽象性。但当我说统一体即是抽象性的时候……就已经暗示了它正在分割自己……绝对地,纯粹自身运动的绝对不安……从最开始就已经是所有逝去的灵魂……但是就如同第一次所坚持的解释一样自由地初始。"(100-101,modified;125-126)绝对,抽象,震颤,运动,分歧触动了灵魂;通过这些,理解产生"积极和消极的电流……和其他数以千计的客观物,这些物体组成了运动瞬间的内容"(101;127)。音乐即使不是文本,也是潜在的文本,只要一些韵律的破格就可以把黑格尔的震颤转变成吹毛求疵。音乐让人不安并产生动力——给予灵魂,给予生命,鼓舞与滋养,同时的两个方面。我们的音乐传统在所有伟大的作品中都分成两个方面,音乐在19世纪欧洲的血液中流淌。

2. **现代绘画**。为了继续有关抽象的问题,我将绕道到同抽象性联系最为紧密的领域:现代艺术。立体派画家对乐器和乐曲的喜爱显示了他们想取代音乐的野心。[7]在机械化的世界,乐器的圆滑曲线不断地被用来代表那些花盆、瓶子和水果(布拉克《男人与小提琴》,1912年春,图1)。那些类似自然的形式,人类的手艺,现代的制成用品都介入了不断增长的破坏和参差不齐的20世纪的平台表面(巴拉克《乐器》,1908年秋,图2)。当曼陀铃的形式同女人的形式"押韵"、"协调"、"和谐"时,至少当女人的形式被塑造成类似乐器的形式时,对于许多画家的图像选择,毫无疑问就有许多"形式的"动力(毕加索《少女和曼陀铃》,1909年春,图3)。不久以后,自然的形式留下的痕迹使那些音乐人和乐器变得难以区分,他们也许会实现在曲线和纹路上最小限度地将构图中的锐角与重彩加以抒情化(毕加索《少女与曼陀铃》,图4;《吉他弹奏者》,1910年夏)。纯粹的"抽象"或者"正式"的原因都不能完全地解释为什么如此强调乐器,而并非所有的乐器都现代化成"自然"的形式(布拉克《口琴与竖笛》,1910—1911年冬)。对音乐的嫉妒或者对音乐的渴望一定会起着某种作用。毕竟,不仅仅是乐器的形式,而且还有音乐的表达都开始在油画中出现:这里可能是一个乐曲(布拉克《小提琴与乐谱》,1910—1911年冬),而那里就是一种类型(布拉克《竖笛与壁炉架上的拉姆酒》,1911年秋)。在一些作品中,本来是抽象主义的类型,完全不可能地,却出现了一些作曲家的名字,比如:在一个例子中就可以看到伟大的音乐抽象主义者巴赫,另一个作品里有伟大的音乐天才莫扎特(布拉克《向 J. S. 巴赫致敬》,1911—1912年冬;《小提琴:莫扎特/库贝利克》,1912年春;《巴尔》,1912年秋)。非常明显的是,立体主义的抽象概念渴望详细地论述音乐的情况。这已经被公认很久了,并不是现在才发现的:

> 就像勋伯格给予作品中的每一个元素,每一个声音或音符同等的重要性——不同、却同等对待——所以那些画家给予画布的每一个元素、每一个部分同等的重视;他们把艺术品编织成牢固的网状物,这些网状物的形式一致原则包含并概括每一格线条,这样我们在每一个部分都可以找到整体的真谛。[8]

的确,随着艺术批评的发展,证明了画家的抽象目标不仅旨在联系音乐,而且还要取代它的位置。

> 然而那些画家甚至超越了勋伯格,他们关于同等对待的变化如此微妙,以至于我们看到他们的作品时,最初的感觉不是同等对待,而是一种幻觉的一致。
>
> 一致性——这一概念是反美学的。然而上面提到的许多画家的作品都通过一致性而侥幸成功,尽管发现这种情形多么地无意义,甚至是令人讨厌的。但这种一致性,将图分解为简单的线条,纯粹的感觉,变成了许多相似情感的集合,这就似乎呼应了一些现代感情的深层内容。(同上)

在这个叙述中,抽象绘画纯粹的可视性与音乐的形式主义是一样的。勃拉姆斯的主人公爱德华·汉斯立克所认为的"主题",具有强有力的影响的音乐家,海恩里奇·申科(彻底的反现代主义者)的 *Ursatz*(乐曲的调性背景)和阿塔利的"表现"("一个代表所有其他的元素")如同格林伯格的"本质"一样,实际上没有什么变化。[9]

当然,这种源自格林伯格抽象概念的"纯粹"是一种幻觉。就连声称周围一切固定不变的空间艺术也依附于时间。就像20世纪末最伟大的音乐家所写的那样,形式主义"倾向于把美学理论变成历史"[10]。格林伯格的现代主义和申科的古典主义同样都反映了在现实世界中嵌入的抽象概念。一个多世纪以前,在这些绘画都不存在的时候,黑格尔已经在《现象学》前言中指出白描的短暂性,从而解构并鼓舞了形式主义抽象的幻觉。一个人不需要为了承认关于他已产生的(通过辩证过程,潜在具有生成性的)抽象概念特点的深刻见解而同意他的评价。

> 这种风格在单色绝对绘画中达到了顶峰。由于它为图式的各种差别感到羞耻而把它们当做反思的东西沉没到绝对的空虚性里面去,因而它同时就把自己构成一幅单色的绝对的画面,以便纯粹的同一性、无形式的白色得以建立起来。图式及其无生命的规定的那种一色性,和这种绝对的同一性,以及从一个到另一个的过渡,都同样是无生命的知性和外在的认识。(《现象学》43;par. 51)

然而,作为没有具体表现内容的表现,抽象概念是美学最纯粹的形式,同时它也是最有时间性的。虽然本身并无意义,但它必须把它的意义向起源和目的靠近。它在一种过程中产生,成型,直到终点,然后必然再次消失。它创造了一种永恒的假象,但只能在过渡时期持续,并将在一个不确定的性质和不可区分的测定间被捕捉。

我们知道抽象概念是不能持久的,它一要成功就被挫败了。它给极简风格让步,给通俗文化让步,加入了色彩领域的行列,最后形成后现代主义。当然,所有这些继承者的行动都是抽象的,即使当玛莉莲·梦露成为画中一部分的时候也是这样。你只需看一看2003年首都艺术博物馆的空中花园展出的罗伊的二维雕塑。它们整体是表现性的,但是它们却是抽象概念的描绘,而不是事物本身。因为它们是二维的吗?但是三维构造也是抽象的,当然它缺少颜色。唯一不抽象的就是事物本身,然而如果纯粹的抽象存在的话,黑格尔的"绝对的无效"概念就无关紧要了。毕竟,有谁愿意能看却什么也看不到呢?那是不可能的,因为看到的这种行为本身就已经有了目标,这是一个杜尚发明的,许多当代艺术家都知道的窍门。纯粹的抽象概念比美杜莎好,因为人们可以观看它。但如果你真的看到它,就会把它变成石头。

事实上,抽象概念是不能长久的。也就是说,如果不能凭借自身的权利转化成一种实物,并融入历史,它就不能持久。[11]然后马上它就不再抽象了,而是成了一种学派,一种形式,一种风格,最坏也是一种特征。当马可·罗思科趋向抽象的时候,他便成了一个伟大的画家,但他不是完全抽象的。他就是罗思科,越是强烈,越是有个性的,越是有深刻意义的强烈的情感,他就越少地画年轻时画的城镇。抽象概念不仅什么都不表现,而且它让一切都变得虚无(借用黑格尔的词汇),也就是说,它什么也没有创造。它是描绘的否定,仅仅作为否定的描绘的掩饰——看起来它好像在沉思。那既是它的咒语也是它的福音。

我正在试图描绘那些组成抽象概念的线条,这些线条作为一种能量形式,通过取消物质性表明了它的优越性,进而固有地联系到音乐内在的形式能量上。因为希望将两者联系在一起,我便越过了现代主义。我的目的实际上是要消除那种习惯性的联系,而建立一个不同的内容。因为抽象概念是一种方式,而不是一个阶段。事实上,有一点应该是显而易见的,即抽象概念和现代主义不是完全相同的,也不是紧密联系的。没有任何一个对东方地毯或罗马艺术着迷的人会被这种假想所欺骗。纯粹的设计和可视性——至少作为表现艺术的对照,经常已经是作为艺术本身的核心——一直都存在着。

但是,究竟是什么构成了这种纯粹形式的纯粹性(格林伯格用的词汇是"sheerness")?纯粹是如何同抽象概念具有相同特点的否定联系在一起的?毕竟近东的艺术来源于对图形的一种否定。这是简单的抽象,几乎就像所有抽象概念一样,是自我意识的抽象。它不是忽视了外形,而是改变其本质,把简单的符号变成了象征,象征与设计。如果不是设——计,一个包含否定含义的符号,设计的含义又是什么呢,它否定了什么呢?

阿塔利在主张所有的描绘都是抽象概念的观点上是越行越远了吗?我并不这样认为,虽然,肯定地说,尽管它声称抽象概念的名字和外形——或没有外形——是所有描绘经历的过程,而且这种双重自我意识的描绘最终需要特别的叙述,但是抽象概念从来就不是现代主义者独享的财富。举一个很难被理解的例子,一个人可以在克劳德·劳伦的画中发现抽象概念的反射动力,而他却是一个总是解释说明抒情的自然派画家。据说,这已经流传几个世纪了,没有人有更好的方法保存风景画的美和纯净。如果真可以这样的话,那你有曾经保存过的风景吗?自然是纯粹的吗?纯粹属于那隐藏在神秘阳光下的克劳德风景画的神圣的地方吗?克劳德的抒情主义是抽象技巧的结果,是圣洁地奉献于画笔的结果,是传记中没有禁欲的结果——他虽然不是清教徒——但他仍为其艺术发明了一种方法,解释说明了抽象的描绘,但是不能说,他的风景画是具有记录性质的。相反地,虽然"具象派的",或至少是有代表性的,是典型的虚构。就其本身而言,它们是特别地宽容,古典,浪漫,高尚,卑微,空洞,然而却充满了与生命搏动的风景。也许有人会问,不正是它独特的抽象创造了永恒性和普遍性吗?不是因为它缺少流派和很多绘画常常被标明的叙述性,而是因为它是疏离这些,以至于几乎看不出绘画所描绘的和叙述的东西有什么重要。有时题目甚至也会随着时代而改变,而且几乎不影响绘画。(这不禁让人想起汉斯立克曾经说过的:格卢克歌剧中的唱腔就是不唱成"J'ai perdu mon Euridice"而唱成"J'ai trouvé mon Euridice",也同样让人喜欢。)"纯粹的"表现因此暴露出来,抽象的过程是没有叙述和历史的。然而克劳德的绘画则是完美的,甚至迫使我们观看完美的生活。薄雾笼罩着地平线,时光止步,观察者不知道是破晓还是黄昏。那些虚构的遗迹,在什么意义上是充满生机的呢?他们本身并没有感觉到:不论是日出,还是日落,太阳看起来似乎从未运动。克劳德的绘画中有很多深邃的内容,一些定居点,村庄,小船,商业——在复制品中因太小而看不清楚,如果从欣赏画的距离着眼,远一些的看也看不到,有时是在画的几个世纪的光泽掩饰之下太微弱了因而几乎看不到。但是,它们就在那里。这些绘画充满了生机,但那是被掩埋或隐藏的生机——被否定和抽象的生机,不可表现的生机。在意大利风景画的后面,通常是一个荷兰的艺术流派,它并不是等待散播出来,而是恰当地隐藏自己,从而使理想化的意图变得清晰。霍桑的理解是正确的,他说:"他在风景化中所使用的金色光芒",位于黑格尔单色的抽象性和乔姆斯基的典型句子中:"无色的绿色的主意狂暴地睡觉"。霍桑继续评价克劳德的"地之图"。"他直到在一个更好的状态中醒来,才能睡眼惺忪地观察[光芒]。"[12]这里在任何地方任何时候都是审美的空间,不是因为它否定生活,恰恰相反,因为它到处促进释放生活。

只有通过那种辩证的,与假设思辨的过程,抽象的概念才能从本质上被理解。但是因为"从本质上"总是在竭力成为"为了其本质",从"对于我们从本质上"成为"从本质上,为了其本质",所以抽象本身是运动中的抽象。作为运动的抽象和运动着的抽象，克劳德的风景画可能是永恒的，但是那是一种岌岌可危的微弱的永恒，不可判定处于消失与突然爆发之间、抽象与表现之间。当然，罗斯科的作品传播深层次的安宁，但只是在这一层面将赏画者带入深度的超验，通过用绘画转变颜色和视觉的本质，从而转化赏画者，就如同转变绘画关于自然的颜色和幻想一样。2003年在古根海姆的马勒维（Malevich）展揭示了静态模式令人惊骇的能量——倾斜的十字架，倒向画框的边缘，画的边缘紧张局促，建筑物飞跃起来，并翻转过来。在绘画中甚至连悲伤的情形也变成了一个运动的元素，就像表面现象的死亡反射了它所经历的生活，不管这是神秘主义的画家想要唤起的黑色的纯粹，还是由于这个原因所致。甚至是在罗伯特·雷曼的白色绘画中，块状的、建筑般的油画也可以将注意力引到作品本身的物质性，以及作品下面的物质基础，从而回归到真实的世界。这也是为什么在全盛时期，与抽象绘画最接近的音乐运动被称为"音乐实体"。无调性也不能持久。对勋伯格自己来说，它只是朝向一个系统（十二音位作曲）的过渡，至少在一段时间内，它是朝向古典形式复兴的系统的过渡。一般说来，音调中束缚的缺失需要其他可判别的编码（阿塔利将其称为"模式"）来维持话语。一战以前的抽象诗歌在英语中被称做意象派，而在德语语境中则创建了 *Dinggedichte*（丁诗）这一词汇。纯粹的抽象？还是纯粹的展现？差异到底在哪里？实际上纯粹展现的永恒就是在否定浪漫的移情或表达，就如同抽象瞬间的短暂性一样。抽象概念撤销，退走，因此——我们可以幸运地用英语一语双关地说，在现代主义的线性或结构中的现代艺术，抽象继续"吸收/拖拉"。

在普林斯顿大学的美术陈列室中，有一幅杰出的绘画：1969年的弗兰克斯拉画像，标题为《池塘的河流2》。它的标题就是一个抽象概念——已经是一个矛盾修辞法，更有甚者，这个题目把静止和运动混合在一起，并且用连续的数字否定了它的特性。颜色和线条是强烈的，但是它们想断言什么？这个矛盾的题目显示出它形式上的自相矛盾。方形的区域和圆形的区域互相交织。没有什么事物看起来更像一条河，或一个湖。但这种对比就好像发生了什么？（20世纪早期康德将想象定义为"就像"，一种需要无数抽象想象的情形。）绘画中的颜色有不同的深度等级，帆布的肌理从黄色和米色中显示出来，通过绿色显示出一点，从靛青和粉色中就几乎显现不出来了。黄色和米色重复出现，眼睛就想要把它们联系在一起。有一个关于深度的建议，在黄色和米色的区域上，有绿色架起的拱桥。深度的概念是存在的,并非只是符号。一方面,有太多的层次,另一方面,靛青的功能就是弱化遮盖的自然色素的重要性。不论是泉流还是水坝,是流动的还是固定的,是主要的色素还是花草的颜色(很少是草的颜色,因为那是豆绿色),无论如何,都不是水的颜色,更不用说水彩画了。扇形和空白区域的分界线大约有一英寸宽,在中间用一条狭窄的线条来描绘。两条相交的线会融合消失、交叉,或突然停止。与帆布画框边缘可见的线条有相互呼应的线条。中间的线条画出来了,但是却体现了铅笔画的视觉效果。这画的魅力是无穷的,对我的眼睛来说甚至是不可思议的、迷人的,但绝对不是抽象的。绘画充满了运动和反映,这就是我理解的题目的意义,就如同抽象概念本身的性质。然而这也是水的性质,所以画家的抽象转化为表现,不只是视觉的景色,而是一个概念的表现——尽管这是具体的概念,一个 Begriff,而不是抽象的概念。的确,抽象的概念是什么——一个概念,也就是说,没有具体内容的概念?

格林伯格认为抽象概念的表面是有基础、有视觉、有形式的。桌面就是模式。在我看来,抽象概念是被重重的直线型——布拉克的"直线范围"——边缘刻画的,弄皱的桌布毁坏了表面,因此使它更新。现代主义只是一种经常处于危机的情形,它不是任何事物的顶点,也不是任何事情的终结点。真正"纯粹"的、绝对的抽象概念是将颜色堆砌起来给出最佳的感觉。在我看来,康德一定厌恶这类事情,他是正确的。但艺术家通常在进行实验,在类似于斯特拉的频繁的系列中,可辨别的影响取代了表现的辩证法,辩证的微分描绘了事物,审美融入了历史的部分次序。当然,系列中没有什么是内在和不可表现的;莫奈早在罗斯科、斯特拉和莫里斯·路易斯出现之前,就开始画草垛和大教堂。但是,莫奈的光效是抽象的,就如同惠斯勒的作品。轮廓不是反抽象的,抽象仅仅意味着注视轮廓并检查它。就像歌德在他的《色彩理论》前言中所说过的一句我所喜爱的话:"每当我们仔细地看世界,我们就在将其理论化。"[13]每个艺术家都是理论家,是抽象派艺术家,这意味着每个艺术家都有一条线,而不仅仅是一个面。这些线总是来自一些地方,走向另一些地方。

3. **黑格尔,再现**。但是这种留心的注视是如何变成运动中的抽象的呢?自然,这个问题本身可以从莫奈的绘画中找到答案。然而,那只是普适原则的一个小例子。为了更全面地讨论,我转向一篇讽刺小品文:题为《谁在抽象地思考?》。该篇是黑格尔于1807年左右写的。[14]就连《现象学》也有惊奇,频繁地转变和启示,有着伟大喜剧家的敏捷手法,如同20

世纪伟大的哲学家厄恩斯特·布洛克的预言。[15]但是在1807年黑格尔著作的附属内容中,喜剧则徘徊在粗俗的边缘。

　　黑格尔认为抽象概念不能持久,因为就其定义而言它是不存在的。当然,黑格尔并没有用如此多的言语来表达。那样就是抽象地说了。与"什么是抽象"这样的问题不同,"谁在抽象地思考?"所要求的是一个个人的回答。但结果却是抽象总是逃逸的。抽象的概念被证明是反复无常的。的确,正如黑格尔所说,并非是"上流社会的纨绔子弟"认为应该归纳而不是抽象。抽象的概念对他来说太高级、太特别了。黑格尔认为抽象概念是 *espèce*（115；577）。[16] *Espèce* 是另一个法语单词,在高尚的或抽象的使用中,它意味着科学的归纳,是种类而不是个体。但是 espèce 也是黑格尔的恶作剧之一,因为它被用在诅咒的表达中："espèce de chien"在法语中是"下流的狗"的意思。在《现象学》中,黑格尔引用了法国哲学家丹尼斯·狄德罗关于 *espèce* 的表述,说其是"表示最高程度的藐视"（p. 352；par. 488）。如果说抽象概念是 *espèce*,那么它就是最高程度的卑贱。因此黑格尔的小品文继续开启抽象概念。如果抽象的思想家没有在高尚的社会,那么他就会给你真相。正是普通群众（hoi polloi）在一场谋杀中只看到了一场谋杀,然而一个鉴赏家则会看到所有个人的信息,从而使整个犯罪更复杂,直到这些信息在环境的掩盖下消失（黑格尔在此引用了歌德的维特）。但是如果一个见识浅薄的人把犯罪抽象成他罪行的一致性,有极大同情心的人便反过来通过将其抽象成心理学而消解了他的罪行。但(黑格尔的嬉耍继续)一个人真的应该将这种人格化的多愁善感称做抽象的概念吗？当然不是,毫无道理的多愁善感会将谋杀者的绞刑架变成十字架,从而将他从抽象的罪行中救赎出来。但对感情脆弱这一弱点,黑格尔只是嘲笑;那是"相当伤感的通俗剧作者,是在虚妄和恶劣之间的一种不修边幅的交际性"（117；579）。但是如果抽象概念移向情感的普遍性和基督徒的虔诚,那么上层阶级就不比普通群众更好：它同样是贫乏的,没有完整的意义。所有的都是抽象主义者,很坏的那种。犯罪者拒绝承认他的邪恶,却不劳而获地得到救赎,这与下面所发生的事件相比是小巫见大巫。一个少女和贩卖东西的妇女发生口角,拒绝看她任何好的地方。她的鸡蛋是腐坏的,衣服是恶臭的,祖先是腐烂的,是被虱子叮咬的。如果上流社会的纨绔子弟在高处给了我们一个糟糕的抽象概念,在这里,我们就从低处得到了一个糟糕的抽象概念,那是一个特别的流行病而不是玫瑰色的薄雾。主人与仆人（就像狄德罗《宿命论者雅克与他的主人》[Jacques le fataliste et son maître]中的人物),军官与士兵——他们都将对方具体化,也就是说他们都是从个体中抽象出来的,都是普遍的,相互迫害,相互虐待,用黑格尔的话来总结:"它能够使一个人与恶魔签约"(118;581)。因为每个人都凭借本能行动和反应。那就是抽象思考的意思。在这篇绝好的短文中,唯一没有人做和提及的事就是思想。思想总是要躲开不见,那就是所谓的抽象概念,虽然黑格尔没有说,但事实上甚至并不需要说。抽象概念就是思想的对立,因为它是思想的运动。

黑格尔文章的假定是当我们看到抽象概念的时候,我们就知道它暗示"每个参加的人都应当知道什么是思考,在良好的社会里抽象被假设成什么,当然,我们确实在良好的社会里"(115;576)。这样一来,黑格尔便使抽象概念由逻辑上的或形而上学的问题转变成一个社会性问题。抽象概念是一种特性,只要我们能发现这一点就好了。但是黑格尔的例子却表明了对抽象的轻率的满意。抽象主义者容易自我满足,用一连串的陈词滥调,却忽视了周围的现实环境。一种本身很愉快的特性对我们来说,只能是令人难过的,因此我们就看出文章的讽刺意味之所在。抽象产生坏的感觉,阻止人们感受到好的内容。恶魔总是很详细的,当女孩攻击卖鱼妇时,他就必定出来。在主人和仆人、军官和士兵的结局中,黑格尔所考虑的内容成就了《现象学》中最著名的部分,那一年也正好是黑格尔写出讽刺小品文的一年。自然,小说中的仆人是仆人(Bedienter)而不是佣人(Knecht)。在抽象概念之中的开心与不开心,就是在《现象学》中的主仆辩证关系,作为对坚持个性的一种渴望。无论是来自对谋杀的礼貌的反感,还是对市场中粗鲁的对抗,抽象概念本身就是一个掩盖了社会阶层的生死挣扎的面具。很明显,当描述"谁"的问题时,黑格尔就总体而不是个别摊牌。后来任何能够交流的思想必须用一种语言和大家分享,这是一种集体的语言,是客厅的语言或街道的语言。黑格尔在这里不仅涉及了崇高的德国哲学家,还涉及了斯瓦比亚的方言。思想不是一项个人的活动,而是一项处于风险中的个人的共享活动。与思想共行的,肯定可以与抽象共行。

抽象概念是真实想法的他者,其工具(对于黑格尔来说)是概念。这里所描绘的抽象理论家是牛肉干。(我用"jerks"这个词的最原始含义是 Aufhebung:熏可以保存肉类,甚至也可以振奋那些冬眠动物)。但他者恰恰是为了达到理解的目的所需要的间离的反映。黑格尔在这篇文章中的讽刺表明抽象概念正啮咬其灵魂。抽象概念打磨,创造尖锐,磨砺智慧。

4. **狄金森**。艾米莉·狄金森是最抽象、最隐遁的诗人之一,是我所知道的在自我意识中最尖锐的、抽象的诗人。她说,音乐(我认为其他形式的抽象概念也一样)是"牙齿轻咬着灵魂"。[17]

自然,狄金森的诗歌中的音乐几乎都是有关宗教或自然、圣歌或鸟儿的。但是作为一个女孩或女人,她曾经弹奏钢琴,并参加在蒙特霍利约克或波士顿的音乐会,这些格式化的关于音乐的经验仍然可以从她的诗歌中找到踪迹。"地球有许多音调"(895A):无论是钢琴的音调还是音阶的音调,它们都是一个迷失灵魂记忆的组成。诗歌继续延伸到:"没有悦耳音乐的地方,是那无名的半岛"。然而,自然本身只提供了美的残渣,而诗歌却唤起了"自然的真相":"对我来说,蟋蟀是她最后的挽歌",自然的音乐是建立在缺乏基础之上的典型的震动。这被称为物质的复仇,唤起被具体化否定的精神。

> 鸟儿高声地歌唱,
> 发出每一个音节,
> 就像锤子——他们是否知道在落下
> 就像铅槌的重复
>
> 各处的生命,
> 他们在修饰着欢娱,
> 来适合十字架的谱号,
> 通向卡瓦里的钥匙。(398)

但是在狄金森灵魂的深处却回响着一种与众不同的、更有精力的曲调,它的音锤不是建造工具。她所梦想的乐器是这样的:

> 反复着,像一首曲调
> 回忆弹奏着
> 敲走幻影的城堡
> 天堂的短号(406)

在别处也出现了其他的乐器:钢琴、小提琴、喇叭。耳朵里的音乐仍然不是最本质的表达。如同自然的音乐和教堂的音乐通过在音乐上和狄金森的记忆产生共鸣来支持自己,以至于音乐对她一直渴望的精神的本质也保持着距离。

> 有一束倾斜的光芒
> 某个阳光斜射的时刻
> 在冬日的下午——
> 让人抑郁,像沉重的
> 教堂的旋律——
>
> 玄妙地伤害我们——
> 没有任何伤口和血迹
> 却在意义隐居的深处
> 留下记忆——(320)

神圣的伤痛,轻咬着灵魂——这些瞬间符合黑格尔关于赏识和调和的论述:"精神的伤口愈合了,没有留下伤疤"(《现象学》470;par. 671)。内在差异的推动、具有显著地位、记录意义的切口——精神的拉动、直觉、方向——这些都是狄金森与黑格尔确定的悲剧意识的美好目标的组成部分。悲剧因素是来自于牺牲的方式,黑格尔曾经称之为"有神圣本质的抽象概念之死亡"(p. 546;par. 787)。同样,狄金森在诗歌中也表达了同样的含义。这是她的诗歌给予我本文的题目。干扰和不和谐,在一本不被人注意的小书里被称为"人类对于混沌世界的愤怒"——这些就是使艺术生存的讽刺。[18]

> 这世界不是一个结论
> 一个物种在远处屹立
> 却如同音乐一样看不见
> 但是和声音一样确实
> 它召唤着,困惑着
> 哲学,却不知道
> 最后穿越一个迷
> 睿智,勇往直前
> 猜测,迷惑了学者

赢得了,人类已经生成
几代人的耻辱
磨难,表明
信任滑过,欢笑与决心
有红光,如果留心看
征兆边的勇气
问一问风向标,道路
讲道坛上的手势
强大的哈利路亚
麻醉药不能阻止牙齿
轻咬着灵魂(373)

狄金森提出的是一个有关艺术的好奇的信仰。对于她,音乐既不是宗教信仰的基础,又不是道德标记的美景。道德在她的韵文中几乎不是一个问题。内战可能正在扩散开来,冲击着她周围的人,但在她的意识中保存了成角的存在。[19]

旗帜,是最勇敢的视觉
但不是真正的眼睛
甚至一个也不是
稳定地

音乐的胜利
但是敏锐的耳朵
带着喜悦退缩
是鼓声太近(414, dated 1862)

天启的感觉经常被提到,暗示却被"敏锐的耳朵"规避,就如同济慈和斯蒂文斯所拥有的"逃避"。天启出现的时候很弱小,却很亲密,也许来自"草丛中的小同伴",肯定是来自蛇,她感到的一种狂喜的"激动",只不过是"诚实"的一种(1096)。艺术从重要的洞察力压向次要的情感,即使在意识的视野以下,它们始终都很重要。狄金森称自己为"卡瓦里女王",但实际上也只是把自己看成是一只蜂后,她刺痛了华而不实的讲道坛的宏大话语。下面是最后一首完整的音乐诗歌,最后的词汇来自于此,揭示了本书中我想要唤起的那种精神。

  我曾经那么担心最初的那只知更鸟,
  但他现在已经成熟,
  我也习惯了他的长大,——
  尽管,他受了点伤。

  我思考,我是否只能活到
  第一声鸟鸣之前,
  森林里,并非所有的曲调
  都能将我毁灭。

  我不敢去见水仙花,
  因为害怕它们黄色的外衣
  那是我不熟悉的样式
  将我刺激。

  我盼望草儿快快长大,
  这样,看望的时候,
  他将会很高,是最高的一棵
  可以伸出头来看着我。

  我受不了蜜蜂们要来,
  我希望他们就呆在它们来的
  那个昏暗的乡间:
  他们给我捎什么话了?

  可是他们在这里;都在这里,
  并没有花儿远远地开放着
  表达对我——卡瓦利的女王,
  温和的顺从。

他经过之时,每个人都向我敬礼,
我孩子气的羽毛
举起,却不知这是一种
轻率的振翅。(347)

狄金森声音中类似宗教的神秘不应该隐藏它的扭曲。如果说没有被抹掉,至少她的发音让每一个后继者心力疲惫。第一只知更鸟使日常工作的增长有力量,通过过于亲密和残存的残暴伤害了双方,残存的残暴是指那种将自己的权力凌驾于主人之上的仆人。狄金森隐退在风景里,沉浸于声音中,几乎什么也看不见。"温柔的顺从"暗示了两者的尊贵和谦卑,是孩子关于光荣的错觉。正如狄金森的句子是没有尽头的,也没有决定性的话语(既没有前瞻性的决定,也没有后继性的解决)。虽然对黑格尔来说,有一种"感谢"消除了主人和仆人之间的意见不合。对天启的向往需要将时间停下来,但那就意味着否定现在:说话人既渴望对不那么忙碌的过去的坚持,又渴望一个奢华的未来。但是忙碌(bee-less,狄金森常用的双关语),正如我们英语中所常说的——用了一个比海德格尔更好的创新词汇:世界的世界,更好的成语新语——正在过去:没有思想的鼓就是音乐,就是时间无法停止的过程的衡量标准,它很机警,也很伤痛。

狄金森的诗歌描绘了音乐和诗歌的影响,这也是本文所要描述的内容。不同时期有不同的人精通这些技艺:18世纪中期有亨德尔的民族庆典和马修·格林的轻快的羞怯,然后在后来的几十年里,有莫扎特超越巴赫,快活地庆祝盖奥外尼先生的让位,舒伯特平静的反讽,然后到了19世纪,舒曼的正统戏剧和门德尔松的轻快。然而这种伤痛总是在讽刺着自满,包括卑鄙、强制性的性欲,还有对外国人和皈依者的疏远。我喜欢这种艺术表达,以及我在本文中所要赞誉的,拒绝妥协;它还残留着战栗的气氛,在空中的高声狂呼。就像黑格尔做的那样(《现象学》472;par. 673),它最终对生活低了头,但是它的细节的进程通过保存未处理的而维持了它的生命。任何黑格尔的天真的读者都会告诉你,抽象概念是对意义的否定。那就是说,它否定安逸、常规、简单的真实性。它超出了它的时刻,把他们抬到了否认之上,或者在地下挖地洞来传播他们的根基。

5. **弗雷**。现在是用一些初步的例子来表现音乐的优势的时候了。因为接下来我主要讨论的内容都毫无例外地来自德国的传统,所以我选了一个法国作曲家的作品。就像许多其他的内容一样,这是配上文字的音乐,文字背景的交叉使音乐具有了独特的图解表示可能。如同许多艺术歌曲一样,文字看起来就是跳向更高层次音乐的小跳板。

Charles Grandmougin, *Poème d'un jour* 1:
查理·葛拉莫根《一日诗》
加百利·弗雷 Gabriel Fauré, Op. 21, #1

J'étais triste et pensif quand je t'ai rencontrée,	当我遇见你时,我忧郁而沉思。
Je sens moins aujourd'hui mon obstiné tourment;	而今,我感到那持续的痛苦已见减轻。
O dis-moi, serais tu la femme inespérée	噢,告诉我,你是不是那意想不到的女子
Et le rêve idéal poursuivi vainement?	或是枉自追求的梦想?
O, passante aux doux yeux, serais-tu donc l'amie	噢,眼前温柔的过路人,
Qui rendrait le bonheur au poète isolé,	你是否就是那孤独的诗人,重获幸福的朋友?
Et vas-tu rayonner sur mon âme affermie,	是否要照耀我那坚强的灵魂,
Comme le ciel natal sur un coeur d'exilé?	就像故乡的天空,照耀着流浪者的心灵?
Ta tristesse sauvage, à la mienne pareille,	你和我一样,是那样的悲哀,
Aime à voir le soleil décliner sur la mer!	喜爱看到落日入海!
Devant l'immensité ton extase s'éveille,	在浩瀚之前你感到狂喜,
Et le charme des soirs à ta belle âme est cher;	你美丽的灵魂使夜晚陶醉
Une mystérieuse et douce sympathie	一种神秘而甜美的同情
Déjà m'incline à toi comme un vivant lien,	已经把我带向了你
Et mon âme frémit, par l'amour envahie,	我的灵魂被爱占满,战栗不已
Et mon coeur te chérit sans te connaître bien.	即使不了解你,我的心也要拥抱你

在这首诗中,二流的印象派主义诗人查尔斯·葛拉莫根在努力发现一种无法言说的语言。讲话者从一个不确定的视角报道了一个模糊的事件,这隐藏在他过去,但又在现在被吸收理解了。美景中的女人是真实的还是虚构的?是永恒的理想还是短暂的错觉?是外地的还是本地的?"Pensif"并不意味着深思的,"pareille"可以坚定或理解被断言的亲密关系。"Comme"可以标记一致性或对至关紧要的残存差异保持顺从。有一定条件诱发的"serais"给诗人留下乌托邦的思想或仅仅只是祈愿的。"deja menchaine"看起来为最终的诗句排除了相当大的刺激因素。在听众面前,演讲人明显要找到听众的共鸣(我用"明显"这一词是因为将充满期望的"triste et pensif"与充满怨恨的"mon obstiné tourment"这协调起来有点难度,我将后者理解为带有一点苦恼[20])。现在他充满了光辉,没有留下任何关于真实或潜在的确定的事。这个气氛有些类似于福楼拜《感伤性的教育》的结尾:一个壮观的日落预示了一个温暖的死后的未来,沉淀成一个珍爱魅力代替的慰藉。听起来像一个亲切的炉边的傍晚而不是一个庄严的深夜。这里有关于整个事情的动人的暖昧。这暖昧呼应着波特莱尔著名洞察"A une passante"。它保留了一些模糊、一些通俗("眉眼""喜爱看到""甜美的同情"以及最后的"不了解你",还有口语化的复合过去时)。灵魂由直觉感知灵魂,就好像贪婪地抓住稻草一样。这微弱的希望组成了诗歌迷人的沉默,在一定程度上成功地减轻了任何被定义的经历的对抗。记忆通过类似"美好灵魂"的预测知识对"你将发光"的直接未来提出假定的疑问。创建了临近幻想的葛拉莫根只知道唤起"神秘的同情"。现在我们可以用"移情"来形容志趣相投的灵魂伙伴。而葛拉莫根既缺少语言,又缺少行动。然而,把醒悟和满意结合,这对于一个诗人并不是很精致的,但是葛拉莫根使笨手笨脚的泄气的讽刺的结束话语向下坠落。在最终成为纯粹相遇的短暂瞬间中既没有体验(Erlebnis)也没有经验(Erfahrung)。

有人也许会说,诗歌表达了情感状态。它的印象主义通过朦胧或闪光的表达情感的响应,代替了具体的事件。葛拉莫根简短的组歌中的三段诗与莫奈和其他画家一天中不同时间的一系列绘画相似。它们是与时间的否定,与内在性质相匹配的软焦点快照。就如同第三位诗人在"再会"中所说——它的机械的类似图景的律诗。"最长的/短的爱"("Les plus longs amours / Sont courts")。尽管一些难以捉摸的事件,据推测维系着借口,但是爱伦坡的精神继续盘旋在偶然事件刻不容缓的特权情形的韵文上。完全的意识既没有成功,确实也没有追求过。讲话者在最初的悲哀与中间开始的另一个一开始的陌生人的悲哀相匹配,而且感觉被更进一步推进:"我今天感觉更差"。他想象唤醒她极大的狂喜之情(而弗雷用2/4拍将音乐缩短),透射出来的满意("是美好的")被结尾的动词所破坏,他承认他的满足感("拥抱你"悄然地带着一种重音,提高了前半部分的强度)是无知的。这种感伤的印象主义就会对无限、模糊、感情的强度和知识的缺失概略地同等看待。

加伯列尔·弗雷(Gabriel Fauré)非凡的背景提供了顺序完全不同的经历。他被认为是温和的、最平静的伟大作曲家。在他这首典型的歌曲中,节奏的拍子是平稳的,确实变化很小。和声奇妙地飘荡,独奏曲的声线以音量增强和降低为特征。在间歇处停止或临近的音符上重新开始,并没有创建一个值得纪念的固定模式的曲调。它模仿沉思的过程而不是充满激情的表达,但音乐轻咬着讲话者和神秘的陶醉的灵魂。在对尊严而又礼貌的伏特加舞韵律的怀旧中,通过抑制含蓄的色情主义来轻咬她的灵魂;把她带入一个舞蹈的生命,这个生命仅仅在大多数狭窄的、友善的感觉之下是迷人的,留给她美好的灵魂,这是一种无趣的被歌德和黑格尔所嘲笑的美丽灵魂。同时它通过破坏表述的真诚性来轻咬他的灵魂。

在连接中,最重要的是代词。在诗歌中,第一人称代词从第一行的两个退到随后两行中的每行一个,再到后来第5—8和9—12行之中的各有一个,又回到了最后三行中的每行一个,总共有九个第一人称代词。包括最后一行中有两个,共用十个第二人称代词。因此数字上是大致相等的。但第一开首行强调了非强调的主格"je"和"j",还有一个缩写的直接的宾语"m"和三个非重点的所有格。只有在第三行的"moi"和第九行的"la mienne"可以重读,但并不是要对照的:"moi"与强烈的"tu"相对,"la mienne"宣告将她的悲伤与他的相对。同时,"tu"也出现了三次,但都是不同程度的重点,在第三行成为完全强音。9—12行的第二人称所有格没有多少诗的份量,然而她是一个热心观察者,她的狂喜刚被唤起,与第一个讲话者完全不同,她被爱情的颤抖控制着,被"à toi"所束缚,这是诗歌中最居高临下的代词。除了代词数目的粗略相等之外,火炬被传递着,从被打击的传递者到被珍爱的陌生人。诗歌的讲述者在他的视野中表达着他的理解。但是,在歌曲中则不是这样:歌曲打破了法国的诗韵方法,通过重读一些第一人称主格相对弱化了第二人称代词。弗雷用一种自我理解的方法揭示了视觉中的理解。高音符被敲击在"ciel natal"和"te chérit"上——先敲击,然后再保持住,一直到声音都有被改变的危险了,原来的本性几乎要失真了,热情都要被刺破。在最后的整个两小节中,有声部分的音符被明显地保持,但是我听过的唱片都没有保持到这种程度。歌手踟蹰到最后,不愿放松他刻意的保持和强调的景象。

因此,歌曲改变了诗歌的形式,表达向被表达的内容屈服。诗歌从心出发,它的接受者是个神秘的陌生人,它沉默的声音极少被读者无意中听见,读者的作用就如同灵魂中共享的可怕的三分之一。相反地,歌曲被表演出来,它把演讲者放在舞台上,促进对说话方式的重音和强调的判断力,就像音乐可塑性的前景。无论如何诗歌有意愿,有时间,按照推测,它都反映了契约。但在歌曲中,关于对踩踏每四分之一注释的有秩序的十六分之一注释和趋势来说,时间的流逝都是不可避免的。音乐表达强调了单纯表达的部分;例如,通过把"mon obstiné tourment"和"O dis-moi"联系在一起,暗示了一个合乎逻辑但自我纵容要求的结果。理想中的女人因此而看起来是由说话者的自我同情而来而不是遥远地促成它;"serais-tu"不再是一个要求确认的礼貌的方式("你可能会?"),而是一个自怜的借口("您能不能作为")。短暂的音调是一个怀疑性的模仿,将"passante"刻画为一个未定的轮廓;它们被挑选出来强调,它们被标记四分音符而不是十六分音符,在12—14和16—18行,它们出现冲突:他的诗句和她的诗句、两个不和谐的诗句共存,由八分音符来使其彼此替代。在这个气氛中(弗雷的音乐变得更奇怪、更图形化),愉快只不过是在焦虑之上的假想的补偿。

然而我最终并不想将诗歌与音乐的对照看成斗牛犬和献祭的绵羊对抗一样。我本文主要的论点就是,在敏锐的(后面用"怀疑的"这一修饰语)抽象中,音乐并不孤单。诗歌并非是软弱无力的。这也是抽象的,它从外界得到了一种观点,然后取消了从开始就存在的世俗的可能性。的确,所有的语言都是概括的、共享的,因此,或多或少会作用不充分。叫喊和叹息之外,没有任何说话方式不用其他合适的语言就可以表现自身。不管是因为它的缺乏,还是因为它经常的过渡透露,都超过了应该表达的意思,语言总是或多或少有些走调,语言的这种不均衡性特别地为解构主义提供了借鉴。就如同德里达在他早期的出版物中所讨论的,概念是理想的,从来不与存在直接相关联。存在经常滑入再现;他说,标记是危险的,我感觉他的意思是转折点、错位。[21]如果话语是概括的,那么诗就是尤为概括的。他说:没有文本"反抗——绝对地",但诗歌和文学的文本是"更丰富,更密集的"。[22]德里达在此处对诗歌的定义和随后的关于精当的诗学表述"理论化难点"的定义并没有什么创新性(46)。但如果评论家从未设法变得能够区分诗歌与其他语言的经验,这也无妨。即使指相当远——或充满怀疑地——通过一些而不是其他方法来表达,狄金森关于意义和伤害的辩证关系都是不可避免的。

  6. 普鲁斯特。我选择弗雷的《邂逅》作为一个例子,部分原因是我长时间对其非常感兴趣,还有一个原因是为了弥补下面章节中我没有涉及的德国—奥地利的音乐遗产。另外弗雷给我启发的信条的最终表达提供了一个背景。因为如果说布鲁斯特关于音乐力量的赞誉不是直接来源于这首歌,那它的确绝对合适地表达了一个抽象的幻灭。下面是斯万第一次听到梵泰蒂尔的小提琴奏鸣曲《小曲》之后的反应:

> 他充满了对它(elle:音乐词汇,阴性的)的爱⋯⋯但当他回到家的时候,他感到他需要它的爱:他就像是这样一个男人,他的生命通过一个女人,那是一个路过的他曾看见过的女人[une passante qu'il a aperçue un moment],给他带来了对美好事物的幻想,这美好的幻想加深了他的敏感,即使他不知道她的名字,也不知道是否会再见到她。[23]

梵泰蒂尔措辞的缜密使得它的重复能够被认识,并铭刻入意识和记忆之中。音乐规避了一种清晰的含义,它的动力和概念的理想就位于那里:

> 斯万把音乐的主题看做是实际的思想,来自另一个世界,另一个顺序,思想隐藏在影子中,是不可知的,对于人类的思维来说,是难以渗透的,但是两者之间完全不同,在价值和重要性上也不是一样的。(1:379-380;1:349)

音乐的力量和思想的力量不同,主要是前者更精细,更难把握,它的"乌云密布的表面"把我们慢慢移动出我们的满足(1:380;"surface obscure",1:350)。事实上,作曲家梵泰蒂尔被理智的遗失("the loss of his reason","aliénation mentale",1:234;1:214)困扰,而斯万虽并未理解它,但他接受了它(按照小说叙述的顺序,在斯万为奥德特回顾的叙述性

的激情插入之前,就已经导致了他痛苦的死亡):

> [考特]坚持认为在奏鸣曲的某些乐章里应该有这些符号。斯万并不觉得这种说法很荒谬,但是它干扰了他。这是因为,纯粹音乐的作品不包含逻辑顺序,而口语或书面语言的逻辑变形是对精神错乱的证明。所以奏鸣曲被判断的疯狂对他来说就像狗或马的疯狂一样是不可理解的事情,尽管已经有了这些例子。(1:234;1:214)

在小说的后面,梵泰蒂尔的七重奏让讲述者再度意识到比话语更有力量的表达的神秘,"如果没有语言的创造,单词的构成,思想的分析,那么灵魂间交流的方式将会变成什么——这种不能解析的回归是这样令人兴奋,以致于在天堂的浮现处,和或多或少的有天赋的人连系到一起,对我来说似乎有不同寻常的意义"(3:260;3:258—59)[24]。七重奏的力量并不亚于瓦格纳歌剧的力量,它和黑格尔的酒神节狂欢是一样的。

> 对比来说,音乐要比所有的书更真实。我时常想这是因为我们感知的生活,并不是以思想的形式被感知,不是他的文学性,也就是说,理性的表达描述了生活,解释了生活,分析了生活,但并没有像音乐一样重组生活,在音乐中,声音看起来遵循着生命体的每一个运动,重现了我们内在感情的最终的确定程度,正是这一部分给我们带来那种我们时不时都要经历的极度愉快。(3:381;3:374)

我并不期望在本文中重温音乐的精神——因为它的本性是不固定的——但至少从点到面是可以涉及的。

我将不同程度地强调总体的音乐和艺术的否定性。在"否定诗学"中,它是中心部分,音乐的范例后面直接跟上了一些严格的词汇分析。如今艺术具有对抗性的概念广为流传。但或多或少是从政治概念中讨论这种对抗:艺术从性别、等级和霸权的边缘发布了信息。我读过很多这样的研究,也经常赞同这类内容,其中最接近我书中内容的也许是劳伦斯·克雷默的著作。[25]但在我看来,否定性更为重要——比文化研究所显示出来的——更加内在和具有质疑性。边缘有一种途径确立它自己的反帝主张,从属者有一种途径将激励的补充转换为对峙的改变。我喜好安静的抵抗——自然,带有寂静主义公认的危险。接下来的章节内容与"否定诗学"有相同的精神,但是,侧重点分散为个别的和广泛的历史,心理和公共意识问题,莫扎特相对于巴赫,亨德尔代表民族。(关于亨德尔的论文,是作为一种介绍来叙述的,只在历史的动态中具有否定性特点,声音存在的疑问在压倒性的公众个性和专门作曲家的艺术之间,是一个很困难的方面。)大多数音乐范例——的确,所有主要的例子——或是带文本的、或是标题音乐的,更显然地允许了他们的怀疑论,或明确了特定的意图(比如莫扎特和巴赫的音乐)。他们都有倾向性,即使倾向就像精巧的手势一样具有节奏指示——缓慢的田园曲。的确,就亨德尔的章节和《唐璜》(肯定是所写出来的最为愉快的悲剧)是绝对的例外,我所着手的文本微妙得几乎幻灭。对材料的选择应该不仅仅是出于自我观点验证的目的。的确,就像我犹豫不决到底要不要主张一个独特的,历史上特定条件下的艺术作品的普遍性,我也犹豫不决到底要不要用现在文章的风格,主张所有的音乐会音乐都是诗学的和抒情的。一种理论就是一种观察的方式,有多种理论是适当的,就是在目前的这些文章中,在某些重要的方面,它们也是不同的,着眼于不同的流派、不同风格的音乐和诗歌,不同方面的怀疑性的艺术特质。

王敬慧　王瑶　译

(作者单位:西雅图华盛顿大学;译者单位:清华大学外语系,吉林师范大学英语系)

注　释

〔1〕 Jacques Attali:《噪音:音乐的政治经济学》(*Noise*:*The Political Economy of Music*), trans. Brian Massumi, Minneapolis:U of Minnesota Press, 1985, p.57.

〔2〕 Georg Friedrich Wilhelm Hegel:《精神现象学》(*Phänomenologie des Geistes*, ed. Johannes Hoffmeister), Hamburg:Meiner, 1952, p.163;在即将出版的英文翻译版本中(by Terry Pinkard[modified in places])中,这部分是第 217 段。

〔3〕 在《现象学》后面一部分 (p.372;par.521)讨论了狄德罗《拉摩的侄儿》(*Rameau's Nephew*)中"音乐家的疯狂"。此处的否定性歪曲了狄德罗的本意,见 John T. Hamilton 作品《音乐、疯狂与语言的不作为》(*Music*,*Madness*,*and the Unworking of Language*), New York:Columbia UP,即将出版。

〔4〕 在讨论的两段之间,Andacht 只有一次提到宗教的启示 (p.405, par.573)。在 Simon Jarvis 的文章 "Musical Thinking:Hegel and the Phenomenology of Prosody" (*Paragraph* 28 [2005]:57-71)中有更好的讨论;Daniel Chua 的著作《绝对音乐

与意义的建构》(Absolute Music and the Construction of Meaning, Cambridge: Cambridge UP, 1999, pp. 227-232),提供了更有价值和广泛的论述,强调了黑格尔否定质疑,但是忽略了绝对与(更具有生产性的)抽象之间的联系。在该书的索引中漏掉了这一术语。(翻译黑格尔总是很困难的,Pinkard 将 Genuß 翻译为"consumption"而不是"enjoyment"。因为该段中的 Genuß 极有渴望也有劳作的含义,其情感和身体方面的含义都是相关的。但是在第 711 段 [p.495],音乐含义还包括"Freudigkeit"["快乐"],所以我选择先前的主观翻译。在后文中,Pinkard 将 "marklosen"["marrowless"] 放在那里未翻译。)

〔5〕 "事实上,在酒神节的狂欢中,没有一个人是清醒的。"Phänomenologie 39; par. 47.

〔6〕 Donald Verene 以蒂克的戏剧为背景讨论了黑格尔在《回忆录:"精神现象学"中的意象研究》(Recollection: A Study of Images in the "Phenomenology of Spirit", Albany: State U of New York P, 1985, pp. 50-53)中的上下颠倒的世界。在《黑格尔的"现象学":理性的社会性》(Hegel's "Phenomenology": The Sociality of Reason, Cambridge: Cambridge UP, 1996, p.359)一书中,Terry Pinkard 否定了文学创作的传统主题是传统的,或蒂克的戏剧是"含混不可表演的"。他的戏剧确实是不好表演的,但是不是含混的:Verene 提供了可能的黑格尔的生平。蒂克《颠倒的世界》(Die verkehrte Welt, ed. Karl Pestalozzi, Berlin: de Gruyter, 1964, pp.133-137)记录了其作品与浪漫时期的明显适度呼应。黑格尔的章节并没有来源于蒂克的戏剧,但是像我和 Verene 这样将黑格尔与蒂克相比较并没有曲解任何内容。

〔7〕 关于更好的评论见 Karin v. Maur《绘画的声音:现代艺术中的音乐》(The Sound of Painting: Music in Modern Art, Munich: Prestel, 1999)。我要感谢 Marek Wieczorek 将此书借给我,让我进入抽象的领域又将我带了出来。本段中提到的绘画彩图见《毕加索与布拉克:立体主义画派先驱》(Picasso and Braque: Pioneering Cubism, ed. William Rubin, New York: The Museum of Modern Art, 1989)。

〔8〕 Clement Greenberg:《架上绘画的危机》("The Crisis of the Easel Picture"),1948, Collected Essays and Criticism, ed. John O'Brian, 4 vols, Chicago: U of Chicago P, 1986-1993, 2:224. Greenberg 对勋伯格的总结不是一点问题都没有的,但是这与抽象画派画家对音乐的迷恋无关。

〔9〕 关于申科的简洁,但又涵盖美国音乐理论神性的介绍见 Joseph Kerman 的《思考音乐:音乐学面临之挑战》(Contemplating Music: Challenges to Musicology), Cambridge, Mass.: Harvard UP, 1985, pp. 79-90。

〔10〕 Carl Dahlhaus:《音乐的美学》(Esthetics of Music), trans. William Austin, Cambridge: Cambridge UP, 1982, p.53.

〔11〕 关于抽象的轨迹,见一篇好文章:W. J. T. Mitchell 的《抽象与亲密》("Abstraction and Intimacy"),优美地记述了"抽象的民主化",出自:《绘画的目的是什么?:意象的生命与爱》(*What Do Pictures Want?: The Lives and Loves of Images*),Chicago:U of Chicago P, 2005, pp. 222-244;引文见第 236 页。

〔12〕 Nathaniel Hawthorne:《大理石牧神》(*The Marble Faun*), chap. 49,出自《纳萨尼尔·霍桑全集》(*The Complete Writings of Nathaniel Hawthorne*), 22 vols, Boston:Houghton Mifflin, 1900, 10:338。

〔13〕 Johann Wolfgang Goethe:《新版作品与著作全集》(*Neue Gesamtausgabe der Werke und Schriften*), 22 vols, Stuttgart:Cotta, 1950-1968, 21:15。

〔14〕 我给出《谁在抽象地思考?》("Who Thinks Abstractly?")的页码(trans. Walter Kaufman),《黑格尔:文本与评论》(*Hegel: Texts and Commentary*), Garden City, NY:Anchor, 1966, 2:575-581,后面是德文版"Wer denkt abstrakt?" *Werke*, ed. Karl Markus Michel and Eva Moldenhauer, 20 vols., Frankfurt:Suhrkamp, 1969-1979, 2:114-118。

〔15〕 Ernst Bloch:《黑格尔与幽默》("Hegel und der Humor"),《黑格尔方法系统论》(*Über Methode und System bei Hegel*), ed. Burghart Schmidt, Frankfurt:Suhrkamp, 1970, pp. 136-140。

〔16〕 见 John Hamilton:《音乐、疯狂与语言的不作为》(*Music, Madness, and the Unworking of Language*), New York:Columbia UP, forthcoming.

〔17〕 《爱米莉·狄金森诗集:注解版》(*The Poems of Emily Dickinson: Variorum Edition*), 3 vols, ed. R. W. Franklin, Cambridge, MA:Harvard UP, 1998,第 373 首。我从 D. A. Miller《简·奥斯丁/风格的秘密》(*Jane Austen, or the Secret of Style*, Princeton:Princeton UP, 2003) p. 13, p. 38 借用了"几乎没有"这一词汇。Miller 将抽象主义者称作"stylothete"(8)。他从奥斯丁追溯到福楼拜、乔伊斯、希区柯克再到费力尼。下面是他对伤害的分析(尽管他没有用"抽象"这一词汇,但是他以抽象来表述):"关于风格的发展条件是一个'自身几乎没有'的主题(自我,或题目),这个'几乎没有'与社会落魄相对应,但是因为这种强有力的蔑视,风格者必须忍受。"(38, Miller 斜体部分) 它的风格者代表与我的距离并不远,是《理智与情感》*Sense and Sensibility* (pp.9-20)中罗伯特·法拉利收集袖珍铁针的牙签盒。在《狄金森的痛苦:诗行阅读理论》(*Dickinson's Misery: A Theory of Lyric Reading*, Princeton:Princeton UP, 2005)中,Virginia Jackson 不认为狄金森是一个抽象作家。但是她将抽象主义放置在现代主义个人表达与非个人表达双价值衡量的终端。她说,狄金森不是抽象的,因为在诗行和其他表述方式之间没有明显的分隔线,另外 Jackson(非常有趣的)手稿在字里行间显示出她写作和致辞的情况。我同意这样的观点,狄金森不是一位非个人的诗人(不管那会是什么),但是我认为她在终结诗歌

和片段表述中的独特性本身是一种抽象。抽象的概念并没有被列入 Jackson 所写书的索引中,只是在她的书末尾处清晰地论述了该项内容(pp. 228,236,和[最后一句]240)。

〔18〕Morse Peckham:《人类对混乱的愤怒:生物,性为与艺术》(*Man's Rage for Chaos: Biology, Behavior and the Arts*),New York: Schocken, 1967。关于黑格尔的词汇,尽管转向不同的方向,但是还是参见《黑格尔的残迹》("Remnants of Hegel"),Geoffrey Hartman:《精神的伤痕:与非权威性的抗争》(*Scars of the Spirit: The Struggle Against Inauthenticity*),New York: Palgrave Macmillan, 2002, pp. 41-52。关于音乐的记号,见 Robert S. Hatten:《贝多芬音乐含义:标记、联系与解释》(*Musical Meanings in Beethoven: Markedness, Correlation, and Interpretation*), Bloomington: Indiana UP, 1994。

〔19〕关于狄金森对远方战争的兴趣的相关信息见 Shira Wolosky:《爱米莉·狄金森:战争的声音》(*Emily Dickinson: A Voice of War*),New Haven: Yale UP, 1984,以及后来的《狄金森战争诗歌中的公共与隐私》("Public and Private in Dickinson's War Poetry"),《爱米莉·狄金森历史导论》(*A Historical Guide to Emily Dickinson*), ed. Vivian R. Pollak, Oxford: Oxford UP, 2004, pp. 103-131。在为理公会教派圣歌写作背景下,Wolosky 的著作将军事公众背景融入"玄学反抗"(第四章题目)的大主题;文章描述了公众背景,与狄金森的措词和想象相呼应。狄金森的文集如此之大,所以有不止一个重点,我选择的诗描述了一个不那么戏剧性的状态。同时见 Judy Jo Small:《声音是积极的:爱米莉·狄金森的韵律》(*Positive as Sound: Emily Dickinson's Rhymes*), Athens, Ga.: U of Georgia P, 1990;第一章(pp. 29-70)的题目是"音乐美学",但是真正的重点是语音与韵律。感谢 Vivian Pollak 提供的关于狄金森的建议。

〔20〕葛拉莫根的诗《德国诗歌》中明显的折磨是神经衰弱(又一次与黎明相连),在诗中他写道:"当舒曼/微弱神经质的朋友/短短地叹息,告诉我一直折磨他的/通过关闭的窗棂/星星慢慢从宽广的,紫色的天空升起。"("Ou [j'aime] que Schumann, l'ami des subtiles névroses, / Me dise, en courts sanglots, son obstiné tourment, / Quand à travers les vitres closes / Le grand ciel violet s'étoile lentement")《新诗》(*Nouvelles poesies*), Paris: Calmann Lévy, 1881, p. 248。

〔21〕见 Jacques Derrida:《声音与现象》(*La Voix et le phénomène*), Paris: Presses Universitaires de France, 1967, pp. 58-62 (ideality), p. 56 (presencing), p. 91 ("危机时刻是符号时刻", Le moment de la crise est toujours le moment du signe)。关于转折点,见我所写的"Errours Endlesse Traine",《转折点:文化表述历史篇章》(*Turning Points: Essays in the History of Cultural Expressions*), Stanford: Stanford UP, 1997, pp. 3-30。

〔22〕Jacques Derrida:《"这种被称作文学的奇怪物":雅克·德里达访谈》("'This

Strange Institution Called Literature': An Interview with Jacques Derrida"), trans. Geoffrey Bennington and Rachel Bowlby, in Derrida,《文学行动》(*Acts of Literature*), ed. Derek Attridge, New York: Routledge, 1992, p. 47, p. 46。

〔23〕 Marcel Proust:《追忆似水年华》(*Remembrance of Things Past*), trans. C. K. Scott Moncrieff, Terence Kilmartin, and Andreas Mayor, 3 vols, New York: Vintage, 1981, 1: 228-229; *A la recherche du temps perdu*, 3 vols, ed. Pierre Clarac and André Ferré, Paris: Gallimard, 1954, 1: 210. 普鲁斯特的读者曾经从弗雷、德彪西和雷纳尔·哈恩的作品中寻找梵泰蒂尔音乐的起源。就我所知，他们并没有想到寻找不同的模式（尽管梵泰蒂尔的七重奏并没有具体模式），但是与葛拉莫根词汇的相呼应是不可回避的。

〔24〕《追忆似水年华》(*Remembrance of Things Past*), 3: 260; *Recherche* 3: 258。

〔25〕 特别参见 Lawrence Kramer:《音乐作为一种文化实践》(*Music As Cultural Practice, 1800-1900*), Berkeley: U of California P, 1990。

后现代主义文化和消费主义

王逢振

内容提要：随着计算机的广泛应用，西方资本主义发展到了一个新的阶段。这个阶段出现在工业化——现代化之后，因而被称作后现代社会或后工业社会。后现代社会的基本特征是新的国际劳动分工和资本的全球化，而随着生产的跨国化，出现了一些新的现象，如人员和文化的全球性流动，各社会之间（包括社会范畴）的边界日渐模糊，与以前殖民主义相联系的不平等和差距在社会内部重又出现，在社会内部和社会之间同时产生出同一性和分裂，全球和地区之间相互渗透，根据民族——国家构想的世界开始非组织化，等等。与此同时，出现了新的文化意识，体现在各种媒介中，如广告、电视、互联网络等，人们逐渐脱离书面语言、阅读以及旧式逻辑的思维实践。于是，文化差异开始模糊起来，文化的垄断开始消失，个人的主体意识也趋于瓦解。人们陷入一种新的自相矛盾的境遇，变成孤立的、互不联系的、同时又系于同一个大系统结构的人。在这种情况下，随着日益扩大的新式消费（如电脑购物），人为的商品废弃（如不考虑使用价值），迅速的式样变化，广告和电视等对社会生活的渗透，城乡标准的日趋统一，以及各种各样的大众文化，出现了与新的社会生活和经济秩序相适应的后现代主义。后现代主义的基本特征包括中心主体的分裂，参照物的丧失，道德判断和科学判断之间的联系的崩溃，形象胜于叙事，美学胜于伦理，等等。本文主要介绍后现代主义产生的社会背景和关于后现代主义的不同观点，阐述鲍德里亚的后现代理论和詹姆逊论后现代主义的重要著作《后现代主义，或晚期资本主义的文化逻辑》，最后对后现代主义的消费文化提出批判性见解。

关键词：后现代社会　后现代主义争论　鲍德里亚　詹姆逊　消费主义文化

Abstract: Following the wide use of computer, capitalism in the West has developed to a new phase, which is generally called postmodern society or postindustrial society as it appeared after modernization. Its fundamental features are new international division of labor and global capitalization. With the transnationalization of production, there are some new phenomena such as the global motions of people and therefore cultures, the obscuring of the boundaries among societies (including social categories), the replications in societies internally of inequalities and discrepancies once associated with colonialism, simultaneous homogenization and fragmentation within and across societies, the interpenetration of the global and the local, the disorganization of a world conceived in terms of nation-states, etc. Thus cultural differences become vague, cultural hegemony begins to disappear, and individual subjectivity tends to be fragmentary. People fall in a paradoxical situation, in which one becomes isolated and disassociated but at the same time, linked to the structure of a grand system. Under such conditions, postmodernism develops corresponding to a new social life and economic order, in response to a new way of consumption (such as internet purchase), artificial abandoning of commodities (without considering use-value), rapid change of fashions, penetration of advertisement and media in social life, standardization of city and countryside, and all kinds of mass cultures. The basic characteristics of postmodernism include the fragmentation of centered subject; the loss of referent; the collapse of the linkage between moral and scientific judgments; the predominance of image over narratives, aesthetics over ethics, etc. This essay introduces the social conditions as well as various views of postmodernism, articulates the postmodern theory of Jean Baudrillard and of Fredric Jameson's important work of *Postmodernism, Or, the Cultural Logic of Late Capitalism*, and finally offers a critique of the postmodern consumerist culture.

Key words: postmodern society; postmodernist arguments; Jean Baudrillard; Fredric Jameson; consumerist culture

后现代主义在西方世界已经成为一种过去的思潮,但对于我们今天所生活在其中的这个全球化的时代仍有着极大的影响。一般认为,后现代主义与资本主义发展的新阶段相联系。对这个新阶段的界定有各种不同的说法,如晚期资本主义、灵活的生产和积累方式、后工业社会、非组织化的资本主义、全球资本主义,等等。而对后现代主义的探讨,则应该首先考虑后现代的社会状况。

在资本主义的发展过程中,大致经历了三个主要阶段:市场资本主义、垄断资本主义和跨国资本主义或全球资本主义。从生产力方面考虑,这三个阶段分别对应于三次大的发展:第一次是从手工工场劳动到机械化,第二次是从机械化到电气化,第三次是从电气化到计算机化。后现代主义作为一种文化意识形态,基本上对应于第三个阶段。下面我们首先看看这一阶段的社会变化。

一 后现代社会的变化

首先,新的全球资本主义的基本结构特征是"新的国际劳动分工",也就是生产的跨国化,或者说通过分包合同的方式,生产过程(甚至同一商品的生产过程)变成了全球化的。生产中的国际劳动分工并不完全是新的东西,但高新技术前所未有地扩大了生产延伸的空间和速度。同时,高新技术还使资本和生产获得了巨大的流动性,生产场所可以经常变换,为资本寻求最大的利益,减少劳动成本,避免社会和政治的干预,从而形成所谓灵活的生产。由于这些原因,全球资本主义在性质上与早期资本主义的实践有着明显的差别,因而被称作资本主义的新阶段。

由于生产的跨国化,新的全球资本主义呈现出"去中心化"的特征。尽管美国现在被视为西方世界的中心,但从资本运作的角度考虑,人们越来越难以确定哪个国家或地区是全球资本主义的中心。许多人认为,正在形成的生产组织类似于现代初期北欧的汉萨同盟(在民族—国家出现之前,中世纪北欧城市结成的商业同盟),也有人把这种新的情况说成是"高科技汉萨同盟"(high-tech Hanseatic League)。换句话说,今天的世界市场是一个由城市构成的网络系统,没有明确的可以限定的中心,而且它们之间的联系日益密切,甚至比它们与自己本国的关系更加牢固。

跨国生产的经营者跨国公司是这种网络系统的纽带。跨国公司以国家市场作为它们经济活动的场所,它们不是被动地传递资本、商品和生产,而是决定着传递的方式和方向。也就是说,虽然"汉萨同盟"的比喻表明去中心化,但在这种表象背后,生产却高度集中于跨国公司。对于这种新的经济秩序,肯尼奇·奥梅(Kenichi Ohmae)明确指出,在对生产进行决定时,公司大约有70%的发言权,而市场大约只有30%的发言权。[1]由于跨国公司拥有很大的权力,在组织和民族忠诚方面超越了国家,国家在国内控制经济的权力大大缩小,而在全球范围内控制和维护这种经济秩序便成了重要的任务。这不仅表现在全球性组织的扩展(如世界银行和国际货币基金组织),而且还表现在通过组织超越国家的地区性组织(如北美自由贸易区)来实现这种经济作用的连续性。

辩证地看,生产的跨国化既是前所未有的全球一致的根源,同时也是资本主义历史上前所未有的分裂的根源。全球经济、社会和文化的一体化有些像马克思在19世纪预言的那样,虽然在他那个时代尚不成熟,但现在似乎即将得到证实。然而与此同时,也出现了一个与之平行的分裂化的过程:一方面,在全球范围内,资本主义的中心正在消失;另一方面,生产过程分裂到亚国家(subnational)的地域或地区。作为超国家的地区组织,例如欧洲共同体、太平洋区域经济共同体(Pacific Basin Economic Community)和北美自由贸易区等,都证明了全球性的分裂,而同一国家内部地区间的相互竞争也使它们走上了跨国资本的道路,在最基本的地区层面上表现出这种分裂。历史上国家一向代表着遏制分裂的意图,但在外部(跨国组织)和内部(亚国家的经济区域)的冲击下,国家如何遏制这种新的分裂并不十分清楚。

另外,资本跨国化最重要的后果是,在资本主义历史上,资本主义的生产方式似乎第一次表现出真正具有全球性的吸引力,脱离了它特定的欧洲历史根源。换言之,资本主义的叙事不再是欧洲历史的叙事,非欧洲的资本主义社会第一次提出了它们自己的资本主义历史的主张。于是,与经济分裂相对应,出现了文化的分裂,也就是所谓的"多元文化主义"。这种新的文化境遇最富戏剧性的实例,也许就是那种把资本主义挪用到东亚社会中的儒家价值观的努力,因为这种努力颠覆了长期坚持的信念——不论在欧洲还是东亚,人们一向认为儒家思想在历史上是资本主义发展的障碍。值得注意的是,东亚的儒学复兴之所以显得有一定的道理,并不是因为它提供了替代欧美价值观的观念,而是因为它把本地区的文化嫁接到资本主义的叙事。尽管如此,它表明了世界文化的问题已经变得非常复杂,远比早期资本主义阶段复杂得多。欧洲中心主义在空间的分裂及其后果隐含着某种资本主义时间性的分裂,换句话说,对欧洲中心主义的挑战意味着可能构想一种不以欧美政治和社会模式为基础的不同的未来。

最后,生产的跨国化使得第一世界和第三世界的区分受到质疑。第三世界现在已经走上跨国资本的道路,其中某些地方甚至属于世界经济的"发达"地区。与此相似,第一世界在全球经济中被边缘化的那些地区的生活方式,也很难与一向被视为第三世界的生活方式相区分。也许并非偶然的是,南北划分逐渐取代了以前三个世界的划分。当然南北不只是指具体的地理位置,而是具有比喻的指称:北方指跨国资本的道路,南方指被边缘化的国家和地区,两者都不以具体的地理位置为根据。

面对这种状况,有些理论家把它们说成是"全球区域主义"(global regionalism)或"全球地方主义"(global localism),并说全球地方主义70%是全球的,30%是地方的。[2]他们还为资本借用激进的生态主义口号说,"从全球考虑,从地方行动"[3]。

在过去的二三十年里,尤其自20世纪80年代以来,随着全球资本主义的发展或生产跨国化,出现了一些日益明显的现象,如人员和文化的全球性流动,各社会之间(包括社会范畴)边界的削弱,那些与以前殖民主义相联系的不平等和差距在社会内部重又出现,在社会内部和社会之间同时出现了同一性和分裂,全球和地区之间相互渗透,根据民族—国家构想的世界的非组织化,等等。在这些现象中,有些也有助于消除社会内部和社会之间的差别,实现相对的民主。但具有讽刺意味的是,全球资本主义的管理者们承认权力集中在他们或他们的组织手上,承认他们控制着人民、边界和文化,并力求使地区适应全球,把不同的文化纳入资本领域,根据生产和消费的需要重构这些文化,甚至跨越国家的边界重构人们的主体性,使他们成为更适合资本运作的生产者和消费者。那些不关心这种资本运作的人,或者那些对这种资本运作无关紧要的人,只能被边缘化。

随着上述这些社会变化的出现,在文化上也出现了相应的变化。一般认为,这些变化与计算机的普及和应用相关。

二 计算机的冲击

如前所说,后现代主义作为一种意识形态与资本主义的第三阶段相对应,而促成第三阶段的主要因素则是计算机的普及和应用。

托夫勒在《第三次浪潮》里曾说:"一枚信息炸弹正在我们中间爆炸,这是一枚形象的榴霰弹,像倾盆大雨向我们袭来,急剧地改变着我们每个人内心世界据以感觉和行动的方式……在从第二次浪潮向第三次浪潮信息领域转移的同时,我们也在改变自己的心理。"[4]在微电子通讯出现以前,相对地讲,社会变化是缓慢的,人们只能从有限的形象中构成现实的模式,他们对世界的解释来自教师、家庭和亲友,他们的知识大部分来自直接的经验和书本上的文字,没有电视和因特网来提供关于世界的各种不同的形象和模式,因此他们的知识是狭窄的。后来,随着计算机的普及和应用,微电子通讯技术使信息渠道成倍地增加,速度成千倍地加快,个人从这些信息渠道中构成的现实模式也千变万化。于是更多的思想、信念和各种解释便涌现到人们的意识中,发展起来,然后又消逝而去。那些被人们认作现实和对现实解释的整体产生的形象,开始破裂并逐渐消失,产生出一种微妙的令人吃惊的变化。信息变成了比较具体化的、个体化的东西。人们正在同时变成信息的接受者和传递者,既控制信息又被信息控制。结果,人们的思维方式发生了变化,人们感觉和认识世界的能力发生了变化,人们的工作方式和生活方式也发生了变化。

在计算机时代,庞大的计算机化的电子结构、巨大的商业网络、无形的大系统,引起了可怕的新的极权主义控制的前景:"居统治地位的少数人,将创造一个统一的、包括一切的、超星际的、为自动化而设计的组织结构。人不是作为自治的人而积极地发生作用,而是将被变成一种被动的、无目的的、由机器控制的动物,他们的正当作用……要么被机器吞没,要么因丧失个性的集体的利益而受到严格的限制和控制。"[5]在这种情况下,作为个体的人,他们不知道向何处去,他们摇摆不定,犹豫不决,在意见方面混乱而踌躇,在行动方面分散而不连接;他们担心而又怀疑,但却不能集中他们担心和怀疑的目标。正是这样一种可怕的前景,以及它在文化制品中的反映(如托马斯·品钦的小说或某些科幻小说及电影等),使得以怀疑论哲学为基础的理论开始流行。

在诸多理论中,也许后结构主义影响最大。它从语言出发,强调任何事物都不能通过语言符号充分表达。这就是说,作者的作品不可能完全表达作者自己,他的意思不可能与语言符号的指涉完全一致;换句话说,作者用文字表达自己的思想时,他很难完全控制自己要表达的意义,他的作品会得到预想不到的理解和解释。在这种观点的影响下,便出现了所谓的没有标准的批评,或完全凭主观意识的批评。

伴随后结构主义的发展而出现的解构主义,以尼采的怀疑论为基础,但又揉进了计算机时代的微观理论。它强调区分和差异,强调结构的任意性,认为找出文本中预想不到的构成过程才是批评的内容,而批评对话只不过是一个附加的转喻过程。解构的后果是:稳定让位于动荡,统一让位于分裂,一致让位于差异,中心让位于多中心或无中心。

与此同时,知识的地位和性质也发生了变化。在这个时代,知识为适应新的计算机化的交往,必须转变为信息量来处理,只有如此才成为可以直接应用的知识。在知识的构成过程中,任何不能按照信息处理方式转变的知识都受到排斥。也就是说,不论知识的"生产者"还是"应用者",都必须拥有这种转变过程的手段。随着计算机统治地位的出现,也出现了某种特定的逻辑,并因此出现了一种完全物化的知识。从前人们必须通过脑力训练和接受教育而获取知识,但现在这种情况正在发生变化。知识的提供者和应用者与知识之间的关系,现在可能变成商品生产者和消费者与商品之间的那种关系,或者说价值和交换的形式。知识的生产是为了销售(如计算机软件),而知识的消费则是为了维持知识的扩大和再生产,两者的目的都是交换。知识本身已经不再是一种目的,它失去了自由人文精神的价值,今天"保护知识产权"、"教育产业化"和"博士加工厂"之说,都在某种程度上体现了知识的变化。毫无疑问,这是资本主义的生产关系所决定的,但以计算机为基础的科技发展,也为知识性质的转变提供了可能。在计算机时代之前,一个人的知识只能通过教育和训练传给其他人,但现在他可以把知识变成计算机软件,其他人只需凭计算机设备便可获得并运用他的知识,而软件和计算机本身都早已成为广泛流通的商品。

知识性质的转变必然对整个社会和文化思想产生重大影响。首先,知识的教育价值和政治重要性日渐减少,"知识"和"无知"之间的划分逐渐淡化,因为知识已经开始采取金融流通的方式。它像金钱那样,分为"支付的知识"和"投资的知识",或者说分为用以"交换流通的知识"和"储存的知识"。知识的商品化和物化使它可以作为信息商品按商品社会的规律流通,因而也适合商品社会的货币交换形式,例如计算机的程序编制和语言数据加工虽然需要某些人的专门知识,但它们一旦完成,就可以被大量没有这些专门知识的人所运用,而且,随着计算机在人工智能和自然语言或人机对话方面的发展,它很可能达到模拟人的信息处理的能力:模式识别,景物分析,问题求解,定理证明,知识表达,博弈决策,以及对自然语言的理解。假如这种情况得到成功的发展,那么知识按照货币流通的方式出现便不是不可能的事情。

其次,知识性质的变化以及可能引起的前景,其影响本身便构成一种新的文化意识。新的意识可能体现在各种媒介中,如广告、电视、互联网络等,它可能逐渐脱离书面语言、阅读以及旧式逻辑的思想实践。这样,文化差异开始模糊起来,文化的垄断开始消失,个人的主体意识也趋于瓦解。人们陷入一种新的自相矛盾的境遇,变成孤立的、互不联系、同时又系于同一个大系统结构的人。于是,随着日益扩大的新式消费(如电脑购物),人为的商品废弃(如不考虑使用价值),迅速的式样变化,广告和电视等对社会生活的渗透,城乡标准的日趋统一,以及各种各样的大众文化,出现了与新的社会生活和经济秩序相适应的后现代主义。按照大卫·哈维(David Harvey)在《后现代性的条件》中的论述,后现代主义是对最近过度积累的危机的历史反应。这种危机的征象包括中心主体的分裂,参照物的丧失,道德判断和科学判断之间的联系的崩溃,形象胜于叙事,美学胜于伦理,以及"暂时性和片断胜过永恒的真理和统一的政治"[6]。哈维指出,里根的巫术似的经济学和形象制造,可以说是后现代主义观点的一个缩影;按照这种观点,无家可归、先进、日益加剧的贫困以及能力的丧失,都通过诉诸于自力更生、创业的个人主义、神圣的家庭、虔诚的宗教信仰等传统价值来进行辩解。大街上胡涂乱画的景象、城市的腐朽和种种悲惨事件,变成了媒体上滚动的背景;贫困、腐败、失望和绝望,变成了审美乐趣的源泉,或者"他性"和差异的标志。[7]

正是在这种情况下,开始出现了各种关于后现代的理论。但这些理论各不相同,一直存在着争论。下面概略地谈谈争论的情况。

三 关于后现代主义的争论

20世纪50年代,欧文·豪(Irving Howe)和哈里·莱文(Harry Levin)首先从文学方面对后现代主义进行了讨论。他们确立了一种明显的否定姿态,认为后现代主义是光辉的现代主义文学的虚弱的继承者,它的出现是因为大众社会对文学艺术的严重侵蚀。60年代,莱斯利·菲德勒(Leslie Fiedler)和伊哈布·哈桑(Ihab Hassan)等人表现出对新型大众媒介的广泛注意,从而确立了一种争论的语境和气氛。70和80年代,最初的否定态度受到抨击和围攻,于是又引起了新的反对后现代主义的呼声。结果,直至今日仍然争论不休。如果谁要对后现代主义提出自己的看法,那就不仅要对它的起源和概况进行分析,而且还要公开表明自己的立场。佩里·安德森(Perry Anderson)、丹尼尔·贝尔(Daniel Bell)和于尔根·哈贝马斯认为,只要人们用感性分析代替过分的修辞分析,后现代主义就可以避免;而让-弗朗索瓦·利奥塔和理查德·罗蒂认为,应该采取鼓励后现代主义的立场。弗雷德里克·詹姆逊则提出,后现代主义必然包含肯定和否定两个方面,有助于人们了解自己所处的时代,因此应该使用这个概念。但反对后现代主义的人却认为,即使詹姆逊的看法也是经过掩饰的赞同态度。

关于"现代"与"后现代"的关系,究竟后者是对前者的破坏还是继续,至今仍没有解决。安德森认为,"现代"与"后现代"是相似的术语,都包含着它们想解释的时代更重要的事实;贝尔认为,后现代主义体现了在现代主义那里已经出现危机的一些原则;而利奥塔则认为,在后现代主义中,有一种已经在现代主义那里认识到的崇高的潜力,动摇着常规的秩序观念。詹姆逊、哈贝马斯和罗蒂虽然都认为在"现代"和"后现代"之间有一个重大的断裂,但他们对断裂的具体看法却并不一致。詹姆逊笼统地认为20世纪60年代以前是现代的,60年代以后是后现代的。哈贝马斯认为"现代"是仍未完成的18世纪启蒙运动的继续,而"后现代"则仍然是一个模模糊糊的影子,并非已经真正出现。罗蒂与分析认识论的传统接近,他把"现代"确定为笛卡儿时期,并认为"后现代"的主要轮廓在黑格尔的著作中已经可见。这些分歧意见所产生的后果,使后现代主义的研究也涉及19世纪和20世纪前半叶的著作。

上述这些人的看法虽然不同,但在分析方法上又有新的结合。哈贝马斯、利奥塔和罗蒂运用"抽象的"或"哲学的"历史观来确立他们的论点;而安德森、贝尔和詹姆逊则与之相反,虽然他们也有相对概括的论述,但更多地却依赖范围广泛的经验素材。另外,贝尔有时也加入利奥塔和罗蒂的行列,对总体性的描述和解释方式不予重视。然而这三者之间又有进一步的分歧。

罗蒂反对以人性、自然或理性为价值基础,坚持价值的局部偶然性。这颇有些像文学批评中"解释的社群"[8]的观点,但罗蒂仍然依赖局部单位的统一性。在他看来,知识分子不能离开其群体的社会需要,因为他担心美国知识分子会与"国家的道德舆论分离"[9]。利奥塔的总体立场似乎与罗蒂一致,他认为,通过解放(指法国革命)、沉思(指德国研究型大学)或两者的结合(指马克思主义)而将人类历史统一起来的宏大叙事,与通过较小的叙事或在观念上发生作用的"无害的谎言"的语言游戏应该形成对照。然而,在探讨争论、矛盾和差异时,利奥塔关注的是权力和语言的交叉及其使少数人受害的情景。这些少数人看似属于某个群体,而实际上并非如此,只是他们采取的方式"在知识的规则之下不可能呈现出来"而已。[10]所以利奥塔与罗蒂并不一致,他不仅不相信"总体"的统一性,而且也不相信"群体"的统一性。

贝尔既反对机能主义也反对马克思主义,他坚持认为不存在被称为"社会"的统一整体。他认为,在互相分离的政治、经济和文化三个领域之间,最主要的是断裂和冲突,因此他在一篇令人反感的文章里说,他自己"在经济上是社会主义者,政治上是自由主义者,文化上是保守主义者"[11]。显然这是把一种类似"相对自治"的概念推到了极端。阿尔都塞曾经运用"相对自治"的概念发展了马克思主义关于国家和文化的思想,而这在詹姆逊和安德森对总体性的论证中至关重要。哈贝马斯虽然认为韦伯的新康德主义理性应该分为独立的知识、道德和趣味领域(分别与科学、社会组织和艺术相对应),但他同时也极力确立一种新的"日常生活"的总体性,而日常生活的繁荣则必须与这三个领域的结果相联系。

让-弗朗索瓦·利奥塔称赞后现代的状况实现了现代主义的真正精神。他反对哈贝马斯对后现代主义的指责,不承认后现代主义背叛了启蒙运动的理想,如科学、普遍的法律、独立的艺术,等等。他否认詹姆逊那种源于黑格尔的总体性的观点,认为那会导致由国家暴力强加的一种有机总体性的先验幻象。在他看来,现代主义对个人等于是恐怖主义,因此他坚持必须消除自我认同的主体观念,消除单一的历史目的,代之以尼采式的虚无主义或观念主义。更确切地说,他主张一种关于崇高的新康德主义的美学,再现无法再现的事物,以隐喻表现无法再现而可以想象的东西。利奥塔否认对"整体"和"一致"的怀旧感,否认"观念和感觉的调和",呼吁"让我们对总体性开战;让我们目睹不可再现的事物;让我们推进差异,拯救人类的名誉"。[12]

也许艺术自治只能是总体性的一种特殊状况,但对这一问题人们也有不同的意见。安德森的观点与传统马克思主义的"反映论"相似,他认为艺术的种种可能由社会条件决定,而艺术并不具备改变那些条件的力量。利奥塔认为,艺术的价值在于自身是一种独立的"语言游戏",与权力的话语完全不同。但另一方面,对于传统上一向属于自然或道德哲学的问题,罗蒂承认并鼓励艺术和批评干预对它们的思考和争论;而贝尔则对文化价值侵入独立的政治领域、尤其经济领域深感不安。哈贝马斯和詹姆逊的看法明显对立。在哈贝马斯看来,后现代主义是超现实主义的继续,有可能使艺术失去自治,为在整个社会生活里的运用而释放它的能量;但他宣称这种情况基于一种误解,因为"当一种自治地发展起来的文化空间的'容器'被打破时,它所包含的东西就会散开。……从某种低俗的意义或破坏了的形式中不会留下任何东西"[13]。然而詹姆逊认为,资本主义的物化虽然已经破坏了任何文化的自治,但通过"文化适应"过程,文化形式和实践现在遍布于社会生活的组织之中。因此,剩下的便是文化生产和批评的机会,而它们比在过去条件下显得更加重要。他认为,对于安东尼·葛兰西所说的"霸权统治",一旦文化领域不再有决定性的划分,日常生活的斗争也就变成一种重要的政治活动。[14]

从上面的概述可以看出,关于后现代主义的争论不仅大量存在,错综复杂,而且在相当长的时间内还会继续下去。因此,究竟什么是后现代主义,至今没有一个明确的、人人都可接受的定义。笼统地讲,也许可以这么界定:后现代主义是一种文化实践,它利用差异、重复、转义、幻象、仿真、超现实等概念,力图动摇或颠覆存在、同一性、历史进步、认识论的确定性、意义的单一性等概念。

如此界定,显然要联系它力图动摇的对象来考虑,也就是要联系现代主义。众所周知,早在波德莱尔的作品里,现代主义便呈现出清晰的概貌;后来在各种先锋派运动中不断发展,于超现实主义中达到高潮。现代主义有一个明显的特征,即在变化了的时代意识中,寻求一个共同的中心。在先锋派的比喻里,已经体现了这种时代意识:先锋派认为自己进入一个不为人知的领域,面对着一些可能突然发生的事件或危险,力图征服尚未占领的未来;仿佛在一片他人尚未涉足的风景区,他们一定要走出一条道路。这种前进的探索,这种对不确定的未来的期望,这种对新领域的狂热,实际上意味着超越了现实。新的时代意识不仅表现社会运动、历史进步和日常生活不连贯的经历,而且面对迅速变化和推动变化的力量所赋予的价值,还显示出一种对稳定的现实的渴望。现代主义对过去的看法是:不同的时代失去了它们特有的力量,历史回忆被急剧变化的现时和历史的关系所代替。可以说,这是一种打破历史连续性的企图,是一种具有破坏性的力量。现代主义反对一切常规的传统作用,并把这种反对作为抵制道德标准和实用标准的方式。

在一定意义上,后现代主义是对现代主义的反抗。大部分后现代主义的作品都反对既定的现代主义形式,反对文化中的现代主义机制。抽象的表现主义,庞德、T. S. 艾略特和华莱士·史蒂文斯(Wallace Stevens)的现代主义诗歌,勒考比西埃(Le Corbusier)、弗兰克·劳埃德·赖特(Frank Lloyd Wright)等人的国际风格派建筑,以及詹姆斯·乔伊斯和马塞尔·普鲁斯特等人的作品,虽然曾经使他们的同代人感到惊奇,但20世纪60年代成长起来的人却认为它们是定制的框框,意味着令人窒息和死亡,必须打破它们才能建立新的。就此而言,有多少现代主义的形式,就有多少后现代主义的形式,因为后者是对抗前者并力图取代前者。

今天,在西方世界,资本主义越是发展,文化批判的趋势似乎就越强。大体上可以说有三种力量。一种以乔治·巴塔耶(Georges Bataille)、米歇尔·福柯和雅克·德里达为代表,他们力求揭示一种无中心的主体性,从作品和实用的必要性里解放出来,并以这种经验摆脱现代主义的束缚。他们在概括现代性的基础上,认为应该反对现代主义。他们通过激情理解想象、个人经验和情感的自发力量,并把它们与工具理性并置起来。另一种始于列维-施特劳斯,包括汉斯·乔纳斯(Hans Jonas)和罗伯特·斯贝曼(Robert Spaemann),他们对理性、道德和艺术的衰落充满伤感,建议回到现代主义之前,提出新亚里士多德主义,并根据生态学的观点,提出一种宇宙论的伦理,强调各部分是互相制约的整体。第三种是后现代主义者,他们对科学技术的发展持欢迎态度,认为只要能实现资本增长和理性的行政管理,任何发展都应该欢迎。另外他们还建议实行一种取消文化现代性内容的政治,主张政治要尽量避开道德实践判断的要求。他们肯定艺术的内在性,不赞成艺术有乌托邦的内容,并通过指出艺术的虚幻性而把美感经验限制为个体的人。三种力量同时存在,共同构成了后现代的多样性。

四　让·鲍德里亚的理论

在诸多后现代理论中，法国批评家让·鲍德里亚（Jean Baudrillard）对后现代主义有着独特的见解。他根据精神分析理论，从媒体对人们心理的影响出发，阐述了后现代某些文化特征形成的原因。因此有必要对他的理论概要地加以叙述。

鲍德里亚在论及马瑟尔·茅斯的礼品交换理论时指出：

> 再没有任何客体系统。对客体作为明显的事实、实体、现实和使用价值，我的第一部作品[15]包含着一种批判。在那部作品里，客体被当作符号，但作为仍然负载意义的符号。在批判中，有两种主要的逻辑互相交叉：一种是虚幻的逻辑，主要指精神分析——它的认同、投射和整个想象的超验领域，在客体和环境层面上发生作用的权力和性，以及某种符合房子/汽车轴心（内在/超验）的特权；另一种是区分性的社会逻辑，它通过对社会学的参照进行区分，其本身由人类学产生（作为符号、分化、地位和威信的生产的消费）。在这两种逻辑背后，以某种描述和分析的方式，已经出现了象征交换的想象。这是一种超越交换和使用、超越价值和等价的客体和消费的地位的想象。换言之，这是一种消费、馈赠、支出、分送和那种"可憎部分"[16]的牺牲的逻辑。[17]

鲍德里亚认为，上述这些情况仍然以某种方式存在，但客体的其他方面正在完全消失。对整个内心世界的这种描写——投射、想象和象征——仍然与客体作为主体的镜子的地位一致，而且反过来与镜子和"景象"的想象的深度也一致，包括"自己制造的景象，内心的景象，个人的空间—时间（与公共空间相关）"。这种主体与客体、公众与个人之间的对立也仍然具有意义。然而现在，日常生活是另外一种景象，它受历史景象的影响，但随着历史景象的政治投入的减少，生活景象便越来越具有象征的意义。[18]

但是，鲍德里亚指出，在当前西方的社会条件下，景象和镜子都不复存在，而是出现了一个屏幕和网络系统。镜子和景象的反映性被取代，出现了一个多种作用在上面展开但并非反映的表面，也就是进行交流的光

滑的表面,如电视和电脑屏幕。如此,情况就发生了变化:

> 浮士德、普罗米修斯(或许俄狄浦斯)的生产和消费时期,让位于"蛋白"的网络时代,让位于自我陶醉的、千变万化的时代,也就是联系、接触、接近、反馈和种种与交往世界相关的时代。由于电视形象(电视是这个新时期最终和最完善的客体),我们自己的身体和周围整个世界变成了一个控制屏幕。[19]

按照鲍德里亚的看法,人们就不再以自己的感情和描写,不再以自己对占有、丧失、悲伤和嫉妒的想象,将自己投射到他们的客体之中。也就是说,在某种意义上,客体的心理方面已经消失,即使可以经常标出它们的细节,人们也会觉得并非事物真正在那里。罗兰·巴特曾以汽车为例对此作过说明。巴特认为,"驾驶"的逻辑已经逐渐代替了占有和投射的主观逻辑。就是说,不再有与客体本身相关的力量、速度和占用的想象,而是代之以与实用相关的潜在的掌握、控制和支配,汽车不再是心理圣坛上的一个客体,而是作为动力和车辆的种种可能的作用。主体变成了方向盘上的一个电脑,车辆变成了驱壳,它的仪表盘变成了脑子,周围的景色像电视屏幕似的展开。[20]

这个例子表明,汽车可以变成一种信息网:汽车可以对人"说话","自动地"告诉人们它的概况,甚至人自身的概况;它变成了一种生活方式的"顾问"和伙伴,一种人与之相联系的东西。例如,名牌车可以表明自身的价值,表明人的身份和职业(富裕的有产者),决定人的生活方式(郊游、减少步行时间、因体力活动减少影响健康等)。这里的根本问题变成了与汽车本身的交流,一种用主体自己的客体对主体的存在进行检验。

从这点出发,速度不再那么重要,无意识的投射和社会竞争也失去了原来的意义。但是,鲍德里亚认为,在每个层面上,汽车都在安装一种生态学的理想。它不再是支出和消费,而是"代之以规定、机能、同一系统各部分之间的契合性,以及对整体的支配和综合管理"[21]。这就是说,每个系统形成某种小的生态环境,在这个环境里,本质的东西是保持一种关系配置,一切条件都要不断地交流并相互联系,保持与其他部分及整体的适应,否则就可能带来危险。

在这里,鲍德里亚的看法有两种含义。第一,在消费社会,消费的结果与事物的使用价值无关,而是与从使用价值到符号价值的过程相关,因而出现了与富裕的目的不相关的新东西。第二,个人世界仍然以传统方式存在,但出现了另外的生活方式。最明显的例子是广告。广告语言最初只是用于广告本身,是一种元话语(metadiscourse),人们无从知道其客体的真实结果;但后来它变成了一种观念或意识,人们相信广告胜过相信真实的商品,或者说广告取代了商品的使用价值。广告依然以传统的方式存在,但其与人和商品的关系发生了变化。对于质量相似或相同的商品,人们喜欢名牌,甚至宁愿要名牌而不要质量更好但鲜为人知的新产品。

这种情况与现实生活中的"卫星化"是一致的。今天成千上万个卫星在空间飞行,遥控着人们的行为,人们失去自我,依附于一种生活方式和节奏。鲍德里亚称这是"过度模仿的现实主义",即个人世界被提升到一种空间力量,一种空间的隐喻。地球上的生活在空间里被视为实际存在,这意味着形而上学的终结,开始了极端现实的新纪元。也就是说,从心理和精神上投射的东西,在地球上常常作为隐喻或作为精神景象而经历的东西,从此以后都被投入现实,再没有任何隐喻,一切都是绝对空间里的现实及其模仿。[22]

鲍德里亚意在说明,个人领域作为一个整体已经进入某种轨道,它不再是一种景象,不再体现主体的内心世界;人们受到一个"微型卫星"的控制,处于轨道之上,不再像演员那样生活,而是作为多重网络系统的一个终端。电视仍然是这种情况最直接的先兆。今天,人们居住的空间同时是接收者和播送者,既是控制屏又是终端的空间;屏幕和终端本身可以具有遥控的能力,具有从远处支配事物的能力,包括家庭的工作以及消费、游戏、社会关系和享受等。

这里似乎远离现实而接近于科幻小说。但鲍德里亚认为,这些变化必然导向三种情形:一、在一个独特的、机能化的过程中,对诸多因素和作用以及它们的均化,将在形式和功能方面进行最大的抽象;二、身体的活动和努力被转移到电子控制当中;三、在时间和空间里将程序微型化,而程序的实际景象(不再是真正的景象)将变成无限小的记忆以及包含它们的屏幕的景象。

但这里的问题是,这种电子的"脑化"和微型化,这种环境的"晶体管化",究竟在什么程度上将过去充满生活景象的事物变成无用的、废弃的、甚至猥亵的东西?鲍德里亚指出,"这是微型化的、电子控制的、对时间、身体、享乐进行微处理的时代。对这些事物再没有更高层次的、以人类为尺度的理想的原则。其余的一切都只是集中起来的、微型化的、可以直接利用的效果"[23]。这种从人类范畴转向微型集成电路的情况,今天在西方社会里处处可见:"我们的身体常常是多余的,在其延伸当中,在其机体的多重性和复杂性里,在其组织和作用当中,基本上是无用的。"[24]这就是说,今天的一切都集中于脑子和遗传密码,而它们本身就概括了对存在的实用解释。这种情形有些像乡村和城市。在后现代时期,乡村萎缩,居住普遍城市化(今天我国也在向城市化转变)。一旦一切都集中于城市,而城市又变成微型化的核心,那么地域宽阔的乡村就成了被抛弃的"身体",其广袤的维度似乎就成了任意性的。这点也可以延伸到时间问题,一旦交流的即时性把交流变成连续的瞬间,那么巨大的自由时间就变成无用的维度。

于是鲍德里亚写道:"身体、景象和时间,作为景象全都逐渐消失。而且对于公共空间同样如此:社会舞台和政治舞台全都越来越多地变成一个巨大的多头软件。新形式的广告宣传……在新的维度上侵入一切事物,而公共空间(街道、纪念碑、市场)则退匿消失。"[25]也就是说,广告在其展现中支配了公众生活,它已不再局限于传统的语言,而是具有组织设计和超客体实现的作用,具有组织未来计划的作用。这并非因为这些作用促进消费,而是因为它们是文化、商品、群众运动和社会潮流的预展。广告不是一个公共的景象或真实的空间,而是传播、流通和瞬间联系的巨大空间。

鲍德里亚认为,这种公共空间的丧失以某种微妙的方式与个人空间的丧失同时发生。就是说,公共空间不再是一种场景,个人空间也不再是什么秘密。过去它们明显对立,客体有其自身的景象,主体空间是象征的空间。但现在这种对立已不复存在,个人生活的隐秘过程变成了大众媒介的素材。反过来,整个世界在家里的屏幕上任意展现,一切无用的信息都呈现出来,因个人和公共的分离而保留的景象也遭到破坏。

当然,在现代主义时期,个人世界一直发生异化。当时,个人世界被作为一个封闭的保护领域或防卫系统,形成了个人与他者的对立关系。社会也处于异化之下,是一个充满场景的社会。鲍德里亚认为,只要存在异化,就存在场景、行为和景象,"异化并非是猥亵性的。猥亵性开始之时,不再有场景和景象之时,恰恰是一切都变得清晰可见之时,恰恰是一切事物在信息和交流的刺目而无情的强光下暴露之时"[26]。

在鲍德里亚看来,人们在后现代时期生活在交流的迷恋之中。这种迷恋是"猥亵性的。这里猥亵性的意思是取消一切反映和形象,结束一切再现和描写"[27]。也就是说,它不再是传统意义上的猥亵性,不再是隐蔽的、禁止的、隐晦的活动。相反,它是清晰可见的活动,是再无秘密可言的猥亵,是在信息和交流中非常清楚的猥亵。

按照鲍德里亚的解释,商品中也存在猥亵性。商品的猥亵性与等价物和自由流通相关,它超出客体的使用价值,是抽象的形式,与客体的实质相对。但鲍德里亚认为,"商品是可以理解的:它与客体相对,而客体决不会完全放弃它的秘密,所以商品总是表现出它的可见的本质,这就是它的价格"[28]。商品是转换客体形式的所在,客体通过它进行交流。因此商品形式是现代世界最大的媒介,但客体通过它所传递的信息极端简化,而且总是相同的信息,即它们的交换价值。所以鲍德里亚认为,在这种交流中突出的只是媒介,实质的信息已不复存在。只有扩展这种分析,才能理解交流世界的猥亵性。在交流世界里,一切都变成了平面的单一维度,一切秘密、空间和景象都在单一维度的信息中消失。

实际上,鲍德里亚所说的猥亵性是一种隐喻,它指的是交流网络系统的"乱交"。他认为,这种"乱交"是表面的侵入,是一种连续的引诱,是对防护空间的根除。例如,在今天的空间里,充满了无数个电台、电视台、无线通讯、移动通讯和互联网络的电子信号,它们互相重叠混合(猥亵、乱交),有些本来在空间里自由的东西不再自由。本来说话是自由的,但人却受到各种电子信号的冲击,他们并不能完全控制自己的交流,个人的隐私空间受到了各种干扰。在这种情况之下,鲍德里亚认为当代的文化趋势将脱离表达和竞争的形式,走向一种独特的享乐形式。这种形式是迷恋的、自我陶醉的,但不一定否定价值判断,因为观念形式本身必然出现某种深刻的变化。在衡量这种变化时,由于需要运用旧的标准和对景象的感性反映,所以人们一般会误解这些在感觉领域里新出现的情况。

按照鲍德里亚的观点,由于交流和信息,由于所有交流系统网络内在的混乱,人们会处于一种新形式的精神分裂状态。就是说,一切事物都过于相似,过于杂乱无章,它们互相接触、侵入、穿越,再没有个人的保护,甚至个人的身体也难以得到保护。这种分裂使一切景象消失,人们生活在巨大的混乱之中,结果个人本身也成为猥亵性的,因为他对世界的猥亵性进行猥亵性的吸收,与真实绝对地相似,完全变成事物的现时瞬间。换句话说,世界过于透明,个人不再能限定自己的存在,不再能表现自己,使自已成为反映的镜子；他现在只能是一个纯粹的屏幕，一个所有网络系统交换的终端。

鲍德里亚的理论大致分三个阶段。第一个阶段主要集中于消费主义，他把客体或商品的价值展现分为四种：使用价值，例如一支笔用来写东西；交换价值，如一支笔等于半天的工资；象征价值，如一支笔表示学生或文化人，一个钻石戒指表示爱情；符号价值，如一支笔表示与其他笔的关系，一个钻石戒指表示社会阶级地位或趣味。他的贡献主要是提出了象征消费和符号消费问题——在后现代社会，由于交流媒体、尤其是广告的作用，人们的消费常常是在消费符号价值，而不是使用价值。第二个阶段主要论述媒体问题，即社会关系的性质如何由社会运用的交流方式决定。第三个阶段与第二个阶段相联系，即在后现代社会，主体受高速度的电子交流方式和信息网络控制，失去了历史性，变成了平面化的。上面所谈的他的理论主要是第三个阶段的观点。虽然他的理论观点非常晦涩，但如果联系网络信息对人们心理和思维的影响，对理解后现代主义某些特征的形成，尤其是鲍德里亚所说的后现代主义典型的文化特征"仿真幻影"(simulacrum)，还是相当有价值的。"仿真幻影"指没有原始依据的复制，或没有指涉物的符号，说明在现今的世界上再现就是现实。许多人认为这种看法表明后现代主义抽空了历史，取消了自然，使个人主体难有作为。但也有人认为这种对传统概念的破坏有可能导致新的、由多种因素决定的自我的构成。

五　詹姆逊的后现代主义理论

在文化心理方面，詹姆逊的后现代主义理论与鲍德里亚有相似之处，如现时瞬间的问题，他说"新机器不像火车头或飞机这种现代主义的机器那样表现运动，它只能在运动中表现，新的后现代主义空间的某种神秘的东西就体现在这种机器之中"[29]，又如他也认为电脑和电视"什么也不会表达，只能聚爆形象"[30]，同时他借用拉康的精神分裂和示意链的崩溃，来阐述人类生活的过去、现在和将来的统一和断裂的问题。但是，詹姆逊明显不同的是，他以辩证的态度对待后现代主义，既看到它消极的一面，又看到它积极的一面。

詹姆逊的后现代主义理论主要体现在他的重要著作《后现代主义，或晚期资本主义的文化逻辑》(*Postmodernism, or, the Cultural Logic of*

Late Capitalism,1991)中。因此这里主要围绕这本著作来论述他的理论。在这本著作里,詹姆逊概括了五种后现代的征象:

1. 一种新的形象的平面性或无深度("感情的消失")
2. 历史性的削弱(拼凑)
3. 一种全新的情感基调("歇斯底里的崇高")
4. 与技术的新关系(地缘政治)
5. 建筑空间中的变化(认知测绘)

所有这些征象各不相同,但它们都必须联系晚期资本主义(基础)或它们彼此的关系(上层建筑)来考虑。詹姆逊在分析这些征象的过程中,明显带有悲观主义色彩,但由于他一开始就认为它们是"坏的新事物",所以他在这些征象里也看到了乌托邦精神的觉醒。

詹姆逊用"新的形象的平面性"表示三个分开而又互相联系的论点:第一,当代艺术不再通过想象重构它象征的深度意义——这种情况不只是批评理论(尤其解构主义)使表面/深层的阐释模式不再那么有效,而是后现代艺术作品自身放弃了它,使内容的本质发生了变化;第二,客体世界和主体都发生了改变,包括历史在内一切都被看做是文本的,结果历史也相应地失去了潜力;第三,出现了詹姆逊称之为"感情的消失"的某种现象。詹姆逊通过对梵高的"农民鞋"和安迪·沃霍尔(Andy Warhol)的"钻石粉末鞋"的对比解读,使我们进入一个对文化作品重新分类的时刻。

詹姆逊认为,梵高的绘画如果"不是降到纯装饰的层面"——在我们这个无深度的时代经常出现——那么它就"要求我们重构最初的境遇,也就是完成的作品出现时的境遇"[31]。詹姆逊的论点是,除非我们重构那种境遇,我们就不可能把梵高的作品理解为一种象征行为,这样它就不可避免地变成另一种形象。如果我们集中于它的素材——"农业悲惨、乡间赤贫的整个客体世界,农民苦累不堪的整个不完善的人类世界,一个压缩成它最残酷可怕的、原始的、边缘化状态的世界"——我们就可以从思想上重构作品的境遇。[32]梵高把无生气的农民转变成灿烂的油彩,可以读作是一种"乌托邦的姿态,一种补偿行为,它不再产生一种全新的乌托邦的感觉领域……而是自身重构成一个半自治的空间,构成资本机体的新劳动分工的一部分"[33]。在更形而上的层面上,可以想象艺术作品的境遇处于大地和世界之间,或者处于身体无意义的物质性与社会历史意义之间。无论哪种方式,这些都是阐释的作用,通过解读,作品"被当做某种更大的现实的线索或征象,而这种现实又作为它最终的真实取代了作品"[34]。

这种最终的真实是由看画的人构成的。这是一种现象学的真实而不是本体论的真实,也不是认识论的真实,就是说,它是个人经验的真实,而不是普遍意义上的真实。沃霍尔的"钻石粉末鞋"(Diamond Dust Shoes)不产生这样的真实,那是因为它没有对看画者打开已知或至少是可知生活世界的大门。沃霍尔的鞋不是那种破旧的棕色皮鞋,粘满田里的泥土,未结鞋带,扔在墙边,标志着一天劳累的结束,以及它在农民工作周期中的重要地位;相反,它提供的是"随意把死的物体收集在一起,挂在画布上,像许多萝卜,脱离了它们先前生活的世界,又像是奥什维茨留下的鞋堆,或者像一个拥挤舞厅里某种神秘悲惨的火光留下的残迹"[35]。因此看画者无法恢复作品的情境,我们不仅要猜想它们的意义,而且要猜想它们如何能产生意义。这就把我们带到第二种论点,即客体世界和主体的变化。沃霍尔的图像伤害眼睛,但并不是因为它那可能使人想到死亡现象的艺术材料,倘若那样,就需要某种情感甚至同情,而作品并没有这种效果。即使它们是从奥什维茨留下来的鞋堆,那也不像是一个已知的世界,因此任何重构作品情境的努力必然是毫无意义的,或者只能是漫无目的的伤感(我们痛苦,但不知道为谁痛苦)。如果人们不能重构作品出现的生活世界,也绝不会一切都消失,因为人们通常会感到作品的某种感情基调。但即使这时沃霍尔的作品也阻碍我们,因为人们不清楚如何感受它的图像,结果思想变成了不连贯的碎片。

詹姆逊在解读蒙克的《嚎叫》中指出,其夸张的橙色、红色和蓝色的旋涡使"缺失的尖叫"可以回到"一种环形旋涡的辩证",其中"发声的颤动最终变得可见,就像在一片水面上,在一种无限的倒退中,从受难者成扇形展开,变成一种世界的真正布局,其中痛苦本身现在通过物质的日落和风景说话和颤动"[36]。实际上这是指情感效果。在詹姆逊看来,这种痛苦的声音转变为画出的旋涡,应该看做是内心感情的向外倾诉,更确切地说,"可见的世界"只是内心的"一面墙,在它上面,这种'穿过自然的尖叫'被录制下来"[37]。换句话说,蒙克绘画的表面只有依靠隐蔽的深层背景才能理解,也就是通过艺术作品把内在的感情投射出来。但是,这种阐释的概念或主体性的概念,已经被后现代的"理论话语"系统地抛弃,造成了"感情的消失"。詹姆逊认为,这种个人主体的情感在后现代主义那里已不复存在,因为它的前提条件已经消失——在后现代社会的资本的作用下,在今天有组织的官僚主义政治的世界上,个人自治的主体已经消失。

但是,如果没有主体,没有独特的感情,只有强烈的非个人的东西,那么就不可能再有传统意义上的(即现代主义的)个人风格和独特的表达方式。"个人主体的消失,以及它在形式上的后果,即个人风格越来越难以实现,产生出今天几乎是普遍性的那种可以称作拼凑的实践。"[38]拼凑是对独特风格的模仿,但与戏仿或讽刺不同,它是没有目的的模仿,唯一的乐趣是复(„)某种死去的语言。这是一种有些沮丧的实践,因为它不再相信可以创造出全新的艺术语言。于是,创造性只能是对失去的或死亡的风格进行非历史的复活。

拼凑完全适合詹姆逊所说的"历史上原始消费者的欲望,也就是对一个变成纯形象世界的欲望"[39],或一般所说的影像文化。这种变化的结果是把过去本身变成了某种形象,或者说一大堆形象,像个抛弃了的相册。但不应该认为这个过程无关紧要,"相反,当前明显增强的迷恋照片形象的趋势,本身就是一种无处不在的、无所不包的、几乎是'里比多'历史主义的实在的征象"[40]。詹姆逊提出了三种依恋过去的情形:建筑中的新历史主义,电影中"对现时的怀旧",以及历史小说中的新形式。

关于建筑中的新历史主义,我们在后面将结合第五种征象来谈。关于第二种情形,詹姆逊认为"对现时的怀旧"是"感情消失"的另一种说法。他的意思并不是对我们自己现时的怀旧——那样将犯范畴上的错误——而是对失去的过去的"现时性"的怀旧。这种失去的过去不是通常所说的过去,而是一种似是而非的过去,就像时尚照片中的那种过去,它通过重新激活某个特定时期的象征和物体表现出来,例如服装和发型,但也包括技术,甚至身体的形态和举止。然而怀旧电影并不一定要置于过去来获取这种效果,它们常常通过剪辑消除现在的痕迹,使现在看上去像是过去的形象。这样一来,它们就取消了历史和历史性,留给人们的只是永恒的现时。如今许多影视城的仿古建筑就具有这种特点。众所周知的影片《泰坦尼克号》也是这种怀旧的典型。其中的关键问题是它们的意识形态前提。

后现代主义的第三个特征,即新的情感基调,会使我们想到商品化所衍生的效果,包括过去的情况以及我们的审美反应。但现在我们要越过拼凑的表面现象,观察后现代主义中形而上学的维度。过去两个多世纪以来,人是主体自然是客体的思想一直处于主导地位,所有人类的努力都以自然作为它们的衡量标准,或作为它们的他者,以此衡量人类的能力和抱负。对某些哲学家来说,自然就是崇高,它是超越人类范畴的客体;而另外一些哲学家认为,为了满足人类的基本需要,必须征服自然这一客体。因此在历史上,人们崇敬自然或害怕自然,但总是作为一种敌人。然而自从绿色革命以来,这种情形发生了巨大变化。自然如今需要拯救:气候剧烈变化,现在更热、更干燥,冬天变暖,雪山和冰川消融,海水上升,极地冰盖断裂,海洋生物萎缩,森林消失,每两分钟就有一个物种灭绝。詹姆逊大胆地提出文化是新的自然的命题时,恐怕正是想到了这种被征服的自然的情形。今天的企业家不再面向海洋、森林和隐蔽的矿藏来寻求巨额的财富,而是转向文化本身——发明一种新的实用的计算机比发现一个新的金矿或油田更能赚钱。在这种情况下,自然不再像以前那样博得形而上学的注意。自然不再是人类的他者,也不再是崇高。代替它的是技术,虽然不是技术本身,而是它所代表的东西。由于这一新的问题,我们可以讨论后现代主义的第四个特征。

但是,只有更新的技术,即信息时代或所谓的"第三机器时代"的技术(基本上是芯片和它的无限应用),才能够引发詹姆逊所说的"歇斯底里的崇高"的思想。旧式的机器,即主导"第二机器时代"的汽车、火车和飞机等,曾经使人和自然平等——它使人获得前所未有的力量和速度。机器本身象征着凝聚的速度,具有一种强加的再现的力量,而这是电脑所缺少的。如果只是看看电脑,我们不知道它到底能做什么,更不知道它如何能对世界历史产生影响。新技术之所以令人着迷,因为它提供了一种再现速记法,可以用它来掌握权力和控制网络系统,即资本第三阶段本身那种去中心的全球网络系统。[41] 电影是理解这种新技术潜力的媒介,但文学也是,例如著名科幻作家威廉·吉布森(William Gibson)的小说《神经漫游者》(Neuromancer)就开创了网络迷的亚文类,第一次以再现的方式描写了虚拟空间。新技术的网络系统或虚拟空间跨越了传统意义上的国界,形成了跨国交流,从而导致了地缘政治的发展。

后现代主义的第五个特征是詹姆逊所说的建筑空间的变化。他所援引的实例是约翰·鲍特曼(John Portman)1977年设计的洛杉矶波拿文彻饭店。由于他的影响,这个建筑已经成为后现代主义的传统主题[42],许多著名学者(如让·鲍德里亚和爱德华·索亚[Edward Soja])专门到那里去参观。在这个地方,人们可以看到抽象变成了具体。而且因为多部电影在那里拍摄,它已经变成了新洛杉矶的偶像。波拿文彻饭店远看像是连在一起的五个粮仓,中间是个大的,四个小的围在四周,全是反光的外墙。詹姆逊用这个饭店作为后现代建筑环境变化的例子(请注意不是作为后现代建筑的例子),不仅想说明建筑空间变化的性质,而且想说明世界本身的变化。首先,波拿文彻表现出一种新的封闭的逻辑——这个饭店只有很少的出入口,而且标志也很奇怪。詹姆逊认为这象征一种自我封闭的欲望和一个完整的"微型城市",它的外墙反光,似乎拒绝让人观看,如果从外部看它,看到的是它折射出周围城市扭曲的碎片,因此它是一个无确定位置的建筑,故意脱离周围的环境。饭店内部是自成一体的完整空间,旧的容量范畴失去意义。

这种困惑感通过饭店的大厅而进一步夸大——大厅很大,没有标示,甚至不清楚前台在什么地方——结果是混乱和失去方向。这样就回到前面提到的两个论点:第一,后现代的超空间"最终成功地超越了个人身体确定自己位置的能力,超越了它凭感觉组织周围环境的能力,也超越了在一个可测绘的外部世界上他凭认知测绘自己位置的能力"[43]。第二,在人们和新形式建筑环境之间的断裂,可以作为"那种甚至更突出的困境的象征和类比,即我们的思想,至少在目前,无法测绘巨大的、全球性的、跨国的、去中心的交流网络系统,而作为个人主体的我们则陷入这种网络之中"[44]。

通过对波拿文彻饭店的分析,詹姆逊旨在说明,在后现代世界中,人们失去了确定自己位置的能力。他所提出的"认知测绘"的概念,实际是指个人确定自己位置的测绘过程。因此我们可以把它作为一个再现问题:由于我们的再现方法和再现技术的局限,我们怎么能把全球化的世界对我们自己再现出来?如果我们不能把世界再现给我们自己,那么我们如何理解它,又如何改变它呢?于是,詹姆逊认为,"一切后现代主义的理论都是对未来的某种说法,具有不完善的一面"[45]。因此我们必须以乌托邦的欲望取代现代性的主题[46],换句话说,乌托邦是解决后现代社会困惑的方法之一。

综上所述,詹姆逊试图说明的后现代主义的构成特征依次是:一、一种新的无深度性或平面性,它延伸到当代理论,并表现在全新的图像文化方面;二、其后果是历史性的削弱或历史感的消失,它既表现在人们与公共历史的关系中,也表现在新形式的个人时间性中,在更具时间性的艺术里,其"精神分裂"的结构(按照拉康的说法)将决定新型的句法或句子结构关系;三、随着历史感的消失和现时感的强化,出现了新型的感情基调——欣悦于当下,泯灭了自我,这可以通过回到以前的崇高理论加以理解;四、上述这一切与新技术形成一种构成性的关系,其本身就是新的世界经济体系的一个形象;最后,通过在建筑空间中实历经验的后现代主义的变化,反思令人困惑的晚期资本主义空间里的政治艺术的使命。[47]

六　后现代主义消费文化

今天,正如詹姆逊所说,"美学生产已经与商品生产普遍结合"[48]。或者说,文化已经商业化,商业已经文化化。前面我们谈到,甚至知识也变成了商品。实际上,后现代主义的出现与晚期资本主义的消费社会密切相关。所以下面简要地谈谈消费文化的问题。

消费是世界上正常的社会实践:在日益复杂的世界上,没有任何人能生产他需要的一切东西,因此商品交换以及个人与机构的服务便必不可少。但是,今天的消费或消费主义已经变成社会的病态。消费主义与社会生活品质的衰落相联系,引发出粗俗的功利主义文化,充满对金钱和商品的追求。然而,消费主义的某些社会复杂性又联系着这样的事实:对消费主义的焦虑变成了进一步消费的机会——不论是通过消费实践表达更"真实的"消费欲望,还是通过购买公开或隐蔽地批判消费主义的文化商品,都为进一步消费提供了机会,因为一些批判消费的宣传都进一步促进了消费主义。

不论我们喜欢还是厌恶,消费都已经成为社会生活的一个重要方面。如果我们要了解它的社会重要性,以及它在后现代主义文化中的作用,我们从一开始就不能只把它理解为一种交换。对消费的经济衡量,一般倾向于狭隘地集中注意交换的时刻,也就是金钱和商品易手的时刻。但是,消费的文化和社会能量大大延伸到交换的时刻之外。对消费的研究必须考虑交换之前和之后发生的事情。为什么人们介入他们所进行的那种消费形式?人们用他们消费的商品和服务做些什么?消费中包含着什么象征意义?消费如何与我们内心的感情、欲望和幻想相联系?

在今天的资本主义社会里,消费、消费主义、消费文化或消费社会,这些术语或多或少可以互换。在实践中,这些术语的意思也常常交叉。但在探讨当代消费时,我们必须对这些术语加以区分。在社会理论里,长期以来消费与生产相对。直到不久以前,人们才对生产过程给予更多的注意;消费只是被理解为生产过程的完成,生产具有优先性,最重要的社会进程出现在生产之中。正如马克思在《政治经济学批判》前言中所表明的,对他来说,正是"生产关系"——即"社会经济结构"——形成真正的社会基础。人类在生产方面如何组织自己,在很大程度上决定着他们自己社会中的社会经验和文化可能。

但是在后现代社会,消费逐渐成为社会研究的主要方面。实际上,后现代社会基本上是个消费社会,它是历史上一种独特的社会形式。在这种社会里,消费不仅发生重要的作用,甚至扮演核心的角色。今天,几乎一切都是为消费而生产的商品,包括从事生产某些特定商品和服务的特殊工作,例如销售保险、编制计算机程序,或者在大学当教授,"生产"受到高等教育的学生。人们通过劳动换取工资,购买需要的其他各种商品和服务(食品、衣服、日用品、娱乐,等等),包括他们生产的那些东西,例如销售保险的人自己也买保险,生产汽车的人自己也买汽车,因为他们不能免费获得保险或汽车。

然而真正发生变化的却不是交换的事实,而是可以得到的商品的范围,也即越来越多的人介入越来越多的消费形式的能力,以及通过广告和展览而制造新的需要和欲望的能力。这些和其他一些因素的结合共同形成了消费,消费是一个名称,它指的是消费社会的生活,以及它所产生并由它促进的主导价值观和实践。

一般认为消费社会的兴起与工业革命相关,但它实际上是20世纪初的事情,即人们开始热切地进行消费的时候。消费的强化和泛化背后的明显原因是,工业的发展导致了大量增加的产品。工厂规模扩大,效率更高,因而可以比从前生产更多更便宜的东西,这就使消费的扩展成为可能。但是,正如经济理论所表明的,供求之间关系的运作并不是如此简单。

今天,在促进消费主义的诸多因素当中,最重要的因素也许是广告和推销的创新。对于消费主义的发展,广告的作用非常重要。直到18世纪中叶,广告主要是提供信息,宣布新的产品,对产品的质量提供或多或少的直接说明,有时还提供满意的用户或有资质的专家的证明,例如医生或药剂师的鉴定书(这种广告也影响到今天的广告,例如在一些广告中,一位严肃的、身穿白大褂的评论者,他的资质证书出现在屏幕下面,指着简单的图表或者其他一些看似科学的数据,说明某个特定商标的祛痛片或牙膏如何优于其他竞争的产品)。由于生产者的竞争日益激烈,广告的重点也发生了变化,从为顾客提供新产品的知识,转到鼓励顾客在同类产品的不同商标之间进行区分。之所以能够这样做,部分原因是包装的创新,它先从带有商标的包装商品开始,例如"高露洁"牙膏。

20世纪,包装和广告很快就变得非常复杂,因为推销商认识到,商品展出和推销的方式与商品的实体同样重要。于是,推销商开始利用心理的力量来帮助他们发展更微妙的、无意识的说服形式。早期利用心理学的最著名的实例是利用所谓的阈下意识的广告,例如在盛着可口可乐的玻璃杯里放上冰块,做得像是一个裸体女人的身体,或者在某个关于服饰的电视广告里,突然在屏幕上闪过一个性感的裸体或半裸体,虽然由于太快不可能留下任何具体的东西,但它会留在无意识的层面上。尽管广告商玩弄潜意识的信息,但对这种方法的注意可能会夸大它的意义,从而忽视对更简单有效的、带有复杂的情感共鸣的直接形象的利用。因此,它们需要与某种更深层的、无形的东西相联系才能激起人们的欲望——这也就是雷蒙德·威廉斯所说的"魅力"。

过去五十年来,广告逐渐占据了不可比拟的统治地位,这种状况既反映了消费主义的强化,也反映了信息经济的发展。正如威廉斯所说,广告是"现代资本主义社会的官方艺术:它是'我们'竖立在'我们'大街上的东西,是充满'我们'的报纸和杂志一半空间的东西;它控制着也许是整个社会中最大的有组织的作家和艺术家团体(包括照顾他们的经理和顾问)为它服务"[49]。因此,广告既是主导社会价值的标志又是它的关键的生产者,其中最主要的当然是消费主义本身的价值。

在詹姆逊的后现代主义理论中,我们曾谈到历史感被现时性所取代,现实变成了图像。这些变化正好在当前的广告中得到了应验。由于高新技术的发展,尤其是电脑制作业的发展,广告的制作和传播才达到了一个新的水平。今天,它以闪烁的幻象掩饰质量,推销所谓的品牌,取得了戏剧性的效果。在品牌宣传里,公司竞相销售的不是个体产品,而是由选择性消费的众多模式所限定的生活方式。品牌的成功奇妙地确认了消费主义的胜利:"商品"——包括娱乐、旅游度假和各种服务——被完全"纳入到社会生活和文化意义的结构之中"[50]。当人们购买商品时,常常不是购买商品的使用价值,而是购买商品的形象和品牌。这又与鲍德里亚的"仿真幻影"相吻合。

随着消费主义的发展,政府的政策也日益聚焦于商业问题,包括最终建立了专门研究和推进商业的政府机构。在美国和加拿大,一个重要的措施是尽力使人们购买房子。它们鼓吹拥有一所单独的房子的"家庭价值",声称根据心理学研究,每个孩子有自己单独的卧室非常重要。当然,如果没有另一个重要的举措——扩大信贷,家庭拥有者的队伍也不可能迅速发展。通过限制利率,简化购房或买车贷款的手续,政府和银行在推进消费方面发挥了关键的作用。政府得到的好处是稳定了社会秩序,但同时社会上也出现了无法还贷的焦虑。今天从美国波及世界的金融危机正是从无法还贷的危机开始的。

这种使信贷更容易也更为社会接受的政策,产生出一个重要的文化后果,这就是以前只是偶尔遇到困境时才有的负债,现在变成了一种生活方式,例如在加拿大,2002年家庭平均债务和收入的比率上升了大约95%。当然,这种整体经济的发展使大量个人和家庭生活在破产的边缘。消费的意识形态在创造财产的所有权的同时,也创造了必须履行责任的道德,因此无可逆转地掩盖了贫富之间的巨大差距。而在全球经济中,这种模式不仅被用于个体,而且被用于国家。

应该说,消费主义是一种价值系统,它已经迅速在全世界蔓延(但不平衡)。在北美、欧洲、日本和澳大利亚(这些地区一般统称为"西方")消费主义最为发达,但不难看到它的某些方面也正在全球出现。正如前面所说,消费主义指的是一套复杂的价值和实践,对消费主义最重要的是那种认为生活围绕购买商品来组织的信念,尽管有其他的问题,事实上却是论及个体需求的最佳方式,甚至是分配社会产品的最佳方式。这种"信念"常常是隐含的而不是明显的。人们常常公开地表达对消费及其社会、政治和环境后果的担心;但是,通过个体介入消费的实践——尽管这些实践受到消费社会结构和机制的限制——对理想的市场效率的信念不断在全世界得到加强。在消费社会里,不仅维持市场力量的功效,而且也维持这种经济体制潜在的目标。消费者生活在厄内斯特·盖尔纳所说的"永远增长的社会"[51];其主要目标是积累金钱,以便可以购买和消费数量日益增加的商品和服务。

消费社会的历史反映了流行文化的历史。这两种历史交织在一起。在很大程度上,当代的流行文化就是消费文化。把当代流行文化描述为一种大众文化的形式,是理解当代消费形式及其与流行性相联系的一种方式。在《销售文化》(Selling Culture)一书的开始,文化批评家理查德·奥赫曼(Richard Ohmann)提供了一种大众文化的定义,它有助于我们确定大众和消费文化的不同特征,从而看到我们的消费观念和实践如何不同于19世纪末以前的那些观念和实践。奥赫曼把消费文化描述为一种制度,它的特征是:

> 由相对少数的专家故意制造的经验,让整个国家千百万人分享,采取相似或相同的形式,同时或大体上同时;具有可靠的周期性;大众文化围绕共同的需要或兴趣塑造习惯性的受众;它们为利润而被生产出来。[52]

但是,围绕消费而扩散的意义不能局限于这种方式。人人都需要住所;这种需要虽然与对娱乐的选择相比是非自愿性的,但它通过人们极力想要得到的住所的性质——如城郊的大房子、市中心雅致的高层公寓或者乡下的农房,等等——明显地与当代消费的形式和实践相关。关于消费文化有意思的事物之一是(至少在那些具有较高生活标准的国家),生活必需品不再有任何"基本的"东西:虽然人们依然需要衣服保暖,或需要住所避免风吹日晒,但人们选择消费的类型具有重要的社会意义和含义。

尽管奥赫曼的定义旨在表示大众文化娱乐的特征,它仍然有助于我们理解什么是消费文化独特的东西。一般说,我们从生产者那里购买我们消费的东西或服务,因为我们大多数人不会自己制作服装,更不会自己去织布、生产食品或者制造电子产品。消费依靠大量专门化的劳动和产业,依靠大量一系列促进生产和销售消费和服务产品的机构的发展。现代公司的历史与消费文化的兴起并行绝不是偶然的。

但是,我们消费的东西,从T恤衫到软饮料到电视、冰箱,也被世界上其他亿万人以同样的形式消费,在各个国家之间只有微小的变化。例如,为了适应地方口味或遵守某些食品的禁令,麦当劳可能部分地改变了它的标准快餐菜单。但是,从整体上讲,麦当劳的吸引力之一事实上是它的菜单在全球的标准化:消费者可以期望任何地方的汉堡包具有相同的味道。当代消费的前提是这种一致性。如果人们假定一个商店的耐克鞋比另一个商店的耐克鞋做得好,因而喜欢在这个商店购买,实际上几乎没有任何意义(也许它们的价格有些差别,或者另一个商店的耐克鞋是冒牌货)。于是出现了这样的认识:"迄今没有任何社会像这个社会这么标准化。"[53]

今天,西方的消费文化或大众文化正在渗透着世界的各个角落。甚至在第三世界国家,包括我们中国,也都出现了各种西方流行的消费观念和策略,例如抽奖、送礼包、优惠券、打折等。一些时尚名牌,例如 Gucci、Polo、Adidas、Fendi、Louis Vuitton、Burberry、Jones New York、Ralph Lauren、Nike、Reebok 等等,几乎吸引着每个人的目光。意味深长的是,名牌的"廉价仿制品"到处蔓延。鲍德里亚所说的"符号价值"在这些仿制品里得到了最好的体现,因为消费者知道它们是仿制品,他们消费的完全是它们的符号价值,以及从这些仿制品中衍生的社会资本。如果消费的符号价值的商品是鲍德里亚讨论形象社会时所说的价值的幻象,那么欧美名牌商品的仿制品就是模仿的幻象。那些模仿品是典型的西方文化的空间和消费商品,但已经发生了变异;然而它们都传播相同的消费意识形态、相同的商品崇拜,以及在世界其他地方也遇到的相同的认知模式。

今天中国大众文化产品同样也受到詹姆逊所说的那些特征的限定:即缺乏深刻的意义,模糊了历史性,以及单调的重复。许多电影和电视剧充斥着消费主义的价值和形象,激发受众最深处的欲望,使他们充满反乌托邦的怀旧情绪,淹没在忘却时间的现在。例如,许多以前的歌曲和传统的民间艺术都重新返回,但它们已经发生了变化,被置于新的语境之中(例如有的革命歌曲在卡拉 OK 中配以身穿三点式泳装的美女),失去了原有的经验,重新收集或整合起来主要是为了获取商业的利润。它们与当代的大众文化形式是互不兼容的,但资本主义本身却把这些不和谐的、不兼容的东西统合在了一起,它通过商品化和消费崇拜的逻辑调和了非共时性的时间性。

另一个消费主义文化意识形态的所在是人的身体。鲍德里亚把身体称作"最好的消费客体",一种"拯救"的客体,或自恋崇拜的客体。对身体的重新发现是新近出现的事物,在后现代的西方"改变了上千年的清教主义"。今天,身体被再现为资本和物恋的对象。令人眩晕的时尚设计、发型、美容院、美容手术、奇异服装、文身、珠宝首饰等等,全都被用来生产吸引人的身体形象。在年轻人中,有的通过整形手术垫高鼻子,有的把头发染成彩色。这种身体的"革命"无疑可以被看做是一种要求自由和自治的自觉,但首先应该看做是消费资本主义的后果。在充满激烈竞争、缺少安全和稳定的全球化的社会里,个体的人不得不把自己呈现为一个有说服力的客体,在生产过程和交换价值的消费中,"作为最好的客体,最宝贵的交换物质"[54]。也就是说,他或她必须以最好的方式提供自己身体所体现的交换价值。

消费文化与技术也有密切的关系,在后现代时期,技术在很大程度上与意识形态交织在一起,甚至常常难以把两者分开。现在的信息技术也许是最能说明技术变成意识形态的实例。信息技术质询个人,提出强制性的生存方式,把它的使用者转变成着迷的客体或从属物。正如 J. 希利斯·米勒在一个不同的语境中所说,"新的信息技术正在造成一种巨大的变化,强制性地推行某些意识形态……可以说,这些技术在某种意义上是中性的。它们会传播它们被告诉要说的东西。然而,正如马歇尔·麦克鲁汉所说,'媒体就是信息'。我认为,这意味着……'媒体就是意识形态'"[55]。在后现代的今天,技术不仅像意识形态一样无处不在,而且像意识形态那样,它也要求主体的献身精神和信任。在某种意义上,意识形态的运作方式似乎就是后现代技术的运作方式。按照朱迪丝·巴特勒的看法,"任何主体的形成,必须对他或她基本依赖的那些东西充满依恋的激情……最初在依赖中形成的激情使[主体]很容易被支配和利用,这已经成为最近政治话语中非常关注的问题"[56]。正是由于相同的强烈性和有效性,技术才使个体屈从于它的力量。技术不仅质询个体的人并把他们转变成它的主体,而且使他们对自己所属的设备强烈地依恋。众所周知,今天几乎人人都迷恋于技术,手机和互联网的交流已经变成了日常生活的重要部分,而生活本身如果没有这些后现代的设备似乎再也不可能。互联网和手机不仅改进了人们的生活质量和工作效率,而且改变了他们的生活方式、思维方式和工作方式。它们整个改变了人们的时间和空间的概念,也改变了交流、教育和商业经营管理的概念。人们使用手机不只是为了业务联系,而且也是为了私人交谈、节日祝贺、展示流行的生活和政治笑话。所以,新出现的是一个数字帝国,它的臣民带着依恋的激情服从于它的权力。在这种数字帝国里,人们遵循相同的游戏规则,共享相同的交换和交流方式,消费相同的商品、时尚、观念、形象和叙事。

也许阿君·阿帕杜莱(Arjun Appadurai)的看法是对的,他认为,电子媒体和迁移在现代和后现代之间造成了一个划时代的断裂。这种断裂并不像德里达说的那样只出现在认识论领域,而且出现在我们的感情结构当中,出现在交流、再现和物质生产当中,出现在亨利·勒菲弗尔(Henri Lefebvre)所说的每一天当中。自我和他者的每一次遭遇都同时改变自我和他者。而每一次变化都催化一种分化的时刻。每一个民族、文化、社群和个人都经历了变异、分化和混杂。但矛盾的是,在晚期资本主义社会里,变异、分化和混杂产生的是同一性而不是真正的差别。整个问题似乎取决于资本主义经济和文化逻辑的概念。现在,如果整个世界是一个全球资本主义的跨国空间,如果全球都消费跨国的形象、商品、信息、时尚和技术,那么地方文化怎么能不受消费主义文化—意识形态的影响?确实,民族—国家在很大程度上失去了它对流动、变迁人口的控制,而且由于国家边界的模糊和数码电子交流的发展,人们实际上正在变成超越民族—国家意识形态和政治统治的全球公民。同样,后现代差异的表现形式是流动的、非领地化以及散居者的经验、意见、趣味和乐趣的一致性,这些在性质上是跨国的或后国家(post-national)的,不受民族—国家的控制,并且破坏整体化的力量。但是,所有这些无限的变异、分化或断裂,无疑会产生日益增加的文化多样性,然而具有讽刺意味的是,它们最终都造成一种普遍的消费主义心理和意识形态,因为不论人们持的是哪国护照,也不论在互联网的全球空间中他们处于什么地方,只要他们以这种或那种方式介入资本主义生产和消费过程,就无法摆脱商品物化和分裂的文化逻辑,就是说,为利润而生产,为金钱而工作,而这是真正的超国家的法律,暗示着一种超国家的、实际的帝国。

因此,在全球资本主义时代,真正被全球化的是资本主义的矛盾以及消费主义的文化—意识形态。这种通过资本主义的世界的统一,在逻辑上会导致麦克尔·哈特和安东尼奥·内格里(Michael Hardt and Antonio Negri)所说的新的帝国,即一种跨国的、去领土化的、互相连接的资本帝国。但是,正如我们已经看到的,全球资本主义在对我们社会生活的分化和同化两个方面,都比哈特和内格里等批评家所说的更加彻底。全球资本主义虽然制造并培育了差别,但它的最终目标是消除所有他者的时间和空间。

(作者单位:西南科技大学,中国社会科学院外国文学研究所)

注 释

[1] Kenichi Ohmae, "Beyond Friction to Fact: The Borderless Economy", *New Perspectives Quarterly* (spring 1990), p.21.

[2] James Gardner, "Global Regionalism", *New Perspectives Quarterly* (winter 1992), pp.58-59.

[3] Pepi Leistyna, ed., *Cultural Studies: from Theory to Action*, Malden, MA: Black-

well Publishing, 2005, p.46.
〔4〕 Alvin Toffler, *The Third Wave*, New York: Bantam, 1980, p.97.
〔5〕 Quoted from Daniel Hoffman, ed., *Harvard Guide to Contemporary American Writing*, Boston: Harvard University Press, 1979, p.37.
〔6〕 David Harvey, *The Condition of Postmodernity: An Enquiry into the Origin of Cultural Change*, New York: Blackwell, 1990, p.328.
〔7〕 参阅 David Harvey, *The Condition of Postmodernity*, pp.328-330.
〔8〕 "解释的社群"是美国批评家斯坦利·费什(Stanley Fish)提出的一种理论观点,他认为一个人的解释受他所属的社群的制约,这个社群公认的看法形成解释的标准,但这个标准对个人的制约是潜在的,因此个人的解释具有局部的偶然性。
〔9〕 Richard Rorty, "Postmodernist Bourgeois Liberalism", *The Journal of Philosophy* Vol.80, No.10 (1983), p.588.
〔10〕 Jean-François Lyotard, "The Differend, the Referent and the Proper Name", *Diacritics* (Fall 1984), p.14.
〔11〕 Daniel Bell, "Modernism and Capitalism", *Partisan Review* Vol.46 (1978), p.206.
〔12〕 Jean-François Lyotard, *The Postmodern Condition: A Report on Knowledge*, Minneapolis: University of Minnesota Press, 1984, p.82.
〔13〕 Jürgen Habermas, "Modernity—An Incomplete Project", in *The Anti-Aesthetic: Essays on Postmodern Culture*, ed. Hal Foster, Port Townsend: Bay Press, 1983, p.11.
〔14〕 参阅 Fredric Jameson, "Periodizing the 60s", in *The 60s Without Apology*, eds. Sohnya Sayres, Anders Stephanson, Stanley Aronowitz, and Fredric Jameson, Minneapolis: University of Minnesota Press, 1984, p.206.
〔15〕 指《客体系统》(*Le System des objets*〔Paris: Gallimard, 1968〕;英文译本为 *The System of Objects*〔London: Verso, 2006〕)。
〔16〕 "可憎部分"指处于社会理性化交换系统之外的东西。
〔17〕 Jean Baudrillard, "The Ecstasy of Communication", in *The Anti-Aesthetic*, p.135.
〔18〕 Ibid.
〔19〕 Ibid., p.136.
〔20〕 参阅 Roland Barthes, *Mythologies*, New York: Hill and Wang, 1972, pp.88-90.
〔21〕 Jean Baudrillard, "The Ecstasy of Communication", p.137.
〔22〕 Ibid.
〔23〕 Ibid., p.138.

［24］ Jean Baudrillard, *Symbolic Exchange and Death*, London: Sage, 1993, p. 103.
［25］ Mark Poster, ed. *Jean Baudrillard: Selected Writings*, Stanford: Stanford University Press, 1988, p. 191.
［26］ Jean Baudrillard, "The Ecstasy of Communication", p. 139.
［27］ Ibid.
［28］ Ibid., p. 140.
［29］ Fredric Jameson, *Postmodernism, or, the Cultural Logic of Late Capitalism*, Durham: Duke University Press, 1991, p. 45.
［30］ Ibid., p. 37.
［31］ Ibid., p. 7.
［32］ Ibid.
［33］ Ibid.
［34］ Ibid.
［35］ Ibid., p. 8.
［36］ Ibid., p. 14.
［37］ Ibid.
［38］ Ibid., p. 16.
［39］ Ibid., p. 18.
［40］ Ibid.
［41］ Ibid., p. 38.
［42］ D. Gregory, *Geographical Imaginations*, Oxford: Blackwell, 1994, p. 139.
［43］ *Postmodernism, or, the Cultural Logic of Late Capitalism*, p. 44.
［44］ Ibid.
［45］ Fredric Jameson, *The Seeds of Time*, New York: Columbia University Press, 1994, p. xiii.
［46］ Fredric Jameson, *A Singular Modernity: Essay on the Ontology of the Present*, London & New York: Verso, p. 215.
［47］ *Postmodernism, or, the Cultural Logic of Late Capitalism*, p. 6.
［48］ Ibid., p. 4.
［49］ Simon During, ed. *The Cultural Studies Reader*, London: Routledge, 1993, p. 336.
［50］ Sut Jhally, *The Codes of Advertising: Fetishism and the Political Economy of Meaning in the Consumer Economy*, New York: St. Martins Press, 1987, p. 80.
［51］ Ernest Gellner, *Nations and Nationalism*, Oxford: Blackwell, 1983, p. 24.
［52］ Richard Ohmann, *Selling Culture: Magazines, Markets and Class*, New York: Verso, 1996, p. 14.

[53] *The Seeds of Time*, p. 19.

[54] Jean Baudrillard, *The Consumer Society: Myths and Structures*, London: Sage, 1998, p. 135.

[55] J. Hillis Miller, "'Stay! Speak, Speak. I Charge Thee, Speak.': An Interview with Wang Fengzhen and Shaobo Xie", *Dialogues on Cultural Studies: Interviews with Contemporary Critics*, ed. Shaobo Xie and Fengzhen Wang, Calgary: U of Calgary P, 2002, p. 130.

[56] Judith Butler, *The Psychic Life of Power*, Stanford: Stanford U P, 1997, p. 7.

空间生产与文化表征：
空间转向与当代文艺理论建构*

谢 纳

内容提要：在20世纪文化思想的震荡转型中，空间的理论研究突破了线性的时间束缚，以令人瞩目的方式成为当代学术思想界备受关注的热点题域，人们将其称为"空间转向"。空间转向作为当代文化思想范式的转型，是提问方式、思维方式、言说方式和解释方式的转换变革。因此，它给人文社会科学带来的不是局部性的震荡变化，而是整体学术研究范型的改变，其影响波及当代哲学、社会学、地理学、文学理论、文化研究等各学科。从哲学思维方式来看，人类的空间理论反思大致可描述为：以认识论哲学为基础的空间认识论；以实践论哲学为基础的空间生产论；以后现代哲学为基础的空间权力论。实践论视域中的空间辩证思考，既吸纳了空间认识论的研究成果，又克服了其局限与不足，并为空间权力论的发展提供了理论资源。在空间转向的影响下，文学理论和空间理论相互交叉渗透，使文学的空间性思考在文学与空间的互动阐释过程中得以不断展开，并建构起文学空间理论。文学空间理论以空间生产理论为基点，致力于拓展空间的体验性、审美性、想象性和表征性。文学是文化表征生产的主要形式之一。作为文化表征空间建构的重要组成部分，文学所参与的表征性空间建构是指文学以语言文字符号为媒介，以现实景观世界为对象，以思想情感为内容，以再现、表现、想象、虚构、隐喻、象征等为手段，

---

* 本文是教育部人文社科项目【06JC75011-44009】、辽宁省社科基金项目【L07BZW011】成果。

所生产出的符号化空间。文学表征实践的过程也就是赋予空间以生命意蕴和社会历史文化内涵的过程。本文以空间生产理论为理论基础,以当代西方空间转向为学术资源,运用跨学科交叉融合的研究方法,在文学与空间的互动阐释中建构文学空间理论,探寻文学作为一种特殊的文化生产方式,是如何建构表征空间,并赋予空间以特定的生命意蕴和社会历史文化内涵,从而揭示空间生产与文学表征之间的内在关联。

关键词: 空间转向、空间生产、文化表征、文学空间

Abstract: During the cultural and ideological percussions and transformations in the 20th century, theoretical research on space breaks the linear constraints of time and becomes a heatedly discussed topic in contemporary academia in a spectacular way. This is called a "spatial turn". Spatial turn, as a transformation in the contemporary cultural and ideological paradigms, is a revolution in inquiries, mindsets, discourses and interpretations. Therefore, it brings to humanities and social sciences not partial percussions, but complete changes in the research paradigm. It influences such disciplines as contemporary philosophy, sociology, geography, literary theory and cultural studies. From a philosophical perspective, human explorations of space are limited by the philosophical mindset in a particular period of time; different philosophical mindsets result in different understandings of space. Human contemplations on space theories can be roughly described as epistemology-based space epistemology, practice-based theory of spatial production, and postmodernism-based theory of spatial power. Dialectic examinations of space from the perspective of existential-practical philosophy have absorbed the accomplishments in space epistemology, but have overcome its limitations, thus providing theories to the development of theory of spatial power and laying solid philosophical foundations for the dialectic examinations of space. Under the influence of the spatial turn, literary theories and space theories interact with each other, which drive the constant expansion of contemplation on space in literature and the formation of literary space theories. Literary space theories started from existential-practical philosophy and are dedicated to expanding experience, aesthetics, and the imagination and representation of space. It looks at how literature as a special approach to cultural production builds the representative space, and gives space particular meanings of life and denotations of society, history and culture. Literature is one of the main forms of cultural representational production. As an important component in the building of cultural representational space, literature involved construction of representational space refers to a symbolized space which literature produces based on symbols of languages, words, real spectacle, thoughts and affections by means of representation, expression, imagination, fiction, metaphor and symbol. The process of literary representation is the process of giving space cultural meanings. Built upon the theory of spatial production and contemporary spatial turn, this research analyzes texts in modern Chinese literature to investigate how literature—as a special way of cultural production—constructs representational space, gives space specified meanings of life and cultural denotations of the society and history, and unpacks the interrelationships between space production and literary representation in the interactive interpretations of interdisciplinary integration.

Key words: spatial turn; production of space; cultural representation; space of literature

20世纪西方文化思想界发生了许多重大的变革,各种传统终结的断言和变革转向的标榜此消彼长,相互呼应。这些重大变革作为20世纪的社会症候和文化表征,促动了提问方式、言说方式和解释模式的变革,使当代文化思想范式发生了重大的转换,人们将此变革称为"转向"(turn),例如现象学转向、存在论转向、语言学转向、文化转向、视觉文化转向、身体转向、后殖民转向、后现代转向等等。在上述诸多变革和转向中,空间问题逐渐凸现出来,关于空间的理论思考,成为当代学术思想界备受关注的热点题域,人们将其称为"空间转向"(spatial turn)。空间转向作为20世纪后半叶社会生活、文化政治和学术思想领域内具有重要意义的事件之一,为当代人文社会科学的反思提供了新的向度,给人文社会科学带来了整体学术范型的变革,对当代哲学、社会学、历史学、地理学、文学理论、文化研究等学科产生了重大的影响,改变了传统学科的面貌,形成了多学科发展的态势。空间或空间性越来越多地进入文学研究和文化研究的视野,成为人们关注的热点题域。

一 空间转向与当代文艺理论范式转换

西方文化思想界兴起的"空间转向"运动,是 20 世纪后半叶社会生活、文化政治和学术思想领域中具有重要意义的事件之一。空间转向发端于 20 世纪 70 年代,"有两位思想家在恢复对于空间在西方的现代性规划中所起之作用的兴趣方面做出了重大贡献,他们就是法国社会理论家亨利·列斐伏尔和米歇尔·福柯。列斐伏尔把空间理论化的重要著作是《空间的生产》(1974 年)——它已经对在广泛的学科中所进行的研究产生了引人注目的影响,范围从都市研究、建筑学和社会理论,到文学和文化研究"[1]。1974 年,列斐伏尔的《空间的生产》一书出版,该书被誉为"在人类空间性的社会和历史意义,特别是空间想象力方面,是有史以来最重要的著作"[2]。1976 年,福柯在接受一家地理学杂志采访后,发表了题为《权力的地理学》的访谈。他宣告当今时代已进入到空间的纪元,因为他确信:"我们时代的焦虑与空间有着根本的关系,比之时间的关系更甚。"[3]这两位思想家不约而同地对空间问题予以高度关注,标志着西方文化思想界的反思批判进入到一个空间的时代。

列斐伏尔是著名的西方马克思主义者,他认为关于人的异化与解放的理论是马克思哲学的精髓之所在,并致力于运用马克思的异化理论建立起日常生活批判的理论体系,对西方马克思主义的文化批判理论产生了重大的影响。列斐伏尔反对官方教条的马克思主义无视人及其现实生活的形而上学倾向,认为人并不仅仅是经济的、政治的、劳动的、技术的、理性的人,归根到底,人是日常生活中的凡夫俗子。在发达资本主义社会,日常生活已被全面纳入到资本主义生产与消费的轨道之中,异化现象已渗透到日常生活的空间场所,无处不在的日常生活异化已全面地消蚀了无产阶级革命的可能性。因此,宏大的社会革命的总体性解放方案无法真正实现人的解放,人的最终解放归根到底要落实到日常生活的层面。对日常生活的批判自然要关注日常生活空间,因为日常生活总是一定空间场所的生活,为此,列斐伏尔在晚年建立了空间生产理论,将日常生活批判具体落实到空间反思批判的维度。在列斐伏尔看来,"如果不曾生产一个合适的空间,那么'改变生活方式'、'改变社会'等都是空话"。因此,"为了改变生活……我们必须首先改造空间"。[4]列斐伏尔注重空间问题的哲学反思,对空间进行了理论思考,为空间转向提供了丰富的理论资源。他以马克思的实践生产理论为基础,将空间理解为人类生产实践的产物。空间不是纯粹客观的物理事实,也不是空洞抽象的几何坐标。作为人类实践的产物,空间是被生产出来的。空间是一种社会关系,空间是一种历史建构,这就决定了空间的社会性和历史性特征。基于此,列斐伏尔建构起社会性、历史性与空间性相统一的"空间三元辩证法"。列斐伏尔如此关注空间问题,与战后资本主义全球都市化的空间重组紧密相关。面对资本主义无孔不入的大规模空间生产与重组,对空间的政治经济学批判显然是日常生活批判的进一步延伸与深化。正是在此意义上,列斐伏尔将自己的空间理论称为空间政治学的反思。与列斐伏尔相比,福柯对建立系统的空间理论并没有太多的兴趣。他更为关注的是空间与权力运作之间的关系,倾力于对历史建构的空间场所进行知识考古学的探查,以揭示空间、知识与权力之间的内在关联。值得注意的是,福柯的地理政治学和列斐伏尔的空间政治学都将空间问题的思考与政治问题紧密联系在一起,两者的空间理论都凸显出空间反思的政治学维度。

  继列斐伏尔、福柯之后,空间问题开始引起人们的普遍关注,关于空间问题的思考从一般地理学层面提升到哲学社会学层面,空间成为当代人文社会科学反思的基本向度,成为当代学术思想"面向生活世界"的在场之域,"存在与空间"的哲学运思取代了"存在与时间"的传统命题。正如后现代地理学家索亚所说的那样:"在20世纪90年代后期,发生了一场可以被一些人如此描述的跨学科的空间性转向。这可能算是近两个世纪来的第一次,特别是批判性的学者开始像他们传统上阐释历史和社会、解释人类生活的'历史性'和'社会性'那样阐释'空间性'了。……一种再度兴起的、结合空间性的清晰想象的批判性视角,开始给历史和社会研究注入思想与阐释的新模式。在21世纪来临之际,有了一种我们对生活的社会、历史和空间性维度的同时性与交互缠绕,即它们的不可分与玄妙的相互依赖性的新意识。"[5] 显然,空间转向强有力地影响到哲学、社会学、地理学、城市学、文化学等各个领域。

  虽然,时间与空间是关乎人类生存的最基本范畴,然而,这两个范畴在西方思想史上被安置的地位和被关注的程度却不尽相同,其具体表现为,时间的意识越来越强,而空间的视线却遮蔽模糊。为此,福柯用"历史的着魔"来形容这种顽固的历史学传统:"19世纪最重要的着魔(obsession),一如我们所知,乃是历史:它以不同主题的发展、中止、危机与循环,以过去不断积累的主题,以逝者的优势影响着世界的发展进程。……

而当今的时代或许应是空间的纪元。我们身处于同时性的时代中,处在一个并置的年代,这是一个远近的年代、比肩的年代、星罗散布的年代。"[6]进入现代性历史以来,重视时间维度的探索,忽视空间维度的延展,已逐渐形成人文社会科学研究中一种坚固的思维定势。这种历史时间意识已经构成现代知识生产的基本范型,自然科学和人文社会科学的各个学科无一例外都拥有自己的历史时间叙事,各种知识体系的历史学阐释几乎无所不在。

　　长期以来,空间维度为什么一直缺席?空间问题何以成为当代学术思想的关注热点?空间转向与当代思想的内在关联是什么?空间转向对当代文艺理论研究将产生何种意义的影响?思考和回答上述问题,无疑将对我们理解空间转向的由来和发展具有重要的理论意义。从空间转向与当代西方学术思想的关系上看,空间转向是当代西方哲学变革的题中应有之义,并构成当代西方哲学转向的重大主题之一。作为哲学思维方式的变革,空间转向是提问方式、思维方式、言说方式和解释方式的转换变革。空间转向的精神实质和理论意蕴提示出一种与传统哲学完全不同的思维方式。换言之,在传统哲学的视野中,空间始终处于被遮蔽的状态。其中,主要表现为:形而上学的宏大叙事遮蔽了生存空间的关注;历史决定论的时间意识遮蔽了在场空间的思考。因此,空间转向与当代西方哲学对形而上学的颠覆和历史主义的解构,有着内在直接的相互关联。

　　首先,空间转向祛除了形而上学的宏大叙事对生存空间的遮蔽。随着当代西方哲学的发展,本体论或本质论哲学的形而上学特征逐渐显露出越来越多的缺陷与不足。在本体论、本质论等传统形而上学思想的影响下,传统的哲学专注于社会存在或世界存在的本体根基和本质规定的探索,其社会研究始终局限于宏观的社会本质、社会制度、社会结构、社会历史和社会事件,而将日常生活世界视为琐碎、庸常、偶然的非本质现象,排除在理论视域之外。当代西方学术思想界对空间的密切关注,改变了传统思维忽视社会生活感性存在的弊端,将理论思考的关注点转向了日常的社会生活空间。

　　空间转向意味着哲学思考从抽象的本体论层面回落到感性直观的生活世界,体现了回归日常生活世界的现象学旨归。"面向生活世界"是胡塞尔现象学转向的一个重要课题。现象学转向运用悬置与还原等方法,中止了本体论式的先定预设,使哲学从事物背后的本体探究转向直观事物现象的生活世界本身,使哲学从超验的本体世界回归到日常经验的生活空间。[7]正如胡塞尔所指出的那样:"生活世界是空间时间的事物的世界。"现象学面向事情本身、回归生活世界的致思理路和旨归,最后一定要还原回落到空间和时间的维度上,因为,在世界中也就是在时空之中,时空是世界存在的基本维度。以现象学为方法的"存在论转向"所面临的首要任务就是要恢复存在的生存性,恢复存在与生存内在的本源关联。为此,海德格尔提出了"此在"优先性的生存存在论原则。此在的基本结构是在世,是"在世界之中",此在的命运是必须被抛入世界之中,必须在世界中存在,此在是与他者的共在,与世间事物的共在,即日常生活空间中的存在。日常操心的此在沉沦于日常生活空间之中。"如果空间以某种方式属于世界,那么世内的存在者就必定具有空间性。"[8]"此在由于其本身具有空间性,因此才能让世内存在者在空间中照面。而此在只要实际在世就必定给出空间。"[9]可见,如果将存在问题从抽象的形而上学玄想,拉回到日常生活世界,就必然发现存在问题与我们的生命存在、生存活动和生存境遇本来就是同一个问题。因此,"哪里有空间,哪里就有存在"(列斐伏尔)。生命存在、生存活动和生存境遇,说到底就是生存空间的问题。[10]西方传统的超验本体论或实体本体论的存在历史是存在遮蔽的历史,是存在遗忘的历史,也是生活空间遗忘的历史。只有回归到"此在人生",才可能达到存在的去蔽与澄明。"此在人生"的关注,将理论的致思指向人生在世的日常经验结构,从而通过存在的召唤,使存在回归到生存的日常生活世界的此在空间。

其次,空间转向祛除了历史决定论的时间意识对在场空间的遮蔽。美国后现代地理学家索亚十分明确地指出:"历史决定论是空间贬值的根源。"[11]在《后现代地理学和历史主义批判》一文中,索亚分析了空间化思维兴起与历史主义批判之间的内在关联。他认为,长期以来,历史主义以其合理合法性的身份确证保持着难以撼动的霸权地位,并对批判性空间想象实施着强力的压制与控制。因此,"这种对空间性的重新安置的核心,是对长久以来之本体论的和理论的历史主义提出批判,因为历史主义在批判性论述中倾向于以优势包摄了空间性"[12]。可见,后现代地理学反复强调的前提和承诺,就是解构或重构传统的历史叙事,将空间从时间语言的牢笼中解救出来,摆脱历史决定论的羁绊。福柯认为,长期以来,空间一直被视为是死寂的、固定的、静止的、非辩证的;而时间却正好相反,被认为是活生生的、丰富的、多产的、辩证的。在福柯看来,人们之所以重视时间而忽视空间,显然与现代性的历史时间观念紧密相关。这里所说的现代性历史时间观念主要是指以历史决定论为主导而建构起来的一系列思想理论体系,它构成一种坚固的以历史主义为主题的现代性意识形态。随着当代空间化思维的展开,历史时间概念已经成为需要诊断反思的诸多问题中的一个重要问题。

回顾20世纪的社会实践和理论实践,我们看到,伴随现代性的历史进程,历史主义已经成为一种强大的意识形态理论霸权,历史时间意识已成为现代性意识形态的核心理念。这种历史主义的现代性意识形态认为存在着一种线性的、逻辑的、因果的、必然的历史发展规律,它先行地设定了社会历史的终极目的,并以此来蔑视一切、决定一切、压倒一切和战胜一切,使人类的命运无法逃脱地屈从于线性历史所设定的宿命。理性赋予历史以某种发展进程的目的和某种线性的因果关系。所谓黑格尔式的客观历史观,不过是理性虚构某种目的的叙事,历史因此成为一种理性的骗局。在黑格尔式的宏大历史叙事中,历史必然规律以其铁血的面目施展着历史理性的狡计,巨大的历史逻辑以其极具宿命色彩的决定论命题成为极权主义的合法化证明,历史成为无数个体生命献祭的祭坛。勇往直前、义无反顾的历史巨轮将无数的个体生命碾得粉身碎骨。在线性历史进步主义意识不断强化的思想传统中,空间被看做是承载历史时间演进的空洞容器和表演舞台。时间在人文社会科学领域中始终占据绝对优先的主导地位,空间反而被遮蔽起来,成为缺位缺席的不在场者。

伴随后现代空间理论的兴起,现代性通过历史时间置入所编织起来的线性历史逻辑已被解构,藏匿在历史假面具背后的形而上学理性的真实面相已被暴露无遗。面对历史决定论意识形态所造成的种种恶果,当代思想发起了对历史主义的解构批判运动。在对历史决定论的解构逆动中,西方学界发动了"空间转向"的运动,使之成为当代文化政治领域中最具重要意义的学术事件。正是在对极端的历史主义反思批判中,空间被再度发现,空间问题被凸现出来,开始进入人文社会科学的视野。

作为当代文化思想范式的转型变革,空间转向是提问方式、思维方式、言说方式和解释方式的转换变革,因此,空间转向给人文社会科学带来的不是局部的振荡变化,它的影响并不局限于某个特殊的学科领域,而是整体学术范型的变革。它对当代哲学、社会学、历史学、地理学、文学理论、文化研究等学科均产生了重大影响,改变了传统学科的面貌,形成了多学科发展的态势。当代学术界围绕着空间这一理论题域,形成了不同学科的交叉、渗透和融合,建构出文化地理学(cultural geography)、地缘政治学(geopolitics)、空间社会学(sociology of space)、空间符号学(semiotics of space)、后现代地理学(postmodern geographies)等新兴学科。这些新兴的学科重新绘制着当代学术思想的文化地图。

正如空间转向带来不同学科的范式革命一样,空间转向对当代文学理论和文化研究也产生了重大的影响,空间或空间性越来越多地进入文学研究和文化研究的视野,成为人们关注的热点问题。后现代地理学家哈维指出:"在地缘政治学的历史里,对于地方、民族和传统,以及美学感受的神话的诉求,扮演了重要的角色。我认为这里蕴涵了将美学和社会理论的观点融汇一起的重要意义,将空间置于时间之上和时间置于空间之上这两种理解方式扣连起来。"[13]当代学者韦格纳则认为,受空间转向的影响,空间理论已经构成了当代文学理论和文化研究的热点题域。他在《空间批评:批评的地理、空间、场所与文本性》一文中指出:"对空间生产的这种新的关注,已经从诸多角度进入了文学研究。……列斐伏尔、福柯和其他思想家所提出的概念上的重新定位,也断言要以很多不同的方式改变文学和文化分析。"[14]韦格纳认为全球化空间重组是文学理论空间转向的直接动因,对全球化历史空间维度的关注促使人们更多地关注文学和其他文化文本是如何表征空间的,这种关注将改变人们对文学史和当代文化实践的思考方式。

空间转向改变了传统学科的面貌,形成不同学科交叉、渗透、融合的多学科发展态势。在多学科融合中,最为突出的特征就是地理与人文的交叉渗透,其标志是文化地理学和后现代地理学的诞生。文化地理学和后现代地理学所阐发的崭新的空间化理念,对文艺理论和文化研究产生了重大的影响,成为拓展文艺理论和文化研究空间化思考的理论资源。

文化地理学是地理学与文化学交叉渗透融合的新型学科,在注重从地理的角度研究文化的同时,也注重从文化的角度研究地理,试图在文化与地理之间建构起互文性的阐释桥梁。20世纪初,以美国"伯克利学派"为代表的历史地理学派或人文地理学派开创了文化地理学研究的崭新领域,其领军人物是索尔。1925年,索尔发表了著名的《景观现象学》。他在概括文化地理学的要义时说:"文化景观由自然景观通过文化集团的作用形成。文化是动因,自然区域是媒介,文化景观是结果。"[15]索尔认为文化景观取代纯粹的自然景观,已构成人类地理空间的普遍过程和事实,这就决定了地理学研究的基本主题。显然,索尔的文化景观理论是对传统的"地理环境决定论"的有力反拨。环境决定论认为自然环境与文化环境是一种线性的决定关系,它机械地看待自然地理与社会文化之间的关系,过分夸大了自然环境对社会文化的影响。文化地理学则强调地理的文化过程,强调文化对自然环境的形塑改造,强调文化的决定作用,探究地表景物所积淀的历史文化内涵。文化地理学强调地理景观的文化性,作为文化的一种重要形式,文学地理景观也就成为其关注研究的题内应有之义。"地理学者们对不同类别文学形式的兴趣不断增加,他们把这些形式看做是研究地理景观意义的途径。"[16]在文化地理学看来,文学作品中的地理景观描写并不是一种简单的再现,它参与了文化地理景观的塑造过程,成为生产、形塑或表征空间文化意义的主要手段。从地理的角度研究文化,就是把文化的研究放在现实生活的具体场景之中,放在特定的空间场所之中,"通过文化地理学的方式,文化除了被解释为其他的东西以外,还可以被理解为一种不同的空间、地点和景观的问题。……我们不能脱离文化所标出的空间、充满文化意义的地点以及文化所创造的景观来孤立地理解文化"[17]。从文化的角度研究地理,就是探究文化如何赋予空间以意义,探究文化在形塑空间的过程中所具有的重要功能和决定性意义。进入后工业社会以来,信息化的空间技术应用使国际化大都市的空间生产呈现出更为复杂的当代空间形态及文化形态。消费空间、虚拟空间、全球性空间、仿真拟像空间、差异性空间的出现,表征着后现代空间的曲变、延异和内爆。20世纪80年代,在文化研究和后现代转向的带动下,文化地理学研究进入了后现代社会批判理论时期,新文化地理学和后现代地理学以其激进的姿态迅速崛起。后现代地理学意在重构批判社会理论中的空间理论,"试图解构和重构刻板的历史叙事,从时间的语言牢房里解脱出来,摆脱传统批判理论类似于监狱式的历史决定论的羁绊,借此给阐释性人文地理学的深刻思想(一种空间阐释学)留下空间"[18]。面对全球化时代的空间延展拓殖,当代学者对空间问题进行了更为深入的思考,空间成为理解、分析和批判当代社会的最重要场域。当代思想家从不同的角度为我们提供了可资借鉴的空间性理论资源,如布尔迪厄的"空间区隔"(distinction of space)、吉登斯的"时空分延"(time-space distanciation)、德博尔的"景观社会"(spectacle society)、鲍德里亚的"仿真拟像"(simulation simulacra)、卡斯特的"流动空间"(space of flows)、哈维的"时空压缩"(time-space compression)、索亚的"第三空间"(third space)等诸多理论,均从不同的方位指向当代日益复杂的空间生产。空间日益成为人们必须经验和反思的场域。

与诸多人文社会科学学科一样,在历史决定论的强势话语统治下,传统的文艺研究也同样存在着重时间维度而轻视空间维度的倾向,人们更多地关注文学的历史书写与叙事,故事情节、性格发展、戏剧冲突、历史事件等历时性因素建构起文学艺术的时间意识或史诗意识,而空间则成为时间性事件情节的表演舞台。空间似乎只是一个等待事件发生和来临的场所,只是一个了无生机且有待意义充填的空洞容器。与传统地理学或传统空间理论不同,当代空间理论更为关注的是文化在空间生产中所扮演的角色及其所具有怎样的意义和功效。正是一系列文化行为赋予或生产出空间的意义,使空间成为具有社会性、历史性、文化性的场域,因此,文化生产与空间生产一直构成着紧密共谋甚至是一种难分的内在关联。文学艺术作为文化的特殊样式,以其特有的表征、隐喻、意指、编码、解码、想象等手段,将现代性空间建构为文化想象的共同体或文化空间共同体。文化地理学研究自然要关涉到文学艺术生产与空间生产的诸多题域,因此,文学艺术空间的文化地理学研究就日益提到空间理论研究的议程上来。

二 空间转向与哲学思维方式的变革

空间与时间是人类存在的基本形式,人之存在总是特定时空中的存在,空间因此成为哲学历久弥新的反思命题,正如黑格尔在《自然哲学》一书中所说:"空间本身究竟是实在的,还只是事物的属性,这在过去是形而上学的一个首要问题。"[19]空间问题的思考必然受制于特定时代的局限,不同时代的哲学思维方式决定着对空间问题的不同理解,因此对空间理论思考的历史进行描述和梳理,有助于空间问题的合理解决。从哲学思维方式上看,人类的空间理论反思大致可以描述为:以认识论哲学为基础的空间认识论;以实践论哲学为基础的空间生产论;以后现代哲学为基础的空间权力论。

1. 以认识论哲学为基础的空间认识论

从古希腊开始,空间的探究就已经成为哲学家们关注的重要议题。古希腊哲学以本体论追问为主要特征,本体论(ontology)也就是关于存在的学问。存在离不开空间,任何存在都是空间中的存在,因而关于存在与空间的哲学思考自然就成为本体论追问的重要内容。然而,空间为何物？空间究竟是一种实体性的存在还是一种虚空性的存在？在古希腊哲学中,空间始终处于存在与非存在、实存与虚空、有限与无限、相对与绝对的悖论之中,如果说空间是一种存在,那么它就应该是可以感知经验的实体性存在,但是空间又是与一般存在物不同的存在,或者说它是一种不可直接感知经验的非存在。这些问题成为摆在人们面前的悖论性难题。难怪亚里士多德一再慨叹:"空间看来乃是某种很强大又很难把捉的东西。"[20]

如果说本体论哲学所关注的主要问题是"存在是什么",那么,近代哲学所关注的主要问题便是"认识何以可能"。这就是西方哲学史上所说的"认识论转向"。以本体论追问为基础的西方近代认识论哲学,预设了主体与客体、主观与客观的两元对立分离,通常我们称之为主客二分的二元论立场。空间认识论研究建立在主客二分、二元对立的传统认识论哲学基础上,预设了主体与客体的分离,认为存在着一个与人无关的纯粹的客观实在世界,人凭借主观的意识(理性精神或感觉经验)能够反映或认识客观的外在世界。认识世界与自身离不开主体的感觉经验和理性认知。然而,无论是理性主义依靠理性逻辑来认识世界,还是经验主义依靠感觉经验来认识世界,它们都试图通过对自身意识或经验的认识与反思来探寻人与世界的奥秘。经验唯物论强调事物存在的客观性,认为空间是一个客观存在的物理事实,只要运用经验科学的认知方法就可以认识作为物理事实的空间;先验唯心论则侧重空间意识的先验性、主观性研究,强调主观精神意识的第一性,将空间理解为一种先验的意识形式或精神形式。在理性主义和经验主义两大思潮的影响下,关于空间的哲学思考与人的理性认知和感官经验紧密地联系在一起,由此形成了以几何学为基础的理性空间论和以感性经验为基础的感觉空间论。

对于崇尚理性主义的西方哲学传统而言,数学—几何学一直具有理性奠基的意义。古希腊的毕达哥拉斯学派主张"数是万物的本原",致力于从数量关系与空间的几何形式结构把握世间万物的内在本原,演算推导出宇宙天体构造和运行的几何模型,由此确立了以几何学为基础的理性空间论。被誉为"几何学之父"的古希腊数学家欧几里得的《几何学原理》可谓西方科学史的奠基之作。康德曾说:"几何学是综合地却又是先天地规定空间属性的一门科学。"[21]欧几里得几何学以数学逻辑建立起一种抽象的、理想的空间模型,运用不变参数的几何图形来描述空间,使二维或三维空间获得统一而固定的结构。与几何学的科学奠基同步,欧几里得几何学空间理论也从此确立起权威的解释地位。在康德看来,我们之所以具有空间的几何学概念,源于所具有的某些先天的直观或纯粹的直观能力,这种空间的感性直观形式既不是经验的结果,也不是推理的结果,它是先天直接被给予的。

与几何学空间论所主张的先验性或超验性不同,一些哲学家以经验主义哲学为基础,试图恢复空间的感性现实性,建立起感觉空间论。与理性主义不同,经验主义从感觉经验出发,认为如果离开感知,事物存在与否就无法判定。"存在就是被感知"(贝克莱),离开了感知的存在是不可想象的,因此只有运用经验科学的认知方法,才能认识作为物理事实的空间。理性主义与经验主义的空间观之所以不同,主要在于前者侧重从抽象方面理解空间,而后者则侧重从感觉方面理解空间。近代英国经验主义代表人物贝克莱以经验论反对抽象的观念论,他认为关于时空和运动的概念只能相对于各种可感的事物来理解,它们应该是个别的、具体的、感性的。因此,贝克莱批驳了牛顿的绝对空间论。在他看来空间必须依靠人的感觉而存在,绝对空间概念脱离了各种可感的事物,因此是不可理解的。经验主义注重感官经验的空间思想对现代心理学产生的重要影响,并在此基础上形成了心理感觉的空间理论。经由心理学感知经验的分析和描述,空间被划分为物理空间和心理空间,这种划分并未真正解决空间的悖论和分裂,人类关于空间的哲学思考和探索依然困难重重。

空间的认识论研究没有克服本体论研究所遭遇到的空间悖论,因此其缺陷与不足也十分明显。第一,空间的二元分裂。认识论的空间研究预设了主体与客体的二元分立原则,导致空间思考陷入空虚与实在、绝对与相对、超验与经验、理性与感性、心理与物理的割裂分离状态,使空间问题始终无法摆脱本体论所残留下来的形而上学品性。第二,空间的形而上学化。主客二分的认识论导致空间问题最后被简化为唯物与唯心、空间是否是第一性的存在等形而上学的争辩。在认识论的视域中,空间越来越抽象化、同质化、简约化、平面化、空洞化,即形而上学化。第三,空间哲学对科学的僭越。传统哲学建立在科学理性主义或科学实证主义之上,自诩为一切科学的科学,试图揭示或发现世界存在的普遍规律。这种自信或自大无限夸大了哲学的界限,使哲学成为所谓最高的科学,由此僭越了科学的空间研究。

2. 以实践论哲学为基础的空间生产论

对空间问题的回顾与分析表明,理性主义和经验主义的空间理论不仅无法解决空间的悖论,反而加深了横亘在空间悖论之间的鸿沟,使空间问题陷入主观与客观、精神与物质、空虚与实在、绝对与相对、超验与经验、理性与感性、心理与物理的分离割裂状态,空间越来越抽象化、同质化、简约化、平面化、空洞化,即形而上学化。本体论或认识论哲学的形而上学特性,使空间成为等待人去直观反映或理性认知的纯粹客体,成为超离于人、抽象于人的纯粹存在,空间因此成为一种绝对的、抽象的、永恒的、无限的、静止的实体存在或神秘存在。

马克思以实践哲学思维方式开启了西方哲学的革命性变革——实践论转向。实践哲学思维方式以实践的优先性取代理论的优先性,强调人的感性生存实践的重要意义,从而开启了对传统形而上学哲学的批判与颠覆。与传统的形而上学思想家不同,马克思对人的存在及其命运的思考始终建立在现实和感性的实践基础之上。传统的形而上学将人理解为抽象的、精神的存在,而马克思则从现实的感性活动,即生产实践活动出发来理解人,从而描述人的生存境况,揭示人的存在方式的本源性秘密,由此创立了实践论哲学。从实践论的观点看,传统唯物主义的主要缺点在于,"对事物、现实、感性,只是从客体的或者直观的形式去理解,而不是把它当作人的感性活动,当做实践去理解,不是从主观方面去理解"。而与之相反,唯心主义却发展了主观能动的方面,"但只是抽象地发展了,因为唯心主义当然是不知道真正现实的、感性的活动本身的"。[22]传统空间理论的缺欠与不足同样是显而易见的,其根本问题在于,它们均不能从人的生存实践活动出发去理解空间,而只能经验直观或超验抽象地去理解空间,只能从主观与客观分离割裂的立场出发来理解空间,最后,在空间悖论难以解决的两难境遇里,空间理论势必陷入神秘主义的泥淖之中。"凡是把理论导致神秘主义方面去的神秘东西,都只能在人的实践中以及对这个实践的理解中得到合理的解决。"[23]传统的形而上学将世界存在理解为抽象的精神或机械的物质,从而割裂了人与自然、人与社会、人与历史的辩证联系,割裂了"自在之物"与"自为之物"的辩证联系。在空间问题上,本体论和认识论因其哲学思考的形而上学特性,使"感性失去了它的鲜明的色彩而变成了几何学家的抽象的感性。物理运动成为机械运动或数学运动的牺牲品;几何学被宣布为主要的科学。唯物主义变得敌视人了。为了在自己的领域内克服敌视人的、毫无血肉的精神,唯物主义只好抑制自己的情欲,当一个禁欲主义者。它变成理智的东西,同时以无情的彻底性来发展理智的一切结论"[24]。从空间的角度来理解,我们看到马克思深刻而生动地揭示了从本体论超验空间、几何学认知空间到经验论感觉空间是怎样把空间抽象化、理性化、科学化和绝对化的。无论是唯物主义,还是唯心主义,无论是先验论,还是经验论,空间都因其形而上学性而变成与人无关的冰冷实体或神秘本体。传统的形而上学空间理论关注超验的本体、先验的理性或抽象的物质,却遮蔽了人类世界的关怀。

马克思对人及其存在的思考,始终建立在现实、感性的实践观点之基础上,确立了实践论哲学。"整个所谓世界历史不外是人通过人的劳动而诞生的过程,是自然界对人来说的生成过程。"[25]劳动创造了人,劳动创造了世界。人类通过生产劳动的实践,创造了物质文明与精神文明。人在生产劳动或实践活动中创造了一个属于人的世界,一个属于人的空间,一个"自然的人化"或"人化的自然"的世界。因此,空间在本质上是实践的。空间作为实践创造的产物,正是在人类实践的基础上完成了物质性、社会性与历史性的统一。从马克思关于实践活动对象性的观点来看,正是由于人的实践的对象性活动,人与自然具有了互为对象性的关系,具有自我意识的人类懂得了自己与自然的区别。为此,人才能够通过感性的实践创造活动来改造自然、认识自然,使自然对象成为"人化的自然",使自然空间成为属于人的社会历史空间,成为属于人的世界。无论是自然空间,还是社会空间,无论是物理空间,还是心理空间,都是人类实践的产物,人类"周围的感性世界决不是某种开天辟地以来就已存在的、始终如一的东西,而是工业和社会历史状况的产物,是历史的产物,是世世代代活动的结果"[26]。马克思从实践论视域出发,突破了主客二分的传统认识论局限,认为人类的生产实践活动是认识世界、改造世界的动力源泉,正是通过实践生产活动,人类创造了属于人的第二自然——即"人化的自然",完成了主观与客观、自然与社会、自然与人的统一。因此,从实践的观点来看,空间也是人类社会实践的产物,空间是通过人类实践被生产出来的,空间具有社会性、历史性、实践性(生产性),空间的属人性——即空间的意义便也在人类历史实践过程中被生产创造出来。

虽然马克思的实践观点早已成为人文社会科学研究的哲学基础,但在空间研究领域,传统认识论的地理学空间观念却一直主导着空间研究的视野。如何从实践观点出发来看待空间问题,已成为当代空间转向所必须解决的理论课题。作为西方马克思主义的代表人物,列斐伏尔将马克思的实践论引入到空间研究的领域,提出"空间生产"(production of space)这一著名的概念,将马克思的社会分析批判转化为空间的分析批判,开创了当代西方新马克思主义空间地理学派。正如美国学者迈克·迪尔在《后现代都市状况》中所说:"列斐伏尔对空间生产加以分析的方法完全以马克思主义思想为基础……对空间加以正确认识的话,将可以使马克思主义重新焕发活力。"[27]后现代地理学家索亚也高度赞誉了列斐伏尔的空间生产理论,他说:"1968 年以后,列斐伏尔围绕空间生产的'知识',一种切实的理论建设,从本体论、认识论到社会解放的实践,开始了批判思想本身的彻底重建工作。现在看来,这也许是 20 世纪最重要的批判哲学工程之一。"[28]列斐伏尔从三个方面继承发展了马克思的实践论哲学,从而建构出空间生产理论。

首先,列斐伏尔从马克思"自然的人化"的思想出发,提出"自然空间消逝"的理论。列斐伏尔将马克思"自然的人化"的理论思想作为建立"空间生产"理论的哲学基础,因为只有在生产实践论的哲学视域下,才可能正确理解"空间生产"理论的内涵及意义。对此,索亚概括地总结道:"列斐伏尔作了如下区分:自然界是被天真地赐予的语境,而堪称'第二自然界'的空间性,是业已转换的并在社会得到具体化的空间性,缘起于人类有目的的劳动的应用。成为历史唯物主义分析并成为唯物主义对空间性阐释的地理学主题和对象的,正是这种第二自然界。"[29]从实践观点看,人类的生产实践活动改造着整个自然世界,创造了"第二自然",使自然成为人类学意义上的"人化的自然"。因此,"自然空间已经无可挽回地消逝了。虽然它仍是社会过程的起源,自然现在已经被降贬为社会的生产力在其上操弄的物质了。……因此,社会空间总是社会的产物,但这个事实却未获认知。社会以为它们接受与转变的乃是自然空间"[30]。人类实践活动最显著的特征就是人的本质力量的对象化。人之存在的本源性根据和意义,并不在纯粹的客体之中,也不在主观的意识世界,而是在人与世界所构成的对象性关系之中。因此,所谓纯粹的、与人无关的客观自然空间,以及精神的、观念的主观意识空间,都不过是抽象的理论设定。"我们要想摆脱这种混乱不堪的局面,就不要再把社会的空间与社会的时间当作'自然的'事实来看待,而必须按照某些层次等级加以规范化。也不能把它们视为文化的事实,而必须视其为产物。这就导致了空间一词的使用及其内涵的改变。我们不能把空间(以及时间)的生产看做是类似于用手工与机器而进行的某些'物体'或'事物'的生产,而是作为第二自然的基本特征,作为社会多种活动作用与'第一自然'如感性的资料、物质与能量之上的结果。"[31]在列斐伏尔看来,自然主义空间观把空间视为一种纯粹的、中立的客观物质,空间被预设为抽象的自在的自然物质或第一性的物质,显然这种自然主义空间观有悖于马克思的实践哲学观点。

其次,列斐伏尔以马克思的辩证法为方法,提出超越二元论的"空间三元辩证法"。反对二元论是列斐伏尔一贯的思想方法,他认为正是由于二元论的诱惑,才导致形而上学的简化论,这种简化论把意义缩减为两个术语、概念或简单要素之间封闭的、非此即彼的对立。以主客二元对立为模式的西方传统哲学直接影响了空间探讨的路径:或是从客观方面把空间理解为一种纯粹的物质性存在,或是从主观方面将空间理解为一种先验的精神理念;空间或者是可以客观测量的自然的、自在的物理实在,或者是先验直观的想象的、意识的心理表象。正是为了解决空间问题上的主客二元分裂,列斐伏尔从主客统一的实践观点出发,提出了空间的三元辩证法。"《空间的生产》就是围绕第三化展开的。他从中形成了一个空间的三元辩证法,这个三元辩证法是他在理解社会方面做出的最富创造性的贡献。"[32]马克思的实践哲学认为,对象性生产实践活动过程是主观见之于客观、精神变为物质力量的过程,人通过实践活动达成自然与人、客观与主观的对象性统一关系。正是在人类生产实践的基础上,空间的社会实践性才得以生成确立。基于上述理解,列斐伏尔在《空间的生产》中提出以社会实践空间为统一的三元辩证法:"我们所关注的领域是:第一,物理的,自然,宇宙;第二,精神的,包括逻辑抽象与形式抽象;第三,社会的。易言之,我们关心的是逻辑-认识论的空间,社会实践的空间,感觉现象所占有的空间,包括想象的产物,如规划与设计、象征、乌托邦等。"[33]在空间的三个领域中,客观的物理空间、主观的心理空间和实践的社会空间构成辩证统一的复杂多重性。列斐伏尔在《空间的生产》一书中涉及许多空间概念,如绝对空间、抽象空间、共享空间、资本主义空间、具体空间、矛盾空间、文化空间、差异空间、主导空间、戏剧化空间、乌托邦空间、认识论空间、家族空间、工具空间、休闲空间、生活空间、男性空间、精神空间、想象空间、表征空间、自然空间、中性空间、有机空间、创造性空间、物理空间、多重空间、政治空间、纯粹空间、现实空间、压抑空间、感觉空间、身体空间、社会空间、社会主义空间、社会化的空间、国家空间、统治空间、城市空间、透明空间、真实空间、女性空间等等。无疑,列斐伏尔的用意在于通过这些纷至沓来令人眼花缭乱的概念来表达空间的复杂多重性,空间是一个具有物质性、精神性和社会性的多重空间,它既是物质的,又是精神的;既是真实的,又是想象的;既是具体的,又是抽象的;既是实在的,又是隐喻的。

最后,列斐伏尔以马克思的实践论为哲学基础,创立了具有本体论意义的空间实践哲学——"空间本体论"(spatial ontology),为当代马克思主义地理学和后现代地理学的发展奠定了坚实的理论基础。理解列斐伏尔空间实践论的关键是如何理解"空间生产"这一概念。空间生产并不能简单地理解为空间中事物的生产,而应理解为空间本身的生产。列斐伏尔明确地表明他所提出的"空间的生产",是为了完成从空间中的生产(production in space)到空间的生产(production of space)的转型。他说:"'生产空间'(to produce space)是令人惊异的说法:空间的生产,在概念上与实际上是最近才出现的,主要是表现在具有一定历史性的城市的急速扩张、社会的普遍都市化,以及空间性组织的问题等各方面。今日,对生产的分析显示我们已经由空间中事物的生产转向空间本身的生产。"[34]强调空间本身的生产,其实质就是明确实践观点的空间本体论意蕴,确立实践对于空间的优先性、构成性或本源性。空间因此而成为社会实践的产物,在社会历史实践过程中被不断地生成、建构和重组。列斐伏尔以此为基础,将空间视为分析批判资本主义社会的理论平台。

从实践的观点看,空间是生产的,是社会实践创造的产物,空间在本质上是社会的,是实践的。在实践性的空间领域中,客观的物理空间、主观的心理空间和实践的社会空间构成了辩证统一的复杂多重性。它既是物质的,又是精神的;既是真实的,又是想象的;既是具体的,又是抽象的;既是实在的,又是隐喻的。在人类实践的基础上,空间完成了物质性、社会性与历史性的统一。总之,实践化或实践性的空间决定了空间的社会实践性特征,使之成为一个具有物质性、精神性和社会性的多重辩证空间。为此,后现代地理学家索亚继承和发展了列斐伏尔的空间生产理论,将这种多重辩证的实践性空间称为"第三空间",由此提出著名的"第三空间"理论。在他看来,关于"第一空间"的探讨,偏重于从客观的、自然的、物质的方面来理解空间,并试图运用几何学原理建立起关于空间的形式科学;关于"第二空间"的认识,偏重于从主观的、精神的、想象的方面来理解空间,从文化想象的地理学中获取主观的空间观念。与"第一空间"不同,"第二空间"强调主观构成性因素,主张精神优先于物质,主体优先于客体,用艺术取代科学,用想象对抗真实。而"第三空间理论"既是对第一空间和第二空间认识论的解构,又是对它们的重构。在第三空间里,主体与客体、抽象与具象、真实与想象、先验与经验、同一与差异、精神与肉体、实在与表征等诸多因素集聚统一为一体,从而弥合了"第一空间"偏重客观、第二空间偏重主观的二元分裂对立。正是由于空间的社会实践品格,第三空间才得以实现或完成第一空间和第二空间的辩证统一,作为社会实践产物的第三空间因此具有辩证融合性和差异敞开性。

3. 以后现代哲学为基础的空间权力论

对空间问题的历史追问表明,空间认识论向空间生产论的转换,必然使空间生产与权力规训的隐秘关系显露出来,由此形成以后现代哲学为基础的空间权力论,建构起空间政治学和空间权力论的反思批判模式。

列斐伏尔建立实践生产的空间本体论的用意即在于对空间予以政治学的批判分析,将空间反思的重心转移到政治经济批判的维度上。在《空间政治学的反思》一文中,他反复重申:"有一种空间政治学存在,因为空间是政治的。"[35]在列斐伏尔看来,空间政治学的建立可以扭转长期占统治地位的科学主义空间研究取向。科学主义空间研究模式把空间当成一种客观的、中性的对象,专注于形式空间或空间形式的客观中立研究,试图建立起一种关于空间的科学。显然,空间政治学与空间科学是两种完全不同的研究模式,它决定着不同的空间研究对象、方法和立场。在列斐伏尔的空间政治学问题域中,空间成为经济生产、政治统制与文化观念的权力斗争场域。

首先,从经济生产层面看,空间成为资本竞争的权力斗争场域。社会空间的再生产主要表现为生产关系的再生产,"社会空间被列为生产力与生产资料、列为生产的社会关系,以及特别是其再生产的一部分"[36]。尤其是以城市化为主要特征的资本主义商品经济生产带来的全球性空间重组,生产出资本主义的空间。"有一种资本主义的空间,亦即有布尔乔亚阶级所管理支配之社会的空间。……空间作为一个整体,进入现代资本主义的生产模式:它被利用来生产剩余价值。土地、地底、空中、甚至光线,都纳入生产力与产物之中。都市结构挟其沟通与交通的多重网络,成为生产工具的一部分。城市及其各种设施(港口、火车站等)乃是资本的一部分。"[37]城市的兴起与扩张成为大规模资本主义空间重组的标志性事件,城市景观的感觉欲望化源于资本生产逻辑的渗透,其中隐匿着消费意识形态的操控运作,城市空间的单向度发展导致了人们生活的全面异化。因此,对资本主义进行分析批判需要从空间政治学的层面来展开,空间的政治学批判成为资本主义政治经济学批判的重要组成部分。

其次,从政治统制的层面来看,空间成为政治权力斗争的场域。空间是政治的,空间的规划、管理、区隔、禁闭、占领无不渗透着政治权力的统制。列斐伏尔认为在资本主义社会,国家是最具压迫性的抽象权力空间,"空间已经成为国家最重要的政治工具。国家利用空间以确保对地方的控制、严格的层级、总体的一致性,以及各部分的区隔。因此,它是一个行政控制下的,甚至是由警察管制的空间。空间的层级和社会阶级相互对应,如果每个阶级都有其聚居区域,属于劳动阶级的人无疑比其他人更为孤立。"[38]城市的规划、设计和建设最为典型地体现着国家权力在空间生产中的作用。"在城市空间的生产过程中,国家政治权力主导一切。中心地区主宰边缘地区,并把局部地区与全球联结在一起,在此方面,权力起了关键作用。"[39]庞大的社会空间网络在政治权力的编织下成为一张巨大的权力操控之网,生产出一种压迫性的空间,空间因此成为权力得以技术性运作实施的场域,成为一种政治工具。

再次,从文化观念的层面看,空间成为意识形态的权力斗争场域。意识形态作为文化观念层面上的政治意识,建立在社会的经济基础之上,因此当空间成为政治经济权力斗争的场域时,空间的意识形态性亦被显现出来。列斐伏尔认为:"有一种空间的意识形态存在着。为什么?因为空间,看起来好似均质的,看起来其纯粹形式好似完全客观的,然而一旦我们探知它,它其实是一个社会产物。"[40]正是意识形态赋予空间以政治内涵,空间因而具有隐喻政治权力的功能。因此,"空间是政治的。空间并不是某种与意识形态和政治保持着遥远距离的科学对象(scientific object)。相反地,它永远是政治性的和策略性的。……空间一向是被各种历史的、自然的元素模塑铸造,但这个过程是一个政治过程。空间是政治的、意识形态的。它真正是一种充斥着各种意识形态的产物"[41]。面对资本主义大规模的空间生产和空间重组,对空间意识形态的批判是资本主义批判的重要组成部分。列斐伏尔对空间政治、空间意识形态的密切关注,正是为了破解资本主义权力空间的压迫性机制。

与列斐伏尔的理论旨趣相同,福柯在追问谁生产了空间,谁主宰着空间,空间是如何成为组织、监管和宰制的社会形式的过程中,对知识、权力与空间三者所构成的隐蔽关联进行了重点考察,建构出权力论的空间理论。

福柯的空间思考始终围绕政治权力如何运作而展开。在《权力的地理学》访谈中,他认为空间政治学研究"应该从权力的战略和战术的角度出发","战略和战术通过对领土的移植、分配、分界、控制,以及对区域的组织来实行,这就构成了某种地理政治学。……看来,地理学确实必须成为我所关心的课题核心"。[42]福柯长久以来一直专注于空间,他说:"人们时常以空间的着魔(spatial obsession)指责我,我确实对空间迷恋着魔。但是,我认为通过它们我确实达到了我根本追寻的目标:权力与知识间可能存在的诸关系。一旦知识能够用地区、领域、移植、移位、换位等空间术语来描述,我们就能够把握知识作为权力的一种形式和播撒权力的效应的过程。"[43]福柯将时代症候的关注点从时间性焦虑转向空间性焦虑,致力于空间的审视与解构,力图拆穿空间背后隐匿的知识与权力的共谋关系,打开空间的隐秘世界,揭示知识、权力与空间之间的内在隐秘关联。空间作为知识话语与权力运作的具体场所,一直是福柯所关注的主要对象,福柯认为对空间进行细密的考察更容易把握其中的权力关系和权力意图,权力的空间化乃是现代社会规训操控的基本策略和方式。"一部完全的历史仍有待撰写成空间的历史——它同时也是权力的历史——它包括从地缘政治学(geo-politics)的重大策略到细微的居住策略。"[44]空间在现代权力规训技术中占据着重要和关键的地位,现代社会的权力操控是通过空间的组织安排来实施完成的,为此福柯对监狱、医院、学校、工厂、街区等空间圈限(enclosure)的场域有着特殊的兴趣,他以监狱诞生的历史、精神病院诞生的历史和临床医学诞生的历史为例,对现代性发生的历史予以空间化的考察。在一系列的权力空间化勘察中,以"圆形监狱"的分析最为著名。福柯在分析考察边沁于1787年设计的"圆形监狱"时提出,"圆形监狱"是现代权力统治技术空间化的典范型构。现代统治技术通过"圆形监狱"式的权力空间化建构使权力弥散于空间的监视中,权力因此无孔不入、无处不在,现代权力对身体的规训技术在监视的空间中得以实施和实现。因此,离开权力的空间化分析,就无法真正透视现代社会权力运作的机制和策略,现代权力技术的内在秘密也就无法破解。福柯虽然并没有建立系统的空间理论,但他的空间化思维方式和知识考古学的研究方法对当代空间理论思考特别是后现代地理学产生了深广的影响。

三　文化空间生产与文学空间表征

空间转向在改变人文社会科学研究范式的同时,也促使文艺理论和文化研究的理论模式发生重大的转换,形成并建立起空间化的理论思考方式。在其影响下,美学理论、社会理论、文学理论与空间理论相互交叉渗透,促使文学的空间性思考在文学与空间的互动阐释过程中得以不断展开,由此建构起一种关于文学的空间理论。文学空间理论探寻文学如何运用象征、想象、意指、隐喻等手段,建构形塑空间的文化表征意义,以此实现文学空间生产与生存体验、审美体验、空间体验的系统化研究,拓展文学研究的深度和广度。

1. 空间的生存性、体验性与审美性

时间与空间是世界存在的基本形式,也是生命存在的基本形式,任何存在总是一定时空中的存在,生命只有在时空中才得以生成与展开。虽然,"存在与时间"的生存论命题经由海德格尔提出而影响深广,但对"存在与空间"的存在论追问同样不可或缺,甚至更为重要。"存在与时间"是人类所执著追问的生存论问题;"存在与空间"同样是人类所置身其中的生存论问题。从生存论视域看,空间总是生存性的,人总是空间性的存在者,这一界定引导我们从"存在与空间"的关系出发,探究人之存在的生存论根基,在"生存的空间性"与"空间的生存性"的互动生成中,将人理解为一种空间性的存在者,以揭示空间的生存本体论意蕴。

应该在何种意义上理解"空间的生存性"?显然,这一命题的提出,意味着将空间问题提升到生存论美学的层面予以思考。生存论美学将空间理解为生存性的存在,强调从人之存在的视域或立场出发,看待人与空间的关系,认为理解空间存在应该以人的生命存在为前提和基础,强调人的生命存在、生活存在对于空间存在的优先性、意义性及本源性。美国著名的存在主义哲学家保罗·蒂里希认为,"存在,就意味着拥有空间。每一个存在物都努力要为自己提供并保持空间。这首先意味着一种物理位置——躯体、一片土地、一个家、一座城市、一个国家、一个世界。它还意味着一种社会'空间'——一种职业、一个影响范围、一个集团、一段历史时间、回忆中或预期中的一种地位,在一种价值和意义结构中的位置。不拥有空间,就是不存在。所以在生命的一切领域之中,为空间奋争都是一

种存在论的必要"[45]。正如蒂里希所言,人之存在的焦虑源于"无空间性",空间性之占领是人安身立命的前提,而空间性之丧失意味着存在之丧失。空间的奋争、空间的生产、空间的拥有、空间的体验都是一种存在论的必要。因此,从"存在与空间"的视域看,空间总是生存性的空间,空间总是人之存在的空间,是具有生存论意义与价值的属于人的空间。人既是空间存在的规定者,又是空间存在的界限,空间因此具有了生存论的意蕴。正是在"生存的空间性"与"空间的生存性"的互动生成中,空间的生存论意蕴才得以显现。

美国后现代地理学家索亚明确提出"人是空间性存在者"的命题。在索亚看来,人作为空间性的存在者,并不能简单地被理解为人存在于空间之中,因为"我们可能比以前任何时候都更加意识到自己根本上是空间性的存在者,总是忙于进行空间与场所、疆域与区域、环境与居所的生产"[46],所以,空间的生产者是理解空间性存在的前提。空间不仅是人之存在的舞台背景,人作为空间性的存在者,首先应被理解为空间的生产者,而构成空间生产出发点的正是人的身体。"生产的空间性过程,开始于身体……开始于总是包裹在与环境的复杂关系中的、作为一种独特的空间性单元的人类主体。"[47]作为空间主体的身体规定着空间,空间因而成为人类主体建构的基地。空间主体性与主体空间性的生存论意义由此互动生成。人生产塑造社会空间环境的同时,社会空间环境也生产塑造着人。"生存的空间性"与"空间的生存性"的辩证互动构成空间生存论意蕴。

空间的生存性特征,决定着空间的体验性与审美性。空间体验,即人在生存空间中感受、经验、体悟到的具有意义与价值的内在生命体验。空间体验决定着人的生存体验方式,同时也规定着文学艺术的生存美学体验。空间体验以及由此而产生的空间意识,对文学理念及文学创作产生着重大的影响。在原始社会,幻想空间构成文化空间的主要表现形式。当时,人的实践改造能力低下,自然对人来说是一种未知的神秘力量,人类只能依靠神话的幻想来解释世界,从而在文化中创造神话的幻想空间。幻想空间的文学创造,表达了人类试图征服空间、改造空间的强烈愿望。在农耕时代,土地空间的人工开拓和种植使人类可以在相对固定的空间安居乐业,宁静的大地与乡村成为人最主要的空间生存形式,对自然空间的感受、认识和驾驭成为文化空间的重要内容。前现代的古典空间意识建立在人与自然和谐相处的空间观念之上,古典作家在有限的、宁静的、非流动的自然空间场域中生存活动,他们的空间观念与自然大地有着天然的内在联系,具有浓厚的自然乡土气息。以自然空间体验为基础,人类建构起"天人合一"的人与自然和谐的美学理念及"情景合一"的文化诗学。因此,以山水田园诗为代表的文学样式在古典时代得到了较为充分的发展。进入现代历史以来,人类的空间生产以前所未有的速度广延拓展。人类凭借工业技术力量使主体征服改造空间的能力得到前所未有的解放,自然空间作为被主体征服的对象,成为确证人的本质力量的对象化存在。主体力量的增强确立了强烈的主体意识,形成了空间主体化的主体空间体验形式。在空间主体化的过程中,人与人、人与社会的关系超越了人与自然的关系,成为文学关注的最主要内容,文学的叙事样态也随之变得更加复杂多样。随着工业化进程的加快,城市化空间以前所未有的速度拓展,城市化空间带给人新型的都市生存经验,由此形成全球空间、都市空间、政治空间、国家空间、日常生活空间等诸多现代性空间意识,这些空间意识渗入浸润着作家的主体审美经验及文学创作理念,使文学获得一种现代的书写视角及多样的艺术形式。进入后工业社会以来,信息高科技的空间技术应用使国际化大都市空间生产呈现出更为复杂的当代空间形态及文化形态。后工业信息时代的空间技术化主要表现为空间的媒介化,媒介空间、虚拟空间成为人类感知空间的基本形式,表征着后现代空间意识的曲变、延异和内爆。媒介空间的生存形式打破了真实世界与虚拟世界、自然世界与人工世界的界限,文学的空间形式演化嬗变为虚拟变形的后现代景观。

2. 表征空间与文化表征实践

列斐伏尔在《空间的生产》中提出了以生产实践为基础的空间三维辩证法,即空间实践(spatial practices)、空间表征(representation of space)和表征空间(representational space)的三位一体。他认为,正是由于"空间实践","空间表征"和"表征空间"才得以建构。因此,在空间的三个维度中,"表征"无疑成为理解、界定空间的重要概念。如果说"空间实践"侧重感性经验的物质性空间生产,而"空间表征"是指特定的社会实践空间所凝聚积淀的构想性、观念性和象征性的意识形态空间,是一种侧重象征想象的精神性空间,那么,"表征空间"则侧重于物质性与精神性、感知与想象的合一,这种合一构成人类生存其中的体验性空间。

理解"空间表征"和"表征空间",首先要厘清"表征"(representation)

这一核心概念。英国文化研究学者斯图尔特·霍尔在《表征：文化表象与意指实践》一书中，将表征理解为赋予事物以价值与意义的文化实践活动，是一种意指实践。所谓表征是指运用物象、形象、语言等符号系统来实现某种意义的象征或表达的文化实践方式，这一文化实践方式通常也称为"表征的实践"。霍尔在指认表征的实践即"指把各种概念、观念和情感在一个可被转达和阐释的符号形式中具体化"[48]的基础上，进一步分析道："正是通过我们对事物的使用，通过我们就它们所说、所想和所感受的，即通过我们表征它们的方法，我们才给予它们一个意义。正是我们对一堆砖和灰浆的使用，才使之成为一所'房屋'；正是我们对它的感受、思考和谈论，才使'房屋'变成了'家'。"[49]霍尔强调"表征"的文化实践性和意义建构性，将人类的实践活动看做是一种文化实践或意指实践活动，这也就意味着包括物质生产在内的人类实践活动及其产品都具有"表征"性。因此，任何物质生产过程都是意义表征建构的过程。例如，家园不仅是一个物理空间，在其物质生产过程中，包含着人类对"家园"的情感体验与意义建构，所以家园是一个具有意义价值的文化空间，它成为一种象征、一种符号、一种意义，即具有文化表征意义的空间。

从生产实践论的角度看，"表征实践"既存在于物质生产实践活动之中，又存在于精神生产实践活动之中。作为一种文化实践方式，"表征实践"构成了人类空间生产实践的重要内容。人类空间生产实践大致可分为物质空间的生产与文化空间的生产。物质空间生产主要指人类通过物质生产实践，以物质实体化为手段，对空间进行加工、生产、形塑、组织，也即通过改造空间的存在形式，进而创造生产出的新的空间形态。显然，物质空间生产所创造的空间是属于人的"人化的自然"，因而是一种具有表征意义的空间，但空间的存在形态依然表现为物质实体性。例如，城市空间虽然是人所创造的"人化的空间"或"文化的空间"，但物质实体性依然是其存在的主要表现形式。与之相对，文化空间生产虽然也需要物质媒介实体，需要物质化和媒介化的空间表现形式，但其主要特征在于精神符号性，是一种想象、虚构、表意、象征、表征的符号化空间。文化空间的生产主要是指人类以精神符号为介质，通过精神生产实践，对空间进行再叙事、再想象、再隐喻、再塑造，赋予空间以意义的文化内涵，进而创造生成出符号化的文化表征空间。正是从此意义上，文化空间生产成为表征空间生产的一种重要方式。

探寻"表征"与"空间"的关系，既是理解空间生产理论的重要线索，也是理解文学与空间的关系,并建构文学空间理论的重要议题。列斐伏尔对"空间表征"与"表征空间"的概念界定,为深入理解空间生产与文化表征实践之间的关系提供了重要的理论资源。在列斐伏尔看来,"空间表征涉及概念化的空间……它在任何社会或任何生产方式中都是主导性空间。它趋向一种文字的和符号的系统。表征空间是通过相关的意向和符号而被直接使用的空间,是一种被占领和体验的空间。它与物质空间重叠并且对物质空间中的物体作象征(符号)式的使用"[50]。因此,所谓具有表征性的空间就是一种象征想象的空间,一种体验的空间,一种符号化的空间。总之,表征空间既是充满着象征的符号化空间,同时也是充满着政治和意识形态,充满着相互纠结着的真实与想象的内容,充满着资本主义、种族主义、父权制,充满着具体的空间实践活动的空间。[51]

文学艺术并不是对空间的简单再现式反映,它直接参与空间社会性、历史性和人文性的建构,赋予空间以意义和价值内涵,并达成人与空间的互动交流,显现空间的生存意蕴,成为空间生产的重要组成部分。文学空间生产的表征性建构,是一个赋予空间以意义的过程,正是文学表征的参与促使空间发生意义的转换,产生不同的空间象征意义。例如,新中国利用十年时间对天安门广场进行了大规模的改造重建,其作为封建王朝建筑所象征的至高无上的皇权统治被消解,取而代之的是新中国的民族象征,其使用功能及象征意义均发生了重大的转换。文学在这一空间意义转换过程中发挥了重要的作用,它运用想象、象征、隐喻等手段,重建了空间的表征性,赋予天安门广场以现代性的文化内涵。其中,郭沫若《颂北京》一诗从天安门城楼建筑的雄伟气势入手,在抚今追昔中引入革命历史和国家荣耀。"坦坦荡荡,大大方方;魏魏峨峨,正正堂堂。雄雄纠纠,磅磅礴礴;轰轰烈烈,炜炜煌煌。国风浩浩,文采泱泱;革命壮烈,历史悠长。凤城如海,绿化汪洋;丰碑屹立,极建中央。红旗灿烂,迎风飘扬;五星闪烁,万丈光芒。天安门上,党声皇皇;多快好省,挺起脊梁。全民团结,济济翔翔;流金铄石,举国腾骧。和平共处,有纪有纲;东风永畅,天地低昂。"[52]作为文学空间表征,郭沫若的诗并不是天安门广场的简单描摹、场景再现,它在展示举国腾骧、红旗灿烂的盛况中赋予天安门广场以全新的符号意义,对于重新建构天安门的空间象征意义具有不可替代的作用。可见,在空间的意义发生和转换过程中,文学空间表征是赋予空间以意义或生产空间意义所不可或缺的重要方式之一。

当代空间理论认为,空间并不是纯粹物理学或地理学意义上的客体,它具有社会性、历史性、文化性。文化空间生产是指运用文化的象征(symbol)、想象(imagination)、意指(signification)、隐喻(metaphor)等手段,对空间进行文化编码组构,赋予空间以社会历史意义的表征性空间建构过程。文学所参与的表征性空间建构作为文化表征空间建构的重要组成部分,是指文学以语言文字符号为媒介,以现实景观世界为对象,以思想情感为内容,运用再现、表现、想象、虚构、隐喻、象征等手段,生产出的符号化的表征空间。社会空间的文化内涵,正是文学艺术活动所赋予的,文学实践的过程也就是赋予空间以意义的过程。因此,文学空间理论研究与传统的地域文学研究有着根本的不同。尽管后者也一直关注文学与空间的关系,但因受制于客体主义空间环境决定论,其研究侧重描述文学与空间环境的线性关系,分析文学作品如何再现特定地理区域中的地域形貌、场景环境、物像景观等,由此导致文学与空间的研究难以深入到空间生产的隐秘之处,文学空间生产的真实内容因而始终处于被遮蔽的状态。例如,在空间环境决定论的影响下,中国现代文学研究对都市文学、乡土文学、京派、海派、东北作家群、山西作家群、荷花淀派等文学流派的分析,均侧重探讨地域环境对作家文学创作的影响,忽视了文学艺术作为文化表征性空间建构的重要作用,乃至上述文学流派的命名方式都直接源于空间地缘的简单界划,缺少表征空间建构的文化意义探究。因此,从文学空间理论视域出发,对上述文学流派予以空间性思考,分析其如何运用象征、想象、意指、隐喻等手段,建构形塑空间的文化表征意义,才能以此为基础,真正实现文学空间生产与生存体验、审美体验、空间体验的系统化研究,拓展文学研究的深度和广度。

3. 文化表征空间与文学表征实践

文学表征实践在文化表征实践中发挥着重要的功能,它是赋予空间以意义、建构空间表征性的一种特殊的文化实践活动。当我们说空间具有文化表征意义时,表明空间不再是孤立冰冷的客体,而是蕴含着特定思想观念与情感体验的文化空间。然而,人们以怎样的方式赋予或生产出空间的文化意义?或者说,人们以何种媒介为载体赋予或生产出空间的文化意义系统?从文化意义的层面看,语言无疑是赋予或生产空间表征意义的最重要媒介。因此,把握文化表征空间概念的关键在于如何理解语言、意义与表征之间的关系,对这一问题的理解同时也是把握文学表征空间概念的关键所在。

文学表征空间是以语言文字为媒介而生产建构的具有文化意义的符号化空间。语言作为运载意义的工具或媒介,是一种具有意指性的文化意义系统,是一种具有表征性的文化实践系统。语言在赋予文化以意义的同时,也赋予空间以文化的意义,并由此建构起空间的文化表征意义。例如公共空间场所的命名,即是语言赋予空间以意义的最直接表现形式之一。中国城市公园的建立始于租界公园。租界公园作为殖民主义的空间场所,成为歧视中国人的空间象征符号,铭刻着民族国家的耻辱。然而,中华民国建立以后,各大城市纷纷兴建起具有纪念意义的主题公园。祛除了殖民主义色彩的公园,被重新灌注以民族振兴的文化意义,成为教育引导民众、激发民族精神的表征性政治空间。在这场民族化、政治化的空间意义生产过程中,以孙中山命名的公园几乎遍布全国各地城市,仅民国时期建成的中山公园达249座。抗战胜利后,沈阳千代田公园、长春儿玉公园、苏州公园、台湾台中公园等也纷纷改名为"中山公园"。作为公共领域一部分的公园因"中山"这一极富象征意义的符号而具有了明确的民族主义内涵,中山公园成为表达民族主义话语的表征空间。"显然,中山公园不仅是民族主义象征符号,也是民族主义集会、举行仪式的活动场所,民族主义话语宣传与实践的空间。因此,中山公园已经成为民族主义精神象征空间并深入到人们的日常生活之中。"[53]上述分析表明,语言命名在生产空间表征意义的过程中发挥着至关重要的作用。

　　从文化表征的意义上,审视文学在多维视域中所呈现的地域形貌、社会环境、城市场景、物像景观等多重叠加的空间场域,可见文学与空间的关系并不是简单的再现反映,文学表征着空间、生产着空间,文学直接参与了社会性、历史性与人文性的表征性空间建构,赋予空间以意义与价值的内涵。长期以来,在空间环境决定论的影响下,文学研究缺少从文化表征实践的意义上审视文学生产与空间生产之间关系的理论自觉,文学与空间被理解为一种线性决定的关系,其解读的重心放在文学与环境的客观再现与分类划分上,忽视了文学作为文化表征性空间建构的重要作用,难以深入到空间生产的内在隐秘之处,空间表征实践的真实内容始终处于被遮蔽的状态。解读空间表征实践的意义在于探究在空间生产过程中,文学是如何运用表现、再现、意指、想象、隐喻、象征等表征方式,对空间进行意义的编码重组,并拆穿揭破空间生产背后所隐匿的政治权力、意识形态、理性规训等社会历史动机,以及它对人的生产方式、行为方式、文化方式、生存方式及道德价值取向所产生的直接而重大的影响。空间是错综复杂的社会关系场域,作为社会空间的文化表征,文学的空间生产也不可避免地被置于社会政治权力角逐的场域。正如知识、文化背后隐匿着无所不在的政治权力关系一样,社会空间生产与权力运作之间也始终存在着内在的紧密共谋关系。"空间的定位是一种必须研究的政治经济形式。"[54]因此,勘察文化表征实践的空间生产过程,首先需要空间政治学批判的介入。空间政治学批判致力于审视与解构空间背后所隐匿的社会权力关系,打开了空间的隐秘处所,拆穿并揭破了知识、权力与空间之间的内在隐秘关系。正如福柯在《空间、知识与权力》一文中所说的那样:"空间是任何权力的基础。"[55]空间在现代权力规训中占据着重要和关键的位置,权力的空间化乃是现代社会规训操控的基本策略和方式,知识话语与权力运作正是通过空间的组织安排得以具体操作和实施。为此,福柯特别申明,一部空间的历史,同时也就是一部权力的历史。从这个意义上说,一部文学空间表征实践的历史,同时也就是一部权力运作实施的历史。

  文学作品中的场景环境描写,并不是客观物理空间或地理空间的简单机械式再现,其中渗透着人们对于空间的理性规划和社会历史性理解。因此,无论运用表现还是再现的方式,文学运用文化表征实践方式所生产的空间总是具有特定社会历史内涵的表征性空间。19世纪,法国文艺理论家泰纳提出,种族、环境、时代构成文化艺术发展的三个要素,不同的自然地理环境塑造出不同的民族文化性格及文学艺术风格;环境制约着人,环境决定着人,人是环境的产物,要实证性地考察人及其精神文化的特征,就必须勘察其所处的自然地理环境和社会生活环境,因此,空间环境描写成为文学作品中不可或缺的前提背景。受泰纳的影响,19世纪现实主义和自然主义文学创作均强调环境对人的决定性作用,注重在环境描写中展现环境与人物的复杂关系,探究人性构成的动因。如果说自然主义侧重于探求自然环境对人的自然本性的决定性影响,那么现实主义则强调社会环境对人的社会本性的决定性影响。现实主义创作致力于社会环境的描写,追求在典型环境中塑造典型人物,着力探寻典型环境中所蕴含的社会历史动因,并试图通过社会环境的典型描写来揭示现代社会人性形成的复杂构成。为此,巴尔扎克将《人间喜剧》的创作称为"生活场景"系列,地理空间、生活场景不仅是《人间喜剧》得以展开的背景,更是人性生成的土壤根基。其后,左拉在自然主义小说创作中也十分重视环境描写,他提出"人是大自然的组成部分,处于他所生长和生活的土壤的种种影响之下,这就是何以某种气候,某个国家,某个界限,某种生活条件,往往都会具有决定性的重要作用"[56]。左拉效仿巴尔扎克《人间喜剧》,对社会环境进行了生理学的解剖分析,构思了《卢贡—马卡尔家族》系列长篇小说,全面展示了资本主义的社会环境和生活场景,将人性欲望赤裸裸地暴露在光天化日之下。由于现实主义、自然主义强调环境与人之间关系的重要性,使环境特别是社会环境的描写进入文本书写的范畴,从而极大地扩展了文学表征的社会历史空间。

显然,文学对自然环境、社会环境与人性之间关系的关注重视,与资本主义空间重组重构所产生的激变动荡有着密不可分的内在联系。其中,文学空间表征实践渗透着人们对社会空间的理性规划和社会历史性的理解。由此可见,现代小说对空间环境的特殊专注,是以城市化为标志的资本主义大规模空间重组的产物。列斐伏尔曾说:"任何一个社会、任何一种生产方式,都会生产出自身的空间"。[57]生产方式的更迭变化自然带来空间的改变。随着现代性历史进程的展开,城市化浪潮席卷全球。都市是现代社会的产物,是人类历史进入现代性的重要标识之一。现代都市带给人一种与前现代社会完全不同的,充满着矛盾、偶然、短暂、流变和分裂的现代生活。现代人在对都市景观的沉迷中,丧失了自我,成为异化的、无根的、漂泊的都市陌生人。都市空间经验的感觉化、片段化、复杂化消解了传统认知方式、思维方式及话语言说方式的合理性和有效性,文学和艺术生产自然无可挽回地陷入表达危机的窘境。一种与都市空间体验和都市生活相契合的新型叙事方式的出现成为都市文学的内在诉求。因此,沉迷于景观,还是批判地审视景观,成为都市文学置身"景观社会"中所必须面对的主题。疆域、国家、乡土、家园、都市、工厂、广场、景观、身体等空间场景或符号在文学作品中高频率地出现,对现代资本主义城市化过程中所建构的空间意义加以不断的叙述或表征,从文本内部强化了现代性空间重组与生产的意义。文学所参与建构的民族国家空间、政治权力空间、城市景观空间、日常生活空间以及身体空间等,显示出空间生产同现代社会的生产一样,是一种被策略性和政治性地生产出来的充斥着意识形态的产物。表征空间作为社会空间的一部分,是渗透着政治文化权力的场域,它无所不在地操控规训着人类的生存状态。透过空间来重新思考文学艺术创作,可以使我们对其艺术审美的内在文化动因,以及与之相关的社会历史文化内涵,有一个较为独特的理解和把握。

(作者单位:辽宁大学文学院)

注 释

〔1〕菲利普·韦格纳:《空间批评:批评的地理、空间、场所和文本性》,程世波译,收入阎嘉主编:《文学理论精粹读本》,北京:中国人民大学出版社,2006年,第137页。

〔2〕索亚:《第三空间:去往洛杉矶和其他真实和想象地方的旅程》,陆扬等译,上海:上海教育出版社,2005年,第9页。

〔3〕米歇尔·福柯:《不同空间的正文与上下文》,陈志梧译,收入包亚明主编:《后现代性与地理学的政治》,上海:上海教育出版社,2001年,第20页。

〔4〕Henri Lefebve, *The Production of Space*, Oxford: Blackwell, 1991, p.190.

〔5〕索亚:《后大都市——城市和区域的批判性研究》,李钧等译,上海:上海教育出版社,2006年,第9页。

〔6〕米歇尔·福柯:《不同空间的正文与上下文》,陈志梧译,收入包亚明主编:《后现代性与地理学的政治》,上海:上海教育出版社,2001年,第18页。

〔7〕德国哲学家鲍勒诺夫认为,在海德格尔提出时间与存在的问题后,另一位现象学家拉松在1939年出版的《现象学与直观心理学论丛》一书中提出了空间的优先性问题。由此可见空间转向与现象学之间的思想渊源。参见鲍勒诺夫:《生活空间》,广华译,收入刘小枫主编:《经典美学文选:现代性的审美精神》,上海:学林出版社,1997年,第1031页。

〔8〕约瑟夫·科克尔曼斯:《海德格尔的〈存在与时间〉》,陈小文等译,北京:商务印书馆,1996年,第149页。

〔9〕陈嘉映:《海德格尔哲学概论》,北京:三联书店,1995年,第151页。

〔10〕海德格尔更为关注存在的时间性维度,在《存在与时间》中他甚至始终贬抑空间强调时间的优先性,从某种意义上可以说,海氏对空间性的贬抑表明他依然受制于传统形而上学的历史时间概念中,空间维度的缺失亦可视为海氏早期现象学方法的不彻底性。后期海德格尔经常回到空间这一概念,并否认了人的空间性来自时间性的提法。空间维度的介入对于理解海氏思想的内在矛盾以及前后期变化,具有十分重要的意义。

〔11〕索亚:《后现代地理学——重申批判社会理论中的空间》,王文斌译,北京:商务印书馆,2004年,第31页。

〔12〕索亚:《后现代地理学和历史主义批判》,王志弘译,收入许纪霖主编:《帝国、都市与现代性》,南京:江苏人民出版社,2006年,第218页。

〔13〕大卫·哈维:《时空之间——关于地理学想象的反思》,王志弘译,收入包亚明主编:《现代性与空间的生产》,上海:上海教育出版社,2003年,第400页。

〔14〕菲利普·韦格纳:《空间批评:批评的地理、空间、场所和文本性》,程世波译,收入阎嘉主编:《文学理论精粹读本》,北京:中国人民大学出版社,2006年,第

135页。

〔15〕阿雷恩·鲍尔德温等：《文化研究导论》，陶东风等译，北京：高等教育出版社，2004年，第139页。

〔16〕迈克·克朗：《文化地理学》，杨淑华等译，南京：南京大学出版社，2003年，第54页。

〔17〕阿雷恩·鲍尔德温等：《文化研究导论》，陶东风等译，北京：高等教育出版社，2004年，第133页。

〔18〕索亚：《后现代地理学——重申批判社会理论中的空间》，王文斌译，北京：商务印书馆，2004年，第2页。

〔19〕黑格尔：《自然哲学》，北京：商务印书馆，1980年，第42页。

〔20〕亚里士多德：《物理学》，转引自《海德格尔选集上海》，北京：三联书店，1996年，第481页。

〔21〕康德：《纯粹理性批判》，邓晓芒译，北京：人民出版社，2004年，第30页。

〔22〕《马克思恩格斯选集》，第1卷，北京：人民出版社，1972年，第16页。

〔23〕同上书，第18页。

〔24〕《马克思恩格斯全集》，第2卷，北京：人民出版社，1957年，第164页。

〔25〕《马克思恩格斯全集》，第42卷，北京：人民出版社，1979年，第131页。

〔26〕《马克思恩格斯全集》，第3卷，北京：人民出版社，1960年，第48页。

〔27〕迈克·迪尔：《后现代都市状况》，李小科等译，上海：上海教育出版社，2004年，第65页。

〔28〕索亚：《第三空间：去往洛杉矶和其他真实和想象地方的旅程》，陆扬等译，上海：上海教育出版社，2005年，第55页。

〔29〕索亚：《后现代地理学——重申批判社会理论中的空间》，王文斌译，北京：商务印书馆，2004年，第122页。

〔30〕列斐伏尔：《空间：社会产物与使用价值》，王志弘译，收入包亚明主编：《现代性与空间的生产》，上海：上海教育出版社，2003年，第48页。

〔31〕列斐伏尔：《空间的生产》新版序言，收入张一兵主编：《社会批判理论纪事》，第1辑，北京：中央编译出版社，2006年，第178页。

〔32〕索亚：《第三空间：去往洛杉矶和其他真实和想象地方的旅程》，陆扬等译，上海：上海教育出版社，2005年，第78页。

〔33〕同上书，第78页。

〔34〕列斐伏尔：《空间：社会产物与使用价值》，王志弘译，收入包亚明主编：《现代性与空间的生产》，上海：上海教育出版社，2003年，第47页。

〔35〕同上书，第67页。

〔36〕同上书，第51页。

〔37〕同上书，第49页。

〔38〕同上书,第50页。
〔39〕迈克·迪尔:《后现代都市状况》,李小科等译,上海:上海教育出版社,2004年,第72页。
〔40〕列斐伏尔:《空间政治学的反思》,陈志梧译,收入包亚明主编:《现代性与空间的生产》,上海:上海教育出版社,2003年,第62页。
〔41〕同上书,第62页。
〔42〕《权力的眼睛:福柯访谈录》,严锋译,上海:上海人民出版社,1997年,第212页。
〔43〕同上书,第205页。
〔44〕福柯:《不同空间的正文与上下文》,陈志梧译,收入包亚明主编:《后现代性与地理学的政治》,上海:上海教育出版社,2001年,第39页。
〔45〕何光沪:《蒂里希选集》,上海:上海三联书店,1999年,第1119—1120页。
〔46〕索亚:《后大都市:城市和区域的批判性研究》,李钧等译,上海:上海教育出版社,2006年,第7页。
〔47〕同上。
〔48〕斯图尔特·霍尔:《表征:文化表象与意指实践》,徐亮、陆兴华译,北京:商务印书馆,2003年,第10页。
〔49〕同上书,第3页。
〔50〕Henri Lefebvre, *The Production of Space*, p.190.
〔51〕索亚:《第三空间:去往洛杉矶和其他真实和想象地方的旅程》,陆扬等译,上海:上海教育出版社,2005年,第86—87页。
〔52〕郭沫若:《潮汐集》,北京:作家出版社,1960年,第17—18页。
〔53〕陈蕴茜:《日常生活中殖民主义与民族主义的冲突——以中国近代公园为中心的考察》,收入王笛主编:《时间·空间·书写》,杭州:浙江人民出版社,2006年:第288页。
〔54〕《权力的眼睛:福柯访谈录》,严锋译,上海:上海人民出版社,1997年,第152页。
〔55〕《空间、知识与权力——福柯访谈录》,陈志梧译,收入夏铸九主编:《空间的文化形式与社会理论读本》,台湾:明文书局,1998年,第221页。
〔56〕左拉:《戏剧中的自然主义》,转引自胡经之主编:《西方文艺理论名著教程》,北京:北京大学出版社,1986年,第442页。
〔57〕Henri Lefebvre, *The Production of Space*, p.31.

文学理论前沿
Frontiers of Literary Theory

德勒兹的症状式批评之特征：
解读卡夫卡和普鲁斯特

尹 晶

内容提要：德勒兹(和瓜塔里)的症状式文学批评以非个人、非有机的生命为内在性标准，将文学作品看做进行生产的书写机器、表达机器或文学机器。症状式文学批评与传统的再现式文学批评不同，它不是要揭示隐藏在文学作品中的深层意义和内容，而是非再现式的，它关乎的是健康，是生命进行的各种实验和创造。它诊断出作品所表现的特定存在方式和生命形式的全部症状，并且评价它们是压制、谴责、否定生命力量，还是肯定、增强生命力量。本文主要是展现德勒兹(和瓜塔里)具体的症状式文学批评实践，因此大量篇幅用于复述德勒兹和瓜塔里论卡夫卡以及德勒兹论普鲁斯特的两部专著，并在必要的时候进行恰当的补充，以期更清晰地呈现其文学批评的原貌。德勒兹(和瓜塔里)将卡夫卡和普鲁斯特的文学作品看做文学机器，从其如何运转、生产的角度来解读。卡夫卡的文学机器分为书信、中短篇小说和长篇小说三个部分，它们分别用各自的方式摆脱主体性对人的限制，揭示非个体、非有机的生命进行的欲望生产。普鲁斯特的作品是生产和发射"符号"的文学机器。这里的"符号"不是语言学符号，而是被非个体、非有机的生命推动的质料发射出的微粒—符号。符号分为四种，每种符号对应着一种不同的时间结构，揭示不同的意义。这四种符号体现了三种时间真理，而且它们对应着三种机器，即部分物体机器、共鸣机器和被迫运动机器，它们共同构成了时间机器，实际上也是非个人、非有机的生命的抽象机器。

关键词：德勒兹(和瓜塔里) 症状式文学批评 文学机器 生命

欲望　符号　卡夫卡　普鲁斯特

Abstract: With impersonal and nonorganic life as its immanent criterion, Deleuze (and Guattari)'s symptomatological literary criticism treats literary works as writing machine, expressing machine or literary machine. Symptomatological criticism is non-representational, which is not intent on discovering profound meanings hidden in literary texts, but is on health and how various experiments and creations are made in Life. It diagnoses all the symptoms of particular ways of existence and life presented by literary works, and makes a criticism to see whether they repress, condemn, negate or affirm and enhance the power of Life. The present essay aims to present Deleuze (and Guattari)'s concrete symptomatological critical practices, so a large part repeats what they said about Kafka's and Proust's works, but it adds something more when necessary in order to give a much clearer picture of how they conducted symptomatological criticism. Deleuze (and Guattari) read Kafka's and Proust's works as writing machines, and criticized them in terms of their function and production. Kafka's writing machine consists of letters, stories and novels, all of which try to get rid of the restrictions imposed on man by "subjectivity", and show those desiring productions made by the impersonal and nonorganic Life. Proust's works are literary machines which produce and emit "signs". To Deleuze (and Guattari), "signs" are not linguistic signs but particle-signs emitted by matter driven by the impersonal and nonorganic Life. There are four kinds of sign, each of which corresponds to a different structure of time and reveals a different kind of meaning. These four kinds of sign reveal three kinds of truth, which correspond to three kinds of machine, i. e. partial-objects machine, the resonance machine and the forced movement machine and they together form the time machine, which in fact is the abstract machine of the impersonal and nonorganic Life.

Key words: Deleuze (and Guattari); symptomatological literary criticism; writing machine; life; desire; Kafka; Proust

　　在20世纪的文学理论批评界,德勒兹的影响无疑是巨大的,他和瓜塔里发展起来的一种批评模式以"症状式批评"著称,也即这种症状式批评是以"生命"为内在性标准的。但是,在他们那里,生命已不再是指有机生物具有的个体生命,即活的有机生物所特有的状态,这包括它们本身固有的机能,如新陈代谢、生长发育、生殖、对外界刺激的反应、对环境的适应等,也不再是指非有机物如社会、思想、计划、事业等具有的抽象生命,而是一种"非有机的、生发的、强度的生命,一种无器官的强大生命"[1]。德勒兹(和瓜塔里)结合柏格森提出的"绵延"和"生命冲动"以及当代科学的发展来理解"生命",希望以此来解释当代科学、尤其是当代生物学在自然界中发现的持续不断的创造性和创新性,以便为当代科学提供一种"潜在"的形而上学。[2]他们认为生命是质料所特有的一种非个人的、非有机的力量,它让质料进行自组织,随着时间的展开不断地创造和生产差异,从而创造出各种各样的、千姿百态的、具有特殊本质的个体生命形式和非生命形式。这种非个人的、非有机的生命是"欲望多变的内在性场域"[3],是内在于自身的欲望。在他们这里,欲望不再是缺乏,不再被狭隘地限制在家庭和男女关系之内,而是充盈的能量,它不受任何限制地进行欲望生产,在自由流动的过程中创造出一切社会现实。

  对德勒兹(和瓜塔里)而言,文学作品不是再现经验现实,不是再现固定不变的本质,而是像欲望机器一样进行欲望生产,生产出各种各样的审美效果,即各种新的感受、感知和生成。这些审美效果会作用于外部世界,在读者身上产生效果,改变他们习惯的感受性,让他们体验新的感受和感知,以便体验新的生命形式和生活方式。在与作品进行的欲望连接中,读者会进行各种各样的生成,从而改变自己的生活方式。普鲁斯特在《追忆似水年华》中就曾说读者是他们自己的读者,而作家的作品就像是眼镜一样,帮助他们阅读自我。[4]比如19世纪的大画家雷诺阿的画作就曾令人大惑不解,难以理解,但是在他受到公认之后,他就像眼科医生一样为世人进行治疗,让人们看到一个与往昔截然不同的新世界:街上行走的妇女都是雷诺阿的妇女,车子、大海和天空也都是雷诺阿的。[5]

  因此,德勒兹(和瓜塔里)的文学批评也不是寻找文学作品隐含的深层意义,而是把文学作品看做书写机器或文学机器,看它是如何运转和如何生产出各种审美效果的。机器的功能是通过连接综合不断地形成新的连接,建立起连续不断的流;通过析取综合,在无器官身体上记录下表示器官—机器连接的符号和各种强度状态;通过合取综合,不断地产生新的游牧主体。这种文学机器"将欲望生产的各种流综合起来,形成多样的连接、析取与综合,因此产生和维持运动"[6]。德勒兹对卡夫卡和普鲁斯特的阅读正是从文学机器的角度进行的。

毫无疑问,即使是德勒兹(和瓜塔里)的症状式批评也依然十分驳杂,本文仅透过他们对20世纪公认的现代主义文学大师卡夫卡和普鲁斯特及其作品的分析和解读,向读者展示这种"症状式批评"的一些主要特征。

一、卡夫卡的文学机器

在《卡夫卡:走向小民族文学》中,德勒兹(和瓜塔里)反对将卡夫卡的作品俄狄浦斯化,藉此继续批判精神分析学。他们同样拒斥了传统批评中解释卡夫卡作品的三个主导主题:否定神学、法的超验性和有罪的先验性。他们认为卡夫卡的文学作品是文学机器,也即反俄狄浦斯机器、革命的政治机器和非意指性的语言机器。文学机器的重要性并不在于意义,而在于它如何发挥作用,因此,批评家的任务不是解释它,而是描绘它是由什么构成以及如何运转的。[7]在德勒兹(和瓜塔里)对卡夫卡的阅读中,他们的主要目的是说明卡夫卡的文学机器是如何持续不断地进行欲望生产的。

德勒兹认为写作的唯一理由就是"作为人的耻辱",作家写作是为了摆脱这种耻辱。[8]然而这种耻辱究竟是什么呢?本雅明在对卡夫卡的批评中指出,"耻辱"对应于一种"原始的、纯粹的感觉,是卡夫卡最强烈的姿态"。然而这种耻辱既是在别人面前感到的耻辱,也是为别人而感到的耻辱,因此,它与控制它的生活与思想一样,都不是个人的,而主要是社会的,是一个由动物和人构成的未知家族的耻辱。卡夫卡曾表示过自己不是为了自己的生活而生活,不是为了自己的思想而思考,他觉得自己好像是在一个家族的束缚下生活和思考,而由于这个"未知的家族",他无法得到解脱。[9]本雅明和德勒兹(和瓜塔里)一样,发现了卡夫卡作品非常显著的一点,即父亲和法官、官员等司法—政治"组装"之间的密切联系:父亲和法庭官员一样都是进行惩罚的人,他们同样被罪行吸引着。在卡夫卡那里,官员的世界和父亲的世界是相同的愚蠢、腐朽和肮脏。[10]

父亲是肮脏的:在《判决》中,判决儿子去投河自尽的父亲穿着不太干净的内衣;在《变形记》中,格里高尔的父亲穿的制服脏兮兮的。官员是肮脏的:在《诉讼》中,K.发现审讯室里的一切都那么脏,预审官的记事簿沾上了油渍,破旧不堪,K.都怕弄脏自己的手;而法院那帮人用来研究的法律书籍中,有一本里面却是一幅不堪入目的淫秽图画,另一本的名字则暗示着淫秽内容。显然,预审官荒淫好色,他看见女人就追,经常偷偷溜到别人家去,并被人家轰出来。[11]《城堡》中的官员同样贪婪好色,看上了哪个女人,便会叫那个女人陪他们,不容反抗。女人们也一样堕落了,她们变得如同荡妇、妓女一样,如《失踪者》中向司炉卖弄风情的莉妮、勾引罗斯曼的克拉拉,《诉讼》中总和不同的男人在一起的比斯特纳小姐,和大学生、预审官鬼混的法庭差役的妻子,在律师阿尔伯特家中主动和 K. 调情的莱妮,画家蒂托雷里那里的驼背小姑娘,《城堡》中贵宾楼的服务员、克拉姆的情人弗丽达、老板娘加尔德娜,还有跟城堡仆役们混在一起的奥尔嘉。

在本雅明看来,这种社会性的耻辱就是现代社会的耻辱,是现代人罪孽的生活所带来的耻辱:在现代社会,人已经被自己的流放控制了,虽然他住在自己的身体里,但是身体却"逃离了他,与他敌对",成了被人深深忘却的异域之地。理性不再引导人们脱离蒙昧、走向光明,人性也不再引导人们追求自由和幸福,它们不再是引导人们进步的力量,而是变成了父亲们和官员们谋生的力量,他们"像寄生虫一样躺在儿子的身上,靠他们以自肥"[12]。卡夫卡想要逃脱这种耻辱的境况,只能进行救赎,这是最后一条出路。他试图从被忘却的史前世界中捡取那些零星的碎片,从而拼凑出原初世界的整一状态,让人们重回神圣的生活状态。但被忘却的东西"决不是纯粹个人的。被遗忘的一切与史前世界被忘却的东西交织在一起,形成了数不胜数的、不确定的、变化着的复合物,源源不断地产生出新的、奇怪的产品。忘却是个容器,卡夫卡故事中那个取之不竭的中间世界从此竭力面世"[13]。

本雅明认为卡夫卡的创造性是被"史前力量"支配的,因此,卡夫卡作品中的人的姿态都很奇怪。[14]《公路上的孩子们》中,孩子们像古代骑士一样,一会儿踏着沉重的脚步,一会儿又高高地跳起来。[15]在《新律师》中,那个新律师"高高抬起大腿,迈着雄健的步伐铿然有声地一级一级登上"法院的大理石台阶。[16]在《变形记》中,格里高尔的头头说话的方式很奇特,他喜欢"坐在桌子上居高临下地跟职员们说话,而由于他耳朵又背,大家必须走近他才行"[17];协理看到变成了甲虫的格里高尔后,转身离开,"当他做离开客厅的最后一步的突然动作时,人们会以为,他的脚跟烧伤了。而在门厅里,他远远向台阶伸出右手,好像那里有一位天上的救星正等着拯救他"。(12)格里高尔想走近协理时,协理"已经十分可笑地用双手紧紧抓住门前阶梯的栏杆"(13)。我们还可以看到《失踪者》中的卡尔·罗斯曼、《诉讼》中的教堂神父、《城堡》中 K. 的双胞胎助手、贵宾楼的老板等人做出的奇怪动作,这样的例子不胜枚举。

这些被卡夫卡剥去了传统支柱的人类姿态都是动物姿态,是无止境的反思的对象。[18]卡夫卡不厌其烦地从动物的身上捡取被忘却的东西,因为动物没有文明的"累赘",更能体现"人类久远的生存原貌"。[19]此外,本雅明认为他笔下的东西和动物都是"扭曲的":《家长的忧虑》中的奥德拉德克,《变形记》中格里高尔变成的大甲虫,《杂种》中那只半羊半猫的动物,因为被忘却之物的形状就是扭曲的。这些扭曲之物的原型就是德国民谣中的"驼背小人",意味着忘却,而本雅明则将卡夫卡作品中那些低垂着头的人都看做驼背人。随着弥赛亚的到来,所有这一切就会随着驼背小人一起消失,人们会重新回到原初的整一状态之中。按照本雅明的解读,卡夫卡作品中表现的这个极为腐朽、堕落和肮脏的世界是"物质内容",他从中挖掘出来的"真理内容"则表明现代性的工具理性和普遍人性让人们陷入了更加罪恶的生活之中,只有弥赛亚才能拯救人类,才能矫正那些影响到我们的时间和空间的扭曲。[20]本雅明发现了"耻辱"的社会性,通过对卡夫卡的阅读继续批判现代性;虽然他也发现了久已被人们遗忘的身体,但是仍然没有摆脱其批评方法的超验维度,将摆脱"耻辱"寄希望于弥赛亚的到来。

而在德勒兹(和瓜塔里)那里,耻辱是一种强烈的"卑贱之强度",是一种"无休止地贬低自我形象的感受"。它同感知密不可分,因为看到了胜过自身力量的能动力量才会感到耻辱。比如人看到自己的愚蠢,就会感到羞耻,才会积极开动脑筋,主动进行思考。[21]因此,德勒兹(和瓜塔里)指出"耻辱是哲学的最强大的动机之一"[22]。作为病人的尼采感到了耻辱,因为他从健康的能动力量来思考疾病的反动力量,从病人观察到的比较健康的概念和价值来研究颓废的本能。[23]由此看来,这种耻辱是主动的,是创造性的。德勒兹在《荣与耻:T. E. 劳伦斯》中所谈的就是这种主动的耻辱:光荣总是可以从耻辱中得到,荣与耻总是在"进行一种几乎精神上的斗争",光荣总是在拒斥耻辱,总是让"我"为自我的渺小而感到耻辱,从而不断地驱使"我"进行生成,将那个渺小的自我抛在身后。[24]

但是我们一般所理解的耻辱是反动的耻辱:它预设了先在的标准和价值观等,让我们因为未能遵从它们而感到耻辱,进而产生负罪感。比如我们有时候因失仪而感到羞耻,因不当的欲望而感到耻辱等。这种耻辱

"阻碍思想",阻碍人们的创造性活动,因而是反动的。主动的耻辱被内在化,变成了反动的:它不再指我们不想所是的状态、不再所是的状态,而是指我们无法改变的所是,"是我们必须为其负责并且将永远无法摆脱的东西"[25]。因此,在德勒兹(和瓜塔里)那里,有两种不同的"耻辱"。积极的耻辱与作为绝对内在性的生命和欲望相关,与生成相关:因为作为自我的人被统治秩序强加了一种固定的生存形式,在家庭生活、婚姻生活、社会生活和政治生活中都要严格遵守一种标准,而人自身具有的主动的、创造性欲望却被阉割、阻塞、压抑、疏导,因此人的内在性生命具有的非有机的、非个人的力量完全被压制了,无法进行各种生成,从而增强自身的力量,因此人才感觉到耻辱,而这种耻辱让人觉得有罪。这正是德勒兹所说的"作为人的耻辱"[26]。许多伟大的作家都认识到了这一点,他们想逃离这种耻辱的境况,让内在性生命、让欲望顺其自然地发展,进行多种多样的生产和创造,不断地生成。

在那封著名的《致父亲》的信中,卡夫卡谈到他永远蒙受着耻辱。父亲在自己那个高高在上的世界中,"忙于统治、发布命令,对不执行命令的情况大发雷霆",而他则被命令和服从制约着,无论是执行命令,或者是不服从,还是无法执行命令,对他来说都是耻辱。[27]德勒兹(和瓜塔里)认为这与被精神分析限制在小小的家庭范围之中的父亲不同。在精神分析学中,父亲因为儿子有弑父娶母的欲望而威胁儿子,声称如果儿子这么做便要阉割他,儿子从此进入俄狄浦斯期,面临着阉割的威胁,因此他惧怕父亲。而卡夫卡则将整个世界都俄狄浦斯化了,他将父亲的形象无限地扩大,投射到世界地图之上,让他与权力关系的秘密网络联系起来。父亲在家庭中所具有的权力正是统治力量——司法的、官僚的、道德的、家庭的——赋予他的,他自己屈从于这些力量,代表着这些力量,并且试图让儿子屈从于它们。[28]法官和官员也是父亲一样的人物,他们都因为屈从于统治秩序而低垂着头,找不到什么出路。

在卡夫卡的作品中,这样的形象随处可见。比如在《判决》中,格里高尔的父亲头低垂到胸前,因此格里高尔只好跪在他身旁。[29]在《城堡》中,K.看到城堡的一位主事的画像,"他的头向胸前低低垂下,使人几乎看不到他的眼睛"(6)。德勒兹(和瓜塔里)认为"低垂的头"表示的是"被阻塞的欲望",它是顺从的欲望,也是强制推行顺从的欲望;它是进行审判和判决的欲望;它进行的连接是最少的,是"区域性或再辖域化"。"抬起的头"这一形象与"低垂的头"相对,它意味着"奔涌前进的欲望",

它"开始新的连接",进行解域化的运动。[30]卡夫卡写信、写故事、写小说,都是进行独立的尝试,也即逃亡的尝试。但他要逃避的不是在家庭三角中居于统治地位的父亲,而是父亲所代表的各种统治力量,是那些正在叩响大门的"魔鬼力量",即美国的技术专家政治机器、法西斯主义的机构、俄国的官僚制度,他要逃避它们对欲望的阉割。卡夫卡用自己的写作寻找逃逸路线,进行欲望生产,他的全部作品构成了一台文学机器。这是一台欲望机器,欲望作为一种连续不断的、无始无终的、创造性的生命之流将它们连接起来。

上面是对德勒兹(和瓜塔里)关于卡夫卡的批评思想的概括,为了更清楚地呈现他们具体是如何进行文学批评的,下面的论述将按照他们的批评思路展开,并在必要的时候对他们的批评进行补充。德勒兹(和瓜塔里)指出卡夫卡的文学机器包括三个部分:书信、中短篇小说和长篇小说。

1. 书信:文学机器的不可缺少之物

德勒兹(和瓜塔里)指出卡夫卡的书信是其文学机器"不可缺少的一个齿轮",是其"发动机"。卡夫卡试图用书信进行生成儿童的尝试,以便回到儿童清白无辜和无罪的状态,重新接触儿童区块所代表的旺盛的、充裕的生命力,最终释放自由流动的、充满创造性的并有着各种连接的欲望。卡夫卡是通过生成女人——即与未婚妻菲莉斯、密伦娜和妹妹奥特拉进行的欲望连接——来生成儿童的。他写给她们的书信尤其为瘦骨嶙峋的卡夫卡提供了血液,给他足够的体力让他进行小说创作,让他在自己的斗室里进行欲望生产,找到逃逸的路线,跨越各种界限,经历各种生成。[31]而且,他在信中经常像儿童一样天真地、无所顾忌地幻想和胡言乱语,谈菲莉斯的大牙,或者做着自己蜷缩在她梳妆柜的抽屉里、挨着她那些"私人物品"的白日梦。

在书信中,卡夫卡试图逃离主体性的牢笼,逃离主体化通过话语主体对作为表述主体的他进行的辖域化,因此他反常地、魔鬼般地利用书信的"表述主体"和"话语主体":前者是书信的表达主体,后者是书信内容的主体。卡夫卡不再用书信来讲述"表述主体自身的情况",而是让话语主体"进行全部的行动",因此话语主体的行动就成了"表面上的"或"虚构的"。书信中充满了这样的欲望:让话语主体"表面上的、非真实的行动"来代替表述主体的"实际行动"。两个主体的这种交换成了一种替代,这种替代已经是"魔鬼似"的了。这正是德勒兹(和瓜塔里)指出的主体化的第二种形式。卡夫卡用写给菲莉斯和密伦娜的情书代替了真正的爱情和婚姻,让话语主体代替他自己来尽情地享受爱情和婚姻生活,而作为表述主体的他则多次订婚之后又解除婚约,不肯步入婚姻的牢笼;他用写给父亲的书信代替了跟父亲面对面的交流,让话语主体直面专制权威的父亲。书信是"与魔鬼的协定",卡夫卡用它们代替了与上帝、与家庭和爱人的协定,而作为回报,它们则赋予了卡夫卡文学机器所具有的魔鬼力量。[32]德勒兹(和瓜塔里)指出文学机器的要素已经存在于这些书信之中:代表被阻塞的欲望的"照片",表示欲望生产的"进行逃逸的声音",这些后来都在小说中得到进一步发展和完善。[33]

卡夫卡在自己的小说中也进行了这种替代的尝试。以书信为主题的小说《判决》中的儿子格奥尔格·本德曼是一个表述主体,他留在了父亲的商店里继续经营。而经常与他通信的青年时代的朋友则是个潜在的话语主体,他"由于不满自己在国内的前程,几年以前真的逃到俄国去了",在彼得堡苦心经营了一家商店。(35—36)这个朋友在实际生活中可能是不存在的,他很可能是话语主体的化身。[34]而在另一些小说中,卡夫卡则完全抛开了信的中介作用,直接利用两个话语主体和表述主体。《乡村婚事》中的爱德华·拉班打发"我穿着衣服的躯体"去乡下,而他自己则盖着棕黄色的被子躺在床上,吹着微开的房门里透进来的风,想象着自己变成了大甲虫、鹿角虫和金龟子。那个"悲伤的躯体"听完吩咐之后就出发了,与此同时,"我"则卧床休息,在床上经历各种生成。[35]在卡夫卡构思的《失踪者》中,我们发现卡夫卡开始描写成对的形象,比如兄弟俩、两个助手等,用他们代替话语主体和表述主体:两个斗来斗去的兄弟,一个去了美国,另一个则待在欧洲的监狱里。[36]

书信还有第二个特点:写信的人可以将表述主体最害怕的事情表现为"话语主体倾尽全力要克服的外部障碍,即便这意味着死亡"[37]。对卡夫卡来说,写作需要孤单和寂静的环境,因为写作要无限地敞开自己,但是有别人在场时,人就不可能做到这一点。因此,卡夫卡最害怕婚姻和俄狄浦斯化的家庭,它们会阻碍他进行无限制的欲望生产。卡夫卡写给菲莉斯的书信总是表明他不可能去看望她;卡夫卡在给密伦娜的信中描述了自己与爱人会面将要克服重重困难:首先他得得到护照,这并不容易;其次,他要等密伦娜买到火车票后才能离开;然后要找地方过夜,或者他们可以经过一番周折到格蒙德过夜,然后卡夫卡再离开。[38]这些都表明了他对婚姻的恐惧,所以他用爱情书信"驱除夫妻生活"[39]。他害怕俄狄浦斯化的家庭,因此用写给父亲的信驱除它。这样,他就可以让自己的欲望逃离婚姻和家庭的桎梏,以便深入到社会中去形成新的连接。

虽然书信使用的这种方法让表述主体、话语主体、甚至第三方都显得无辜,因为表述主体什么都没做,而话语主体则尽可能地做了一切,但是负罪感还是会在表面上回归:在信中,他仍然问自己是否能结婚,是否能爱自己的父亲,自己是不是个怪物。卡夫卡在《致父亲》的信中,总会提到他"对父亲的负疚感"(252),"无穷无尽的负罪意识"(262);卡夫卡在与他所爱的女人的关系中也总是感觉有罪。但负罪感是表面的,感到负罪的是话语主体,表述主体仍是无辜的,因此卡夫卡才说"无辜的恶毒"。无辜的表述主体具有的魔鬼力量是欲望生产的力量,是解域化的力量。但因为负罪感变成了表面上的,书信具有另一种完全不同的危险,即不再认为负罪是一种"神经官能症"、一种状态,而是"审判"。话语主体表面的负罪感成了对表述主体的真实审判。[40]

书信具有的魔鬼力量让卡夫卡不再感到有罪,却让他感到极度恐惧,害怕自己在信中说得过多,害怕书信变得不利于他,让他陷入困境,让他回到他想摆脱的境况中,让他再辖域化于话语主体之中,让他再俄狄浦斯化,就像《判决》中的儿子格奥尔格所遭遇的那样。而这也恰恰是那些书信造成的致命后果:卡夫卡致父亲的信、致菲莉斯的信最后都变成了针对卡夫卡的审判。[41]卡夫卡用书信进行的欲望生产被迫中断了,摆在他面前的是死路一条,没有逃逸线。可以说,书信具有欲望生产的潜能,但它失败了,并没有让卡夫卡完全摆脱现代主体的控制,这促使卡夫卡在短篇故事创作中继续进行欲望生产,发展和完善书信中已经出现的主题和技巧。

2. 中短篇小说:受限的生成出路

卡夫卡在自己的中短篇故事中想要达到的目标是生成动物。生成动物是"绝对的解域化",它在人和动物这两个范畴之间创造出一条逃逸线,这为卡夫卡提供了一种"独特方法",让他不用再借助书信的表述主体和话语主体的二元性摆脱主体性,成为不同于现代主体的他者。[42]在卡夫卡描写的生成动物中,人生成动物,动物生成人,二者同时被解域化,所以我们才看到人身上的动物姿态,动物具有人的姿态、思想和行为。德勒兹(和瓜塔里)认为卡夫卡在动物的行为中看到了一种潜在的力量:

"试图寻找一条出路,追寻一条逃亡路线"[43]。比如,《地洞》里的那只动物挖了一条大道和几条岔路通向出口,而在出口它还建起了"一套完善的、小规模的迷津暗道",供它随时逃亡。[44]在《一份为某科学院写的报告》中,那只猴子说自己被人抓住后,不想要自由,而只想找到"一条出路"。[45]教堂里的那只紫貂总是想避开人,它时刻保持警惕,"以便随时可以逃跑"。[46]《一条狗的研究》中进行科学研究的那条狗并不违反祖先的法则,而是寻找逃亡路线,"凭自己的特殊嗅觉,从这些法则的漏洞中穿身而过"。[47]

他们认为对卡夫卡而言,动物的本质就是"出路",是"逃逸线",即便这发生在原地,或发生在笼子中。重要的是"逃逸线,而非自由":比如给科学院做报告的那只猴子给自己找的出路就是在笼子里模仿人类,在驯兽人那里拼命地学习,而不是逃跑以获得自由。(204—206)重要的是生死攸关的逃亡,而非侵犯:就像《豺狗和阿拉伯人》中的豺狗那样,它们不想杀死阿拉伯人,它们想要的只是摆脱了阿拉伯人的干净世界,它们需要"可以呼吸的空气;需要一个被他们弄干净的广阔的地平线;不要听被阿拉伯人刺杀的绵羊的哀鸣;让所有的牲畜都平平静静地死去",让它们不受干扰地喝干这些牲畜的血,吃净它们的肉。[48]而"自由"和"侵犯"是加斯东·巴什拉所理解的动物本性。[49]

生成动物是卡夫卡发现的逃离统治力量的出路,是一条创造性的逃逸线。逃逸就是不再遵循日常生活的模式,逃离那个被严格分隔线划分的世界。逃逸就是不再屈从于统治力量,循规蹈矩,因而阻塞自己的欲望,而是要解放自己的欲望,进行创造性的欲望连接,进行各种生成。生成动物不是模仿动物的动作,不是象征,也不是寓言,而是参与一种"绝对解域化的运动"[50]。生成动物是要找到无器官身体,在上面进行新的欲望生产,产生新的感受,让新的强度在上面流动。生成动物是一种双重解域化运动,在这一运动中,人和动物都被解域:如《一份为某科学院写的报告》中的那只猴子所说:"猴性翻着筋斗匆匆地离我而去,以致我的启蒙老师险些自个儿变成了猴子,他不得不放弃教学而进了一家疯人院。"(584)

格里高尔变成甲虫并不是为了逃离他的父亲,而是寻找一条出路,以逃离他所讨厌的日常生活,摆脱对他进行严格划分的克分子线:每天一大早就要起床,整天在外旅行奔波,跟不同的人打交道,交不到真正的朋友。(3)生成甲虫在构成他的克分子线中创造出一条逃逸线,将他变成了分子组装,让他体验到不同的感受,而这条出路正是他的父亲没有找到的。生成动物是逃亡,但这不是指空间上的无用运动,不是为自由的运动,即人们一般所理解的无拘无束、自由自在的感觉。生成动物是一种静止的逃亡,是强度逃亡,就是猴子所说的出路,随便哪个方向,左右上下都行。[51]前者是被德勒兹(和瓜塔里)质疑的,而后者则是他们肯定的。

但是中短篇也有自身的缺陷:一方面由于自身篇幅的限制,这些故事必然会封闭自身,否则它就会变成无休止的长篇小说;另一方面,生成动物总是在"精神分裂式逃亡和俄狄浦斯式绝境"之间摇摆不定,因为动物还是形式性太强,意义太强,太辖域化了,很容易被统治力量再度捕获。因此生成动物最后会无路可走,遇到逃逸路线上的绝境,而解域了的欲望会被再辖域化、再俄狄浦斯化。[52]《变形记》中的格里高尔变成甲虫之后,却不肯完全忘记过去作为人的生活,他死死趴在自己喜欢的画上,不肯让妹妹把画拿走;因为吓坏了母亲,父亲大发雷霆,向他扔了几个苹果,他被一个苹果击中,受了重伤,他就这样被统治力量再度捕捉,被再度俄狄浦斯化了,再也无法逃逸,最后只好死去。生成动物为人指出了一条出路、一条逃逸线,但生成动物却很容易被再度辖域化而不能继续生成下去。

3. 长篇小说:复杂的社会组装

中短篇小说的缺陷将在长篇小说中被克服,因为卡夫卡在长篇小说中放弃了生成动物,而代之以一种更复杂的组装。其实,卡夫卡的短篇小说和生成动物正是受"这种秘密的组装启发的,但它们不能直接使之发挥作用"[53]。在卡夫卡的三部长篇小说(《失踪者》、《诉讼》、《城堡》)中,他描写了三种不同的社会机器:美国机器、法律机器、城堡机器。每台机器的各个部件彼此独立,但机器整体运转良好,而且这是一种复杂的社会组装,人是其中的零部件和嵌齿,比起短篇小说中的动物或孤立的机械装置来,这造成了强烈得多的"非人的暴力和欲望的效果"[54]。这三部长篇小说都是抽象机器,因为它们既描绘了组装通过具体化对欲望进行的辖域化和再辖域化而形成的各个不同的部分,也描绘了欲望如何通过不断地拆解组装和重新组装而进行逃逸,同时构建了无器官身体,绘出了内在性平面或连贯平面,并展现了组装如何进入"内在性的无限场域"之中,把欲望从"对它进行的一切具体化和抽象中解放出来",或者至少是"与它们积极斗争以便消解它们"[55]。

《诉讼》中的法律机器详细说明了抽象机器是如何运作的。在《诉讼》中,卡夫卡表明了法律是自由流动的、创造性的欲望,它通过不断的连接进行欲望生产,不断地对法律进行机器组装和表述的集体组装,又不断地拆解它们,让它们解域和逃逸。法律这台社会机器无所不包:"人人都是法的中介,处处都是司法场所。"[56]不论 K. 走到哪里,法律就跟到哪里。正如 K. 对工厂主所说,"那么多人和法院有联系"[57]。在《诉讼》中,K. 为了自己的案子经历了法的各种组装——寓所/逮捕组装,出租房/法庭组装、银行/惩罚组装、法律办公室组装、画室组装、教堂组装等,而且在所有这些组装中,K. 都发现了流动于其中的欲望。

《诉讼》一开始,监督官和两个看守威廉和弗兰茨、三个"毫无特征、患贫血病的"年轻的银行职员还有毕斯特纳小姐的房间构成了法的一种机器组装:毕斯特纳小姐的"床头柜被挪到房间中央,当做审讯桌,监督官坐在桌子后面",对 K. 进行审讯。(601)弗兰茨和威廉、监督官的话语构成了表述的集体组装。两个看守让 K. 把东西交给他们保管,而不是放在仓库里,并且告诉 K. 去见监督官时得穿一件黑外套;监督官不知道 K. 是否被控告,但却告诉他被捕并不会阻碍他的工作和日常生活。(604)卡夫卡对此进行了解域,发现了该组装中流动的欲望:看守自己想要 K. 的精致衣服,所以才要替他保管,因为传统上衣服是属于看守的;(645)看守告诉 K. 仓库每过一段时间就会卖放在那里的东西,而给物主的钱则由给那里的人受贿多少决定,并且这钱每经过"一个人的手、每隔一年就会减少一点"(596—597);官方机构是受欲望支配、被犯罪吸引的,它们并不寻找罪行(598)。

对 K. 的案件进行审理的审查室是法庭差役的卧室,平时法庭差役一家在这里住,开庭的时候就会被腾出来。(628)审查室里挤满了人,大多数人"身穿黑衣,披着古老、宽大的节日长外套"。(620)预审官、表面上分成左右两派的人群、他们的服装、还有审查室构成了法的一种机器组装。关于审理进行的表述的集体组装是:参与法庭审理的人要分成左右两派,一派支持代表法律的预审官,另一派支持代表欲望的 K.。但是卡夫卡对此进行了解域,发现了流动于其中的欲望:法庭差役的妻子告诉 K. 她可以向预审官施加影响,因为预审官正在追求她(632);而 K. 自己也看出参加审理他的案件的两派人还有预审官都是一伙儿的,他们全都是一体的,都是腐败分子,都是受欲望支配的。

银行的废物储藏间、接受鞭打惩罚的看守人威廉和弗兰茨、执行鞭打惩罚的打手、作为工具的"挥舞着的荆条"构成了法的一种机器组装；索贿有罪，要接受鞭打的惩罚，这就是表述的集体组装。K.请求打手放了他们两个，而打手则坚持他们索贿是有罪的，必须接受鞭打。打手说自己不接受贿赂，执行鞭打是他的工作，他要坚守职责。但是K.发现打手见到钞票时两眼放光，而他坚持公事公办只不过是受欲望驱使，想多要点钱罢了。(648)K.的叔叔带他去找胡尔德律师，而律师家就在"办公室设在阁楼上的那个法庭所在的郊区"。(655)律师住宅、K.叔叔、法院办公室主任、胡尔德律师及其女护士莱妮构成了法的一种机器组装；法庭拥有一切统治手段(653)，"人不能对抗法庭，必须做出供认"(653)，也就是说法律至高无上，无所不能，人无法与其抗衡，这构成了表述的集体组装。但是律师和莱妮却告诉K.律师和地位比较高的官员的关系会影响诉讼，而且有些官员很乐意向律师提供消息，和他们讨论案子，在个别细节上采纳别人的意见，因为他们要向律师了解法庭的诉讼程序。(666—669)而那些大律师们则只是为他们想辩护的人辩护，因此，律师和官员们的行为同样是受欲望支配的。

K.听从工厂主的介绍去找为法院工作的画家蒂托雷里，他"住在和法院办公室完全相反方向的另一个郊区"(682)，但是K.离开那里时才发现画家的画室属于法院办公室。画室、蒂托雷里、K.还有那群"属于法院"的小姑娘们构成了法的一种机器组装。而蒂托雷里对K.讲的关于法院的事情则揭示了流动于法院中的欲望：法院完全不理会人们拿到法庭上的材料，但是人们会在公开的法庭背后搞些幕后活动，这些会对法院产生很大影响。(689)K.答应带银行的一位意大利商业伙伴参观教堂，结果他在那儿见到一位神父，而他是一位"监狱神父"，他告诉K.是他让人把K.叫去谈话的。教堂、监狱神父和K.又组成了法的一种机器组装；监狱神父对K.讲的"在法的门前"那个故事是法律的表述的一种集体组装：法律是超验的，人们永远无法认识它。但神父的解释却揭示出法是内在性的欲望，是欲望生产出来的必然产物："人们不必认为一切都是真的，只要认为一切都是必要的。"(736)

法律的每种具体组装都是"偏执狂的超验的法"，而K.所遵循的司法则是"精神分裂的、内在性的法"，它不断地拆解各种组装并组装新的法律组装，而法的这两种共存状态体现了欲望的两种共存状态，即偏执狂的欲望和精神分裂的欲望。[58]K.跟着自己的欲望走，"法院被罪行所吸引，因此审查室必定紧挨着K.偶然挑选的楼梯"(618)。他每到一个地方就会接触到法律的一种组装,接触到与法律有关的各色人物,听到他们关于法律的各种话语,并且在每种组装中都看到一种不同的欲望,而充满整个社会场域的则是那内在性的欲望。K.已经不再是传统意义上的主体,而是游牧主体,他总是处于组装的边缘,与其接触但并不被其完全"捕获",因此不被其辖域化,所以才能插入到广阔的社会场域之中,不断地形成新的连接,进行新的欲望生产。因此K.是一种"一般功能,他大量增加,不停地进行分割,延伸至所有的部分"。作为游牧主体的K.构成了即将出现的新的组装的一部分,而他所预示的"即将出现的新的集体是另外一部分,是该机器的另一个部件"。[59]

同样,在《失踪者》中,卡尔·罗斯曼的无目的运动将他带入到各种不同的组装之中:轮船组装、商号组装、别墅组装、西方饭店组装、寓所组装和露天剧场组装等,在其中都可以看到机器组装和表述的集体组装。而卡尔同《诉讼》中的K.一样是个游牧主体,在欲望的支配下,无目的地一直走下去,正是这种内在性的欲望充满了社会场域。在《城堡》中,这一点更加明显,K.就是欲望,是"与城堡建立和保持联系的欲望"[60]。在与城堡建立联系的过程中,K.进入到了城堡的不同组装之中:贵宾楼组装,和弗丽达、两个助手以及学校构成的组装,和奥尔嘉一家形成的组装等等。

卡夫卡对社会进行了批评,但是他的批评不是再现的批评,而是非再现的。他的作品是一种实验,是对当时的社会进行的社会—政治调查。他试图从社会表象中获得组装——机器组装和表述的集体组装,并且拆解它们,连接并且加速当时已经穿越他所处的社会领域的、潜在的解域化运动,因此他描绘了未来社会的图景,表现了即将出现的美国的技术专家政治机器、法西斯主义的机构、俄国的官僚制度,而且他还积极地拆解它们,与它们作斗争,为未来的人提供了反抗的方法。组装只是通过拆解机器和再现来运作,它就产生于拆解之中。写作就具有这种双重功能:将一切转变为组装并对之进行拆解,二者是一回事。[61]这就是抽象机器的功能,因此,文学机器应该是一台抽象机器,要表现出欲望的两种共存状态:被辖域化或体现于不同的部分或组装中的欲望,比如资本主义欲望、法西斯欲望、革命性欲望等等;不断地拆解各种组装、逃逸的欲望,它到达了无限的内在性平面,表现为自由流动的、不受任何限制的、创造性的欲望。

二、普鲁斯特的文学机器

1. 何谓符号？

德勒兹把普鲁斯特的《追忆似水年华》看做机器，所生产的是不同种类的符号和真理，它们会影响读者。他对普鲁斯特的研究是围绕着符号及其对应的真理展开的：《普鲁斯特与符号》的第一部分是关于"符号的发射与解释"，第二部分是关于"符号的生产和增加"。[62]实际上，第一部分讲的是马塞尔的头脑是如何同周围世界发射出的符号进行欲望连接，并受到它们的影响，开始对它们进行积极解释，从而增强了自身的感受；第二部分讲的则是马塞尔的头脑如何生产出新的非物质化的艺术符号的。但是，德勒兹（和瓜塔里）所理解的符号并不同于神学家（圣奥古斯丁）和语言学家（索绪尔）所定义的符号。他们反对狭隘的语言学符号观，主要通过对斯宾诺莎表达问题的研究，并借鉴皮尔斯的符号学、叶尔姆斯列夫、奥斯丁、塞尔等人的思想，建构起了自己的符号体系，指出符号不是再现，而是"表达"（expression）。[63]

传统的符号观认为符号是建立在超验能指之上的，因为它支撑了整个意义体系。超验能指高高在上，符号则是对其的反映、再现和显现，从而为语言即作为命令词的符号体系奠定基础。这样的符号体系是以传达命令、让人顺从为目的的，从而成为权力发挥作用的手段。德勒兹（和瓜塔里）批判了这种符号体系，发展出一套全新的表达性符号体系。[64]德勒兹追随斯宾诺莎，认为符号不再关乎意义、能指和所指，而是关乎表达和被表达物（expressed）：表达是指"展开"和"包裹"被表达物。[65]在德勒兹（和瓜塔里）那里，单义性存在即是非个体、非有机的生命，符号是"生命的单义性表达"[66]，是生命在展开、发展、表达自身的过程中发射出来的，因此与生命具有的生成力量密不可分。

差异内在于生成之中，因此也内在于表达之中。德勒兹指出，在符号中，"差异被认为仅仅是外在于概念的；它是由同一概念所意指的两个不同物体之间的差异，陷于时间和空间的惰性之中"，而在表达中，"差异内在于理念；它像纯运动一样展开，创造出对应于理念的动态空间和时间"。[67]德勒兹所说的"理念"不是柏拉图主义中不变的理念，而是斯宾诺莎所说的"本质"，他在《普鲁斯特与符号》中对此进行了详细的阐明：

本质是显现于艺术作品中的"符号与意义的统一";本质是内在的差异,是"质的差异",是"真正的单子";本质是一种源于主体自身的视角,"一种不能复归的视角",它表明了独特世界的诞生;它是"时间自身的诞生",即作为潜在的、统一的、原始整体的内在绵延,所有的时间维度都潜在地共存于它之中,并且在它展开、解释或表达自身的过程中现实化,因此它是异质的、连续的多样性,是包含"多"的"一",是肯定多样性的"一"。[68]实际上,普鲁斯特的本质即是"永恒回归",本质的"混沌时间(complicated time)是过去、现在、未来在其中共存的时间",这正是纯粹过去的存在方式,即绝对的原初时间。[69]结合德勒兹(和瓜塔里)的生命概念,可以认为"本质"即是内在于生命的绝对的内在性差异,是重复自身的差异,是生命表达自身、进行生成的能动力量。[70]

德勒兹(和瓜塔里)发展出的全新符号是表达,是非意指性符号,属于"前意指性的"、"反意指性的"或"后意指性的"符号学,它完全是内在性的,不受任何超验能指支配,它是质料—能量流发射出来的强度的、内在性的信号,是生命的差异运动,即事件所发射出来的"表达特点",因此它们产生于潜在的和现实的两个现实之中。这些表达特点会"构成或合成一些影像",并且在质料—能量流的运动过程中"不断地重新创造它们",而这影像就是德勒兹在讨论电影的著作中所讲到的符号。[71]在生命的生成过程中,潜在的事件不断地现实化于具体的事态之中,从而构成纯粹时间中的潜能和现实之间的交流,而符号包含的正是处于这一过程中的"表达质料的特殊组合";是"一个影像内部或不同影像之间的不同要素、不同表达特点之间特定的、连续的关系"。[72]这样的符号都是非语言符号,是非意指性的符号,是生命在不断的生成过程中生产出来的各种欲望符号、奇点或强度点,是身体的行动和激情所引发的各种各样的强度遭遇在无器官身体上留下的感受痕迹。欲望对这些符号进行组装,会形成成形的物质、语言和意义,会产生出不同的符号体系。

在生命展开、解释和表达自身的运动中,进行的是两种力或两种强度的对抗,从中产生出了事件,因此事件是"被表达之物"。事件是潜在的,它们会不断地现实化于具体的事物和状态之中,而每次现实化都有所不同,因此是绝对的内在性差异,呈现为"连续的变化",这即是德勒兹所说的"意义的逻辑",因此意义是差异的永恒回归,是人不断地从某个视角来理解生命的产物。[73]作为"表达特点"的符号包裹了意义的逻辑,意义因此被折叠入(隐含)符号之中,就像衣服的褶子一样,一部分被折入另一部分之中。而解释符号就是要打开褶子,揭示其意义。各种各样的人、万事万物都会发射出各种不同的符号,它们会无意识地作用于人的头脑,让人们进行思考,从而形成意义和思想,构成人的主体性。精神、思想就是通过遭遇世界发射出的各种符号形成和实现自身的。因此索拉比奇利才说风景不是独立的外在现实——它反映具有自主的、先在的、内在生命的自我,而是自我体验风景,自我与风景进入一种生成之中;自我不再是内心的,而是由各种不同的符号构成的纯粹组装。这样,内部和外部处于一种不断的生成关系之中,从而生产出各种不同的自我,即游牧主体。[74]

德勒兹在《普鲁斯特与符号》中所探讨的正是这样的符号。为了更清楚地展现德勒兹是如何对普鲁斯特的《追忆似水年华》进行具体批评的,下面的论述将主要按照德勒兹的批评思路展开,并在必要的时候进行补充,希望使之更加清晰。

2.《追忆似水年华》的四种符号

德勒兹指出普鲁斯特的《追忆似水年华》面向的并不是过去、回忆或记忆,而是未来,是作家在符号中的训练过程,因为符号都是需要被解释和破译的难解之谜。学习即是"解释、阐明"符号,将包裹和压缩于符号之中的意义或内容揭示出来。[75]正如普鲁斯特自己所说,解释符号就像日本人爱玩的那种游戏一样:"他们抓一把起先没有明显区别的碎纸片,扔进一只盛满清水的大碗里,碎纸片着水之后便伸展开来,出现不同的轮廓,泛起不同的颜色,千姿百态,变成花,变成楼阁,变成人物,而且人物都五官可辨,须眉毕现。"[76]普鲁斯特追寻的实际上并不是逝去的时光,而是关于符号的真理,而"真理与时间有本质的联系",因为解释符号即是符号在"自身中的展开"和表达,因此符号的真理即是时间的真理。[77]

普鲁斯特认为自己对真理的寻找不同于科学的或哲学的寻找,因为他不是受求真意志的驱使,而是偶然遭遇的印象、气味、声音等符号迫使他进行思考、寻求真理。[78]这种真理是由偶然触动的思想发现的,但却是必然的,普鲁斯特注意到这种真理比在求真意志的驱使下发现的真理更深刻和必要,而且它揭示的过去更具真实性。而在哲学中,纯粹的智慧所创造出的概念具有的是逻辑的、可能的真实性,它们都是抽象的。遭遇符号之后动用的智慧是一种"在后的智慧"(intenlligence that comes after),这是艺术家们所具有的智慧,而哲学和科学中的智慧则都是在前的智慧。(下,509)

德勒兹认为是符号将《追忆似水年华》统一起来,构成了其多样性。普鲁斯特的符号训练涉及四个世界的四种符号:世俗世界中的世俗符号,爱情世界中的爱情符号,感性世界中的感觉符号,以及艺术世界中的艺术符号。[79]如果从发现的持续过程这一角度来理解符号,那么每种符号都对应着一种不同的时间结构,都需要一种相应的官能来解释、揭示其真理;如果从符号真理在艺术作品中的最终显现这一角度来理解符号,那么本质就是以不同的形式体现于各种符号之中的。[80]时间的四种结构为"失去的时光",包括"流逝的时光"和"浪费的时光",前者是"改变、衰老、衰朽、毁灭"的时间,它改变万事万物的样子,让青丝红颜变为鹤发鸡皮,让沧海变桑田,后者是浪费于"世俗娱乐、失败的爱情"、甚至是琐碎感觉上的时间[81];"重新发现的时光"是在"在逝去时间的核心"重新发现的,"是一种永恒的形象";而"重现的时光"则是一种"绝对的原初时间,一种将符号与意义统一起来的真正永恒",即本质。[82]

世俗符号

"世俗符号"是"社会习俗、礼貌的谈话、有教养的行为举止、礼节、风俗习惯、礼仪等等"的符号[83],实际上这些都是某一群体的表述的集体组装规定的,是他们共同相信的价值观念、礼节习惯等。比如每个小圈子都有自己的"派头":上流社会中男士要向女士举帽致意,女士要"雍容高贵",行"屈膝礼"致意;在上流社会中,派头产生于少数人,并被他们推广到一定范围,而且离他们这个中心越远,影响就越弱,那些上流社会中的人会从中提炼出"一种口味,一种分寸"。(上,142)世俗符号是"空洞的"、无关紧要的,它们不指向任何东西,没有任何意义,而是"代替行为和思想",认为自身即相当于其意义或"试图代表其意义"。[84]维尔迪兰夫人的许多姿势都是这样的世俗符号:她因为有次笑得下颌骨脱臼,因此不敢再放声大笑,她用一个手势表示"笑得连眼泪都流出来了";她将双眼紧闭,双手捂在脸上,装出"正在竭力憋着不笑出来"的样子。(上,121)

正是空洞赋予世俗符号一种"仪式般的完美",一种"我们在别的地方都看不到的形式主义"。[85]比如社交界的动作:"社交界人士在向别人介绍给他们的不相识的年轻人优雅地伸出手来,或者是向别人为之介绍的一位大使不卑不亢地躬身时,那简直是一种基本的体操动作。"(上,119)普鲁斯特认为愚蠢的人会发射出更多的世俗符号,比如戈达尔大夫的微笑。戈达尔大夫总是不确定自己应该有什么样的言谈举止,因此总是摆出一副随机应变的、昙花一现的笑容,还带有一丝狡黠,这不变的微笑可以应付万变的情况,以免遭失仪之讥。有次维尔迪兰夫人邀请他去包厢看戏时,他在走进包厢时就做出这种微笑,准备根据权威人士是否对他讲这出戏的价值,继续微笑或收敛笑容。(上,117—118)

世俗符号是空洞的、无关紧要的,因此解释他们所用的时间就是浪费掉的时光;但是它们也表现了"流逝的时光",因为这些社会习俗、礼仪习惯总是在发生改变:斯万认为一切风尚都是一时的,没有什么绝对价值,它们会随着时代、阶级而发生变化。马塞尔也注意到"社会好似一个万花筒,它有时转动,将曾被认为一成不变的因素连续进行新的排列,从而构成新的图景"(上,295)。世俗符号对应着一种真理:符号训练是从世俗符号开始的,它们是其必要的部分,因为它们"具有形式主义的完美,意义具有一般性"[86]。正是世俗符号对头脑造成了强烈的影响,让神经兴奋,迫使其进行思考,动用"在后的智慧",解释其意义,从而开始了学习的过程。因此,当马塞尔认为自己在世俗琐事、爱情、感性体验上浪费时间的时候,实际上,他已经开始了学习过程:他"授意自己的眼睛、耳朵永远地抓住那些在别人看来实属无谓的琐碎小事,某时某人讲某句话时所用的语调、脸上的神色以及耸肩动作",抓住那些别人不屑一顾的世俗符号,听取那些愚蠢或疯狂地"鹦鹉学舌、重复与他们品性相似的人"的人所说的话,因为他们已经俨然成为表述的集体组装的代言人。(下,520)这些都是更持久的东西,可以从中找到它们的一般意义。

世俗符号的本质体现在"群体形式"中,是"空洞的一般法则",是符号最具偶然性、最一般性的体现。[87]"最愚笨的人在他们的动作、言语和无意间流露出来的情感中表现出某些规律",他们自己虽然察觉不到这些规律,艺术家却能敏感地把握住它们。(下,520)这些符号都是愚蠢的,因为每个人都人云亦云,表达同样的陈腐观点,信奉同样的陈旧价值观,模仿同样的表述的集体组装。比如在听到凡德伊的奏鸣曲之后,维尔迪兰夫人和画家等虽然全都自诩能欣赏这位独创性的音乐家,但是他们都没有像斯万那样真正领略到凡德伊小乐句的魅力,只不过是附庸风雅,而作为广大群众代表的戈达尔夫妇则根本不能在这奏鸣曲中发现音乐的和谐之美,只觉得他在钢琴上随便弹奏出几个音符,但戈达尔却大声喊道:"这就是一个所谓 diprimocartello(第一流)的音乐家!"(上,125)不管他们的出身如何,他们都属于同一个群体,属于同一个心理家庭:人们不是按出身划分等级,而是按思想划分等级,每个人都"按照自己所属的思想等级表达思想"(下,425)。"空洞"、"愚蠢"和"遗忘"是世俗群体的三个重要特征。[88]

爱情符号

爱情让人变得敏感,专注于被爱者显现的或发出的符号,并解释它们的意义。爱人眼中的一瞥、一个微笑、一个动作、一个表情、一句话等等,都是爱情符号。比如奥黛特向斯万展开的笑容、投去的目光等;比如夏吕斯男爵和絮比安初次相见时二人的神态和动作:夏吕斯男爵"来回踱着步子,茫然地凝望着,自以为可以尽量显示出自己的明眸之美,好一副自命不凡、漫不经心而又滑稽可笑的神态",他不时地"抬起眼睛,朝絮比安投去的一束出神的目光",絮比安则"怪诞不经地握拳叉腰,翘起屁股,装腔作势,那副摆弄架子的模样,好似兰花卖俏,引诱碰巧飞来的熊蜂"。(中,353)对于恋爱者而言,爱人本身就是一个有待解释的符号,是一个"灵魂",表达了一个不为恋爱者所知的可能世界,这正是恋爱者所要解释、破译的世界。因此,爱就是动用在后的智慧"解释、阐明包裹于爱人心中的这些未知世界",发现爱情符号所包含的本质。[89]

本质在爱情符号中体现为"原初的主题"、"原初的差异",即一种"原型"、"形象"、"观念";它在不同人的爱情、一个人的不同爱情中不断地被重复,让各个爱人、甚至一个爱人中的不同自我构成了不同的爱情系列,其中每个爱人"都包含自身微小的差异"。[90]马塞尔回顾了自己的全部生活,发现自己对希尔贝特、盖尔芒特夫人等人的爱都是一些微弱和腼腆的爱情尝试,是为对阿尔贝蒂娜的爱情所作的"准备和呼唤"。(下,144)他对阿尔贝蒂娜的爱,虽然与对希尔贝特的恋情形成了鲜明对照,但是也被"记入了"后者之中。(下,522)阿尔贝蒂娜也有很多自我、很多表情,对应着马塞尔爱情的开始、过程和结束。不同人的爱情也会联系起来,形成一种"超主体的系列",斯万对奥黛特的爱情与马塞尔对希尔贝特、盖尔芒特夫人和阿尔贝蒂娜的爱情就构成了这样一个系列。[91]

"爱"实际上就是一个潜在"事件",现实化于全人类的具体情况之中,是全人类的体验:"爱是我们灵魂的一部分,它比我们身上那些先后泯灭的、自私地希望挽留这个爱的自我更加经久不衰,而且,不管这样做会给我们造成多大的痛苦(其实是有益的痛苦),它必得脱离具体的人以便从中逸出一般性并把这种爱、对这种爱的理解给予每一个人,给普遍的人。"(下,518)马塞尔认识到"痛苦是人类普遍爱情的一个小小组成部分",他因思念盖尔芒特夫人而感到的痛苦和对希尔贝特的忧思,与他因

妈妈晚上不在他房间时而感到的愁闷,与贝戈特的小说所描写的痛苦,都有些类似。(中,68)

在爱情符号中,本质体现于"系列的"形式之中,是"谎言的一般法则"。[92]爱情的第一个法则是主观的:嫉妒"包含着爱的真理"。因为爱情符号来自一个将恋爱者排除在外而被爱者不会也不可能让他知道的世界,因此它们必然是欺骗性的,隐藏了它们表达的内容。[93]比如奥黛特就不让斯万在上流社会提起她的名字,因为她担心别人会向他透露她不想让人知道的一些情况,而且她从不告诉斯万她白天做了什么事情。(上,141—42)阿尔贝蒂娜也总是对马塞尔撒谎。而恋爱者同样也隐藏着自己的那个不为其所爱的人所知的世界,比如斯万不让奥黛特知道自己有跟她在一起时更大的乐趣,怕她会得寸进尺,而且他还隐瞒自己对一个体态更美的小女工的爱意,他总是先跟她在一起,然后再去跟奥黛特相会,因此也从来没有答应过奥黛特先去她家接她,然后一起去维尔迪兰家。(上,128)

爱情符号让恋爱者充满了醋意和嫉妒,让他以为被爱者更喜欢的是别人,比如奥黛特让斯万感受到的醋意和嫉妒:他的醋意总是让他觉得奥黛特对他的微笑不是爱他的表现,而是对他的嘲笑,是对另一个人的爱;她的双唇、她的一切温情表现都不是以他而是以别人为对象的;他在她身边体会到的乐趣、为自己设想的爱抚动作、在她身上发现的优美之处都会折磨他,因为他会以为这些都会被别人享受到。(上,161—62)马塞尔在对阿尔贝蒂娜、希尔贝特等人的爱情中体验到同样的猜疑、嫉妒和痛苦,如马塞尔总是会对阿尔贝蒂娜产生猜疑,这会骤然引发嫉妒之情,令他感到无比痛苦。正因为如此,马塞尔才认识到在爱情中,恋爱者"爱而不被爱";爱情不是别的,只不过是"某位一举一动都似乎会引起我们嫉妒的某一位女士"在我们心中激起的感情。(下,34)

爱情的第二个法则是同性恋比异性恋更加深刻,"爱情的真理体现于同性恋中",因为爱情不只是男女之间的相互吸引。[94]德勒兹指出普鲁斯特关于爱情的理论在三个层面上发挥作用。第一个层面是处于异性恋中的男人和女人,他们是被构建出来的克分子实体,是"统计学意义上的实体"。在这个层面上,我们可以看到异性恋爱情的对照和重复。[95]在第二个层面上,普鲁斯特从异性恋中分离出来两个同性恋系列:属于蛾摩拉系列的女人,属于所多玛系列的男人。[96]女人的爱情符号表达了蛾摩拉世界,即一种"原初的女性现实"[97];男人的爱情符号表达了所多玛世界,即一种"原初的男性现实"。欺骗性的爱情符号所隐藏的正是这两个不同的世界。男人和女人被分开,他们之间不会进行交流,如参孙的预言所说:"两性必将各自消亡。"(中,359)凡德伊小姐、阿尔贝蒂娜等女同性恋属于蛾摩拉系列,夏吕斯男爵和絮比安等男同性恋便属于所多玛系列。这样的两性仍然是克分子实体,只不过不为社会所容:"他们这些人始终处于诅咒的重负之下,不得不靠自欺欺人和背信弃义过日子,因为他们也清楚,他们的那种欲望实在可耻,会受到惩罚,因此不可告人……他们的名声岌岌可危,他们的自由烟云过眼,一旦罪恶暴露,便会一无所有。"(中,358)

第三个层面是在分子层面上看,不再存在男人和女人,而只有变性人,这是由无器官身体上的奇点微粒构成的各个不同的自我,其中,"互不交流的两性的碎片、部分物体共存"[98]。德·夏吕斯先生"酷似女人",他天生具有女性气质,只是外表上是男人。他们那一类人喜欢的是美男,而不是美女。(中,358)某个容貌可人的年轻小伙子在自己的男人身体中发现了一个女人,她就像少女和少妇一样"执着地寻觅男性器官"。(中,343)虽然女人体内和男人体内分别都有另一个性别的器官的痕迹,因此,每个身体内都存在着男性因素和女性因素,但是它们就像某些雌雄同体的动物一样,自身体内的男女因素不能互相交流和结合,需要与另一个身体结合才能成功。(中,362)

因此,男女之间的异性恋或同性恋只是表面现象,它实际上有可能是分子层面上的同性恋,即是"局部的、非特定的同性恋"[99],或者是分子层面上的异性恋,是男子和女子身上的男性因素和女性因素之间的不同结合。实际上,德勒兹(和瓜塔里)对性别的探讨比普鲁斯特更加深刻,如他们提出的"生成女人"所表明的,每个个体都是多样性,是游牧主体,其中不只是男性因素和女性因素共存,而是存在着千千万万的分子性别。因此爱情就是恋爱者受被爱者身上发射出来的爱情符号吸引,从而将之"幽禁"、"隔离",以便解释这些符号,揭示其隐藏的千千万万的分子性别世界。而这些恋爱者和被爱者身上存在的千千万万的分子性别会在分子层面上形成各种不同的组合。

爱情符号给我们带来的是痛苦和烦恼,但是"在后的智慧"让我们发现了其一般意义和本质,从而给我们带来了快乐。因此,虽然我们在每次爱情中重复的是痛苦,但是得知痛苦的重复是爱情的一个一般法则,这会带来快乐。[100]当马塞尔得知痛苦是人类普遍爱情中的一种体验时,当他得知爱情必然会带来痛苦时,他就在痛苦中感到了快慰。(中,68)艺术作品是快乐的征兆,因为它告诉我们任何一次爱情都是对爱情"原型"的重复,都是"爱"这一潜在事件在具体情境中的现实化,都是一般在具体环境中的体现,并且通过加强我们对忧伤、痛苦的抵抗力的锻炼,让我们完成"从特殊到一般的过渡"。(下,522)

爱情符号主要对应的时间是"逝去的时光",因为爱情总会消逝,而每一段爱情都是对过去爱情的重复,重复着它的消亡,预示着它的结束,而这是"纯粹的逝去的时光",因为随着每段爱情的消逝,某个"自我"也随之消逝。[101] 马塞尔曾为希尔贝特、德·盖尔芒特夫人、阿尔贝蒂娜——痛苦过,但他又——将她们抛诸脑后。(下,521)但是爱情符号也表现了"浪费的时光",斯万就为自己爱奥黛特而后悔不已,因为他觉得自己将好几年的光阴、将自己最伟大的爱情浪费在一个自己并不喜欢、也跟他不是同类的女人身上。(上,221)马塞尔也认为阿尔贝蒂娜使自己浪费了时间,但是她发射的爱情符号却向他揭示了爱情的真理,因此他认为这同样是他的符号训练必需的阶段。

感觉符号

感觉符号是"感官印象或特性",它们在触动我们的思想、迫使我们进行思考、寻找其意义的同时会让我们感到一种非同寻常的喜悦。[102] 比如马塞尔喝茶时浸泡的小玛德莱娜甜点,在回贡布雷时突然看到的马丹维尔教堂的双塔,在盖尔芒特公馆的大院中绊倒他的高低不平的铺路石板,在盖尔芒特王妃的图书馆见到的上了浆的硬餐巾等等,都是这样的感觉符号。马塞尔将扇贝壳状的小玛德莱娜点心放进茶水准备泡软后食用时,"带着点心渣的那一勺茶碰到我的上腭,顿时使我混身一震,我注意到我身上发生了非同小可的变化。一种舒坦的快感传遍全身,我感到超尘脱俗,却不知出自何因。我只觉得人生一世,荣辱得失都清淡如水,背时遭劫亦无甚大碍,所谓人生短促,不过是一时幻觉;那情形好比恋爱发生的作用,它以一种可贵的精神充实了我。也许,这感觉并非来自外界,它本来就是我自己。我不再感到平庸、猥琐、凡俗。这股强烈的快感是从哪里涌出来的?"(上,28—29)他在看到马丹维尔的双塔时、踩到高低不平的铺路石板时,都突然感到一阵不同寻常的喜悦。

这样的感觉符号都是由意想不到的、突然的感觉体验发射出来的,需要借助"非自主性回忆"而非"自主性回忆"来解释、展开它们所包含的世界。[103]"小玛德莱娜"点心向马塞尔揭示了真实的贡布雷:马塞尔家花园、斯万家花园里的姹紫嫣红的鲜花,维福纳河塘的睡莲,善良的村民和他们的小屋,贡布雷的教堂和大街小巷,周围的所有景色,全都从他的茶杯中逼真而实在地显出行迹来。(上,30)一高一低的铺路石块向马塞尔揭示了真实的威尼斯,上了浆的硬餐巾则揭示了真实的巴尔贝克海滨,而在马塞尔眼中,这贡布雷和威尼斯既是新的,又为过去所渗透。因此,感觉符号揭示的并不是曾经存在过的东西,而是作者从未体验过的东西,是作为"纯粹过去的东西",是展现、表达自身的东西,是作为本质的东西。[104]

这种真实的事物只从事物的本质中汲取养料,它"既存在于现在,又存在于过去,现实而非现时,理想而不抽象"(下,505)。纯粹的过去不是过去曾经存在的现实,而是潜能和现实共存。[105]这样的纯粹过去正是柏格森的潜在过去,如马塞尔发现的,它同时为过去和现在所拥有,但是却比过去和现在都本质得多。(下,505)但是体现在感觉符号中的本质是局部的,是两个时刻之间的共同世界,比如贡布雷、巴尔贝克、威尼斯等;而其选择取决于外在的、偶然的客观条件:马塞尔不是特意找小玛德莱娜甜点、一高一低的铺路石板以便解释它们的意义,而是偶然遭遇到这些感觉符号,从而被迫寻找它们的意义。[106]

感觉符号主要对应的时间结构是"重新发现的时光",是我们在逝去的时光中重新找回的时光,因为它们让我们通过"非自主性回忆"找回了与其意义相对应的"自我",这给了我们一种"永恒"的感觉。但这并不是真正的永恒,不是原初时间,而是突然出现在已经展开了的时间中。在逝去时间的核心,它重新发现了包裹之中心,但这只是一种"原初时间的形象",是"一段处于纯净状态的时光",是局部的"时间本质"。[107]正如马塞尔所发现的,这些过去在其复活的瞬间非常完整,但是它们却转瞬即逝,只是存在的片段。(下,505)因而,感觉符号只是让我们窥视到了永恒之一角,无法揭示其实质,但是它们将我们引向了真正体现永恒、即本质的艺术符号,为"艺术及其最后的显现做好了准备"[108]。有的感觉符号也表现了"逝去的时光",比如马塞尔在脱鞋的时候,手一"碰到高帮皮鞋的第一只扣子",他便感到胸中一涨,外祖母活生生的现实形象出现在眼前,他全身一震,眼泪哗哗地留了下来;这时,在他的外祖母去世一年多之后,他才切身体会到自己已经永远失去了她;是"虚无"摧毁了曾经的存在。(中,437)

艺术符号

世俗符号、爱情符号和感觉符号都是"物质符号",而艺术符号是"非物质符号":它们不是物质实体,而是视角,它们的意义存在于"本质"之中;艺术将"非物质性符号与完全的精神意义统一起来"。艺术符号是由"纯粹的思想"来解释的。[109]本质是绝对的内在性差异,表明了世界的诞生,绝对的、根本的起源,就像凡德伊的奏鸣曲所表现的:"首先是钢琴独自哀怨,像一只被伴侣遗弃的鸟儿;提琴听到了,像是从邻近的一株树上应答。这犹如世界初创的时刻,大地上还只有它们两个,也可以说这犹如是根据造物主的逻辑所创造,对其余的一切都关上大门,永远只有它们俩的世界——这奏鸣曲的世界。"(上,205)本质是"原初元素和不稳定的力量在复合时间中的活动",而且还是"在持续进行的世界的重新开始中不断重复自身的起源"。[110]换句话说,本质就是质料—能量流通过欲望生产进行自组织以创造世界的活动,或者是不同的艺术作品不断地重新创造世界、重复世界起源。

"本质"是不同的主体从各自独特的角度表达世界的"视角",但它并非产生于主体,而是作为绝对的内在差异的视角通过展开潜在于自身的内容而产生了主体和世界。[111]每个主体表达一个不同的世界,只有艺术才能让这些世界彼此交流。如普鲁斯特自己指出的,我们只有通过艺术,才能看到别人眼中的世界;是众多伟大的艺术家让我们看到许多截然不同的、多姿多彩的世界,没有他们,我们就只能看到我们自己的世界,别人的世界对我们而言,将成为永恒的秘密。艺术家通过"风格(文笔)"转化物质,将其精神化、非物质化为"本质",正是艺术家的风格向我们揭示了世界呈现在我们面前的完全不同的方式。(下,517—18)

风格从根本上说是作为"变形"的隐喻,艺术家通过它从不同的物体中获得了它们的"共同特性"或"共同本质",即"不稳定的对立,原初的混沌,构成本质本身的原初元素之间的斗争和交流"[112]。实际上也就是质料—能量流的生成、展开、自我分化和自我个体化,从而使不同物体在新的媒介中彼此生成。就像在埃尔斯蒂尔的绘画中,大海生成了陆地,陆地生成了大海。"风格"即是"本质",是艺术在不同的物质之中持续地表现世界之诞生,是自我分化、展开自身的差异。[113]如普鲁斯特所说:"只是在作家取出两个东西,明确提出它们的关系,类似科学界因果原则的唯一的艺术世界里的那个关系,并把它们摄入优美的文笔所必不可少的环节之中,只是在这个时候才开始有真实的存在。它甚至像生活一样,在用两种感觉所共有的性质进行对照中,把这两种感觉汇合起来,用一个隐喻使它们摆脱时间的种种偶然,以引出它们共同的本质。就这个观点而言,自然并没有把我放上艺术的道路,它本身不就是艺术的开始吗?"(下,514)

艺术符号对应的时间结构是重现的时光,是纯粹的时间,是"原初的、绝对的"时间,是普遍的、非个人的时间,是时间的开始,是真正的"永恒";各种时间线、时间维度和时间系列共存于其中,并在其中找到各自相应的真理。这样的纯粹时间使得各种时间的展开成为可能,而只有艺术作品才能为我们展现重现的时光。这就是马塞尔在德·盖尔芒特夫人的欢庆活动中重又抓住的时间,它"根据所有那些不同的平面"安排马塞尔的生活,但是当回忆重新将它按照当初的样子引入现在的时候,它就抹掉了原初时间的巨大维数,即"生命据此得以发展的巨大维数"。(下,594)伍尔夫的《海浪》也表现了这样的原初时间,即海浪"从早晨到黄昏的一天",这是一种"全新的时空关系",小说中六个人物各自的时间序列在它之中展开。[114]

艺术优于生活,因为艺术符号优于生活所提供的世俗符号、爱情符号和感性符号。世俗符号和爱情符号是物质符号,其意义不是精神的而是物质的,其本质是以最一般的方式体现于"法则"和"主题"之中。感觉符号仍然是物质符号,其意义仍然不完全是精神的;但其本质具有了最小程度的一般性,成为局部的本质;其本质的体现不是由其自身决定的,而取决于偶然的、外在的客观条件。而艺术符号则完全是非物质的,其意义是纯精神的,是真正的本质,而且纯粹是由风格来选择的,因此完全摆脱了外在的、偶然的限定。在艺术作品中,"作为风格的符号与作为本质的意义,是完全一致的"[115]。

符号训练中的两种误解

德勒兹指出马塞尔在符号训练中经历了两个错误时刻,这是任何人在解释符号的过程中都不可避免的。首先是客观主义的错误,即认为符号的真理存在于发射符号的物或人中,认为在他们那里能找到符号的规则。[116]比如马塞尔连喝了几口茶水,似乎想从茶水本身之中找到真实的贡布雷;他曾以为旧时的印象存在于某广场的一隅(下,507);他曾在盖尔芒特公爵夫妇本人的形象中寻找那显赫世家的姓氏所标志的神秘、高贵(上,101);他曾认为爱情的感觉只寓于所爱的对象之中,认为爱情的对象"就是这么一个存在,它安睡在我们面前,寓于一个躯体之中"(下,57);他曾在女演员拉贝玛的"声音"、"面部表情"和"手势"中努力发现它们所"包含的美"(上,260)。

但是后来马塞尔才发现符号所指明的人或物并不能揭示符号的真理,因为那些地方和那些人与那些符号并不相符,总是让他大失所望。[117]当他见到盖尔芒特夫人时,感到非常失望,因为她的形象与他想象的完全不同,"她的体态完全不知道她头顶上的姓氏有多大的分量"(上,103);当爱着希尔贝特的他再次见到她时,却忽然觉得她"跟梦中所见的那个对象完全不一样",以至于要动用脑海中的记忆确定自己所爱的对象是不是她(上,231);拉贝玛朗诵的语调让他感到失望,因为她的才能"似乎并未给话语增加任何东西",而她"卖劲"的演出、"用力敲自己,满台跑"并不能说明她的演技高超(上,261)。

马塞尔认识到主观解释的不足,便试图求助于主观联想,以此来补偿错误的客观主义。[118]虽然他见到盖尔芒特夫人的一瞬间认为她"也不过如此",同"凡夫俗子"一样,但是联想到早在查理大帝之前盖尔芒特家就声名赫赫,而盖尔芒特夫人是高贵的热纳维耶夫·德·布拉邦德的后代,这让他注意到她的魅力发射出的其他符号:在贡布雷老百姓猥琐的衬托下,她显得无比崇高,她的举止既高雅又淳朴,眼睛流露出些许惊讶和略含羞涩的微笑,"那种气派就像一位女王谦逊地面对她的臣民,表现出她的爱民之心"(上,104);他认为爱情不过是"一位姑娘"的脸蛋加上"我们自己怦然的心跳"(上,38);而贝戈特让马塞尔知道了拉贝玛之所以是天才的卓越艺术家,是因为她的某个动作让人想起了古代雕像所表现的"神圣的美",即"高贵的仪表,基督徒的朴素,冉森派的严峻","泽尔菲的象征,太阳的神话"(上,258)。

但主观联想本身也存在着不足,因为它太过偶然,太过随意,其揭示的意义不够可靠,因此是马塞尔遭遇的第二个错误。[119]比如斯万认为凡德伊的奏鸣曲很美,是因为这让他重温了布洛尼林园中的某些夜晚让他感到的魅力,为他"保留"了"整个春天"。(上,304)而对于马塞尔来说,奏鸣曲"流泻的音响"将带他回到在贡布雷度过的那些日子,让他想起了在盖尔芒特一带的那些散步。(下,90)因此,要揭示符号的真理需要打破主观联想链,从而达到一种超越主体的起源视角,即"非逻辑的或超逻辑的本质",它既不能归于发射符号的客体,也不能归于理解符号意义的主体,而是在艺术层面上得以显现的"符号与意义的统一",是"一个个体化世界的诞生。"[120]马塞尔在符号训练结束时,在艺术符号中看到了"本质",他指出是音乐、绘画和文学等艺术让我们看到了每个人心中的不同世界:如他认为凡德伊小乐句之所以美就在于它"创造了一个全新的世界";拂晓时,开始只是死寂和黑夜,接着出现了一片玫瑰色的曙光,然后整个世界从中冉冉出现。(中,142—43)而且他还认识到本质早就以各种形式体现于世俗符号、爱情符号、感觉符号和艺术符号之中。

打开的盒子和封闭的容器

德勒兹指出普鲁斯特的思想是反逻各斯(antilogos)。与主导西方哲学传统的逻各斯不同,反逻各斯中的智慧是"在后的",包含各个部分的整体和真理并非已经预先存在,以等着思想重新发现,而是通过思考、解释创造和生产出来的。[121]德勒兹指出,普鲁斯特的《追忆似水年华》是由各种符号构成的反逻各斯世界,它不是有机整体,而是由作为碎片和部分的各种符号构成的世界。[122]

按德勒兹的看法,上面所分析的四种符号可以分为两大类:"盒子"和"封闭的瓶子"。盒子是内容—容器(它们之间不相一致)的关系;它们是隐藏着秘密内容的物、人和名字,味道、感觉、声音等等。解释这样的符号就是要打开盒子,展现、解释与作为容器的盒子不相一致的内容,即盒子所包含的"本质"。[123]与容器不相一致的内容有三种。第一,"失去的内容",即先前的自我,这是我们在符号的本质中复活的,如玛德莱娜小甜点的味道、踩在高低不平的铺路石块上的感觉、餐巾的浆硬等符号揭示的内容。第二,"被分离的内容",它让我们不可避免地失望。[124]如姓氏、地名所包含的内容:对马塞尔而言,仙女深深地隐藏在她的名字后面,是我们想象出来的,而在接近名字所指的真人时,这个想象出来的仙女就消失了,如盖尔芒特家族、吕西尼昂家族的姓氏(中,4);巴尔贝克、威尼斯、佛罗伦萨这些地名所包含的内容,它们所代表的地方在马塞尔"心中激起的愿望就凝聚在这几个音节之中",但是这些名字在他的脑海中美化了这些城市的形象,而当他去这些地方实地旅行时,便会感到无比失望,因为它们并不一致(上,224)。第三,"被清空的内容",它让自我死亡。被恋爱者"隔离"、"囚禁"的爱人所包含的内容便是"被清空的内容",因为他要解释她,要清空她包含的所有世界。[125]阿尔贝蒂娜在睡着之时,她所有的人类性格都消失了,只剩下"植物的、树木的无意识生命"(下,40);被马塞尔"幽禁"在家的阿尔贝蒂娜被清空了原来具有的内容,在马塞尔眼中,她不再光彩照人,不再美丽动人,变成了忧郁的囚徒,平庸乏味,暗淡无光,只有在他短暂地回忆起过去时,她才重现自己那动人的光彩(下,99)。而被爱者眼中的恋爱者也是被"清空的内容":希尔贝特叫

我的时候,她好像是剥去了我自己的社会身份和我的姓氏所代表的社会身份,把我赤条条地衔在她的嘴里。(上,233)

名字、人、事物等类似的容器被塞满了内容,它们"仿佛饱满得要裂开似的,仿佛准备把它们掩盖下的东西统统都交给我"(上,105)。而裂开的容器所展现的内容是"不相一致的、四分五裂的真理",其各部分处于对立和冲突之中。[126]比如构成一小段纯粹时间的过去时刻和现在时刻,就连艺术作品中也是如此:在凡德伊的七重奏中,有一句表达痛苦的乐句和凡德伊小乐句形成了对应,这乐句深沉、模糊,几乎是发自肺腑的呼声,它每次重现时,令人无法确定它是在表现某一主题,还是表现神经痛;不一会儿,这两个动机冲突起来,展开了斗争,结果它们是两败俱伤。(下,148)

"封闭的瓶子"是"混沌"的形象,它关乎的是部分—整体关系,其中"不均匀的、互不交流的部分共存";它标明的是"临近但不交流的对立",是"一个部分与其相应环境的对立"。[127]就像普鲁斯特在《重现的时光》中指出的:我们在生活中不经意说出的只言片语或做过的某个"最无关痛痒"的动作、行为在不同的时刻会给人截然不同的氛围感觉,因为人在随着时间不断地变化,这些不同的感觉就像是无数只封闭的瓶子。(下,504)这种"封闭的瓶子"实际上就是在无器官身体上分布的各个强度点,它们之间没有任何先在的关系,彼此之间的唯一关系就是差异,是互不交流性。它们之间的联系只能是后来建立起来的联系,是"横向联系":它并不将作为碎片的部分构成有机整体,将"多"归于"一",而是肯定它们,"打开肯定差异的通道"。[128]

不同的记忆是不同的封闭的瓶子,而马塞尔会在"两组回忆之间建立一种横向联系"(下,423)。马塞尔说他们家每天下午会去散步,有时去盖尔芒特家那边,有时去梅塞格利丝那边,决不会两边都去,因此,在马塞尔的记忆中,这两边相隔遥远,天各一方,彼此之间决无联系。但是后来他却发现在"这两条通衢大道之间已经建立起了横向叉路"(下,593)。自我封闭的瓶子本身也不构成有机整体,而是多样性,这是统计意义上的整体,它会分裂为很多其他的瓶子、其他的多样性。比如马塞尔发现有好几个德·盖尔芒特夫人、好几个斯万夫人,她们一个个被"岁月惨淡无色的大空间隔开"(下,570)。而每个盖尔芒特夫人、每个斯万夫人都是一个"封闭的瓶子",一个不同的"自我",这些不同的自我对每个人来说都是连续的,都是组成永久自我的部分。(下,402)这样的自我实际上就是欲望生产在不同的时刻生产出来的不同的游牧主体。

解释作为"封闭的瓶子"的符号就是从进行横向联系的那些瓶子中进行选择。选择其中的一个瓶子,互不交流的部分之中的一个,连同在其中产生出来的自我,但这是一种符合"混沌"的"纯粹选择","纯粹解释",实际上就是在无器官身体上进行的包含性选择。[129]沉睡即是一种横向联系,它将各个不同的世界、时刻、自我联系了起来,但是为什么每次睡醒之时,昨天的"我",而不是别人,总会回来,究竟是什么在进行选择呢?(中,48)马塞尔后来发现进行选择的不是自我,而是"没有内容的'我们'"(中,563),也就是进行欲望生产的欲望机器在进行选择,特定时刻的"自我"或游牧主体都是无意识的欲望连接的结果。因此,《追忆似水年华》的主题不是自我,而是作为欲望机器的时间,它总是在无器官身体上分布的各个封闭的瓶子之间进行选择,分布或选择"斯万、叙述者和夏吕斯,但并不将他们整合为整体"[130]。而叙述者自己就是一个无器官身体,一个精神分裂者:他就像一只没有眼睛、鼻子和嘴的大蜘蛛,只是对符号敏感;他不是自主地使用感觉、记忆和思想,而是发现并达到其极限,从而超验地、非自主性地使用它们,揭示符号的真理。[131]

那么是什么将不相一致的盒子及其内容结合起来、将临近但不沟通的"封闭的瓶子"联系起来的呢?德勒兹指出是时间,因为正是作为纯粹潜在的普遍的、非个人的时间产生出了连续的、异质的多样性,这种多样性被空间化在均质同一的时间之中,就形成了多种多样的碎片,而这些碎片只有在潜在状态时才是共存的,才能构成一个整体。因此,只有时间才是"最终的解释者,最终的解释行为"。时间中的各个瞬间或片段之间是有距离的,但这不是空间上的距离,而是逝去的时光通过遗忘"将距离引入了相邻的事物之中",不能再将本来相关的事物联系起来,而重现的时光则相反,它通过回忆拉近了原本远隔千里的事物,将不相关的事物横向联系起来。[132]

3. 普鲁斯特的三种文学机器

德勒兹指出"现代艺术作品是机器,并且作为机器运转";它关乎的问题不是意义,而是使用。机器从根本上说是生产性的,生产特定的真理;其意义纯粹取决于这台机器的运转,取决于各个独立的部分。[133]《追忆似水年华》就是这样一台机器,它生产的是关于时间的真理。德勒兹指出解释符号的过程就是生产真理的过程,因为符号会触动思想进行解释:"想象、思考,其本身便可以成为绝妙的工具,但它们也可能失去活力。此时痛苦便来启动它们。"(下,525)解释会产生非个人的视角,而真理或本质则是从非个人视角中出现的。

德勒兹指出《追忆似水年华》中有三种真理:第一种是关于"重现的时光"的,主要体现于非自主性回忆和艺术作品之中;第二种是关于"失去的时光"的,主要体现于"世俗符号和爱情符号的一般法则和系列"之中;第三种是关于"普遍改变、死亡和死亡观念以及灾难的发生(衰老、疾病和死亡符号)"的。[134]比如,马塞尔看到所有人都在"弯腰弓背走向坟墓",看到所有人"本身并无好恶的衰老"中看到了"老之将至",而且它还通过别人的话语一次次地向自我宣告衰老的降临。(下,535)他看到有的人过早的衰老,认识到时间也有快车和专列。(下,544)每种真理及其相关的时间都对应着一种机器:第一种机器生产部分物体及相应的系列和群体真理,体现于"在后的智慧"之中;第二种机器生产共鸣及其效果,体现在非自主性回忆、欲望和艺术作品中;第三种机器生产的是"被迫运动",即"死亡愿望",它让时间本身变得明显,通过它生产的是关于普遍衰亡和死亡观念的真理。[135]

部分物体机器、共鸣机器、被迫运动机器这三种机器实际上共同组成了一台抽象的"生命"机器:非个体、非有机的生命在各种时间维度中展开自身、表达自身的生成过程中,会让质料—能量流发射出表现这三种时间真理的各种符号,因此也可以说这是一台时间机器。普鲁斯特在自己的文学作品中表现了时间机器的运作,体现了三种机器的运转及其产生的效果。他的独创性在于创造了文学的共鸣机器,用艺术作品代替无意识的非自主性回忆,"用艺术作品的自由条件来代替无意识的自然产物的确定条件",通过文学作品的风格来自主地生产作为审美效果的共鸣,使艺术成为"自然或生命的精神等同物"。[136]因此,我们在《重现的时光》中看到共鸣效果大量出现:在玛德莱娜小点心、盖尔芒特公馆的大院中绊倒他的高低不平的铺路石板、在盖尔芒特王妃的图书馆见到的上了浆的硬餐巾让马塞尔产生了不同寻常的感觉,找到了真实的贡布雷、威尼斯和巴尔巴克的海滨之后,还有一些模模糊糊的印象在触动他的思维,他感到"一片云、一个三角形、一座钟楼、一朵花、一块砾石"都会撩拨他的思维,让他努力寻找它们所隐藏的真理,"它们以象形文字的方式表达的某种思想",要将它们变换成"精神的等同物"。(下,508)

作为机器的艺术作品不仅生产出内部效果,靠"自身产生的真理滋养"[137],而且作用于外部世界,在读者身上产生效果。那么这三种机器之间有着什么关系呢?第二种机器并不是建立在第一种机器之上,不是在后者生产的部分物体所提供的碎片之间,而是在自身选取的碎片之间建立共鸣。因此,它们之间的关系可以说是"强振和弱振"(strong beat and weak beat)的关系,或者说是"重现时光的真理和逝去时光的真理之间的关系",前者关涉的是互不相关的碎片何以产生,后者关涉的则是互不相关的碎片之间如何产生联系,因此它们进行的是两种不同的、互补的生产。[138]第三种机器则是通过让时间自身得以显现,从而与前两种机器联合起来:不可见的时光总是通过攫住物体,在它们身上打上幻灯,让美貌少妇变成白发苍苍的、拱肩缩背、一脸凶狠相的老太婆,让身材挺拔的青年变成驼背的老头儿,从而让自身变得可见(下,535);在众人因衰老而出现的变化中,马塞尔发现了"时间别出心裁地更新万物的力量"(下,540)。[139]

那么是什么将这三种机器联系起来、赋予其整体性的呢?是什么赋予艺术作品以整体性的呢?德勒兹指出既不是作为有机整体的逻各斯,不是"本质",也不是风格。因为"本质"作为非个人的视角,只是主观"联想链的一个附加部分",体现于一个"封闭的碎片中",临近"其所显示的东西",因而它无力进行统一或构成整体。[140]比如在埃尔斯蒂尔的画中,马塞尔发现"一条江从一座城市的桥下流过,从那样一个视角取景,这条江竟然显得完全支离破碎了,这里摆成湖,那里细如网,别处又由于安插了一座树木覆盖山顶的小丘而折断,城中的住户晚上到这山顶的树林中来呼吸夜晚凉爽的空气。这座动荡的城市,其节奏本身,只通过钟楼那不折不弯的垂直来表现。钟楼并不伸向天空,通过沉重的直线,就像在凯旋进行曲中一样表明生活的节奏,似乎在自己的身躯下悬挂着沿着折断、压碎的江流笼罩在薄雾之中的楼房那更模糊的整个一大片"(上,484)。

普鲁斯特的"风格"实际上是一种"无风格",因为它是解释性的,是解释、展开符号的过程,是在"联想链断裂"之时获得"作为视角的本质",是不断重复自身的差异。[141]普鲁斯特所使用的新的表达方式和语言习惯在法语中创造出了一门另类语言,形成了他的独特风格,并且它通过三种机器生产出部分物体、共鸣和被迫运动的效果,从而不断地生产出独特的世界。风格、本质都是碎片,而不是统一。普鲁斯特自己指出19世纪的伟大作品"具有永远不完整的特征",但他们从自我观照中"抽出外在于作品而又高于作品的一种新的美,又回溯既往地给予作品一种它原先所没有的统一性和宏大气魄",因此整体都不是先在的,它事先"对自身一无所知",而是在最后才从"只需重新聚合的片断中被发现的",是艺术家"给自己的作品增添"的最后的、"也是最出色的一笔"。[142]这种整体是一种"后效",实际上就是作品的"形式结构",它就像本质和风格,是添加的一个部分,形成多样性的统一。普鲁斯特自己的作品也同样如此。

但是,作品的"形式结构"是由复杂而相互作用的横向联系构成的。横向联系实际上就是欲望连接,它将不同的部分物体联系起来,从而"独立建立起统一和整体,但并不将客体或主体统一或整合起来"。这种横向联系正是作者所使用的新的表达方式和语言习惯,也即作者的风格或无风格。在《追忆似水年华》中,正是作为主题的时间进行的欲望连接将不相一致的盒子及其内容结合起来,将临近但互不沟通的"封闭的瓶子"联系起来。[143]

(作者单位:河南大学外国语学院)

注 释

[1] Gilles Deleuze and Félix Guattari, *A Thousand Plateaus*: *Capitalism and Schizophrenia*, tr. Brian Massumi, Minneapolis: University of Minnesota Press, 2005, p. 499.

[2] 德勒兹(和瓜塔里)的生命哲学广泛地利用了当代生物学理论,如分子生物学,新进化论中的"种群思想"(population thinking)和生命系统之间非血缘的、横向的联系模式这两个方面,但是他们并非全盘接受这些生物学概念,而是进行了改造。关于德勒兹(和瓜塔里)的生命哲学与当代生物学理论和复杂性理论之间关系的详细论述,参见 Mark Hasen, "Becoming as Creative Involution?: Contextualizing Deleuze and Guattari's Biophilosophy", *Postmodern Culture*, vol. 11, no. 1 (Sept. 2000), http://muse.jhu.edu/journals/postmodern-culture/v011/11.1hansen.html. 两位杰出的复杂性理论家斯图尔特·考夫曼和布赖恩·古德温都指出,自然界通过持续的创造性活动对自身进行组织,从而产生秩序,而复杂的生命系统通过不断地打破平衡、对称或分叉来对自身进行动态的组织,"展开"内含于其中的关系顺序,并且这些关系顺序会随着展开的过程不断变化,因此自组织的过程不是按照任何计划、规划或目的进行的,而是不可预测的,由此差异和创新才层出不穷。参见 Stuart Kauffman, *Investigations*, Oxford: Oxford University Press, 2000, p. x.; Brian Goodwin, *How the Leopard Changed its spots*, London: Orion Books, 1997, p. 103。

[3] Gilles Deleuze, "Desire and Pleasure", tr. Ames Hodges and Mike Taormina, in *Two Regimes of Madness*: *Texts and Interviews* 1975-1995, ed. David Lapoujade,

New York: Semiotext(e), 2006, p.132.

[4] 马塞尔·普鲁斯特:《追忆似水年华》(下),周克希、张小鲁、张寅德等译,南京:译林出版社,1994年,第595页。以后出自《追忆似水年华》(下)的引文将只标卷数和页码。

[5] 马塞尔·普鲁斯特:《追忆似水年华》(中),潘丽珍、许渊冲、许钧等译,南京:译林出版社,1994年,第191页。以后出自《追忆似水年华》(中)的引文将只标卷数和页码。

[6] Ronal Bogue, *Deleuze on Literature*, New York and London: Routledge, 2003, p.74.

[7] Ibid., p.75; p.60; Daniel W. Smith, "'A Life of Pure Immanence': Deleuze's 'Critique et Clinique Project'", in Gilles Deleuze, *Essays Critical and Clinical*, tr. Daniel W. Smith and Michael A. Greco, Minneapolis: University of Minnesota Press,1997, p.xxii.

[8] Gilles Deleuze, "Literature and Life", in *Essays Critical and Clinical*, p.1.

[9] Walter Benjamin, "Franz Kafka", in *Walter Benjamin: Illuminations, Essays and Reflections*, ed. Hannah Arendt, tr. Harry Zohn, New York: Schocken Books, 1985, p.129, p.130.

[10] Ibid., pp.112-113.

[11] 弗兰茨·卡夫卡:《城堡》,赵容恒译,石家庄:河北教育出版社,2005年,第629页。以后出自《城堡》的引文将只标页码。

[12] Walter Benjamin, "Franz Kafka", p.114, p.126.

[13] Ibid., p.131. 中文译文参考了陈永国译文。

[14] Ibid., p.131.

[15] 弗兰茨·卡夫卡:《公路上的孩子们》,《卡夫卡全集》(第一卷),叶廷芳主编,洪天富、叶廷芳译,石家庄:河北教育出版社,1996年,第5页。

[16] 弗兰茨·卡夫卡:《新律师们》,《卡夫卡全集》(第一卷),第164页。

[17] 弗兰茨·卡夫卡:《变形记》,《卡夫卡读本》,叶廷芳选编,北京:新世界出版社,2007年,第3页。《变形记》中的引文均出自这一版本,以后的引文将只标页码。

[18] Walter Benjamin, "Franz Kafka", in *Illuminations*, p.122.

[19] 叶廷芳:《〈卡夫卡全集〉总序》,《卡夫卡全集》(第一卷),第13页。

[20] Walter Benjamin, "Franz Kafka", in *Illuminations*, pp.132-135.

[21] François Zourabichvili, "Six Notes on the Percept (On the Relation between the Critical and Clinical)", in *Deleuze: A Critical Reader*, ed. Paul Patton, Cambridge, Mass.: Blackwell, 1996, p.206.

[22] Gilles Deleuze and Félix Guattari, *What is Philosophy*? tr. Hugh Tomlinson and

〔23〕 Graham Burchell, New York: Columbia University Press, 1994, p. 108.

〔23〕 Gilles Deleuze, "Nietzsche", in *Pure Immanence: Essays on a Life*, tr. Anne Boyman, New York: Zone Books, 2001, p. 58.

〔24〕 Gilles Deleuze, "The Shame and the Glory", in *Essays Critical and Clinical*, p. 125.

〔25〕 François Zourabichvili, "Six Notes on the Percept", in *Deleuze: A Critical Reader*, p. 206, p. 207.

〔26〕 "作为人的耻辱"是普里莫·列维（Primo Levi）描述卡夫卡的小说《诉讼》中K.的耻辱的，参见 Primo Levi, "Translating Kafka", in Raymond Rosenthal, ed. *The Mirror Maker*, New York: Schocken, 1989, pp. 106-109。列维的《被吞没和被拯救的》(*The Drowned and the Saved*)中的一章中就以"羞耻"为题，将耻辱的经历与写作能力等同起来，这在描写大屠杀幸存者的文学中非常著名。列维的耻辱是"能够言说、有工具来证明，但恰恰因为这一事实又没有什么可证明"的耻辱；它不仅是"没有什么可写的耻辱"，而且是"要将这一缺陷实现于写作的技能之中的耻辱"；它是一种不一致性的经历。耻辱的这一特点与写作相同，关于这一点还可以参见卢卡奇在《小说理论》中的"绝对有罪"的观点和斯皮瓦克的"属下能说话吗？"的观点。耻辱"表示写作所象征的不一致性关系"，是"不一致性的事件，是与文本并存的，并不由文本解释；相反，它也并不解释文本"。参见 Timothy Bewes, "Shame, Ventriloquy, and the Problem of the Cliché in Caryl Phillips", *Cultural Critique* 63（Spring 2006）, pp. 37-41。关于"耻辱"的讨论，还可参见 Giorgio Agamben, *Remnants of Auschwitz*, tr. Daniel Heller-Roazen, New York: Zone Books, 1999, pp. 103-106; Franz Fanon, *Black Skin, White Masks*, tr. Charles Lam Markmann, London: Pluto, 1986, p. 116; Simone de Beauvoir, *The Second Sex*, tr. H. M. Parshley, New York: Vintage, 1952, pp. 345-346.

〔27〕 [奥]弗兰茨·卡夫卡：《致父亲》，《卡夫卡全集》（第八卷），叶廷芳主编，王建政译，河北教育出版社，1996年，第246页。《致父亲》的引文均出自这个版本，以后将只标页码。

〔28〕 Gilles Deleuze and Félix Guattari, *Kafka: Toward a Minor Literature*, p. 10.

〔29〕 弗兰茨·卡夫卡：《判决》，《卡夫卡全集》（第一卷），第42页，以后出现的引文将只标页码。

〔30〕 Gilles Deleuze and Félix Guattari, *Kafka: Toward a Minor Literature*, p. 5.

〔31〕 Ibid., p. 30.

〔32〕 Ibid., pp. 30-31, p. 32.

〔33〕 Ibid., p. 29.

〔34〕 Ibid., p. 31.

〔35〕 弗兰茨·卡夫卡:《乡村婚事》,《卡夫卡全集》(第一卷),第 311 页。
〔36〕《卡夫卡全集》(第六卷),叶廷芳主编,第 30 页。
〔37〕 Deleuze and Guattari, *Kafka: Toward a Minor Literature*, p. 31.
〔38〕《卡夫卡读本》,第 257、267 页。
〔39〕 Deleuze and Guattari, *Kafka: Toward a Minor Literature*, p. 32.
〔40〕 Ibid., pp. 32-33.
〔41〕 Ibid., p. 33.
〔42〕 Ibid., p. 36.
〔43〕 Ibid., p. 34.
〔44〕 弗兰茨·卡夫卡:《地洞》,《卡夫卡全集》(第一卷),第 476 页。
〔45〕 弗兰茨·卡夫卡:《一份为某科学院写的报告》,《卡夫卡全集》(第一卷),第 204 页。后面出现的引文将只标页码。
〔46〕 弗兰茨·卡夫卡:《教堂里的紫貂》,《卡夫卡全集》(第一卷),第 584 页。
〔47〕 弗兰茨·卡夫卡:《一条狗的研究》,《卡夫卡全集》(第一卷),第 300 页。
〔48〕 弗兰茨·卡夫卡:《豺狗与阿拉伯人》,《卡夫卡全集》(第一卷),第 175 页。
〔49〕 Deleuze and Guattari, *Kafka: Toward a Minor Literature*, p. 35.
〔50〕 Ibid., p. 35.
〔51〕 Ibid.
〔52〕 Ibid., p. 36, p. 14.
〔53〕 Ibid., p. 37.
〔54〕 Ibid., p. 39.
〔55〕 Ibid., p. 86.
〔56〕 Ronald Bogue, *Deleuze on Literature*, p. 79.
〔57〕 弗兰茨·卡夫卡:《诉讼》,《卡夫卡精选集》,北京:燕山出版社,2005 年,第 679 页。
〔58〕 Deleuze and Guattari, *Kafka: Toward a Minor Literature*, p. 59.
〔59〕 Ibid., p. 84, p. 85.
〔60〕 Ibid., p. 52.
〔61〕 Ibid., pp. 44-48.
〔62〕 Gilles Deleuze, *Proust and Signs*, tr. Richard Howard, Minneapolis: University of Minnesota Press, 2000, p. ix.
〔63〕 André Pierre Colombat, "Deleuze and Signs", in *Deleuze and Literature*, eds. Ian Buchanan and John Marks, Edinburgh: Edinburgh University Press, 2000, p. 14.
〔64〕 Ibid., p.15.
〔65〕 斯宾诺莎将记号(sign)领域与表达领域区分开来。在他看来,自然感觉的指示性记号、道德律和宗教启示的命令性记号都是不充分观念,而绝对充分

的观念是表达性的观念,因为在至少是两个身体之概念的共同概念中,观念不再是记号,而是单义性的表达。参见 Gilles Deleuz, *Expressionism in Philosophy: Spinoza*, tr. Martin Joughin, New York: Zone Books, 1990, pp. 330-331。德勒兹认为在斯宾诺莎那里,整个表达理论支持单义性,强调表达是对单义性存在的表达,让单义性存在不再是惰性的,而成为"纯粹肯定的对象,实现于表达性的泛神论和内在性之中"。德勒兹指出还要区分"表达自身之物"(生命)、"表达"自身和"被表达之物":"被表达之物"只是存在于它的表达之中,并不与之类似,而是在本质上与"表达自身之物"产生共鸣;"表达自身之物"与表达自身并不相同。表达自身具有双重运动:或是将被表达之物包裹、内含于其表达之中,或是展开、解释表达,以"恢复被表达之物"。参见 Gilles Deleuze, *Expressionism in Philosophy: Spinoza*, p. 333.

[66] Colombat, "Deleuze and Signs", in *Dleuze and Literature*, p. 15.

[67] Deleuze, *Difference and Repetition*, tr. Paul Patton, London and New York: Continuum, 1994, pp. 23-24.

[68] Deleuze, *Proust and Signs*, p. 40, p. 41, p. 110, p. 45.

[69] Ronald Bogue, *Deleuze & Guattari*, London and New York: Routledge, 1989, p. 44.

[70] 德勒兹自己指出"life"不具有艺术所具有的这两种力量:差异与重复。参见 Deleuze, *Proust and Signs*, pp. 49-50。在这里,"life"指的应该是"生活"而不是非个体的、非有机的"生命",因为结合德勒兹后来对"生命"概念的思考,生命所具有的抽象力量和创造力量正是差异与重复的力量,是艺术所要试图表现的力量。

[71] Gilles Deleuze, *Cinema 2: The-Time Image*, tr. Hugh Tomlinson and Barbara Habberjam, Minneapolis: University of Minnesota Press, 1989, p. 33.

[72] Colombat, "Deleuze and Signs", in *Dleuze and Literature*, p. 26.

[73] Ibid., pp. 27-29.

[74] Zourabichvili, "Six Notes on the Percept," in *Deleuze: A Critical Reader*, p. 196.

[75] Deleuze, *Proust and Signs*, pp. 3-4.

[76] 马塞尔·普鲁斯特:《追忆似水年华》(上),李恒基、徐继曾、桂裕芳等译,南京:译林出版社,1994年,第30页。以后出自《追忆似水年华》(上)的引文将只标卷数和页码。

[77] Deleuze, *Proust and Signs*, p. 15, p. 17.

[78] Ibid., p. 15.

[79] Ibid., pp. 5-14.

[80] Bogue, *Deleuze on Literature*, p. 31.

[81] Ibid., p. 34.
[82] Deleuze, *Proust and Signs*, p. 87.
[83] Bogue, *Deleuze on Literature*, p. 32.
[84] Deleuze, *Proust and Signs*, p. 85.
[85] Ibid., pp. 6-7.
[86] Deleuze, *Proust and Signs*, p. 82.
[87] Ibid., p. 67.
[88] Ibid., p. 82.
[89] Deleuze, *Proust and Signs*, p. 7.
[90] Ibid., p. 67.
[91] Bogue, *Deleuze on Literature*, p. 42.
[92] Deleuze, *Proust and Signs*, p. 81, p. 67.
[93] Ibid., p.9.
[94] Ibid., p.10.
[95] Ibid., p.136.
[96] 根据《圣经·创世纪》的记载,蛾摩拉(Gomorrah)和所多玛(Sodom)由于罪孽深重、罪恶昭彰,受到耶和华的惩罚而被焚毁。所多玛城内同性恋尤其猖獗。参见《圣经》,第 15—16 页。译林出版社的《追忆似水年华》将"Gomorrah"和"Sodom"分别翻译为"戈摩尔"与"索多姆"。
[97] Deleuze, *Proust and Signs*, p. 10.
[98] Ibid., p.136.
[99] Ibid., p.137.
[100] Ibid., p. 74.
[101] Ibid., p. 19.
[102] Ibid., p. 11.
[103] Ibid., p. 20.
[104] Ibid., p. 61.
[105] 德勒兹指出柏格森与普鲁斯特在记忆层面上存在着相似之处,都认为过去是"纯粹的过去",是过去、现在、未来三维时间共存的过去,是潜在的和现实的在其中共存的过去,具体参见 Deleuze, *Proust and Signs*, pp. 57-59; Bogue, *Deleuze on Literature*, pp. 39-41.
[106] Deleuze, *Proust and Signs*, pp. 59-63.
[107] Ibid., p. 61.
[108] Ibid., p. 65.
[109] Ibid., pp. 39-40.
[110] Bogue, *Deleuze on Literature*, p. 39.

- [111] Deleuze, *Proust and Signs*, p. 43.
- [112] Ibid., p. 48.
- [113] Ibid., p. 167.
- [114] 止庵:《前言》,[英]弗吉尼亚·伍尔夫:《海浪》,吴均燮译,北京:人民文学出版社,2003年,第4—5页。
- [115] Deleuze, *Proust and Signs*, p. 50.
- [116] Ibid., p. 27.
- [117] Ibid., p. 34.
- [118] Ibid.
- [119] Ibid., p. 36.
- [120] Ibid., p. 111.
- [121] 德勒兹指出普鲁斯特的符号世界与逻各斯之间在部分、法则、用途、整体和风格这五个方面形成了对比,参见 Deleuze, *Proust and Signs*, p. 108. 关于普鲁斯特思想中的柏拉图主义及其对柏拉图主义的批判,参见 Deleuze, *Proust and Signs*, pp. 108-111; Bogue, *Deleuze on Literature*, pp. 46-47.
- [122] 德勒兹指出现代世界中秩序瓦解,变为碎片和混乱,而客观性和整体则存在于现代文学作品的形式结构之中,参见 Deleuze, *Proust and Signs*, pp. 110-111.
- [123] Deleuze, *Proust and Signs*, pp. 116-117.
- [124] Ibid., p. 122.
- [125] Ibid.
- [126] Ibid.
- [127] Ibid., p. 117, p. 123.
- [128] Bogue, *Deleuze on Literature*, p. 50. 横向联系(transversal)也有"穿越"、"运动贯穿"的意思,这实际上是块茎式的连接。
- [129] Deleuze, *Proust and Signs*, pp. 127-128.
- [130] Ibid., p. 128.
- [131] Ibid., pp. 181-182.
- [132] Ibid., p. 129, p. 130.
- [133] Ibid., pp. 145-146. 德勒兹指出乔伊斯的作品是生产顿悟的文学机器,参见 Deleuze, *Proust and Signs*, pp. 155-156.
- [134] Bogue, *Deleuze on Literature*, p. 53. 为了与德勒兹所说的顺序一致,这里颠倒了博格文中的顺序。
- [135] Deleuze, *Proust and Signs*, pp. 150-160.
- [136] Ibid., p. 155.
- [137] Ibid., p. 154.

［138］ Ibid., p. 152.
［139］ Ibid., p. 160.
［140］ Ibid., p. 162.
［141］ Ibid., p. 166.
［142］ 比如巴尔扎克的《人间喜剧》、米什莱的《法国史》或者《大革命史》、瓦格纳的作品。详细参见普鲁斯特:《追忆似水年华》(下),第91—92页。
［143］ Deleuze, *Proust and Signs*, p. 169.

伊格尔顿的审美文化理论与中国当代审美文化研究*

黄卫星

内容提要：特里·伊格尔顿在审美文化理论方面的建树为当代中国审美文化研究提供了深刻的思考。他梳理出"审美"、"文化"、"审美文化"的核心所在：审美话语产生背后隐藏着意识形态，意识形态的价值观属性无论是在思想体系层面还是在日常经验和话语实践的主体性层面，都通过"身体"这种载体和媒介得以生成，审美文化从共同价值观到日常生活价值体验等各个方面对人们的价值精神世界全面施加影响。而启蒙现代性进程中工具理性对价值的漠视、转型期中国社会对价值的疏忽、全球化语境下后现代解构思潮对价值的消解以及单边主义膨胀中西方价值观对传统价值的冲击，共同构成了当代中国审美文化的消极价值观语境。作者认为，中国当代美学理论和审美文化研究应继承和发扬马克思主义辩证和批判的精神，批判审美文化中被资本、权力等所隐藏的意识形态控制力量，警示所赖以支撑的种种负面价值观；尤其要积极发挥审美意识形态"救赎"和"解放"的功能，从理论上积极建构当代中国多元和谐的审美文化价值体系，使审美文化具有社会主义核心价值、人本主义、多元主义、优化融合、动态平衡的价值观（体系）特质，在美学范畴内找到一条当代中国通向现代性的道路。

关键词：伊格尔顿　审美　文化　意识形态　价值观　主体性　身体

---

* 本文为2009年江西省教育科学"十一五"规划课题阶段性成果，课题名称："对话与交往——当代美育审美价值观建构机制研究"，主持人：黄卫星。

文 学 理 论 前 沿
Frontiers of Literary Theory

Abstract: Terry Eagleton's achievements in aesthetic cultural theory have provided deep insights for the study of contemporary Chinese aesthetic culture. He has found the core of the aesthetic, culture and aesthetic culture: ideology is concealed in aesthetic discourse, which, by the value of ideology, is transformed from the ideological level into the subjective level of daily life and discursive practice, and interlined by the "body". Aesthetic culture exerts a comprehensive influence on human value system through all aspects from common values to those in everyday life. The indifference to values by instrumental rationality of modernization during the Enlightenment Movement, China's negligence to values in the transformational period, the negative interpretation of values by the deconstructive theories in the context of globalization, and the impact on traditional values by the various Western value notions through expanding unilateralism, have altogether formed a negative context of contemporary Chinese aesthetic culture. Contemporary Chinese aesthetic theory and the studies of aesthetic culture, should, to the author, inherit and carry forward the Marxist dialectical and critical spirit, that is, to criticize the ideological control concealed by capital and power in the aesthetic culture, and bring to attention the negative values on which it relies. China's aesthetic theory and the studies of aesthetic culture should particularly bring into play the function of salvation and emancipation of aesthetic ideology, build, from a theoretical perspective, a pluralistic and harmonious aesthetic value system, so as to forge an optimized and balanced value system consisting of fundamental socialist values, humanism, and pluralism, and discover a unique way to China's modernity.

Key words: Terry Eagleton; aesthetics; culture; ideology; values; subjectivity; body

特里·伊格尔顿是英国当代著名的马克思主义文学批评家和文化理论家,他著述甚丰,已有10种著作有了中译本,其中《马克思主义与文学批评》、《20世纪西方文学理论》、《审美意识形态》、《理论之后》等在我国学术界产生了广泛的影响。已经有不少学者撰文研究伊格尔顿的美学、文化理论、文学批评和理论,这些研究视域一般都聚焦在以下几个方面:

1.伊格尔顿的审美意识形态理论。以他的意识形态理论的开放性、辩证性、关联性、解放性特征为基点,从中揭示伊格尔顿的意识形态探究中鲜明的方法意识和独特的理论思考,尤为集中地讨论意识形态与权力之间的隐秘联系从而揭示审美的两重性,并以"美学"为切入点,强调身体的重要性,关注人的主体性,进行探讨审美与身体关系这一理论尝试。2.伊格尔顿的文化理论。从他关于文化理论的"重建"、文化的新定义、文化战争、后现代文化等方面的理论洞悉,解析他对理论的思考,寻求当代文化危机的理解范式,深刻反思探询当前文化理论陷入困境的原因,并试图超越后现代主义的幻象为文化理论寻找出路。3.结合批评作品具体分析伊格尔顿在批评实践方面的"政治批评观"。

纵观以上研究成果,确实为我们的研究提供了许多有价值的启发和引导。在身处文化全球化的当代中国,审美文化呈现出繁复多样不一而足的景观[1],审美文化不仅仅被供在象牙塔内的高堂之上,而是几乎以无所不在的形式进入我们的日常生活,影响着我们的思维方式、行为方式、生活方式和价值观念。因此,审美文化研究越来越重要进而逐渐成为学术界的热点。近一二十年来,国内学术界对审美文化的研究成果颇为丰厚,有的从微观层面研究某种审美文化的特征及性质,有的从文化批判的角度审视作为"类像"和"符号"的审美文化,有的则从宏观层面探讨某种性质的审美文化的产生、发展等规律和特点——而从价值观、价值体系等精神内核方面研究审美文化的文章则较少。我们认为,价值观,无论是作为审美的内核,作为意识形态的内核,还是作为文化的内核,都是一个值得我们重视的研究问题。而伊格尔顿的思想和理论,给了我们许多研究的灵感和启示,虽然他没有写过一本审美文化研究的专著,但对价值观维度在审美文化及审美文化研究中的重视和洞察,却散见于他的审美意识形态理论、文化理论等研究成果中。本文试图从"伊格尔顿的审美文化理论"切入,从中理出精辟的观点、清晰的逻辑推理、科学的研究方法,以马克思主义的批判精神,结合当代中国审美文化的特征、当代中国审美文化的价值观语境及审美文化对价值观建构的消极影响,探索建构审美文化价值体系的路径,以期寻找审美文化理论研究所担负的解决方案。

一 价值观:伊格尔顿审美文化理论的核心

进入后现代社会的今天,审美的因子已经渗透到文化的各个领域中,审美文化的研究应运而生,成为学术界研究的一个热点。但目前尚缺乏一个较为完善的审美文化理论。虽然在"去本质"、"反基础"的后现代思想看来,建构理论是没有必要的,但是我们认为,作为一项新兴的研究思想和实践,审美文化研究需要有一个具有深刻性和前瞻性的理论,为研究的最基本最关键的视域提供启示。分析哲学提醒我们,概念的正确剖析根本上决定了研究的有效目的。到底何为"审美文化"?它由两个重要的术语"审美"和"文化"构成。特里·伊格尔顿(Terry Eagleton),这位具有国际声誉的马克思主义文学批评家和文化理论家,曾在他众多的著作中,深刻地呈现了审美意识形态理论、后现代主义文化理论等,为我们梳理出"审美"、"文化"、"审美文化"理论的核心:审美话语产生的背后隐藏着意识形态,意识形态的价值观属性存在于思想体系的层面、日常经验和话语实践的层面,而审美文化正是在几乎无所不在的社会存在中,从共同价值观到日常生活价值体验等各方面都对人们的价值精神世界施加影响。伊格尔顿的深刻之处,不仅在于他发现了美学的意识形态性质,还在于他从审美话语精神内涵的内在分裂中探析审美意识形态的张力意义,并且揭示出审美话语的内在运行机制。意识形态通过审美内化到人的主体性中从而达到自然建构的效果,这是通过"身体"这种载体和媒介得以生成的。这种建构不仅规训着身体的肉体存在和理性,也影响到身体的欲望等感性冲动,成为一种打着意识形态烙印的身体冲动,又在一定程度上冲击着它们的意识形态建构,使其得到更新和发展。

1. 审美·意识形态·价值观

作为一个深受马克思主义历史唯物主义和辩证方法影响的学者,伊格尔顿认为,美学的意义其实在美本身之外,审美话语是人类探索意义和价值的话语方式,与特定时代特定人群的需求、意向和表达有关,始终带有意识形态的烙印。他研究审美理论,另辟蹊径,立足于审美话语产生的历史语境,探索审美话语产生背后隐藏着的意识形态因素,指出并强调审美作为一种理论话语,总是指向特定时代和特定群体的意识形态。伊格尔顿通过对"意识形态"的独到阐述,揭示了审美和意识形态以及意识形态和价值观的密切关系,从而也显示出了审美和价值观的天然关系。

毋庸置疑,在文学文本中存在着意识形态,文学理论、美学理论和文化观念中也都存在着意识形态。伊格尔顿审美意识形态理论的革命性就在于它传授给我们一种意识形态分析的方法,一种从心理分析回归社历史和社会政治与资本主义进行意识形态斗争的方法,这较之直接从审美和文化中寻找社会历史和社会政治对应物的庸俗马克思主义批评方法更为复杂:通过理解审美话语背后的意识形态,试图理解资本主义统治的秘密,从而与资本主义统治进行斗争。伊格尔顿指出:"马克思主义批评是一个更大的理论分析体系的一部分,整个体系旨在理解意识形态——即人们在各个时代借以体验他们的社会的观念、价值和感情——理解意识形态就是更深刻地理解过去和现在;这种理解有助于我们的解放。"[2]

伊格尔顿吸收了阿尔都塞、葛兰西等人对意识形态的看法,并且加以丰富和发挥,赋予"意识形态"这个概念以比较复杂的蕴涵。葛兰西明确指出,"意识形态必须是在世界观——它含蓄地表现于艺术、法律、经济活动和个人与集团生活的一切表现之中——的最高意义上使用此词"[3]。葛兰西关于领导权的理论的关键之处在于其对意识形态实践作用的强调,他认为作为思想的意识形态理论能够渗入人的实际生活,不仅向人们提供了关于现实生活的一般性观点,更是成为人们时刻都需要恪守的行为准则,把意识形态概念的价值观属性从思想体系层面转化为日常经验和话语实践的层面。伊格尔顿也正是在这些理论的基础上构建其意识形态理论的,并对这一概念进行了多视角的透视和分析。在他眼中,"我用'意识形态'不仅仅指人们所坚持的顽固而又常常是无意识的信念;我特别要指的是那些与我们社会权力的保持和再生有某种关系的感觉、评价、观察和相信的方式"[4]。由此可见,意识形态已不仅仅是隐匿于人的潜意识之中支配人类行为的价值观念,而且还是实际存在的思想、价值和信念,二者都同时起着维护社会权力结构的作用。从政治学层面来看,意识形态以一种社会力量的形式出现,努力调和社会的各种冲突和矛盾,用与其特殊的社会任务和社会秩序相适应的价值和信仰体系对人们进行塑造。正因为如此,具有意识形态性质的审美,在社会实践中既能发挥构建资本主义社会表面团结与和谐的意识形态作用,又能激起人们反抗和寻求解放。

在伊格尔顿的审美文化理论中,意识形态虽然蕴涵和功能都很复杂,但其核心都和价值观有关。从1976年《批评与意识形态》出版起,"意识形态"便是伊格尔顿理论著作中的关键概念,1991年和1994年相继出版的《意识形态导论》以及《意识形态读本》更是展现了他对这一范畴的全面思考。伊格尔顿在1976年出版的《马克思主义与文学批评》中至少有两次较为明确地对意识形态的内涵进行了厘定:"马克思主义批评是一个更大的理论分析体系中的一部分,这个体系旨在理解意识形态——即人们在各个时代借以体验他们的社会的观念、价值和情感。"[5]明确地指出了意识形态能够用以体验价值观,并进一步指出,意识形态影响下所体验的价值观受到阶级和社会等因素的局限和影响,他说:"意识形态不是一套教义,而是指人们在阶级社会中完成自己的角色的方式,即把他们束缚在他们的社会职能上并因此阻碍他们真正地理解整个社会的那些价值、观念和形象。"[6]由于意识形态的种种现实局限性,价值观的理解、接受和建构也必然具有现实局限性。在《批评与意识形态》中伊格尔顿表达了类似的想法,他说:"(在任何社会都存在)一种占支配地位的意识形态形式,它是由一系列连续性的价值话语、阐释话语和信念组成的,它们与物质生产的结构相连,因此反映了个体从属于社会状况的经验性关系,它们保证了那些对真实的错误感知以便维持占支配地位的生产关系的再生产。"[7]纵观这三处对意识形态的界定,其中明显有阿尔都塞意识形态理论的痕迹,这说明伊格尔顿将意识形态看做一些价值、观念和形象,尤其更多地指向意义或价值观。他说:"意识形态本质上是一个有关意义的问题,但一些人也暗示发达资本主义的情况是到处弥漫着无意义。效用和技术的统治地位漂白了社会生活的意义,使使用价值服从于交换价值空洞的形式主义。"[8]伊格尔顿通过他的审美意识形态理论,通过对意识形态本质深刻详尽的阐发和剖析,引发我们在进行审美文化理论研究时,关注和思考审美和价值观的内在深层关系。

2. 文化·价值观

伊格尔顿从上世纪 80 年代以来一直关注文化研究,但在很多方面又对之提出了尖锐的批评。他认为,后现代是一个文化研究的时代,文化的概念范围已经大大拓宽了,他提出:"当今为什么所有人都在谈论文化?因为就此有重要的论题可谈。一切都变得与文化有关。"[9]受他的老师威廉斯的启发,他进一步丰富了文化的定义,并且十分重视文化中的价值观、道德法则和精神向度,认为这些才是文化中的精髓和内核。"文化在传统上几乎是资本主义的反义词。文化是关于价值而非价格的,是关于道德而非物质的,是高尚而非庸俗的。文化是情欲与符号、伦理与神话、美感与情感在一个日渐对它们感到不耐烦的社会秩序中得以建立家园的所在。"[10]同样,直至后现代的今天,审美文化的这些"标高"与其说是精英主义的倾向,还不如说是审美文化的价值依存。文化研究者的重要任务之一就是阐释、揭示、昭显、建构、引导文化中所呈现的理想化的普遍价值观和共同价值观。

伊格尔顿强调文化要呈现理想化的普遍价值观和共同价值观,是深受威廉斯文化价值观的影响的。威廉斯虽从不同的角度对文化进行了分类和定义,但是认为无论何种文化的定义都呈现出不同层面的价值观。威廉斯认为,"文化一般有三种定义。首先是'理想的'文化定义,根据这个定义,就某些绝对和普遍价值而言,文化是人类完善的一种状态或过程"。"其次是'文献式'文化定义,根据这个定义,文化是知性和想象作品的整体,这些作品以不同的方式详细地记录了人类的思想和经验。""最后,是文化的'社会'定义,根据这个定义,文化是对一种特殊生活方式的描述,这种描述不仅表现艺术和学问中的某些价值和意义,而且也表现制度和日常行为中的某些意义和价值。从这样一种定义出发,文化分析就是阐明一种特殊生活方式、一种特殊文化隐含或外显的意义和价值。"[11]从这些阐述中,我们发现这三种关乎文化的定义,都离不开文化隐含或外显的作为一种核心的理想价值观、普遍价值观或具有某种共性的特殊价值观。

伊格尔顿吸收了威廉斯的论述,并且作了新的阐释。他着重指出,即使是强调凸显文化差异性的特殊生活方式,也是各自呈现在不同的普遍价值观和共同价值观基础上的。在一次和中国学者面对面的访谈中,伊格尔顿直言:"我想在英语中,文化这个词一直既包含有美学的意义又有人类学的意义,关于文化理论的讨论实际上存在着许多困难,人们一直试图综合不同的意义,或考察关于文化的各种意义之间的相互联系。在西方,文化可以指艺术作品和智力作品,也可以具有更广泛更多的人类学意义,实际上可以指整个生活方式。"[12]对于生活方式也成了文化的重要组成部分,他认为是时代发展的必然。他指出,在20世纪80年代前只有巴赫、巴尔扎克或艺术作品才意味着文化,而在现在,文化变得越来越大众化、世俗化,并且种类繁多,"它的范畴不断延伸,囊括了海滩文化、警察文化、聋人文化、微软文化、同性恋文化和特技跳伞文化,等等。文化不再局限于一堆艺术品,而是一种特殊的生活方式"[13]。的确,任何人只要稍微关心一下文化问题便会发现,在我们今天的生活中,文化似乎已从传统意义上具有某种共同性和抽象性的崇高思想、美学意识或价值观念的象征,变成了今天的一种特殊生活方式(a particular way of life),它从精英阶层走向普通大众的每一分子,从贵族式高尚的"文明生活"变成了普通民众的"文化生活",从"宏观"下降到"微观",从诸多完整的"社会"下降到它们中的一系列"利益群体"。

进入21世纪以来,伊格尔顿赞同把文化作为特殊的生活方式来看待,但他对文化研究的激进倾向持有自己的意见。他曾指出:"在文化研究时代,譬如说我们今天所面临的时代(指后现代——笔者),文化理念(the idea of culture)非常激进,而自然观念(the notion of Nature)通常较为保守。"[14]在他的文本语境中,"自然观念"指的是"英(国)文(学)研究"(the study of English)中对共同人性(common humanity)的探讨。他认为英文研究的基础和前提是文化研究,而现在,由于文化研究脱离了英文研究,从而丧失了精英意识和普遍价值观,导致了当代文化概念的剧烈膨胀,出现了所谓的"文化危机"(the crisis of culture)。所以,他批评一些文化研究者眼中"文化"的字眼总显得既过于宽泛又过于狭窄,反对那种盲目扩大文化的范围并且脱离寻求共同文化价值观的文化研究。"当代文化的概念已剧烈膨胀到了如此地步……我们这个时代的文化已经变得过于自负和厚颜无耻。我们在承认其重要性的同时,应该果断地把它送回到它该去的地方。"[15]那么,文化及文化研究该去的地方在哪儿呢?

文化概念的根本、文化研究的重心、解决文化危机的途径是把文化拉回到精英生活方式的轨道上,即致力于对理想的共同文化价值观的孜孜以求。伊格尔顿曾发表一篇文化研究论文,题为《重新发现一个共同目标或者消亡:我们曾习惯于在共同传统中寻求统一,而现在我们醉心于定义我们之间的差异》("Rediscover a Common Cause or Die: We Used to Find Unity in a Shared Heritage, Yet We Are Set on Defining Our Difference"),这篇论文就是主张寻找文化的共同传统和价值根基。具体地说,是"收缩文化的概念,把其整体分类限定在为数不多的艺术作品中。这样,文化便意味着承载共同价值观的艺术和学术著作,以及生产、传播和调整它的机构"[16]。要使文化内涵更加完善的话,我们必须重视文化建设和文化研究中抽象的、理想的、普遍价值观的性质和功能,就像伊格尔顿提醒的那样,"文化不能简单地从我们的所作所为中滋生它的自己,因为如果这样的话,我们就会最终陷入所有最糟糕的价值观中。它必须使那些行为理想化,为它们提供形而上的支持"[17]。人类生活方式的差异并不能成为抛弃文化普遍价值观的理由,相反,普遍价值观恰恰隐藏在不同群体生活方式的差异之间,"在维多利亚时代和20世纪早期的英国,文化是一个我们都同意的基本价值观,隐藏在我们之间的细微差异中"[18]。差异中往往存在着共同性和普遍性,并且这种共同性和普遍性往往以一种形而上的形态表现出理想性,就像伊格尔顿说的那样:"如果说艺术是重要的,那是因为它们表达了人类的共性。所以艺术及其所代表的价值观能够被召唤出来。"每个人都能够从莎士比亚的艺术创作中找到他所需要的语言,"我可能是一个磨坊主,而你可能是一个人行道的清洁工,但是莎士比亚却和我们两人的共同点对话"[19]。不仅是艺术需要召唤某种普遍价值观,包括艺术在内的所有审美文化都需要表现和建构人类社会中的共同价值观和普遍价值观,建构一种合理性和理想化的价值体系。

3. 审美文化·价值体系

伊格尔顿关于审美和意识形态价值观、文化和价值观的深刻阐述,有助于我们深入思考审美文化和价值观(价值体系)的关系。审美关涉价值,沟通了人的感性和理性,将人的知、情、意组合成健全的人格体系,将人和世界、主体和客体在现代社会中完善地统一起来。我国美学界和文艺理论界虽没有明确的定义,但对审美文化的根本属性基本上达成了共识:审美文化是具有一定审美标准和价值观念的审美形态产品。[20]在叶朗看来:"审美现象是一种文化现象。不同的文化圈曾经发育了自己的审美文化。每一种审美文化都有自己的独特形态。不同的审美文化之间有着因文化的价值取向、最终关切的不同而带来的重大区别。"[21]可以说,审美文化是价值观的载体,价值观是审美文化的灵魂。

审美文化的最深层次是价值观念,价值观念带有群体性和普世性特征,反映着人们的兴趣意向、爱好欲望,同时也反映着社会心理的某种价值倾向。卡西尔提出包括审美文化在内的符号世界对人的巨大影响:人的符号活动能力(symbol activity)的进展就是物理世界的退却。在这种意义上讲,人更多地是同自己不断建造的文化情境打交道,熏陶于文化所包含的价值意味中,人总是"生活在想象的激情之中,生活在希望与恐惧、幻觉与醒悟、空想与梦境之中"[22]。审美文化所共同建构起来的社会价值观念(我们这里简称为价值体系),是代表人类需求和超越的某种普遍价值观念和理想价值观念的共同体,它既是社会群体审美文化日益积淀的基础,又引导着审美文化的精神和表象,更是一个时期比较稳定的精神范式,是人社会化过程的重要途径。它通过社会价值观念的内化,通过共同认同的价值观念确定与调整人们共同活动及其相互关系的原则,从而传承民族文化心理和结构,维持社会基本秩序的文化模式,保障社会生活正常运转。

4. 生发机制:审美/审美文化→意识形态/价值观→主体性→身体

任何审美的追求,都必然具有意识形态和价值观的语境和深层指向,审美直接或间接地具有意识形态和价值观的意义。正如伊格尔顿所言:"审美对象的神秘性在于它的每一个感性的部分看似完全自律,但实际是总体性'法则'的化身。每一个审美特殊在自决的过程中调节所有其他自决的特殊并受它们的调节。"[23]那么审美和审美文化是如何建构意识形态和价值观的呢?其生发机制又是怎样的呢?

价值是自人类真正诞生以来,人类的任何活动都受到源于过去的事件的因果之链的限制,同时又直接指向未来目的及其有系统的统一。也就是说,人类的活动从因果的角度来说是现象的事实,而从目的论的角度来说则是价值。事实和价值的区分是建立现代性主体初期的历史要求,它反映了资产阶级自由的理性主体把人当做目的来对待的历史渴望。但是事实和价值不能绝对二分,价值部分来源于客体事实,部分源自人的主体性。霍尔认为,文化是一个不断生产意义的过程,不仅能够构建出各种新的表征系统,而且"话语自身建构了使它因此而有意义和有效的主体—位置"[24]。在《审美意识形态》中,伊格尔顿深入研究了意识形态理论,把阿尔都塞学派的理论方法与法兰克福学派哈贝马斯的理论方法、特别是与威廉斯承袭的英国经验论美学传统结合起来,把意识形态的理论方法运用到审美现象和意识问题的研究中,揭示出每一种美学理论的意识形态语境,解构了审美自律的神话,指出审美并非像有些理论家所宣称的那样超然,在实际生活中,它可能与统治策略结盟;审美自律的观念尽管使审美避开其他社会实践,在孤立的领域中独享特权,但这种自律的观念完全自我控制、自我决定的存在模式,恰好为中产阶级提供了它的物质性运作需要的主体性意识形态模式。伊格尔顿解决了审美现象的经验性与阿尔都塞学派的理性哲学传统的深刻矛盾,他与其他阿尔都塞学派的理论家不同的地方在于着重活动的物质载体,对审美活动的主体性意识形态生发机制进行了科学的阐述。[25]审美意识形态的主体性建构必然对其主要媒介(物质载体)——身体发挥构建作用,形成身体与社会的关系。这种构建不仅规训着身体的肉体存在和理性,也影响到身体的欲望等感性冲动,成为一种打着意识形态烙印的身体冲动,又在一定程度上冲击着构建它们的意识形态,使其得到更新和发展。伊格尔顿的深邃与创见就在于此,从而实现了对马克思主义美学的重大发展。

伊格尔顿发现,意识形态通过审美内化到人的主体性中从而达到自然建构的效果。他从现代美学建立的历史实践出发进行考量,认为,"随着早期资产阶级社会的成长发展,强制和赞同之间的比率却渐渐地发生了变化,惟有向后者倾斜的统治才能有效地控制其经济活动所需要的高度自律的个体,正是在此意义上,审美才在这些条件下获得了显要的地位"[26]。审美实际上是当今资本主义统治由阶级外在强制到个体内在赞同转化的实际载体,资产阶级国家各种现成的强制机构哪能比由感觉、同情、本能的联合结成的纽带更牢固和更无懈可击呢?审美活动中建构出的主体是自发存在的,一旦被权力和政治的领域所借用,将被赋予力量和情感,通过习惯性实践和本能的虔诚,比抽象权力更灵活更隐蔽地维护着社会秩序。因此,对占统治地位的利益集团来说,最成功的意识形态就是这种伴随审美状态的意识形态,在审美过程中,人的感觉是自由的,仿佛获得了一种新的主体性,权力的理想状态就是与这种主体性的形式合而为一。意识形态要深植于人们生活的无意识结构中,使人们从根本上无法摆脱政治权威的控制,就必须依赖于审美这个与身体相连的感性中介,如伊格尔顿所言,"如果意识形态想要有效地发挥作用,它就必须是快乐的、直觉的、自我认可的。一言以蔽之,它必须是审美"[27]。强制性的力量不能取得令人满意的效果,它需要通过激发主体性的认同感,培养自律性的自我决定性个体。"正是在此意义上,审美才在这些条件下获得了显要的地位。"[28]人是情感和理智的动物,由情感激发出来的思想和行为具有原发性和自觉性。只有当每个个体的主体性近乎来源于自发的反应后,人类的主体之间建立起血肉联系时,人类社会共同的存在才有可能。卢梭在《社会契约论》的法律后面有一个立法者,他的作用在于强制性地教育人们接受法律的约束,其目的是为了建构资本主义社会新形式的主体性。卢梭忽视了主体性建构的自发性,"用阿尔都塞的话来说,任何主体都不可能'被质问',整治领导权的任务就是要创造能以之构成政治统一的基础的主体性形式"[29]。资产阶级正是通过利用审美情感、习俗的力量,诱使被统治者沉迷于自由、自决的想象移情中,忘却反抗,自动服从资产阶级的"总体法则"——资产阶级的意识形态,从而完成对资产阶级主体的建构,实现他们的自我指认和身份塑造。

正因为审美能够将意识形态/价值观深深植根于人的主体性中,所以审美实践成了资产阶级规范社会秩序的有效途径,但审美又是复杂的充满悖论的,它和复杂的充满变动的主体性相连,又成了人们解放政治的力量。正如伊格尔顿所分析的,"权力把自己的栖身之所从中心化的机构转到了默然而不可见的主体深处;但这种转变也是复杂的政治解放的一部分,在解放过程中,自由和同情、想象和肉体感情都极力使人们能在强制性的理性主义话语中听到自己的声音"[30],审美"救赎"意义并没有因为意识形态植入主体的行为被彻底瓦解,在这点上,伊格尔顿赞同康德的审美担负着的功能:"审美使人类主体集中于对易受影响的、有目的的现实的想象关系上,使主体愉悦地意识到自身内在的统一,并且把主体确认为伦理的代理人。但审美这样做时从未停止过限定和责罚主体,它总是唤起主体的回忆,使主体虔诚而谦卑地意识到自己真正所属的无限性。审美保证了主体之间的自发的、直接的、非强制性的一致,提供了防止社会生活的异化的情感纽带。具体的特殊性具有理性法则之不可否认的形式,但不具有理性法则之令人厌恶的抽象,在这种具体特殊性的话语中,审美作为一种直接的经验使个体相互确信。"[31]审美活动作为一种交往过程,既受意识形态的支配、影响和制约,同时又存在着偏离和超越意识形态机制的一面。

审美意识形态作用于人的主体性,并且不断地建构着人的主体性,那么,审美意识形态对于主体性的生发机制中,还有一个怎样的重要载体和媒介呢?伊格尔顿借鉴现象学的研究方法,努力挖掘并阐发了以身体话语为基础的美学理论。现象学家梅洛-庞蒂把世界存在归结为身体这一媒介,"灵魂和身体的结合每时每刻在存在的运动中实现"[32]。在现实生活中,身体与灵魂结合成为进行知觉活动的主体。在伊格尔顿看来,身体是人类全部思想和情感的载体,也是审美活动的经验基础,"审美是朴素唯物主义的首次冲动——这种冲动是肉体对理论专制的长期而无言的反叛的结果"[33]。伊格尔顿坦言《审美意识形态》一书不断涉及的一个主题是肉体,而且直言不讳地为这个后现代社会中的时髦主题辩护。在他看来,只有回到身体本身来思考审美问题,从身体及其感觉、知觉去感知、体验对象,才能真正理解审美。"现代化时期的三个最伟大的'美学家'——马克思、尼采和弗洛伊德——所大胆开始的正是这样一项工程:马克思通过劳动的身体,尼采通过作为权力的身体,弗洛伊德通过欲望的身体来从事这项工程。"[34]马克思等美学家以身体为基础进行美学理论建构,使得审美成为一种身体实践方式,伊格尔顿认为这是新近的思想所取得的宝贵成就之一,对身体重要性的重新发现,使得人们正视审美的物质性基础:审美与思想或概念不同,"兼有理性和实在性"[35],既受到理性的制约,同时又与人们的感性生活,尤其是身体体验密切相关。

同样是强调审美活动以及审美意识形态对主体性建构的作用,伊格尔顿与其他阿尔都塞学派的理论家的不同之处在于,他着重于审美活动的经验基础的研究。他指出人的身体作为审美活动的物质载体,在研究和阐发审美意识形态的生发机制方面,开拓了重要的理论内容和深度。伊格尔顿认为,"身体"是审美意识形态发生作用的物质基础和媒介,他在其有关论述中分析了审美、意识形态、主体性和身体之间的相互作用,并赋予了"身体"以特殊的地位和重要意义。他说:"身体提供了一种比现在已经饱受责难的启蒙主义理性更亲切、更内在的认知方式。"[36]在他的著作中,"身体"一词往往与"肉体"、"感性"等通用。当人们都在强调美学的理性思辨和审美的超功利时,伊格尔顿却用异常冷静的声音提醒人们——"美学是作为有关肉体的话语而诞生的"[37]。"美学标志着向感性肉体的创造性转移,也标志着以细腻的强制性法则来雕凿肉体。"[38]审美在不同意识形态的协商实践中也对审美活动承担者——身体发挥同样的作用。

当然,"审美一方面,扮演着真正的解放力量的角色——扮演着主体的统一的角色,这些主体通过感觉冲动和同情而不是通过外在的法律联系在一起,每一主体在达成社会和谐的同时又保持独特的个性"[39]。审美使人们通过个体情感活动超越现实束缚进入自由的境地。同时,身体绝不仅仅意味着与动物无别的血肉之躯,它自身还蕴藏着无穷的创造力量,"人体的特别之处在于,它具有在改造周围物体的过程中也改造自身的能力。正是在这个意义上,人体先于那些物体,是高于它们、压过它们的'多余'之物,不能看作与它们平起平坐的物体……于是身体里便有了某种看不见的多出的东西,那才是真我"[40]。同样,以身体为载体和媒介的审美意义,不仅包括激情、想象等传统意义上的审美因素,也包括情感、风俗、习惯等因素。在伊格尔顿看来,习惯、虔诚、情感和爱等日常经验在资本主义社会已经审美化,成为个体进入自由的审美境界的途径。"这种力量与肉体的自发冲动之间彼此统一,与情感和爱紧密相连,存在于不假思索的习俗中。"[41]审美就是这样通过独特的身体、创造性的身体、抽象和日常经验并存的身体,塑造着人的主体性。

联系"主体性"来思考,伊格尔顿强调"身体"就不奇怪了。因为"身体"往往与这样一些范畴相关联:生命、个体、感性、欲望、差异性、特殊性……而这些都曾遭到放逐甚至被践踏。"身体"的复活就意味着"主体性"的振兴。审美通过"身体"为媒介,积极构建人的主体性,能在人们的想象性层面构建社会统一的表象。这种构建是充满矛盾的、不稳定的,因为这涉及要调和不同阶级之间的利益冲突,所以"意识形态的话语与社会利益之间的关系是复杂的、变动的"[42],它们改造人的个体意识,帮助人们完成所谓的"主体"建构,并以一种无意识的方式使人们不自觉地、心甘情愿地被缚于社会中的固定位置之上,从而使人们无法理解自身与社会的真实关系。同时,以"身体"为媒介的审美,和身体的自反性、复杂性和悖论性一样,创造为一种反抗政治、消除异化、超越有限、奔向自由的有效途径。

二 当代中国审美文化的价值观语境及其对价值观的影响

伊格尔顿美学实践的主要内容是对晚期资本主义文化的批判,他认为文化问题必须与整个社会现实联系起来研究。我们认为,关注现实,研究现实,具有明确的情境意识,将中西方先进审美文化理论与中国审美文化现状结合起来,对审美文化进行科学的体认,考量审美文化的价值观语境以及在此之下的审美文化对价值观建构的影响,批判审美文化的意识形态和价值观中控制人异化人的潜在力量,建构符合中国国情有特色的审美文化理论,是中国当代审美文化理论和研究所要承担的重要使命。

伊格尔顿指出了今天的文化理论由于严重地脱离了社会现实而走偏的现象:今天的"结构主义、马克思主义、后结构主义以及其他类似的思想,已经不再如过去般是个性感的题材。在今日,真正性感的主题是'性'。在学院里,对法式亲吻的迷恋已经取代了对法国哲学的兴趣。在某些文化圈子里,自慰的政治比中东的政治更令人沉迷。性虐待战胜了社会主义。对文化理论学生而言,身体是一个永久流行的主题,不过,他们的焦点通常是会感受情欲的身体,而不是会感到饥饿的身体;是交媾中的身体,而不是劳动中的身体。轻声细语的中产阶级学生勤奋地聚集在图书馆里,努力研究毛骨悚然的题材,例如吸血鬼、挖眼睛、半机械人或色情电影。"[43]伊格尔顿的著作《理论之后》启示我们:文化理论的活力是根植于社会现实生活,如果文化理论不再关注现实,完全地去政治化、去精神化,那么其生命力就会枯竭。"理论之后"其实是"更多的理论",理论的重生在一种更宏伟、更负责的层面上,以真理与客观性为哲学基础,向后现代主义所逃避的诸如道德、善良、幸福、死亡等宏大问题敞开胸怀。对此我们认为,当代中国处于社会的转型期,是建设"有中国特色的社会主义"的初级阶段,中国当代的文化理论和美学理论应该充分关注中国的现实,尤其要关注社会急剧转型期中审美文化的依存、表现和对其施加影响的种种价值观,对此,当代中国的审美文化研究者需要更多的现实关注耐心和热情,需要更多的人文关怀情怀,需要更敏锐的眼光和辩证的思维去批判沉渣泛起、泥沙俱下、鱼目混珠的形形色色的价值观语境、价值观特征和价值观影响,从而促进人的主体性解放以及构建和谐社会,以实现美学"为人生"的学术责任感和神圣社会使命。

1. 当代中国审美文化的价值观语境

自上世纪90年代以来,中国当代审美文化更为开放和多元,显示了蓬勃的生机和丰富的面貌,但其中也有一些症状令人担忧。当代审美文化具有明显的后现代倾向,追求通俗、感性、直观,体现为浅近的平面模式的文化快餐消费,大众审美文化出现庸俗化、身体化等倾向,舞动着零散化、非中心化的欲望"狂欢"。当代审美文化提供着当代社会的价值观语境,与此同时,当代社会的各种价值观思潮和倾向组成了中国审美文化特有的负面价值观语境,深刻地影响着审美文化的方向和标高,对此,每一个具有批判和质疑精神的人文知识分子不得不给予足够的重视。

第一,启蒙现代性进程中工具理性对价值的漠视。

启蒙现代性挥舞着科学和理性的大旗,将"理性"、"工具"、"知识"等非感性非人格的东西统统排除在外,极度放大思维和理性的力量,并将其凌驾于人类的所有需求和感觉之上。本来承担解放人类的历史责任的启蒙现代性,因为过度张扬理性无所不能的威力,而导致了对人的感觉、需要和价值的贬低,使人成为一个个"孤零零的碎片"。体现"人的本质力量"的价值——独立性、创造性、探索性、情感性、整体性等美学原则在人的意识、人格、环境、工作、生活和大众审美文化等领域内逐渐被贬低甚至丧失。[44]除了漠视贬低人的价值和尊严外,启蒙现代性进程中的工具理性一直横行到当代社会文化的每一个角落,导致价值失衡和行为失范。"每当人们用一种快速的和激烈的行动去完成一种专门的科学理性的目标时,那种无意识的、不可见的和非物质的人类价值便受到忽视。过去那种渐续的变化允许文化传统执行一种较平衡的价值机制,但快速和突变的市场经济就不同了。它不仅暴速,而且一旦选定一个目标,就一往无前,丝毫不关心人类其他价值。"[45]由于工具理性以成果、数据、效率、效益等作为衡量人价值的唯一标准,这就迫使人不断追赶能用数据和实物说明价值的一切结果,而不会顾及任何手段的可行性,更不会顾及到对完整价值(包括人文价值)的兼顾。价值失衡之下,必然导致价值的单一。作为一种非人力量的工具理性,只以非人的程序来对待人的一切价值需求,对人的价值评价就是能创造经济价值的人,这种价值评价体系令社会传统价值观产生了剧烈的变化。工具理性思想推助人们急遽追求能够在数量和外观上显示价值多寡的东西,刺激人对利益的疯狂崇拜、对个人地位和财富的追求,急功近利,金钱至上,人们沉浸在物质至上的社会价值观涌动中。

20世纪90年代,在"经济为中心"的激励下,中国经济取得了前所未有的发展,人民的物质生活得到很大的改善。然而物质文明发展的同时,人们生存面临许多危机:人与人之间的关系冷漠紧张、自然环境恶化、能源匮乏、道德滑坡、信仰失落、理想破灭。人们陷入无尽的心里空虚和精神焦虑中,倍感孤独和失落。许多思想家都严肃地注意到这是工具理性的片面发达所致,"唯工具理性论"指导思想对人感性解放和精神自由的压抑,给人类带来的到底是幸福还是灾难?正如叶朗所指出的,"物质的、技术的、功利的追求在社会生活中占据了压倒一切的统治地位,而精神的活动和精神的追求则被忽视,被冷落,被挤压,被驱赶。这样发展下去,人就有可能成为马尔库塞所说的单面人,成为没有精神生活和情感生活的单纯的技术型的动物和功利性的动物。因此,从物质的、技术的、功利统治下拯救精神,就成了时代的要求、时代的呼声"[46]。在工具理性对价值漠视的价值语境中,中国当代审美文化也呈现出追捧和膜拜成功人物和奢侈生活方式、忽略平凡人物的个体感受和心理、对人性的观照流于浅表等倾向,疏于担当全面解放人类的社会使命。

第二,转型期中国社会对价值的疏忽。

随着转型期中国的经济体制改革进一步深化,政治、文化、意识形态等发生了很大的变化。在传统社会里,"由于意识形态对各领域的同一性统摄性要求,不仅对理论思想领域起着规范的作用,而且承担了对文化的养育权与监护权"[47]。在转型期的中国,由于改革经验的缺乏导致了对价值的疏忽。转型期中国"唯经济论"未能完善中国的市场,早在一百多年前的马克思所痛斥的资本市场的丑恶,不幸也在转型期的中国出现了:"商品质量普遍低劣、伪造、假冒,无毒不有。"[48]对金钱和效益过分追求、对市场竞争盲目崇拜,马克思对这深恶痛绝,"请你看看道德姨妈和宗教姨妈说些什么"[49]。转型期的中国对价值的疏忽,致使一些审美文化形态也很少涉及对真伪价值和美丑价值的辨析、探索和追问。

当代中国正处于全面转型期,"我们正在从自给半自给的产品经济社会向有计划的商品经济社会转化;从农业社会向工业社会转化;从乡村社会向城镇社会转化;从封闭半封闭社会向开放社会转化;从同质的单一性社会向异质的多样性社会转化;从伦理型社会向法理型社会转化"[50]。这是一种由社会经济运行机制的转型为核心的社会结构、社会行为、社会体制、生活观念的全面转变,是一种整体的社会类型的改造和创建,更是社会传统价值体系遭受冲击并需着力重新建构的关键时期。正如法国文化人类学家保罗·法布里所说的:"中国社会正在朝着对不断增长的消费品的追求的方向发展,这完全是正确的需求。但是我们并不能掩饰在一定的条件下,就会出现一种扭曲,人们的感觉的扭曲,对于增值、等值和时尚现象的扭曲。"[51]当代中国也照样逃脱不了詹姆逊所说的"晚期资本主义的文化逻辑",只要有市场经济,文化就不乏追逐商业行为的目的和后果。被商业机制支配的文化,返回人类的原始性、粗俗性和低级性,成为人潜在的兽性的对象化成果。正如马克思主义的经典阐述那样,经济基础决定上层建筑,转型期的中国在文化、教育、价值观念、意识形态等方面也发生了转化。早在1990年12月11日《人民日报》上,何新发表的《世界经济形式与中国经济问题》,在理论界反思现代性的高潮期间,对改革开放时期主流意识形态的现状作了不乐观的估计,称"自70年代末以来风行多年的怀疑主义和反权威主义冲击,使作为国家精神支柱的正统意识形态,实际早已分崩离析"[52]。虽然未免有偏激和片面之嫌,但其振聋发聩足以让世人警醒。

第三,全球化语境下后现代解构思潮对价值的消解。

当代中国无法脱离文化全球化的大语境,西方的后现代思想和文化成为我们共享西方文化的一部分。[53]后现代思想在"去中心"和"反本质主义"的基础上,分离出了解构性的后现代和建构性的后现代主义。解构性的后现代思想认为,在后现代社会中,理性、正义、进步、合理、公平等价值范畴都已过时了,人们应该放弃区分真与假、对与错、好与坏、美与丑等价值标准和价值判断,其根本原因就在于后现代社会是一个无法进行真假判断的社会,是一个没有真假标准的社会,是一个没有区分真假能力的社会。人们面对的事物和现象只是不知真假的类象,在这样的社会没有确定的价值标准。后现代如果不加任何理性地"去中心"、"反本质"和"消主体",将人类的一切思想和行为降格为非理性驱使的形而下层面,使社会变得无秩序、无规则、无意义、无价值可言,那么历史将倒退到前文明状态了。解构性的后现代哲学思潮掀翻了人文科学赖以安身立命的价值基础,使整个后现代社会和文化面临价值观终结的危险。

从经济基础角度说中国并没有进入后工业社会,但为什么后现代思潮能轻易被接受?著名作家余华2007年5月21日在上海中德心理治疗大会上,从一个作家的视角,谈论了四十年来中国人的心理变化。在这个题为《我们生活在巨大的差距里》的演讲中,他援引了《兄弟》后记里的一段话:"一个西方人活四百年才能经历这样两个天壤之别的时代,一个中国人只需四十年就经历了。"[54] 仅四十年的时间,中国的思想观念可谓一路经过了从现代到后现代的历程。打开国门后的当代中国,还没有充分地培育现代主义,当西方后现代主义的解构思潮随着全球化浪潮一起涌入,渴望摆脱传统束缚、渴望解构前现代的国人,对利奥塔所言之"现代主义的初期状态"的后现代主义,反而更为敏感地全盘拿来。[55] 多元主义文化的当代中国处于全球文化语境中,面临着理想信念、价值体系、思维方式、生活方式等方面的重新调整。尤其要面临后现代主义正以自己的文本或行为直接向人类基本的价值观念发起挑战的威胁,在后现代主义文化中,世界是混乱的、无序的、无意义的,而"自我"也相应地只是"绝对空虚中的偶然产物",人的"一生都是——通向混乱的一次旅程",是"靠混乱而兴旺起来"。[56] "耗尽"(burn-out)(詹姆逊语)之后的"自我"除了本能,别的都不存在,也不需要了。全球化语境中后现代解构思潮对价值的消解所带来的一系列负面影响,已成为当代许多中国学人关注和担忧的问题。

第四,单边主义膨胀中西方价值观对传统价值观的冲击。

以美国为首的西方资本主义国家,信奉和鼓吹"西方中心主义"的文化价值观,并因此推行强硬的单边主义文化和外交政策,对第三世界进行价值观输入、文化倾销和文化霸权。二战结束后,美国一直致力于打一场没有硝烟的"和平演变的文化战略"战争。美国前驻意大利大使李查德·加得勒,在1983年3月20日发表在《纽约时报杂志》的题为《在意识形态领域推销美国》的文章中说道:"决定美国资本主义命运和前途的是意识形态,而不是武装力量。"他极力鼓吹"要与我们的对手展开一场意识形态的战争"。美国中央情报局公开宣称,他们是"现代主义的推销者,新文化运动的创造者","不择手段地与世界上各个国家进行文化战,用金钱从世界各国收买和招募一些思想和文化界的名人,实则造叛国者或左派中的变节者,成为美国宣传机器的传声筒"。[57]

20世纪90年代后,特别是中国加入世贸组织以来,以美国为首的西方主流媒体利用"文化全球化"的趋势和背景,向全世界各个国家强行推行美国的政治、文化和艺术的价值观和原则,图谋动摇、颠覆和取代中国传统的价值体系。媒介帝国主义不仅给第三世界国家的人们带来了游戏机和电脑,还给他们带来了高科技的配套产品——意识形态。詹姆逊认为:"当人们消费商品的时候,他不光是'使用'对象,他们同时也买进了一个观念,而且对这个观念进行了奇怪的处理。"[58]当西方世界将文化产品卖给第三世界国家时,它也就把它的意识形态和价值观念自然而然地推销了出去,正如阿尔温·托夫勒所说:"世界已经离开了依靠暴力与金钱控制的时代,而未来世界政治的魔方控制在拥有信息强权的手里,他们会使用手中掌握的网络控制权、信息发布权,利用英语这种强大的文化语言优势,达到暴力金钱无法征服的目的。"[59]久而久之,处于话语权被动状态的我们,在传统价值根基上建立起来的价值体系都会发生扭曲和错位,如西方世界所期待的那样,把拜金主义、享乐主义、极端个人主义作为自己的价值取向和人生追求的新目标,从而自然而然地成为西方强势文化的俘虏。

2. 当代审美文化的特征

运用马克思主义的方法,揭示出当代中国审美文化所遭遇的负面价值观语境,这也正是当代中国人所面临的价值观社会历史症候。在文化全球化的背景下,中国当代的审美文化特征也显示出了全球审美文化所呈现出的种种病态特征,我们可以结合伊格尔顿的相关深刻分析,进一步探究当代审美文化所表现出的令人担忧的面貌,从而帮助寻找一条建设审美文化的有效途径。

在资本席卷全球的背景中,审美文化体现出文化资本主义的特征,文化的形而下走向导致了文化价值观的失范。"文化现在是资本,而资本现已渗透到文化中——它存在于符号、文体、叙述和意象中。"[60]文化成为资本,便意味着文化的位置发生了变异。"就在不远的上个世纪现代主义时期,文化还自认为是商品生产的绝对对立面。那时,文化的作用是评价商品生产。"[61]而现在,成为商品的文化和商品一样沦为被批评的地位。消费主义为了使主体下意识地、发自内心地服从它的规则,从而有意回避意义,让·鲍德里亚认为,"这不再是一个对现实的虚假反映问题,而是掩盖了现实不再是现实这个事实"[62]。后现代主义审美文化风格消解了审美的神秘性和神圣性,将艺术拉回到纷繁的现实领域,消除了高雅和通俗之分。"不同的审美化也完全渗透着后期资本主义文化,具有拜物教的风格和外表,它崇拜享乐主义和技术,具体化的能指,以及用任意的激情来取代推论性的意义。"[63]于是,审美文化不再像人们所希望的那样,是解决问题的方法,而成了人们消费的商品之一。审美文化被"招安"成商品,文化生产变成商品生产的一部分,而且是重要的部分,"一旦文化生产变成了总体商品生产的组成部分,就尤其难以讲出必然性的范畴在哪里结束,自由的王国又在哪里开始"[64]。这样,人类由必然王国迈向自由王国的道路充满了不测和艰险,因为仅定格为商品的审美文化只是人们欲望和消费的对象,引导人类奔向自由之路的高雅文化中所浸蕴的理想和价值却成了空中楼阁。

当审美文化不再具备精神理想的品质,它作为价值观引领的功能也就消失了,那么它和贫困、战争、疾病和自然灾害等人类面临的许多问题还有什么区别呢?伊格尔顿精彩地总结道:"资本主义使每种价值观都遭受怀疑,分解了熟悉的生活形态,把所有有形的变成了无形的气体或肥皂剧;但是它不能轻松地承担人类的忧虑、怀旧和孤独之情,这些都是这场永久革命随后造成的,它需要一种所谓的文化来支持它,而这种文化正是它忙于削弱的。在这种逻辑下,资本主义培育了一个更加破碎的、折衷的、通俗的、都市的文化。"[65]人们对个性化的片面追求,导致了审美文化商品化的泛滥;对差异的珍视,取代了对审美文化共同意识的普遍尊重;对审美文化娱乐精神的青睐,导致了对普遍价值观的怀疑和否弃。对此,伊格尔顿指出没有人能够在一种完全无意义的境况下生存,晚期资本主义仍需要"自律"的主体,但这些古典形式的主体性正承担着被消费和大众文化破坏的危险,其结果将会是一个社会中病态症状的加速爆发。

当代中国的审美文化性质多样,形态多元,但后现代主义审美文化也很突出。在《致中国读者》中,伊格尔顿一口气提出了六个问题:关于如此复杂的一种文化现象,还有许多问题需要回答。后现代主义是一种完全西方的甚至美国的思潮呢,还是具有更多的全球意义?它代表了一种对现代主义和西方"现代性"时期的彻底决裂呢,还是仅是这些思潮的一个最新阶段？它在政治上是激进的、保守的，还是既激进又保守呢？后现代主义中的多少东西已经被现代主义所预料？如果后现代主义拒绝一切哲学基础，那么它如何能够给予自己合法地位？它是像詹姆逊指出的那样，是"晚期资本主义的文化逻辑"，还是像其他人主张的那样，是一种更具破坏性的不稳定力量，它预示了一种与历史和道德信念的犬儒主义背离，还是它对快感、碎片、身体、无意识和大众化的关注指出了一种新的政治前途？[66]对于这些问题，伊格尔顿是这样回答的：后现代主义是一种文化风格，它以一种无深度的、无中心的、无根据的、自我反思的、游戏的、模拟的、折衷主义的、多元主义的艺术来反映这个时代变化的某些方面，这种艺术模糊了"高雅"和"大众"文化之间，以及艺术和日常经验之间的界限。[67]

那些对价值观产生消极影响的后现代主义的审美文化，我们需要抵抗，因为它们对传统观念进行了缺乏辩证的攻击，后现代的消费主义和享乐主义以及庸俗的反历史主义完全抛弃了价值的纬度，愤世嫉俗地取消了真理、意义、价值及主体性。后现代社会除了主体任意的、对抗性的价值观点外，还流淌着以自我为中心自我确定的价值，即自由飘浮的价值领域。这种思想的祖先是霍布斯和休谟等英国经验主义的理论，在他们看来，理想是激情的奴隶，后来的叔本华和尼采将欲望和自由意志提升到至高无上的地位，弗洛伊德从生理学的"科学"角度将这股身体化的浪潮推向了极致。后现代主义和后结构主义的当代潮流继承了他们审美化的价值，一种新的超验主义、欲望、肉体、利益现在占据着在传统中为世界精神或绝对自我所保留的位置。

3. 当代中国审美文化对价值观建构的消极影响

审美文化承载着一定的价值观念并以之作为核心灵魂，形成人对世界的认知结构，并在和外界世界同化和顺应的过程中，不断地建构着整个国家或民族心理意识上的价值体系。我们分析当代中国审美文化对价值观的消极影响，一是想找出审美文化意识形态和价值观背后占据统治地位的权力和资本的根源，二是力图寻求一条有针对性的审美救赎方式来对抗限制人解放的审美文化。总体说来，当代中国后现代审美文化和大众审美文化的负面影响作用在接受者的认知、心理和行为上，对民族和个体的思想认知、情感倾向和心理结构有着潜移默化的作用和影响，严重的会导致"自我"缺失，"主体"不复存在。当代中国审美文化对价值观建构

的消极影响,主要体现为以下六点:

第一,产生心理疾病,缺乏幸福感。

审美文化在对人的心理和精神健康的影响上是一把双刃剑:优良的审美文化是治疗人心理精神疾病的灵丹妙药,粗鄙的审美文化是引发人心理疾病的罪魁祸首。在当代中国,部分影视作品思想不健康、制作粗糙、格调低下,充斥着"拳头、枕头、噱头",造成了令人扼腕的"电视病":比如陷入风花雪月的浪漫爱情故事中,充满幻想不切实际;沉迷于消极伤感的低落情绪中,对周围的环境和生活失去信心;未成年人模仿电视中的言行举止,摹仿自杀、敲诈、抢劫、杀人、强奸。电视中滚动播出的广告翻天覆地,充满了声色刺激,崇尚奢华消费,撩拨人的感官欲望和虚荣心理。网络文化色情、偷窥、造谣、绯闻和变态等内容随处可见,网络聊天为各种寻找生理刺激和游戏人生的心态提供温床。现今充斥于各种小报的"口述"栏目,不再是原生态的事件的真实描述,无法传达灵魂的呻吟和生命的呼喊,而堕落成经过修饰和改造后迎合读者窥阴癖的探测仪,异化为内容媚俗、形式娱乐、报道泛滥的恶俗读物。当审美文化成为商品的代码,成为市场的附庸,成为娱乐的调料时,我们的心理日益扭曲、失衡、空虚和没落,当代审美文化的糟粕为人潜伏的妄想症、自恋症以及"虐待狂"般的种种不健康心理提供了催化剂和动力场,在极度张扬各种压抑的欲望释放的文化语境中,人们生活在只有自己一个人存在的世界里,一切以自己的感知和想象为轴心,丝毫不顾及他人的感受和社会影响,这难道和精神病人的心理症状有什么本质区别吗?

第二,踏平崇高,混淆美丑是非。

后现代是"价值的碎形阶段"(fractal stage of value)——"这个阶段不再有任何参照体,价值向各个方向辐射开去,充满了所有的缝隙角落,除非偶然地同某物联系在一起之外,它不需要任何参照物"[68]。在失却了价值理想光芒普照的文化世界里,崇高和卑下、美丽与丑陋的界限随之消失,这在充满图像性的审美文化中,更是得到了淋漓尽致的体现。认为图像优于概念、感觉优于意义的后现代主义审美文化,几乎四处跳跃着自认为是绝对真实的、心灵追逐的和愉快的感性,与此相应,不喜欢理性深思带来的严肃、焦虑和沉重,不喜欢崇高的震荡灵魂的对象,反对文学对社会的救赎和批判功能,讨厌内涵深刻的引人揣摩的作品,也拒绝新颖的富有创造性的艺术技巧。美丑不分,甚至以丑为美的现象甚嚣尘上,比比皆是。一些人为了出名,不惜虚构风流韵事来炒作,有的人抱着不能流芳百世也要遗臭万年的思想不惜违法犯罪。在这个拒绝崇高、娱乐至上的时代,市场利用网络的超繁殖能力,生产出具有轰动效应的另类偶像。被称为"红衣教主"的黄薪被粉丝们用"跑掉女王"、"怪偶像"的宣传炮弹开路先锋似的将她送上顺利晋级超级女生20强的星光大道,后因其主动退出比赛才使得这场闹剧退场。有评论人士评论说,"这场零门槛的音乐选秀活动,不失为传媒操纵'审丑产业'以娱乐大众的成功尝试"[69]。长期在这种失去价值根基的文化中生存的人们,其精神价值世界将陷入混乱和虚无的威胁中。

第三,自我分裂,两种年龄错位。

在市场经济和商品消费的催生下,当代审美文化回避对理性、价值、理想等厚重问题的探讨和追问,追随着快感和轻松的文化休闲娱乐活动,造成了人的心理年龄的幼稚化。Q版图饰、卡瓦伊服装、港台剧中的奶声奶气的腔调,构成了独特的Kidult(成人孩童化)文化景观。大量的通俗读物、电视等娱乐节目导致了成年人的"返童现象"。这种生命中无法承受之轻的审美文化,一方面使成年人"返童","降低"了成年人的审美旨趣,另一方面"催熟"了儿童的接受水平,使儿童"早熟"。电子传媒对大众文化的嫁接,使大众文化"具备了超越不同文化群体差别、分歧甚至利益冲突,进而变成了人人都可以享受的文化"[70]。大众审美文化的共享性不仅使不同区域不同国别的人们能够在同一历史时段内享受到同样的消费对象,也取消了年龄的界限。儿童观看的电视节目大部分是成年人世界的内容,看电视的时期越长,儿童"侵入"成年人世界的程度就越深。成年人生活中本来对于儿童是"秘密"的那一面——平庸、缺陷、邪恶、暴力、性爱等等——已在很大程度上被"公开"了。这种"公开"并不简单地意味着儿童早熟,实际上他们并无能力像成年人那样去认识世界,过早的"泄密"给他们带来的是歪曲了的世界图像和理解上的困惑,使他们失去判断力,过度的视觉刺激(如暴力或死亡等)使他们的感觉变得麻木起来。[71]即便是专为少儿制作的动画片,很多讲述的故事和呈现出来的画面也是成人的世界,比如《蜡笔小新》就被很多人称为"成人的动画片"。儿童过早地窥视成人的心智,进入成人的世界,将会泯灭他们本该对世界的纯正感受和美好幻想,同时为他们认识世界设立了一个灰暗的、不健全的"前理解"和"前结构"。

第四,情感麻木,感性麻痹。

我们的时代由现代向后现代转向,实质上就是由理性向感性转向,这是谁都不可否认的事实。将宣泄欲望置于无上地位的"新感性"对各种观念已经没有兴趣,对一切完整有深度的作品也不感兴趣。后现代主义文学作品充斥着强烈的欲望和感官的刺激,一反古典时期"高贵的单纯,静穆的伟大"的文学风格,跳跃在读者眼前的"将是和太阳一样绝对,和性高潮一样无可争议,和棒棒糖一样可口"[72]。殊不知,这种看似感性解放的背后,实质是感性的平面和轻佻。我们的感觉变得越来越麻木,我们的情感变得越来越冷漠,文化的审美泛化只是对感性的操控而不是解放,绝不可能带来古典美学家所期望的心灵的自由和解放。我们现在生活在到处充斥着图像的世界中,无论是广告、媒体、图书还是琳琅满目的商品本身,都提供了一种既无维度又无深度的图像,犹如只反映事物表象的连环画。连续运动的电视图像吸引着我们的眼球,让我们来不及思考便被它牵着鼻子走,长期以来,我们的视觉和敏锐活动的思想分离,感官刺激霸占着静思默想的圣地。现代传播媒体的快速发展,一方面使人们沉浸于浅表的、官能的放纵之中,脱缰于理性的牵引;另一方面使人们的个体感性选择空间逐渐萎缩,个体感性体验逐渐狭隘。巨大的信息使观众疲于视觉接受,来不及思考和判断,人的多种丰富的感官处于麻痹封锁状态,个体感性生命处于抑制状态。人们沉浸于虚幻的图像而不愿面对真实复杂的现实,拒绝思考应然世界的理想状态,逃避与之相关的价值创造活动。

第五,理性缺席,主体缺失。

"崇高放逐"、"影像时代的来临"、"深度消失"、"日常生活审美化"、"时间裂变为永恒的现在"、"先验性消失"、"后情感时代"等一再被学者们所关注和讨论,而所有这一切,其实都揭示了当代审美文化理性缺席、主体缺失的精神危机。我们的理性在枯萎,主体意识在逐渐消失,因为我们处在一个用"仿像"或类像替代真实的时代,视觉文化将不真实的变为真实的,使真实的反倒变得不真实。我们内心的焦虑被短暂的刺激和享受平复,我们心中花开的声音无暇顾及倾听,我们潜在的欲望越来越被梦幻化,我们的精神需要和生活理想越来越虚幻,现实中的危机、痛苦、不公正越来越被夸张的奢华图像所遮蔽,形形色色的消费文化和商品文化正在各种装修奢华的酒店和餐馆、华灯璀璨的街道和广场、霓虹闪烁的娱乐场所里尽情绽放,在歌舞升平的消费中狂欢,在电视频道里上演着各种梦想和奇迹……在大众传媒那里,文字作品中抽象和深度的模式被消解为直接的视听刺激和通俗易懂的形式。在缺乏理性思考的思维惰性驱使下,人的心灵失衡,精神异化,人们完全失去了对自我的了解和探索,更难以按照理想和信念的驱动在现实生活中进行创造。一些审美文化则干脆彻底淡化乃至消解意义,"将漂浮不定的能指"撕成了无处可寻的"碎片"。缺乏理性、拒绝思考的后现代主义文化,"标志着这个社会特点的,是'思考'的缺席,对自身视角的缺席"[73]。随着反思和追问的抛弃,"自我"即"主体"的身份也丢失了。

第六,精神荒芜,人格缺陷。

在复杂的价值观语境下,当代审美文化以"无思想、无深度、商业化、大众化、非历史,不想未来、只求顷刻的现在"[74]为突出特征,其人文内涵和理想主义色彩正被纯粹的形式美所取代,厚重的历史文化感被流行的时尚所取代,这是我们不得不正视的问题,尤其是这种文化造成了精神世界的荒芜和虚空,造成了人格的缺陷和病态,更引起我们的严重关注。一些后现代主义审美文化和大众审美文化,既摧毁了沉稳的理性大厦,也扫平了丰富的感性波澜,使支撑健全人格的两大支柱——感性和理性在当代审美文化的冲击下,相互分离且都分崩离析。深度思想渐渐远离,审慎的思考力逐渐瘫痪,而我们的感觉也变得越来越麻木,情感变得越来越冷漠,忘形地在官能快感和刺激中战栗和兴奋。威尔什对这种后现代主义的感观放纵的表层审美化心存疑虑,原因在于这种层面的审美化不仅不会强化人们的审美感悟力,反而会使人们的审美感悟力变得麻木迟钝。[75]我们正迅速变成两种相对的"单面人",一种是丧失了感性的现代性的"单面人",一种是失却了理性的后现代的"单面人"。席勒曾经希望通过审美文化和审美教育来改变两种缺陷人格:感性放纵的"野人"和理性禁锢的"蛮人"。当代审美文化分离了人格结构中的感性和理性,造就了缺陷人格,进而使主体性逐渐消泯,精神渐渐荒芜。

三 建构审美文化价值体系:审美文化研究所担负的解决方案

当代中国审美文化的价值观语境、审美文化特征和审美文化对社会价值观的影响,具有与西方资本主义国家不同的特殊性,因此,我们进行审美文化理论建设和研究工作,不能照搬西方审美文化理论削足适履,而应辩证地从这些理论中吸收一些适用性的理论思路和方法。伊格尔顿的审美文化理论充满了复杂的思想和辩证的思维,我们从中国的社会主义意识形态的实际国情出发,在借鉴其审美文化研究的社会批判方法的同时,更要吸收其改造和建设审美文化的建构主义学术思想。

伊格尔顿在《审美意识形态》导言中申明道:"本书不是一部美学史。——本书试图在美学范畴内找到一条通向现代欧洲思想某些中心问题的道路,以便从那个特定的角度出发,弄清更大范围内的社会、政治、伦理问题。"[76]伊格尔顿坚持文化研究的方法必须与实际的社会、政治、伦理等历史现状紧密结合起来,他强调文化研究的三个主要意义正在于:"作为艺术,作为生活经验,作为情感结构——互相关联,交织为一种新的社会批判。"[77]但鉴于审美(文化)本身是充满悖论和复杂的,他又强调文化不是高高在上的不着边际的能指,而是具体的、实在的、与我们的日常感觉紧紧联系的现实问题。审美文化在本质上是实践,是生产,审美文化研究的根本目的不是为了解释文化,或者说批判文化,而是为了实践地改造和建设文化。即使在后现代,美学(包括审美文化研究——笔者注)依然拥有一份不能降低其特殊性的责任,美学应向人们提供非异化认知模式的范式。[78]这恰恰是当代中国的审美文化研究者们所要重点做的工作:通过对审美文化特征、性质、形态等的研究,针对审美文化堪忧的价值观导向,警戒审美文化对价值观的消极影响,积极引导并从理论上建构审美文化的价值体系,促进审美文化的健康蓬勃发展,在美学范畴内找到一条通向全面现代性的正确道路,这才是当代中国审美文化研究所担负的解决方案。

当然,面对着被文化所建构的现实生活,即使我们试图建构出似乎非常理想化的审美文化价值体系,但也不能完全从文化层面、从精神层面、从价值观层面解决现实中种种激烈的矛盾,正如伊格尔顿所指出的:"我们在新千年面临的首要问题——战争、饥饿、贫穷、疾病、债务、吸毒、环境污染、人的易位——根本就不是特别'文化的'问题。它们首先不是价值、象征、语言、传统、归属或同一性的问题,最不可能是艺术的问题。"[79]他指出,我们要重视文化问题,把文化问题看做政治问题,但是这个世界上重要的政治问题首先不是文化问题、艺术问题,而是政治问题本身,文化研究不能完全取代政治研究,解决文化问题也不能光靠文化的手段。那么,包括审美文化研究在内的美学理论,具体来说,伊格尔顿的审美文化理论启发我们现在该担负怎样的任务呢?结合中国的具体国情又该建构什么样的多元和谐的审美文化价值体系,即这种多元和谐的审美文化价值体系应包括哪些具体的价值观(价值体系)特质呢?

1. 美学理论所担负的任务

伊格尔顿指出,现实的美学理论所担负的任务之一是,对现代资本主义控制人们、实施统治的意识形态进行政治性的批判,由此作为文化生产的文学艺术活动应当与政治行动紧密地联系起来。而对于社会主义的中国,同样也存在着"对于这些意识形态机器的民主管理,连同可以替换它们的通俗文化形式,都将在未来社会主义的议事日程上受到重视"[80]。我们也觉得,中国美学理论和审美文化研究对于审美文化尤其是大众传播媒介的文化工业意识形态功能进行批判的同时,更要重视研究它的特点,研究它对大众的思想观念、价值世界、行为方式等方面的影响,并找到解决问题的方法和途径。同时,伊格尔顿一以贯之的辩证思维,加强了其理论的科学性、合理性和深刻性,提示我们应该用全面、整体的态度去对待意识形态和现实问题:任何审美工程都存在深刻的自我矛盾,既有利于资本主义的统治,又对它构成威胁;既是内化的压抑,又是审美解放力量;既具有"囚禁"的作用,又承担了"救赎"的功能。一方面,通过审美从身体对主体进行训导,资产阶级的意识形态转化为主体个人自觉遵守的心灵法则,内化为一种维护统治秩序稳定的有效方式。另一方面,审美自反性的悖论和身体所蕴含的反抗元素,又对既定的政治权力构成了潜在的威胁。

这一切均源于审美问题的复杂性,这种复杂性主要表现在作为意识形态现象的审美活动所具有的两面性,因此,审美在社会生活中具有两种重要的社会功能,并成为重要的社会调控力量。伊格尔顿以马克思主义的辩证思维方式深刻地认识到了这一点:一方面,他通过对美学从产生到发展的整个历史的追溯,打破了人们对这一名词长久以来的单纯幻想,毫不留情地揭示了审美与意识形态之间的紧密联系。美学并非一片自律性的飞地,审美不是一种客观的、纯粹的心理体验,审美与权力与统治与资本都有着密切的关系,它与政治权力有着天然不可分割的联系,是社会统治深入人类感性的中介。审美的"现代观念的建构与现代阶级社会的主流意识形态的各种形式的建构,与适合于那种社会秩序的人类主体性的新形式都是密不可分的"[81]。它诱使被统治阶级沉迷于审美所带来的自由幻象,遗忘现实的不公,失去反抗的心理和能力。这与法兰克福学派对大众文化的批判有着共通之处。

另一方面,审美是一种情感性的想象活动,能够突破约定俗成的能指和所指关系,成为一种解放的力量,拯救着异化中的人们,消除现实世界对人的各种压抑,使主体体验非功利的审美愉悦,指向超脱现实的自由路径。"审美在神圣的时刻摆脱了目的论的可怕控制,砸碎了把一切事物禁锢于其中的功能和因果之链,因此审美迅速地使客体摆脱了意志的牢固控制并使之带上庄严的色彩。"[82]伊格尔顿将矛头对准那些将审美与资产阶级意识形态完全等同的片面观点,认为审美决不是直接反映现实世界的意义生产,也不是仅仅为了实际目的而进行的表意实践,审美还能在表达自身的过程中建立起自己独特的世界,形成崇高而又难以确定和把握的情感结构。审美重视的是人的感性生活世界,以及感性的自由,所以始终具有革命性,即使权力内化到主体内心最终也会成为政治解放的一部分。正如伊格尔顿所分析的:"统治性的社会秩序所渴望的正是这种深层的主体性,最能引起恐惧的也是这种主体性。如果说审美是危险的、模糊,这是因为肉体中存在反抗权力的事物。"[83]可以说,他的《审美意识形态》的真正用意在于让人们通过掌握这种意识形态知识和意识形态分析方法来达到自我的理解和认知,从而突破隐藏在审美背后的意识形态束缚,获得自我的最终解放。正如他所说的那样:"大部分意识形态理论都认定,被压迫和被剥削民族只有知道社会制度如何运行以及他们如何立身其中,才能解放自己。意识形态的对立面与其说是'科学'或'总体性',不如说是'解放知识'。"[84]他还认为,"如果说一种意识形态理论有其价值,那么,这种价值在于它有助于照亮这些过程,通过该进程,这种从致命的信仰中获得的解放就会有效地实现"[85]。其实,这也就是通常所说的审美的乌托邦的世界,在伊格尔顿看来,在这样的世界里,主体对意识形态产生解构作用,冲击甚至颠覆统治阶级对社会合理性的虚假塑造,同时克服一般意识形态对人的异化,使人性获得全面的解放。

鉴于审美意识形态的复杂性和价值观在审美和文化中的重要核心作用有别于中国特色的社会主义和伊格尔顿所经历的西方资本主义的历史及现实语境的不同,我们认为,继承和发扬马克思主义辩证和批判的精神,中国当代美学理论和审美文化研究所担负的一个重要任务就是通过研究审美文化的价值观特征、对人们价值观的影响,批判审美文化中被资本、权力等所隐藏的意识形态控制力量,警示所赖以支撑的种种价值观;尤其要积极发挥审美意识形态"救赎"和"解放"的功能,净化和提升审美文化的价值理想、价值取向和价值品格,从理论上积极探索建构一个科学合理的审美价值体系,指导具体的审美文化活动实践。因为我们坚信:积极建构审美文化价值体系将推进社会走向更加光明的未来——共产主义社会。共产主义社会是人的各种感性能力都能充分实现的社会,它才是现实生活的真正的"美学化"。在马克思看来,人的能力的全面展开就是最符合道德的理想目标,同时这也意味着人生活的真正"审美化"。伊格尔顿坦言,这种美学其实就是伦理学:"唯物主义伦理学坚持认为,当我们达到这种最高价值的时候,我们正表现出我们本质中最好的可能性。这样一种伦理学也是美学。"[86]美学和伦理学合一,就是在价值(观)高度上的"善"和"美"的融合。舒斯特曼认为,美学与伦理学之间最有意义的相关性在于美学对我们生活的引导意义:"在决定我们对怎样引导或塑造我们的生活和怎样评估什么是善的生活的选择上,审美的考虑是或应该是至关重要的、也许是最重要的。"[87]这种对善的生活的评估和引导,需要美的价值观的指导。当代中国的美学和审美文化研究需要积极探索建构一套具有伦理学价值的审美文化价值体系,即建设什么样的以及怎样建设这种具有合理性价值体系的审美文化。我们认为,应在立足建构多元和谐的审美文化价值体系的基础上,尝试着建设多种形态和性质的审美文化。虽然这只是纯粹从学理的角度进行的理想化构想,但需要它来指导审美文化建设、审美文化研究等多种审美文化实践。

2. 积极建构多元和谐的审美文化价值体系

构建当代中国多元和谐的审美文化价值体系的当务之急,从美学研究的角度看,一方面是从理论上研究什么才是合理的审美文化价值体系,它有哪些衡量的标准和原则;另一方面是指导实践参与到审美文化的创造中,参与到审美文化的不断变革中。多元和谐的审美文化价值体系,意味着我们建设当代中国的审美文化并不是说完全驱除后现代主义和大众审美文化,不仅这些审美文化的民主、平等和开放的意识需要我们保留,它们不断创新的形式也可拿来为我所用。我们审美文化的形式可以是游戏的、通俗的、娱乐的,甚至是反传统、反讽的、边缘性的,但在思想上充盈着判断理性精神,灌注着高尚的价值追求,承载着深厚的历史民族感。总之,我们的审美文化价值体系必须具有社会主义核心价值、人本主义、多元主义、优化融合、动态平衡的价值观(体系)特质。

第一,构建审美文化的社会主义核心价值体系。

任何社会都有自己的核心价值体系,核心价值体系是社会意识的本质体现,决定着社会意识的性质和方向。社会主义核心价值体系符合中国传统的习俗和传统道德规范等"社会心理结构"(心理积淀),大力弘扬民族优秀文化传统,还坚持了马克思主义在意识形态领域的指导地位,牢牢把握社会主义先进文化的前进方向,它在我国整体社会价值体系中居于核心地位,发挥着主导作用,决定着整个价值体系的基本特征和基本方向,是建设和谐审美文化的根本。社会主义核心价值体系包括四个方面的基本内容,即马克思主义指导思想、中国特色社会主义共同理想、以爱国主义为核心的民族精神和以改革创新为核心的时代精神、以"八荣八耻"为主要内容的社会主义荣辱观。这四个方面的基本内容相互联系、相互贯通,共同构成辩证统一的有机整体,是构建社会主义和谐多元审美文化核心价值观的重要保证。

构建当代中国的审美文化社会主义核心价值体系,首先要充分了解当代中国的种种文化现象和文化语境,围绕如何解决当代中国现存的实际重大问题,从强烈的问题意识出发来创新审美文化,"人们对那些浮现在人们心中的不同目的之价值的鉴定和衡量,是以这些目的所展示的指导改善现存匮乏状态之活动的能力,以及满足(照其字面意思)现存需要的能力为根据的"[88]。构建审美文化的社会主义核心价值体系,还需要坚持马克思主义,坚持"三个代表"思想。如果我们坚持以马克思主义的历史观、美学观为指导,把文化艺术纳入代表中国先进生产力发展要求、代表中国先进文化前进方向、代表中国最广大人民群众根本利益的范畴,那么,我们的审美文化创作就能面对着转型期和全球化语境下的病态思潮而保持清醒、明智的头脑。"代表中国先进生产力发展要求",就是要审美文化适应我国的社会主义现代化进程,并为建设一个现代化的国家而尽心尽力;"代表中国先进文化前进方向",就是坚持创作思想健康、内容丰富、开阔人们视野、提升精神素养的雅俗共赏的审美文化;"代表中国最广大人民群众根本利益",审美文化不能专注于满足、迁就、迎合大众粗鄙的浅层次的欲望,而应该为他们提供丰富的精神食粮,为他们的心灵和灵魂寻找一方憩息的净土,让审美大众能在喧嚣紧张忙碌的生活之余,不仅得到感官的愉悦和放松,又能获得精神养料。

第二,构建人文主义的审美文化价值(观)体系。

人文主义是指以人的需要和权利为出发点的一系列价值观念和价值标准,它包含着物质的和精神的两个方面,两者并行不悖,互补统一。尽管自文艺复兴以后,对人文主义的理解众说纷纭,但人文主义的基础理解是一致的:以人为本位,把人作为考虑问题的出发点,人文主义是一种体现了尊重人的个性、选择、需要、权利、发展等的价值(观)体系。马克思主义对阶级的性质和构成以及资本主义市场化和商品化性质的深刻揭露,对社会阶层、性别、种族等不同群体的公平和公正的追求,对理想社会的设想等人文主义思想,都需要我们重新思考和借鉴,以建设当代中国审美文化。现代西方马克思主义对人本身的关怀、对价值观和精神世界的建造所体现出的人道主义和人文精神,也是我们构建当代中国审美文化价值体系时所要吸收的思想源泉。

坚守人文主义价值观(体系),审美文化的研究者和创造者应将触角伸向人物灵魂的最深处,把镜头伸向人物情感的最深层面,伸向普通大众的平凡日常生活,尤其对弱势群体更多一份悲天悯人的情怀。黑格尔虽然主张艺术的独立自足地位,强调艺术的心灵化特点,提出艺术的审美自由观念,但他并不是精英主义文化的捍卫者。相反,他提倡艺术的大众化,反对精英主义的立场,体现了深厚的人文主义文化意识。"艺术作品之所以创作出来,不是为着一些渊博的学者,而是为一般听众,他们须不用走寻求广博知识的弯路,就可以直接了解它,欣赏它。因为艺术不是为一小撮有文化修养的关在一个小圈子里的学者,而是为全国的人民大众。"[89]我们当代的审美文化,要力求透过人物性格与必然发生的情感冲突去展现人们丰富的内心世界,去显示生存处境的历史和现状。对情感的挖掘不仅需开掘心理的潜意识层面,还需向人物心理的无意识层面挺进。除了表现真实的人物原始情感,还需站在人性进化的高度,站在树立社会进步的价值观的立场,表现人物的"理性化情感",这种理性情感挖掘有助于中华民族现代性价值观念、现代性人格结构的构建。尤其要重点表现人物如何运用机遇、冲突和选择来逐渐完善自己的人格体系,使自己的内心充实、价值完善、人性完整、人格健全以不断超越现实和自身。

第三,建构多元主义的审美文化价值观(体系)。

我们期盼多元主义的审美文化价值观(体系),所有的社会成员既是丰富多元的个人主义者,又是在普遍文化的影响下的社会群体。在沃特森看来,多元文化主义首先是一种文化观,即没有任何一种文化比其他文化更为优秀,也不存在一种超然的标准可以证明这样一种正当性:可以把自己的标准强加于其他文化。多元文化主义的核心是承认文化的多样性,承认文化之间的平等和相互影响。其次,多元文化主义是一种历史观。多元文化主义关注少数民族和弱势群体,强调历史经验的多元性。同时多元文化主义是一种教育理念和公共政策。[90]

多元主义审美文化价值观(体系)首先是对异己的审美文化形式保持宽容、理解、开放和民主的文化立场。其次,多元主义审美文化价值观(体系)表现为审美"差异化"之间的"对话"和"交流"。按照巴赫金的论述,"建构"意味着对旧有的、传统的、固定的、僵化的、单一的审美价值体系进行解构,然后建构一种"多声部"的、"众声喧哗"的"对话"和"交流"的审美文化景观。我们扩大巴赫金的"文本"、"读者(听众)"和"说者(作者)"的概念内涵,进入到当代审美文化的话语建构语境中,就可以构建一个"审美活动场"了。在这个众声喧哗的审美活动场,既要尊重众多的审美主体的审美价值追求,建立多元主义的审美文化价值体系,又要建构审美主体的健康、丰富而自由的精神空间。再者,多元主义审美文化价值观(体系)的建构不是由某种主流意识形态自上而下的规诫,也不是由创造美的艺术家们所决定的,更不是仅由资本和商家就能塑造的,而是由不同的"所指评价"建构的——有多少不同的"所指评价",就可能产生多少不同的审美价值观。

值得注意的是,多元主义的审美文化价值观(体系)是对审美文化的社会主义核心价值体系的一种补充。构建核心价值体系,不是构建同一性整体性价值体系,相反,是在在宽容、鼓励多元主义的价值观的基础上,进行创新和完善。在建设审美文化的社会主义核心价值观(体系)中,要正确处理弘扬主旋律与提倡多样化的关系,打破专制性的独白话语统治,寻找和创建一种丰富的文化和艺术,展现一种富有情感性和情境性的美学语汇,打破精英和大众二元对立,将束之高阁的精神贵族解放出来,融入世俗化、通俗化的大众文化中来,使审美文化得到民主自由的发展、广大大众享有更多选择文化的空间。这既是中国特色社会主义文化发展的内在规律,是人民群众对繁荣中国特色社会主义文化的必然要求,也是中国特色社会主义文化事业兴旺发达的重要保证。

第四,建构优化融合的审美文化价值体系。

建设当代审美文化,我们呼吁整合、吸纳中华民族优秀的思想文化传统精髓,进行科学的体认、辩证的梳理,在当代中国语境下作新的阐释和合理的转换,建构当代中国优化融合的审美文化价值体系,唯有如此,才能找到传统与现代接轨的契合点,才能把现代文化精神建设奠基在民族优良审美文化价值体系的高标上。正如叶朗所说的那样,"美学研究必须有一个立足点。不同民族有自己不同的文化传统,它是独特的、为其他民族所没有的"[91]。人文学科不同于自然学科,因为它"涉及人本身,涉及人的社会、心理、文化、传统等因素,因此,在美学这一人文学科领域,中国学者必须有自己的立足点,这个立足点就是我们自己民族的文化和精神。只有有了这样一个立足点,才能与西方进行真正的学术交流和对话"[92]。

总之,要充分解读传统审美文化价值观对当代中国审美文化发展的内在意义,全面评估传统审美文化精神对于当代审美文化建设的巨大价值,进而积极推动这一"传统资源"同当代语境中各种文化元素,特别是所谓"现代"和"后现代"元素的互补和融合。

(作者单位:江西师范大学传播学院)

注 释

[1] 对于中国当代审美文化,我们认为它性质多样:前现代、现代和后现代审美文化并存;形态多元:主流审美文化、精英审美文化、大众审美文化共处。这显示出了转型期中国的审美文化价值观的多元乃至混乱。

[2] Terry Eagleton, *Criticism and Ideology*, London: Verso, 1976, pp. 2-3.

[3] 安东尼奥·葛兰西:《狱中札记》,曹雷雨等译,北京:中国社会科学出版社,2000年,第239页。

[4] 特里·伊格尔顿:《当代西方文学理论》,王逢振译,北京:中国社会科学出版社,1986年,第32页。

[5] 特里·伊格尔顿:《马克思主义与文学批评》,文宝译,北京:人民文学出版社,1986年,第2页。

[6] 同上书,第20页。

[7] Terry Eagleton, *Criticism and Ideology*, p. 54.

[8] Terry Eagleton, *Ideology: an Introduction*, London: Verso, 1991, p. 37.

[9] 王宁:《特里·伊格尔顿和他的马克思主义批评理论》,《南方文坛》2001年第3期。

[10] Terry Eagleton, *After Theory*, London: Penguin Books, 2004, pp. 24-25.

[11] 威廉斯:《文化分析》,赵国新译,罗钢等主编:《文化研究读本》,北京:中国社会科学出版社,2000年,第125—126页。

[12] 王杰、徐方赋:《我不是后马克思主义者,我是马克思主义者——特里·伊格尔顿访谈录》,《文艺研究》2008年第12期。

[13] Cf. Terry Eagleton, "Big Ideas—Rediscover a Common Cause or Die", *New Statesman*, Vol. 133, July 26, 2004.

[14] Terry Eagleton, "Saving Burke from the Tories", *New Statesman*, Vol. 126, July 4, 1997.

〔15〕 王宁:《特里·伊格尔顿和他的马克思主义批评理论》,《南方文坛》2001 年第 3 期。

〔16〕 Terry Eagleton, *The Idea of Culture*, Oxford: Blackwell, 2000, p. 21.

〔17〕 Terry Eagleton, "The Crisis of Contemporary Culture", *New Left Review*. Vol. 196, 1992, pp. 29-41.

〔18〕 Cf. Terry Eagleton, "Big Ideas—Rediscover a Common Cause or Die".

〔19〕 Ibid.

〔20〕 有学者认为审美文化并非是一般意义上的个体经验的心灵、精神现象,它超出经典美学"审美的"判断的抽象范围,超出一般经验中的学科边界,进入并展开在普遍的人类历史和文化进程之中,成为"审美的文化活动",或曰"文化中的审美实践",成为对当代历史、文化进程、当代人生存现实的特定视角的选择。见王德胜等:《当代审美文化理论建构(笔谈)》,《学术季刊》1994 年第 4 期。

〔21〕 参见叶朗主编:《现代美学体系》,北京:北京大学出版社,1988 年,第 40—41 页。

〔22〕 卡西尔:《人论》,甘阳译,上海:上海译文出版社,1985 年,第 33—34 页。

〔23〕 特里·伊格尔顿:《自由的特殊:审美的兴起》,选自弗朗西斯·马尔赫恩编:《当代马克思主义文学批评》,刘象愚等译,北京:北京大学出版社,2002 年,第 72 页。

〔24〕 斯图尔特·霍尔:《表征》,徐亮、陆兴华译,北京:商务印书馆,2003 年,第 57 页。

〔25〕 王杰对此持类似看法,具体参见伊格尔顿:《审美意识形态》,王杰等译,桂林:广西师范大学出版社,2001 年,"译后记"部分,第 423 页。

〔26〕 同上书,第 12 页。

〔27〕 同上书,第 30 页。

〔28〕 同上书,第 12 页。

〔29〕 同上书,第 13 页。

〔30〕 同上书,第 16 页。

〔31〕 同上书,第 90 页。

〔32〕 梅洛·庞蒂:《知觉现象学》,姜志辉译,北京:商务印书馆,2002 年,第 83 页。

〔33〕 特里·伊格尔顿:《审美意识形态》,第 1 页。

〔34〕 同上书,第 192 页。

〔35〕 特里·伊格尔顿:《自由的特殊:审美的兴起》,弗朗西斯·马尔赫恩编:《当代马克思主义文学批评》,第 65 页。

〔36〕 特里·伊格尔顿:《审美意识形态》,第 200 页。

〔37〕 同上书,第 1 页。

〔38〕 同上书,第 10 页。

〔39〕 同上书,第 16—17 页。

〔40〕 特里·伊格尔顿:《历史中的政治、哲学、爱欲》,马海良译,北京:中国社会科学出版社,1999 年,第 202 页。

〔41〕 特里·伊格尔顿:《审美意识形态》,第 8—9 页。

〔42〕 Terry Eagleton, *Ideology: an Introduction*, p. 223.

〔43〕 Terry Eagleton, *After Theory*, p. 2.

〔44〕 Cf. R. B. Lewis, *The American Adam*, Chicago: Chicago University Press, 1965.

〔45〕 聂振斌等:《艺术化生存——中西审美文化比较》,成都:四川人民出版社,1997 年,第 369 页。

〔46〕 叶朗:《胸中之竹——走向现代之中国美学》,合肥:安徽教育出版社,1998 年,第 310 页。

〔47〕 童庆炳、王宁、桑思奋主编:《文化评论——中国当代文化战略》,北京:中华工商联合出版社,1995 年,第 1 页。

〔48〕 马克思:《马克思 1844 年经济学哲学手稿》,北京:人民出版社,2000 年,第 28 页。

〔49〕 同上书,第 125 页。

〔50〕 参见中国社会科学院研究所课题组:《中国社会发展报告》,沈阳:辽宁人民出版,1991 年,第 10 页。

〔51〕 引自乐黛云、勒·比雄主编:《独角兽与龙——在寻找中西文化普遍性中的误读》,北京:北京大学出版社,1995 年,第 212 页。

〔52〕 何新:《为中国申辩》,北京:山东友谊出版社,1996 年,第 299 页。

〔53〕 何为后现代？利奥塔将后现代定义为:"针对元叙事的怀疑态度。这种不信任态度无疑是科学进步的产物,而科学进步反过来预设了怀疑。"利奥塔正确地指出了后现代的怀疑精神是科学进步的产物,也是人类发展到一定阶段的现象,但是对一切既定的规范和价值标准进行任意的曲解和怀疑,则陷入怀疑主义和虚无主义的泥潭中了。拉什通过他的"去分化"(de-differentiation)来界定后现代,他在《后现代社会学》一书中说:"如果文化的现代化是一个分化的过程的话,那么,后现代化则是一个去分化的过程。"简言之,去分化就是消除所有的区别、对立、界限。特别是"高雅文化与通俗文化之间的边界断裂",进而使艺术与非艺术的区别消失,"能指、所指和指涉物"的界限也随之模糊。哈桑则从"不确定性"来归纳后现代的特征:"后现代主义具有某种不确定性。换言之,学者们对它的内涵尚无明确而一致的看法。"尽管上述有学术影响力的理论家对后现代的界定角度不同,侧重点不一样,立论也不完全一致,但他们对后现代的特征描述可以归纳如下:边缘、不确定性、开放、极端反理性、戏谑、平面、形而下、拼贴、反历史主义、无序。

〔54〕 http://blog.sina.com.cn/s/blog_467a322701000ay9.html, 2007.9.13.

〔55〕 让-弗朗索瓦·利奥塔:《后现代状态:关于知识的报告》,转引自王潮选编:《后现代主义的突破》,兰州:敦煌文艺出版社,1996年,第13页。

〔56〕 佛克马、伯斯顿编:《走向后现代主义》,王宁等译,北京:北京大学出版社,1991年,第267页。

〔57〕 《参考消息》1999年7月28日。

〔58〕 杰(詹)姆逊:《后现代主义与文化理论》,唐小兵译,西安:陕西师范大学出版社,1996年,第201页。

〔59〕 转引自陆群:《寻找网上中国》,北京:海洋出版社,1999年,第4页。

〔60〕 Cf. Terry Eagleton, "Big Ideas—Rediscover a Common Cause or Die".

〔61〕 Ibid.

〔62〕 Terry Eagleton, *Ideology: an Introduction*, p.38.

〔63〕 特里·伊格尔顿:《审美意识形态》,第378页。

〔64〕 特里·伊格尔顿:《文化的观念》,方杰译,南京:南京大学出版社,2003年,第42页。

〔65〕 Terry Eagleton, "The Crisis of Contemporary Culture", *New Left Review*, Vol. 196, 1992, pp. 29-41.

〔66〕 具体参见特里·伊格尔顿:《后现代主义的幻象》,华明译,北京:商务印书馆2000年,第2页。

〔67〕 同上书,第1页。

〔68〕 道格拉斯·凯尔纳、斯蒂文·贝斯特:《后现代理论——批判性的质疑》,张志斌译,北京:中央编译出版社,2004年,第176页。

〔69〕 朱大可、张闳主编:《21世纪中国文化地图(2005卷)》,上海:上海大学出版社,2006年,第252页。

〔70〕 周宪:《中国当代审美文化研究》,北京:北京大学出版社,1997年,第83页。

〔71〕 具体参见高小康:《大众的梦》,北京:东方出版社,1993年,第102页。

〔72〕 理查德·沃林:《文化战争:现代与后现代的论争》,转引自周宪主编:《文化现代性精粹读本》,北京:中国人民大学出版社,2006年,第295页。

〔73〕 鲍德里亚:《消费社会》,全志钢、刘成富译,南京:南京大学出版社,2001年,第225页。

〔74〕 李泽厚:《关于"后现代"——徐书城〈艺术美学新义〉序》,《人民日报》1989年3月4日。

〔75〕 Wolfgang Welsch, *Undoing Aesthetics*, translated by Andrew Unkpin, London: Sage, 1997, p.27.

〔76〕 伊格尔顿:《审美意识形态》,王杰等译,第1页。

〔77〕 伊格尔顿:《历史中的政治、哲学、爱欲》,第132页。

〔78〕 伊格尔顿:《审美意识形态》,第2页。
〔79〕 伊格尔顿:《文化的观念》,第151页。
〔80〕 伊格尔顿:《文学原理引论》,刘峰等译,北京:文化艺术出版社,1987年,第251—252页。
〔81〕 伊格尔顿:《审美意识形态》,第3页。
〔82〕 同上书,第155页。
〔83〕 同上书,第17页。
〔84〕 伊格尔顿:《历史中的政治,哲学,爱欲》,第98页。
〔85〕 Terry Eagleton, *Ideology: an Introduction*, p. 224.
〔86〕 伊格尔顿:《审美意识形态》,第417页。
〔87〕 舒斯特曼:《实用主义美学》,彭锋译,北京:商务印书馆,2002年,第316页。
〔88〕 约翰·杜威:《评价理论》,冯平、余泽娜等译,上海:上海译文出版社,2007年,第53页。
〔89〕 黑格尔:《美学》(第一卷),朱光潜译,北京:商务印书馆,1979年,第346—347页。
〔90〕 C.W.沃特森:《多元文化主义》,叶兴艺译,长春:吉林人民出版社,2005年,出版导言第1—2页。
〔91〕 叶朗:《胸中之竹——走向现代之中国美学》,合肥:安徽教育出版社,1998年,第352—353页。
〔92〕 同上。

文学理论前沿
Frontiers of Literary Theory

美与功用/功利:兼论整体性的艺术

刘 琼

内容提要:19世纪后半叶,印象派和象征派推崇的唯美精神与新艺术主张的功用看似对立,实际上不过是从不同的侧面展示了艺术形式追随文化的进程。印象派和象征主义的唯美诉求,是艺术的形式理性对难以把握的无限性非理性精神内容的悖论式把握,是形式理性的新尝试。这种尝试,预示出整体性的人与整体性的艺术。而新艺术对艺术与功用的结合,不过是从另一侧面对艺术形式之理性品格的确证。因为,新艺术通过对艺术与功用的结合,将两种不同的理性样式——形式理性与功用理性——衔接起来。与此同时,新艺术还凭借这种有点僭越意味的衔接,提出了它自己不同的整体性艺术的理想。而在客观效果上,唯美主义艺术不但因为对图像的可解释性的开掘为当下"后理论时代"的语像写作储备了较早的美学支持和实践经验,"为艺术而艺术"还撤除了艺术与市场之间的中介。这些中介的缺失就使唯美的艺术也不得不直面一个市场,此乃后现代消费文化崛起的契机。而新艺术对艺术与功用的结合,通过功用勾连起艺术与功利市场,事实上就打破了艺术与社会其他文化门类的界限。这种越界又似乎预示着后现代消费文化更宽泛的越界,以及与更宽泛的越界相关联的、消费文化更难界定的(与唯美主义以及新艺术的整体性艺术理念相较)整体性艺术样式。

关键词:形式 内容 功用/功利 整体性的艺术 象征派 印象派 新艺术 后现代消费文化

Abstract: Despite the seemingly opposition between Aestheticism-oriented and function-oriented values held respectively by Symbolism and Impressionism and by Art Nouveau (the Arts and Crafts Movement), the two actually reflect from different perspectives Art's endeavoring to mimic culture in terms of forms. The aesthetic emphasis of "Art for Art's Sake" by Impressionism and Symbolism implies a new and slightly paradoxical tendency to express the inexpressible and irrational spirit by the formal rationality of Arts, foreshadowing an Art with the value of "wholeness" as its priority. On the other hand, Art Nouveau confirms the rational nature of arts from another perspective by endeavoring to combine function and art, which in turn combines formal rationality and functional rationality. This combination in a sense serves as a foundation for its artistic ideal of wholeness seeking to integrate form, meaning, and function of arts. When it comes to social consequences, Aestheticism opened up limitless possibilities for picture-interpretation and provided at an early stage aesthetical supports and practical experiences for picture writing in the post-theoretic era. Meanwhile, the off-stage of mediation between Art and market, a direct result of "Art for Art's Sake" movement, forced art to confront the market by itself and thus led to some first signs of the later-on prevalent postmodern consumer culture. On the other hand, the combination of art and function by Arts and Crafts Movement enabled a direct link between art and market, breaking down the fence between art and other social cultures. This fence jumping may well imply the later border-crossings by postmodern consumer culture on a wider scale, and consequently a "whole-type" of art in the postmodern era.

Key words: form; content; function; art of wholeness; Symbolism; Impressionism; Art Nouveau; postmodern consumer culture

19 世纪后半叶被认为是欧洲现代艺术的源头,欧洲这段极度动荡的时期孕育了各种现代艺术流派。这些艺术流派回应一种新的、现代世界的节奏而增生繁衍,交互影响、共同存在。无论是最具魅力的绘画运动——法国的印象派,还是影响遍及整个欧洲,在 1885—1895 年间达到巅峰的象征主义运动,都贯穿了一种疏离社会功用的"唯美"精神倾向。与此同时,发端于英国艺术与手工艺运动(Arts and Crafts Movement)的新艺术运动(Art Nouveau)却使艺术与实用重新结合起来,并且通过这种方式,将一个古老的问题——艺术与技巧/技艺的关系(古希腊人曾通过分离自由艺术与手工艺解决了这个问题),以一种异常尖锐、也更加复杂的样式——艺术与工业的关系——重新提了出来。[1]

问题在于,19世纪后半叶无论唯美派艺术还是实用艺术都同样得到了相当充分的发展,不少艺术家甚至同时参与了一些取向不同的艺术运动,比如英国拉斐尔前派的罗塞蒂(Dante Gabriel Rossetti, 1828—1882)和伯恩-琼斯(Edward Burne-Jones, 1833—1898)等人。而按照19世纪末对"唯美"的推崇,艺术与功用/功利在理论层面依然是根本对立的。也就是说,两种相互对立的有关艺术的观念在实践层面结合在了一起。那么,艺术与功用/功利的对立意味着什么? 它们的结合又是如何发生的?[2]

通过对19世纪后半叶这两种价值取向看似对立的艺术运动的讨论,本文将过渡到对与这一讨论直接相关的"后理论时代"视觉文化和消费文化的思考:视觉文化因强调图像而与绘画艺术相关联;而消费文化,消费本身,就是一种功用/功利行为。这里关注的问题,首先是,在唯美主义艺术运动(印象派与象征主义绘画)与后理论时代的视觉文化中,图像与文字各自不同的定位以及它们之间关系的变化;其次是,新艺术的功用/功利之初衷及流变,以及与在消费文化中关联于"泛美"的功用/功利的差异;最后是,在唯美主义艺术运动、新艺术运动以及当下的视觉文化和消费文化中,整体性艺术这一艺术理想/理念都隐约可辨,只是不同的历史时期其结构要素以及诸结构要素间的关系大为不同,而这些不同在某种程度上则标示着文化价值观念的根本不同。

在对照分析上述问题的基础上,进一步思考视觉文化、消费文化大行其道的时代文化研究的某些最基本问题,比如,后理论时代理论的可能性问题等,并尝试着提出自己的思考立场。

上篇　唯美与功用:从印象派、象征主义到新艺术
形式、内容与整体性

传统上,人们往往以形式—内容这对范畴来分析文艺作品。极端而言,形式—内容动态的张力过程就是对人类人化/文化/理性化自身的一种描述。

据法国后现代思想家乔治·巴塔耶分析,人类使自身与动物性脱离以建构人化的人,这个过程就是文化的过程,就是人类以理性形式对无形无序的非理性实存/内容的一种清理,使之有形有序。这个过程是人类对自身本来的动物性的否弃,是一种文化自律运动。而人所定义的人性,其实就是理性,则是本来的动物性的对面。这是对形式—内容这对范畴比较终极化的一种理解。[3] 与此一脉相承,在绘画领域,形式—内容这对范畴就转变成了艺术史哲学上形式—颜色,又称线条—色彩或素描—着色这对范畴。[4] 而艺术史上对形式—颜色之间微妙关系的讨论,也的确是一个古老而常新的论题。例如,有关颜色或素描在绘画上谁起着主导作用的争论,就是17世纪以来(17世纪在绘画中出现的素描与着色之争是第一次审美论战)法国艺术领域里的一个主题。而在19世纪后二十年中,艺术家们在造型方面的重大探索,实际上是试图减少甚至取消形式与颜色的对立,表现整体性的人的艺术。例如凡·高(Vincent Van Gogh,1853—1890)和高更(Paul Gauguin,1884—1903)、恩索尔(James Ensor,1860—1949)以及蒙克(Edward Munch,1863—1944)等人,始终没有停止这种探索。[5]

依据对形式—颜色的理性—非理性理解,绘画创作的实质就是形式与色彩之间的一种复杂多样的平衡,也即绘画大致可以看做是形式对光、色的赋形与规整。因此,无论禀赋唯美精神的印象派、象征派,还是崇尚实用目的的新艺术,以形式—色彩这对范畴来考察之,逻辑上大抵都是可行的。[6]

而一旦深入这些艺术流派的创作实践,我们就会发现,印象派和象征主义的"唯美"其实是通过对颜色的尝试,探知并表现人的非理性精神。但这种探索并不偏废形式,而是借助形式得以进行,是对形式的新的尝试。这样的尝试,实际上预示出整体性的人与整体性的艺术。而新艺术的功用则是从另一侧面对艺术形式的理性品格的再确认。不过,新艺术的功用并不直接来自于形式理性,而是源自外在,也即源自社会理性中的社会主义乌托邦。与此同时,它还以这种似乎带点僭越意味的方式,展示出自己的整体性艺术理想/理念。本篇下面将就这些问题展开较为详尽的讨论。

1. 非理性对理性的牵引:印象派和象征主义的唯美

印象派和象征主义的唯美倾向是对人的非理性精神的不同程度的接

近,是以理性的方式(形式理性)对非理性的接近。它们的特征具体体现在以下几个方面。

未完成性

这种接近首先表现为对题材的漠视以及对题材的等级性的怀疑,并在此基础上建立起视觉优先的原则。其特征显现为艺术作品的"未完成性"。

按照潘诺夫斯基在《视觉艺术的含义》中的分析,古典艺术更偏重于与艺术形式相对的艺术题材或含义,而且,肖像学与圣像学分别是对艺术题材/含义的更专门和更深入的研究领域。[7]

但是,现代艺术却不同。研究20世纪艺术的艺术史家们继乔治·巴塔耶之后,在现代派画家身上发现了漠视题材的特点,并从他们身上看到了抽象派先驱者的痕迹。

对题材的漠视实际上就是有意的对某些文化性的漠视:印象派画家例如莫奈(Claude Monet, 1840—1926)等对光与色的瞬间效果的研究和表现,象征派画家如凡·高等对颜色的象征意义的探索,都不过是对绘画曾经承担的宗教、道德、历史等等的文化意义的回避。一方面,这种回避的确使绘画更纯粹——绘画更多是在线条与色彩的紧张之间探求某种平衡。这就使绘画能够以此确保自身的独立。但需注意这种独立的相对性,它其实仍然是文化的产物,只是相对于别的文化门类而独立。因为,它以人所赋予的形式这种理性样式处理光与色,并不废除形式。所以,对题材的漠视所取的独立的、唯美的姿态,其实仍然是文化的产物,是文化精致化、细致化以及专门化的产物。

同时,印象派对光与色瞬间效果的真实性的追求,以及象征派对颜色的象征意义的揭示,都使其作品呈现出一种"未完成性"——某种程度上形式的"缺席"。比如惠斯勒(James McNeill Whistler, 1834—1903)的《夜曲》系列。在他起诉罗斯金一案中,因为被鉴别为"未完成"的作品而使他事实上蒙受了破产的厄运。[8]不过,按照巴塔耶的分析,未完成性恰恰就是人的本来的非理性实存状况,也即人化/文化之前的人原来的动物性状况。形式理性以一种困难的方式显露了不能分辨、无法完成的非理性实存。换句话说,唯美的姿势并不依赖于形式因素,因为形式因素在艺术中从来就不可缺少;唯美仰仗对非理性精神内容的悖论式表现,也即关注被文化的其他领域视而不见,因而不具有社会功用/功利性的纯粹的色与光。所以,绘画领域对现代性的这种回应,实际上表现出一种后现代的性状:理性对非理性的反思。

在这里,另一个需要说明的问题是艺术史家们"从他们身上看到了抽象派先驱者的痕迹"。这个问题与前面论及的印象派、象征派的唯美姿势其实仍以文化性为前提相关。唯美只是与功用理性脱离,并不与艺术的形式理性脱离。在对现代性的探索实践中,既有更热衷对颜色进行试验的艺术家,也有执著于素描的,例如毕沙罗。毕沙罗(Camille Pissarro, 1830—1903)因为是伟大的素描画家而成为最关心形式的印象派画家。他的学生保罗·塞尚(Paul Cezanne, 1839—1906)就将关注形式与关注颜色结合了起来:"当颜色达到丰富的时候,形式也达到了饱和状态。"[9] 20世纪初期两大运动就发端于塞尚严格地在色彩与形式之间追求的平衡性,这就是色彩上的野兽主义和建构方面的立体主义。这些艺术家们各自将所推崇的艺术元素推向极端的价值诉求。

丁宁在《绵延之维:走向艺术史哲学》一书中介绍说:"对立体主义者而言,图像现实是通过元素的组合来建构的,这肖似基本的语法单位构成句子。'拼贴'——把不同元素组合、粘贴并使之有序和相互关联——在绘画中的运用使绘画第一次接近了语言状态,因为语言状态的特征正是它的一系列生成法则。拼贴画给绘画提供了某种如乔姆斯基所说的转换语法……到了立体主义的最后阶段,格里斯(Juan Gris, 1887—1927)就总是用完全抽象的形状、色彩和平面,以此生产/合成对现实的指涉。"[10]立体主义到最后是完全的抽象,成了接近文学的语言形式。而从具象形式到抽象形式再到接近更加抽象的语言形式,立体主义对形式的这种不断的抽象,一方面可以看做是对形式元素的提炼:抽象的有限的形式显示着把握无限事物的巨大潜力。也就是说,脱离具象的抽象以更加空灵、简洁的视觉形式暗示着更丰富、更难穷尽的精神内容。这是有限—无限、理性—非理性间的悖论性关系。而绘画形式的这种抽象趋向也许恰好揭示了艺术类型发展的哲学动因:艺术家对人化/文化/理性化/形式化能力的不断提升,使艺术能够尽可能把握或者暗示无限性精神内容。

另一方面,形式的这种抽象能力又是以牺牲具象为代价的。这种牺牲在视觉效果上也将呈现为一种"未完成性"——形式的简化,形式的高度抽象所导致的"未完成性"。对于缺乏主观精神内涵的鉴赏者而言,表现得似乎更为确定。与印象派、象征主义风景画着意于光和色,由此表现那种瞬间的、片断的不能完成的非理性状况稍有不同,形式的抽象,对形式的精致化提炼,其方向是直接面向无限性非理性精神,此种"未完成性"是对无限的非理性领域整体性的接近。

所以,绘画从形式与色彩两个方向对现代性进行探索,最后殊途同归,都体现了对题材的漠视和对表现能力的强烈要求,虽然这种要求看起来似乎又是对表现能力的某种削弱——对具象能力的削弱,进而挑战具象艺术传统。

象征性

这种接近其次在于象征主义对绘画作品象征方法的复兴。

黑格尔对象征的定义为:"象征一般是直接呈现于感性关照的一种现成的外在事物,对这种外在事物并不直接就它本身来看,而是就它所暗示的一种较广泛较普遍的意义来看。因此,我们在象征里应该分出两个因素,第一是意义,其次是这意义的表现。"[11]由此,象征不过是一种非直接的暗示,它其实要表现不可表现之物,而那不可表现的,其实就是还未能或者根本不可能恰当地赋形,终极意义上无法完成的主观精神性意念。实际上,据黑格尔考察,很多民族最古老的艺术样式几乎都是象征。这是说象征与文化的同质性以及象征作为文化建构方式的古老属性。

而且,象征还是常新的艺术建构方式。从某种意义上讲,19世纪后期的象征主义运动可以认为是对当时巨大物质进步背后的精神苦闷的回应,同时也是对返回自我的精神性需求的反思。因此,19世纪末的象征派艺术,无论是依靠线条比如皮埃尔·皮维斯·德·夏凡纳(Pierre Puvis de Chavannes, 1824—1898)还是依靠色彩比如古斯塔夫·莫罗(Gustave Moreau, 1824—1898),都在绘画中暗示了观念/意念。夏凡纳说过:"我很想变得越来越朴实、简洁。我浓缩、我简略、我压挤。我尽力使每一个动作都表达某种东西。我尽量少说。"[12]这些线条/形式的朴实、简洁、浓缩方面的努力,有效地体现了艺术家们表现无限性精神的愿望和成就。而这可以说就是立体主义的抽象之旨归。事实上,夏凡纳就影响过处在上升时期的毕加索(Pablo Picasso, 1881—1973)。而高更对源泉的追溯即他所谓返回"原始状态",在某种程度上也可以被看做是通过对绘画粗犷性、简括性的锤炼,有力地传达了其精神性诉求。

同样表现意念,莫罗则不同,他动摇于两种方式之间:一种是非常谨慎的"完成"形式,另一种是导致他(特别是在水彩画中)对色彩进行大胆尝试的"未完成"方式。他说:"我既不相信我触摸到的东西,也不相信我看到的东西,而只相信我感觉到的东西……在我看来,只有我的内心感觉才是永恒的和无可争辩地被确定的。"这是明确地对意念的肯定,为此即使否定具象（触摸到的和看到的）也值得。如此一来，作品就显得未完成，就具有了一种含混，一种面向多种阐释的开放，这就是象征。对于颜色，他赋予其一种特定作用：颜色的目的不在于复制真实，而在于解释真实。他教导学生们，尤其是马蒂斯（Henri Matisse,1869—1954）等："应该考虑到、想像到和梦想到色彩。"[13]据前面的分析，相对于线条，色彩是绘画的内容要素，是一种需要赋形和整序的要素。凡·高对颜色象征意义的揭示实际上可以看做是对颜色暗示的人的非理性激情的发现，正如菲尔迪南·贺德勒（Ferdinand Hodler, 1853—1918）所说，这种颜色"带有情绪的成分"[14]。也就是说，对颜色的借重必然使作品呈现"未完成性"特征。而以颜色解释真实，以某种难以穷尽/精确其含义的元素解释/暗示一种意念，由于不可避免的多义与蕴藉属性——而这其实更主要是文学和音乐的表现属性——其象征效果更加含混，因而也就更加深远。

所以，无论倚重线条还是颜色，象征派绘画以绘画暗示而不是让人看见意念的意图都得到了体现。通过对绘画的象征方法的复兴和进一步探索，尽可能地开拓并提升视觉艺术表现非理性之无限的能力。例如，由画面暗示出对终极性问题的关注：对生命、死亡（蒙克等）、欲望、爱情（贺德勒等），以及自然、神性的关注，还有关于时间、季节的思考等等。而这些问题本来就没有终极答案，也很难以完成的形式去表现。如果用更具抽象把握力的语言艺术以及音乐去表现，应该是更合适的。

实际上，象征派绘画的另一个特点就是与文学和音乐的接近，它从文学或音乐中提取所谓的题材。比如英国画家比尔兹利（Aubrey Beardsley, 1872—1898）对德国音乐家瓦格纳歌剧的借取，再例如鲁东（Odilon Redon, 1840—1916）等众多画家对美国作家埃德加·艾伦坡的作品的表现等。这就表明，绘画朝向更具把握力的发展趋势某种程度上就是向相对更抽象的语言艺术和音乐的接近，是向着主观性、精神性的飞升。当然这还是以有限的理性形式对无限精神的接近。而这大致是所有艺术的一种模式，只不过不同的艺术所凭借的形式不同，能够接近的程度不同。

说到象征派绘画对意念的表现，与其多义性和蕴藉性相伴随的就是作品形式的荒诞性，比如詹姆斯·恩索尔的《面具与死亡》，还有奥迪龙·鲁东的《独眼巨人》等。这大致也是由于意念在表现上的困难，不得不求助于怪异的、主观臆想的和朦胧的形式。

概言之，19世纪后半叶绘画领域对现代性的探索，揭示的却是现代理性的另一面，而其基本模式仍然是形式理性相对于非理性的建构属性，也即后现代理论对人的非理性维度的强调与再思考。而且,无论是对形式的简括、对形式的抽象,抑或对颜色内涵的新发现与新表现,艺术都自觉不自觉地传达了人的整体性状态,表现了艺术本身的整体性诉求:线条与颜色,理性与非理性同在、并重。

2. 文化的顽强意志:新艺术的功用

王宁在他的近著《"后理论时代"的文学与文化研究》中辟有专章论及文学研究疆域的扩展和经典的重构。作为中国当代"后理论时代"这一命题的提出者,他的"后理论时代"研究关注的是积极的理论重构问题。这种重构既表现为文化研究宽泛的包容性,同时也更突出了文化建构的理论属性以及文化的顽强的理性意志。[15]下面所论19世纪后半叶英国文化史上艺术与手工艺运动的新艺术运动,正是对与其同时期的文化领域唯美/非功用化的一种反动——反对绘画以唯美为旗帜,漠视曾经承担的宗教、道德、历史等等的文化意义。这种反动表现为对文化性的一种强调。事实上,人的文化属性,其理论建构意志,渗透于人所涉及的一切领域,贯穿于其全部的历史过程,由此而赋予不同的文化门类以某些基本的同质性。由于这种同质性,文化研究宽泛的包容性也就成为可能。基于此,从文化的角度来考察新艺术运动就既是可能的,同时也有其相应的价值。

艺术、技巧与工业

新艺术的特征大致有两点:艺术的统一性和艺术为所有的人服务。艺术的统一性之设定前提为:依据艺术可用于一切直到最小的装饰物的原则,综合所有的艺术并使之进入日常生活中。这种设定,是对艺术与技巧之间关系所作审视的一种回答。艺术与技巧之间的关系是艺术家和哲学家们一直都非常关注的问题。前面提到,古希腊人通过将"自由艺术"与"手工艺术"分离曾经解决了这个问题,但到19世纪末期,工业和机器制造却使这个问题变得复杂起来。如果说前工业社会艺术与技巧的区分其实质就是艺术与实用的分离,那么工业社会艺术与技巧的区分实则包含了两种区分:首先是人与机器的区分。这是属人的、灵动的、创造性的,因而也允许偶然性存在的方式与机械的、静止的、重复的、因而偶然性缺失的方式之间的根本不同。此种不同根本在于对非理性因素的一种态度——允许或是弃绝。只要是人的作品,就必然保留着非理性的痕迹。

其后便是艺术与技巧的区分。艺术与技巧都可以有人的意志的介人,不同的只是它们的目的——是否服务于实用。前工业社会的情形就是这样,比较单纯。

而19世纪末期英国的艺术与手工艺运动所努力的方向正是要摆脱机器,回到前工业社会,从而恢复技巧中人的灵动的创造性。因为在机器时代,机器制造渗透进手工艺行业甚至完全取而代之。不过,在这种取代中机器真正能取代的也不过是人的需要重复的理性劳作,它无法取代孕育着创造性的偶然之灵动。这种取代使手工艺产品蜕变为呆滞的缺乏灵性的批件。也许莫里斯(William Morris,1834—1896)等对机器制造的反感隐含了对人的处境以及人的创造力的忧虑? 不过,由此也可推知,文化产品,当然艺术也不例外,由于理性因素的始终在场,其与功用的结合在逻辑起点上是可行的。或者说功用就在文化之中,文化包含功用。这是艺术的统一性以及艺术能够进入日常生活服务于一切人的根本契机。

但是,艺术由于与直接功用无关,因此严格而言不能算是机器创造的。换种方式说,没有人的灵动的痕迹就没有艺术。而且,正如前面在讨论印象派和象征主义绘画中反复申说的,艺术的现代性探索其实包含着对非理性的深刻体察、思虑和表现。进而,艺术类型的发展,其趋势正在于理性形式的不断上升和抽象,以把握更多的非理性精神内涵。所以,艺术与技巧的真正分野并不是与功用的结合,而是对非理性的保留度。也就是说,技巧可以保留也可以弃绝灵动的偶然,保留就是手工艺,弃绝就是机器制造;而真正独立的艺术就必须保留和占有灵动的偶然。

以上分析揭示了艺术与技巧与工业与实用结合的内在理性依据。不过我们也已经知道,19世纪后半叶成就卓著的主流艺术运动都是以艺术独立、艺术脱离功用和脱离社会进步为口号的,而且走得更远:比如与唯美主义和象征主义运动相关联的颓废派艺术。英国画家比尔兹利的创作就充分地流露着对人的不被允许的激情的关切。[16]还有象征派艺术家对人的潜意识的理解和表现,例如鲁东就被称为"梦的王子",他的方法就建立在"服从于潜意识的到来"基础上。因此,这些艺术运动无论是对"形之上"抑或对"形之下"的探索,都意在避开"有形"领域的平庸的功效性。也就是说,艺术虽然也是人的理性辛劳的一种,但并不必然与功用勾连。所以,新艺术运动的第二种观念"艺术为所有人服务"这种理想的动力就只能来自外在于艺术本身的某种文化理念。如果审视新艺术运动的历史背景,便不难发现一种社会思潮——"进步"的历史观——对其的影响。

艺术与功用

19世纪末期某种程度上可以被视为近代社会的结束和现代时代的开始。所谓现代时代实际上就是理性在生活一切领域的主导地位的稳固确立。其在社会领域的表现就是"进步"成为主导价值观念。这种观念，遵循百科全书派的传统，渗透了整整一个时代。接下来实证论者们（例如奥古斯特·孔德）又给予这种观念一种哲学基础，同时赋予科学和技术进步一种真实价值。其直接后果是对作为各种变化的发起者和创造力的个人的信任。个人在人类的进步中起着一定的作用。而为所有人去建设一个更美好的世界的想法就是这种进步观念的逻辑延续。这种被称为社会主义的政治理想，从世纪中期就出现在许多人身上（傅立叶和马克思等）。他们分析了那些与进步、繁荣相伴生，涌进城市为了谋求点生计的人们的悲惨境况后，提出了这种既能安抚人心又可激发自我价值的社会理想。

这种理想对英国艺术界的影响更早、也更深刻长久（连王尔德这样的浪荡子都不乏社会主义的激情，罗斯金则更是亲自领导并实践过这一乌托邦理想）。大抵因为英国的工业革命最早、最成功，因而工人阶级的可悲处境更醒目。它们激发起英国艺术与手工艺运动那些令人崇敬的人物们的理想主义热情。在他们的推动下，欧洲各地艺术家们以其努力提高对日常物品的绘画质量和建立触及整个生活空间的"完整的艺术作品"的概念，参与了社会主义思潮的实践——艺术的社会主义实践。也就是说，新艺术将艺术与功用结合就是对这种社会思潮的回应，而这种社会主义思潮正是艺术与功用结合的外在动力。

有了内在根据，又有外在动力，新艺术运动就蓬蓬勃勃地开展起来。艺术家们切实地将艺术与功用结合起来。在实践基础上，他们又建构起相应的理论来。

建筑师维奥莱-勒-迪克（Viollet-le-duc，1814—1897）认为，形式、材料和功能应服从于规划。在他看来，形式从材料和功能而来，而不是来源于审美原则。装饰不应该是加上去的，而应能揭示建筑物的实质。他的那句著名的话——装饰"属于建筑物，它不像是服装，而像是肌肉和皮肤那样属于人"[17]——不仅表明对装饰有一种功能上的认识，而且认为装饰、形式与材料、功能是有机相随、血肉相连的。装饰来源于材料和功能，而不是由别的外在的审美原则所规定的。这种理解，衔接了两种理性样式：功用理性和形式理性。前面已经指出过这种衔接的文化基础。更重要的是，有了这种理论上的演绎,艺术与功用的结合就显得不是外在的和人为的,而是内在的和自然的。不但艺术与手工艺之间同质的量的界限被跨越了,艺术与工业之间异质的根本的界限也能被跨越——可度量的"功用"作为最显著的要素覆盖了艺术与工业在非理性维度上的异质性。

这种有关艺术的理论,也可以看做是对整体性艺术的要求——所谓"完整的艺术作品"。只是这种整体性已经超越了对艺术作品本身的关注,它将已完成的艺术作品的功用也囊括进更基本的形式—内容/材料范畴,严格说来,在逻辑推演层面是比较牵强的,或者说它并不适合于更普遍更宽泛的艺术类型。但它还是将整体性这种艺术理想又一次呈现给了审美者。

另一方面,与印象派和象征主义艺术的主观旨趣相较,新艺术注重实用的方向才真正是现代性的方向,是一种力图与社会和谐衔接,突出功用/功利理性的艺术实践。而印象派和象征派苦心经营的遗世独立之"唯美"姿态,虽然以艺术独立的方式揭示出艺术的整体性要求,但其对非理性内容/色彩的强调,实则是一种背离现代性或者说超越现代性的方向。

3. 暂时的结语:整体性的艺术

通过对印象派、象征主义和新艺术的分析,我们可以见出,印象派和象征主义视觉优先的唯美原则是为了分离艺术与社会功用,为了艺术独立。但唯美实践本身却同时锤炼了形式与颜色:唯美在为艺术补充进生命激情的同时,也提升了艺术的形式要素。另一方面,对抗唯美的新艺术再次结合起美与功用。但这是僭越——结合了功用与形式、颜色——是与唯美主义运动相背离之处。不过,与唯美主义运动卓有成效一样,新艺术运动也是成绩斐然。

原因在于,艺术的功用并不与艺术的唯美天然相矛盾,它们植根于相同的理性文化基础。无论唯美是倚重色彩还是倚重线条,是解释直觉/直感还是暗示意念,唯美的艺术都不可能废除形式理性;同时,新艺术之能结合艺术与功用,也是因为艺术的形式理性与新艺术的功用理性在更基本的文化层面所具有的同质性。它们的区别在于,由于探知非理性精神,艺术以"唯美"的姿态而独立;由于某种社会理想,艺术与功用相结合。而且,它们都自觉不自觉地表现了整体性的人与整体性的艺术,虽然各自的"整体性"内涵很不相同。

下篇 整体性的艺术之延续与变化：
从唯美主义艺术、新艺术到后现代消费文化

1. 后现代消费文化与视觉文化

当下,无论唯美主义艺术还是新艺术全都成了艺术的过去样式,充满人们日常生活的是"后理论时代"的消费文化、视觉文化,例如波普艺术、语像文本、图像化的文学经典,诸如此类。不过,当反思文化形态的变更时,人们仍然能够探觉到唯美主义艺术以及新艺术在当下文化形态中的痕迹:视觉文化因强调图像而与唯美主义艺术相关联。而消费文化,"消费"这一与功用/功利行为相关联的限定语就使人记起新艺术对功用的推崇。

在分析"后理论时代"的西方理论思潮及其走向时,王宁专门论及了"语像时代的来临和文学批评的图像转折"。他认为,与后现代主义密切相关的消费文化,或者就称为后现代消费文化,其最突出的审美特征表现为下面四点:一是表演性;二是观赏性;三是包装性;最后是后现代消费文化的时效性。[18]消费文化的这些审美特征,除了可明显感知到的贯彻始终的动感/流动属性外,就是消费文化在很多时候都直接诉诸审美者的视觉反应。此种对直接视觉刺激的借重就是视觉文化和语像写作崛起的契机。

在比较了摄影文学文体(photographical genre)与语像写作(iconographical writing)的不同之后,王宁将作为一种越界(crossing borders)的文体的语像写作不同于传统写作的特点归纳为三点:依赖图像、崇尚技术以及诉诸解释。[19]毫无疑问,他的这些具有洞见的论述对我们是一个启示。本文下面就据此讨论视觉文化与唯美主义艺术的关系。

2. 差异性的关联:视觉文化与唯美主义艺术

可解释性及其差异

在语像写作的三大特点中,尤其令人深思的是对语像写作诉诸解释这一特点的强调。在先于语像写作的摄影文学文体中,图像只是辅助性要素,文字还是文本之核心要素。也就是说,这里不存在对图像的可解释性的要求,摄影文学文体只是语像写作的前序或准备。值得注意的是,无论是摄影文学文体还是语像写作,基本上都还是文学文体,而不同之处只

在于,摄影文学文体有文字承担可解释性功能,语像写作由图像取而代之。

在上篇对19世纪唯美主义艺术运动的印象派、象征主义的分析中,当分析到绘画的象征性时,我曾论及绘画作品的可解释性问题。印象派和象征主义绘画,尤其是偏重对颜色的尝试的象征主义绘画,对图像的可解释性就有非常明晰的意识,虽然主要集中于对颜色的可解释性的发掘:莫罗就认为,颜色的目的不在于复制真实,而在于解释真实。但总体上,颜色的可解释性也就表现为绘画作品的可解释性。而且,夏凡纳对线条的简略、抽象,客观上也指向图像的可解释性。还有后来的立体主义。

我在上篇又论及,象征主义绘画对绘画的可解释性的探索是为了以有限和具象的形式理性方式暗示无限和无形的非理性精神意念和情绪,企图通过对绘画的可解释性和多义性的开掘,使绘画摆脱具象形式的束缚,以便能够像文学或者音乐艺术那样更自由地表现那个无尽的、充满魅惑的非理性精神领域。也就是说,在唯美主义的印象派和象征主义绘画中,绘画是绝对主体,也就是说,图像是绝对主体,这里并没有文字与音符的直接介入。但是,这个主体,就某种程度而言,是一种事实上超越了自己的东西——语言与音符的抽象表现力。不过,它并不希望因为这种越界的企图而丧失自己作为主体的地位,更不希望改变自己作为可视艺术的艺术门类属性。在另一方面,这种超越的企图实际上又多少是可为的:唯美主义艺术的未完成性与象征性换种说法就是图像的可解释性。

在语像写作中,图像也是文本的核心要素,也就是说,图像是文本的主体。但是在这里,图像的主体地位并不改变语像写作在艺术类别上的归属,语像写作是写作,是文学而非绘画。关键在于,图像作为主体的语像写作之所以为文学,正是因为有语像写作中的图像,理论上,具有无尽的可解释性,而这种"可解释性",前面已多次论及,本属于文字、音符这类更抽象的表意元素。所以,语像写作中的图像是文学化的图像,是文学而非绘画,在"后理论时代"是一种主动的越界。

另一方面,尽管19世纪末期的印象派和象征主义绘画对图像可解释性的尝试与探索并非为了有朝一日图像被文学所整合,但这种探索却客观上为语像写作的可能提供了最早的美学支持和实践经验。而当下对语像写作诉诸解释的特点的敏锐体察,则可谓深中肯綮。事实上,美国图像研究专家米切尔在不久前发表的一篇名为《不可言说的和不可想象的:恐怖时期的文字与图像》的文章中对字/像问题之根本辩证特性进行分析,指出了图像所具有的类似于文字的可解释性。[20]

当然,与唯美主义艺术运动对图像的可解释性进行开掘的精英化文化路径完全不同,作为视觉文化之一种的语像写作对图像可解释性的借重是大众文化崛起的后果与标志,也可以说是文学既保全自我同时又顺应大众时代的一种努力。而与这一过程有些异曲同工的另一过程就是文学经典的图像化:"图像化转移"使文学经典能够在大众时代于不经意间渗入审美者的日常生活。比如,中国古典文学名著《红楼梦》就不仅有连环画版本,还有电影版本、电视版本,而且电视版本还不止一种:《红楼梦》几乎无处不在。文学经典的图像化转移无疑也是精英化向大众化的转向,但这种转向是否也保留了图像的可解释性呢?基本上,与语像写作相较,由于显而易见的困难——文学经典已然以经典文本的形式存在于历史中,存在于现实里——文学经典的图像化诉诸解释就更为困难。但毕竟,图像化的文学经典仍然是文学,它"摆脱"不去文本的可解释性和文学性。

概言之,语像写作作为后现代消费文化生产方式之一种,一方面继承了现代主义艺术的某些美学理念,另一方面又毫不含糊地拉开了与传统文学创作之间的距离。不过,无论继承还是超越,其写作的基本属性并没有改变。所以可以说,文学艺术的存在样式随着文化形态的改变而改变,文化顽强的对意义的建构、对价值的追问的理性意志却不会改变。也由于此,从源头而论,文学艺术不会终结其发展的进程。

消费的魔力与文学艺术的自我意志

19世纪的唯美主义艺术运动是文化的精英化运动:文学艺术不仅要摆脱统领知识领域的真和功用,也要与实践领域所崇尚的善和功利划清界限。[21]简言之,唯美主义,为艺术而艺术,艺术独立,诸如此类,这些才是文学艺术心之所系,力之所往。至于消费、市场,就主观意向而论,市场和消费与唯美主义的价值诉求南辕北辙。

不过,有点具有讽刺意味、同时也有点苦涩意味的是,实践唯美主义艺术运动的艺术家们却在市场与消费魔力的操控下有些迷失——弱化或者丢失了唯美的精神意向。本文上篇提到美国画家惠斯勒的《夜曲》系列在他起诉罗斯金一案中被鉴别为"未完成"的作品,惠斯勒因此蒙受了事实上的破产厄运,虽然从法律程序上看他是胜诉的。批评者很容易由此读出惠斯勒起诉罗斯金的功利动机——艺术作品在唯美主义时代就不得不面对一个市场,虽然彼时对市场的适应大致说来还只是艺术家们幽隐的潜在意识。也就是说,在实践层面,艺术的精英化运动培育了市场与消费:唯美主义艺术反对一切与美无关的文化要素,消费更是首当其冲,客观上反而滋养了消费,到头来就被消费所消费。而对唯美主义的消费才只是消费牛刀小试之举。

当下视觉文化对消费的积极回应能够更有效地说明消费的魔力。语像写作以图像为文本的主体,而无论语像写作中的图像具有怎样的可解释性、怎样的文学性,基本上图像还是图像,与文字或者音符相比,依然保留着更多图像的具象特征。这个紧密关联着"物性"的具象特征,就是对消费和对市场的接纳与迎合。而且,语像写作是写作者明晰的意志,也就是说,这里对市场的迎合是自觉的。再者,文学经典的图像化转移对消费的主动承欢更是不言而喻,而多数时候文学经典图像化转移所获取的可观市场份额,就从另一侧面有力地说明了视觉文化对消费的追逐。

但是在此更值得注意的是,语像写作一方面迎合消费,另一方面,由于图像可解释性的加入,事实上隐秘地修正并提升着大众化市场的消费文化——有更纯粹的美感的渗入。这或者可以认为是文学艺术对市场与消费迎合中的反动?也是在这一层面上,我们说语像写作是文艺既保全自我同时又顺应大众时代的新尝试。

总之,唯美主义艺术出发于文学艺术的自我意志,凸显着文学艺术顽强的自我意志,虽然这个自我意志又无可奈何地终结于消费;而当下的视觉文化虽然是文学艺术主动回应消费与市场的后果,但它又以被消费的方式暗中改造着消费,尽管很是有些乏力。在这样两个几乎完全反向的艺术实践中,消费的魔力都令人难忘,而文学艺术顽强的自我意志同样使人记起。

3. 关联中的差异:后现代消费文化与新艺术

消费文化与后现代主义理论

说到消费文化,就不能不提起文化的大众化时代与理论的后现代主义。从物质层面,甚至某些精神层面来说,大众化其实都是现代化的后果,不过作为现代化后果的大众文化在物质和精神层面都是对抗现代化所推崇的精英文化的,这种对抗尤其体现在精神层面。因此某种程度上,大众化时代的消费文化又体现为现代化的物质性成就对精神的挤压。不过,这种挤压也并非全是负面效应:消费文化可以说是文化发展自我的一种形态。而且,消费文化这种新的文化形态就落实于文学、艺术的各种新的存在样式。

另一方面,理论上的后现代主义与现代主义之间也呈现着多重关系:既有批判、消解的断裂,也有对之推进的继承。但无论是消解还是继承,后现代理论终归还是理论,它保留着理论的意义建构属性。后现代理论所要消解的不过是针对新的大众消费文化时现代主义理论的苍白,通过解构现代主义的价值原则建构起新的、针对后现代消费文化的意义可能。事实上,西方新马克思主义理论家詹姆逊就相当客观地指出过这一点:"在最有意义的后现代主义著述中,人们可以探测到一种更为积极的关系概念,这一概念恢复了针对差异本身的观念的适当张力。这一新的关系模式通过差异有时也许是一种已获得的和具有独创性的思维和感觉形式……"[22] 后现代主义并不意味着理论的终结,而是理论的延续,某种似乎有些断裂意味的延续。因为,理论本身所面对的文化已然有些断裂的意味了。

而且,后现代主义的理论建构属性并不是只停留在理论家们的分析中,这些理论事实上或多或少支撑着消费文化本身。

前面已经提到,贯穿于后现代消费文化所有审美特征的属性体现为显著的动感/流动属性和诉诸直接的视觉刺激。而这两点又内在地相互关联着——动感,流动就极其易于停留于外在和浅层。相应的,这种动感而外在的文化形态在美感特质上就体现为:先锋性、零碎感以及表面化。仔细辨析起来,后现代消费文化这样的美感特质在很大程度上与后现代主义理论自身的那些属性就是相吻合的。比如,理论的解构性与作品的零碎感,理论的多元、去中心化与作品的先锋特质等。

不仅如此,理论本身也不断顺应文化的发展轨迹而有所作为。例如,伴随语像写作的语像批评理论。语像批评理论就是针对语像写作实践的理论建构。有学者认为,语像批评最富特点的属性是其超越时空界限的可阐释性。[23] 相对于语像写作意义表达的不确定性——图像的可解释性——语像批评就拥有几乎无限可能的阐释空间。当然,无限可能的可阐释性同时要求审美者与语像文本的互动。不过从某种角度看,审美者与语像文本的互动恰好又是刺激消费、成就市场的因素。更具理论价值的是,超越时空界限在理论领域表现出的跨学科跨文化(指与民族地域相关联的文化)甚至跨历史等的超越属性为当代批评中的"图像转折",也为更普遍的文学艺术的"越界"研究提供的理论资源。

例如,对当代视觉艺术的批评,也即对作为后现代消费文化之一种的后现代视觉艺术的批评。比如,波普艺术(Pop Art)。波普艺术的图像对日常生活的各种象征符号的成功挪用,严格说来,就是文化不同门类的越界。这方面最显著的例子可参见安迪·沃霍尔(Andy Warhol, 1928-1987)的《坎贝尔浓汤罐头》,汉密尔顿(Richard Hamilton, 1922—)的《是什么使今天的家庭如此非凡,如此有魅力》,以及利希滕斯坦(Roy Lichtenstein, 1923—1997)的《女孩肖像》等"经典"波普艺术作品。

而在这里,除了强调"经典"的后现代理论对消费文化的支撑外,尤其要指出新的批评理论对超越时空界限的可阐释性的突出与深化,因为,这种超越性事实上为美与艺术在当下的普及化——后现代时代日常生活的审美化——建构了基本的理论支持。

资本主义功利原则与社会主义乌托邦以及新艺术的命运

在更深入的追究中,视觉文化和消费文化所持有的变动与外在属性,同新艺术对功用与美的结合一样,并不能必然地、合乎逻辑地从文艺作品本身推演出来,它们全来自外在于艺术的方面。新艺术缘起于社会主义乌托邦思潮与实践,而视觉文化的社会理性动机则是资本主义的功利理性原则。

文学艺术曾经一厢情愿地试图避开其他所有的文化要素而独立,但其独立的后果就是不得不直接面对一个更加一般化的文化和社会中介——市场。更具体而言,市场这个中介打破了文学艺术自成一统的唯美迷梦,勾连起美与功利:市场作为中介因其"禀赋"的更基本的一般性而无所不在,并且无往而不胜。当然,市场这种更基本的一般性是作为一般等价物的货币所赋予的。[24]凭借这种"一般性",市场事实上就能够超越不同社会分工的藩篱以及不同文化门类的界限,成为社会生活的真正中心以及文化形态的价值导向——消费市场乃消费文化的引领者。最大利益的驱使以及变幻莫测的市场供求关系永不停息地要求着消费文化的变动与外在。在消费文化中,甚至美与功利的结合都取一种比较浅层次的、外在的也是易变的形式。

也就是说,后现代消费文化是比较成熟的资本主义文化样式,它固然是艺术与美的普及化过程,是反文化精英化的过程,但这里,消费文化的"泛美"——美的普及化——并不是其真正的价值诉求,美感要素在消费文化中服从于功利这个更绝对的社会理性动机。虽然,前面已经论及,文化整个的市场化过程(消费文化的形成)缘起于美与艺术的独立,一种彼此对立的文化意志。

在另一方面,从客观效果看,19世纪末期的新艺术运动在"为艺术而艺术"的时代就将美/艺术引向了市场——与当下的消费文化一样的艺术与美的普及化过程。但是,新艺术对美与功用的结合其初衷、其动机在社会抱负层面就比消费文化来得崇高、来得精神化——新艺术是艺术的社会主义实践,是社会主义乌托邦运动的一个有机组成部分。而正是社会主义乌托邦所"禀赋"的理想主义精神使得新艺术运动的实践者们能够不遵循逻辑地跨越(僭越)艺术与另一些文化门类的界限。这一方面可视为新艺术对美的普及化不同于后现代消费文化对美的普及化之一处。(对于这两种对美的普及化过程的不同,下文还将从其他方面深入分析。)另一方面,还揭示出新艺术运动动机与后果的相悖。而本文不断指出唯美主义艺术运动以及新艺术运动这些悖论式的动机与后果,是为了对照视觉文化和消费文化中同样存在的美与市场结合与对立的悖论式并在,并在比较中反思文化形态断裂中隐在的延续线索。

前面提到,在消费文化中,美与功利的结合是外在而易变的,新艺术运动则不同。在这里,美和艺术与功用/功利的结合更深入和更内在。按照建筑师维奥莱-勒-迪克的说法,美的形式与材料以及功用是有机的一体,恰如人的皮肉与人有机一体一样。这是把功用视为艺术作品的一个内在结构要素,所以能有这样深入、内在的结合。从客观效果来看,新艺术对艺术功用性的开掘是在唯美主义时代对艺术精英化的反动——美与功用的结合因为"功用"而必须直面"功利"的资本主义市场。注意这里,新艺术是通过功用而非直接的美通向功利市场的,也就是说,是功用而非修饰性的美决定着物的价值/价格,换种说法,唯美主义时代消费者消费的仍然主要是传统的"有用性",不是美。但是,在当下,消费文化消费的更主要是文化,是美。[25]这一点应该说是新艺术和后现代消费文化最具本质性的不同。(当然,在新艺术中,这个功用实际上又来自它的社会主义乌托邦动机。)而这种不同在某种程度上预示了新艺术在后来时代的式微命运。

而从美学角度看,新艺术对美与功用的结合,是功用的加入,这里功用的加入事实上并不改变艺术(家)有关美的观念。也就是说,新艺术对市场非先在的迎合并不从根本上改变"为艺术而艺术"时代文化的一些基本审美原则,它也因此保留着只属于那个时代的特有美感特质。这样看来,新艺术运动不能被视为后现代消费文化之一种,它仍然归属于现代主义文化运动,也将随着现代主义的衰微而留存于艺术史中。

因此,新艺术对美与功利的结合,如上篇所论,所揭示的文化多样而顽强的理性意志以及不同文化形态和不同学科在文化层面上的某些基本的同质性,更具有理论价值。这些同质性构成了不同历史时期和不同艺术样式的消费文化与新艺术所能同样进行美的普及化实践的更深层次的理性基础。

4. 结语:整体性艺术的延续与变化

19世纪后半叶的唯美主义文艺运动毫无疑问是朝向文化精英化方向的文化运动。前面已论及,印象派、象征主义绘画推卸去曾经承担的,维护外在于艺术的其他社会价值之文化职能的过程,也就是艺术向自身、向内在开掘的过程。这一过程通过对构成文学艺术作品本身的那些终极要素——形式与内容,线条与颜色等——的锤炼,形成了唯美主义艺术只关乎文艺作品本身的整体性艺术理想/理念:形式与内容都须得到强调而且都须保留艺术把握力方面的无限可能。这种整体性艺术理想/理念适时而恰切地反映着艺术独立本身,谨严地把守着文学艺术不同门类,尤其是文化不同门类之间的界限。

而同一时期与唯美主义艺术运动价值意向相反动的新艺术运动,则凭借外在于文学艺术的社会主义乌托邦运动,轻而易举地将外在于文艺作品本身的功用/功利要素引入文艺作品的创作过程,从而形成了新艺术运动独有的整体性艺术理念。这种整体性理念通过有效地结合起美与功用,事实上打破了文艺与社会其他文化门类的界限。

在某种程度上,可以说新艺术为后现代消费文化预备了最初的实践和理论资源——一种不同于后现代消费文化的消费文化。除了前面已论及的新艺术与后现代消费文化各自归属于基本审美原则不同的文化运动外,其不同之处还在于,新艺术运动,确切地说,只在可与功用/功利直接结合的艺术门类(具有直接装饰效果、保有具象特征的艺术门类)中大显身手,比如绘画、雕塑、建筑等。文学艺术的语像时代此时还在文化的孕育过程中。而且,这种不同不仅规定了新艺术对美的普及化的限度以及它的黯淡前景,也曲折地解释了文学创作的图像化——语像写作——发生的部分原因:也就是,具象艺术,因其保有的物性,离功用/功利更近,更容易市场化。

到了后理论时代,文学艺术的整体性艺术样式就不仅打破了文艺与社会其他文化门类的界限,同时也跨越了不同地域文化、不同历史时期文化(所谓全球化)的界限以及不同艺术门类的界限。这时的整体性艺术样式既不似唯美主义的整体性艺术理想那般充满精英意味,也不像新艺术的整体性艺术理想那样富有殉道精神。可以说,后现代消费文化所取的整体性艺术样式,更是一种难以言表的、现实的状态。如果借用鲍德里亚偏重于消费的说法,这种整体性艺术样式就是"最底层的共同文化",是一个以美为标识的、难以界定也有些虚妄/有些符号化的消费品(参阅注释[25])。这种消费品,尽管有些虚妄,却又被实在地消费着。或者借用德博尔更偏重于文化的说法,它就是"'一体化'景观(an 'integrated' spectacle)"[26]。总之,是一种复杂的、难以界定的整体性艺术样式。

尽管难以界定,当下学者们针对后现代消费文化、视觉文化、语像写作、波普艺术等等,讨论最多的还就是越"界"问题。事实上,一如消费文化的整体性艺术样式是一种现实的状态,理论领域的越界问题也已经是一种现实的状态。就某种程度而言,消费文化的整体性艺术样式与理论领域的越界问题是相表里的。由此也同样可以见出文化顽强的理性建构意志。

(作者单位:重庆大学文学与新闻学院)

注 释

[1] William Gaunt, "A Continental State of Mind", in *The Aesthetic Adventure*, revised edition, London: Jonathan Cape Ltd and Cardinal, 1975, reprinted in Cardinal by Sphere Books Ltd 1988, pp. 9-21.

[2] 本文是笔者博士学位论文《神圣与世俗——唯美主义的价值意向》(中国人民大学,2006年)的延续性研究。对这一问题的相关研究可参见下面引文所涉的参考书目以及笔者的前期论文:《两希文化与唯美主义的价值意向反思》(《文学理论前沿》第3辑,北京大学出版社,2006年)及《唯美主义的历史:从道德社会到消费社会》(《天津社会科学》2005年6期)等。

[3] 参阅汤浅博雄:《巴塔耶:消尽》,赵汉英译,石家庄:河北教育出版社,2001年;乔治·巴塔耶:《色情史》,刘晖译,北京:商务印书馆,2003年。还可参阅 Carolyn J. Dean, "The Legal Status of the Irrational", in *The Self and Its Pleasures: Bataille, Lacan, and the History of the Decentered Subject*, Ithaca, New York: Cornell University Press, 1992, pp. 17-57. 不过,巴塔耶对人化过程的分析,对被放逐的人的动物性的追索,诉求的是理性与动物性的平衡,是整体性的人。哲学以及宗教哲学有关整体性的人的思考还可参阅 Giorgio Agamben, *The Open*:

Man and Animal, tr. Kevin Attell, California: Stanford University Press, 2004。

〔4〕 维克多·维拉德-梅欧在讨论胡塞尔对范畴活动的分析时指出,"'任何范畴性的事物最终都依赖于感性直观',并且它们没有感性基础,其中根本没有思维。超验的判断也是以感性经验为基础的"。也就是说,胡塞尔同巴塔耶一样,也同意感性能力的理性属性。参阅[美]维克多·维拉德-梅欧:《胡塞尔》,杨富斌译,北京:中华书局,2002年,第47—48页。这就从旁支持了曾被认为是感性直观的绘画形式,在更基本也更终极的层面,可定义为一种理性能力。

〔5〕 参阅尼古拉·第弗利:《19世纪艺术》,怀宇译,长春:吉林美术出版社,2002年。

〔6〕 事实上,绘画中形式与颜色、理性与情绪的平衡问题,自文艺复兴以来一直都是艺术家们在处理其对象时必须面对的问题。他们的艺术风格有时就取决于对形式—颜色的平衡能力。Wolfflin 在 *Classic Art*: *An Introduction to the Italian Renaissance* 中谈到意大利文艺复兴绘画第一人乔托(Giotto)时,就论及他的形式理性能力对情绪/色调/内容的有力把握:"He had an eye for the most telling dramatic moment of the event and he, perhaps, did more than anybody else to enlarge the boundaries of expression in painting. …He was no fanatic, but a man of fact, no lyricist, but an observer, an artist who never allowed himself to be carried away by passion, but who always spoke clearly and expressively."因此乔托的风格是平静、平稳而超然的,显示着艺术强有力的形式理性能力。而艺术史上大致与乔托同属一个时期的波提切利(Botticelli, 1446—1510)就有时受因于强烈的情绪:"…and Botticelli, impetuous, passionate, always inwardly exalted, an artist to whom the painterly qualities of a surface meant little, who found his ideal in linear rhythms and who endowed his heads with a wealth of character and expression. …His line is always emotionally moving and spirited with something passionate and impetuous about it, and in the representation of hurried movement he is incomparably effective."他动感的绘画艺术传达着剧烈的内在情绪和深沉的精神苦闷。Heinrich Wolfflin, *Classic Art*: *An Introduction to the Italian Renaissance*, tr. Peter and Linda Murray from the eighth German edition, Fifth edition, London: Phaidon Press Limited, 1994, p. 3, pp. 12-13. 在本文所论的现代艺术中,印象派、象征主义从线条、色调不同方面所把握,表现的正是人的强烈情绪、直觉与沉思。不同在于,这时对情绪与意念的着意是有意而为,是对充分理性化(功利化)的一种反抗。

〔7〕 Panofsky 在 *Meaning in the Visual Arts* 中有论:"Iconography is that branch of the history of art which concerns itself with the subject matter or meaning of works of art, as opposed to their form. Let us, then, try to define the distinction between subject matter or meaning on the one hand, and form on the other." Erwin Panofsky, *Meaning in the Visual Arts*, New York：Doubleday & Company, Inc. 1955, p. 26.

〔8〕 William Gaunt, "The Trials of a Prophet and Butterfly in the Box", in *The Aesthetic Adventure*, revised edition, London：Jonathan Cape Ltd and Cardinal, 1975, reprinted in Cardinal by Sphere Books Ltd 1988, pp. 76-96.

〔9〕 尼古拉·第弗利:《19世纪艺术》,第64页。

〔10〕 丁宁:《绵延之维:走向艺术史哲学》,北京:生活·读书·新知三联书店,1997年,第46页。

〔11〕 黑格尔:《美学》第二卷,朱光潜译,北京:商务印书馆,1979年,第10页。

〔12〕 尼古拉·第弗利:《19世纪艺术》,第74页。

〔13〕 同上。

〔14〕 同上书,第67页。

〔15〕 参阅王宁:《"后理论时代"的文学与文化研究》,北京:北京大学出版社,2009年。

〔16〕 奥布雷·比尔兹利的艺术也可以说是对其生活方式的一种反思和表现,他的生活就充满各种不被允许的激情。不过,比尔兹利主要是一位黑白画家,也就是说,与凡·高对颜色象征人的激情这种发现不同,他倚重线条——同时表现为对颜色的简略——表现人的非同寻常的激情。Miriam J. Benkovitz, *Aubrey Beardsley*：*An Account of His Life*, London：Hamish Hamilton, 1981.

〔17〕 尼古拉·第弗利:《19世纪艺术》,第116页。

〔18〕 王宁:《"后理论时代"的文学与文化研究》,第143—144页。

〔19〕 同上书,第53页。语像写作诉诸解释的特点,可在语像写作以图像为核心要素这一点上获得理论的支持:传统艺术在很多层面遵循柏拉图最初描述的形象原则。其后公元8世纪大马士革的约翰对其充分发挥:"作为表现的形象和原型有些相似,但也有一定差异。形象和其原型之间并非完全相同。"此间的差异,也是图像可解释性的空间。St. John of Damascus, *On the Divine Images. Three Apologies Against Those Who Attack the Divine Images*, Crestwood, New York：St. Vladimir's Seminary Press, 2000, p. 19.

〔20〕 米切尔在文章中写道:"My teacher at Johns Hopkins, Ronald Paulson, exposed the depths of the so-called 'word and image' problem when he drew a fundamental distinction, located in eighteenth-century aesthetics and semiotics, between the 'emblematic' image and the 'expressive'. The emblematic was the image as word, as link to, determined by, readable in words. The expressive was the obverse—the unreadable, the mute, the indexical—a 'regression into primitivism prior to language, or a leap forward to the ineffable beyond language. …Paulson's lesson still resonates with me, partly because it reminds us of the fundamentally dialectical character of the word/image problem, the way in which each term simultaneously contrasts itself with and incorporates its partner. The word/image problem is 'inside' the problem of the image, and vice verse." See W. J. T. Mitchell, "The Unspeakable and the Unimaginable: Word and Image in a time of Terror", *ELH*, Vol. 72, No. 2 (Summer 2005), p. 291. 因此,图像的可解释性就不仅只是艺术家们的尝试,而且还有中外理论家们学理上的支持。

[21] 唯美主义艺术运动的哲学基础可追溯到康德。在《判断力批判》中,康德将美与真、善归为不同的价值范畴,艺术由此而能够独立。参阅[德]康德:《判断力批判》上、下卷,宗白华、韦卓民译,北京:商务印书馆,1964年。另参阅彼得·比格尔:《论资产阶级社会中的艺术自律问题》,《先锋派理论》,高建平译,北京:商务印书馆,2002年。

[22] 转引自王宁:《"后理论时代"的文学与文化研究》,北京:北京大学出版社,2009年,第141页。事实上,作为"后理论时代"的理论家,詹姆逊本人的学术活动也体现着建构。在新近发表的一篇名为"New Literary History after the End of the New"的文章中谈到对未来文化产品的预测时,他使用的是未来学这样的建构性术语。而文章本身又试图建构全球化时代的文学史。Fredric Jameson, "New Literary History after the End of the New", *New Literary History*, Vol. 39, No. 3 (Summer, 2008), pp. 375-387.

[23] 参阅王宁:《消费社会的视觉文化与当代批评中的"图像转折"》,《"后理论时代"的文学与文化研究》,北京:北京大学出版社,2009年。

[24] 有关货币作为一般等价物的超越属性,请参阅西美尔:《货币哲学》,陈戎女、耿开君、文聘元译,北京:华夏出版社,2002年。

[25] 当然这里消费的文化与美也不同于新艺术时代的文化与美了。后现代时代的文化,是鲍德里亚早在1970年所说的"L. C. C."——最底层的共同文化,"一个指称最底层的普通事物集合的范畴",一个集合体,一个以美为标识的难以界定、又有些虚妄的消费品。Jean Baudrillard, "Mass Media Culture", in Revenge of the Crystal, *Selected Writings on the Modern Object and its Destiny*, 1968-1983, London: Pluto Press, 1990, p. 68.

[26] Guy Debord, *The Society of the Spectacle*, New York: Zone Books, 1995, p. 8.

当代西方文论大家研究

朱迪斯·巴特勒的性别操演理论探幽

都岚岚

内容提要：美国当代女性主义理论家朱迪斯·巴特勒的《性别麻烦：女性主义与身份的颠覆》自 1990 年出版以来,已成为影响最大、最广受援引的女性主义著作之一。然而,书中她提出的性别操演理论究竟是什么？对女性主义理论和政治实践有何重要意义？ 这些均是困扰着文学研究者的问题。随着时间的推移,面对不同的回应甚至是批判之音,巴特勒又对操演理论做了哪些新的思考和修正呢？ 本文作者认为,巴特勒提出了性别操演理论,并在此基础上描述并推荐了一套戏仿实践,从而打破了身体、生理性别、社会性别与性欲等范畴的稳定性,超越二元的框架来展现它们具有颠覆性的崭新指意与增衍。可以说,巴特勒的性别操演理论对当代女性主义者重新思考关于生理性别、社会性别和身体的话语具有重要意义。

关键词：朱迪斯·巴特勒　性别操演　性别麻烦

Abstract: Ever since its publication in 1990, *Gender Trouble*: *Feminism and the Subversion of Identity*, by the American feminist theorist Judith Butler, has become one of the most influential and frequently discussed feminist works. But what does on earth her theory of gender performativity mean? How significant is her theory to feminist theory and political praxis? These are certainly serious issues puzzling contemporary literary scholars. As time goes by, how has Butler responded to the various critiques on her theory and what does she try to amend concerning performativity theory? The present article holds that Butler has put forward the theory of gender performativity and, on the basis of which, she proposes a set of parodic practices thus breaking the certainty of body, physiological and social gender as well as sexuality and transcending the dualistic framework to represent their subversivity and resignification. To the author, Butler's above mentioned theoretical doctrines are very significant for contemporary feminists to reconsider the discourse of physiological and social gender as well as body.

Key words: Judith Butler; gender performativity; gender trouble

朱迪斯·巴特勒(Judith Butler)是当代美国久负盛名的女性主义理论家和批评家,她的学术思想融合了哲学、女性主义理论、同性恋研究、怪异理论、精神分析学等众多学科领域,对哲学、政治学、法学、社会学、伦理学、心理学、电影研究、文学研究等多个学科和研究领域都产生了深远的影响。她的早期著作《性别麻烦:女性主义与身份的颠覆》[1](*Gender Trouble: Feminism and the Subversion of Identity*,1990)早已被全美同性恋组织(Queer Nation)奉为经典之作,同时也成为美国精神分析学会和心理学会成员重新评价同性恋规章的材料之一。她所参与的《性别与性欲研究》(*Studies in Gender and Sexuality*)杂志,对精神分析的临床和学术研究都起到了建设性的指导作用。巴特勒关于"女性"的主体以及性欲与性别关系的著述,已进入了女性主义法学研究的范畴。而她关于性别操演的理论[2],也以不同的方式应用于视觉艺术领域,为视觉文化研究提供了别样的分析平台。同时她的怪异理论为重新审视文学文本中女性主体与身份的可能性,提供了有效的理论框架。此外,巴特勒还将其思想的触角伸展到全球政治所关注的问题。她对当代政治中霸权对引发战争的主导作用,以及对当代社会中人的性别身份、同性恋、易性、艾滋病等问题的探讨,都展示出其敏锐的分析能力和理论的穿透力。巴特勒对上述众多学科领域的深远影响,使她当之无愧地成为目前国际学术界最富影响力的思想家之一。

从巴特勒的著作中,我们不难看到,巴特勒影响众多学术领域的主要贡献乃是她对性别化的身份的理论建构。为了使生理性别、社会性别、性欲、身体等范畴去自然化,重新对这些范畴进行意指,巴特勒提出了性别的操演理论,并在此基础上描述并推荐一套戏仿实践,从而打破了身体、生理性别、社会性别与性欲等范畴的稳定性,超越二元的框架来展现它们具有颠覆性的崭新意指与增衍。可以说,巴特勒的性别操演理论对当代女性主义者重新思考关于生理性别、社会性别和身体的话语具有重要意义。鉴于巴特勒的性别操演理论在诸多领域的深远影响,本文试图梳理和评价她在《性别麻烦》中提出的性别操演理论,并力图勾勒巴特勒在众多回应的声音中对操演理论的不断修正。

一、性别的操演

在1999年《性别麻烦》再版序言中,巴特勒谈到她的操演理论首先是从德里达对卡夫卡《在法的门前》这一寓言的解读中获取了灵感。《在法的门前》是卡夫卡未完成的小说《审判》中的一部分,主要讲述了一个乡下人想求见法而不能如愿以偿的故事。[3]作为法律守护者的看门人,虽然只是特权阶层中最卑微的一员,但就是这样一位最低等级的执法者却可以无限期地延宕像乡下人这样的弱势群体晋见法律的机会,因为一旦让被统治阶级知道法的真实面目,即法律为特权阶层服务,那么统治阶级就会遭到毁灭性的打击。坐在法律大门之前等待的乡下人到死也没能见到法的真面目,而法律的权威正是通过乡下人对揭示法律意义的惧怕和渴望得以建立的。巴特勒从中获得启示认为,期待某种权威性意义的揭示,正是那个权威得以建立的方法。同样我们对性别也怀有这样的期待:认为性别以一种内在的本质运作,等待我们去揭示其意义,结果这种期待却生产出它所期待的现象本身。我们所以为是自身的某种"内在"特质,其实恰恰是我们期待并通过某些身体行为生产出来的。也就是说,并不存在一个先在的生理性别(sex),我们所以为的性别的"内在本质",其实是社会规范不断作用于我们的身体而形成的,它是社会规范在我们身体上不断重复和操演的结果。这样,生理性别不是先于社会话语的事实,它和社会性别一样,都是话语建构的结果。我们再也无法对生理性别和社会性别做出区分,而只能说性别形成于某些持续的行为生产中,这些行为的产生受制于话语规则和实践,正是这些持续的话语规范对身体进行性别的风格化而使性别得到暂时的稳固。性别的"内在本质"其实是服从于性别规范的一系列行为的重复,在性别表达的背后没有性别的本体身份,性别身份形成于持续的操演行为中,先有操演行为,然后才有性别身份,这就是巴特勒提出的性别操演理论。它彻底推翻了异性恋霸权主义对性别的认同模式,即我们生而为男为女,生来具有男性或女性的生物性特征,通过压抑对母亲的欲望逐渐在文化秩序中获得男人或女人的社会性别身份。由于获得社会性别身份的过程就是对欲望压抑封杀的过程,因而从进入文化象征秩序的那一刻起,欲望便被套上文化规范和乱伦禁忌的枷锁。巴特勒在深刻地指出权力话语对欲望的压制和生成的同时,认为:性别和欲望灵活多变,性别是欲望的化妆表演。性不是固定不变的身体属性,而是文化规范对我们身体的物质化过程中的表征。那么,巴特勒是如何论证她的性别操演理论的呢?下面将进行探讨。

1. "妇女"作为女性主义的主体

首先,巴特勒重新思考了"妇女"这个范畴,并对女性主义把"妇女"作为斗争的基础提出了质疑。巴特勒认为,"妇女"绝不是一个稳定的能指,即使是在复数的情况下,它也是一个麻烦的词语、一个焦虑的起因,因为这个词不能尽揽一切,包含所有的多重意指。况且在不同的历史语境中,对社会性别的建构并不连贯和一致,它与话语在种族、阶级、族群、性和地域等范畴所建构的身份形态交相作用。因此,"性别"是不可能从各种政治、文化的交汇中分离出来的,它是在这些交汇中被生产并得以维系的。而女性主义以"受压迫的妇女"为一个普遍的基础,它暗含的是:父权制是一种跨文化的、普遍的结构,对"妇女"的压迫有某种单一的形式。巴特勒认为实际的情况是:性别压迫存在于具体的文化语境之中,不同文化语境中的性别压迫是不同的。女性主义理论假设存在"妇女"这样一个集体的身份,目的是为"妇女"这个主体追求政治上的再现。也就是说,必须先预设存在"妇女"这一主体,然后才能得到再现,因为在追求争取妇女作为政治主体的合法性的过程中,再现是一个运作的框架,但是作为语言的规范性功能,再现通常不是揭露就是扭曲那些我们所认定的真实,因此对女性主义理论来说,如何发展一种全面或者足以再现妇女的语言,对促进妇女的政治能见度是十分必要的。

由于"妇女"这个范畴不能包含所有的含义,因此当女性主义宣称它代表"妇女"(实际上是某些妇女)并为其争取权益的时候,必然会遭到被排除在外的妇女的反对,这也正是身份政治的局限性。巴特勒认为,任何以其实践的先决条件为由而限制性别意义的女性主义理论都在女性主义内部设立了排除性的性别规范,而且往往带有同性恋厌恶症(Homophobia)的后果。女性主义应该小心,不要将某些性别表达理想化,因为这将产生新的等级和排除的形式。然而具有悖论意味的是,为了符合再现政治上女性主义必须表达一个稳定的主体的要求,女性主义又必须以某个共同的身份为基础,因此便遭到了错误再现的指责。身处这种两难的境地,女性主义的政治实践必须从根本上重新思考本体论的身份建构,试图将可变的、流动的身份作为一个方法上的先决条件,从而使女性主义理论从单一的基础中挣脱出来,避免遭到被它排除在外的那些身份位置的挑战。这就是巴特勒思考流动的、可变的(性别)身份的根本原因。

2. 作为话语建构的生理性别

其次,巴特勒重新思考了女性主义对生理性别和社会性别的区分,以证明生理性别和社会性别都是体制、话语和实践的结果而不是其原因。女性主义区分生理性别和社会性别,是为了驳斥性别歧视者所持的"生理即命运"的观点。为了反对女性的命运是命中注定的说法,女性主义者认为,无论女性的生理性别是多么的不可撼动,她的社会角色都是文化建构的,因而对社会性别的塑造是可以改变的。这种生理性别和社会性别的两分使得女性能够暂时从"天定"的命运中解脱出来。但是巴特勒诘问的是:我们通常所认为的不可动摇的"生理性别"是如何给定的?关于"生理性别"的阐述是一种事实,还是服务于某种利益的科学话语?"生理性别"被认为是自然的、前话语的,好像它是先于文化的,在那里等待文化在身体上有所作为,这种"生理性别"在本质上被建构为非建构的特点在巴特勒看来,正是为了稳固生理性别内在的稳定性和二元的框架,从而服务于异性恋的规范。

在《性别麻烦》第二章,巴特勒质疑了某些女性主义者挪用结构主义人类学家列维-施特劳斯的观点,以支持生理性别和社会性别的区分。列维-施特劳斯认为,自然或生物的女性通过亲属关系的交换原则逐渐转化为臣服于父权制的社会女性。人类为了保证子嗣的繁衍,必须实行异性恋机制,而乱伦禁忌(incest taboo)则是禁止同族婚配的亲属关系的核心,它使异族通婚的异性恋机制成为可能。通过婚姻制度,女人被当做礼物从一个父系宗族交付给另一个父系宗族。可以说,通过对女人仪式性的引进,男人之间同性社群的结盟得以巩固,而女人却没有自己的身份,她只是一个关系条件,用以区分不同的宗族。男人之间的互惠关系以男人和女人之间极度的非互惠为代价,从而完成了父系宗族的繁衍。列维-施特劳斯较为圆满地阐释了男性的文化身份如何通过父系宗族之间公开的分衍而得以建立,但巴特勒却认为,列维-施特劳斯的阐释中认为生理性别是素材,等待文化意义的铭刻这样的概念本身就是一种话语建构,是男性霸权统治策略的一个自然化的基础。巴特勒认为,并不事先存在一个"自然的生理性别"逐渐转化为社会性别,相反,我们所认为的生理性别实际上是社会性别话语的结果。在我们进入语言、文化和社会之前,并没有先验的、天生的"男人"或"女人",所谓的"男人"和"女人"是不断重复文化规范的结果。由于生理性别并不是"生来如此"的,而是一种通过操演而演绎出来的意义,因此我们成为某一性别恰是因为我们将自己操演成了那一性别。从某种角度说,生理性别总是已经成了社会性别,而且我们无法对生理性别和社会性别做出明确的区分,因为这两者都在话语的框架内形成。巴特勒的这个观点将生理性别从自然化的表象中解放出来,为寻求颠覆和置换那些支持男性霸权的自然化的性别概念提供了可能性。接着,为了说明主体的社会性别身份不是既定和固定不变的,而是不稳定的和操演性的,巴特勒将关注点放在对社会性别的去自然化上。

3. 作为过程的社会性别

社会性别在霸权语言里是一种始终如一的存有,这种表象通过对语言或话语的操纵而达成。"你是什么性别"这个问句本身说明性别是人的一个本质属性。正是性别、阶级、族裔等稳定化概念的确立,使得人的身份随着时间的推移而保持其内在的统一性。为了建立性别的统一性,需要在生理性别和社会性别之间建立直接的关联。例如,一个人如果在生理上是女性,那么她就应该展现她的"女性特质",并在异性恋为规范的模式下渴望男人的爱。也就是说,以异性恋模式为主导的父权制社会只允许男性与女性两种生理性别和社会性别存在,一个人的生理性别决定其社会性别。这种性别的"统一性"和"一致性"其实是社会管制的结果。生理性别的单义性、社会性别内在的一致性以及生理性别与社会性别的二元框架,都是管制性实践虚构出来的,它们起到巩固和自然化异性恋主义权力体制的作用。

巴特勒指出,"作为一种不断改变、受语境限定的现象,社会性别不指向一个实体的存有,而是指向一些具有文化与历史特定关系整体中的某个相关的交集点"[4]。社会性别是"非自然的",一个人的身体和其社会性别之间也没有必然的联系。一个被指定为"女性"的身体不展现具有女性特质的气质是有可能的。一个人可以是具有男性特质的女性或具有女性特质的男性。对此,巴特勒首先从阐释波伏娃入手来论证社会性别的流动性和过程性。在《性别烦扰》的第一章,巴特勒写道:"如果波伏娃是对的,她声称女人不是天生的,而是成为女人的,那么我们可以这样理解:女性自身是一个过程中的术语,一种生成,一个无法正确说出起源和结局的构成。作为一个进展中的话语实践,它对介入和重新意指是开放的。即使是当社会性别看上去浓缩成最具体化的形式,这种'浓缩'本身是一种持续不断的、潜伏的实践,它由各种社会手段支持和规约。对波伏娃来说,永远不可能最终生成一个女人,就好像有一种目的掌控着文化灌输和建构的过程一样。"[5]如果性别身份是一种没有起源、没有终结的过程,那么它就是我们所做、所操演的东西,而不是我们所是的东西。这就意味着性别是一个复杂的联合体,它最终的整体形式被无限地延宕,任何一个时间点上的它都不是它的真实全貌。

这样,我们不禁要问,如果社会性别是一种过程、一种生成,那么是什么决定我们生成什么,是什么决定我们生成的方式呢?巴特勒认为我们在选择时,并不意味着我们是可以自由选择的能动主体,因为我们不可能站在社会规范之外进行选择。一个人所选择的"社会性别风格"从一开始就受到了限制。巴特勒说:"选择一种社会性别就是用重新组织的方式解释所接受的规范。不能算作是一种激进的创造行为,社会性别是以自己的方式更新一个人的文化历史的一个心照不宣的工程。它不是一个我们必须做的规范性的任务,而是我们已经而且一直在做的任务。"[6]巴特勒否认在性别身份背后有一个自由选择的意志主体,决定着性别是什么。在她看来,并不存在先于性别操演的"我",因为那个"我"是不断重复的产物。换句话说,与人道主义的主体概念不同,巴特勒认为主体不是一个事先预设的、本质化的实体,而是一个流动的、过程中的范畴。社会性别是"一个自由漂浮的诡计"(free floating artifice)[7],它的实在效果是通过操演而生产出来的。在这个意义上,性别一直是一种行动。尼采在《论道德的系谱》中说:"在行动、实行、变成的背后没有存有,行为者只是付诸行为之上的一个虚构——行为是一切。"巴特勒将尼采的观点推而论之,认为在性别表达的背后没有性别身份;身份是由被认为是它的结果的那些"表达",通过操演来建构。为了对抗性别的单义建构,扬弃性别是身体快感的原初原因,巴特勒视"性别"为权力关系的结果而不是原因。她对单义性"性别"的解构为释放多元性欲打开了可能性的领域。

二、异性恋矩阵的生产

1989年,巴特勒主要关注和批判女性主义文学理论普遍存在的一种异性恋假设。《性别麻烦》旨在根除一般以及学术话语所充斥的理当如是的异性恋假设,对某些形式的性别理想在日常生活中所行使的暴力给予批判。因此《性别麻烦》的第二章主要通过阐释列维-施特劳斯关于乱伦禁忌和亲属关系的理论以及弗洛伊德、拉康、琼·瑞威尔(Joan Riviere)、伊利格瑞等人的精神分析理论来说明异性恋矩阵(Heterosexual Matrix)是如何生产的。

为了揭示性别二元对立范畴的管制功能,巴特勒还探讨了乱伦禁忌和同性恋禁忌。通过对列维-施特劳斯关于乱伦禁忌和亲属关系理论的分析,巴特勒认为列维-施特劳斯的阐释假定了欲望是异性恋男性的权利,这最终导致了异族婚姻是乱伦禁忌和产生亲属关系这种文化结构的一个必要的例示。与列维-施特劳斯的观点相反,巴特勒认为,和同性恋一样,异性恋实际上是禁制律法的结果,因为要使文化得以延续,就要保存特定的亲属关系,因而必须以律法的形式将异族通婚体制化。在巴特勒看来,正是律法创造了异性恋的欲望,而对异性恋欲望的稳固和维持,则需要将同性欲望设定为异己加以压制。因而巴特勒认为,在权力关系产生话语之前,不存在性征。权力与性的关系是同存共延的。巴特勒对列维-施特劳斯理论的分析使我们了解到了异族通婚的异性恋机制产生的根本原因。

法国新精神分析学理论家拉康的贡献在于:他不同意弗洛伊德认为人的潜意识和性属于自然和生理的范畴这一论点。他认为人的主体、潜意识、欲望和性行为存在于以父亲的律法为中心的象征秩序里,这些都是在语言实践中形成的。拉康将人的认识过程分为想象界和象征界两个阶段。在第一阶段,儿童与母体相连,尚未形成自己的主体。在第二阶段,儿童与母体分离,在运用语言的过程中压抑对母体的欲望而进入父权制的象征秩序,逐渐形成自己的主体和社会性别身份。语言符号对人的潜意识以及人对事物的理解和表达起着决定性的作用。主体性和性别都是社会的产物,而不是自然或发展进化的结果。也就是说,男女之间的差别不是由天然的或由人体生理结构差异决定的,而是由心理上的差别决定的。

然而,巴特勒对拉康的解读似乎不是讨论他的贡献,而是质疑他的一些观点。拉康在讨论假面(mask)的功能时,谈到对男人的失望是女人产生同性情欲的原因。对此,巴特勒反问道:"如果拉康假定女同性恋是从受挫的异性恋情欲而来,那么是否可以说异性恋情欲是从受挫的同性情欲而来呢?"[8]为了证明这一点,巴特勒以弗洛伊德的精神分析学说为依据,认为对同性欲望的禁忌先于乱伦禁忌。弗洛伊德1917年的论文《哀悼与抑郁》(Mourning and Melancholia)通过仔细比较哀悼与抑郁的差别而得出他对抑郁症特点的总结,即抑郁症患者的愤怒转向自我。弗洛伊德认为,哀悼(mourning)表现了对缺失的认可,因而可以以悼念的方式缅怀死去的爱人,而抑郁症(melancholia)患者则无法克服或接受缺失,只能将这种缺失带入自我中,与之相认同。对客体的欲望和愤怒通过内射(introjection)转向自我,因而自罪自责是抑郁症患者最典型的特点。弗洛伊德早期将抑郁看做是一种病态,但是后来他认为所有自我的形成都是一种抑郁结构,因为婴儿在自我的形成过程中,对母亲的欲望由于乱伦的禁忌而不得不被放弃。就像抑郁症患者不得不把得不到的客体转向他/她自己,婴儿也必须认同对母亲欲望的放弃。男童在阉割的威胁下放弃了对母亲的欲望;而女童则通过立志成为像母亲那样的人而解决了她对父亲的性渴望。巴特勒认为,弗洛伊德的这种阐释本身就预设了对同性恋的禁忌,因为在弗洛伊德那里,只有异性的吸引。巴特勒从弗洛伊德的解释中得出对同性欲望的禁忌先于对乱伦禁忌的结论。而且对巴特勒而言,异性恋也是一种抑郁性的结构,因为它建立在对同性欲望缺失的认同之上,即它必须认同对同性欲望的放弃。如果一个小女孩将她的母亲作为欲望的客体,那么同性和乱伦的禁忌就会发生作用,小女孩不得不压抑她对客体的欲望而进入抑郁的结构之中,她不得不通过结合母亲的女性特质而与之认同。也就是说,得不到母亲,于是她就想成为像母亲那样的人。她开始放弃同性的欲望而认同女性特质,逐渐形成异性恋的性取向。在巴特勒看来,由于压抑了对同性的欲望,异性恋便是一种抑郁性的结构,这与人性本来的多元的性倾向构成了冲突。

巴特勒说:"如果女性或男性特质的倾向是有效内化同性欲望禁忌的结果,如果对失去同性客体的抑郁回答就是通过自我理想的建构而成为那个客体,那么性别身份主要就是对一种禁止的内化,这种禁止证明对身份有重大影响,而且对这一禁忌持续不断的应用建构和维持着这个身份,对这种身份的建构不仅体现在对身体的风格化要与分开的性别范畴相一致,而且体现在对性别欲望的生产和取向上。……婴儿到底渴望同性还是异性的父母,这一倾向不仅是主要的心理事实,它还是由文化强加的法律实施的结果。"[9]巴特勒的这个观点说明,性别身份的形成与文化构建有非常重要的联系,父权制社会为了维持男权中心的地位,一定要持续不断地用同性恋禁忌来巩固异性恋的霸权。

如果性别分化是从乱伦禁忌以及更早的同性情欲禁忌而来,那么"成为"某个性别就是一个"被自然化"的艰辛的过程。巴特勒通过阐释法国女心理学家琼·瑞威尔的观点进一步说明了性别认同是如何运作的。瑞威尔在1929年的文章《作为乔装的女人性》(Womanliness as Masquerade)中提出了女性特质是一种伪装的观点。一位知识女性在男权社会中要想成功就必须在内心上与男性认同;她的内心是男性的和高度智慧的,而在表面上她必须伪装成一位传统女性以便能够取得成功,因此这种女人性是乔装起来的。伪装是一种表象,是对一个性别本体的操演生产,但它却让人相信它是一种真实的存有。在乔装时,一个女人似乎是在模仿真正的女性,但是所谓真正的女性实际上不过是模仿和化装而已,二者是一回事。这说明社会性别角色仅仅是社会制造出来的面具而已,并不是真实的内在的区别。女性特质是渴望拥有男性特质、又害怕公然展现男性特质会给她们带来惩罚的女人所戴上的假面。换句话说,女人有意识地戴上假面,是为了隐藏她的男性特质,从而参与到公共话语中。瑞威尔拒绝假设先于假面存在的女性特质,认为女性特质和伪装之间不存在任何差异,真正的女人特质其实就是伪装。巴特勒认为,按照瑞威尔的观点,作为规范的女性特质是社会建构出来的产物,先验的本体的女性特质并不存在。

法国女性主义理论家伊利格瑞则从哲学的高度深刻批判了异性恋霸权赖以形成的同一经济,说明同一与他者是巩固形而上学的菲勒斯-逻各斯中心主义的基础。伊利格瑞认为,他者和同一都是男性的标记。他者不过是从反面来阐发男性主体,其结果是女性这一性在同一经济中无法得到再现。也就是说,在菲勒斯-逻各斯中心主义的意指经济中,女性是一个不算数的性别。因此伊利格瑞认为,为了参与男人的欲望,女人不得不放弃她自己的欲望而将自己伪装起来。伪装是对女性欲望的否定,先验存在的本体的女性特质无法被菲勒斯中心主义再现。通过援引上述理论家对"强制性异性恋"(compulsory heterosexuality)[10]的深入分析,巴特勒指出,对性别的控制是维护异性恋制度的一个方法。

三、颠覆的身体行为:从扮装到戏仿政治

在规范异性恋的语境中,某些真理体制(regimes of truth)规定一些形式的社会性别表达是错误的,而另一些则是正确的,这种社会性别的层级结构服务于异性恋规范。在这种情境下,稳定的社会性别是女人臣服的一个符号,拥有某种稳固的社会性别意味着进入了一种异性恋的臣服关系。由于深刻地认识到我们性别化的生活从一开始就被某些习以为常的、暴力的假定给扼杀了,因此巴特勒在《性别麻烦》中感兴趣的问题便是越界认同。她试图思考非规范的性实践如何使性别作为一个分析范畴,其稳定性将会受到质疑。

首先,巴特勒援引福柯在《性史》第一卷中为《赫酷林·巴宾:新近发现的19世纪阴阳人的日记》(Herculine Barbin, Being the Recently Discovered Memoirs of a Nineteenth Century Hermaphrodite)所写的导言,来说明有关性别身份的单义性结构是为了服务于社会对性欲的管理和控制而生产的。福柯在这篇导言中认为,性别的单义性建构掩盖了各种不同的性功能,将它们人为地统一起来。生理性别以原因的姿态出现在以异性恋规范为主的话语中,告诉人们生理性别是性欲望和性经验的基础,其目的在于方便异性恋规范对性经验进行管制。阴阳人赫酷林·巴宾的身体同时具备解剖学上男性和女性的元素,无法归类于任何一种可理解的性别身份。巴宾刚出生时性别被判断为"女性",她/他二十岁出头时由于爱上一位叫萨拉的女性,在对医生和神父的一系列告白后,有关当局让她/他在法律上改为"男性",穿着男装,行使男人在社会中各种不同的权利。但巴宾的日记记载了最后给她/他带来自杀结局的一种永恒的危机感。巴特勒说:"在赫酷林身上,生产可理解的性别化的自我的语言成规发现了自己的局限性,因为支配生理性别/社会性别/欲望的规则,在她/他身上汇聚又瓦解。赫酷林调用并重新分配了二元体系的组项,而这样的重新分配则扰乱了那些组项,造成它们的增衍而超出了那个二元体系。"[11]巴宾的身体特征并不在性别范畴之外,而是搅乱并重新分配组合了这些范畴的构成因素。她/他的身体在解剖学意义上的不连贯性,为展示汇聚于她/他身上的令人不安的异性情欲与同性情欲提供了一个场域,揭露了性别的不同属性依附于一个持久的实在基础的虚幻性质。用巴特勒的话说,她/他的身体"是一种符号,代表了单义性别的司法话语所产生的一

种无法解决的矛盾"[12]。而巴宾的性欲也逾越了社会性别规范的实践,因为她/他曾试图篡夺男人的"名号",爱上温柔顺从的萨拉。她/他所引起的性别烦扰说明,一个持久不变的实在的或性别化的自我的表象是文化对性别进行管制而生产出来的。人们无法将巴宾归入任何一个性别范畴,这一点正好说明了性别范畴的不稳定性,也说明以异性恋规范为主导的社会必定会将巴宾打入贱斥者(the abject)的领域。

为了解释性别的建构和操演的维度,巴特勒还对扮装(drag)做了讨论。扮装是对社会性别的模仿,还是它戏剧化了社会性别所由以建立的那些意指性的姿态动作?巴特勒倾向于后一种观点。为了说明"生理性别化的身体"本身是由各种政治力量所形塑的,巴特勒首先质疑了笛卡尔哲学对心/身的二元区分,批判了传统哲学将身体描述为被动的、沉默的事实性存在,并等待文化铭刻的观点。巴特勒引用玛丽·道格拉斯(Mary Douglas)在《纯粹与危险》中的观点,认为"'身体'的疆界是由一些标记实践建立的,这些标记实践试图建立明确的文化一致性的符码。任何建立身体疆界的话语都以服务于自然化某些禁忌为目的的,这些禁忌定义什么是构成身体的适当界限与交换的模式"[13]。她以道格拉斯的分析为出发点,试图说明社会禁忌建制和维系身体疆界之间是有关联的。身体的界限永远不只是物质的,它的表面系统由禁忌所意指,并期待逾越。事实上,身体的疆界是社会霸权体系的界限。为了建立异性恋规范,非规范的性实践被视为社会禁忌和污染源,是克里斯蒂娃所说的贱斥物,被直截了当地打入了"他者"之列。对性实践一致性的建构掩盖了性欲的多元性和不连贯性,从而将其控制在以生殖为中心的异性恋的强制性框架内。换句话说,以生殖为目的的异性恋是一种规范的理想,其虚幻的稳定感以排除像同性恋、双性恋、易性等异己为代价,从而建立稳定的"内在真实"。巴特勒认为这样的一致性和稳定性是被理想化的,除了构成它的"真实"的各种不同的行为以外,性别化的身体没有本体论的身份。正如巴特勒所说:"在社会性别表达方式的背后没有性别身份;正是这些表达方式被称作社会性别的结果,操演性地组成身份。"[14]正是关于社会性别的话语创造了一个内在的、真实的社会性别的假象。

如果社会性别的内在真实是一种假象,是文化在身体表面铭刻的一种幻想,那么就没有所谓真的或假的社会性别。巴特勒认为所谓"真品"和"仿品"的区别并不存在。社会性别本身是一种模仿性结构,它所模仿的就是"真品"这个概念本身,因为性别本身就是一个没有原件的仿品。

巴特勒认为扮装的意义在于它有力地嘲弄了"真实"的性别身份。扮装体现了扮装者解剖学上的身体与被操演的性别之间的差别,说明生理性别与社会性别的关系是偶然性的。扮装是一种性别戏仿,它所产生的增衍效应使霸权文化无法再主张自然化或本质主义的性别身份。在扮装这样的戏仿实践中,身体不是一种存有,而是一个可变的疆界。巴特勒以扮装为例说明越界的颠覆性,但鉴于后来人们对扮装的误读,巴特勒便明确地指出:"扮装并非是颠覆的一个范例。把它当做颠覆行动的范式,甚至是政治能动性的一个模范,将会是一个错误。"[15]巴特勒的《性别麻烦》讨论扮装,并不是要颂扬扮装,把它当做一种模范的性别表达,而在于说明自然化的性别认识对真实构成了一种先发制人的、暴力的限制。理想的二元性别规范为我们确立了哪些是可理解的性别特质,建立了使身体可以得到合法表达的本体领域。巴特勒使用扮装的例子恰恰是要说明性别的"真实"并不像我们所认定的那样一成不变。

四、批评与回应

朱迪斯·巴特勒的操演理论自提出以来,便随即引起了批评界的广泛关注,其中也不乏对操演理论的误读。有些学者从巴特勒对扮装的戏剧性表演的赞赏中得出结论,认为巴特勒的性别操演是一种戏剧舞台意义上的表演,可以根据自己的意志随意改变。在一次访谈中巴特勒谈到了这种误读:"有一种对《性别麻烦》的糟糕阅读,即:我早上起来以后打开衣柜,开始决定今天我将扮演哪一种性别。很不幸的是,这种糟糕的阅读却成了流行的解读。"[16]针对这种误读,在《批判性地怪异》(Critically Queer)一文中,巴特勒对操演性(performativity)和操演(performance)作出了区分。她说:"操演性重述人们赖以形成的规范:它不是社会性别化的自我的一个激进组装,它是规范的强制性重复,我们无法自由地摆脱这些先于我们的规范,它们建构、激活和控制性别化的主体……而操演则意味着先行存在一个表演者。"[17]操演以一个事先存在的主体为前提,总是预设了一个行动者的主体,而操演性则没有预设主体。在操演性的概念里,操演先于操演者,操演者只是操演产生的效果。巴特勒对这种唯意志论的看法作出了更正,指出并不存在先于操演行为的本体论的身份,正是一系列的操演行为形成了我们所以为的性别的本质和身份。对性别操演的唯意志论解读从根本上误读了巴特勒的观点,应予以纠正。

在上一段对巴特勒的引述中我们看到,巴特勒强调规范、习俗、制度先于"我们"而存在,这可能会让一些人感到困惑:难道不是"我们"创造了习俗和规范吗?怎么会是习俗或规范先于"我们"而存在呢?只要稍加思考,我们就会发现各种制度、规范与习俗的形成与语言有着密不可分的关系。不仅各种制度的、道德的、法律的和社会的规范存在于语言中并以语言作为其存在载体,用语言来界定、来表述,而且它们必定在人们的言语活动中生成、存在、演化和变迁。人类社会的种种制度、习俗和规范必定要通过语言这个中介来完成,并以语言的形式来实现。谁掌握了语言文字的主导权,谁就能制定规范我们行为的制度,谁就会创造"我们"。巴特勒显然深刻地意识到了权力、话语和知识之间密不可分的关系。在1993年出版的《至关重要的身体:论"性"的话语界限》(*Bodies That Matter: On the Discursive Limits of "Sex"*)中,巴特勒借鉴英国著名语言分析哲学家约翰·奥斯汀(John L. Austin)的言语行为理论进一步丰富了操演理论。针对有学者认为巴特勒在《性别麻烦》中忽略身体的物质性这一点,此书中巴特勒关注的问题是:身体的物质性是否完全是建构的?她认为身体的物质性不是纯粹的,它受到话语的控制。作为主体性基础的身体也可具有文化性,因为"身体总是和语言有关"[18],语言的意指实践具有构成力量,在语言的范围之外我们永远接触不到现实,因为事实的真相总是由语言来表述的。这一点与德里达"文本之外别无它物"的思想吻合,一切都是话语实践的产物。巴特勒详尽地阐述了为什么语言问题具有如此重大的政治性,为什么只能从语言中理解身体的物质性。这就是为什么巴特勒在此书及后来的著作中如此关注语言问题的原因。

巴特勒进一步用奥斯汀的言语行为理论来丰富她的性别操演说。奥斯汀1961年在其著作《如何以言行事》(*How to Do Things with Words*)中认为证实性言语(Constative utterance)和施事性言语(Performative utterance)是两类最基本的言语行为。证实性语言可以对既成的事实作出正误判断,如《皇帝的新装》中小男孩儿诚实地叫喊"皇帝其实什么也没穿"是正确的;撒谎的少年说"狼来了"这句话是错误的。施事性言语则不涉及对错之分,但它"言出什么也就做了什么",具有"以言施事"的力量(illocutionary force)。这种施事话语要有以言取效的结果,发话人必须有适当的身份、地位和权力,而且他的话语要符合一定的惯例。例如在中国,当主婚人主持一对新人的婚礼时,当说到"入洞房!"的那一刻起,这对新人就成了夫妻。尽管这对新人可能在此之前已登记结婚,但人们还是认为此刻主婚人的宣布才真正生成了他们是夫妻的事实。巴特勒正是借鉴了奥斯汀关于施事性言语的生成力量而宣布性别的操演行为生成性别身份,并不存在独立于这些操演行为之外的"本体论的"身份;人的性别身份不是既定的、先在的,而是流动性的、过程性的。[19]

为了进一步说明性别的操演不是一个单一的行为,而是一种重复、一种仪式,它通过身体这个语境的自然化来获得它的结果,巴特勒在《至关重要的身体》一书中,借用阿尔都塞和德里达的理论提出社会性别不仅是操演性的,而且是引用性的。巴特勒认为,性别身份是对性进行界定的话语产物,我们根据已经被书写为我们社会文化传统的那个剧本底稿来表演男性气质与女性气质、同性恋与异性恋。按照这一观点,身份是文化的建构而不是预设的。社会性别是一种总在发生、而且是不可避免地发生的行为。它的产生是由于异性恋模式中对男性特质和女性特质的习惯性的、日积月累的不断重复。在阿尔都塞的"询唤"(interpellation)[20]理论的影响下,巴特勒提出了引用理论(Citationality)。通过引用阿尔都塞的"询唤"概念,巴特勒提出话语对性别的建构是通过"询唤"达成的。她写道:"考虑一下医学询唤的情况,这种询唤把一个婴儿从'它'转变为'她'或'他'。在此命名中,通过对性别的询唤,女孩被'女孩化'(girled),被带入语言和亲属关系的领域。但这种对女孩的'女孩化'却不会就此完结;相反,这一基本的询唤被不同的权威反复重复,并不时地强化或质疑这种自然化的结果。命名既是设立界线,也是对规范的反复灌输。"[21]巴特勒认为,就像牧师主持婚礼时宣布"我现在宣布你们为合法夫妻"一样,当医生宣布刚出生的婴儿为男孩儿或女孩儿的那一刻起,对性别的询唤就发生了。婴儿成了一个性别化的主体。他/她就处于该文化对男性特质和女性特质的界定之中。女孩儿被抚养成女孩的样子:穿粉红色的衣服,玩洋娃娃,长大后化妆、刮腋毛,学做家务,为进入成年妇女侍候丈夫和孩子的角色做准备。男性和女性在日常生活中都在不断地"引用"社会性别规范。文化对社会性别的建构是在不断地被个人引用的过程中维持和进行的,但值得注意的是,巴特勒的引用概念不是机械、被动、原封不动地重复文化习俗和规范,而是借用德里达"引用性"的概念,扩展了操演性的语意张力,因为在德里达那里,引用性瓦解一切权威的起源;引用性总是处于一条引用链中,没有起源,没有终结。它既重复引用既有的规范,又不断延缓、阻碍和消解形成既有规范的权力话语。引用性蕴含了对规范的顺势引用和对规范的不断修正这样的双向过程。[22]通过引用性这一概念,巴特勒有力地说明了动态的操演行为裂变性别身份的可能性。

就像巴特勒自己在《性别麻烦》再版序言中所说,她有时把操演理解为语言性的,有时又把它设定为戏剧性的。巴特勒现在认为这两者互相关联,而且彼此错落出现。如果将言语行为看做是权力的例示,我们就会注意到操演的戏剧性和语言性的维度。在1997年出版的《可激动的语言:操演的政治》(*Excitable Speech: A Politics of the Performative*)中,巴特勒进一步将言语行为理论与阿尔都塞的询唤理论相结合,关注仇恨语言、反淫秽语言和同性恋论争等文化事件中的言语行为,指出言语行为是表演出来的(因此是戏剧的),同时也是语言的,通过它与语言的惯例隐含的关系,促成一套结果的产生。

巴特勒的性别理论得益于后结构主义对主体的理论建构。后结构主义对主体的理解沿袭尼采对"实在形而上学"的批判,认为实体的"我"是一种幻灭,它不是语言再现的一个统一的、稳定的存有,而是语言语法结构的产物。[23]基于这种理解,巴特勒认为,主体是一个语言的范畴和一个形成中的结构。身份范畴是语言和意指的操演效果,它不是基于身体物质性的个人特性。为了论证这一点,巴特勒认为有必要对主体的形成做深入分析,因此在《权力的心理生活:服从的理论》(*The Psychic Life of Power: Theories in Subjection*, 1997年)中,巴特勒尝试着将福柯的权力理论与精神分析学结合起来,进一步说明社会主体如何通过语言的手段生产出来。福柯认为,权力不仅压迫主体,它也构成主体;权力不单单是我们所对抗的东西,还是我们所是的存在所依靠、隐匿和保有的东西。主体的形成以对权力的屈服(submission)为开端,这一观点已经体现在阿尔都塞的询唤理论或福柯的话语生产理论中。阿尔都塞在《意识形态和意识形态国家机器》一文中认为,主体的屈从是通过语言,作为召唤个体的权威的声音的结果而发生的。当一名警察召唤街道上的一个行人,而这个行人转身并认识到自己就是那个被询唤的人时,行人这个社会主体就在询唤的话语生产下诞生了,但巴特勒认为,阿尔都塞并没有解释那个人为什么会转过身来,认同并接受警察的召唤。同样,巴特勒认为福柯的话语生产理论也没有详细地阐述在屈服中主体是如何形成的。如果屈服是服从的一个条件,那么权力如何让个体屈从,是什么样的心理形式让个体得以屈从呢?这个问题驱使巴特勒将权力理论与精神分析理论结合起来,讨论规范话语如何在心理层面上实现对个体的管制。

黑格尔的《精神现象学》在论述奴隶获得自由的途径和他陷入的"苦恼的意识"时早已谈到主体如何在屈从中形成的问题。黑格尔认为,摆脱外在权威获得解脱的奴隶并不足以将自己引入自由,因为当他摆脱明显外在的"主人"时,却发现自己身处一个必须服从各种规范的伦理世界,陷入了受道德律令困扰的"苦恼的意识"中。巴特勒认为,黑格尔在"苦恼的意识"里关于服从中身体的依恋和对身体的依恋不可避免的观点,在福柯的理论框架中被重申。[24] 借鉴福柯的权力生产理论,巴特勒将主体化看做是一个充满矛盾和张力的过程:一方面,外在的权力对我们的心理施加影响,促使主体在屈从中诞生。"我宁愿在屈从中存在,也不愿不存在"的困境说明主体为了延续自己的存在,必须接受权力的管制、禁止和抑制。在服从的范围内,存在的代价就是屈从,正是在不可能做出选择的时候,主体把屈从当做存在的承诺加以追求。而另一方面,主体又成为权力的代言人和自我心灵的监视者,在心理空间中对自我进行监控和管制。巴特勒在这部著作中侧重批判的是权力的循环性及其循环重复过程中主体的认同困境。由于主体与权力之间存在复杂的依赖和共生关系,巴特勒认为以主体为中心的身份政治已经难以为继。纵观历史,文化规范在社会主体的认同中不断地设定犹太人、同性恋、艾滋病等边缘性社会的存在,幻想出可怕的社会死亡对象,并将其赶入道德和律法合围而成的领地进行压制。巴特勒从规范权力主宰的社会空间和心理空间的运作过程敏锐地指出了后革命时代身份政治的艰难困境。而在巴特勒与欧内斯特·拉克劳(Ernesto Laclau)及斯拉沃热·齐泽克(Slavoj Zizek)合著的《偶然性、霸权和普遍性》(*Contingency, Hegemony, Universality*, 2000)中,巴特勒更正了早期著作中对"普遍性"持完全否定和排除性的观点,将其定义为"一种以未来为导向的文化翻译工作",重点讨论霸权理论及其对理论上的行动主义左派所具有的含义。[25] 可见,巴特勒的后续著作一直在思考她所建构的主体形成理论与政治抵抗的可能性之间的关联。

五、操演理论对女性主义理论的意义

巴特勒使用操演性这一概念来说明并不存在一个预设的主体,主体是一系列操演行为产生的结果。这一观点质疑了一些女性主义理论家在谈论"妇女"这一范畴时预设一个固定的女性主体的假想。第一、第二次浪潮女性主义理论认为,存在着一个统一的妇女范畴,若是离开一个对历

史和性别具有可靠的先验感觉的统一主体,就没有女性主义意识,女性主义政治也就不可能存在。在女性的概念上如果没有了基础,女性主义就会陷入相对主义,这是不利于女性主义政治的。而且妇女之间的多元化一旦被承认,并被认为比妇女的群体更重要,任何以妇女为类别和以改变妇女的从属地位为目标的集体行动就会受到质疑。这种强调女性内部差异的理论导致了这一时期女性主义理论的发展集中在对内部的不同派别和成分及其相互矛盾的主体立场的质疑上,因此消解了女性主义理论的实体和斗争的形式。针对女性主义理论出现的困惑,巴特勒撰文《不确定的基础:女性主义与"后现代主义"的问题》(Contingent Foundations: Feminism and the Question of "Postmodernism")来说明用后现代主义思想援助政治理论是可行的。问题不在于维护还是放弃基础,因为所有的理论和政治主张都对社会现实和知识的本质做出了假设。关键是我们看待基础的方式,因此她并不主张放弃女性这一范畴,而主张应该把女性这一范畴看成长期可质疑的假设,并用语用学的方法来加以研究,使之赋有多元的意义,这样我们既可以在女性争取权力的旗帜下团结起来,又可以聆听来自不同位置的妇女的多种声音;并且强调差异必须总是在语境中确定。[26]

巴特勒在《性别麻烦》中一直强调社会性别是操演性的,并不存在一个先在的身份作为属性的衡量依据。它不是固定的、稳定的身份,而是依赖于时间、地点的流动性的、暂时的表演。这种将性别和身份理解为话语的建构在女性主义批评家中间引起了质疑,因为如果身份是话语建构的,我们就只能在语言中理解身份和人的主体性。这在一些女性主义活动家看来是行不通的。巴特勒的思想在女性主义学术界也引发了争论,其中比较具有代表性的是1995年收录在论文集《女性主义争论》(Feminist Contentions)中的女性主义学者希拉·本哈比博(Seyla Benhabib)对巴特勒的批评。她认为巴特勒将主体贬为语言的效果,从而化解了意向性、责任性、自我反思和自主等多个概念,而在女性主义争取法律、道德和政治领域中的权利时,自我、选择、自我决定等概念是至关重要的,女性主义政治需要将主体理解为能够自我反思和自我决定的能动者。[27]对本哈比博来说,巴特勒的理论排除了这种理解,因而将削弱女性主义政治。针对本哈比博的质疑,巴特勒首先诘问的是女性主义政治是否一定要明确表达一个"稳定的"主体。她认为,"当主体具有稳定性或统一性的前提受到质疑时,政治的特定形式就会以不确定的形式出现"[28]。一旦像"妇女"这样的身份范畴不再被理解为代表统一稳定的身份,那么以身份为基础的政治形式的合法性就会受到质疑。因此巴特勒质疑的是政治领域将稳定的主体设为必需的根本目的。巴特勒认为,"事件之后一定有一个行为者"这样的设想是为了让人们对自己的行为负责任,是为了道德的需要而设立的一个虚构。对她而言,"行为者"构成于"行为"之中,而"主体的这种构成性特征恰恰是能动性的先决条件"[29]。如果主体的构成性特征意味着它永远是一种非固定的过程,那么就可能有重新意指和改变的可能性,抵抗就不是不可能之事。能动性就在于主体的非稳定之中,因此操演性的主体性具有一种解放力量。巴特勒的操演理论挑战了传统女性主义以身份政治为基础、以实际的妇女群体和经验为基础进行政治建构的尝试和努力。她对语言和话语的关注使女性主义反对男性霸权主义的阵地从实施物质压迫的社会体制转向意识形态批判和话语实践领域。她认为,只有在文化结构最深入的语言层面颠覆菲勒斯-逻各斯中心主义的主导话语,女性主义才有可能动摇父权制这个坚固的堡垒。巴特勒在《性别麻烦》中提出的操演理论及其在后续著作中对操演理论的丰富正是这种思想的体现。

六、暂时的结论

人们在研究巴特勒的批评理论时,一般总是首先提及《性别麻烦》这部著作,这不仅说明这本书所产生的广泛影响,同时也说明了这部著作在她的全部著作中所占的份量。确实,在这本书中,巴特勒采用福柯的系谱学的批评方法,思考了这样一个问题:究竟是什么原因将那些实际上是制度、实践、话语的结果指定为一种起源或原因?是什么样的政治企图将有着多元、分散起源的身份固定为单一的、稳定的范畴?她并没有去追问那些受到压抑而深埋的性别的源头、女性欲望的真实或纯正的性别身份是什么,而是从后结构主义的立场出发,对作为女性主义基础的妇女主体的一致性、女性主义普遍存在的异性恋假设、生理性别和社会性别的区分提出了质疑,并认为,身体的疆界和表面是从政治上被建构的。主体的性别身份,不管是生理性别还是社会性别,都不是制度、话语、实践的原因,而是它们的结果。不是主体创造了制度、话语和实践,而是它们通过决定主体的生理性别、社会性别和性欲倾向而创造了主体。如果社会性别是操演性的,那就不存在一个先在的身份,也不会有什么正确的或错误的、真实或扭曲的性别行为,"内在真实"的性别身份的假定其实只是社会管制的一个虚构。至此,巴特勒和法国女性主义理论家莫妮卡·威蒂格一样,认为生理性别是一个政治范畴,是操演行为和话语实践的结果。

  毫无疑问,人的身份是话语建构的产物,受社会权力所左右。社会性别、社会身份作为话语的结果和文化的产物不是天生、固定的,这一观点为女性主义理论颠覆传统的二元对立思维中男性中心主义的思想提供了理论依据。如果主体是话语建构的产物,那么主体性就是一个语言的范畴。变革的可能性也必须从语言和意指的变革中进行。由于不存在一个先在的主体,能动性便成为特定历史时期权力和话语关系的产物,因而女性主义政治就不应该仅仅局限于身份政治,还应探讨使能动性成为可能的具体条件,并且积极寻求重新意指的可能性。

  为了揭露性别"真实"的脆弱本质,巴特勒使用了扮装这个例子来对抗性别规范所实行的暴力。扮装是社会性别的戏仿,它揭示了异性恋规范的不稳定性,同时也打开了重新意指的空间。但是,巴特勒并不认为戏仿的颠覆性可以作为女性主义反对父权制的政治策略,因为并不是所有的戏仿都具有颠覆性。巴特勒的目的在于使用扮装的例子来揭示性别的内在真实是一种假象,而不是将其看做是具有颠覆性的范式。巴特勒的操演理论使女性主义者认识到:身体的性别特征是历史过程中外在的文化符号沉积累加的结果,文化规范的操演行为创造了性别身份。如果操演行为是构建性别的关键,那么如何引用社会规范就至关重要。如前所述,巴特勒的引用性概念首先说明了性别身份的建立是对性别规范进行引用的循环反复过程,但这种引用不是被动地接受既定话语下的文化规范,而是将其看做开放和延异的序列。只有这样理解操演行为,才能产生不断变更和增生裂变的性别身份。性别身份乃至一切身份都是无休止的过程,充满了衍生的可能性。

  在《性别麻烦》中,巴特勒并没有圆满地解决如何进行意指和重新意指的问题,但她在《至关重要的身体》里发展了"时间性"(temporality)和德里达的"引用性"概念,从而进一步阐释了性别的操演理论。通过不同的理论著述,巴特勒强化了性别表演理论的颠覆性。她提出的性别操演理论不但解构了男性中心主义的意识形态,而且解构了生理性别、社会性别、性、女人等范畴本身。朱迪斯·巴特勒对操演性身份的理论建构已成为理解后结构主义女性主义的一个必要条件。

(作者单位:上海交通大学外国语学院)

注 释

〔1〕巴特勒在1999年再版序言中提到,她所说的"性别麻烦"有两个主要的含义。其一,在主导的异性恋框架中,一个人之所以为女人,是因为她在这个框架中承担了所谓女人的职责,而质疑这个框架,也许会使一个人丧失某种性别归属感。这是"性别麻烦"的第一个含义。其二,在异性恋为规范的情境下,被规范排除的同性恋、双性恋以及易性的人群所承受的焦虑与恐惧,他们在性欲与语言两个层次上所经历的某种本体的危机感,是"性别麻烦"的主要含义。

〔2〕有学者将巴特勒的理论术语 Gender Performativity 译为性别表演或性别述行,笔者认为两者均无法准确对应这个术语的内涵,而且由于巴特勒本人对 Performativity 不断做出反思和修正,笔者无法找出完全体现其内涵的中文,这大概也是"翻译的不可能性"之一吧。因此,笔者暂用中国台湾女性主义学者宋素凤的译法,将其译为"性别操演"。参见朱迪斯·巴特勒:《性别麻烦:女性主义与身份的颠覆》,宋素凤译,上海:三联书店,2009年。

〔3〕《在法的门前》寓言故事梗概:法的门前有一位守门人在站岗。一个乡下人走到守门人跟前,请求进门见法,但守门人说现在不能放他进去。乡下人想了想,问过一会儿是否允许他进去。"可能吧,"守门人答道,"但现在不行。"由于通向法的门像往常一样敞开着,守门人又走到门的一旁去,于是乡下人探身向门内窥望。守门人看到了,笑着说:"如果你这样感兴趣,就努力进去,不必得到我的允许。不过,你要注意,我是有权力的,而且我只是守门人中最卑微的一个。里面的每一座大厅门前都有守门人站岗,一个比一个更有权力。就说那第三个守门人吧,他的模样连我都不敢去看。"这些困难是乡下人不曾料想到的。他以为,任何人在任何时候都是可以晋见法的,但是当他更近地看着这位身穿皮外套、鼻子尖耸、留着长而稀疏地鞑靼胡须的守门人时,他决定还是等到许可后再进去。守门人给了他一条凳子,让他坐在门边。他就坐在那里等了一天又一天,一年又一年。为了能获准进去,乡下人曾为自己的旅程准备了很多东西,他倾其所有,甚至是很贵重的东西,希望能够买通守门人。守门人接受了所有的东西,然而每次收礼时都说:"我收下这个只是为了不让你觉得有什么事情该做而没做。"在那段漫长的日子里,乡下人几乎是不间断地观察着守门人。他忘却了其他守门人,对他而言,这个人似乎是他与法之间的唯一障碍。开始几年,他大声诅咒自己的厄运;后来,因为衰老,他只能喃喃自语了。他变得孩子气起来,由于长年累月的观察,他甚至连守门人皮领上的跳蚤都熟悉了。他请求这些跳蚤帮忙说服守门人改变心意。最后,他的眼睛变得模糊不清了,他不知道周围世界真的变黑暗了,还是自己的眼睛在欺骗自己。但是在黑暗中,他现在能够看到一束光线不断地从法的大门里射出来。现在他的生命正接近终点。弥留之际,他将整个等待过程的所有体会凝聚成

一个问题,这个问题他还从未向守门人提出过。他招呼守门人到跟前来,因为他已不能抬起自己正在僵硬的身体。守门人不得不把身子俯得很低才能听清他的话,因为他们之间的身高差别增加了很多,乡下人越发处于劣势。"你现在还想知道什么?"守门人问道,"你真是没有满足的时候。""每个人都极力要到达法的面前,"乡下人回答,"可这么多年来,除了我,竟没有一个人来求见法,怎么会是这样呢?"守门人看出乡下人已筋疲力尽,听力也正在衰退,于是在他耳边喊道:"除了你,没有人能获准进入这道门,因为它是专为你开的,我现在要去关上它了。"参见,弗朗茨·卡夫卡:《卡夫卡中短篇小说选》,叶廷芳等译,北京:人民文学出版社,2003年。

〔4〕 Judith Butler, *Gender Trouble: Feminism and the Subversion of Identity*, New York: Routledge, 1999, p. 15.

〔5〕 Ibid. , p. 43.

〔6〕 Sara Salih, *Judith Butler*, London and New York: Routledge, 2002, p. 47.

〔7〕 Judith Butler, *Gender Trouble: Feminism and the Subversion of Identity*, p. 10.

〔8〕 Ibid. , p. 63.

〔9〕 Ibid. , p. 81.

〔10〕 强制性的异性恋由女性主义诗人和理论家阿德里安娜·莱赫(Adrienne Rich)提出,指父权制社会将异性恋自然化和强制化,强制要求男性和女性在性交往上只能实施异性恋的主导秩序。

〔11〕 Judith Butler, *Gender Trouble: Feminism and the Subversion of Identity*, p. 31.

〔12〕 Ibid. , p. 127.

〔13〕 Ibid. , p. 166.

〔14〕 Ibid. , p. 33.

〔15〕 Ibid. , p. xxiii.

〔16〕 Peter Digeser, "Performativity Trouble: Postmodern Feminism and Essential Subjects", *Political Research Quarterly*, Vol. 47 No. 3 (Sept. 1994), p. 659.

〔17〕 Judith Butler, "Critically Queer", *GLQ*, Vol. 1 No. 1 (1993), p. 21.

〔18〕 Judith Butler, *Bodies That Matter: On the Discursive Limits of "Sex"*, New York and London: Routledge, 1993, p. 68.

〔19〕 Katherine Lowery Cooklin, *Poststructural Subjects and Feminist Concerns: An Examination of Identity, Agency and Politics in the Works of Foucault, Butler and Kristeva*, Ph. D dissertation, The University of Texas at Austin, 2004, p. 138.

〔20〕 "询唤"是阿尔都塞的重要概念,它是意识形态起作用的方式,即通过某个权威人物,把个体"召唤进"其社会或意识形态的位置。

〔21〕 Judith Butler, *Bodies That Matter: On the Discursive Limits of "Sex"*, New York and London: Routledge, 1993, p. 232.

[22] 陶家俊:《后解放时代的"欲望"景观——论朱迪丝·巴特勒的思想发展》,《文景》2008年第4期。
[23] Gill Jagger, *Judith Butler: Sexual Politics, Social Change and the Power of the Performative*, London and New York: Routledge, 2008, p. 18.
[24] 朱迪斯·巴特勒:《权力的精神生活:服从的理论》,张生译,南京:江苏人民出版社,2009年,第34页。
[25] Cf. Judith Butler, Ernesto Laclau and Slavoj Zizek, Contingency, *Hegemony, Universality: Contemporary Dialogues on the Left*, London & New York: Verso, 2000.
[26] Judith Butler, "Contingent Foundations: Feminism and the Question of 'Postmodernism'", *Praxis International*, Vol. 11, No. 2 (July 1991), p. 151.
[27] Seyla Benhabib, "Feminism and Postmodernism: An Uneasy Alliance", In *Feminist Contentions: A Philosophical Exchange*, eds., S. Benhabib, J. Butler, D. Cornell and N. Fraser, New York: Routledge, 1995, p. 20.
[28] Fiona Webster, "The Politics of Sex and Gender: Benhabib and Butler Debate Subjectivity", *Hypatia*, Vol. 15, No. 1 (Winter 2000), p. 7.
[29] Judith Butler, "Contingent Foundations: Feminism and the Question of 'Postmodernism'", *in Feminist Contentions: A Philosophical Exchange*, eds., S. Benhabib, J. Butler, D. Cornell and N. Fraser, New York: Routledge, 1995, p. 46.

文学理论前沿
Frontiers of Literary Theory

相对主义的相对性：
论佛克马的文学史观和比较文学观

王 蕾

  内容提要：杜威·佛克马是荷兰著名的汉学家、比较文学学者和文学理论家，同时也是中国比较文学和文学理论界十分熟悉的一位西方学者。在佛克马的主要著作中，他很好地将文学研究方法与文学理论、文学阐释和文学史结合在了一起；他也将文学符码与文学史的研究有效地结合在了一起，为文学史的研究带了生机；他率先对文化相对主义进行改造后引进到比较文学研究领域，拓宽了比较文学研究的领域。无论在其文学史研究还是在其比较文学研究中，佛克马均持一种具有相对性的相对主义立场。这种相对主义立场反映了佛克马一贯反决定论的研究态度，即在承认差异的前提下寻找文化之间的共同之处，以进行文化的交流与传递。在文学史研究中，他主张在解释和评价某一时期的历史现象时，以该时期的其他意识形态和历史现象为依据，揭示文学序列与其他人文社会科学序列之间的联系。在比较文学方面，他摒弃了唯一标准的文学观念，致力于发现各国文学的不同价值，进行不同价值系统之间的比较，以揭示各种价值系统之间的相对性。

  关键词：佛克马 历史相对主义 文化相对主义 文学符码 比较文学

  Abstract: As a sinologist and comparatist, the well-known Dutch literary theorist Douwe Fokkema is very familiar to Chinese scholars of both comparative literature and literary theory. In his major writings, Fokkema has organically combined his research methodology with literary theory, literary interpretation and literary history. He has effectively incorporated his research on literary codes into the study of literary history, which has certainly brought vitality to the study of literary history; he has reformed the concept of cultural relativism and introduced it in comparative literature studies, which broadened the domain of comparative literature studies. In his study of literary history and that of comparative literature, Fokkema adopts a relativistic position. Such a relativistic position reveals his attitude of anti-determinism, that is to say, under the premise of recognizing differences between cultures, he tries to find a common ground on which to carry on cultural exchange and transmission. In his study of literary history, Fokkema advocates that the interpretation and evaluation of a particular historical phenomenon should refer to other ideological and historical phenomena of that period to reveal the relationship of literary sequence with other sequences of humanities and social sciences. In comparative literature studies, he rejects the so-called "permanent value of a literary work", devoting to searching different values of different cultures for comparison among different value systems in order to reveal the relative value of a variety of value systems.

Key words: Douwe W. Fokkema; historical relativism; cultural relativism; literary code; comparative literature

荷兰学者杜威·佛克马(Douwe W. Fokkema, 1931—)是世界著名的汉学家、比较文学学者和文学理论家,同时也是中国比较文学和文学理论界十分熟悉的一位西方学者。美国著名比较文学学者厄尔·迈纳认为,在佛克马的主要著作中,他很好地将研究方法和文学理论、文学阐释和文学史结合在一起;而在佛克马多产的学术著述中,他本人认为最突出的是:理论概念——文学符码、文化相对主义的改造和比较文学研究领域的拓宽。[1]源自于哲学上的一种价值理论"相对主义"构成了佛克马有关文学史观和比较文学观的基础。相对主义认为价值因社会和个人的背景不同,没有任何一种价值可以适用于所有时空。一种价值观的正确与否仅仅取决于它是否与当时的公共认知相符。虽然,佛克马也认识到了相对主义可能对文学史研究及比较文学研究造成种种危害,但他一直怀疑标准统一的文学观念是否能够对过去时代或不同文化背景中所产生的文学作品作出公正的评价。然而,对文学研究持一种相对主义的态度,也并不意味着他放弃了普遍性诉求,他的目的在于发现各种价值系统之间的不同点和相似点,以揭示各种价值系统之间的相对性。一方面,分析同一种文化中不同价值体系的共存与更替;另一方面,动摇种族中心主义的风习。[2] 从这一点上来说,佛克马的相对主义更是一种人类学意义上的相对主义,即是一种方法论上的立场。在研究中,研究者悬置了个人的文化偏见,试图以当时或当地的文化为背景去理解研究对象的信仰和行为。这种方法论层面上的相对主义无疑可以有效地避免种族中心主义和用自己的文化标准来衡量他者的文化。历史相对主义(historical relativism),也叫历史主义(historicism),是和现在主义(presentism)相对的观念。历史主义是一种个别对待的观念,它要求在解释和评价某一时期的历史现象时,以该时期的其他意识形态和历史现象为依据。现在主义正好与之相反,根据现在的思想观念和意识形态来描述和判断历史现象,尤其是现在的理性观念和真理观念。换句话说,现在主义不仅根据当前的态度和价值观来解释过去,而且强调进步的原则,认为以往的一切都是不完善的和有缺陷的。佛克马认为历史相对主义和文化相对主义不是一种研究方法,而是一种道德或认识立场。这种立场可以影响学者对研究方法的选择。无论是文化相对主义还是历史相对主义都故意拒绝任何将异域主题据为己有或自然化的尝试,无论这一主题属于遥远的文化,还是久远的过去。极端的历史相对主义和文化相对主义都不可避免地存在内部矛盾,因为这两者都割裂了时间和地域的连续性,而历史进化论和文化相对性研究的目的则是联系并比较不同时间、不同地域的各种要素。极端的历史主义和极端的文化相对主义只能产生原子状的结果,并会有损历史话语与文化话语的连续性。

一、文学史的困境

文学史是文学研究中的一个重要问题,也是众多文学理论家们非常关心的一个理论问题。但20世纪新出现的各种文学思潮和文学研究方法却使文学史的研究面临着巨大的挑战。早期的文学理论家视文学研究的对象为文学文本,而后随着文学研究领域的扩大,虽然不断有学者调整文学研究的对象,但对文学史的研究却没有产生重大的影响。

法国文艺批评家、历史学家和哲学家泰纳视文学文本为"历史文献"(document),得到了法国著名文学史家古斯塔夫·朗松的认可,并进一步区分了"不朽作品与历史哲学文献"。[3]而后T.S.艾略特提出文学作品是"不朽作品"的观念,并得到了韦勒克等人的广泛认可。"历史文献"所标示的是用实证主义方法来处理文学文本,将文学文本作为可以揭示其他事实的历史事实,而与之相对应的"不朽作品"却用内部方法来研究文学作品,将文学作品作为承载着价值的现象,尽管有着历史的距离,有能力的读者却可以立即轻易地加以理解。然而,在这两种区分背后隐含的是不同的文学史观念研究观念:前者不惧怕剖析和比较的实证主义历史编撰,而后者却寻找启迪或审美体验的阐释学派历史编撰。两者的关注焦点完全不同,实证主义历史编撰的是文学的发生史,阐释学派历史编撰却因为排他地捍卫文本传达审美价值的观念,使文学史成为文学作品史。

之后,罗兰·巴特等人试图以重新界定文学研究对象的方法来拯救文学史的研究,但仍没有产生重大的影响。罗兰·巴特认为文学研究应该包括两个方面:第一,研究文学生产、文学交流和文学消费,即决定文学生活的一切体制化活动,还有与文学有关的一切技巧、规则、仪式和心智活动,但应该忽视个性、个人和那些名作家;第二,研究作家的创作活动和作家的个性,却应该忽视文学交流的规则和条件。[4]在第一点中,罗兰·巴特强调了文学文本在文学交流和文学符码研究中的作用,但是却没有精确到可以指导文学史的研究工作。而后者与罗兰·巴特本人的研究喜好一致,却又落入了阐释学派文学史观的樊篱。即使文学创作的定义是个体的、主观的活动,也不意味着文学创作不可以进行科学的解释。实际上文学创作可以归入文学生产的研究范围,这恰巧在罗兰·巴特的第一个提议的范围中。汉斯·罗伯特·尧斯(Hans Robert Jauss)认为形式主义文学史观过于关注文学的审美形式,而马克思主义文学史观则过分关注于文学的再现功能。两者都剥夺了文学接受和影响的维度,而这一维度与文学的审美特征和社会功能是密不可分的。[5]尽管尧斯提议接受美学研究的目的是要建立艺术作品与整个历史过程间的联系,但与罗兰·巴特相似,两人都认识到了文学史研究的问题,但都惧怕实证主义所遇到的困难,也都未能摆脱阐释学派的传统。为了避免可能使文学史变成思想史和社会史,里法代尔(Michael Riffaterre)更喜欢对文学文本作形式分析,还提倡研究文本的接受,认为"文学现象不存在于作者和文本之间,而存在于文本和读者之间"[6]。但读者反应并不能为解释全部的文学事实提供基础。因为作家有的时候也是读者,他们对某些文本的反应很有可能导致新文本的产生。总之,对文学史研究对象的重新界定也只有相对价值,因为文本接受研究不能代替文本生产研究,也不能代替文学主题或文学技巧研究。

与文学史研究相关的另一个问题是"经典"的选择和评价。当文学史家描述历史上的文学文本序列和相继出现的文学文本的结构性进化时,这一问题就变得尤为突出。尽管费利克斯·沃迪卡(Felix V. Vodicka)早在1942年就提出了建立各种不同文学文本序列的设想,但他并没有解决如何建立各种不同序列的文学文本的问题。[7] 属于某一经典(canon)的文学文本是由某一社会群体选出的,所以经典是社会事实。虽然这些经典存在着部分重合,但每一个社会群体都有自己的经典。文学史家要研究各种文学结构的进化,就要先解释他自己心目中的经典是什么。同样,对文学交流的其他部分感兴趣,也要首先解决类似的问题。一旦选择文学文本作为研究对象,就要首先弄清楚是谁的价值判断决定一个既定的文本是文学的,还是非文学的。

文学史研究工作是一项复杂的工作。一方面,文学史家要更加详尽地解释自己对文学或文学生活的兴趣点,看到自己个人兴趣的相对性。另一方面,文学史家还要解决选择和评价材料的问题,即用认识论的术语来调动在历史主义和现在主义间的选择。文学史既然有这么多层面的问题,既涉及研究对象,也涉及方法论的问题,那为什么还要撰写文学史?文学史究竟应该具有怎样的性质呢?鉴于文学史家在文学史研究中遇到的种种问题,以及他们研究成果的种种令人不满意之处,佛克马提出了自己的解决方法。这种解决方法明显地受到了卡尔·波普尔的科学研究方法的启示。用佛克马的原话:"我的提议是——没有这一提议听起来那么激进——暂停所有的历史研究,除非某一文学史研究打算就某一具体的问题给出具体的答案;换而言之,只有在与某一问题相关联,而这一问题又由于科学或社会的原因需要一个解决办法时,才进行历史研究。解决具体问题的文学史观可以让文学史从目前的死胡同走出来。"[8]

二、文学史、文学符码与文学思潮

佛克马推崇人文学科的集体合作,因为这样可以在最大程度上避免二手知识的危险。但是,集体撰写的文学史必须有某种视角或者明确的问题,否则一部文学史就会变成简单的各种不同私人观点的堆砌,会暴露出任何文学史都有的弱点。但这样做并不解决问题,而只是堆砌各种材料。佛克马参与编写的《用欧洲语言撰写的比较文学史》就有着明确的前提,就像雷马克所说的那样:"用写一部以国际眼光来协调彼此相关的或可予以比较的现象的文学史,来弥补仅限于写几个国家、几个民族或几种语言的文学史的不足。"[9]佛克马认为这个前提虽然没有明确说出要研究的问题,但是却说明了要从国际的眼光来研究"彼此相关的或可予以比较的现象"。这就意味着研究假说是我们可以在产生于特定时间断面内的文学运动和文学思潮中发现这些彼此相关的或可予以比较的现象的方式。而编者们首要关心的就是有无穿越语言障碍的文学现象,如果有,应该如何描述和解释这些现象。这是文学和审美交流的基本问题,不但文学生产和文学教育密切相关,而且还产生了一些其他的问题,比如是否可以从其语言表象将这些文学现象分辨出来,如果可以的话,文学现象是否与某些系统相关,并可以进行系统的分析。就佛克马本人而言,他最关注的问题是那些在以文本或读者为中心的文学史中没有得到充分描述或解释的问题。文学史上一个十分重要的现象就是文学规范系统的改变(change of norm system),例如,现实主义替代浪漫主义,象征主义和现代主义又替代了现实主义,而现代主义最后被后现代主义所取代。佛克马认为俄国形式主义文论家的研究为文学符号学的研究打下了坚实的基础。然而,研究文学规范系统的变化只是研究问题,根据卡尔·波普尔的科学研究方法论,经验观察必须以一定的理论为指导,或者说是针对该问题而提出的假说,佛克马所选取的理论就是符号学研究中的"符码"(code)这一概念——文学符码作为他描述和解释这些文学现象的工具。佛克马认为"文学符码"有助于完成文学史撰写的两项任务:"尽管我们期望文学史家在它研究的主要部分中可以将分析与评价分开,但最终文学史家必须展示他研究的价值。将历史上的事件与当代生活间的联系不可避免的是评估的行为。这表明了历史分析和历史评判的区别,没有后者历史学家的任务是不可能完成的。"[10]

早在佛克马之前就有学者研究过文学符码。洛特曼(Jurij Lotman)将符码定义为:"意义要素及控制意义要素组合规则的封闭集合,其中的规则考虑到了某些信息的传递。"[11]并区分了存在于文学文本中的两种符码:语言符码和文学符码。很明显,在洛特曼的定义中,他区分了符码的语义成分和句法成分。但佛克马认为,不可否认的是,符码同样具有语用成分,用以决定在什么样的情形下语义规则和句法规则可以适用。[12]艾柯(Umberto Eco)从符码的严格性上对其进行了研究。艾柯将符码分为强符码（strong codes）和弱符码（weak codes）。摩尔斯电码和数字系统是典型的强符码，而其他类型的符码，如文学文本中的某些象征或内涵符码，都被艾柯认为是弱符码。由于佛克马赋予了符码语用的维度，所以他认为内涵符码的主要问题不是人们可以相对自由地使用内涵符码对文本进行编码和解码，而是在断定内涵符码适用以前必须更清楚地了解潜在能指所出现的语用情景。也就是说，内涵符码与其他符码一样有着严格的使用规则，但其有效性会受到特定的、严格的语境限制。乔治.A.米勒（George A. Miller）认为符码应该基于"源头与终点的预先协定"[13]。但佛克马认为这一定义适用于人工符码，而不适用于那些长期以来根植于人类社会历史行为中的符码。非人工符码并非基于发送者和接收者之间的预先协定。相反，接收者必须通过学习来获知自己生活在其中的社会团体所使用的符码，而且在社会交际中，大部分符码都经历着渐进性的变化。[14]

　　基于以上的原因，佛克马从文学研究的角度出发重新将符码定义为"调节文本构造的成规系统"[15]。从这个定义看来，佛克马认为符码既可用于研究文学文本的构造，也可用于研究文学文本背后的成规系统，这样便可以摆脱结构主义将文学研究囿于文学文本形式研究的范式。为了更有效地在文学史研究中使用"符码"这个概念，佛克马又进一步区分并且充实了这个概念。佛克马认为至少有五种符码在所有文学文本中都得到了有效的运用，它们是：1）语言符码（the linguistic code）：指示读者将文本作为某一语言的文本阅读；2）文学符码（the literary code）：使读者偏向于将文本作为文学文本来阅读，例如，高度连贯的文本，或者文本中具有明显的文学创作痕迹，以及具有可以接受的内涵意义和隐喻的文本；3）文类符码（the generic code）：引导读者激活某种期待，而同时抑制其他的期待，主要取决于作家所选择的文类；4）时期符码或群体符码（the period code or group code）：引导读者激活自己对某一时期的成规或某一特殊符号共同体的成规的背景知识；最后5）作者个人话语（the idiolect of the author）：尽管个人话语的可区分标志是重复出现的特征，但就其本质而言，还是具有符码的特征。根据艾柯的说法，每一种后继符码都会更进一步限制以上级符码为依据的语义要素和语义要素组合规则的选择。[16]这就意味着文学符码限制了在语言符码统辖下选择的可能性，文类符码限制了前两个符码的选择可能性，以此类推。然而，这五种符码间的关系并不仅限于后继符码限制上级符码的选择范围那么简单，佛克马指出，其实很多时候后继符码不仅限制了上级符码的可选择范围,而是有意违反上级符码的规则。比如作家个人话语与时期符码或文类符码相抵触,恰恰就是个人最终决定使文学创新得以产生的必要条件。这也正是俄国形式主义文论家的观点——文学文本中对日常标准语言规则的违反不会被当做错误,与正确的陈词滥调相比,创新性的价值更高。

在佛克马看来,如果文学史家想要进行更具普遍性的观察,想进行更为精确的解释,他的任务就应该是:"与群体符码或社会话语打交道,因为由群体作家建构的符码通常属于某一代人,某一文学运动或思潮,并得到同时代和后来读者的广泛认可。由于后者理解前者生产出来的文学文本,他们共同组成了一个符号共同体。"[17]显然,佛克马有意放弃了文学史的分期或者时期符码这类概念。之所以这样,他是基于这样几种考虑。首先,文学史分期这个概念假定了所有文学的单一线性发展。而这种观点在佛克马看来是完全错误的,因为即使只囿于欧美文学的圈子,实际情况也远非如此。此外,不仅仅亚、非文学没有参与欧洲文学的分期化,20世纪欧洲各种先锋派文学本身不断更替,而且共存的事实也说明时期符码或分期化这类术语的不精确性。其次,不同的符号共同体生产、阅读不同的文学作品,而时期符码这一术语却遮蔽了先锋派文学、经典文学和大众文学同时共存的事实。时期符码的概念还在文学研究中忽略了读者这一维度。因此,佛克马认为文学史家应该创造用以描述这类事实的概念,而社会话语(sociolect)这个术语就可以让我们能够描述存在时间延长了的符码,这些符码曾经一度是先锋,但而后要么被经典化,要么变得微不足道,不值得一提。这样文学史就可以被描述为各种主导或非主导性的社会话语。在文学史的文学符码,即社会话语问题上,佛克马先后写过多篇文章讨论文学研究中的"象征主义"、"现代主义"和"后现代主义"等概念,从文学交际的角度,揭示了这些相邻概念的独特内涵。

象征主义是文学上的一个重要历史现象,首先起源于法国,并且在国家间得以有效传播。作为一种文学符码,象征主义首先由个别的诗人,比如法国的诗人马拉美创造出来,而后在欧洲各国广为流传。这种符码并未只囿于文学的界限,而是溢出了文学,进入到其他艺术领域。安娜·巴拉克安(Anna Balakian)和克洛德·阿巴斯塔多(Claude Abastado)等人在研究象征主义的主题与构成成分成规方面取得了重大的突破。[18]韦勒克则认为象征主义作家主张人受到自然的限制,并居于与自然的冲突之中。[19]安娜·巴拉克安认为象征主义的人生观是一种本体论的人生观,使诗人们创造出一种新的诗歌语言。路易斯·佛瑞斯提耶（Louis Forestier）、曼弗莱德·格斯塔格（Manfred Gsteiger）、里卡多·固伦（Ricardo Gullon）都曾系统地研究过象征主义符码。他们分析出象征主义诗人偏爱某些词语，说明了象征主义的语义特征是偏爱［＋垂直的］和［＋与世隔绝的］。[20]但佛克马认为从"符码"的角度来说，对象征主义的探讨尚不充分。就主题与构成成分的成规而言，佛克马认为象征主义作家极力避免没有复义的描述是由于他们更倾向于神秘，更倚重提出建议和塑造人造物品。佛克马认为象征主义作家在语义特征上偏好与象征主义者所建议的另一个高于自然界和物质条件的世界有着某种联系，而这个世界又是通过自反的影像可以触及的。他还相信这种语义分析，加上构成成分和广义句法分析，有进一步拓展的空间，因为最终的成果可以帮助我们更充分地解释象征主义的兴起和传播。佛克马还认为在文学史研究中，尽管象征主义的传播是一个相关的领域，但对象征主义的接受研究还很稀疏，无论是普通读者还是批评家的反应研究都不多见，也无论是褒扬的还是贬低的。此外，从广义的接受角度来说，还完全忽视了研究象征主义概念和技巧在多大程度上被吸收进日常话语之中。所以，他认为象征主义的本质是反决定论的，这就意味着从自然和物质条件的局限中解放出来。虽然无论在欧洲传统还是亚洲传统中，人类思想的其他思潮都表现过相似的看法，但象征主义用重新焕发的活力，针对自己时代的问题表现出了它特有的反决定论。象征主义的符码试图达到高于我们所见范围的更高一级真理，所以，不适用于文学上的再现。由于反决定论和反模仿的本质，象征主义实际上是为人类提供了另一种世界表象的可能。这种符码颇具说服力、颇为有效，因为我们在现代文学中、心理分析、种种认识论理论、乌托邦想象甚至政治中都可以找到象征主义符码。但是，佛克马也承认，尽管在认识论领域捍卫理论的连贯并与现实不一致受到了象征主义的影响，政治领域中的乌托邦主义也受到象征主义的影响，但要想确定文学思潮与思想史或当代文化之间的联系却异常复杂，而且通常是不可能的。[21]

表现主义文学是20世纪初以德国为中心兴起的一场国际性文学运动。表现主义文学是艺术在文学领域的体现，涉及文学的各个领域，其中戏剧和诗歌的成就尤为突出。在佛克马之前沃尔夫冈·罗德（Wolfgang Rothe）、乌尔利希·韦斯坦因（Ulrich Weisstein）以及维埃塔（Silvio Vietta）和坎贝尔（Hans Georg Kemper）等人都对此做过相关研究。[22]从文学符码的角度,佛克马认为表现主义有许多不同于其他文学思潮的特点。

首先,就控制这种文学符码的原则而言,表现主义最主要的选择原则是文本的组织方式以形象化的空间关系为依据,现实主义以时间或因果关系为依据,象征主义则通过使用传统或偶然的符号进行猜测性的自省。由于空间关系是主要的组织原则,一段文本中出现了风格迥异的各种元素互相对立,但却可以被读者所接受而无需解决方案或因果关系的解释。这种文本中呈现出的巨大张力使读者有种极端感,而这种极端感较之因果关系的解释价值更高。将无法解决的对立物联系在一起阻碍了限定性的描述,同时也无法描述意识的变化过程,使描写局限于典型人物的轮廓和典型现象。形象化的空间关系作为组织文本的首要原则,使叙述者的视点没有自省的空间。空间关系作为组织文本的首要原则还意味着强调相关事件的共时性,因此限制了情节的发展。在主题材料的选择上,表现主义文学尤其偏爱空间关系的对立。空间关系联系并调停了逻辑上的对立,使表现主义发展出所谓的"救世主般的"和"人道主义"表现主义,这两种表现主义在表现主义诗歌中表现得淋漓尽致。通过空间关系,表现主义还让主客体之间的对立达到一种和谐状态。这就意味着表现主义的文本组织方式与具有等级结构的世界观相当疏远。实际上,在表现主义诗歌中经常表现的宇宙和我之间的关系或其他同类的关系证实了这一点,相对于空间关系,表现主义作家否定了其他组织关系。由于缺乏等级结构的世界观,便导致了象征主义作家在描写现实时对不完整的恐惧。由于时间关系在表现主义文学中受到了限制,无法发展故事情节,诗歌便成为了表现主义最偏爱的文类。与因果解释相比,表现主义文学更看重强烈的体验,不注重寻求社会参与和对世界的清楚解释。在语言上,无法解决的对立通过形式与语义材料的分离、能指与所指的分离表现出来。这就导致了表现主义作家偏爱荒诞诗歌的亚文类,偏爱夸张的风格手段,偏爱对既定句法模式的偏离。

现代主义是佛克马研究较多的一个领域。由于认为现代主义不仅仅是对现实主义和现代主义文学思潮的反动,佛克马便将现代主义定义为:在1910年至1940年的两次世界大战间,一群作家清醒地认识到了新的历史和社会发展所带来的结果和问题,他们表现了这些特殊的问题,并针对这些问题提出自己试探性的解决方案。现代主义经典作家们认为象征主义的形而上和现实主义的决定论都未能充分应对第一次世界大战所造成的灾难和从19世纪道德中的解放,同时也未能充分应对从物理学到心理学一系列科学研究所带来的惊人后果。[23]从佛克马的定义来看,他的现代主义在时间、地域和社会环境方面都作了一定的限制,不过他的限制也不无道理。首先,从时间上讲,马尔科姆·布拉德伯里(Malcolm Bradbury)和詹姆斯·麦克法兰(James McFarlane)就认为现代主义始于1890年,还有学者认为现代主义的结束晚于1940年。但佛克马认为1910年至1940年间是现代主义全盛时期,至少在散文随笔和小说上是这样,而且在欧洲先锋派的框架内也如此。而就诗歌而言,超现实主义在1925年前后发展成为欧洲文学的主流。从地域上来讲,美国被排除在外是因为20世纪美国前十年的文学史与欧洲文学史多少有些不同,一战的主战场不在美国,美国人并未经历战争的洗礼,而且在战前和战争中产生的未来主义和表现主义也并未对美国产生影响。从广义的角度来讲,美国人的价值信仰体系与欧洲人也不同。俄国文学也有同样的问题,在苏联文学中很难发现现代主义对个人视角相对性的强调。佛克马承认就他所掌握的资料来看,北欧和地中海文学中也没有出现过真正的现代主义,出现的仅仅是现代主义的某些技巧。就产生的社会环境而言,佛克马认为西欧的社会结构和文化氛围是最适于现代主义滋生的土壤。而国家社会主义和法西斯主义则结束了现代主义滋生的有益条件,也同时结束了现代主义的全盛时期。

　　佛克马一向不赞成将文学史与其他系列脱离开的做法,所以他延续了哈里·莱文(Harry Levin)和彼得·福克纳(Peter Faulkerner)的研究。他运用以接受理论和符号学为基础的现代分析方法,提出现代主义可以被当做一种倾向于理性探究的世界观。较之教条主义的观念,这种世界观更倾向于假说式的猜想,质疑一切人类及其社会物质环境之间固定不变的关系,甚至切断了心理决定论和语言决定论的牵绊。文学上的现代主义可以当做从一系列语言和文学备选中挑选出的一种形式。因而,佛克马从文本句法和文本语义上分析了现代主义符码的种种特征。在文学文本的构思布局,即文本句法特征上,佛克马认为现代主义的主要成规表现为选择使用假说式的遣词造句方式,也即表现为不确定性和暂时性。首先,从文本和作者的关系来讲,现代主义的成规认为文本永远是没有定数和没有结束的。这可以解释现代主义作家为什么喜欢日记或者准日记这种形式。在现代主义作家的眼中文本永远没有完成,可以随时继续、修改、改进,甚至废除重写。而他们的这种态度也影响了文本的组织方式,除了日记之外,佛克马认为现代主义作家不注重发展紧凑的情节,并在写作上依靠其他任意的策略和风格技巧。这些技巧都用于在句子层面和文本层面表现暂时性。基于理性的实验,他们蔑视任何最终的结果。其次,在文本与社会环境的关系上,现代主义对于假说的偏好使他们放弃了一切对人类行为进行规则式解释的尝试。在现代主义作品中,文本和文本所再现的世界之间的关系以认识论怀疑为主要特征。现代主义作家在文本中没有描述世界的意图,给出的解释也仅仅是近似的真理。文本这种组织方式体现了现代主义作家对意识流这种技巧的偏爱,意识在流动中没有任何目的和确定的结果,当然也就不会有普遍的有效性。现代主义小说中充斥着意识的协商与被自然环境和社会环境影响的行动之间的张力,但明显的是前者胜出。第三,在文本与符码的关系上,现代主义诉诸于元语言评论,现代主义作家要么在文学作品中,要么在其他的场合讨论自己所使用的符码。现代主义作家利用各种渠道评论自己的作品,以至于作家的个人话语都成了这种元语言讨论的对象。尼采对于现代主义作家的重要性是不可低估的。尼采的语言怀疑论经伯格森语言哲学的强化成了现代主义成规中的元语言考量,强调一切可以说的东西都具有暂时性。这种态度还可以在文本的组织形式中找到,现代主义作家经常在各种语域[24]间转换。由于相信充分的表达是不可能的,现代主义作家便放弃了未来主义、表现主义和超现实主义作家所进行的各种语言实验。最后,在文本与读者的关系上,现代主义作家给予读者以很高的地位。现代主义作家认为阅读是一项私人的活动,而作家不便进行干预。所以,他们尊重读者的个体反应。

佛克马认为在以上四点中,认识论上的怀疑和元语言的评论是使现代主义与现实主义和象征主义显著区别的最重要的两点,同时也为研究现代主义的语义特征提供了方法。在现代主义的语义全域中处于中心地位的是与意识(awareness)有着共同语义特征的词汇,如知觉(consciousness)、深思熟虑(deliberation)、思想(thinking)、知性的(intellectual)等等。在现代主义语义全域的分级中,佛克马认为"意识"这个语义场占据了环绕"我"(I),即思考主体的三个同心圆中的第一个。而第二圈的语义场是"超然"(detachment),与此相近的还有"分离"(separation)、"脱离"(departure)、"去自我感"(depersonalization)。第三圈的语义场应该是"观察"(observation),包括"感知"(perception)、"观看"(view)、"窗户"(window)等等。现代主义作家偏爱使用同时属于以上两个甚至于三个语义等级的词汇,比如知性的(intellectual)、微妙的(subtle)、假说(hypothesis)、冒险(adventure)。而现代主义作家都喜欢使用的一个隐喻"万花筒",在语义上就具有[＋观察]、[＋超然]、[＋变化]和[终结]的特征。佛克马还认为这三个语义等级中,第一个处于现代主义语义等级中心地位,可以在所有的现代主义文本中找到;第二个区域中包括一些中性的语义场,可以与不同作家的个人话语相调节,并保持一致;最后一个又可以在所有现代主义作家的作品中找到,但处于语义等级的最底层。但佛克马的分析并不仅限于此,他还将现代主义的语义特征与象征主义和现实主义作了比较。他认为在象征主义语义全域中处于中心的"宗教"和"自然"在现代主义的语义全域中属于第三个区域,均体现出了否定的内涵,或被弃置不用。而在现实主义文本中有相当重要地位的语义场"农业"、"工业产品"和"经济"在现代主义文本中也属于第三个区域,但这不排除经济活动中的投机冒险和个人风险。此外,现代主义作家还引进了很多在象征主义和现实主义作品中不曾出现的主题,如"性爱",包括同性恋。现代主义作家拓展了"心理学"、"科学"、"技术"等语义场的范围。在现代主义的文本中,属于"犯罪行为"这一语义场的词汇获得了中性的意义,甚至具有了肯定的含义,如[＋冒险、＋知觉]。

后现代主义研究是佛克马涉足较多的另一个研究领域。在分析后现代主义的缘起时,佛克马同样坚持了自己一贯的态度和做法,从认识领域、文学内部和读者的心理方面寻找原因。首先,从一战和二战之间的一段时期到二战之后,社会与政治条件发生了巨大的变化,人们开始怀疑现代主义的价值观。战后的一代人认为尽管现代主义提出了种种主张,但都没能阻止二战的发生,其认识论甚至促成了越南战争。从文学内部来讲,在第二次世界大战过去近二十年以后,现代主义的作品成为了经典。这种经典化召唤新的、大胆的先锋运动,改变以往的文学成规。战后新的一代要么选择追随现代主义作家,要么创造新的、不同的文学形式。而后现代主义作家却选择了后者。当代文学史上一个有趣的现象就是各种不同文化的作家为了创建自己的文化空间而选择使用后现代主义的各种写作策略和技巧。为了在文学上得以存在,作家们借用其他文化中的元素,向异邦寻求灵感,有时甚至进行极端的转换。从读者方面来说,由于长期沉浸在现代主义作品理性的考量和不断的修订中,作家们习惯了有选择地使用某些题材,读者则开始寻找新奇和不同的东西。就哲学依据而言,米歇尔·福柯对能指与所指二元区分的摒弃,德里达对传统上能指与所指区分的质疑,利奥塔对元叙事固定意义的质疑、所提出的规则异质性等,都是后现代主义的哲学依据。

格哈尔德·霍夫曼(Gerhard Hoffmann)认为后现代主义的谱系渊源可以追溯到存在主义,甚至现代主义。[25]但是佛克马却认为后现代主义出现的迹象也可以追溯到博尔赫斯。同样,法国新小说也可以被认为是后现代主义符码产生的一个重要源头。因此,佛克马认为后现代主义符码在世界各地的产生实际上提醒我们在面临相同的社会历史环境时,作家选择相同表现方式的可能性会增大。但就后现代主义在全世界范围内的接受先后而言,佛克马认为通过约翰·巴思的《衰竭的文学》(*The Literature of Exhaustion*, 1967)我们可以得知是北美批评家使后现代主义文学成规制度化,即后现代主义符码的接受源于北美。这是美国作家对欧美现代主义的回应、与之争论并与之对话的结果。而相对于北美,后现代主义在欧洲的兴盛则稍晚,大约出现在20世纪80年代。但欧洲学者和作家认为后现代主义已部分地由欧洲文学史上的先锋派,即30年代的达达主义、未来主义、荒诞剧、超现实主义等所抢先取代。

就后现代主义本身的发展来看,又可以分成早期和后期两个阶段。早期后现代主义作家信奉的是,用巴思的话说就是"没有什么是不一样的"(Nothing makes any difference)。既然"没有什么是不一样的",也就不必自杀,就可以选择继续生存下去,而忘记所有认识论上的和道德上的怀疑,忘掉本体论的问题,摒弃讲述有信服力的故事之不可能性,开始专注于讲故事本身。这就造成了现代主义与后现代主义的差别:概括地说,现代主义作家质疑传统意义上的能指与所指的关系,后现代主义作家则摒弃了二者的成规式的关系。尽管各地的后现代主义表现各不相同,但却具有一些相同之处。一方面,从文本的衔接层面看,能指与所指的不稳定会造成上下文中断、不完整,出现低度表达,被贝克特称为"沉默的文学";另一方面,语言冗余可导致连接性的混乱,甚至出现马尔克斯式的过度渲染。早期的后现代主义作家一致的论调是"无所谓"(Anything goes)。在这种论调之下,早期后现代主义作品呈现出一种"非选择(non-selection)或近似非选择"的特点。这种特点也反映在了文本句法和语义特点上。从文本的句法上讲,首先,文本和作者的关系较之现代主义更加松散。作者似乎根本不关心文本的状况,从哪儿开始,怎么开始,如何连接,在何处结束,怎么结束,以及文本是否应该包括语言或其他形式的符号都不是作者关心的问题。后现代主义作家则可以在任意的时刻结束自己的故事。后现代主义作家为了摧毁文本是具有联系性的概念,在作品中插入了强调断裂性的元素,比如调查问卷或与之无关的文本碎片。许多后现代主义的文本是相当没有联系的碎片组合,这是对读者已知的文学符码的挑战,读者根本找不到以往那种文本内部的连贯性。后现代主义文本主要的技巧在于使用各种手段摧毁读者对于时空一般性的概念,在情节上编造迷宫式的情节。其次,在文本与社会环境的关系上,后现代主义完全放弃了对现实进行规则式解释的尝试。在后现代主义文本的描述中,作家情愿提供戏仿式的解释,以呈现出逻辑内部的矛盾。在后现代主义观念中,语词创造并塑造了我们的世界,是世界存在的唯一证明。因此,后现代主义作家们不停地讲述,尽管他们也意识到了唯一可以做的就是循环利用僵化的意义。与所有的文学符码一样,后现代主义的符码也有其自身的偏颇之处:后现代主义在本体论上的怀疑只能用语词来表述,也只包含语词。在文本与符码的关系上,后现代主义更加清楚地强调符码的作用。在某些情形下,如何讲故事比故事本身更为重要。后现代主义作家经常在作品中进行元语言的讨论,这就使读者无法遵守以往关于文类的成规,因此使读者具有了更重要的作用。因此,后现代主义符码似乎是所有文学符码中最"民主的"。文本经常直接对读者发话、引导读者、对读者提问。有些文本有多个结尾,读者可以根据自己的喜好进行选择;有的文本则极力使读者觉得自己好像是作品的主要人物,或者描写一个似乎是读者的人物。但由于后现代主义质疑既定的真实与虚构、精神与物质、现在与过去、此地与彼地的文学系统,所以依据一般常识和逻辑检验对后现代主义文本做出的阐释即使不是错误的,也是过度的。

尽管后现代主义作家在每一方面都持非选择的态度,但佛克马仍认为这实际上就是一种选择。所以,佛克马认为在描述后现代主义的语义全域上,我们要严肃对待后现代主义故意让非选择的态度暴露出来的用心。毕竟,这种用心在很大程度上被具体化。因此,在后现代语义全域的中心位置的语义场是"包容性[+ inclusiveness]"和"同化[+ assimilation]",叙事者或人物的心理考量被放逐成了背景。在后现代主义文本中,"意识"和"超然"这样的语义场属于第三个区域,因为这些语义场需要用论辩的态度来对待,或者就干脆弃之不用。后现代主义者同化并吸收了他们所感知的世界,而不知道或不想知道如何建构世界并使之具有意义。语义场"感知",包括"观察"、"阅读"、"聆听"和"谈论",在后现代主义的语义全域中接近中心地带,但这种感知是同化和占有。从理论上讲,每一种社会话语都会通过某些词汇的选择背叛自己。由于词汇具有语义特征,因而属于某种符码的中心语义场。佛克马认为所有具有"多的[+poly]"和"总的,泛的[+pan]"语义特征的词汇都可以被归入"包容性"这个语义场之下。比如迷宫、镜子以及其他表现复制或增殖的词汇,或者旅程,尤其使用在搭配"没有目的地的旅程"(journey without destination),或者具有空间广阔和人类努力无用的内涵,使这个词与现代主义的使用方式具有完全不同的意义。后现代主义小说并不回避机械设备、科学的世界和科幻小说的世界。后现代主义小说不关注内在的自我,不尊重任何疆界,小说中的人物可以远至外层空间或遥远的未来。后现代主义作家在作品中实验各种药物和机械自动化。他们纵情于没有结构的词汇堆积的场所,如图书馆、百科全书、广告、电视和其他大众传媒。尽管每个作家的偏好不同,但他们的共同特点是对"多"或"泛"而缺乏独特性的事物表现出了共同的兴趣。所以,佛克马得出结论,早期的后现代主义文本中存在着诸种不可能性,它不可能以我们对于世界的知识进行解读,也不可能用逻辑进行推理。

但随着时间的推移,早期后现代主义与现代主义的论争已不再具有驱动力,作家们不再觉得与现代主义或存在主义论争具有吸引力,"无所谓"的基本原则也就发生了改变。学者们普遍认同,后现代主义早期和后期的分界是 1980 年,约翰·巴思发表了《补偿的文学:后现代小说》(The Literature of Replenishment: Postmodernist Fiction),提出小说"要超越现实主义和非现实主义,形式主义和'内容主义'、纯文学和参与性文学之间争吵"[26]。同年,艾柯出版了《玫瑰之名》(The Name of the Rose)。佛克马认为早期基于非选择原则的"无所谓"至少在女性主义书写、历史小说、后殖民小说、自传体书写、文化身份认同小说五个方面遭到了攻击,这五个方面都需要某种形式的参与,摒弃了"没有什么是不一样的"原则。这些新兴的形式到底是意味着后现代主义的终结,还是意味着对后现代主义进行有创见性的修正,在佛克马看来是一个阐释角度的问题。后现代主义开始盛行后很长一段时间内,批评家们经常提及的作家很少有女性,好像后现代主义完全是男性的事情。直到苏珊·苏莱曼(Susan Suleiman)提出应该将女性作家和批评家包括在后现代主义的圈子内。[27]总的来说,批评家们大致接受了这个建议,虽然都意识到强调女性身份的书写与"无所谓"的诗学观念之间会产生一系列问题,与早期后现代主义的特征相抵触。但佛克马认为女性主义与后现代主义的结盟具有政治意义。琳达·哈琴是最早研究后现代历史小说的学者,她认为通过用反讽的手法,从失败者的角度重写官方的正式历史,具有进步的意义。[28]佛克马认为后殖民书写摧毁了欧洲中心主义,与后现代主义的理念完全吻合,到目前为止,至少在文学的领域内第一、第二和第三世界的分界已经完全被摧毁了。而且,第三世界的后现代主义基本上不关心后现代主义与现代主义的谱系关系,促进了民族传统文学的发展。至于自传体书写,佛克马认为这可以解释为一种重新发现旧的叙事形式的尝试,或者重新建构一个适度的关于自我的概念。这实际上是一直挥之不去的身份认同问题,不论是个人的,还是集体的。佛克马认为文化身份认同小说实际上并不多见,但是重读《百年孤独》之类的小说,会使我们觉得马尔克斯是在建构一种文化身份,而不仅仅是在挑战现代主义的世界观。佛克马还分析了中国的后现代主义。他先指出由于中国的政治和历史背景的不同,中国的后现代主义根植于不同的文学背景。1920年代至1970年代出现在中国的各种文学思潮都对中国的后现代主义产生了影响。早期钱锺书的《围城》表现出来的元语言式的评注、玩世不恭、学者式的观察,1978年以后中国现代主义作家王安忆的"三恋",以及王蒙、张洁、张抗抗作品中的意识流和自由间接引语的使用,无不说明中国的后现代主义乃世界后现代主义的一部分。但他也指出由于特殊的社会和文化传统,中国的后现代主义鲜明的特色主要表现在过分渲染、重元语言批评、与现代主义共生。

文学史上这种文学思潮与文学类型更替的现象,在佛克马看来,如果从文学内部解释,并不是先进与落后的差别。只有将文学与社会发展联系起来,我们才可以说在应对新的社会环境时,后一种比前一种更合适。文学系统自身并不是一个有机体,可以自行进化。因此,他称其为文学系统的"变化",而非"进化"。就文学系统的变化而言,他认为文学系统的变化至少有三个方面的原因。

首先,是文学系统变化的认识论理论。受卡尔·埃贝尔(Karl Eibl)关于人类行为的观念启发[29],佛克马认为文学系统的变化是由于认识论上的变化所导致的。因为现实总是处于变化中的。经过一段时间以后,文学作品中再现的现实就会显得跟不上时代了。新生代作家会反驳已确立的对现实的阐释。如果人类行为的成规式再现与新生的社会和心理条件不再相容,旧的成规就会被弃之不用,即某一代作家的行为和思维模式就会被抛弃。其次,是文学史变化的审美理论。俄国形式主义用熟知化和陌生化来讨论文学的变化。他们认为任何新颖的文学技巧到了一定的时候都会失去其最初的效果,读者会对所有的风格技巧,甚至最令人惊讶的比喻熟知于心。这会刺激作家创造新的、令人觉得陌生和惊讶的技巧。而这些技巧到了一定的时候,还是会让读者觉得厌倦。最后,是文学变化的文化或人类学理论。根据利维斯的观点,成规既是任意的,也是可以被替代的。因此,艺术成规,即使处于时尚顶峰的,也仅仅因为它是文化的一部分,可能没有任何原因被替代。某些文化参与者会仅仅为了展示他们生活方式的文化精髓而决定改变盛行的成规,并以此来反对为大众所熟知的成规机械地继续下去的可能性,或将其作为不可抗拒的文化身份认同的表现。

佛克马认为这三种理论不只可以解释文学系统的变化,而且还可以帮助我们认定某些文学事实,因此应对文学史进行实证研究。如果我们以第一种理论——认识论理论为研究框架,就需要查找文学文本中世界观变化的踪迹,寻找文学文本中观察和解释的特点。我们会探求那些没满足我们研究兴趣的事实,解释现实主义和现代主义的不同。如果我们以第二种理论为研究框架,就会寻找新的形式特征和令人惊讶的技巧。同样,第三种理论也可以作为研究框架,以认定不同的事实。

三、文化相对主义与比较文学

与当今国际比较文学界其他著名学者不同的是,佛克马并没有专门讨论比较文学的专著,他对比较文学的见解大多数散见于发表在学术期刊或论文集的论文之中。但他的比较文学理论与实践却因有着扎实的实证研究作为基础而具有鲜明的理论性。在许多对于当今比较文学研究具有争鸣意义的问题,尤其是文化相对主义、比较文学的研究范式等问题上,他均表达出自己独到的见解。文化相对主义(cultural relativism)对于中国比较文学学者来说是一个并不陌生的术语,甚至是比较文学研究的热门话题之一。尽管佛克马是国际比较文学界最早改造文化相对主义的概念,使之适用于比较文学研究的学者,但由于种种原因,在中国学界获得相关材料的渠道却大多是二手的,因此,造成了种种误读和误引。[30] 这种并非偶然的状况,既反映了国内研究材料的缺失,也反映了学者对佛克马的认识的不足。

"文化相对主义"这个术语最早出现于人类学研究,而其认识论上的起源则可以追溯到德国启蒙运动,追溯到康德。康德认为人类对世界的一切感知都是通过心智作为中介来完成的,人类认识世界的中介结构是普遍的。但他的学生赫尔德却认为从民族文化的多样性看来,人类的创造力显示出人类不只以这些普遍的结构为中介,还以特定的文化结构为中介来感知世界。因此,德国哲学家兼语文学家洪堡特(Wilhelm von Humboldt)提倡综合康德和赫尔德思想的人类学观念,但人类学的研究一开始便首先经历了文化进化主义的阶段。泰勒(E. B. Tylor)在他的《原始文化》(Primitive Culture, 1871)一书中大力鼓吹"文化进化主义"(cultural evolutionism)。他认为现代欧洲文化是其自身的规范,所有非西方的人都不是先进的,还处在早期的、落后的阶段。高级先进的文化具有普世性意义,人类文化将在高级文化的主导下实现统一。文化进化主义将人类文化的发展前景预设为趋同和融合的,忽视了人类文化的差异性和多样性,因而受到文化相对主义的挑战。"文化相对主义"所蕴含的人类学理论内涵首先由美国人类学家弗朗茨·博厄斯(Franz Boas)在20世纪初提出。他批评文化进化主义想要重新建构一部适用于全人类的文化史的诉求,并警告自己的学生在研究其他各种文化时慎用自己的西方价值观和各种范畴。在博厄斯之后,文化越来越多地获得了相反的意义:文化将人与其传统和非理性的一面联系在一起。人不再是文化的缔造者,而是自己文化的产物。博厄斯学派的后继者们都强调不同文化间的平等价值。表面看来,人类学领域的文化相对主义者是在告诉我们普世的价值判断是不可能的,只有某种文化的载体才可以对这种文化进行评判。然而,如果我们认为果真如此的话,就对他的观点失去了整体的洞见,文化相对主义的真正意图是要西方的研究者克服西方中心主义,对其他文化采取一种宽容的态度。也正是这一点吸引了文学研究者,为跨东西比较文学的研究提供了可以介入的点。然而,文化相对主义本身在人类学中就极其复杂。[31]我们当然有理由认为人的权利与其所生活的社会密切相关,但是完全接受这一立场就意味着使人变成某一社会群体的奴隶,个体的人必须永远臣服于他所属的社会的种种规则。而且,人类学家列维-施特劳斯也提出了另外一种针锋相对的观点:"人类大脑在哪里都具有相同的构造,并且……具有相同的能力。"[32]所以,文化相对主义这个概念对于文学研究的适用性,或者将之改造、移植以适用于文学研究就是文学研究学者面临的一个重大课题。人类学所研究的文化显然不同于人们从理性和审美角度对文化的反思。人类学意义上的文化是指人类行为的规范,而理性和审美角度的文化则指文学、艺术和欣赏戏剧、文学作品及从事科学研究等文化活动。但这两者也并非是完全割裂开来的,无论人类学意义上的文化,还是审美意义上的文化,都可以通过继承和习得而获得。此外,我们可以从文学、艺术的基本意义中了解人类学的文化概念,文学艺术同时也可以阐释人类的行为规范。所以,在文学艺术研究中,引进文化相对主义的概念有其必要性,但同时也需要进行必要的改进,佛克马便是比较文学界较早从事这项工作的人。

首次将"文化相对主义"这一术语与文学研究联系起来的是罗伊·哈维·皮尔斯(Roy Harvey Pearce)。1969年,在自己的《再一次历史主义》(*Historicism Once More*)一书中一篇文章的脚注中,他首次提及了"文化相对主义",并将文化相对主义与文学研究联系起来。此后不久,佛克马便于1971年在一次讲座中将文化相对主义与比较文学联系起来。这个讲座经拓展后,于1972年以《文化相对主义与比较文学》为题首先用英文发表在《淡江评论》(*Tamkang Review*)上。在这篇文章中,他将文化相对主义定义为在某个特定文化区域的语境内对某一时期的文学历史现象进行阐释的方法。这种方法以相应时代的文化背景及其规范体系作为评价某种文学类型的依据,进而比较各自以不同时代和文化为特征的价值系统,并极力鼓吹文化相对主义在比较文学研究中的作用。佛克马认为,以周密考虑的伦理学和美学标准作为文学研究方法的基础,提倡标准统一的文学观念,对于公正地评价不同文化传统和思想背景的外国文学作品没有任何益处,甚至还代表着一种欧洲中心主义的观念。而比较文学学科却要求学者们研究世界各国不同时期的文学,否则就达不到普遍性的高度。这就意味着比较文学学者不但要研究不同文化的文学文本,还要研究评价这些文本的方法,以复原它们的价值体系,同时避免用自己的价值系统去干扰他人的价值系统;在弄清楚了其他国家的价值系统之后,将这一价值系统与其他的价值系统进行比较;经过互相对照发现各种价值系统之间的不同点和相似点,并以此揭示每一种价值系统的相对性,给原有的问题提供一些其他的解决方案,最终动摇种族中心主义。这就是文化相对主义的方法。在20世纪70年代,美国学派提倡的平行研究处于鼎盛时期,韦斯坦因还在对将比较文学拓展到西方文明圈以外表现出一种"迟疑不决"[33]的态度之际,佛克马的论调绝对是令人振奋的。而且,较之以往比较文学研究的"欧洲中心主义",文化相对主义确实是向前迈进了一大步。也正如鲁思·本尼迪克特(Ruth Benedict)所说的那样,"认识到文化相对主义有其自身的价值"[34]。所以,刘若愚对佛克马希望去除比较文学中的"欧洲中心主义"或"中国中心主义"表示赞同。[35]然而,将文化相对主义定义为一种阐释方法的时候,佛克马只强调了文化相对主义可以指导比较文学学者如何评价其他文化中的文学文本。但就评价本身而言,如果我们坚持相对主义的立场,就完全落入了历史主义的樊篱。研究如不与研究主体的文化发生意义,就是未完成的研究。因此,佛克马本人更进一步对文化相对主义进行具体改造和调整,使之适用于比较文学研究。况且,和文学研究观念一样,文化相对主义这个观念也很复杂,同时也在不断地发生着变化。所以,在十多年之后佛克马又发表了题为《文化相对主义反思:比较文学和跨文化关系》的文章,修正了自己以前的观点:不再将文化相对主义定义为"阐释方法",而是认为"文化相对主义不是一种研究方法,更谈不上是一种理论:它是指一种可以影响学者选择研究方法和理论立场的伦理态度"[36]。这就与他先前将文化相对主义定义为一种阐释方法有了很大的区别,这种观念揭示了比较文学学者在进行东西方文学比较中所面临的困境:一方面学者们希望进行理性的学术讨论,并希望找到新的方法增加对文学的认识,尤其是属于遥远文化的文学;但另一方面,学者们在开始研究时,都不可避免地从某种伦理立场出发。应该如何将这两者分开,如何区分知识和价值判断,则是比较文学学者面临的巨大问题。虽然佛克马认为在文学研究中持文化相对主义的立场是必要的,但他也认识到了文化相对主义最大的局限性就在于,"无论我们是以温和的还是极端的方式谈论文化相对主义,这一概念都违反了欧洲的原意,在说法上都会自相矛盾:文化相对主义包含着对其他文化模式的宽容,但在研究其他文化中引进这种态度之时,我们很可能面临的是这种文化中恰巧缺少这种宽容态度。这种矛盾并不仅限于伦理判断,也发生在认识论的层面上"[37]。因为,科学研究的目的旨在得到普遍有效的结果,而这恰巧又违背了文化相对主义的原则。而如果在研究另一种文化时只使用那种文化固有的观念,而放弃科学分析的标准,就会严重地损害对另一种文化的科学解释。

从比较文学研究的角度而言,比较文学研究也和人类学研究有着重要的区别。人类学更容易脱离价值判断,而文学研究的对象本身就承载着价值。通常意义上,文学文本的区别性特征在于其可以引发读者的审美体验,而读者对文学文本进行评价是不可避免的。文学文本的价值并不像结构主义或新批评所说的那样内在于文学文本,所有的文本都具有激发读者审美体验的潜能,具有潜在的价值。读者在评价文学作品时通常依据自己文化的标准。文学评价是赋予文学作品以价值，而不是在文学作品内部寻找固有的价值。评价是客体和评价主体之间相互作用的产物。因此，佛克马认为文学研究的对象不应该限制为对曾经一度被某一群体当做文学的文本研究，还要包括研究动态的、不断变化的文学评价的过程。文学评价的过程不但包括文学文本，还包括文学文本的接受和对接受者的文化、社会、教育背景的分析。换言之，文学研究的对象应该包括由作者、作品和读者或听者（接受者）所组成的传播状况（communication-situation），而无须考虑读者生活在哪里以及他们的价值判断是什么。文本的传播状况研究可以使我们更进一步对不同文化系统进行没有偏见的研究。这样，研究者就没有必要非得做出自己的价值判断，而只需研究他人的价值判断，这在认识论的层面上确实更符合文化相对主义的原则。

佛克马的观点有其合理的一面，在他的文学研究观点的构建中，做价值判断的是文学批评家，不是研究者。这样研究者就省去了从各种不同文化体系中选择材料的麻烦，只需要接受文学批评家们选择出来的出现在各种不同文化中的文本。但即使这样，文学研究者还是面临着一个问题：这些由各种专业或业余批评家们选出的文本是否都可以被当做文学文本。或者，用接受美学的观点来说，这些文本是否在某些情境下可以激发出读者的审美体验。佛克马认为用"审美体验"这个术语不但可以比较清晰地区分出以地理边界为界限的主要文化中文学的特点，还可以据此解释文学作品在跨文化交流中成功和不成功的原因。如果要解决这个问题就要首先对文化进行分类，不过这种分类的标准当然是要建立在艺术文本是否与宗教的、道德的、认知的和实用的文本区别开来的基础之上。为了划分文化类型，佛克马建议对跨文化文学现象感兴趣的文学研究者应该在当地专家的帮助下发现在某种文化中所使用的文本是否被读者从形式上或功能上进行了区分。这样就有如下三种可能：1）在某一文化中，根本没有区分文本的类型；2）对文本进行了松散的区分，但这种区分与宗教、道德、审美、认识和实用的区分并不是十分一致的，佛克马认为大多数古代文化，中国、印度、日本、中美洲和阿拉伯文化都是这样的；3）对文本进行了区分，区分的标准也大致与前面提到的一致，但是在各种功能上却存在着不同程度的渗透。文化系统中活跃着各种不同的文学交流模式，只有在这种文化系统的框架内进行考察，文学接受的成功与失败的问题才会得到有效的回答。我们可以参照同一文化中的审美体验和其他体验的关系来解释在同一种文化内部为什么有时偏好遵守审美成规，有时偏好违反审美成规。这就意味着我们一方面要考察文学与宗教、道德判断、社会政治行动之间的关系,另一方面则要考察某种文化背景下的读者群在某种情境下可以容忍激奋状态(如文学文本的新奇感、文本中令人惊讶的价值观、文本的复杂性和文本的多义性)的程度。

总的来说,文化相对主义一般涉及两个方面的内容:一是价值判断的范畴,反对用单一的文化标准衡量不同的文化孰优孰劣的问题;二是认识论范畴,强调文化的差异性,质疑单一文化观念的普遍性。佛克马的思想也不例外,他的思想包含了这两方面的内容,但又在这两个维度上作了更进一步的反思和拓展。他认为在某种情形下,在衡量文学艺术的审美价值时,我们不可或缺地要考虑文化因素,但对文化因素的考虑也可以产生一定的限制。文化因素代表的是一种态度,因此在对一件艺术品或一部文学作品作出价值判断时,我们必须考虑该作品的本土文化背景,正因为如此价值判断就与文化背景产生了不可割裂的联系。在这种情况下文学与文化的相关性就不应该被忽略,也无法被忽略,因此价值判断的立场也多少包含了对某种文化的宽容乃至于接受。但不可否认的是文化本身也有其时空的限制,不同文化背后的成规有诸多不同,所以又产生了"局限性"的问题。因为并不是每一种文化都可以形成普遍性的价值判断标准,这就使比较文学学者在从事跨文化研究中感到了取舍的困惑。问题在于价值判断是否可以做到绝对的客观中立,这是提倡世界文学和研究东西方比较文学的学者所面临的最大问题。除非我们可以抛开价值判断,否则几乎无法克服这一困难。有的学者认为,在做比较文学研究时,我们可以对价值判断置之不理,从文化相对主义的立场出发,采取一种文化宽容的态度,兼收并蓄将不同文化传统的文学并置,进行研究和讨论,这样可以做到不武断地评价和比较。但佛克马却不这样认为,他认为这种做法实质上是一种简单的比附,在这种基础上的比较很难做到对异域文化文学作品的透彻了解。正是基于这种考虑,为了补救这一缺陷,佛克马认为我们可以用跨文化的分析方法(cross-cultural analysis)研究探讨对审美经验有益的传播状况。一方面,我们可以不加质疑地接受其他国家的文学经典著作,因为这些选本是经过该文化传统的衡量和考量而定的,这些作品的价值是经过考验的;另一方面,我们要重视这类作品在不同文化背景的读者中引起的反应。在这种认识论下,比较文学的目的不在于追求不同文化中文学作品的相同之处,而在于看到它们的差异,这样我们才不会受制于自己狭小的文化范围,才会以真正的国际主义眼光看待异域文化的文学作品。从这个意义上来说,佛克马为东西方比较文学研究开拓出了一条道路,也正是在他以及另一些有识之士的不断努力下,亚洲和非洲等地的比较文学研究逐渐走进了欧洲比较文学研究的视野,比较文学研究中的欧洲中心主义和西方中心主义之局限才日渐得到反思。

虽然,佛克马利用"审美成规"的概念,充分讨论了文化相对主义对比较文学和文化关系的必要性和局限性,明确表示了对"文化相对主义"的赞同态度,并提出了补救办法和措施,但在20世纪90年代前后,随着不同文化间的交流急剧增长,文化相对主义的应用出现的困境使他更进一步地反思了文化相对主义这个观念。这些观点主要集中在《文化知识、文化本体、文化相对主义》[38]、《文化相对主义的相对性》[39]等文章中。

首先是文化交流和文化冲突的问题。佛克马承认大多数种族冲突(比如亚美尼亚和阿塞拜疆人之间的冲突)确实是文化冲突,但与亨廷顿不同,佛克马并没有将世界上所有的冲突都与文化冲突直接联系起来。为了减少文化间的冲突和争端,文化间的交流就变得日益重要。促进文化间交流的问题也是摆在当时学者面前的一个重大任务。在这样的背景下,1988年赫希(E. D. Hirsch)出版了他的《文化通识》一书,提出某些文化知识可以作为解决冲突的措施。[40]佛克马肯定了一套特定的文化信息,对文化间的交流是具有一定作用的。但是,他并不完全赞同赫希的这种编写文化知识条目的做法,认为这些条目及其解释只告诉了我们语义知识(semantic knowledge),而没有告诉我们这些项目的句法知识(syntactic knowledge),这些项目的重要性和如何组合这些项目,以及实用知识(pragmatic knowledge),即什么时候、什么场合使用这些知识。并且,即使做了上述修正,也不能保证交流的顺利进行。文化交流的顺利进行不但需要知道制约人类行为的成规,也需要与别人行为一致的技巧。

另一个与文化成规密切相关并且使文化相对主义陷入困境的问题是文化身份(cultural identity)[41]问题。20世纪70年代以后,文化问题的研究逐渐转向对文化身份的研究,无论文化研究还是社会学研究都开始探究文化身份。佛克马认为文化是一个极其复杂的由知识和成规所组成的系统,而文化身份是由文化知识和文化成规所组成的。根据刘易斯(David K. Lewis)对成规的定义,佛克马认为成规不同于不可避免的自然律和逻辑必然性。作为解决问题的方式的成规,既有约定俗成的一面,也有其任意性的一面。那么这就意味着文化具有自由的含义,在某一文化中一旦旧的成规不能适应文化上的新发展,就可以产生新的成规。文化和文化成规的自由含义也为文化身份的自由性提供了依据。文化是否有活力的依据在于,这种文化是否容许成规更替的可能性,这个成规是否容许对成规的适用性和有效性进行讨论。原则上,文化身份可以因为时间、环境的变化,通过学习而改变。这就意味着佛克马自己重新反思了文化相对主义态度的基础。在他看来,文化相对主义态度的基础由文化发展中几个一般性的因素构成:文化的发展具有分化的倾向,其主要动力来自于凸现自我的愿望;人们利用各种艺术表现方式和文化行为方式来处理认知及其他类型的资讯;某些文化行为方式是解决协调性问题的方法,因而具有社会功能。

以这种观念,佛克马重新考察了施密特的"美学/审美成规"(Aesthetic Convention)这个概念后,承认按照审美成规来区分不同文化中文学交流特征的可能性只是一个权宜之计,因为这种做法忽视了这一点:不同文化对审美体验强调的方面是不同的。根据地域来界定不同文化的做法似乎也不可取,因为至少在现代,以地域为基础的各大文化间的差别似乎还没有这些文化自身内部的差别大。所以,他认为在对审美成规进行考察时,在跨文化研究中遇到的困难在内部文化研究中也会遇到,由于文化内部的张力使大家不得不接受地球村的观念,其后果就是跨文化相对主义观念的使用变得与文化内部的相对主义界限模糊不定。另一个使文化相对主义不再是一个严格概念的原因,来自于文化相对主义自身。文化相对主义本身就表现了一种价值观,意味着个人的价值观不一定优于属于其他文化的价值观。文化相对主义依据其自身的标准并不适用于那些在面对其他文化价值观时不具有宽容性的文化。这种悖论性的后果是我们无法严格地实施文化相对主义。而事实上,文化相对主义背后所隐藏的伦理立场本身就可以被理解为文化的相对性,但这并不意味着文化相对主义的反面就是可取的。

严格实施文化相对主义是不可能的,佛克马认为我们的道德和审美价值观与我们在这个世界上的位置密切相关。即使在全球化的时代,要求道德观和审美价值具有普遍性也是毫无用处的。因为我们的价值判断不可避免地总是有局限性和主观性的。制定一个道德教化的目标,进行价值判断,会使文化相对主义落入两难的境地。另一个使文化相对主义落入两难境地的情形是某些术语在不同文化中的语义内容不同。这样看来文化相对主义原则在不同文化的人群间的交流中非常有用。佛克马认为通过探究普遍性概念的适用性,我们或许会越来越相信文化相对主义的必要性,但是由于文化相对主义的局限性也是显而易见的,所以我们应该考虑相反的立场,即在文化相对主义陷入困境的时候,诉诸于普遍性的概念,宣布某些价值的普遍有效性。佛克马的这一观念不但与联合国的政治家回应美国人类学协会呈交的报告的做法一致,而且与托多洛夫在《评文化交流》一文中的观点一致。在这篇文章中托多洛夫认为人类整一性的思想并不是研究结果,而是一种策略性的概念,或许就是一种研究的出发点,以及政治学原则。

在佛克马对文化相对主义的概念进行了改造,并将其引入到跨东西方文明的比较文学研究中后,文化相对主义引起了世界各国比较文学学者的广泛响应和热烈讨论。文化相对主义首先产生于人类学研究,然后逐渐蔓延到其他研究领域。在西方哲学界的争论中,相对主义及其各种形式都成了讨论的中心问题,这其中包括概念、观照和本体论的相对主义以及真理和理性的相对主义等等。米歇尔·斯密森(Micheal Smithson)曾指出,战后出现了复杂多变的多元文化现象,与此同时,新兴的信息技术逐渐向文化领域渗透,使决定论失去了效用,引发了相对主义倾向。[42]杰拉尔德·吉列斯比(Gerald Gillespie)认为文化相对主义的提出是西方学者自文艺复兴以来又一次对西方文化传统的再思考,是非西方国家的学者对本民族文化进行重新审视的时机。文化差异的研究表明我们可以用一种建设性的话语来建构适应新时代需求的新思维模式。[43]洛特曼、施密特(Siefried)和埃文-佐哈(Itamar Even-Zohar)等学者也都对文化相对主义表现出极大的关注。他们认为文化不是封闭的个体,而是不断变化的符号体系。某一类型的文学研究可以从其全部特征入手,也可以从其与其他文学类型的关系入手。任何一种文学都有自己独特的阐释体系,所以比较文学的总体框架也应充分尊重各种文化的特殊属性。厄尔·迈纳在他的《比较诗学》中专设一章来讨论文化相对主义。他在书中指出,在当今世界主要的几个文学体系中,并不存在共同的文学价值观。他大力赞扬了佛克马对文化相对主义含义的解释,认为这种宽容他人并重视他人的态度同欧洲文明优越性的旧思想相比前进了一大步。文化相对主义不仅推广了一种对那些建立在其他文明模式基础上的社会的开放和理解的精神,也是欧洲对其自身合法性的询问。然而,保罗·柯奈阿却认为文化相对主义虽然为比较文学开阔了视野并推动了其创新,可是一旦这种思潮转化为一种僵化的体系,变成了制度化,就意味着真实潜在的危险。为了纠正相对主义的极端化,他提出人类无论是躯体还是精神结构都既存在着差异性也具有同一性,而这正是相互理解的基础。真正意义的理解行为就是两者之间的互动对话,虽然对话会因误解而中断或停止,但理解还会继续存在。从这个意义上来讲,翻译是说明我们可能互相理解并互相得体对话的明显证据。[44]印度学者阿米亚·杰夫则认为,毫无疑问所有文化都是按照自己的原则建构的,但它们同时又沿着同一个方向运动。文学价值体系彼此虽然是独立的,以同一变化模式展开,但并不意味着不同文学相互作用时会发生价值的转移。[45]

国内学者中王宁最早利用文化相对主义的概念,对美国学者亨廷顿的《文明的冲突?》作出了回应,论证了当今东西方文化关系的演变趋势是对话而非对峙。在文化相对主义和文化多元主义再占上风之时,国际比较文学原有的"三足鼎立"格局已为新的"三足鼎立"所替代。新兴的"东方学派"的使命在于突破"欧洲中心"或"西方中心"的模式,致力于探求一种既可用于西方又可用于东方的文学阐释理论。[46]而邓时忠则认为,由于东方各民族文化生态的复杂性,文化相对主义面临尖锐的挑战,要想在东方文化范围内建立一个比较文学"东方学派"是十分困难的。[47]乐黛云多次撰文指出文化相对主义显然比西方中心主义具有重大的进步意义,但她也指出了文化相对主义的弱点,并认为中国传统文化中的"和而不同"原则倒可以为我们对文化相对主义加以限制和补充提供某些有价值的资源。[48]彭修银、刘悦笛则在考察了东方美学建构中的种种问题和观点之后,认为文化相对主义适合做东方美学建构的"价值指南"。[49]

佛克马的文化相对主义的观念是他对比较文学的基本观念,在文化相对主义观念观照下的比较文学,是在人类整一性的基础上,寻找不同文化的文学间的差异,促进跨文化文学交流的有效进行。从比较文学研究与总体文学研究的关系上来讲,佛克马并不排斥韦勒克等人的观点:比较文学的发展与总体文学研究方法的发展紧密联系。在他看来,这一发展趋势甚至是应当受到欢迎的。因为如果没有揭示文学本质的文学理论,比较文学现象是不可能的,而且从科学研究的角度来说,对文学进行科学的研究的最终目的是要找到普遍有效的陈述,所以仅仅为了比较而简单地比较文学事实显然是不尽如人意的。尽管从方法论的角度来说,跨国的文学比较关系研究与国别内文学关系研究并无不同,但比较文学在将来也还会是一个独立的学科,无论比较文学学者将自己的研究范围限制在跨国的文学关系研究中还是平行类比中,他们的最终目的都是发现文学的一般性特征。但是比较文学学者主要关注的问题却与研究国别文学的专家有所不同。在绝对性与相对性的辩证关系基础上,佛克马从研究范式的角度重新审视了比较文学学科发展史,提出了超越这两种研究方法的方法,并提出比较文学在近代可以划分为三个阶段:实证主义阶段、新批评阶段和结构主义符号学阶段。他对每个阶段的研究方法进行了反思。无独有偶,比较文学在中国大陆复兴之后,也不断有学者提出比较文学发展的三个阶段的说法。王宁从国际比较文学演变格局的角度将比较文学的发展归纳为法国学派、美国学派和东方学派。[50] 曹顺庆则通过总结法国学派和美国学派理论的基础和局限性,从比较文学学科理论发展的角度,提出比较文学学科理论经历了"影响研究"、"平行研究"和"跨文化研究"三个大的发展阶段,形成了"涟漪式"的理论结构,是一种层叠式、累进式的发展态势,并认为中国学派跨异质文化的比较文学研究将会使比较文学研究真正具有世界性的胸怀和眼光。[51] 乐黛云则认为,比较文学发展的第一阶段主要在法国,第二个阶段主要在美国,而在全球化的今天,比较文学毫无疑问地已经进入了第三个阶段。[52] 但他们都比佛克马晚了近二十年,早在1978年,佛克马就在一篇题为《文学比较研究的新策略及其在中国当代文学研究中的应用》的文章中,从文学研究和比较文学研究之间的关系入手,以研究范式为基础勾勒出了比较文学研究发展的三个阶段。[53] 从这个意义上来说,佛克马是国际比较文学界第一个提出比较文学发展三个阶段理论的人,但由于他与中国学者的立场不同,与中国学者面临的问题也不同,因而他的比较文学发展三个阶段的理论与中国学者的观点显示出迥然不同的风格和理论思路及构想。

四、传统比较文学研究反思及其新范式

佛克马开始比较文学研究之际,正是比较文学面临严重危机之时。正如韦勒克和艾田浦所指明的那样,这场危机的主要根源在于这一学科缺乏理论自觉,还在于大量的研究只集中于少数几个国家的文学。学者们往往从欧洲中心主义的立场出发来评判其他非西方的文学与文化。因此,佛克马从一开始从事比较文学研究活动时,就致力于以强烈的理论自觉意识对比较文学的重新建构做出贡献。他对非西方文学给予深切的关注,同时对传统的比较文学研究进行深刻的反思,并提出了新的研究

范式。

佛克马认为影响研究首要的问题是"影响"是什么意思。产生影响的先决条件是起因、受到影响的区域和两者之间可辨认出的联系。而在历史上，各种不同的因素不断地纠结在一起，不断地产生新的前所未有的现象。在无法清楚地分辨出起因及其与被影响的区域之间联系的情况下谈论影响是不妥的。因为在这种情况下谈论影响会使我们无法辨认出新的事实。新的现象也许是许多因素共同造就的结果，也许有着源自不同的时间和地点的起因，但如果新现象的出现明显是由于可以辨认的外部影响造成的，这一新的现象就无法被称作是新的或者是前所未有的，也不能说是受到了外部因素的影响。因此，佛克马提议将"影响"的使用限制在有意识地同化外来的思想和现象的范围内，而将影响与因影响而造成的对外来观念的"转化"(transmutation)和"归化"(naturalization)区别开来。在归化的情形中，与原始现象之间的联系变成了背景，而且最终被遗忘。但佛克马也承认受外来影响和归化外来思想之间的区别只是一个程度的问题。另一个在佛克马看来应该在使用"影响"中避免的问题是不同文化中偶然相似的现象，因为在这种情形下，现象之间的联系是无法确定的。实际上，偶然相似通常是文化平行发展的结果，而这两种文化又有某些基本的共同之处。[54]

佛克马一贯反对西方中心主义，认为西方的文学体系并不具有普遍性的价值，每一种文学体系都根植于自身的传统，即使近代东西方共同使用的某些概念术语，在东西方各自的诗学体系中也具有不同的含义。长久以来，文学的虚构性在西方一直被认为是文学的区别性特征。这种观念与柏拉图以降的西方语言观有着重大的联系。佛克马在讨论中国传统诗学中的虚构性概念时，却认为有两个基本假定可以作为起点。首先，中国的虚构和真实的观念与西方完全不同。在中国的传统观念中，现实指的不是经验现实，中国传统中现实的概念是以形而上的原则为框架的。其次，不存在想象(虚构)与现实(以形而上原则为框架)的对立。虽然有虚构，但好的虚构作品并不一定与真实性相矛盾。在中国传统诗学中的虚构同时与经验真实和形而上真实相一致，然而西方的诗性真实则与经验真实相背离。阅读中国传统作品不需要刻意掩盖故事中的某些方面去寻找其形而上的价值，而西方当代读者却要在各种因素中小心区分，以寻找文学作品的虚构性。所以，在中国传统中"历史"和"虚构"实际上是一个连续体。中国传统小说既表现历史的真实，也体现了私人的世界。而从读者的角度来讲,不同群体的读者所拥有的"虚构性"的知识则各不相同,这也是跨文化平行比较诗学需要注意的问题。[55]

20世纪中后期,比较文学美国学派和法国学派之间出现了明显的分野。尽管比较文学界普遍认为,韦勒克在《比较文学的危机》一文中对法国学派的抨击是将比较文学比较的维度重新还给了比较文学研究,但佛克马却认为韦勒克的言论非但没有巩固比较文学的基础,反而削弱了比较文学的基础。由于新批评的范式强调文学作品的独特性,文学作品的价值是穿越时空、显而易见的,这种范式对比较文学的发展是不利的。越强调文学作品的独特性,文学作品就愈发无法比较。佛克马并不否认比较文学应该提倡文学作品的审美体验,但"审美体验"不应缺少读者的层面,"文学性"的定义是离不开读者和阅读环境的。

针对比较文学界当时新批评范式的风行、方法论的混乱和混淆文学研究和文学批评的状况,佛克马发表了题为《比较文学与新的范式》的文章。在这篇文章中,他首先提出文学研究的对象不能局限于文学文本研究,文学研究的对象至少有三个方面:1)在任何时间、地域中被某一群读者当做文学阅读的文本,粗略地说,文学文本;2)文学传播的过程;3)文学符码。因此,他提出一种文学学(literary scholarship)的研究方法,也就是早先俄国形式主义所鼓吹的文学研究的"科学化"倾向。佛克马认为新的范式应该由这样一些因素构成:关于文学研究对象的新观念、新的研究方法的引入、文学研究的科学实用性新视野和文学研究的社会合法化的新视野。文学学的研究对象不应只限于文学文本,文学研究的对象应该是文学传播的过程,比较文学研究是跨越文化传统的文学研究,比较研究的对象应该包括国际性文学传播过程的方方面面。研究文学传播的过程并不意味着脱离文学文本,因为在特定的条件下某些文本较之其他文本更容易被某些既定的读者群体当做文学来接受,所以文本符号的研究终将导致"文学符码"的研究。其次,研究文学传播过程和文学符码的实质就是研究文学成规,因为文学成规决定着在某些条件下文本被当做文学来接受,同时作家的创作无法脱离当时的文学成规,文学成规决定了文学文本的创作和接受。这就意味着新方法的引入。佛克马一向钟情于结构主义的研究方法,仿照科学研究分类的框架,他认为文学研究应该分为纯理论研究和应用研究两个大的方面,纯理论研究即文学学,文学应用研究即将文学学的研究成果应用于文学批评和文学教育。研究文学符码的兴衰可以帮助我们解释文学史的发展,文学学的研究成果还可以为文化历史、认知心理学、社会学、交际理论等等其他学科提供有价值的参考。佛克马认为这种新的范式的提出是比较文学日益走向科学化和学科化的必经之路,同时也使比较文学的研究成果更经得起时间的考验。但他也警告我们:"如果比较文学不接受这种新范式的挑战,并且不对这些问题的解决有所作为的话,那么它作为一门学科而得以生存的机率就会大大降低。"[56]

五、新世界主义与世界文学

世界主义思想(cosmopolitanism)在西方有着深厚的渊源,在古代主要以斯多葛学派的"世界公民"观念和使徒保罗的基督教兄弟为代表,在近代主要以康德的"世界政府"构想和马克思的共产主义理论为代表。近二三十年以来,经济和信息技术的飞速发展使全球化的进程进一步加快,在文化领域内由于担心全球化进程会产生的后果,多元文化主义思潮得到了广泛的响应。作为与全球化相对立的思潮,多元文化主义对差异的强调是有必要的;但过分强调差异将导致文化间的不可通约性,使文化交往陷入了困境。在这一背景下,佛克马提出了"新世界主义"的概念。

20世纪80年代以来,飞速发展的交通和通讯技术,大规模的跨国学习、旅游和交往,不同政治、经济、文化的相互渗透和融合,都使人的归属感发生了变化,国际性或者世界性特征日益明显。"世界主义"的生活体验向人们展示了"世界主义"生活方式的可能性。但另外人类也面临着一些需要共同努力去解决的问题,全球变暖和其他生态问题均威胁着人类的存在,这些问题的解决需要一种"世界主义"的胸怀。与此同时,德里达也警告我们全球化可能产生的负面效应:"在交换自由化的某种表面性与透明性之下,在商品、资产与货币的自由流通与打开边界之下,某种同质化过程正在扩充它的领域。我们知道,今天所谓的全球化,事实上相当于某些民族国家、或某些民族国家集团、某些垄断资本集团的霸权。全球化这个词,其实是为这种霸权寻找的托辞。"[57]世界主义是在尊重差异的前提条件下,以个人对全人类的责任和义务为基础,努力寻求能够保证全人类团结起来的共同价值观。最后,尽管在全球化的视野下,讨论多元文化主义是十分必要的,但许多持多元文化主义视角的后现代主义者却过分强调了差异。利奥塔将一切求同的理论都贬抑为过时的"宏大叙事",否定通过讨论达成共识的可能性。[58]这种否定一切的"宏大叙事"

本身就是一种粗暴的宏大叙事,所以遭到了各方面人士的批判。霍米·巴巴认为,我们不应"借文化多样性或多元性之名将同质性强加给'少数民族'群体"[59]。布鲁斯·金(Bruce King)也认为,多元文化主义的概念渐渐狭窄到了"与分离主义结合在一起的含混的隐喻"[60]。玛莎·努斯鲍姆(Martha C. Nussbaum)同样认为,"在'多元文化主义'的标签下,一种新的反人文主义的观念已经时不时地涌现出来,这种观念以不加批判的方式弘扬差异,并且否认共同兴趣和理解的可能,甚至于否认了将人带至自己族群外的对话与论辩的可能"[61]。约翰·埃利斯(John Ellis)在提及斯里兰卡和前南斯拉夫的状况时也说:"这些态度……可能释放部族沙文主义和不满情绪并酿成的危险力量。"[62]因此,世界主义也是对多元文化主义的一种矫正。

就佛克马的立场而言,他始终反对决定论,提倡以差异为前提,寻找文化的共性,以期达到有效的沟通。在利奥塔的一切宏大叙事均将终结的观点和哈贝马斯的交往理论之间,佛克马显然选择了后者,他所期望的多元文化主义是考虑到所有文化的共同因素的多元文化主义。

多元文化主义的讨论过于关注政治的层面,又强调差异的不可弥合性。这似乎都在说明,文化间是无法沟通和通约的。佛克马站在比较文学学者的立场上,认为可以通过文学阅读学习其他文化,进行有效的交流,以弥补文化间的差异。因为文学阅读和写作的最基本成规就是审美成规。审美成规基于人类所共有的知识,即人们在阅读某一类文本时并不旨在证明其事实上是否正确,或者期望在其中获得可应用于实际的知识;与此相反,人们在阅读这类文本时,通常本着在认知上或情感上吸纳普通的信仰或行为模式的原则。在审美成规的作用下,实在世界的禁忌几乎无法起任何作用,以特殊的叙事方式出现的普通信念或普通行为模式的潜在结构不会受到任何限制,同时压制了对现实世界的参照,从而促进了想象世界的各种建构。因此,同一主题以文学作品的形式出现,读者以文学审美的方式阅读时,就更容易消除意识形态的障碍,为学习和了解其他文化打开了方便之门,甚至于读者开始时或许会觉得这种文化陌生或不友善,而密切注意文本内在的参照性和形式特征,使读者忘记了意识形态的障碍。恰恰是文学审美阅读的这种迂回的方式使我们的视野可以超越将我们自己的文化与其他文化分开的界限,从而取得一种伦理效果。

审美阅读会产生伦理效果与世界主义的概念密切相关,并值得我们严肃探讨,因为这两个问题都假定了所有文化中都具有的共同因素。审美阅读是所有文化中都存在的活动,而世界主义不但在西方,而且在印度哲学和当代非洲作家中也可以发现。无论是在中国传统中,还是在盖亚·斯卡皮塔(Guy Scarpetta)的《世界主义的挽歌》(*Eloge du cosmopolitisme*)中,都可以发现世界主义的观念。但这种观念并不是政治上的乌托邦理想,而是一种审美与伦理的经验。欧洲历史传统中作为乌托邦理想而提出来的世界主义如果还有一次机会的话,在佛克马看来就应该抛弃欧洲中心主义的内涵,抛弃隐含在其背后的西方霸权。所以,他说:"必须定义一种世界主义的新概念,这种世界主义以人类天生都具有的学习能力为依据,这种世界主义由一系列有限的与全球责任相关并尊重差异的成规构成。"[63]新世界主义在某些方面与现代主义的遗产相关,现代主义文学中表现出了事物意义的属性是临时的,而且总是可以修正的,这与新世界主义的概念相契合。托多洛夫、布迪厄和德里达等人参照伦理道德和哲学分析过这种新世界主义的概念。然而,在佛克马看来,在分析新世界主义的过程中,如果参照世界文学的各种表现形式,以及源于不同文化的审美阅读潜势,就会更具有说服力。如果忽略了审美成规,政治问题和内容问题也会落入被废弃的境地。这样,我们就会丧失一种重要的跨文化交流方法。

  从早期对文化相对主义的赞同性态度,经过对文化相对主义的反思和对东方主义和西方主义的批评,直到构建新世界主义,佛克马坚持着他一以贯之的反决定论立场,提倡在尊重差异的前提下,通过对话进行有效的跨文化交流。这一思想也蕴含在他对世界文学的构建中。"世界文学"(Weltliteratur)[64]这一概念,在西方有着深刻的历史渊源。歌德虽然提出了"世界文学"这个名词,但却未对这个概念进行系统和集中的论述,这就为后来的学者对世界文学这个概念进行不同的解读留下了空间。在美国,"世界文学"通常指讲授世界各地文学作品的课程。根据当今的语境,某些学者认为"世界文学"主要指在目前的全球化时代中的文学和其他文化的生产。而戴维·戴姆若什则坚持认为,"世界文学"是指那些在全球流通的文学作品,这些作品在流通的过程中获得了价值,而不是失去其价值。[65]宇文所安则认为,"世界文学"是一个概括性的术语,用来概括某些作品的形成和流通。从美国多元文化的背景考虑,宇文所安认为"世界文学"的真正依据应该是,世界文学没有任何中心,或者说世界文学是多中心的,而且在考虑每一个中心的时候都应该考虑与之相关的其他中心。[66]

实际上,由于欧洲启蒙主义思想家构想和歌德的论述,所有对"世界文学"的讨论背景都是启蒙运动中人类的共通性,而不是差异性。歌德坚信诗歌是一种普遍的现象意味着所有文化中都具有和其他文化相似的诗歌观念。而在比较文学界也确实有韦勒克提出寻找"所有艺术的共同特征"[67],艾田浦设想在所有文学中存在着可以被发现的"文学恒量"[68],但只有艾田浦、刘若愚以及厄尔·迈纳等少数学者曾经尝试过寻找文学的共同性。大部分学者都集中比较国别文学,而非寻找语言艺术审美体验的共同特征。这就与启蒙运动思想家和歌德的构想相去甚远。然而,佛克马认为如果对"世界文学"进行更为详尽的探讨,两个最主要的问题就会出现。首先,普适主义和文化相对主义之间有着难以解决的关系。世界文学假定了一个普适的概念,即人类具有相同的感官和能力。其次,就文学而言,无法避免价值判断。戴维·戴姆若什认为,在广义上,世界文学指那些超越了其文化原初地流通的文学作品。而佛克马却认为各种不同文化的文学观念不尽相同,其间重合之处的程度有所不同。然而,如果研究者没有预先构想文学是什么及文学交际与其他交际有何不同,就无法研究不同文化中的文学现象。很明显,在这里,佛克马认为就世界文学研究而言,普适主义和文化相对主义是互补的、相互依存的。

就价值判断而言,任何一种世界文学的观念都会显示出主体的偏见。因此,佛克马认为,公开承认在世界文学作品选择上的偏好,可以起到部分的矫正作用。通过对世界文学的讨论,可以出现某些相容的观念。此外,在全球化的时代,信息技术的发展使文本流通的速度超过了以往任何时候。伴随着技术上的革命,世界文学也以新的面目出现了。这种新的世界文学不只是包括不同文化传统的文本,而且还包括源于不同文化和文学传统的文本碎片、主题、表达和隐喻的宝库,作家在文学接受中通过模仿、批判性再创造或其他形式的重写吸纳了其他文化和文学。文本之间的关系不再居于自身的文化传统。跨文化互文性创作出的作品与国别文学不尽相同,在某种意义上是具有世界主义特征的。流散作家的作品尤其表现出这样的特点,这些作家的作品属于世界文学,当然也就是全球化文化视野下的世界文学。

应该承认,他的上述观点与当今全球化时代比较文学的最新发展走向是不谋而合的,这也充分说明,作为一位具有广阔的世界文学视野的比较文学学者,佛克马的理论前瞻性是值得重视的。随着关于世界文学问题的讨论的日益深入,这种理论前瞻性的意义将越来越明显地显示出来。[69]

(作者单位:鞍山师范学院外语系)

注　释

[1] Earl Miner, "Fragments of the Reviews", in *Douwe W. Fokkema*: *Doctor Honoris Causa Universitatis Silesiensis*, Katowice: Wydawnictwo Uniwersytetu Slaskiego, 1995, pp. 27-28.

[2] Douwe Fokkema & Elrud Ibsch, *Theories of Literature in the Twentieth Century*: *Structuralism, Marxism, Aesthetics of Reception, Semiotics*, London: C. Hurst, and New York: St. Martin's Press, 1978, pp. 4-7.

[3] Gustave Lanson, *Historique de la Littérature française*, 13ed., p. XI.

[4] Roland Barthes, "Histoire ou Littérature", in *Sur Racine*, Paris: Seuil, 1963, pp. 145-167.

[5] Hans Robert Jauss, *Toward an Aesthetic of Reception*, trans. Timothy Bahti, Brighton: Harvester Press, 1982, pp. 3-46.

[6] Michael Riffaterre, *La Production du texte*, Paris: Seuil, 1979, p. 89.

[7] Felix V. Vodicka, "The History of the Echo of Literary Works", in *Garvin*, 1964, pp. 71-82.

[8] Douwe W. Fokkema, "Literary History", in *Issues in General and Comparative Literature*: *Selected Essays*, Calcutta: Papyrus, 1987, p. 34.

[9] 转引自王宁:《比较文学与当代文化批评》,北京:北京人民文学出版社,2001年,第405页。

[10] Douwe W. Fokkema, "Literary History", in *Issues in General and Comparative Literature*: *Selected Essays*. Calcutta: Papyrus, 1987, pp. 38-39.

[11] Jurij Lotman, *The Structure of the Artistic Text*, trans. Ronald Vroon, Ann Arbor: Department of Slavic Language and Literature, University of Michigan, 1977, p. 20.

[12] Douwe W. Fokkema, *Literary History, Modernism, and Postmodernism*, Amsterdam and Philadelphia: John Benjamins, 1984, p. 4.

[13] George A. Miller, *Language and Communication*, New York: McGraw-Hill, 1951, p. 7.

[14] Douwe W. Fokkema, *Literary History, Modernism, and Postmodernism*, p. 4.

[15] Ibid., p. 5.

[16] Umberto Eco, *A Theory of Semiotics*, Bloomington: Indiana University Press,

1976, p. 44.
〔17〕 Douwe W. Fokkema, *Literary History, Modernism, and Postmodernism*, p. 11.
〔18〕 Anna Balakian ed. , *The Symbolist Movement in the Literature of European Languages, A Comparative History of Literature in European Languages*, Budapest: Akadémiai Kiado, 1982.
〔19〕 韦勒克:《文学史上象征主义的概念》,见刘象愚选编:《文学思潮与文学运动》,北京:中国社会科学出版社,1989年,第284页。
〔20〕 Anna Balakian ed. , *The Symbolist Movement in the Literature of European Languages, A Comparative History of Literature in European Languages*.
〔21〕 Fokkema, Douwe W. "Literary History", in *Issues in General and Comparative Literature: Selected Essays*, p. 37.
〔22〕 Cf. Wolfgang Rothe ed. ,*Expressionismus als Literatur: Gesammelte Studien*, Munchen, Bern: Francke, 1969.
Weisstein, Ulrich ed. , *Expressionism as an International Literary Phenomenon: Essays and Bibliography*, Paris: Didier, Budapest: Akademiai Kiado, 1973.
Vietta, Silvio & Hans Georg Kemper ed. *Expressionismus*, Munchen: Fink, 1975.
〔23〕 Douwe W. Fokkema and Elrud Ibsch, *Modernist Conjectures: A Mainstream in European Literature*, 1910-1940, London: C. Hurst & Company, 1987.
〔24〕 根据韩礼德所说,"语域这一范畴用以解释人们用语言做些什么。当我们观察各种语境中发生的语言活动时,我们发现,针对不同情境选用的适用语言类型是各不相同的"。See M. A. K. Halliday, A. McIntosh & P. Strevens, *The Linguistic Science and Language*, London: Longman, 1964, p. 87. 韩礼德还认为语域有多种情景功能特征——特别是指语篇范围(即题材)、语篇方式(语篇信息的传达方式)、语篇体式(语篇所体现出来的作者对读者所持的态度和保持的社会距离)。See M. A. K. Halliday & Ruqaiya Hassan, *Cohesion in English*, London: Longman, 1976, p. 22.
〔25〕 Gerhard Hoffman, "The Absurd and its Forms of Reduction in Postmodern American Fiction", in *Approaching Postmodernism*. eds. Douwe Fokkema and Hans Bertens, Amsterdam and Philadelphia: John Benjamins, 1986, pp. 185-210.
〔26〕 John Barth, "The Literature of Replenishment: Postmodernist Fiction", *Atlantic Monthly* 245, 1: 65-71.
〔27〕 Quoted from *Approaching Postmodernism*, p. 268.
〔28〕 Linda Hucheon, *A Poetics of Postmodernism: History, Theory, Fiction*, London: Routledge, 1988.
〔29〕 Karl Eibl, *Kritisch-rationale Literaturwissenschaft: Grundlagen zur erklarenden Lieraturgeschichte*, Munich: Fink. 1976.

〔30〕 如陈涵平在《外国文学研究》2003年第4期上发表的《文化相对主义在比较文学中的悖论处境》一文中引用了佛克马《文化相对主义反思：比较文学与跨文化关系》一文中的一句话："文化相对主义本身包含着对其它文化模式的宽容,然而它又把这种态度带到了对那些不宽容的文化的研究之中。"但却称这是厄尔·迈纳对文化相对主义的见解,而在厄尔·迈纳的原著中已经清楚地表明这是引自佛克马；温朝霞在《南京社会科学》2004年第6期上发表的《文化相对主义的"情怀"阐释——由厄尔·迈纳〈比较诗学〉引发的思考》一文也犯了相同的错误。

〔31〕 Cf. *American Anthropologists* 49 (1947), pp. 539-543.

〔32〕 Claude Lévi-Strauss, *Myth and Meaning*, London: Routledge and Kegan Paul, 1978, p. 19.

〔33〕 韦斯坦因：《比较文学与文学理论》,刘象愚译,沈阳：辽宁人民出版社,1987年,第5页。

〔34〕 Ruth Benendict, *Patterns of Culture*, London: Routledge and Kegan Paul, 1935, p. 200.

〔35〕 刘若愚：《中国文学理论》,杜国清译,南京：江苏教育出版社,2006年,第209页。

〔36〕 Douwe W. Fokkema, "Cultural Relativism Reconsideration: Comparative Literature and Intercultural Relations", in *Issues in General and Comparative Literature*, p. 1.

〔37〕 Douwe W. Fokkema, "Cultural Relativism Reconsideration: Comparative Literature and Intercultural Relations", in *Issues in General and Comparative Literature*, p. 2.

〔38〕 见台湾刊物《中外文学》1993年第2期,第125—136页。

〔39〕 中文译文见《中国比较文学通讯》1993年第2期,第1—5页。

〔40〕 E. D. Hirsch. *Cultural Literacy*: *What Every American Needs to Know*, New York: Vintage Books, 1988, p. xii.

〔41〕 Cultural identity, 台湾译者马耀民将其译为"文化本体",大陆多使用"文化身份"、"文化认同"、"文化价值认同"、"身份认同"等等。而美国传统词典中对此的解释也蕴含了两种可能性：个人与群体的共性和个体的差异。1) The set of behavioral or personal characteristics by which an individual is recognizable as a member of a group. 2) The distinct personality of an individual regarded as a persisting entity; individuality.

〔42〕 Micheal Smithson, *Ignorance and Uncertainty*: *Emerging Paradigms*, New York: Springer-Verlag, 1989

〔43〕 杰拉尔德·吉列斯比：《文化相对主义的意义与局限》,乐黛云、张辉主编：《文化传递与文学形象》,北京：北京大学出版社,1999年,第5—11页。

〔44〕 保罗·柯奈阿：《相对主义的挑战和理解"他者"》,乐黛云、张辉主编：《文化

传递与文学形象》,第 34—43 页。

〔45〕 阿米亚·杰夫:《文化相对主义与文学价值》,乐黛云、张辉主编:《文化传递与文学形象》,第 18—33 页。

〔46〕 王宁:《文化相对主义、文化多元主义和比较文学东方学派的崛起——兼评亨廷顿〈文明的冲突?〉》,《北京大学学报》1994 年第 5 期。

〔47〕 邓时忠:《文化相对主义的挑战——兼论建立比较文学东方学派是否可能》,《西南民族大学学报》2005 年第 1 期。

〔48〕 乐黛云:《文化相对主义与'和而不同'原则》,《中国比较文学》1996 年第 1 期;《文化相对主义与跨文化文学研究》,《文学评论》1997 年第 4 期。

〔49〕 彭修银、刘悦笛:《文化相对主义与东方美学建构》,《天津社会科学》1999 年第 5 期。

〔50〕 王宁:《论国际比较文学研究新格局的形成》,《北京大学学报》1993 年第 5 期。

〔51〕 曹顺庆:《比较文学学科理论发展的三个阶段》,《中国比较文学》2001 年第 3 期。

〔52〕 乐黛云:《比较文学发展的三个阶段(代序)》,乐黛云、陈惇主编:《中外比较文学名著导读》,杭州:浙江大学出版社,2006 年,第 1—9 页。

〔53〕 Douwe W. Fokkema, "New Strategies in the Comparative Study of Literature and Their Application to Contemporary Chinese Literature", *New Asia Academic Bulletin* Vol. 1, 1978. 中文译文见李达三、罗钢编:《中外比较文学里程碑》,北京:人民文学出版社,1997 年,第 19—28 页。

〔54〕 Douwe W. Fokkema, *Literary Doctrine in China and Soviet Influence*, 1956-1960, The Hague: Mouton, 1965, pp. 267-269.

〔55〕 Douwe W. Fokkema, "Scratching the Bronze Mirror: Looking for Traces of Fictionality in Chinese Poetics", *Fiction Updated: Theories of Fictionality, Narratology, and Poetics*, Toronto & Buffalo: University of Toronto Press, 1996, pp. 267-273.

〔56〕 Douwe W. Fokkema, "Comparative Literature and New Paradigm", *Issues in General and Comparative Literature*, pp. 63-86.

〔57〕 张宁:《雅克·德里达的中国之行》,法国哲学网 http://www.cepf.pku.edu.cn/special/zhuantijieshao/Derrida/200510/special_20051014120506.html, July 17,2006。

〔58〕 Jean-François Lyotard, *La Condition postmoderne: Rapport sur le savoir*, Paris: Minuit. p. xxv.

〔59〕 Homi K. Bhabha, *The Location of Culture*, London and New York: Routledge, 1994, p. 229.

[60] Bruce King, "Thinking Multiculturalism, Nationalism and Internationalism", in *Nationalism vs. Internationalism: (Inter) National Dimensions of Literatures in English*, eds. Wolfgang Zach and Ken L. Goodwin, p. 18.

[61] Martha C. Nussbaum, *Cultivating Humanity: A Classical Defense of Reform in Liberal Education*, Cambridge, MA: Harvard University Press, 1997, p. 10.

[62] John Ellis, *Literature Lost: Social Agendas and The Corruption of The Humanities*, New Haven and London: Yale University Press, 1997, p. 23.

[63] Douwe W. Fokkema, "Towards a New Cosmopolitanism", *The CUHK Journal of Humanities* Vol. 3, 1999.

[64] Hans-Joachim Shulz & Philip H. Rhein ed, *Comparative Literature: The Early Years-An Anthology of Essays*, New York: The University of North Carolina Press, 1973, p. 10.

[65] David Damrosch, *What is World Literature?* Princeton and Oxford: Princeton University Press, 2003.

[66] 见宇文所安 2008 年 4 月 6 日在四川大学的演讲"文学史研究的前沿问题与世界文学研究领域的变化"。

[67] René Wellek, "Literary Theory, Criticism, and History", in *Concepts of Criticism*, New Haven and London: Yale University Press, 1963, p. 9.

[68] René Etiemble, *Comparaison n'est pas raison, La Crise de la littérature comparée*. Paris: Gallimard, 1963.

[69] 据悉,将于 2010 年 8 月在上海举行的第五届中美比较文学双边讨论会的主题就是"比较文学:走向世界文学的阶段"。

当代中国文论大家研究

论蒋孔阳的文论思想

朱志荣

内容提要：蒋孔阳的文论思想从上世纪50年代开始逐步形成,具体体现在:高度重视作家的创作个性,强调作家的心灵感受和体验,主张作家的主观倾向性并不等同于他的阶级立场。同时,他还指出了,人性具有共同性和复杂性,强调文学作品的情感本位,推崇文学情感的创造性,并在自己的文论著作中身体力行,讲求生动性和情感性。这在当时是难能可贵的。在方法论的层面上,蒋孔阳的文论建构体现出多元综合和自主创新的特点,强调理论与中国文学实际的结合,尤为注重对具体作品的分析,有力地推进了文学理论的民族化和本土化。到70、80年代,他的文论思想主要强调和深化了形象、形象思维和典型等方面,讨论了形象与现实生活之间的内在关系及其内在规定性,从形象的角度论述了形象创造与形象思维之间的密切关系,并从文学创作和现实生活的实际情况出发,把形象思维看做人类基本的思维形式之一,把形象、形象思维与典型问题结合起来,通过讨论典型、典型化和典型环境等问题,形成了逻辑严密的文论体系。同时,蒋孔阳还重视批评实践,他的理论研究推动了批评的深化,而批评又丰富、充实和修正了他的文学理论。这二者相辅相成,共同成就了他的文学观。他的这些主张和探索直到今天依然值得我们借鉴。

关键词：个性特征　情感本位　民族化和本土化　形象　形象思维　典型

Abstract: Since the 1950s, Jiang Kongyang's literary theory had been focusing on creating the characteristics of the writers, emphasizing the spiritual emotions and experiences of individual writers. To him, a writer's subjective tendencies are not necessarily equal to the standpoints of his class. He points out that human nature has both commonness and complexity, putting emphasis on the affectional essence of literary works and highly praising the creativity of literary affections while practicing these aesthetic ideas in his theoretical works. Obviously all the above were valuable at the time. In critical methodology, Jiang's theory is characterized by being pluralistically synthesized and creative that emphasizes the analysis of concrete literary works thus combining his theory with contemporary Chinese literary creation, which undoubtedly promoted the nationalization and localization of Chinese literary theory. During the 1970s and the 1980s, his theoretical thoughts laid more emphasis on and deepened the aspects of images, imaginational thinking and typification, dealing with the inner relationship and determination of images and reality, which touched upon the creation of images and the affinity between images and imaginational thinking from the perspective of images proper. Furthermore, starting from reality, he regards imaginational thinking as the basic form of human thinking, thus combining those problems of images, imaginational thinking and typification and forming a rigid systematic body of literary theory. Meanwhile, Jiang paid considerable attention to critical practice, so his theoretical research has promoted the deepening of his criticism, and his critical practice has made his theory richer and more abundant. They complement each other forming his literary thought. It should be admitted that many of his researches and critical insights are still valuable today.

Key words: personal characteristics; affectional essence; nationalization and localization; images; imaginational thinking; typification

作为中国当代重要的美学家和文学理论家,蒋孔阳(1923—1999)先生留给我们丰富的理论批评遗产。从今天的角度看来,他形成于上世纪50年代并成熟于70、80年代的文学理论思想,在当时曾经发生过重要的影响。他的严谨态度、执著精神、基本观点和研究方法不仅在当时具有价值,也不仅在他个人的思想历程中具有重要价值,而且在中国当代文论的发展历程中也具有重要的价值和意义,因而他的不少理论观点即使在今天也依然值得我们借鉴。蒋孔阳早年受朱光潜《文艺心理学》、《谈美》等著作的影响,将从苏联的毕达可夫及其老师季摩菲耶夫那里学来的文学基本原理,与他解放前学过的西方文论以及中国古代的文论思想相结合,又加上他个人的文学鉴赏体会,此外,还通过中国古代诗歌、小说及现代的鲁迅小说等文学作品的论证,于50年代逐步形成了他的文论思想。这些文论思想主要体现在他1957年在中国青年出版社出版的《文学的基本知识》和同年在上海新文艺出版社出版的《论文学艺术的特征》二书以及一些相关的论文中。其中虽然受到了苏联文学理论框架的影响,但在具体观点上仍具有较强的主体特征,体现出蒋孔阳在理论建构上的魄力、勇气和胆识,以及一种不墨守成规的理论创造力。他在方法上注重多元综合和自主创新,重视作家的创作个性,强调文学作品的情感本位以及主体情感的创造性特征,突出文学理论的民族化和自主立场,对后来中国文学理论的发展有着深远的影响。由于蒋孔阳曾受到过批判,因而50、60年代,他所在的单位领导认为他不适合从事文学理论研究,于是他个人也就转向了德国古典美学和先秦音乐美学的研究,并奉命讲授西方美学史。直到1977年以后,特别是参与形象思维的大讨论以后,他才得以继续他以前的文论思考。他这个时期的文论研究,一方面延续了青年时代文学探索的观点,坚持自己在50年代对庸俗社会学的批评,另一方面经过美学的探索和研究,又上升到了美学理论的高度,从而使他的文学理论更深刻、更系统,更重视文学艺术的自身规律。形象、形象思维及典型是蒋孔阳这一时期对文学艺术的研究重点,在他看来,文学艺术以鲜明的形象最集中地反映了美的人生。他反对简单地把文学作为政治的传声筒,强调文学艺术的创造性,强调它的自由。这些观点,主要体现在他1980年出版的《形象与典型》一书和相关论文中。

一、创作个性

蒋孔阳高度重视和突出作家的创作个性,这在当时尤其难能可贵。当时的苏联文论体现了国家意识形态,作家创作的个性特点不被重视;而蒋孔阳不拘于这种国家意识形态,充分重视文学作品的个性特征。而且,苏联文论以认识论、反映论体系为特点,强调认识;而蒋孔阳则不拘于此,他还重视价值论,强调作品对人的感染力。即使在谈到文学的党性问题时,他依然尖锐地反对"用行政领导的方式"对待文学事业,认为"这种做法,完全抹杀了文学的特征,束缚了作家的创作个性"。[1]他这种重视作家创作个性的观点在当时受到了激烈的批判。

　　蒋孔阳50年代受到批判的所谓资产阶级人性论思想,恰恰体现了艺术自身的规律。他也引述了高尔基把文学称为"人学"的思想,但他并没有停留在这个命题本身,而是深入进去,认为文学"研究人的各个方面,它把人当做一个有生命的整体来写"[2]。他主张作家"应当深入到实际生活的核心中去,用自己的心灵去感受、观察和体验生活中每一次脉搏的跳动……"[3]强调作家的心灵感受和体验,是他一以贯之的思想。"抒情诗是以诗人主观的感受,作为描写的中心。一切都从诗人自己的感受出发,都通过他的感受来表现,并都带上了他的主观的抒情色彩。"[4]这种观点与苏联的文论思想是截然不同的,在当时国内的文论界也是异类,表现了他对于真理的坚持与执著。

　　蒋孔阳对普遍人性给予充分的重视,尤其充分重视人的个性特征。因此,与季摩菲耶夫和毕达可夫相比,他着重强调典型的个性特征。他认为典型性格"具有鲜明的个性特征,是在特殊的环境中特殊的个别存在"[5]。他还说:"典型性格始终是与个性有机地结合在一起的,而且是通过个性的形式来表现的;而个性又是生活在生活当中,具有像生活本身一样复杂而又多种多样的形式。"[6]所以,他所理解的典型形象,是生动的、具有鲜明个性的形象。相比之下,毕达可夫的《文艺学引论》中对个性的说明就显得轻描淡写和微不足道。

　　蒋孔阳强调个性与他对人性的看法结合在一起。他主张,作家的主观倾向性并不等同于他的阶级立场,人性具有共同性和复杂性。为此,他引述了苏联《共产党人》杂志专论《关于文学艺术中的典型问题》中的这样一段话:"文学和艺术的许多典型形象具有着人所共有的特征,这些特征在一切时代都激动着各个不同社会集团的人们。"[7]以此来进一步阐发自己的观点。在阶级斗争为纲的年代,他能超越阶级,认为山水诗中的感情是人之常情,突破了阶级斗争观念的束缚,相信不同的阶级具有共同性,这在当时尤其难能可贵。蒋孔阳说:"在阶级社会里,文学除了作为上层建筑从思想上和感情上来为不同的阶级服务外,还有只是反映生活,不为任何阶级服务的。"[8]他举了杜甫的《绝句》"两个黄鹂鸣翠柳"加以论证。他还说:"就在阶级对抗的社会中,也有一些文学作品并不一定都反映作家的阶级意识,都具有为某一阶级的利益而服务的思想本质,因此,它们也就不一定具有阶级性了。"[9]为此,他举了苏轼描写西湖的诗

《吟湖上后雨初晴二首》和王维的《山居秋暝》作为例子,说明这些诗超越了阶级性。此外,他还举了贺知章的《回乡偶书》和苏轼的《题西林壁》,说明具有普遍意义的人生经验和体会是超越阶级的。他在强调阶级斗争的大背景下谈超越阶级的普遍人性和人情,在当时是大忌。为此,他事后遭到了严厉的批判。

蒋孔阳对作家创作个性以及人性的共同性和复杂性等问题的认识在当时是需要很大勇气的,他的论述对其后中国文论思想的发展产生了重大影响。在谈到1960年的49天大批判会议时,蒋孔阳说:"批判我的错误主要有两点:一是我在《文学的基本知识》一书中,有几行谈到描写自然风景的诗,不一定有阶级性;另一是我在《论文学艺术的特征》一书中,反对庸俗社会学,也就是公式化概念化。"[10]后来,中国文学理论发展的事实证明,他的这些观点是正确的。

蒋孔阳的这一观点,直到进入新时期之后才得以继续和发扬。朱光潜发表于1979年《文艺研究》上的《关于人性、人道主义、人情味和共同美问题》一文,进一步明确提倡人性的共同性、复杂性和人道主义。后来十四院校合编的《文学理论基础》(上海文艺出版社1981年版)也对作家的创作个性和人性的共同性等问题给予了积极的肯定。该书虽然大体接受了本质论、作品论、创作论、鉴赏论和发展论五大版块结构体系,但也强调了文论的民族特点,吸收了一些最新文论探索成果,而在人性的共同性、复杂性和人道主义方面的论述,可以说是在蒋孔阳等人探索之基础上,继续向前探索并加以发展了。

二、情感本位

蒋孔阳始终高度重视文学中的感情和感性特点,重视文学作品对读者的感染力。他认为这是文学的特征和特殊规律。这是他与季摩菲耶夫和毕达可夫观点的不同之处,从中也反映出他并没有被拖进教条主义的泥潭,同时也反映了他早年深厚的文学积累和独到见解,以及在当时的背景下所表现出的非凡的理论勇气。在文学作品的内容上,蒋孔阳强调思想和感情的统一。应该说,他后来的美学思想也继承了这种思路,从而显得前后一以贯之。

蒋孔阳认为文学作品要从感情上打动读者,使读者在感情上得到满足,受到陶冶。他说:"只有思想,而没有感情,这样的作品,无论它所反映的生活事件多么重大,它所表现的思想内容多么深刻,都将是干枯的,不能激动人心的,因而也将不是好的作品。相反的,真正是伟大的优秀的作品,它们都能在感情上激动读者,引起读者的共鸣。不少人读《红楼梦》,读得哭了起来,不就是明显的例子吗?"[11]这里强调感情的感动作用,与他早年的观点是一致的,而他晚年也是同样坚持的,这反映了他前后思想的延续性和一致性。他还反复强调文学的感性形象特征。他说:"文学艺术则是通过个别的、具体的、感性的并且能唤起美感的形式,来反映现实。"[12]他举白居易的《忆江南》为例,说明诗中通过江花、江水等具体的画面唤起美感的感性形式,从而反映了现实生活。他说:"这种由于艺术形象所引起的感情上的满足,我们称为美感。"[13]这体现出他对作品的情感本位的强调与重视。

蒋孔阳还推崇文学情感的创造性和自然性,主张"文学是用语言来创造形象"[14],这一点在后来的"美在创造中"等提法中得到了继承。他一贯重视文学的自身特征和内在规律,强调生动感人的生活画面,注重文学作品的艺术性和艺术价值,强调美学要求。[15]他反对矫揉造作和片面玩弄技巧,认为这会损害情感的自然和朴素。他举孟郊的《游子吟》为例,提出:"达到高度美学要求的艺术作品往往都是非常平淡的,朴素的。"这一点无疑体现了他的审美追求。

与当时其他学者不同的是,蒋孔阳不把文学形象局限在人物上,他认为文学形象除了主要指人物形象外,也包括与人的生活发生关系的其他动物和风景等,而这些形象都蕴含着丰富的情感。他说:"其他的,如象动物、风景等必须等它们成为'人的',也就是和人的生活发生关系之后,方才能成为文学艺术作品中的形象。"[16]尽管他在这里强调的是自然形象与人的联系,但说形象超越于人物形象,则与其他学者截然不同。为此,他还将典型与典型性格分开,因为奠定在这种形象观基础上的典型已经超越了典型人物的范畴。他反对自然主义和形式主义的形象观,强调形象中客观与主观、现实与理想的统一,重视形象的情感属性及其对读者的感染力,肯定了形象的审美价值。

总之,蒋孔阳50年代的文学理论建构从一开始就强调文学作品的情感本位特征,注重情感的创造性功能。他虽然囿于苏联文论体例,未能在章节中突出感情,但在字里行间一直在强调情感的价值,强调伴随着情感的想象的感染力。在他看来,作家要以切身的情感体验、朴素自然的语言形式来创造文学形象,读者只有通过这些形象才能获得情感的陶冶,从而提升自己的精神境界。他不仅在理论上强调这一点,而且在自己的著作中也以生动活泼的语言来表达自己对文学的认识,从而使理论与实践获得了良好的统一。

三、形象

上世纪70年代中后期,文艺理论界受长期机械唯物论的影响,仍然把文学艺术看做政治的传声筒和某个政治口号的替代品,从而忽略了文学艺术的特殊本质。蒋孔阳这一时期对形象和形象性的研究仍强调文学艺术形象的特殊性、复杂性和生动性,以矫正时弊。因此,形象与形象性是蒋孔阳研究文学艺术特殊性和特殊规律的方式之一。他认为形象和形象性是文学艺术的基本规定性,不同于日常生活中的形象或抽象的概念,具有自己的独特性、丰富性和复杂性。

蒋孔阳首先强调形象对于文学艺术作品的重要性,认为文学的特殊性就在于它的形象性。他指出:"文学艺术的特殊性,就在于它是通过形象来反映现实生活的。"[17]他还认为:"形象是文学艺术反映现实生活的一种特殊形式,形象性是文学艺术的基本特征。"[18]而且,蒋孔阳还把文学的思想与形象联系起来,认为分析文学作品必须要分析作品的形象,分析文学形象与其他社会现象不同的地方。这样,形象和形象性就成了文学作品的独特规定性。这个观点在长期将文学看成长官意志的传声筒、政治图解和政治口号的当时,无疑具有纠正时弊的作用。

蒋孔阳通过把文学艺术中的形象与日常生活中的形象加以比较,分析了形象的独特性,其中含有作家的审美评价和个性色彩。他还根据汉字字形进行考证,认为形象就是显现和模仿,"就是外在的形状和相貌"[19],以区别于抽象的概念。同时,他认为"文学艺术是一种意识形态,它既是现实生活的客观反映,又是文学艺术家的主观创造"[20],这既强调了现实生活的基础,又强调了主观创造。因此,文学艺术作品的形象都是丰富多彩、生动活泼的,不是按照某种样板炮制出来的蜡制标本和政治图解。他认为文学艺术创作如果违反文学艺术的特殊规律,其后果是相当严重的。这个观点在当时的背景下是非常重要和可贵的。

蒋孔阳认为,文学艺术形象的独特性不是作家主观思想的产物,而是客观的社会生活实践的需要所决定的。也就是说,在现实生活中,人类的社会实践是复杂的、多方面的,人们认识和掌握客观世界的方式和手段也是多种多样的,而文学艺术作品与社会生活中人的灵魂的意向、梦想和追求,爱好和兴趣,欢乐和痛苦,都密切地联系着,这样,人和人的生活就成了文学艺术的特殊对象。因此,蒋孔阳强调文学艺术的形象要表现人和人的生活,把人及其生活当成活生生的生命整体来表现。对自然山水的表现也是如此,其中"不仅有客观的自然,而且有人的主观的思想感情"[21],要按照生活本身的形式,充分表现人的丰富而复杂的思想和感情,让欣赏者有身临其境的感觉。因此,他认为生活的特点决定了形象的特点。

文学艺术作品的形象不仅是文学艺术作品的内在规定性,同时也是文学艺术与其他学科相区别的主要标志。蒋孔阳从形象的生动性、丰富性和情感性的角度,对文学艺术与自然科学和社会科学作出了区分。在他看来,因为文学艺术和自然科学、社会科学有一个共同点,那就是它们都与社会实践活动联系在一起,但它们之间又有着本质的区别。自然科学和社会科学都没有把人当做一个活生生的有生命的整体来看待,而是抽出其中的某一个部分,进行抽象的分析和孤立的研究。在对待客观自然对象方面也是如此,自然科学知识把自然作为研究的对象,而文学艺术却把自然看成自己欣赏的对象,有着人的主观的思想感情。文学艺术与自然科学、社会科学的这些不同之处,是通过形象体现出来的。

蒋孔阳从形象的角度,比较了文学艺术与自然科学、社会科学的不同之处,概括了形象的基本特点。他把形象的特点在形式上概括为个别性、具体性、生动性、丰富性和完整性五个方面,在内容上概括为真实性、典型性、倾向性和感染性四个方面。在此基础上,他高度重视形象的鲜明个性,并尤其强调"文学艺术是通过本质的现象以揭示现象的本质"[22],而不同于哲学和科学透过现象看本质,是通过真实性来揭示本质。

总之,蒋孔阳通过对形象和形象性的分析,论述了文学艺术作品独特的内在规定性。他又从社会生产实践的角度考察了形象与社会生活之间的内在关系,论述了形象的丰富性、复杂性和生动性等特点。同时,蒋孔阳还以形象和形象性为视点,论述了文学艺术与自然科学、社会科学的不同之处,概括了文学的形象在形式上的五大特点和内容上的三大特点。这些论述对于当时的文艺创作和文艺批评来说都具有重要的意义。

四、形象思维

1978年,人们借毛泽东《给陈毅同志谈诗的一封信》展开了关于形象思维的讨论,蒋孔阳在继承自己50、60年代形象思维思想观点的基础上,对形象思维问题进一步展开研究,把形象思维当做人类的一种重要的思维,以此强调具体生动的形象,强调形象的个性化、性格化和新颖性,强调它的丰富复杂性。他主张:"每个文学家艺术家都应该自觉地遵照形象思维的方法,来进行创作和构思,来反映现实生活中的各种矛盾和斗争。"[23]这是他对形象思维的总体概括。

蒋孔阳还具体论证了形象思维的存在。在关于形象思维的讨论中,有些人否认形象思维是一种思维的形式,而蒋孔阳则认为形象思维是客观存在的。一方面,创作形象使用的就是形象思维,另一方面,他还把形象思维与客观世界联系起来考察。因为客观现实世界是丰富多彩的,认识的对象也是纷纭复杂的,人们不可能只采用单一的思维方式来认识世界;面对不同的认识对象,思维的道路也不应当只有一条。而且,蒋孔阳还从亚里士多德、马克思和毛泽东等人的一些论述中发现了这一点。因此,蒋孔阳认为否认思维的多种形式,否认形象思维是一种思维形式,是不符合客观现实和文学艺术的创作实际的。为此,他还专门撰文,结合西方美学和文艺理论发展的历史,探讨了形象思维理论的历史发展问题,说明了形象思维一直以来就是人们反映世界和认识世界的一种基本的思维方式。

此外,蒋孔阳还辨明了形象思维和形象之间的特殊关系。他对形象思维有着鲜明的独特见解。他认为文学艺术的典型正是通过形象思维造就的:"文艺创作不是研究和论证形象,而是要塑造形象。为了塑造形象,我们就必须按照形象本身的特点,采用形象思维这一特殊的思维形式,来进行构思。正是塑造艺术形象的特殊需要,决定了形象思维的产生和形成。如果说,生活的特点决定了形象的特点,那么形象的特点也就决定了形象思维的特点。"[24]因此,讨论形象思维就要结合形象和形象的创造来谈。蒋孔阳反对把形象与思维对立起来。他认为:"文学艺术是以人类社会生活作为反映的对象,它要把社会生活的某些方面按照生活本身那种具体的生动的形式再现到作品中来,使读者所看到的不是关于生活的某些抽象的概念,而是具体的人物形象,他们具体的命运和具体的思想感情。这样,作家进行艺术构思,自然就不能采用以用概念来思维为其基本特点的逻辑思维方式,而必须采用以用形象来思维为其基本特点的形象思维方式了。"[25]形象创造的需要决定了形象思维的客观存在,如果把形象和形象思维割裂开来,或者否定形象思维的存在,这是不符合客观实际的。

蒋孔阳还从不同的角度概括了形象思维的不同特点。首先,他从思维形式的角度把形象思维的特征概括为两个方面,一是:"文学家艺术家用形象思维来进行艺术构思,是把感觉能力与理解能力结合在一道,通过感性的形式来对现实进行理性的分析和综合。"[26]二是:"用形象思维来进行艺术构思,它所以能够从感性认识上升到理性认识,还因为用形象来思维的形象,不是反对形象思维的同志所说的那种具体事物的形象,而是艺术家在现实生活的基础上所重新创造出来的艺术形象。"[27]这个观点有力地回应了有些学者把文艺创作分作两个阶段的观点。有些学者认为作家在认识生活的时候,用的是抽象思想,在反映生活的时候,用的是形象思维。蒋孔阳不同意这种说法,他结合具体的创作实例,认为这两个过程是统一的,不能分开来看,形象思维是作家在整个创作过程中所使用的主要思维方式。

其次,蒋孔阳从现实生活的角度概括了形象思维的具体性和生动性特点。形象思维的具体性是指形象思维是与具体的社会生活联系在一起的,因而具有具体性。同时,作家在创作过程中,并不是按照他对生活理解的逻辑顺序来进行构思,而是按照他对生活感受的逻辑顺序来酝酿形象,构思形象,因而具有生动性的特点。所以蒋孔阳说:"文学艺术家不仅能够用形象来思维,而且只有按照形象思维的特殊规律,他才能进行艺术构思。只要他对生活有真实的感受,深刻的理解,他也可以象元帅将兵一样,使生活服从他的指挥,用来塑造他所希望塑造的形象。"[28]因此,形象思维自始至终地联系着现实生活,并与作家的主观感受密切相关。

再次,蒋孔阳还从形象的角度概括了形象思维的个性化和性格化特点。这是因为,在现实生活中,任何事物都是有个性的,具有鲜明的个性特点,因此在创作不同的对象的时候,就要注意不同对象的个性特征,由此形成了形象思维的个性化特征。所以蒋孔阳认为:"在个别的形象上面,反复凝思结想,神与物游,直到把形象酝酿成熟,胸有成竹,以至形象诞生为止。"[29]在构思过程中,"在形象思维的构思中,本质要化为个别的形象,它不是浮现在丰富的生活现象的上面,而是象血液流在血管中一样,潜伏在作者所猫绘的广阔的生活画面的中间"[30]。他尤其重视构思中的物象、想象、表意等特点。另一方面,作家本身的艺术构思也具有个性色彩和自己的性格特征,这形成了形象思维的性格化特点。因此,形象思维具有创造的功能,经过艺术家的描写,整个现实世界都以一种崭新的面貌呈现出来。所以,形象思维不仅是个别的、具体的,而且还是具有创造性和概括性的,是丰富的和复杂的。

总之,蒋孔阳不仅从客观现实世界的多样性角度肯定了形象思维客观存在,是人类一种基本的思维方式,而且他还从形象与形象思维关系的角度,论述了形象思维在形象创作过程中的重要作用。同时,蒋孔阳还从思维形式本身特点的角度概括了形象思维的两个基本特征;从形象思维与现实生活关系的角度,概括了形象思维具体性和生动性的特点;从形象创造的角度,概括了形象思维个性化、性格化和创造性的特点。这些概括充分揭示了形象思维在文艺创作过程中的重要作用。

五、典型问题

典型问题是上世纪70、80年代中国文艺理论界重点讨论的问题之一。但这一时期的讨论大多用哲学中的相关理论来解释文学艺术作品中的典型问题,因而显得很笼统和宽泛。针对这种情况,蒋孔阳结合具体的文艺作品和文艺实践,从文学艺术作品本身与现实生活的基本关系入手,讨论了文学典型的有关问题,并出版了《形象与典型》一书。蒋孔阳的典型理论,超越了哲学上一般与个别的统一、个性与共性的统一观点,突出了文学艺术作品典型的个性,强调文学艺术的创造性,因而在当时别具一格,富有新意。

蒋孔阳认为,不仅典型的特征中要通过个别反映一般,而且典型环境也有着个性特征。他认为:"典型性必须首先是个别性。只有充分地生动地描写出具有鲜明的个性特征的艺术形象,这形象方才可能是典型的。"[31]在蒋孔阳看来,个别是形象的个别,形象是个别的形象,但是这种个性又是与整体、与共性紧密联系在一起的,进而从作品的整体联系中揭示作品的个性特征。蒋孔阳把典型放在丰富复杂的关系中,揭示典型的基本特征,从人物间的相互关系中揭示典型的个性特征,使典型环境更为具体和切实可信。

典型既是个别的形象,又要深刻地反映社会生活的本质规律,这就涉及典型化的问题。蒋孔阳认为典型化和个性化是可以统一的。他说:"典型化自始至终离不开单个的人,离不开生活本身那种个性化的形式。个性化是典型化的基础,要典型化,首先必须个性化。所谓个性化,就是说,不要违背形象的个别性、具体性和生动性的特点,不仅不要违背,而且要特别使之鲜明和突出。"[32]有个性才能称之为典型,典型化才能成功。当然,只有个性化还不行,典型化还要做到概括性。作家深入生活之中,对大量偶然现象进行取舍,并通过幻想、虚构和夸张,塑造完整的生活画面,突出生活的本质,使概况性和个性化统一在典型之中,才能完成典型化的过程。

蒋孔阳认为典型要体现生活本身发展的逻辑过程,通过生活本身发展的逻辑过程来反映生活的本质和规律。因此,作家在塑造典型的时候,就应当把典型放到生活的整个发展过程中去,让它与生活发生千丝万缕的联系。这样,生活发展的历史潮流和广阔背景就会不断地给典型的艺术形象注入丰满的时代和社会内容,从而使典型既是个性化的,同时也回响着时代的声音,反映着社会生活某些方面的本质。所以蒋孔阳说:"忠实于生活的作者,总是尊重生活的逻辑,不断地发掘生活的逻辑,以使他们的作品能够深刻地反映生活的本质和规律。"[33]因此,典型来自于现实生活,反映着现实生活的逻辑和规律,因而才具有典型性。

蒋孔阳还讨论了典型与典型性之间的辩证关系,界定了两者不同的内涵和外延。他认为,典型性的概念要大于典型:"文学艺术中的典型,都同时是一定的单个人。"[34]他还说:"典型一般是指完整的艺术形象,特别是人物形象;而典型性,则只是某一个细节、某一句对话,深刻地反映了生活的某些本质,都可说有典型性。"[35]因此,在文学艺术作品中,不仅人物形象应当是典型的,具有典型性,就是某些情节事件、自然风景等,都可以是典型的,具有典型性,甚至一个动作、一招一式,也都要力求典型性。即使是一首短小的抒情诗,没有一个完整的典型形象,但因其所描写的感情很真挚、很深刻,具有某种普遍的意义,那么它仍然是具有典型性的。因此,典型和典型性既相互联系,又相互区别,具有辩证的关系。

蒋孔阳还把典型性与形象、形象性联系起来谈论,论述了典型与形象、典型性与形象性之间的辩证关系。他说:"怎样通过个别的、具体的、生动的艺术形象,以反映出生活中某些方面的一般规律来,这是典型的基本要求。"[36]因此,典型的真实性和独特性必须和形象结合起来,才能具有巨大的思想认识意义和强烈的艺术感染力。典型不与形象结合起来,就会失去它的作用,而形象不与典型结合起来,形象也将失去它的广度和深度。因此,文学艺术通过现象来反映现实,形象本身首先必须是个别的、典型的。同时,特殊的形象具有典型性,常见的形象也可以具有典型性。这样,在真实性和个性的基础上,形象和典型、形象性和典型性便具有了一致性。也就是说,只有当个别的形象反映了社会生活某些方面的本质规律,使个别的形象具有某种普遍的社会意义时,形象才是典型的。正因为文学艺术形象具有典型性,它才能够真实地反映生活和生活的本质意义;文学艺术之所以能够和哲学、科学一样,认识真理,改造客观世界,就在于形象具有典型性。

六、批评实践

蒋孔阳不仅注重文学理论探讨,而且还重视批评实践。他的批评实践从青年时代就开始尝试,到上世纪80年代还在继续。理论研究推动了批评的深化,而批评又丰富、充实和修正了他的文学理论,两者之间形成了良性互动的关系。早在1945年,他就写过论文评介《弥盖朗基罗传》,在1949年写过波兰显克微支的历史小说《你往何处去》的读后感,在1950年前后评介过巴尔扎克,1957年又集中写了老舍的《骆驼祥子》、都德的《最后一课》、艾芜的《百炼成钢》等作品的评论。到1981年,他又评论过鲁迅的《阿Q正传》和刘心武的《立体交叉桥》等作品。他的作品评论和文学理论观相辅相成,共同成就了他的文学观。

在50年代,受季摩菲耶夫和毕达可夫等苏联文论思想的影响,加之年轻时代受到西方文论的熏陶,蒋孔阳一方面强化了文学理论的学科性和意识形态性,这使得他的《文学的基本知识》和《论文学艺术的特征》能将文学理论上升到美学的高度,具有一定的系统性和内在逻辑性。另一方面,他又从中国古代和现代的作品分析出发,重视对文学作品的分析,超越了苏联的理论框架,突出了文学理论的民族化和本土化。虽然标题上与季摩菲耶夫和毕达可夫有很大的相似之处,内容中也留下了两人深刻的烙印,但其不少观点和具体论述方式仍然与他们有着明显的差异。尤其是在感情、个性特征和感染力等方面,他比苏联学者要重视得多。这些都体现出蒋孔阳50年代的文学理论综合多元的方法论特征和自主创新的理论特点。

蒋孔阳高度重视文学理论的民族化和本土化。他在《文学的基本知识》一书的"致读者"中认为:"在结合中国文学的具体情况上面,作者曾经在主观上作了很大的努力。"而在全书行文中,也具体体现了他民族化的努力与追求。在讨论情节的时候,他对情节的基本成分的分析便借鉴了中国古代的小说理论。在讨论文学语言生动性的时候,他通过《水浒》等例证作了生动有趣的阐释。在"文学的种类和样式"等部分,他也是举了中国古代诗歌小说和现代小说等读者耳熟能详的作品。他对作品的分析条理井然、生动感人而富有激情。解放前郁达夫《文学概说》、老舍《文学概论讲义》等,受到了日本和西方文论的影响,又不受西方系统性、学科性限制,充分关注中国古代文论思想的影响,以及一些作家个人的创作和鉴赏体验。蒋孔阳先生承续了这一思路,对待中国古典文学遗产,他反对历史主义的态度,反对"只是拿今天所流行的口号,去乱与古人戴帽子"[37]。这一点,迄今仍具有警醒意义。

蒋孔阳在当时虽然借鉴了苏联等西方文学理论,但其最大的贡献在于不拘泥于苏联文论体系,而是通过对具体的中国文学史现象给予解释,形成了自己的文论体系,在当时影响很大。1989年他在《且说说我自己》一文中说:"毕达可夫讲课很认真,应当说是一个很好的提高的机会。但因为课的内容,太概念化,引不起兴趣。"[38]在《文学的基本知识》一书的"致读者"中,蒋孔阳说:"本书结构的顺序,主要是参考季摩菲耶夫的'文学原理'。"[39]他还说:"我利用教学的机会,把毕达可夫讲的一套苏联的文艺理论体系,融化开来,和中国文学的实际相结合,写成了《文学的基本知识》一书,1957年由中国青年出版社出版。由于当时国内还很少有这方面的著作,而我又写得比较生动活泼,名词概念解释得比较具体明确,所以出版后,比较受欢迎,一下子就销了二十多万册。"[40]他反对空洞无物,强调融化理论体系,强调生动活泼,强调概念解释具体明确,使其理论得以消化和具体化,并在阐释中体现了独到的体会,使得自己的理论比较具体和易于消化,从而对广大读者起到了重要的启蒙作用。许多青年读者后来都走上了文艺学研究的道路。

蒋孔阳高度重视文学评论的价值和意义。他认为评论家应该有扎实的理论基础,思想解放,敢于与作家相互交流,这样才能促进作家的创作。在对文学作品的评论方面,评论家应该研究不同时期、不同作家和不同流派的成就和不足,撰写出系统、严谨的研究论文,总结经验和教训,为以后的创作做导向。要做到这一点,评论家应该尊重自己的专业,不能因为作家的反诘就放弃自己的职责;而且,"文艺创作,正需要评论家的鸣锣开道"[41]。同时,评论家在评论作品的时候,还要注重文学形象的生动性和典型性、感情的真实性和真挚性、形式的完美性和独创性,以及美学的感染性和愉悦性。这样,文学评论才能充分发挥自己应有的作用。

蒋孔阳尤其高度重视对作品的分析。他先后结合理论研究写过多篇作品评论,对鲁迅《阿Q正传》和刘心武《立体交叉桥》的分析就是其中的范例。这些和他在文论著作中的具体作品分析遥相呼应,也反映出他重视理论与实践相结合的作风。受早年研究巴尔扎克的影响,蒋孔阳高度重视巴尔扎克、福楼拜和托尔斯泰、高尔基等作家自身的创作体会。在《文学的基本知识》中,他尤其把文学的基本原理与中国文学史的实践结合起来,这在当时浮夸和虚假的背景下是难能可贵的。

蒋孔阳从形象和典型与现实生活之间的关系入手,深入评析了阿Q这一人物形象的艺术特色。他说:"我们读优秀作品的时候,它的每一个细节都具有独立的价值和意义,我们都可以用来说明某些理论的问题。鲁迅的《阿Q正传》,就是一个例子。"[42]他还对阿Q这一人物形象的鲜明性格给予了肯定。此外,蒋孔阳还从以下三个方面分析了阿Q这一人物所取得的艺术成就:首先是深刻的现实主义描写方法。他认为,鲁迅在创造阿Q这个形象时运用了清醒的现实主义描写方法,不是无中生有,任意地丑化或美化他,而是把这个人物形象的真实面貌以及他与周围社会的关系如实地反映了出来,看到了人物本质的性格特征以及其他与周围人物之间的本质关系。其次,蒋孔阳充分肯定了《阿Q正传》这部作品悲剧性和喜剧性相结合的艺术成就。正是因为鲁迅以他清醒的现实主义眼光,看到了现实生活中悲喜交织的生活内容,并如实地做出了反映,从而使这部作品既充满了悲剧性,也充满了喜剧性。再次,蒋孔阳认为阿Q这一人物形象体现了政论性和抒情性的高度统一,具有很高的艺术成就。因为鲁迅写这部作品有着明确的目的,他在夹叙夹议中运用了独特的艺术描写方法,使作品富有抒情和政论的特点。毫无疑问,蒋孔阳的这些看法与他这一时期的文论思想是一致的。

在评价刘心武的《立体交叉桥》时,蒋孔阳强调它"是有个性的",是刘心武创作的"一个较大的突破"。[43]一方面,他赞扬刘心武把生活写得具体真实、立体交叉,在深入生活的基础上,突破了前期创作的一些局限,把现实主义引向了深化的道路。"它没有满足于表面地、平面地反映生活。它也没有把生活写成按照某种意图或方案来进行构思的情节故事。它……让'无数的个别愿望和个别行动的冲突',相互错综起来,形成了一个立体的交叉的生活的网。"[44]这样,作者就把单线的叙述变成了复线的交错,形成了立体的结构。另一方面,蒋孔阳认为这篇小说富有生活性和生动性,在大家所熟悉的日常生活中表现了人物的性格。他指出:"人物的性格,是从生活的长流中涌现出来的。我们应当从生活出发来描写人物的性格。"[45]蒋孔阳认为刘心武在写这篇小说的时候,不是按照预先设想的类型去写,也没有给人物一个固定的位置,而是按照他们在生活中应有的形象去写,并且深入到了人物的内心生活和精神世界,所以,这些人物都是现实生活中经常可以碰到的人物,让读者感到真实、亲切而可信。这样,小说中的生活更像生活,不仅具有具体感和真实感,而且有立体感和透明感。当然,他也指出了这篇小说的不足之处。

同时,蒋孔阳的文学理论著作也一反以往理论著作的艰深枯燥,并对文学理论一些重要而又难以下定义的基本概念,用清楚、明晰的语言予以准确的解释,以生动的语言来论述文学理论的各个问题,使得行文显得简洁生动、自然活泼,增强了著作的可读性,兼顾到了读者的接受问题。受朱光潜《文艺心理学》的影响,蒋孔阳的文论著作既体现了知识性和历史性,又具有通俗性和生动性,娓娓道来,显得亲切动人,以此阐发了自己的创造性的观点。其论点明确深刻,文字明白晓畅,能做到深入浅出,使读者在轻松的阅读过程中受到美感的熏陶,获得情感的愉悦。1958年8月,杨晦在毕达可夫《文艺学引论》的出版《后记》中提出"结合中国的实际"和"必须避免教条主义的搬用"[46],这在蒋孔阳1957年出版的《文学的基本知识》中即已得到尝试和示范。

总之,蒋孔阳把马克思主义文论思想融入他已有的知识结构中,结合中国具体的文学实际将其中国化,而不是简单地抛弃过去来接受马克思主义思想,这在教条主义盛行的当时是难能可贵的。这一点,在他80年代建构实践创造论美学思想时也是如此。蒋孔阳50年代的文论虽然不可避免地打上了时代的烙印,存在着一定的局限性,如在论述社会主义现实主义等部分时不可避免地还有一些教条主义色彩,但其中包含着蒋孔阳充沛的激情、对文学作品的真情实感和切身体验,在当时具有重要的现实意义。他还重视引证苏联作家文论家以外的西方文论思想,要求作家:"必须符合生活的真实,作家所宣传的思想,才不是虚伪的、空洞的,才具有最大的说服力。"[47]有些探讨的成果在他本人后来的美学研究中也得到了继承,并有所突破。值得一提的是,蒋孔阳50年代的文论思想所要求的文学应真实地反映生活、强调生活本身的真理,正践行了他自己所说的"真理占有我,而不是我占有真理"的人生信条。到70、80年代,蒋孔阳从文学艺术作品本身出发讨论了典型的问题,对典型的内涵、典型化、典型环境以及典型与形象等问题进行了深入的研究,形成了独特的典型理论。他不仅强调典型与现实生活之间的内在逻辑关系,强调个性化和概括性的统一,而且还把典型与形象、形象性等问题联系起来讨论,突出了典型的认识价值和审美价值。这些问题之间相互联系,彼此同构,形成了严密的逻辑体系,是比较成熟的文艺典型观。同时,蒋孔阳还重视批评实践,理论研究推动了批评的深化,而批评又丰富、充实和修正了他的文学理论,两者相辅相成,形成了良性互动的关系,共同成就了他的文学观。这些主张和探索直到今天依然值得我们借鉴。

(作者单位:华东师范大学中文系)

注 释

[1] 《蒋孔阳全集》第一卷,合肥:安徽教育出版社,1999年,第59页。
[2] 同上书,第12页。
[3] 同上书,第31页。
[4] 《蒋孔阳全集》第四卷,第694页。
[5] 同上书,第701页。
[6] 《蒋孔阳全集》第一卷,第59页。
[7] 同上书,第12页。
[8] 同上书,第31页。
[9] 同上书,第206页。
[10] 同上书,第33页。
[11] 同上书,第37页。
[12] 《关于文学艺术中的典型问题》,《学习译丛》1956年2月号,第4页。
[13] 《蒋孔阳全集》第一卷,第10页。
[14] 同上书,第42页。
[15] 《蒋孔阳全集》第四卷,第470页。
[16] 《蒋孔阳全集》第一卷,第10页。
[17] 同上书,第11页。
[18] 同上书,第19页。
[19] 同上书,第14页。
[20] 同上书,第72页。
[21] 同上书,第23页。

〔22〕 同上书,第254页。
〔23〕 同上书,第264页。
〔24〕 同上书,第256页。
〔25〕 同上书,第258页。
〔26〕 同上书,第261页。
〔27〕 同上书,第269页。
〔28〕 同上书,第295页。
〔29〕 同上书,第278页。
〔30〕 同上书,第295页。
〔31〕 同上书,第297页。
〔32〕 同上书,第299页。
〔33〕 同上书,第301页。
〔34〕 同上书,第306页。
〔35〕 同上书,第310页。
〔36〕 同上书,第271页。
〔37〕 同上书,第402页。
〔38〕 同上书,第434—435页。
〔39〕 同上书,第399页。
〔40〕 同上书,第273页。
〔41〕 同上书,第271页。
〔42〕 同上书,第97页。
〔43〕 《蒋孔阳全集》第四卷,第469页。
〔44〕 《蒋孔阳全集》第一卷,第3页。
〔45〕 《蒋孔阳全集》第四卷,第470页。
〔46〕 毕达可夫:《文艺学引论》,北京:高等教育出版社1958年,第528页。
〔47〕 《蒋孔阳全集》第一卷,第57页。

朱立元与中国文学理论的现代性创新

刘 阳

内容提要：作为新时期中国文学理论建设的全程参与者和重要代表之一,三十余年来,朱立元在文学理论研究生涯中以现代性为自觉追求,不断引领学界开拓视野,创新思路,并身体力行跋涉,取得了丰硕的学术成果。约而言之,第一个十年中,他在主体性大讨论和方法论热潮的时代背景下,对文艺真实性、文艺本体论和马克思主义文艺学当代体系范畴等基础理论进行扎实的研究,促成了这些基础问题在国内进一步蔚然成风的研究旨趣;第二个十年中,他在人文精神大讨论和国学热的时代背景下,对审美文化的内涵进行了具体探究,对文艺学、美学领域中"本体"、"本体论"等重要概念率先展开学理辨析工作,对反映论文艺观在整个20世纪中的流变历史和经验得失予以检审,站在世纪之交的制高点上,对包括"文论失语症"等在内的90年代文论话语进行全面反思并提出自己的观点,同时继续深化从80年代起即已着手的西方现代文学理论的译介和研究工作;第三个十年中,在"文化研究转向"的时代背景下,他对新世纪中国文艺学建设展开积极的学科反思,提出了若干富于建设性的思想方案,同时,作为主要专家,他承担并成功主持完成教育部重大攻关项目"马克思主义文艺理论中国化研究"。朱立元的文学理论研究之路,贯穿着理解与对话的现代性色彩,为中国文学理论走向现代性之途作出了重要贡献。

关键词：朱立元 文学理论 现代性 理解与对话 实践存在论

文 学 理 论 前 沿
Frontiers of Literary Theory

Abstract: As an important scholar in contemporary Chinese literary studies, Zhu Liyuan has made a significant contribution to the modernity of literary theory and achieved plentiful results out of his great effort. In a word, in the first decade of his theoretical career, he focused on the problems such as literary truthfulness, literary ontology and the system and category of Marxist literary theory. In the second decade, he made some explorations into many important issues, such as the connotation of aesthetic culture, the exact meaning of ontology, the gain and loss of theory of reflection, and literary theoretic discourse in the 1990s. He also organized translating various modern and postmodern Western literary theories. In the third decade, he has positively reflected, in the context of "the turn of Cultural Studies", on the construction of China's literary theory and offered his proposal. What is more, he successfully worked over the important project on the sinicization of Marxist literary theory in the Chinese conrtext, which was funded by the Ministry of Education. Zhu Liyuan's research of literary theory is characterized by his deep understanding of and dynamic dialogue with modernity. Thereby he has made a great contribution to modern Chinese literary theory toward modernity.

Key words: Zhu Liyuan; literary theory; modernity; comprehension and dialogue; practical existential theory

新世纪的第一个十年悄然过去了。回眸打量,中国文学理论研究队伍在年龄层比例上已呈现出成熟的风貌。如果说,一批七十岁以上的资深学者以其早获公认的成果,为国内文学理论奠定了扎实基础,而另一批五十岁左右乃至更年轻的中坚学者不断锐意创新,从各个方向推动中国文学理论的全面进步,那么,处于这中间的六十岁上下的领军学者则任重道远,在某种程度上担负着承前启后、融厚重质感与鲜活前瞻性于一炉的学术研究使命。朱立元是其中一位极具代表性的人物。三十余年来,作为国内文学理论界的一位重要学者,他不断以现代性追求自勉,在个人文学理论研究心路中留下一串串得失寸心知的足印,并始终对中国当代文学理论创新建设发挥着重要影响。他以丰硕的相关学术成果,提供了值得后来者借鉴总结的思想经验。

一

或许我们今天已经有足够的理由承认,特定时代的风云际会也悄然化作人生的思想养分,帮助成就着"文革"结束后一批学人学术生涯的迅速起步。事实证明,这是一个尽管迟到的但却藏龙卧虎的群体。除年龄较之今日学子普遍不占优势外,他们的专业功底相对而言其实并不差,许多人在十年动乱期间见缝插针,不辍读书,更兼韶华之逝、阅历之深,于学问人生自别有一份情怀在。作为复旦大学中文系1967届毕业生,朱立元大学毕业就躬逢"文革",他响应毛泽东"四个面向"的号召,赴新疆乌鲁木齐,奉献了人生中最宝贵的十年。在那除了毛选和鲁迅作品外几乎无书可读的十年间,一方面他切身体察社会人生,磨砺着自己的世界观;另一方面,工作之余,他仍尽可能抓紧一切时间设法读点书。除了阅读《史记》、《鲁迅全集》等书,1975年,刚满三十岁的他就在《光明日报》上发表了一篇评论《水浒》的文章,虽然文章的思想观点不可避免地打上了那个年代的烙印,但知人论世,这又何尝不能看成一种文学研究的较高起点呢?

1978年,在中断了整整十三年的学习生活后,经过激烈的竞争,朱立元如愿考取我国著名美学家、文学理论家蒋孔阳先生的首届硕士研究生,由此开始了迄今长达三十余年的学术研究生涯。在攻读硕士学位的三年里,出于同代人所共有的如饥似渴的补课愿望,加上蒋先生严而有法的精心指导,朱立元已开始在学术界初试锋芒,发表了多篇学术论文。其中有两篇颇值得一提:一篇是刊于1980年第6期《复旦学报》的《西方美学研究的新收获》,它本着"吾爱吾师,吾更爱真理"的精神,对导师蒋孔阳的力著《德国古典美学》肯定之余,大胆地提出了自己的几点不同看法;另一篇是刊于1982年第1期《复旦学报》、与学界前辈张怀瑾商榷的《艺术生产与物质生产的不平衡关系》。这两篇文章,已经在某种程度上显示出朱立元日后治学中既重视独立思考、又注重理解与对话的特色。在攻读硕士学位期间,朱立元主攻黑格尔美学,因为在他看来,黑格尔同样是文艺学研究绕不过去的必由之途。硕士毕业后,他留校任教,完成了自己第一部学术著作,开始介入文学理论研究热潮,陆续发表和出版了一批文学理论论著。

当时,与"美学热"相呼应的,是围绕文学主体性问题而展开的全国大讨论,以及稍后声势汹涌的方法论热。出于鲜明的启蒙冲动,刘再复将李泽厚在康德研究中创造性地提出的主体性思想引入文学研究,一反以往机械反映论的陈套而极大地张扬了人的主观能动性,人性、人情味、人道主义讨论等基本上都在这一大背景下展开,一时间聚讼纷纭。另一方面,从1985年左右开始,国内文学理论界大量舶来西方现代新学说,一度形成系统论、控制论和信息论等科学方法指导文学研究的格局。应该说,正是这两点时代背景促成了朱立元上世纪80年代文学理论研究的第一个课题——艺术真实性问题的酝酿成型。

　　主体性问题在文学领域的提出,首先使过去几十年里占主流地位的文学反映生活说受到了挑战。反映论在文艺领域中长期遭遇的机械性对待方式,又每每使自身带上了涉及政治的敏感色彩。文学真实性问题"几度论争,均无结果。……争论只停留在哲学认识论层次上,问题并未真正解决"[1],往往只被看成机械反映的结果。但是,引入主体性思想,是否就能一举阐明文艺反映的本质呢?这是摆在朱立元面前的第一个问题。人的思考离不开具体学术文化环境的影响,朱立元由此着手对艺术真实性这个老问题重新进行研究,又因为受到"80年代中期学术界倡导新方法、新观念的年代"的制约,以致"整个构想,从理论框架到范畴设定、再到论证推演,无不试图吸收、运用当时流行的,以及我们自己从当代西方文论中借鉴来的某些新的研究方法"[2],这种努力凝结成的研究成果,是他与夫人王文英合著、出版于1989年的《真的感悟》一书。

　　在这部著作中,朱立元对艺术真实性这个文艺学"斯芬克斯之谜"的求解,打破了以往那种仅从机械反映入手的理解角度,而尝试去多层次、多方位地探究其存在方式。全书第一章对中西方艺术真实观念的历史考察,作为单篇论文于成书前即迅速在学术刊物上发表。后续各章不仅论证艺术真实动态模型的三个必经环节——创作真实、本体真实和鉴赏真实,而且从语义学、现象学、认识论、本体论和心理学等层次详细分析了艺术真实的层次结构,这作为全书重心的一章,用大量篇幅对以往被学术界简单化处理的艺术真实内涵进行了具体、复杂的层次划分,指出其包含语义学、现象学、认识论、本体论和心理学五个主要层次,它们分别对应着多义开放性、直观经验描述、通向真相、虚构的自参照系统和社会文化心理结构等艺术真实的构成要素。这些章节,以其思想上的锐意开拓,在成书前后大都在《复旦大学学报》、《学术月刊》、《文艺理论研究》、《上海文学》等重要刊物上陆续发表。全书得出的基本结论乃是:艺术真实并非严格的生活真实,它无法被简单地定义,而需要通过动态立体思维方式来予以把握。这在今天看来也许并不多么石破天惊,但它确是青年朱立元冲破长期束缚文艺理论界许多人也包括他自己头脑的单纯认识论框架,切身反思之所得。

应该指出,这部书的字里行间都流露出朱立元从传统研究思维方式开始向新思维方式过渡的痕迹。例如,书中既有基于艺术家情感体验和主观性、假定性角度的传统理论分析,又积极引入了若干当时文论界方兴未艾的现代西方文学理论视角,包括接受美学("在重建中认同"的鉴赏真实)、现象学(直观经验)、逻辑实证主义(图式表示理论及逻辑重构性)、语义学(真实性概念的多义性与开放性)等。这意味着著者思想上的革故鼎新正无形中进行着。当然,作为文学理论研究的处女著作,它的一些具体论点,时过境迁后已令朱立元感到不满意,如书中将"本体真实"与"创作真实"、"鉴赏真实"并举,便有将本体等同于作品文本之嫌,而这一理解到了稍后的80、90年代之交已被朱立元自己所超越。尽管如此,由于视角的上述创新,全书问世后仍引起了学界的关注。已故著名学者周介人在序言中肯定了此书"勇于接过传统的理论难题,大胆清理,在清理的同时作出新的解释"。该书出版后荣获上海市政府在文学艺术方面的最高奖项——上海市首届文学艺术优秀成果奖,《文汇报》、《解放日报》等都发表了热情洋溢的书评。十年以后,这部著作又被上海文艺出版社收入"上海文艺学术文库"再版,仍取得出版当月即重印的效应,可见,书中的理论内容在世纪之交依然有其不可忽略的基础意义。虽然,它也使朱立元告别青春岁月,步入了人生的不惑季节。

紧随文艺真实性问题之后引发朱立元浓厚学术兴趣的,是关于文艺本体论的研究。这是朱立元文艺学研究生涯中另一个十分关注、开风气之先的基础性问题。整个80年代,受到呼唤文学归去来兮、为文学审美功能正名的启蒙动机驱动,文艺本体论也一度成为学术界的焦点,涌现出了形式本体论、人类本体论、语言本体论等各种学说观点。在长期思考的基础上,与这些观点都不同,发表于1988年第5期《文学评论家》上的《解答文学本体论的新思路》一文,集中代表了朱立元独特的文艺本体观。这篇文章吸收马克思艺术生产论和现代接受美学有关成果,率先提出,文学乃是一种存在于创作→作品→接受三环节动态流程中的活动,这种新思路被称为"活动本体论"的代表形态。稍后,在构建中国特色接受美学新理论体系的专著《接受美学》中,朱立元又吸收现代西方接受美学的合理因素,结合中国文学历史与现状,从当时几乎还未见的"读者接受"角度全新切入,对文学本体论进行深入了细致的论证。他的基本论证思路如下:传统文学本体论有其共同缺陷,那就是都只在回答着"什么是文学"这个根本问题;但是,这种提问方式本身"已经把文学当作一个现存的事物来设想了",而没有看到一个更加基本的事实——文学是"一种不断生成、消失的精神现象,一个时时变化的动态过程";[3]因此,既有必要改变以往那种仅从创作主题一维来规定文学性质的做法,也有必要克服现代西方接受美学理论中过分夸大读者接受作用之类不足,而把问题改转为"文学为什么存在?它如何存在?"这样一来,就需要全面地将文学视为一种作家、作品和读者三环节动态交流的活动过程;进一步说,根据马克思艺术生产论等思想,文学就是一种存在于文学生产和消费之间的社会交流活动,这体现出文学本体的社会历史性;在此基础上,文学活动中一系列重要问题,如文学作品论、文学认识论、文学创作论、文学价值论、文学效果论、文学批评论和文学历史论等,才得以逐次展开。

　　如何评价这一观点呢?笔者以为,这种积极吸收了现象学存在论和解释学合理成分的"活动本体论",较之此前的文学本体论表述显然在理论视野上开阔了不少,具有三点明显的现代性推进。首先,它开始突破以往观点仅对文学某一方面、某一层次、某一阶段的片面触及,而尝试将文学活动的整体特征纳入理论视野。其次,它开始超越以往观点仅把文学同某一他物相联系的单一他律关系,而尝试将文学置于同其他事物的全面联系中来予以考察。再次,它也开始克服以往观点对文学的静态把握方式,而开始尝试通过动态把握方式来对待丰富多彩的文学活动。由于上述努力,朱立元在构建中国接受美学理论时,创造性地提出了一些独特的观点,如用"意象—语符思维"和"语符—意象思维"来分别描述文学本体中作家环节和读者环节的思维特征[4],就是其中颇具新意的一例。这部著作在当时引起过较大反响,2004年还出版了修订版,可以视为朱立元文学观的基本立场体现。

　　值得注意的是,朱立元一直葆有的学术谦逊使他从未将自己这一文学本体论当做统辖学界的定则,而是以之为文学本体论的一种解释。事实上,客观地看,这一文学本体论并未成为学界的主流,引发后来者们浓厚兴趣的文学本体论表述,还应推彭富春、扬子江在1987年推出的生存本体论。而论影响,进入上世纪90年代后,受到西方后现代文论和文化研究的持续冲击,虽然文学本体论研究在整体上渐趋冷淡,但联系作家、文本和读者来整体性地看待文学艺术的论著和教材明显多了起来,这与朱立元早在1988年就倡导的上述本体论观念是否有着内在联系呢?

整个80年代,是朱立元发表学术论文较多的十年。他在文艺学基础理论的道路上艰难地跋涉着,探索着。除艺术真实问题和文学本体论研究外,他的另一个研究课题就是马克思主义文艺学范畴体系。随着僵固的意识形态逐渐走向解冻,以往很长时间里束缚着人们头脑的极"左"思潮开始受到理性的批判,建设有中国特色的马克思主义文艺学遂成为包括朱立元在内的一批中年学者热忱关注的课题。继钱中文、童庆炳、王元骧等学者相继提出并论证审美反映论后,大约从1989年起,朱立元也开始把主要学术精力慢慢转移到马克思主义文艺学上来。他通过深入研读马克思《1844年经济学-哲学手稿》等经典作家的重要原著,先后就建立有中国特色的马克思主义文艺学的哲学基础、体系设想、方法论、理论范畴和民族化等问题,撰写和发表了一批专题论文,内容广涉现实主义问题、艺术生产论、对马克思"实践—精神的"掌握方式的解释和中西方思维特征的比较等。比较值得注意的有这样几点:一是他初步勾勒了马克思主义文艺学当代性研究论纲[5];二是他提出应在哲学思维层次上来融通马克思主义文艺学,推进其民族化进程[6];三是倡导寻找中国文学理论与马克思主义文艺学在基本观念上的契合点[7];等等。其中不乏有启发的论点,例如认为马克思"实践—精神的"掌握世界的方式概括了艺术的、宗教的掌握方式,由此为文学艺术的实践本性奠定了基础,体现出用马克思主义眼光来准确理解文艺问题的自觉追求,这一观点至今仍不失新意。又如发表于《学术月刊》的《试论现实主义的审美原则》一文,针对长期以来把现实主义仅看做一种创作方法的传统观点,提出现实主义首先应当是一种美学范畴和审美原则,这一看法他至今未变。

尤其是,从这一时期起,朱立元已经自觉注意发掘马克思主义与中国传统文论思想之间存在着融合可能性的思想,在国内当时这方面深入探讨尚不多见的情况下,较早地思考了马克思主义文论中国化问题。他在多篇论文中指出,马克思主义文艺学要在中国生根,离不开中华民族的深层文化结构和传统这一土壤,它需要在中国哲学、文化和文论中寻找资源,并合理吸收富有启迪意义的思维方式。最近,有论者在总结新时期三十年马克思主义文论研究状况的文章中写道,朱立元的这一努力,"是在经典马克思主义文论基础上结合中国传统文化"的、"具有中国化的特点和背景"的有益尝试[8],应属难能可贵。

这些论文表明了朱立元文艺学基础理论研究一以贯之的特色：始终坚持以马克思主义为科学指导思想。当然，在为数众多的马克思主义播扬者和研究者中，他又不流于保守的故步自封，而时时注意与时俱进，通过和现代西方文学理论思想的积极对话来丰富和发展马克思主义文艺学。这种治学风格，使朱立元既有异于激进派，也区别于保守派，而不偏不倚地走自己的路。出版于1991年的论文集《思考与探索》，集中收录了朱立元这一时期对这个课题的研究心得。这部文集，有个副标题"关于当代马克思主义文艺学体系的建构"，顾名思义，它是一部集中研究马克思主义文艺学基本问题的著作，体现了朱立元在这方面的理论功力。

80年代是令后来者怀想的年代。启蒙的激浪，保守的潮汐，新生的欢欣，怀旧的惆怅，都错综复杂交织于拨乱反正后一代学人的心灵。而贯穿这种时代气象的一条主线，则无疑是传统文化与西方文化之间充满了争议的碰撞。在同代人中，朱立元站在启蒙群体一边，热切地为打开国门、引进现代西方思想学说而欢呼。他发表于1986年的一篇文章的题目，可谓确切概括了当时的心情："开放是内在机制的需求"。对在此背景下蓬勃兴起的新方法论热，有人讥之以"全盘西化"，认为其一度的繁荣热闹只是浅薄的表象而已，对此，朱立元当时和后来都撰文表示反对，在他看来，这种热烈的讨论，恰恰展示出中国当代文学理论研究的多元化生机和深厚潜力。他本人率先垂范，1986年应上海文艺出版社之邀，和几位学者合编了《文艺新学科新方法新观念手册》。他自己也多次指出，中国文艺学学科的进展需要以一种开放的眼光吐故纳新，这便离不开对西方文艺思想的了解和汲取。他自己也正是这样身体力行的。大约从1984年起，他通过研究中对有关资料的接触，已经开始考虑现代西方文论的引介问题。当时，在钱中文等学者的主持下，韦勒克、沃伦的《文学理论》、巴赫金的有关论著等正被译介为中文出版，受到广大研究者如饥似渴的欢迎，张隆溪在《读书》上连载的"20世纪西方文论述评"也引发了很大的反响，但囿于种种原因，一些同样重要的西方文论原著尚未来得及得到翻译和介绍。随着国内文艺学界兴趣的逐步转移，朱立元越来越意识到研究西方现代文学理论的迫切性，利用1986年赴美国访学的机会，他搜集了大量外文资料，在此基础上，他先后动手，翻译了英伽登的《艺术的和审美的价值》(载《文艺理论研究》1985年第3期)、杜夫海纳等人的《美学文艺学方法论》(中国文联出版公司1991年版)、尧斯的《审美经验论》(作家出版社1991年版)、布鲁姆的《误读图示》(台湾骆驼出版社1992年版,天津人民出版社2007年版)等论著,这些论著虽多以美学名义冠名,但它们对文学理论同样发挥着的重要作用也素为学人所知。朱立元还和蒋孔阳等共同主编了一些旨在引进现代西方文论新思想、新观念和新方法的著作。在此尤其值得书写一笔的,是80年代朱立元主编、几位青年学者分头翻译的"耶鲁学派解构主义批评丛书",包括希利斯·米勒的《小说与重复》、保罗·德曼的《阅读的寓言》、哈罗德·布鲁姆的《误读图示》和杰弗里·哈特曼的《荒野中的批评》。众所周知,当时德里达的解构主义刚被零星地译介到国内,在这种情况下选择译介"耶鲁四人帮"的代表性解构批评论著,不能不说体现出了朱立元敏锐而开阔的学术眼光。这种眼光在稍后席卷国内文论界的后现代主义热潮中就看得格外清楚。遗憾的是,由于当时一些原因,这套丛书仅在台湾出版了一部,其余并未有机会问世,直至2007年,才由天津人民出版社完整推出。

朱立元也全程参与和见证了80年代中国文艺学研究的风风雨雨。举凡文艺对社会生活的反映、典型的复杂性和审美价值、人物性格的"多重结构"、文艺学方法论更新、文学作品的召唤结构、作家的意象—语符思维、文学的多元价值系统、对现实主义的反思、艺术生产论与艺术反映论的关系等论题,从方法论到主体性,从现实主义哲学基础到文艺学研究状况的估计,十年中历次重要争论都留下了他真诚的声音。1985年,正当文学主体性论争席卷整个文学理论界时,朱立元在《复旦学报》发表了《论典型的复杂性与审美价值》一文,它吸收新方法论有关思想,对刘再复"二重性格组合"原理提出了心平气和的学术商讨。文章以其理论色彩,不但迅速被《文学评论》、《文摘报》等摘要转载,而且引起了刘再复的注意和重视,表示在适当时候回答该文提出的争鸣意见。这都透露出朱立元把理解与对话看做推动文艺学发展的必由之路、为这门学科注入现代性血液的努力。这种努力很快迎来了更有利于它酣畅发挥的历史时期——90年代。

二

在经过新时期前十年的理论积淀后,20世纪90年代的中国文学理论界进入了一个多元发展的新阶段。随着西方现代文论思想被积极介绍到中国,一种迫切想与西方学界平等对话的现代性冲动,也成为国内文学理论研究者们挥之不去的情结。由此带来的研究格局也显得流派纷呈，思潮更迭。这是转型期中国在学术文化领域内的必然表征。对朱立元的学术生涯而言，这十年是他真正步入黄金时节、取得丰硕研究成果的时期。自1991年被聘为教授后，1993年他又被聘为博士生导师，开始指导文艺学、美学专业的博士研究生。1994年，年富力强的朱立元出任复旦大学中文系主任。90年代初，他主编的《现代西方美学史》作为国内这方面第一部专著出版，受到了学界的欢迎和肯定，产生了较大影响。在此基础上，他和蒋孔阳于1990年联合申报了《西方美学通史》这一国家社科基金项目。获准立项后，他和一批学者一起穷十年之功，完成了七卷本四百余万字的《西方美学通史》，出版后相继获得上海市哲学社会科学优秀成果一等奖和教育部人文社会科学优秀成果一等奖。与此同时，朱立元本人对如何继承发展蒋孔阳等老一辈学者的美学思想、创立具有时代特色、面向新世纪的实践美学思想体系一直用心思考着，围绕这一主题，他撰写了一批相关学术论文，由此参与了90年代出现的实践美学与后实践美学之争。这些努力也成就着复旦大学文艺学美学研究的厚重特色：不剑走偏锋，而是以基本问题为学术兴趣，史论并重，材料与思辨相结合，不断扎实推出填补研究空白的学术成果。

　　文学理论研究和美学研究存在着异曲同工之处。90年代初期，后现代主义同时以美学和文学理论的名义登陆国内文学界，就是一个富于意味的信号。那几年，和许多同代人一样，朱立元对文学理论的关注也透露出紧贴时代现实、密切关注文坛新动向的特点，其表现是以批判性眼光审视和反思90年代中国文坛的后现代倾向。在陆续发表于《文艺理论研究》等刊物的论文中，他结合自身观察，以部分青年作家的小说创作为个案，细致地分析了当代文学中日渐出现的不同于现实主义、浪漫主义和现代主义的创作思潮。在他看来，后现代主义对当代中国文学及文学研究的渗入，已是一个不争的客观事实，当代文学中确实存在着后现代主义因素[9]，但是，和一些论者有关"后现代主义"乃是西方资本主义高度发达的后工业社会的独特产物、正向现代化工业社会迈进的中国不具备后工业社会基础的反对性理由不同，他在坦率分析后现代主义若干局限的同时，更以饱满的学术热情充分肯定了这一思潮为中国当代文学所注入的极大活力和生机。[10]事实上，朱立元对后现代主义文论的重视和研究在国内同行中是比较早的。早在80年代末，朱立元担任主编的《现代西方美学史》等史著已经在占有一定外文原版材料的基础上对后现代主义文论进行过钩玄提要的梳理,稍后推出的《西方美学通史》更是以相当篇幅追踪研究后现代主义文论的进一步流变,其中有关耶鲁学派等章节便由朱立元本人直接执笔。此后十余年间,他持续关注着后现代主义文论的走向,经过更长时间的观察,认为后现代主义的内涵并不限于晚期资本主义文化逻辑这一西方主流观点,而是后现代工业和信息社会的产物,是一种范围和时间跨度更广泛的文化学术思潮。[11]诸如此类,皆可视为中国文学理论转型的基建性成果。

纵观90年代朱立元的文学理论研究,大致包括四个方向的内容:第一是对人文精神大讨论中审美文化的内涵研究;第二是对文艺学、美学领域中"本体"、"本体论"这对重要概念的学理性辨析工作;第三是对反映论文艺观在整个20世纪中的流变历史和经验得失的总结;第四是站在世纪之交的制高点上,对包括"文论失语症"等在内的90年代文论话语进行全面反思,提出自己的观点,以此瞻望新世纪中国文论的到来。在这四个方向上,朱立元都取得了具有重要影响的成果。

1994年前后国内掀起人文精神大讨论,其主阵地尽管不在文学理论领域,但其深远影响也波及了文学理论研究。作为同样有过忧患人生体验的人文知识分子,朱立元对于这场讨论自始至终保持着极大热情的关注,并参与到讨论中去。这场讨论的一个动因,在于商品经济大潮勃兴后通俗文化、大众文化对高雅文化、精英文化形成的冲击,由此才催生出新形势下知识分子的人文使命等一系列话题。凭藉文学理论研究者的敏感,朱立元敏锐地发现,在这场讨论中出现频率很高的"人文精神"、"审美文化"等概念,其内涵和外延都较为模糊,以致在一定程度上制约了讨论的有效推进。为此,他经过认真思考,连续发表了《试论当代"人文精神"之内涵》、《人文精神:当代美学建设之魂》、《"审美文化"小议》、《应当正视的负面效应——略论市场经济下的审美文化建设》等一组学术论文,进行了富有成效的探索。朱立元对人文精神的基本理解是,"人文精神"是个世界性问题,上世纪西方哲学、美学界许多思潮之争,归根到底是现代科技主义与人文精神之间的斗争,而中国历史有着较为深厚的人文精神传统,五四新文化运动对传统人文精神进行了批判、改造和更新,形成了新的人文精神传统,建国以来,政治功利主义与当今的物质功利主义造成人文精神的两度失落与危机,因而当代中国美学建设应当以此为参照,把重建人文精神作为灵魂与核心,克服种种对人文精神的偏离,使美学走出低谷。[12]这在同类观点中是比较具有哲学深度的。除必要的正名工作外,这组文章的一个核心议题,是对中西方审美文化的差异进行比较研究。例如,他从中西传统文化对自然美的不同态度的分析入手,从精神文化角度初步探讨了造成两者之间差异的文化根由。他还认为,中西文化的本源性区别在于"天人合一"与"主客二分"之别,由此,西方文化重科学又重宗教,以肯定方式达成了二者的奇特联姻,而中国传统文化淡科学又淡宗教,以否定方式完成了二者的奇特联姻,这种差别也体现于文学理论中。[13]这些比较探讨,对廓清中国文学理论所依托的人文背景是很有意义的。

前面已说过,朱立元在80年代就对文学本体论进行了专题研究。不过,这并不表示他对本体论问题的反思到此为止。进入90年代以后,随着思考的深入和所接触材料的日益丰富,朱立元开始察觉到,妨碍国内文艺学在本体论研究方面取得推进的症结,是大量著作论文在"本体"、"本体论"这两个基本范畴上所不同程度地存在着的望文生义和混用、误用等情形。经过一段时间的反思,朱立元在1996年第6期《文学评论》上发表了长篇论文《文学、美学研究中"本体论"范畴的误用》。该文针对的一系列误用情形,既来自文学理论领域,也来自美学领域。文章结合词源和义理,对于"本体"与"本质"、"本原"、"本根"等近似概念作了初步辨析,指出国内文艺学、美学界在这方面出现的诸多误解。朱立元的基本观点是:本体论是对应于西文 Ontology 的一个译名,它的本义不是中文语境中的"本体"、"本源"或"本质"等,而是关于"是"、"有"或"在"(存在)的学说,即关于 Being 的理论。[14]这篇文章,不但意味着朱立元本人明确了此前探索中逐渐察觉到的实践美学在哲学基础上的认识论瓶颈,并进而坚定了将马克思实践论和存在论思想相结合、为推进实践美学提供更深刻完善的哲学基础的信念,而且也以问题本身的重要和论域的宽广而引起了学界的普遍关注。稍后,《文学评论》又发表了高建平的商榷文章《关于"本体论"的本体性说明》,对相关问题展开进一步讨论。讨论将90年代中后期国内文艺学界、美学界关于本体论的研究推向了高潮。这从侧面说明这篇文章在当时产生的积极影响,它进一步激发了学界关于本体论问题的清理和探索兴趣,在新时期文艺学发展历程中写下了有意义的一笔。

与本体论研究一样,朱立元对于反映论文艺观的历史清理和总结,也鲜明地透露出超越认识论思考框架、探求主客融合新思维方式的现代性追求。毋庸讳言,自新时期以来,受到前苏联文艺学研究格局的影响,在我国文学理论研究中长期占据主流地位的文艺本质学说,一直是审美反映论。如果说,80年代学界受到视野上的种种限制,对现代西方思想的汲取不够,出现反映论文艺观指导文学理论研究的格局尚在情理之中,那么,随着90年代以来国门开启、现象学、存在主义等现代西方思想如潮般涌入国内,学界深受启迪之余,也开始谋求对传统反映论文艺观的超越。在现代性信念激励下,一批中青年学者纷纷吸收现代思想,在反思传统的过程中积极尝试建构富于现代性色彩的文艺本质新学说。在90年代之前,朱立元一方面是审美反映论的肯定者和支持者,另一方面,他也十分注意合理吸收和参与建构当时与审美反映论形成互补之势的艺术生产论,这在上述提及的《思考与探索》等著作中均有体现。在现代性冲动日趋拓深的时代背景下,1997年,朱立元发表了长篇论文《对反映论文艺观的历史回顾与反思》。

这篇论文的主旨是,探讨反映论文艺观何以在20世纪中国获得如此令人注目的发展,并对其是非得失进行历史评价。围绕这一主旨,文章以反映论文艺观从萌发一步步趋向主流地位的历史发展轨迹为线索,分五阶段作了深入反思,即孕育时期(五四新文化运动和文学革命时期)、形成时期(20、30年代的左联时期)、确立时期(40年代《在延安文艺座谈会上的讲话》发表时期)、全面政治化时期(建国后至文革结束时期)和新生时期(新时期至今)。文章援引大量论据,充分肯定了以蒋孔阳、钱中文、童庆炳、王元骧等学者为代表的新时期一批文艺理论家为丰富和发展反映论文艺观所作出的有益贡献,同时也严肃地分析了现有研究尚存在着的不足。朱立元把这种不足概括为以下几点:首先,反映论文艺观对现实主义哲学基础存在着片面的理解,把文艺的性质仅归结为一种特殊的认识(或反映),故把现实主义文艺看成只是对生活本质(真理)的形象反映,在一定程度上取消了艺术家的审美创造性;其次,反映论文艺观在形成、确立之后出现过某些后天失调,现实主义文艺的本质和特性并不能直接从反映论和认识论得到说明;再次,反映论文艺观在理论上隐含着一个根本性内在矛盾:强调文艺主观(政治)倾向性的意识形态论与强调文艺客观真实性的反映论之间,存在着实质性的对立。革命功利主义往往抹煞这种内在矛盾,而使文艺走向全面、彻底的政治化,即使是新时期以来得到进一步深化的审美反映论,朱立元也在认真考量的基础上发现了这样几点值得改进之处:一是用审美反映论来概括文艺的本质不够完整;二是审美反映论仍局限于从认识论角度和范围来阐述文艺的本质,而文的本质实际上远超出和大于认识论范围;三是审美反映论作为一种文艺本质论,其包括的审美论与反映论两个侧面本身,存在着某些内在矛盾,在现有理论框架内较难得到妥善解决,特别是,"反映"这个一切反映论文艺观的核心范畴,在文学理论的实际使用中存在着很大局限,常常不得不被"变调"处理,从而不可避免地改变了原有含义。由此,朱立元指出,"马克思主义关于文艺本质的理论要继续发展,就不能满足于或停留于审美反映论,而应当在哲学基础和理论框架上有所突破和创新"[15]。文章发表后,审美反映论的代表学者之一王元骧撰文《我所理解的反映论文艺观》作出了商讨性回应,在若干结论上提出与朱立元不同的见解,但认为这篇文章能在反映论文艺观日益遭受冷落甚至嘲笑的今天率先展开清理,足以见出作者的学术眼光。这个评价应该说是较为客观的。

逼近世纪之交,中国文学理论向何处去,这样的学科反思问题吸引着许多学者为之思索。身为新时期文学理论研究的全程参与者和重要代表,朱立元也给出了自己的一份建设方案。2000年第3期《文学评论》以头条的显著位置发表了朱立元全面反思文艺学学科建设反思的长文《走自己的路——对于迈向21世纪的中国文论建设问题的思考》。这篇文章通过环环相扣的严密论证,提出四个立场鲜明的观点:中国当代文论的问题不在话语系统内部,不在于所谓"失语",而在于同文艺发展的现实语境的疏离或脱节;建设、发展新文论须以现代文论传统作为优先或主要的选择对象,而不能以古代文论为本根;"五四"以来的现代文论经过不断变革发展,形成了一个不同于古代文论的具有新质的传统,同时,这个动态过程还将继续下去;21世纪的中国文论应该走"立足当代,今古对话,中西融通,综合创造"的路。为什么会出现这四点主张?我们不妨联系当时国内的思想文化语境,分析它们所揭示出的朱立元文学理论思考的知识谱系。

继80年代改革开放一度迎来西学热潮之后,90年代中期,国学热又得到空前勃兴。若隐若显的民族主义话语,也在人文学术研究中悄然出场。文论"失语症"成为新一轮文学理论研究的热点问题,它断言中国现代文论已丧失自己的话语系统和话语能力,失去了中华民族独特的文论概念、范畴、理论、尺度,所言所说全都是西方文论话语,因而在当今世界文论大格局中失去了自己的声音。朱立元也关注着这一现象,他根据自己的反复思考,认为"失语症"并未切中现代中国文论发展的要害,其本身看待问题的方式仍充满了西方中心论色彩甚至某些自相矛盾之处,为此,他针锋相对地提出:"检验一种理论、学说是否还有活力、是否存在危机的主要标准,不应局限于与其他理论、学说的话语系统或话语方式相比较,而应将其置放于现实语境中,看其是否适合现实的需要,以及适合的程度如何。"[16]由此,他深入探讨了文学理论的前瞻性问题。从这里可以看到,"失语症"论者所持的思考模式是中/西二元对立观,朱立元所持的思考模式则是理论/实践二元融合观,后者较之前者显然更合理,更有积极意义,也更有理由为日新月异的文学艺术实践所证实。朱立元本人就是一位密切关注文学发展新动向、不是简单排斥而是对文艺新现象(例如方兴未艾的网络文学等)予以理解的文学理论研究者。

和上述焦虑交织着的,是关于中国传统文化的再认识问题,由此,90年代文学理论界又引出了"中国古代文论的现代转换"等热点问题。这就涉及对中国文论传统的看法。在当时学界的不少人看来,中国文论传统就是中国古代文论,于是,所谓依托中国文论传统建设面向新世纪的文学理论,便需要以中国古代文论为母体。朱立元反对这种观点。因为在他看来,这种把古代和现代截然、现成地切割开来的线性思考模式,本身就缺乏动态生成力量,无助于说明文学理论传统的真实构成。作为对这种看法的回应,他吸收现代解释学思想,以动态眼光看待文论传统,指出"现在我们面前的传统不是一个,而是两个:一个是19世纪前的古代文化、文论传统;一个是百年以来、特别是'五四'以来逐步形成的现当代文化、文论新传统。我们不能只看到前一个传统,而无视或轻视后一个传统,更不能认为后一个传统完全是反传统或与传统整体断裂的",特别是,"我们所处的直接传统是现代文论新传统。任何时代的任何人无不处在一个直接传统的包围和影响之中,不管他们是否承认或是否意识到这一点"。而站在解释学立场上看,"我们目前所立足于其上的现当代文论新传统,并非一个已完成、定型的东西,而是一个古代文论不断进行现代转换的动态过程,这种转换已进行了一个世纪,至今尚未完成,还将继续下去"。简言之,古代文论的现代转换并不是当代才出现的,而是百年来不断进行的过程,并逐渐与西方思想融合,形成了现当代文论的新传统。作为对这一尚在发展之中的文论新传统走向的希望,他借鉴张岱年等学者"综合创造"的思想,为新世纪中国文学理论的健康发展指明了一条道路。这四点主张引起了学界较大反响,2000年第9期《新华文摘》迅速全文转载了这篇文章。

如果说朱立元对新现实背景下文学基础理论的重视是一以贯之的,

那么,他对西方文艺理论发展史的研究同样一往情深。早在上世纪80、90年代之交,随着西方文论学习和研究的深入,朱立元已经酝酿编写一部较新的20世纪西方文艺理论教材,这个愿望终于在1997年得到了实现,那就是他主编的国家教委面向21世纪课程教材《当代西方文艺理论》。这部教材由朱立元确立编写主旨和体例,在几位国内一流学者通力合作下,对从象征主义、表现主义到解构主义的当代西方数十个文论流派的主要学说思想进行了清晰、严谨的论述,纲举目张,条分缕析,由华东师范大学出版社推出后,一印再印,在当时非常受欢迎。它打开了许多高校学子的视野,激发起他们中很多人对现当代西方文论的钻研热情。时至今日,这部教材仍被许多大学采用为文学专业研究生入学考试参考书,还于2000年获得了上海市高校优秀教材一等奖。2005年,根据世界范围内文学理论形势的最新发展,朱立元又及时组织对这本书进行修订完善,增入陆扬撰写的"文化研究"和"空间理论"两章,再版推出后,仍迅速印行数次,成为中国读者了解现当代西方文论的一部优秀读本。此外,朱立元还主编了上下两卷的《20世纪西方文论选》,精选从新人文主义起的20世纪西方文论经典文献,并配以导读,这部较新的选本也作为教育部面向21世纪课程教材的一种由高等教育出版社出版,可视为《当代西方文艺理论》一书的姐妹篇,一者侧重史,一者侧重论,史论结合,立体地展现出西方文学理论的时代新变。数年后,他还牵头主编了《西方文论教程》,论述20世纪以前的西方文学理论,仍由高等教育出版社出版。这就使整部西方文论史系统完整地得到了关合。

朱立元也不忽视中国文论方面的学习和研究。他清醒地认识到,在自己的知识结构中,"中国文论是相对较薄弱的",这一时期,他撰写了多篇研究老庄、儒家、《周易》、《吕氏春秋》等语言观的论文,这些论文中的大部分后来结集为《言意之间:先秦时代的言意观》出版。整个90年代,他还参与了当代文学中的后现代性、"新状态文学"、人文精神与文艺学建设、高雅文艺与通俗文艺的关系、文学经典观、现代文学史开端、文艺学研究中的二元对立思维方式等话题的讨论,其意见先后收入了《美学与实践》、《善的感悟》等几部论文集中。

三

时代终于进入了21世纪。全球化进程在加快,现代性焦虑在趋深,中国文学理论又迎来一个微妙的新发展阶段。文化研究蓬勃兴起,冲击着传统文学理论研究格局,视像文化、传媒文化异军突起,"日常生活审美化"问题在短短几年里迅速转移着学界的注意力,成为新一轮文学理论研究的兴奋点,一批卓有建树的中青年学者纷纷改弦易辙,投身于这一新阵营中,并认为90年代以后、特别是新世纪以来,中国文艺学仍然在延续80年代的审美自主性主导模式和文本中心论范式而导致作茧自缚,陷入了无法应对"日常生活审美化"现实的危机,正在丧失其正当性与合法性。与此同时,另一批在传统文学基础理论研究取得过开风气之先成果的学者,则对文化研究热潮持怀疑态度。两方争斗之激烈,从侧面证明了文化研究客观上对文学理论所造成的巨大影响。面对这一局面,朱立元何去何从呢?

2006年第3期《文学评论》以头条位置刊发了朱立元的《关于当前文艺学学科反思和建设的几点思考》一文。该文对国内日益蓬勃发展的文化研究热潮,从合理因素和不足之处两方面作了较全面的评析,认为"文化研究转向"不是文艺学走出困境的必然选择。朱立元并不同意"日常生活审美化"提出者们的主要主张,但认为他们对文艺学学科的反思是认真的,他们对文艺学学科危机的看法是严肃的,他们提出的克服这种危机的意见是值得重视的。

具体地说,对以陶东风为代表的学者群所掀起的文化研究热潮,朱立元首先从四个方面热情地肯定了其合理而积极之处。其一,他们敏锐地感受到90年代以来随着市场经济的发展和进入全球化语境,中国正经历着一场深刻的社会、文化转型,文学艺术已发生并还将发生重大新变,大众文化的蓬勃发展带来了文学边界的模糊,电子传媒的革命对当代文学构成了冲击,这些都是切中肯綮的。其二,他们对文艺学存在危机或严重问题的判断,特别是认为现有文艺学囿于经典文学,存在着某种精英主义倾向,确是值得认真反思的。其三,他们在思维方式上反对形而上学、凝固不变的现成论,而主张并实际坚持了辩证、动态的生成论,具有很强的历史感,这在方法论上值得倡导。其四,他们努力借鉴和引进当代西方文化研究的理论和方法,对文艺学学科建设也是很有价值的。

但是,在对新时期中国文学理论研究现状的基本估计问题上,朱立元却与"日常生活审美化"倡导者的观点完全不同。和后者认定新时期以来中国文艺学学科总体上前高后低、走下坡路直至陷入困境和危机的偏低评价相反,朱立元认为,新时期以来,中国文艺学总体处于不断上升态势,处于一个前所未有的大发展时期,在一定意义上,是近一个世纪以来在学科一系列基本问题上取得重大突破、获得最大成就的时期。他提请学界注意三点主要理由。其一,即使就80年代的中国文学理论研究而言,审美自主性固然是一个重要方面,但并非最主要的,而且它也始终与其他种种问题(包括非自律、非自主性问题)联系、纠缠在一起。把审美自主性与其他各个重大问题割裂开来,或从与它们的关系中孤立出来,有违历史事实。其二,80年代,中国文学理论界确实对文学的审美特质有了比较充分的认识,认识到审美自主性是构成文学本质的重要方面和因素,但总体上并未走向唯美主义,并未把"审美自主性"当做文学唯一的或者主要的本质。有些学者受到韦勒克、沃伦《文学理论》的影响,把文学研究分为"内部研究"和"外部研究"两块,强调文学要重视并回到内部研究,但实际上,真正主张"内部研究"完全与"外部研究"相脱离,或认为审美自主性是文学本质的人并不多。相反,当时文学理论界占主流地位的观点是审美意识形态理论,即认为文学只能存在于自律与他律关系的张力场中,因而把文学的多重本质概括为用语言表达的"审美意识形态",其并未离开文学的他律来孤立谈论文学的自律性、自主性,文学仍然是自律与他律的统一,不存在自律与他律、内部研究与外部研究的人为对立。恰恰是"审美意识形态"论而非审美自主性理论,才是80年代中国文学理论的主导范式。其三,90年代以后,中国文艺学在新形势、新的经济社会语境中闯出了多元化可喜局面,心理学、生态学、接受理论、语言学、后殖民主义、新历史主义、文学人类学、比较文学、文化研究等理论学说和研究、批评方法相继涌入,并与中国文学理论传统相融合,有些方法如心理学、生态学、接受理论、语言学等还推动了文艺学新学科或学科新分支的建立,极大地丰富了文艺学理论话语和学科形态建设,为中国文论的发展积累了宝贵的思想资源,促进了中国文论的多元化发展,使之更趋成熟和完善。

基于上述判断,从人所不察的角度,朱立元进而指出当前文艺学理论研究存在着的两个问题。一是文艺学与文学批评理论存在某种脱节。他认为,文艺学基础理论研究与文学批评理论本不应该隔离,文艺学基础理论研究理应十分关注不断发展、变化着的文学现象的文学批评现状,理应关注和直接参与文学批评理论的建设,并不断从发展中的批评理论汲取营养,提炼上升到基础理论的高度,文学批评理论也应该站得高一点,应该在一定的基础理论指导下开展文学批评并努力从批评实践中提炼、概括出有深厚的文学创作实践基础的批评理论,而不是脱离基础理论作命名游戏,用外来的或没有广泛实践基础的、自我发明的批评理论来硬套或规范创作实践。二是文艺学对我国当代大众文化的重要组成部分——通俗文学的关注和研究相当薄弱。朱立元认为,其一大原因是精英主义倾向,他明确反对这种倾向,而指出当代文学最广大的读者群在大众、通俗文学这一边。文学理论不能漠然置之,更不应该简单抵制和排斥,而应该对大众喜爱的通俗文学热情关注、大力研究,给予公正评价与正确引导。

可以发现,朱立元肯定了文化研究激活文学理论研究的潜力,但同时,他更多地对文化研究持一种审慎的怀疑态度。借助文化研究来使文学理论走出困境、获得新生的做法,在他看来缺乏学科理论方面的学理依据,他曾表示,"西方的文化研究和批评本身是极其复杂的,也是在不断变化发展的。我们对这种变动性注意不够,在学习、借鉴西方时常常慢半拍"[17],并且根据伊格尔顿《理论之后》等近年来西方学界出现的较新材料,指出了文化研究理论在西方业已走向衰落的客观事实。由此,他认真检审了包括过去的自己在内的偏重学院气、考虑文学理论自洽性、体系的完整性较多而关注文学新现实相对不够的研究姿态上的局限,再次呼吁新世纪中国文学理论从深入研究文学现状和现实问题入手,以回答、解决现实问题为根本发展目标。

朱立元本人对上述学术目标的践履,也通过几则研究个案显示出来。首先需要提到的,是他主持调研和编写、由春风文艺出版社出版的《新时期以来文学理论和批评发展概况调查报告》。这份报告,是他带领研究生们调查了大量资料、经过艰苦爬梳所得的成果,它对新时期以来的中国文艺学发展状况作了一次尽可能实事求是的回眸,可谓为学科的继往开来积累了必要一环。其次,作为上述基本思想的进一步深化和展开,他还先后在《东方丛刊》、《学术月刊》等刊物上主持了"新世纪文艺学的发展态势"、"当代文艺学和美学:没有说完的话"等多场学术讨论,并发表了《文学的边界就是文艺学的边界》、《对文艺学"文化研究转向"论的反思》、《试论新时期以来中国文艺学的大发展》、《中国当代文艺学的学科反思与理论创新》等一系列专题论文,贯穿这批文章的一条思想主线,是认为"日常生活审美化"问题讨论正把对文艺学的学科反思推向深入,其作为一种跨学科研究,在某些思路、视角、思考方式和研究方法上对中国文艺学具有借鉴意义,但"文化研究转向"并不是解决文艺学学科危机的良策,文艺学在引入文化维度时,不能丢掉文学更基本的东西——审美维度。[18]再次,尤其值得注意的是,和这些研究同步,或者说建基于这些研究心得之上并进一步锤炼、反思,朱立元对世纪之交中国文学理论界的热点问题——现代性问题,也贡献了自己的一份研究心力。他通过对90年代中期钱中文等学者提出的"新理性精神"的内在结构的梳理,开始探求文论现代性之途,在现代性思想平台上重新审视若干困扰文学研究者的理论问题,对诸如中国现代文学史研究的理论预设等问题都作过有益的探索。2002年,著名理论家詹姆逊来上海发表学术演讲,朱立元及时组织召开学术座谈会,重新审视20世纪中国文学的新视角和理论预设,对一直困惑理论界的文学自律和他律问题作出新的探讨,收到了很好的效果。

2004年,复旦大学中文系和山东大学文艺美学研究中心联合承担了教育部重大攻关项目"马克思主义文艺理论中国化研究"。经批准,该项目由朱立元为首席专家,整个项目分为五个子课题,朱立元兼负责子课题"马克思主义文艺理论中国化与当前文艺理论重大问题研究"的研究。平心而论,这不是一个新问题,早在20世纪80年代,马克思主义与人道主义的关系已引发过较为热烈的讨论。当时国内的主流看法是,"以人为本"是西方近代以来资产阶级人道主义或人本主义的主张,而非马克思主义的观点,理由是"以人为本"的"人"是抽象的、一般的人,同样,"人性"也是抽象的、一般的、普遍的人性或人的一般、普遍共同性,而马克思主义则只承认现实的社会关系中的具体的人和具体的人性,即在阶级社会中只承认阶级(阶层和其他社会集团、群体)的人和人的阶级(阶层和其他社会集团、群体)性。在新形势下,这个问题的重新提出,无疑富于鲜明的当代性。从2005年起,朱立元的文艺学研究重心开始进入了马克思主义文艺理论中国化问题。从朱立元在此期间陆续发表的一系列学术论文看,他对这个问题的研讨是厚积薄发的,即在90年代前期研究马克思主义文艺学若干基本问题的基础上,以更为宏阔的视野将其与中国当代语境中的具体问题结合起来,实事求是地实现两者的合理对话。

2007年6月,朱立元成功地主持了由复旦大学和上海师范大学联合主办的"马克思主义文艺理论的当代发展:中国与西方"国际学术研讨会。他还先后在《文艺争鸣》、《学术月刊》、《东方丛刊》等刊物上主持了"马克思主义文艺理论的人学基础"、"马克思主义文论中的人学问题"、"马克思主义文艺理论的当代发展:中国与西方"等多组学术专题讨论,并在上述刊物及《学术研究》、《探索与争鸣》等刊物上发表了项目阶段研究成果。他认为,新世纪中国文艺学建设与发展的关键,应当是紧密结合中国文化、文学发展的现实语境,致力于思考"中国"问题。而90年代以来,在对新时期以来我国文艺理论的历史和现状进行全面总结和深刻反思的基础上,文艺学应该突破单纯认识论思路和框架,遵循马克思主义的实践唯物主义即历史唯物主义,确立自身的存在论、价值论根基。朱立元进一步发展了这种主张。他选择马克思经典著作中的相关原理,与中国现实问题相联系,以此激活其生命力,实现经典思想与现实中国问题的对接,达到"中国化"的效果。[19] 在此期间,他对马克思主义文艺学的人学理论基础给予高度的关注和多方面的研讨。他认为,"文学是人学"这个命题的核心和基础,是文学应当"以人为本"、以人道主义精神为灵魂的观念,强调文学必须从人出发,必须以人为注意的中心,反对将人的描写作为工具和手段,而是将人看成文学的目的所在:肯定共同人性、普遍人性的存在,把人道主义作为衡量文艺作品成就最根本的和普遍适用的原则。这些观点至今仍然极富生命力和启发性,但还需要给予马克思主义人学以理论阐释,马克思主义人学理论的核心就是"以人为本"的根本理念,具体而言,一要将人看成根本、看成目的,二应承认这里所指的"人"是普遍、一般的人,要承认人有普遍、一般的本质(性),即共同人性。[20] 他反复申明,当前中央提出"以人为本"为核心的科学发展观,强调社会发展的最终目的是为了"人"的发展,这是对马克思关于人的自由、全面发展的人学思想的继承和创造性发展;文学艺术因其对真善美的追求、对美好人性的塑造及对人的自由发展的促进,本然地承担着实现人的自由、全面发展的历史使命,作为当前经济社会发展的总的指导思想,"以人为本"思想更是文学艺术发展的出发点和落脚点,它以其对人的生存状况的关怀、对人的物质需求和精神需求的关注,深化了对马克思关于人的学说的真理性认识,是建构当代马克思主义文艺理论的人学基础。[21] 这是因为,马克思主义人学理论为考察文学艺术的本质和功能提供了一种视角,而且是更加贴近文学艺术自身的视角,以马克思主义人学理论指导当代文艺学建设,就要把以人为本作为文学艺术活动的出发点、落脚点和着眼点,把实现人的自由、全面发展作为文学艺术的最终目标。首先,应从马克思实践存在论的高度,认识作为人的基本存在方式和基本人生实践的文学艺术。其次,文学作为人学,其本质是人的本质力量的自由的、想象性和情感性的对象化和确证。再次,文学艺术的功能不仅仅是审美、认识、教育等,其根本目的是实现人的自由、全面的发展。[22] 这些结论,开掘着马克思主义向我国新世纪文艺理论研究所提供的现代性养分,是值得引起充分重视的。

经过三年的努力,以朱立元为首席专家的课题组群策群力,完成了这一重大项目的研究任务,相关成果已经由经济科学出版社出版。这项研究成果包括"总论"、"20世纪马克思主义文艺理论中国化历程的回顾总结和理论反思"、"马克思主义文艺理论中国化与20世纪古代文学、文论研究"、"马克思主义文艺理论中国化与当前文艺理论重大问题研究"、"马克思主义艺术生产理论与当代中国艺术产业建设"、"马克思主义文艺理论话语中国化问题的艺术人类学解析"六部分,尤其值得指出的是成果对新时期审美意识形态论、全球化语境下文学理论实践与马克思主义中国化的关系等前沿问题作了全面清理与认真反思,所论所述是否切中要义,学界自可明鉴。

研究是无止境的。面对由三十余部著作、三百余篇学术论文构成的丰厚个人学术成果,朱立元总是淡然置之、泰然处之。2008年至今,他又开始主持国家社科基金项目"后现代主义文学理论思潮研究"工作。这项研究,将对深刻影响了上世纪90年代以来中国文艺学研究的后现代主义文学理论思潮作出全面的学理梳理和历史反思,将后现代主义与现代性、后现代性等思想背景紧密结合起来思考,对其中的关系努力作出清晰论证和澄清,更多运用新世纪以来国外的新进展和新材料,激发出研究的新视野和新活力,以解决制约中国文艺学进一步发展的若干症结。为此,朱立元正和课题组成员们一起,对后现代主义文学理论思潮中各派纷繁复杂的观点进行符合思想原貌的忠实描述和梳理。他认为,新世纪中国文学理论建设在特定意义上是一种以马克思主义文艺理论为指导、将现代性使命与后现代性实践结合起来的理论创新,它可以也应当从后现代主义文学理论思潮中吸取合理养分。对朱立元这一学术构想,我们谨持衷心的期待。

(作者单位:华东师范大学中文系)

注 释

〔1〕 朱立元、王文英:《真的感悟·初版后记》,上海:上海文艺出版社2001年,第344页。

〔2〕 朱立元、王文英:《真的感悟·后记》,上海:上海文艺出版社2001年,第348页。

〔3〕 朱立元:《接受美学导论》,合肥:安徽教育出版社2004年版,第126页。

〔4〕 朱立元:《从审美意象到语言文字——试论作家的意象—语符思维》,《天津社会科学》1989年第4期。

〔5〕 朱立元:《关于建设当代马克思主义美学和文艺学体系的若干思考》,《文艺争鸣》1990年第2期。

〔6〕 朱立元:《关于马克思主义文艺学民族化的思考——力求在哲学思维层次上融通》,《学术月刊》1990年第8期。

〔7〕 朱立元:《寻找基本观念上的契合点——关于马克思主义文艺学民族化的一点思考》,《复旦学报》1990年第6期。

〔8〕 胡亚敏:《中国马克思主义文论研究三十年》,《文学评论》2008年第5期。

〔9〕 朱立元:《中国当代小说中后现代性的扫描》,《天津社会科学》1993年第5期。

〔10〕 朱立元:《关注当代文学中的"后现代"现象》,《文艺理论研究》1993年第2期。

〔11〕 朱立元:《杰姆逊不是后现代主义者——略论杰姆逊的基本学术立场》,《南京师范大学文学院学报》2003年第4期。

〔12〕 朱立元:《试论当代"人文精神"之内涵——关于"人文精神"讨论之我见》,《学习与探索》1996年第2期。

〔13〕 分别见朱立元:《自然美:遮蔽乎? 发现乎?》,《文艺理论研究》1995年第2期;《科学与宗教精神的奇特联姻》,《复旦学报》1995年第3期。

〔14〕 朱立元:《文学、美学研究中"本体论"范畴的误用》,《文学评论》1996年第6期。

〔15〕 朱立元:《对反映论文艺观的历史回顾与反思》,《马克思主义美学研究》第二辑。

〔16〕 朱立元:《走自己的路——对于迈向21世纪的中国文论建设问题的思考》,《文学评论》2000年第3期。

〔17〕 朱立元:《关于当前文艺学学科反思和建设的几点思考》,《文学评论》2006年第3期。

〔18〕 朱立元、王文英:《对文艺学"文化研究转向"论的反思》,《天津师范大学学报》2005年第3期。

〔19〕 朱立元:《选择、激活、对接——以人学问题为例》,《学术月刊》2008年第1期。

〔20〕 朱立元:《从新时期到新世纪:"文学是人学"命题的再阐释——兼论马克思主义文艺理论的人学基础》,《探索与争鸣》2008年第9期。

〔21〕 朱立元:《"以人为本":当代马克思主义文艺理论的人学基础》,《湖南社会科学》2008年第6期。

〔22〕 朱立元:《马克思主义人学理论与当代文艺学建设》,《学术研究》2009年第4期。

对话与访谈

对话与访谈
Dialogues and Interviews

后殖民理论的反思与未来
——罗伯特·杨访谈录

生安锋

编者按：罗伯特·杨(Robert J. C. Young)是当代英语文学及后殖民主义研究领域里的先驱和最有影响力的学者之一，也是著名的文化批评家和历史学家。他早年毕业于英国牛津大学，曾任牛津大学文学批评理论及英文教授，2005年受聘担任美国纽约大学任朱利叶·希尔维(Julius Silver)英文和比较文学讲座教授。主要著述有：《白色神话：书写历史和西方》(*White Mythologies: Writing History and the West*, 1990);《殖民欲望：文化、历史和理论中的混杂性》(*Colonial Desire: Hybridity in Culture, Theory and Race*, 1995);《撕开的两半：文学和文化理论中的政治冲突》(*Torn Halves: Political Conflict in Literature and Cultural Theory*, 1996);《后殖民主义：历史的导引》(*Postcolonialism: An Historical Introduction*, 2001);《后殖民主义：简短的介绍》(*Postcolonialism: A Very Short Introduction*, 2003);《英语族裔性概念》(*The Idea of English Ethnicity*, 2008)等。罗伯特·杨的著作已被译成近二十种文字，其中中译本包括《后殖民主义：历史的导引》(2006)和《后殖民主义与世界格局》(原书名为《后殖民主义：简短的介绍》,2008)。2009年3月18日，罗伯特·杨应本刊主编王宁邀请来北京访问讲学，生安锋受主编委托对罗伯特·杨教授进行了长篇访谈，详尽地探讨了后殖民主义的种种议题、后殖民主义的未来发展趋势以及后殖民主义在中国的变异和作者的期望等等问题。在访谈中，罗伯特·杨高瞻远瞩地回顾了后殖民主义理论在世界各地的运用及其与当地状况结合后产生的种种变异,剖析了当代民族主义的兴起与蜕化,分析了比较文学面临的问题与未来,同时也谈到东方文化尤其是中国文化和印度文化中的种种问题。杨自命为"马克思主义异议分子",他探讨了自己对马克思主义的批判性吸收和创新以及"第三世界"问题。杨还谈到自己建构的后殖民主义"宏大叙事"、后殖民主义在神学等领域的新思路、后殖民主义与生态批评的契合、后殖民主义与现代性的关系等议题。

生:罗伯特·杨教授,自从1990年代以来,您在中国越来越有影响了,您对后殖民理论"圣三一"——也就是爱德华·赛义德、佳亚特里·斯皮瓦克和霍米·巴巴——的定义,在当代西方文学理论界几乎家喻户晓,一时间似乎大家都在阅读、引用他们的作品,这些都应归功于您对他们的介绍和肯定。因此,在某种意义上说,您实际上是后殖民理论这一学科的缔造者,因为当一线的理论家们在他们各自所专长的领域内从事理论创造时,是您厘清了后殖民研究这一领域,并在各位理论家之间找到了有趣的联系。同样重要的是,当人们对后殖民理论所知甚少时(这主要是由于这些后殖民理论家们深奥晦涩的行文风格,譬如斯皮瓦克和巴巴的著述),是您用通俗易懂的语言和清晰的逻辑脉络将他们的思想呈现在更为广泛的普通读者面前,甚至呈现在国外读者面前,加深了读者对这些理论家的概念的理解和把握,从而帮助推广了他们那些极为艰涩的理论。因此,很多人其实正是通过您的作品才认识巴巴等人的作品的。那么,我们是否可以这样说,在一定意义上,对于大多数读者而言,您要比那些后殖民理论家更加重要?另一个问题是,您推广他们的后殖民理论是不是要将其作为对欧洲中心论的一种制衡?

杨:我并不认为我比他们更重要,因为他们才是这一领域内的真正先驱者。至于我,我当时正在寻找某种新的理论,用以替换我在我的著作《白色神话》(*White Mythologies*)的第一部分中所讨论的历史理论中的历史主义;多年之后,查克拉巴蒂(Dipesh Chakraborty)也在其《将欧洲乡村化》(*Provincializing Europe*)中以不同的方式重新追溯并发展了这一轨迹。我所发现的是一种欧洲中心主义,它十分顽固不化。在某种意义上说,它确实给我造成了很大的困难;甚至萨特也遭遇到了这样的困难,但他最能意识到欧洲之外的世界。他还是一个极为关注第三世界的哲学家,和法侬是好朋友,他还为《地球上的受苦人》(*The Wretched of the Earth*)写了序言。在1960年代,他花费了大量的时间和精力使人们与他一同关注第三世界的政治状况和政治问题。但即使是萨特,在《辩证理性批判》(Critique of Dialectical Reason: Theory of Practical Ensembles)这本关于历史的著作中,也还是将其他世界降格到边缘位置。因此,我觉得,人们要么专注于欧洲,要么只关心欧洲以外的世界,却从未将这二者结合起来,其程度之深是极不寻常的。如此之多的历史作品和文化作品的角度都是欧洲中心论的,而人们似乎从未认为这里有什么问题。这就是为什么我转而去阅读爱德华·赛义德、佳亚特里·斯皮瓦克和霍米·巴巴的著作的原因,即使他们在某种层面上并没有真正回答我的问题——也就是如何书写历史,如何能够撰写一种突破了西方疆界之限囿的不同的历史。他们没有正式地探讨这一问题,但通过阅读他们的相关著作,我可以看出他们是在致力于转变这种欧洲中心论的视角,我也可以看出:一整套的相关问题得到了讨论和阐述——这也就是我们今天所谓的一种后殖民视角。事实上,当我开始写作《白色神话》时,我策划该书时最初是想只用一章的篇幅来讨论他们的著作。我本来想把他们并在一处作为我所称的"第三世界之偶然性"("third world contingent"),我当时的意图在某种程度上虽然不是要对整本书作出平衡(该书讨论了欧洲的马克思主义历史哲学家),至少也要提出一些探索未来著作的途径。但当我开始论述他们并思考他们所提出的问题时,我发现需要探讨的东西大大增多了;我想这在学术写作中是司空见惯的。于是,我不是写了一章而是三章,他们每一位各占一章,这是因为我完全沉浸在他们所提出的问题中了。

  你说的也没错,我在1990年确实是第一个对这三位理论家作出论述的人,我也是第一个将他们三人放在一起作为一个领域进行讨论的人。但是,我当时并没有使用"后殖民"(postcolonial)这一术语。我们那时还没开始用这个术语。"后殖民"这一术语实际上是由比尔·阿希克罗夫特(Bill Ashcroft)等在他们的著作《帝国回写》(The Empire Writes Back)引进的,该书出版于1999年,比《白色神话》(White Mythologies)早一年问世。他们在一种特定的、非历史的(ahistorical)意义上使用后殖民一词。但它直到1990年代中期才真正成为指称这一领域内的术语。这就是为什么"后殖民"一语没有出现在第一版的《白色神话》中的原因;但无论如何,正如你所指出的,我们现在可以看到:我那时的工作在某种意义上说确实标志着这一领域的出现。那时,我试图将他们置于与西方马克思主义的历史哲学的关联之中,在某种意义上说,我在《白色神话》中提出的问题直到很晚才得到完整的解答:那就是《后殖民主义:历史的导引》

(*Postcolonialism: An Historical Introduction*)。在该书中,我发展出了一种带有理论性但却更具历史性的叙述,描绘了一种不同的历史的出现,这种历史通常被阻挡住了,从未被联系于欧洲的马克思主义"本身"——但那是很晚以后的事情了。所以,从某种意义上说,《历史的导引》一书的写作是对我自己的一个回答,也是对我从《白色神话》开始思考的那些原初问题的回答。

二十多年过去了,现在回想起来,我觉得历史已经显示,我那时从众多当代知识分子中选择这三位思想家是正确的,他们都做着卓尔不群的工作。我的意思是说,他们起到了一种转换的作用,开辟了一个全新的领域。我认为那个时候没有任何其他思想家的工作可与他们的相比。因此对我而言,他们曾经是、也仍然是三个举足轻重的人物:他们各自通过不同的途径(当然了,他们都彼此认识也阅读彼此的作品,从这种意义上说他们也不是完全分开的),开创了后来所谓的"后殖民研究"这个领域。我那时所做的就有些不同,我提出了一个不同的问题,那个问题现在变成了"底层研究"(the Subaltern Studies)历史学家们的研究兴趣了,因为我那时被历史问题所深深地吸引,试图从哲学上研究这个问题。斯皮瓦克和巴巴等研究的意义在于:他们的写作主要不是历史性的,而赛义德的作品则无疑有着一种很强的历史性视角。但或许正因为此,我实际上对他的批评才越发不客气。但今天看来,我觉得我在该书中对赛义德批评得有些过火了,因为他的视角一般说来也就是我自己的视角,无论是他将文化历史化还是将文化与历史对立起来的种种思路,这些也都是我在做的工作。而理论是那种文化的一部分,正如文化关联于历史那样。这是赛义德所关注的,而这也是我的兴趣所在。

生:多谢。赛义德教授已经离我们而去了,我们先不谈。如果让你重新举出最重要的后殖民理论家的话,你还会包括斯皮瓦克和巴巴吗?另外还有谁是当今世界上最具影响的后殖民理论家呢?

杨:这个嘛,这是个有趣的问题,因为它引发了一个更大的问题:今天后殖民在哪里?无论它是什么,我都会包括巴巴和斯皮瓦克。我或许还会包括我自己。另外一些我认为做出极为重要的工作的人一般说来是那些印度政治学家和历史学家。

生:您指的是"底层研究"群体吗?

杨:是的,主要是指底层研究群体。我在《白色神话》中确实也提到过"底层研究"的那些历史学家们,但我没能对他们作出充分的论述。现在我无疑要将历史学家拉纳吉特·古哈(Ranajit Guha)也包括进去,事实上是他启动了"底层研究"——一个反民族主义、反印度共产党(anti-CPI)的纳萨尔计划(Naxalite project)。他之后的主要人物就是查特基(Partha Chatterjee)、查克拉巴蒂(Dipesh Chakrabarty)和普拉喀什(Gyan Prakash)。在那个群体中还有其他一些重要人物,而我们也不应该忽视拉丁美洲的底层研究历史学家们。他们作为一个团体也做了极其重要的工作。他们不但在普泛的历史书写上而且也在后殖民研究运作的方式上,都真正地留下了他们的印记;因为他们赋予后殖民研究一种历史的维度,而我则认为这一点既是激进的也是强有力的。因此,如果说今天要对这一领域进行描绘的话,他们就是随即跳到我脑海中的人物,因为他们都是定义这个领域的人物。还有其他很多人也可以加上,但现在很多领域内都采纳了后殖民的研究视角,因此很难维持人们主要在某个领域内从事研究的那种感觉了。

生: 肖哈特是不是对巴巴和斯皮瓦克持有批判态度?

杨: 很多年前她确实持有很强的批判态度,但她自己本身就是一个后殖民批评家,她的研究范围极为不同,主要关注犹太人在中东地区的身份问题。曾经有一段时间,后殖民批评家们的特点之一就是批判其他的后殖民批评家,这或许是某个领域形成阶段的一种症候吧,是那些按照他们心目中的理想来定义该领域参数的那些人的一种症候。伊格尔顿曾经在某个地方指出,变成一个后殖民批评家的方法,就是谴责爱德华·赛义德以及整个后殖民研究领域,而这就是变成一个后殖民批评家的入伙仪式。当然了,他的口吻完全是讽刺挖苦性的。然而,在1990年代的某段时期,尤其是在艾哈迈德(Aijaz Ahmad)出版了《在理论内部》(*In Theory*,1992)之后,大家都在相互指责,大家都自我声称自己比其他人更政治化,所以在我看来,它最终变得极为自恋,做的都是无用之功,而完全忘记了后殖民研究到底是干什么的。后殖民研究的目的难道不是要给世界带来变化吗?所以,当我在1990年代末创立《干预》(*Interventions*)这一刊物时,我们的规则之一,事实上也是唯一的规则就是:我们决不刊发那些针对其他批评家的深怀偏见(ad hominem or ad feminam attacks)的攻击性文章。我们绝不发表这一类东西。而且我觉得,从那以后,情况有了很大改观。人们找到了比一味抨击别的批评家(这些批评家通常比他们自己更著名)

更好的事情去做;在我看来,这种抨击越来越像是无谓地浪费时间——如果你不喜欢那些著作,为什么自己不去写点更好的东西呢?这并不是说我们不能对这一领域或对该领域内的某些观点提出批评,但问题是,这种领域似乎是在靠其自身的养料来生长,如果你不反对我这样说的话——有些人实际上是通过抨击他人而开创了自己的事业,使自己功成名就。我不反对任何人对后殖民理论领域里的某些特定问题提出自己的看法。譬如说,我认为肖哈特有关后殖民思想的批评是中肯的。她同时也在做一些非常有意义的新研究,很多其他人也都是这样的。事实上,如果你看一下那些真正定义并转换了这一领域的人物时,他们绝对不是些只知道浪费时间发泄满腹牢骚、只知道反对这个批评家或者那个批评家的政见的人。

生:在中国,有很多对后殖民理论和后殖民概念的误读,比如挪用后殖民主义来推动民族主义和某种本质主义。您在其他国家也遇到过类似的情形吗?文化批评家们该如何去做呢?

杨:我对中国的情形不很熟悉,但我确实在其他地方发现了一些类似的踪迹,譬如说在东欧。1990年代,后殖民批评在东欧一度极为繁盛,很多人都表现出很浓的兴趣,有些人说:我们被俄罗斯人殖民了四十多年;现在好了,我们自由了。有时候它就像在其他一些后殖民国家那样,采取了强调民族主义和重新追溯民族认同的形式。一般而言,我想这是一种对后殖民主义的特定阅读形式,它能想方设法在后殖民主义中找到某种民族主义的资源。后殖民主义说的就是民族主义是非常重要的,从历史的角度看是非常重要的,因为它被用来抵制殖民主义——因此一般而言我们可以说:是反殖民主义引发了民族主义,而后殖民主义则对民族主义提出了批判。通常的情形常常是这样的,在获得独立的非洲国家,民族主义变得有害无益了,如果我们可以这样说的话;而且它还经常导致各种腐败现象。因此,很多后殖民作家如赛永革(Ngugi wa Thiong'o)和阿切比(Chinua Achebe)等都有着这样类似的事业轨迹:他们早期的小说都是十分民族主义的,后来就对国家、甚至对整个民族变得越来越失望直至幻灭,正像很多印度后殖民作家所走过的路那样。因此一般说来,对后殖民理论的民族主义思想毫无批判地加以利用,这是很不正常的,除非是在国家尚未形成的地方,那里的人民确实感到民族主义极有存在的必要性。这里恰好有一个与赛义德相关的例子,也就是中东地区的巴勒斯坦情形。

显而易见,如果人们还没有一个属于自己的国家,那么民族主义就具有了某种不同的意义,因为那正是人们要努力争取的。

生:也就是说,他们目前的民族主义仍然是建设性的。

杨:是的,我的意思是说,在某种意义上,他们是最后的民族主义者。当然,也有民族主义风起云涌的其他例子,尤其是在那些人们用后殖民理论作为一种发展区域认同的方法的地区,如在西班牙的巴斯克(Basque)或者是在印度尼西亚。还有就是,一般而言,东方主义作为一整套语言,是东方国家和东方文化中的人民按照东西方之间的权力结构所感受到的。在穆斯林世界,有一种更强的感觉:它们是一种底层文化,一个世纪以来一直深受凌辱和傲慢统治,尤其是在第一次世界大战后奥托曼帝国土崩瓦解以及"二战"后以色列建国之后,这种种情形导致了目前中东地区无法调节的矛盾局面。又或许这是某种民族主义,或者叫跨国的民族主义。就中国而言,你所知道的会比我更多,但它也属于某一种反东方主义;它所强调的是反对赛义德所描述的东方主义权力结构。而对于日本来说就更是这样了。我知道有些人借用赛义德来发展出某种逆反的东方主义,而这在赛义德看来没有抓住问题的实质,是不得要领的。

我想,另一些运用这类思想的地区是像土耳其这样的国家,那里的一些团体和政党对赛义德的理论十分推崇,因为他们正在抵制土耳其应该成为欧洲之一部分的思想,而赛义德的著作则使他们能够抵制土耳其的欧洲化进程,并为土耳其以及整个穆斯林世界伸张一种非欧洲的身份认同。因此,自身内部就是千差万别的后殖民理论,在不同地区确实发挥着不同的作用。对于任何理论我其实都有这样的期待。赛义德自己在《旅行的理论》(Traveling Theory)一文中指出:当理论旅行的时候,它从来就不是跟原来的完全一样,因为它已经根据当代条件作出了调整和改动,以便能够符合于当代的目的;然后经常的情况是,有人会说:这个嘛,并不是原来真正的理论,因为某个术语或者某种思想原来的意思是这样,而到了此地却成了那样,这是错的。但是,理论的意思之所以不同,是因为它已经旅行了的缘故。而这种改变本身也可能是一种新创造,因为在文化翻译中理论的发展就是这样的。如果理论无论走到哪里总是同一副面孔,那么它的运作方式与科学理论的运作方式又有什么区别呢?当我创立出一种正确的科学理论时,那么在世界上任何一个实验室里它都会产生同样的结果。可重复性表明了它的正确性。如果它在中国得出与在美国不同的结论,那么从科学上讲,它就不是一个真正的理论,它就不可能是科学的,这种理论就是错误的。但在人文科学领域,哲学和理论就是另一回事儿了。概念和思想首先是被翻译到其他文化中,当它们被翻译的时候,就已经变形了。它们为了适应当代的目的而作出了改变和调整。而这种变化是应该的、正常的,因为新思想就是这样被创造出来的。

生:是的,在这种意义上说,误读是非常可以理解的。但从后殖民理论的角度看来,民族主义是很不可取的,它在民族独立之前曾经是具有建设性的,但后来却变得退步、保守了,您是怎么看待这种民族主义的?

杨:如果这就是后殖民主义被使用的方式的话,那么是很令人不安的,因为这就等于说,它被挪用来反对自己了。你可以说,后殖民主义的"后"的全部要点就是要使人们集中关注民族主义所带来的种种问题,尤其是它倾向于将同一性强加于民族文化之上(这是一种本质主义),以及否认文化少数族及其语言、宗教之存在的方式。当然,再一点就是,民族主义极其容易滑落为侵略他国的形式:有那么多的国家开始时的民族主义都是建设性的,其目的在于获得它们的自主权;但最终都为了保持自己的动力而去攻击它们的邻居。这是一把双刃剑。如果后殖民理论能够鼓励人们多去批判地反思民族主义,那它才能真正发挥自己的作用。如果人们一点都不批判性反思地使用这种理论,并最终使其沦落为民族主义的纯粹工具,那么它也就不再是后殖民理论,而是变成其他东西了。它已经退化为简单的民族主义了。后殖民主义试图要达到的,是一种调整世界秩序及其公民社会的方式,而后者是不能建基于民族或者民族主义之上的。

生:您于2005年被聘为纽约大学的朱列斯·西尔沃英文和比较文学讲座教授,作为知名的比较文学专家,您能否谈谈比较文学的未来以及当前比较文学界所面临的主要问题呢?

杨:我们首先要问的一个问题是:比较文学有未来吗?这个领域本身基本上就是第二次世界大战之后发明出来的,那时人们感到,通过比较不同国家之间的文学,会产生某种国际性的理解,防止战争的发生。这无疑是十分乐观的。这就是为什么比较文学具有某种欧洲基础的原因。结果常常是它的建构方式十分怪异,甚至现在也是如此:比如保罗·德曼会写出一篇简单地题为《济慈和霍尔德林》的论文。德曼的论文采取的形式是对这位英国诗人和德国诗人进行比较,他们都生活在大致同一个时期,都属于浪漫派诗人。但实际上,他们之间没有任何直接的关联。我认为这种比较文学已经走到了穷途末路,而很多人也认可这一点。实际发生的情况是,部分地因为对民族主义的批评,人们已经开始质疑按照民族身份和民族疆界来研究文学的这一整套方式。在20世纪,这一点从经验上已经变得很成问题了,这经常是因为作家们本身就是到处迁移流动的。我们就以拉什迪(Salmon Rushdie)为例。他生于英属印度,然后又去了英国,后来又搬到美国。他的国籍是什么?我们该把他置于哪种民族传统中呢?他的写作从多种传统中汲取了营养,反映着多种文化。因此将他置于任何某种单一的民族文学传统中都根本是没有任何意义的。或许他就是一个好例子,说明文学本身就已经变成跨国的了。比较文学的位置最适合于使人们熟悉这一点,也使人们明白,从20世纪开始,准确地说,从现代主义开始,文学已经不再仅仅是一种民族性的活动了(即使它曾经是)。实际上,从那个时候,文学就变成了一种国际性的活动了。文学或许是用不同的语言写成的,但这并不意味着即使是在同一种语言内部只有纯粹单一的语言传统,因为,即使是民族文学这一思想的悖论之一就是,它假定作家就仅仅是阅读那些用同一种语言写作的作家的作品,这样它就创造出了自己的狭隘的传统。但实际上,所有的作家都试图进行国际性的阅读:我的意思是说,在文艺复兴时期,他们都阅读古典文学和经典作家的作品,文艺复兴时期很多英国作家不但用英语写作,也使用拉丁语和意大利语写作。在18世纪,他们阅读的是古典作品和法国作品;英国的浪漫主义作家也阅读德国作家的作品。所以,和我们一样,他们并不是将自己限制在阅读某一种语言上。今天,如果我们拿起一本小说,其作者可以是任何国家的人,他或许是印度人,也或许是南美人,他也可以是德国人。对于我们这些读者来说,这并不是什么重要的事了,而作家们也是如此。因此我们必须要找到一种不同的讨论文学的新方法。

另一方面,我们又不得不注意一个文本用以书写的语言,因为文学最终还是由文字构成的,是用某一种特定的语言来书写的。因此我们需要承认它到底是用汉语写的还是用英语写的。与此同时,当我们思考文学的时候,不必在作家之间划上一道国家疆界或者民族疆界;我们也需要不根据这种疆界来思考分析文学和将文学历史化的方法。而这,对我而言,似乎是作为一门学科的比较文学最应当做的。因为比较文学根本上应该是多语言的,而实际上文学本身就是多语言的,而且很多作家都是操多种语言的。尤其是很多20世纪的作家,他们都是用多种语言写作的,而不仅仅是一种语言。我一度曾认为,如果我们只是将其局限在国别文学之内或者仅仅局限于对不同的文学进行某种僵化的比较,那么文学很快就将消亡了。但现在我实际上觉得,文学研究的未来就是所有的文学都应该被置于一个包括所有其他文学的框架中进行研究。如果不去思考世界各地的其他文学,那么你是无法研究英语文学的。所有的文学都是一个巨大的内在相连的全球性网络的一部分,而正是在这样的环境里比较文学才真正开始惹人注目了。这是唯一一个容许跨越不同语言写作并在那个框架中进行研究的正式学科,而我认为这正是思考文学的方式。如果你愿意的话,你可以称之为世界文学,但问题是:世界文学到头来往往指称的是以英语写作的文学加上翻译的文本。

世界文学被教授的方式,仍旧是在一种语言之内(当然是英语了),在美国肯定如此;但对我而言,似乎我们必须要改变的一种根本性思想就是:当你学习文学的时候,你只需要使用一种语言就够了。所有的人都应该受到鼓励去把文学看做是出现在不同语言中的事物,去观察它不同的多语言显现形式。显而易见,没有哪个人能够通晓世界上所有的语言,所以你总是站在一个巨大的未知世界的边缘处,这尤其让人感到自己的渺小和卑微。文学是关于它用作表达媒介的那种语言的,而且,实际上语言的差异不断地消失又不断地出现,即使是在英语文学内也是如此。意识到这一点对我们是很有裨益的。这里我只需要给你举一个例子,人们通常都将英语文学和法语文学分开来研究,他们却不知道这样一个事实:很多中世纪时期的法语文学实际上都是在英国创作的。在长达200多年间,法语是英国的全国性语言。从技术上讲,有些极为著名的中世纪法国诗歌其实是英国文学的一部分,因为它们是在英国创作的。但它们又都不容置疑地被纳入法国传统中,就好像它们从来就与英国没有任何联系一样。但如果当你意识到实际上一大部分英国文学是用法语写成的时候,你会突然感觉到它跟以前是多么的不同。而且,正如我在前面所提到的那样,很多文艺复兴时期的英国作家是用拉丁文写作的;他们使用一种不同的语言进行写作,但并没有感到有什么矛盾或者不妥之处。既然比较文学是反对只学习某种单一的语言的,那么它就提供了一种重新思考文学的整体形式的方法,它使我们意识到这样一个事实:文学是创作于多种不同语言之中的,而这些语言又常常以不同的方式相互关联;它们不是分开的,也从来没有被分开过。

生:就我所知,您曾经在很多亚洲国家和非洲国家讲学,包括印度和埃及等国。与您一起生活了二十年的妻子也是一位亚裔,一个生于英国的巴基斯坦人。因此我觉得您是不是对亚洲文化有了很多体会和认识。您能否尝试比较一下西方文化和您所知道的东方文化如印度文化、巴基斯坦文化或者中国文化呢?我知道这是很不容易的。

杨:这个对我来说确实很难。我想指出的一点是:英国文化现在已经是带有南亚特征了。它已经变得十分混杂。而且英国人实际上也已经混杂化了。所有英国人都带上了各种各样的亚洲文化的特征以及其他文化的特征,譬如说加勒比文化。

生:可是,英国的主流不还是欧洲文化吗?

杨:没错,你会以为是这样的,直到你去看看另一个使用英语的文化,譬如说美国文化,然后你就会突然意识到英国文化(已经变得)带有多么多的印度文化或者南亚文化特征。我认为这些文化掺杂在一起的方式是极其有趣的。譬如说,现在有很多南亚人在电影和电视等各种行业从事媒体工作。它们中很多都带有英国的某些幽默传统。在英国,很多南亚人的作品都是幽默的——这是他们所能找到的对付多种问题尤其是种族问题的最有效的方法了。他们所采用的这种幽默源自以前英国工人阶级的幽默传统。因此这是一种混合物,它带有种种形式的挪用,使得那些英国亚裔与比如说印度的亚洲人迥然有别,在后者那里,幽默在印度小说中的作用和重要性显然要小多了。而大多数英国人则对亚洲文化的各种特征都是相当习惯的。他们没有对其感到反感。它确实在各个方面丰富了英国文化,它与我在其中长大的更加传统的英国文化是大不相同的。

这就是我在我的最新著作《英国的族裔性概念》中的主要论点。1980年代和1990年代的黑人批评家和亚裔批评家们常常认为英国文化是同质性的。实际上它从来就不是那样的。它一直都是混杂的,由各种各样的形式构成的。譬如说,虽然有很多冲突,但是英国文化吸收了大量的爱尔兰文化,尤其是在19世纪;后来又在20世纪末吸取了很多南亚文化和加勒比文化。从某种程度上说,这种巨大的变化是跨国的,所以你会看到印度本身已经与1947年的印度有了极大的不同,尤其是自从1990年代,它已经变得更加美国化了,到处都是大型购物商场之类的东西。所以多种变化或者转型都在持续不断地发生着。所以这里的问题就是:是否真有某种核心的文化差异仍然未被翻译,亦或许它本来就是不可翻译的;你也可以说是否有一种根本性的差异。而我对于是否存在这种本质性差异并不是很有把握的。我认为在某些时候是会有差异出现的。譬如,如果我们考察一下阶级因素,我们以英国的中产阶级和印度的中产阶级为例,如果你把他们放到一处,那么他们之间的文化差异比英国工人阶级和印度农民之间的文化差异要小得多,英国工人阶级和印度农民之间的差异要更大更具实质性。不过,很多来自南亚的移民都是来自劳动者阶层的。有个很大的差异常常为某些批评家所忽略,那就是很多移民美国的南亚人可能都是来自职业中产阶级,而可以肯定的是,很多来自南亚的学界人士通常都属于印度最高种姓的婆罗门阶层;而在英国,移民大多数来自工人阶级或者农民阶级。

生:这里有什么特殊原因吗?

杨:这是由不同的移民政策造成的。基本情况是:英国从第二次世界大战之后就一直鼓励移民,因为它需要体力劳动者;而在美国直到1960年代还主要是接受来自欧洲的移民,即使是在肯尼迪(Bobby Kennedy)对非欧洲移民开放之后,你要想去美国工作还是需要具有一定的资格。你不可能只是告诉他们:"我是个工人,能给我签证吗"——除非是你赢得了绿卡彩票(win the Green Card lottery)。在英国,从第二次世界大战之后就存在体力劳动者的短缺现象,很多加勒比海地区和先前英国的殖民地印度的人就都来到了英国。

再转回头来看你提出的问题。我觉得我可能比很多人更习惯于在日常生活中对付处理文化差异的问题。我有个印度朋友曾经对另一个朋友说我与大多数英美人士不同,因为"他不会去把他者变成他者"("he doesn't other the other")。我或许对一些细节之处更为敏感些,也更加警觉,也就是那些细微的行为差异之类的,哪些是可接受的,哪些不可接受,就是那些足以区分不同文化的东西。因为我有时候会看见别人看不见的事情;或许我更能意识到人们所犯的错误,或者会使人感到不自在。举个例子说,当你碰见人们的时候,你是否需要有身体接触比如握手,或者如果再熟悉一点的话,是否需要亲吻他们的面颊。在一些文化中碰触(触摸)人们是可以的;在另一些文化中则是不可以的,尤其是异性之间。身体接触在不同的文化中是不一样的。这些就是你通过经验学来的知识。我想,这使得我能够在不同的文化中更加游刃有余(应对自如)。在某个层面上看,正是在这一点上出现了难题,这些难题造成了一种疏离的感觉(异化感)。归根结底,其实是一种十分类似于风俗习惯(manners)的东西造成了(文化)差异。而这就是我认为人们能够学习但却未必愿意学习的东西,他们甚至都没有意识到这些差异,更遑论学习了。人们没有学习,这或许是因为他们没有走出他们自己的群体和文化去接触外面的世界。就我来说,由于种种原因,我十分习惯于与来自世界各地的人们一起度过大量时间,自从我长大成人以后就一直是这样。所以到了现在,如果我呆在一个有各种肤色的人的房间里,反而要比呆在一个只有白人的房间里感觉更自在些。如果全是来自单一背景的白人,我就会感到很不舒服——对我而言,就好像是缺了什么似的,也就是其他种族的人。我不太喜欢那样的环境。但我不会声称自己是定义那些文化差异的专家,因为我觉得那就太自负了。

今天,人们变得越来越意识到这些事情了,事实上,有些咨询机构通过给那些计划开辟新市场的公司提供相应的建议来赚取大笔咨询费,譬如说,如何在中国做生意等等。他们会告诉那家公司说,要想在中国开展业务,你首先要如何如何,而绝对不能如何如何。它已经演变成了一种十分有利可图的行当了。但有趣的是,即使如此,我们也可以看到有些公司取得了成功,它们转变了自己的经营模式因而在异域也取得了非凡业绩,而有些公司却没有成功。其实这不是那么容易做到的,因为有各种各样的细微因素使事情做起来并不那么容易。正是因为这些原因,对印度人而言,他们去英国做生意就比较容易些,因为他们了解英国的体制,因为他们和英国可能已经有了很多接触了。

生:这能否也可以被看是殖民遗产的一部分呢?

杨:是啊,在传统共享这种意义上确实是这样的。但有趣的是,自从大英帝国终结后,它们作为不同的国家和文化走得更近了,因为在过去五十年间,它们之间的混杂交往比过去以往任何时候都多。以前就好像是截然分开的两层东西,现在则更像是掺杂在一起了。而印度人也对我说过,他们感觉到了英国更自在,而当他们去美国时,他们就感到陌生得多——就像美籍印度裔作家拉西利(Jhumpa Lahiri)在其《同名同姓》(*The Namesake*)中所描述的那样。就是在那一刻,他们意识到了待在英国相对是多么自在。因此,我想,那个共同的殖民文化传统确实在发挥作用。同理,西班牙人在拉丁美洲、法国人在塞内加尔也都会感到更加自在些。这些都可谓是殖民遗产。首先最重要的是语言问题,其次当然就是某种息息相通的感觉(sympathies)。从这一角度讲,对于很多英国人来说,或许东亚是最让他们感到不自在的地方了,因为这是最不为他们所知的或者是他们所知最少的地方。这里的东亚包括中国、日本和韩国。它们或许是英国人感到更不好对付的地方了。当然,香港是个例外,它在其文化的一些方面都保留了很多英国的特征。

生:多谢!您的回答非常详细。您也撰写过一些关于马克思主义理论的文章。如果我没有误解的话,您认为马克思主义理论很多时候都被误读、被滥用了,其理论框架也变成了一种欧洲中心论的、机械教条的理论。您能否简单说说马克思主义对您的影响。将马克思主义理论运用于文学研究领域并加以发展会牵涉到哪些问题?您怎样看待马克思主义及其前景?

杨:很多读过《白色神话》的人都简单化地认为我是个反马克思主义者,其实根本就不是这样的。如果我不是在马克思主义中发现了很多有价值的东西的话,我根本不会花费那么多的时间去研究它。如果你不介意的话,我倒愿意将自己称作是一个"马克思主义异议分子"("dissident Marxist")——对一些人来说,这可能比做一个反马克思主义者更加不可饶恕。我认为,以历史的眼光来看,马克思主义是这样的。一方面,从某种意义上说,它是有史以来最智慧、最强大、当然也是最活跃的知性传统之一,因为在过去的两个世纪中,无数知识分子从马克思主义中汲取营养和智慧。没有任何类似的理论扮演了同样的角色,如果有的话,或许早期的神学可以算是一个,这是因为与马克思主义相类似,所有的知性工作都是在其轨道之中和其范围之内完成的。有很长一段时间,在很多地方,做一个知识分子就是做一个马克思主义者。这两者几乎是同义词。但另一方面,它又确实有、或者历史上曾经有过这样一种倾向:发展出一种理论上的僵化状态。部分或许是因为列宁主义的影响,列宁主义有关政党以及作为人民先锋的政党更聪明等思想。而我看到,毛泽东在其理论著述中对这一倾向作了意义十分重大的逆转,因为在毛泽东看来,不但知识分子应该为人民服务,而且他们应该向人民群众学习——这就是应该将民众的思想注入马克思主义的观点。我们也可以从其他马克思主义者那里看到类似的观点,比如葛兰西(Gramsci)。

在我看来,马克思主义首先是一种极为重要的批判性工具,它使人们可以与现实产生一定的距离,它提供了另外一种思索现实并思考有没有可能改变事物使之更好的态度。这种批判性视角反过来又依赖于某种不容置疑的伦理假设,那就是:世界上应该有某种社会正义,这就是说,即使人们并非在所有意义上都是平等的(这不是说人们都是完全一致的),人与人之间应该有一种广泛的平等。这应该成为人们的权利,他们应该大致有着与其他人相似的东西,而不应该在财富,或者简单地说,在健康保险和教育等事物方面有着巨大的鸿沟。这一直是马克思主义的目标,其中有些是吸取自自由主义的,而不仅仅属于马克思主义。自由主义开始于这样的思想:通过教育可以造就平等;或者至少,如果每个人都有获取教育的平等权利,那么,在某种水平上他们就会享有平等机会。这是一个美好的假设。但这里被忽略的是人们在文化背景方面的差异。如果你是来自一个受过良好教育的家庭,教育对你而言成了一种规范了,那么这种情况就十分有别于一个来自工人阶级家庭的人,对后者而言,教育是陌生而遥远的。因此,当国家使教育变成强迫性的义务教育时,即使是在政府好心好意的情况下,像在欧洲和美国,我们也会遇到来自工人阶级的某种程度的抵制,因为这似乎是国家将什么东西强加给人们一样。所以很多出身寒微的人在面对教育制度时,他们都对这种局面和社会表示抵制,尤其是当他们常常发现他们的学校不如别人的好时。所以我们不能简单地说:"给每个人平等的教育权,然后就完事大吉了,然后大家都各尽其能地不要落伍",因为这样是不会奏效的。马克思主义和马克思总是指出,仅仅拥有平等的教育权是远远不够的,因为仅仅通过教育,机会的平等是永远不会真正实现的。

因此,当我思考真正的问题时,这一直是至关重要的。我的问题是:怎样才能带来平等?在任何特定的文化中,是什么东西阻碍了平等的产生?什么东西能够使我们转变普通百姓的日常材料和社会生活?有时候我发现种种形式的马克思主义:从某种意义上说,我感觉人们已经不再思考最终目的一事(the ultimate objectives)了,因为他们陷入了特定的意识形态问题或者争论中,诸如此类的。这实际上就是我为什么认为:在自由或民主地采纳马克思主义的全球性政治方面,从政治上说服人们是极其困难的。人们做出了很多努力试图去劝说世界各地的人们充分利用社会主义的好处。但即使这样也是一种极为困难的斗争。在我看来,这是一个十分有趣的问题:你或许认为这些都是为了他们的利益,但他们却退而远之,这里的思考到底缺少了什么呢?换句话说,为什么它没有变得更受欢迎呢?

马克思主义对我而言一直是非常重要的,但它从来就不是一种我所倾心折服的意识形态,那样的话,我就不能创造性地思索新的、从未想到过的可能性了。我一直都想为自己保留一些空间和机会,我希望能够保持一点距离,以便能够探索其他的可能性,比如说精神分析学,以看看它们能够提供什么新思路。因此在这种意义上,我极少因为某些新事物、新思想不符合现存的马克思主义理论就简单粗暴地反对或者拒绝。德里达是另一个例子。我并不是简单地说:"哦,他不是一个马克思主义者。我要反对他。"我总是要了解这些人都在干些什么,到底发生了什么事情,其基本价值是什么,即使在另一个层面上来讲我的价值仍旧保持不变。这就是我为什么敢于对德里达感兴趣的原因,因为事实上,我知道的价值观是非常确定的,因此阅读德里达甚至撰写有关德里达的文章都不会对我的价值构成威胁。

与此相关,有些人则总是抱着一套自己的成见,当其他人带来某种新思想时,他们就对其大加挞伐,因为这种新思想不符合他们原来的那套意见。德里达就曾面临过类似的遭遇。有人说:"哇,他所做的事情与我做的不一样,所以我们来攻击他吧。"而我则是首先聆听人们要说什么,然后再决定它是否适合我。我并不是简单地在其他人那里寻找一个我自己意见的模板。如果你只是要寻找某种与你已有的思想完全相同的事物,那么也就没有必要去阅读什么新东西了。

生:这么说,您的思想总是对着新事物和其他的选择开放的?

杨:是的,我希望如此。我总是努力让我的头脑保持开放。

生:我记得您曾经称自己为社会主义者而非马克思主义者。这是很有趣的。您能否说说您在什么意义上认为自己不是一个马克思主义者,在何种意义上是个社会主义者呢?

杨:这个嘛,在某种层面上,我当时可能是在一种欧洲的语境中思考问题的,因为对我来说,马克思主义的社会主义者(Marxist socialist)或许是最好的称谓了。社会主义和马克思主义之间的关系是一个很大的问题,很多政治哲学家都著文阐释它,譬如卡斯特若迪斯(Castoriadis),或者更晚近的彼得·斯罗特迪克(Peter Sloterdijk)。首先是如何去界定它们。一个马克思主义者可以有多种含义。它可以指你是一个马克思的追随者和信奉者。它可以指你是前共产党的一个成员,尽管它是一个国际性的组织,但本质上是一个苏联组织。它也可以指这样一个人:他看到真理已经被马克思阐明而没有任何东西可以增加了。但是,马克思自己的态度当然绝对不会是这样的。我是说,如果他能够活到150岁的话,他也会根据历史情境的变化和理论的发展而不断地改换他自己的分析,就像在他的一生中所做的那样。所以我们就有了阿尔都塞所提出的那个十分有趣的问题:马克思自己是不是总是一个马克思主义者呢?如果不是的话,我们该如何看待他早期的那些非马克思主义的文本?阿尔都塞的质疑显示出,马克思自己就不总是一个马克思主义者;实际上阿尔都塞还指出,在《资本论》之前,马克思根本就不是一个真正的马克思主义者。因此我想要说的就是:我希望有机会去阅读马克思,而不是必须要简单地追随他。我们应该能够与马克思有不同的意见。

而如果你说自己是一个社会主义者的话,你就是在做一个关于你的政治价值的简单的政治陈述,它没有一个事先就有的、早已决定好的意识形态认同。我不认为社会主义和马克思主义是完全相同的,尽管马克思主义是社会主义的一种形式(form)。从历史上看,社会主义是一个远为古老也更加宽泛的政治运动。正因为此,社会主义可以指代很多不同的事物。通常人们倾向于将社会主义一词当做马克思主义的一种温和的形式来使用,比如说当人们谈起欧洲政治体制时,就认为它其实是一种社会民主而非直截了当的资本主义。马克思主义似乎比社会主义更加严峻些,因为它在公众的心目中倾向于与压迫而非赞同联系在一起。社会主义对于很多人来说都是一种明白易懂的思想,因为它本质上是优先突出社会价值和社群利益的。它是一种广为流行的政治形式(political form)。而从历史上看,马克思主义总是被某种精英群体从上而下地压制下来。如果你与人们谈论马克思主义,或许这不是他们能够轻易理解的一件事。他们没有读过马克思,而马克思主义也不是那么容易被阐释(翻译)为普通的政治话语的,因为它是建基于一种特定的理论,也就是一种分析——《资本论》里面的理论的,而不是建基于大家广为认可的价值的。毕竟,有多少人真正读过三卷本的《资本论》呢?而社会主义则代表了某些我认为几乎所有人都认可的东西。因此,从政治上看,社会主义一词在欧洲更加有意义,但它会带来其他问题:有时候它会被滥用、被扭曲,就像纳粹的"国家社会主义"思想那样;有时候它又会变得过度温和,以至于你根本就看不出它究竟是不是社会主义,就像前英国首相布莱尔。碰见这样的情况时,你真想说:"等等!"这根本就不是社会主义!这时候你真想收回这个词汇来,以免被人滥用误用。因此,这就说明要用对词语是一件十分棘手的事。这就是说,你不得不按照你所相信的——如果对你而言那就是它们所代表的——去定义事物(这些概念)。而马克思主义也是如此。对于不同的人来说,马克思主义可以指称不同的事物,因此大家在使用这些术语时,都需要弄清楚他们到底是什么意思。所有这些术语、这些政治范畴中,没有一个其意思是单一的。它们都有着十分宽广的角度,涵盖着多种意义——这就是政治。如果你要获得大众支持,政治思想就必须十分宽泛,以便吸引大量不同的人群认同这些思想。马克思主义和社会主义等术语都没有固定的意义,虽然他们都蕴含着某种政治在里面。如果你思考一下自从1949起中国的历史以及它与马克思主义之间关系的变化,这一点就十分清楚了。今天大家都问的一个问题当然就是:在何种意义上中国仍旧是一个社会主义国家或者马克思主义国家?这一问题的答案仍旧不甚明朗。

生:您是如何看待"第三世界"这一范畴的?在您的著述中您曾指出,在第二世界崩塌之后,原来的第三世界实际上已经从原来对第二世界的依附变成了对第一世界的依附。在过去的十五年间,所谓的"第三世界理论"被用来为一种中国模式的后殖民主义正名,这种后殖民主义其实是诉诸于某种中国民族主义甚至是某种本质主义的"中华性"。您能否对此做一个简单的评论呢?

杨:我的意思是,如果根据"三个世界"理论,第三世界是针对第一世界和第二世界,而且是在这二者之间作出平衡,那么如果第二世界已经消失了的话,从依附哪个阵营的角度来说,所谓的第三世界也就没有任何选择了。

很长一段时间以来,人们就试图定义某种第三条道路,这一历史可以追溯到1955年的万隆会议,中国也派代表参加了那次会议。从技术上讲,第三世界理论就是按照西方、苏联阵营和包括不结盟国家的第三世界而发明出来的。在实践上,在冷战时期,大多数不结盟国家也都被迫以某种方式与两个主要阵营中的一个站成一队。这是它们无法避免的。但是后来,第三世界这一术语逐渐被赋予了不同的含义,也就是"第三等级的世界"的意思,与贫穷和国家的失败联系在一起了。到现在,即使你不喜欢"第三世界"这个术语,也很难找到一个新的词汇来替代它,因为它里面含有"第三级"的意思。人们谈论西方和非西方,或者西方和其他地方。人们也谈论北方和南方。最近几年,随着巴西、中国、印度和俄罗斯的经济的爆发性增长,局势又有了很大的变化。所以"第三世界"这一术语已经不再令人满意了,也是由于以前的第三世界现在已经变得非常非常多样化了,譬如说从经济方面来看。你不可能真的以同样的方式把所有一切都堆到一起。很难说"第三世界"仍旧原封不动地存在。譬如说,就生活水平而言,新加坡就比大多数第一世界国家更加繁荣。因此在这种意义上它绝对不是第三世界。再就是那些像埃塞俄比亚或者索马里那样的国家,那里的生活水平低得几乎无法与任何别的国家相比。因此我想我们需要意识到像中国、印度和索马里这样的国家之间的巨大差异。把它们都归入一个范畴是没有意义的。我想现在人们已经开始意识到这一点了,但从某种意义上说,还没有哪个术语能够可以用来描述其他不同的布局。西方阵营无疑是仍旧存在的,它们在某个层面上作为一个阵营展开运作;尽管它们之间存在差异,但归根结底,在实质性问题上,这些国家仍旧在政治上统一作战。然后再看数量巨大、千差万别的非西方国家,有些国家或许会形成某种类似的阵营,但未必是经济上的,譬如所谓的穆斯林世界,其他的则不是。与此同时,它们在经济上也都在不断发生着变化。现在是真实的事情在五年之后或许就不再是真的了,因此如今很难找到什么稳定的范畴。

仍然有所谓的非西方世界吗?是的,只要所谓的西方世界仍然存在。这里的西方世界基本上是指欧洲、美国、加拿大、澳大利亚和日本。日本属于西方世界吗?实际上是的。它总是与西方阵营步调一致、同仇敌忾。但从另一层面来讲,它当然又不属于西方。它自己也不认为自己属于西方。所以要想抓住这些术语是很难的。你可以将它们当做某种简便的表达法来使用,但一旦你开始认真思索它们或者是仔细推敲它们,那么它们就站不住脚了。所以你只需要思考你在某种特定的语境下讨论的是什么问题。我有时候也像大家一样使用第三世界这一术语,但一般而言我尽量避免使用它。我努力寻找其他的表达方式来说明我的意思而不使用第三世界。我努力去探寻其他的途径,而我肯定不同意这样的观点:第三世界有某些内在的本质上的相似性,即使有人仍旧这样认为。我认为它没有。也许它在某个时期曾经有过,但现在它已经非常不同了。或许我们应该使用复数的第三世界(third worlds)。

你的问题也提及了第三世界与后殖民主义以及与中国的民族主义的关系。一般而言,尽管我刚刚就"第三世界"这个术语提出了警告,我们还是可以说:后殖民主义的卓尔不群之处就是它把第三世界置于首位。它试图从第三世界各种底层的视角去看待世界。中国在20世纪的头几十年间被压迫于底层,从这个角度说,一种后殖民主义的视角能够成为后殖民主义努力要争取的更大范围的重新平衡工作的一部分。但正如我早先所指出的,这其实不能被等同于一种逆反的东方主义,或者一种新的中国民族主义。它直接就是民族主义。比如说,中国的后殖民主义将会包括对农民工问题的思考,或者对诸如维吾尔等少数民族的文化政治的思考等。

生:从您的著述中我感觉到您有一种强烈的社会责任感。您在著作中十分关注社会正义和人类的平等,较之您所研究的后殖民理论家如斯皮瓦克和巴巴等,您似乎更多地参与了社会运动或者社会活动主义。请问您是如何看待后殖民论者与现实世界的这种疏远或者隔离的?很多文化理论家称之为后殖民主义的"社会冷漠症"。在您看来,后殖民批评家能够在为人类建设一个更美好的世界方面做出那些贡献呢?

杨:首先,我不认为斯皮瓦克和巴巴真的不关注或者没有参与这些社会问题。他们或许没有这么说,但实际上他们却是这样做的。比如斯皮瓦克就花了大量时间在印度、同时也在中国从事组建培训教师的学校。而霍米·巴巴对人权的兴趣也反映出他的政治承担。巴巴著述中关于少数族人权的论述给人一种很强的感觉,那就是在他的著述中有一种政治目的。他并非只是为了一首诗的缘故而评论它或者诸如此类的。归根结底,如果你问他:"你为什么要写作?"他会这样回答你:"我写作是因为我不认为我们已经充分地定义了少数民族的政治选民(the political constituency):我想要对文化表述的政治作出某种干预,提出有关如何进行干预的新思想。我想要在那个层面上进行某种政治干预。"

所以我想他们确实参与了,但我要说的是:不同的人投身于社会正义事业的方式是不一样的,而且情况也本该如此。我们不可能都是千篇一律的。另一方面,我们也确实看到,有很多后殖民批评家,根本就没有显示出多少追求社会正义的迹象,因为他们倾向于只将后殖民主义当做一种一般的视角来使用,或者他们倾向于撰写关于非英国作家或者联合王国的作家的文章,但最终却只是提供了一种相当传统的主体性文学批评的形式,比如说对阿切比的批评。但是有时候你感觉他们所做的工作没有本质的差别,后殖民主义的政见并没有被真正贯彻。

因此,在我看来,似乎无论人们自己所做的工作是什么,就他们自己的政治活动和承担而言(在某种层面上,这些将都是分开的、亲自动手的活动),在一定程度上,人们的政治承担(在活动主义意义上)也能够通过他们的写作而得以传达出来,这是由于他们所拥有的关切,这是由于他们所做的联系、他们所强调的问题等等。实际上我可以想到为数不少的后殖民批评家确实都是这样做的。或者换句话说,最好的后殖民批评家都是这样做的。事实上我觉得这里有个大致的一般规律,那就是:他们越多地参与政治,就会成为更好的理论家。或者说,他们是越好的理论家,就倾向于越多地参与政治。我认为这两者是相互关联的。我们举爱尔兰批评家戴维·劳埃德(David Lloyd)为例,他研究的是爱尔兰话语和少数族话语,他的研究十分出色。我们可以从他的写作中看出,他对他所从事的工作的政治——也就是包括他的研究工作在内的更广泛的政治构成——是十分警觉的。爱德华·赛义德明显地又是一个很好的例子。政治上十分活跃的人,由于他们对这种政治承担的积极参与,因而会做出更多的思考,并会努力将种种局势重新理论化,最终生产出新理论、新叙述、新的思维方式和借以解决政治问题的新路子。他们常常是一些十分有力的干预者,我看自己与他们也没什么不同。当然我也不会声称自己比任何人更具政治性。这也是有些人沉湎其中的无聊游戏:他们因为别人的政治性不够而攻击别人,暗示说他们自己比其他人更具政治性。我不喜欢这种作品。我认为这其实是一种自我放纵和自恋情结。如果你心中持有某种政见,如果你无论以何种方式参与了政治你都会去加以实施的话,那么这种政见就会从你的写作中传达出来,因为你有一种感觉,知道哪些问题是最重要的;而在后殖民批评或者后殖民理论领域,我们都清楚这是具有重要意义的。那些从事后殖民批评却对政治活动主义没有任何承担的人,他们的著作常常平淡乏味。我就是在这里划上一道分界线的。你很容易知道这一点——这是十分显而易见的。对这一类缺乏力量的著作而言,它们的弱点就是缺少政治呼唤;这些著作没有传达出任何政治担当。它们缺少相对于学术性和政治性的那种真实世界的感觉。

生:您曾经以不同的文体撰写并发表了多种著作,这里面主要是理论性著作,但也包括理论小说(theoretical fictions);而您的有些著作如《后殖民主义:简短的介绍》(汉译书名为《后殖民主义与世界格局》,译林出版社,2008)又很富有诗意,而且由于有很多图片而更加直观,具有很强的视觉冲击力。那么您是怎么看待自己的作品的?您会说它们是文学的、理论的、诗性的、社会性的、历史性的、政治性的,还是所有这一切的综合体?抑或简单地将其描述为后殖民的?

杨:所有这一切都是。我很愿意用所有这些词来描述我的著述。实际上,我愿意通过所有这一切途径去思索后殖民问题。我是说,虽然我也像所有人一样,将后殖民一词作为某种简略语(shorthand)来使用,但它本身不是一种文类,不是某种特定的小说形式或者历史形式。这是当你怀有某种政治承担时所从事的写作。在这一层面上,我觉得对我而言一个奇怪的事情就是我的背景是文学的。我身处文学系,但我却没写多少文学批评。当然我也写过一些文学批评,如果我想写的话,是可以写的。但是我不经常正式地评论文学。事实上,除了文学,我几乎什么都写。我写历史、写人类学、写哲学等等,总之,什么都写。但另一方面,我仍旧认为自己是很文学的。我这样想的思路之一就是:在某个层面上,虽然我不评论文学,但我经常以一种文学的方式进行写作,力图使用文学资源、运用文学的笔法来完成我的工作。可以这样说,文学能够穿越不同的文体而圆满地完成自己的任务,而历史就不能。因此莎士比亚能够写作历史剧,或者说,莎士比亚能够"做"历史(do history),而历史却不能"做"莎士比亚。

事实上,如果回首历史,我们就可以知道,早期的大多数传统的文学批评家也都写其他东西。以阿诺德为例,他进行文学批评,但他也写诗,写各种各样的散论。或者科勒律治,他写的诗自然是十分精彩的,但他也写哲学、从事文学批评。或者德昆西(De Quincey),或者王尔德。你知道,大量的文学创作者实际上的写作范围要比狭义的文学宽阔得多,那么批评家为什么不能这样呢?这就是我要说的意思。尤其是在19世纪,从知性上说,我就是浸淫在这个世纪的作品中长大的。因此,我总是深受它们的启发。我一直非常喜欢像科勒律治和德昆西这样的作家。德昆西写过关于经济学的著作,但他也写过关于吸食鸦片以及很多其他方面的作品。我看不出人们为什么不可以转换自己的创作领域。但在某种意义上说,只有文学人士才被许可这样做;你一旦进入另一个学科比如说社会学或者人类学的话,那么其限制性就会大大增强。或许那些像詹姆斯·克利福德(James Clifford)之类的人类学家试图摆脱这种限制,但一般来说,你所受到的限制要比在文学领域里大得多。我尤其喜欢那些跨文类写作的作者,当我看到有人这样做时,我就将他们置于一个十分特殊的位置上。我跟他们建立联系并发现他们对我很有启发。因此我把瓦尔特·本雅明和罗兰·巴特等看做是作者中的榜样,他们两人都善于将批评创造性地转化为某种艺术形式。在我自己的写作中,我也试图跨越疆界,因为这样可以使得我做到那些如果我自始至终从事某种单一类型的写作所无法完成的事情。譬如在《后殖民主义：简短的介绍》中，我有意在一些章节使用了不同的写作风格，希望读者拿不准他们读到的到底是小说还是历史：这到底是真实的历史还是杜撰出来的？这是真实的叙事还是作者的发明？我们有时候不太确定——因为对我而言，历史似乎也是一种纯粹发明出来的叙事。从方法论上看，它其实与文学叙事没有本质的区别。它倾向于排除某些事物，尤其是个人的主观意见，或者主观性，但是大量的后殖民写作在书写历史的时候都拒绝了这种路数(division)。人们没必要这样小心翼翼地死守着某种文类，他们倾向于更加漠不关心，如果我可以这样说的话。这就是文学的力量。它能穿越不同的疆界。它能提供范围更广的种种经验。因此，在某种意义上，这也是它的政治的一部分：文学就像感情充电，具有激发人们强烈感情的能力，而这种能力是其他形式的写作所不具备的。这是一种情感上的冲击力。它能够影响读者，在读者身上产生出某种情感。它在感情上应该是具备说服力的，我自己就是这样做的。而在另一个层面上看，我就是喜欢语言所能做到的事情。在这个意义上看，我仍然是很文学的。对我而言，能够使用语言资源是一件乐事，而这也是我与霍米·巴巴的相似之处：你知道，他是一个极富诗情的作者。有人对我说他们看不懂他的理论。我就告诉他们：把他的理论当诗来读试试看，我想问题就不大了。你不会指望条分缕析地去理解一首诗。你在读一首诗的时候，你会感觉到你不能完全理解它；而在某种意义上，这种不理解反而会由于它所激发的情感而帮助你更好地欣赏它。所以，把它当诗来读吧。

当有些人从事文学批评的时候，我很不喜欢他们，因为他们对语言没有任何感受性，在他们自己的写作中体味不到任何语言的乐趣，太枯燥、太乏味、十足糟糕、单调的文章。譬如说，当我读一篇有关乔伊斯或者任何其他著名作家的批评性文章时，我发现该文写得完全平淡无味，其作者本身一点也没有语言感觉，于是我就变得很没耐心了。我觉得该文作者完全不得要领。乔伊斯是一个作家，却被还原为对内容或者其他什么东西的分析，没有一点语言感，没有一点文学素养，而这种语言感和文学素养正是使得乔伊斯的作品引人入胜的地方啊。这位批评者没有抓住问题的实质。说实话，我觉得文学评论如果不是比它所评论的文学作品本身好，就没有存在的必要。要不然我还是更喜欢阅读原来的文本！没错，一般而言，我是更喜欢阅读原书而不是阅读关于它们的批评性文章。这也是我自己不愿意直接从事文学评论的原因之一。我不是说我没有从很多文学批评著作中学到很多东西,因为我确实学到了很多。但是一般说来,我只是越来越感到,当我读文学批评时我更愿意阅读原来的文学作品而已。如果你问我:你更喜欢读《哈姆雷特》,还是一篇关于它的论文呢?我当然更喜欢读《哈姆雷特》本身。也许我的观察力与该论文的观察力不一样,但我或许可以从阅读原著中获得更多的乐趣。检验文学批评是好是坏的标准应该是这样的:要看它是否真的好,看它所能够带给你的快乐、所激起的情感或者激动是否与原著所带给你的一样,甚至比阅读原著所带来的更多。这样的话,你就可以不阅读《哈姆雷特》原著,而乐意抽出一点时间来读一读批评作品。你也知道,真正好的文学批评就应该是这样的。它总是引人入胜,它写得十分精彩。因此你觉得花点时间阅读它是值得的。对我而言,大多数文学批评都不具有这样的素质。当一部书被制成电影时人们总是说:"哦,电影不如原书好看。"对于文学批评和文学之间的关系,我觉得也是如此。我认为这实际上是一个很好的测试方式,因为如果每个文学批评者都想到这一点,那么他就会逼迫所有人,包括我自己,去写出更好的文学批评来。它就应该与原著一样好!这就是为什么我不愿意进行文学批评的原因,因为我觉得通常情况下,我的写作是比不上莎士比亚的……

生:哈哈……但您也是一个作家啊,您还写过诗呢。

杨:不错,我也写诗。

生:您有没有发表过诗作呢?

杨:发表过一些。我没有出版过整本诗集,但我在杂志和期刊上零星发表过一些诗。

生:您总共写了多少首诗?够不够出一部诗集呢?

杨:哦,很多了。如果有可能,我倒真愿意把它们收集起来出版一部诗集。我喜欢这样做。我总是有许许多多其他的事情要做,但如果有机会我是会出一本诗集的。我从没有真正努力地尝试过,但那将是一件令人激动的、令人高兴的事。

生:无论近期能否出诗集,写诗本身对您而言也是一种难得的乐趣吧。

杨：是的，写诗确实是一件极大的乐趣。而对我来说，将我自身的一部分表达出来，并用词语把它转译出来也是十分重要的。尤其应该鼓励文学系的人、文学系的学生去这样做：要思考一下文学创作的事情。如果你自己尝试去写一点诗，无论你写的诗多么糟糕，至少你已经开始逐步更多地理解关于诗的一切了。但是，在批评家和艺术家之间却发展出一种滑稽可笑的分裂。我认为文学批评应该是另一种形式的文学：批评家也是艺术家。对我而言，这种分裂没有任何意义。这其实是一种学术界的发明，但却是一种十分怪诞的发明，因为它是发疯的建制机构和学科分支的产物。

生：学科的这种非自然状态，这种怪诞的情形，我们可否将其看做是现代性的一种后果呢？

杨：有可能的。因为大学和学科分支等都是现代性的一部分，在这一点上看是可能的。我是说，这是学科分支的结果之一，因此不同的活动都专门化了。你不是写诗而是评诗。但你不能两样都做。对我来说这真是十分滑稽的事。在欧洲，这一切从一个人很小的时候就发生了：如果你学的是英文，那么你很快就不被教授如何去进行文学写作，没人会教你怎样去写诗。老师们会教你如何去赏析文学作品。从你很小的时候你就被鼓励去表达自我，但等你长大一些之后人们反而不鼓励你这样做了。当然，所有这一切都是一种政治上的事情。它将所有人都置于一种相对被动的境地。你不可能成为艺术家，艺术家都是浪漫的、特殊的等等。我不是说写作应该成为考试课程的一部分，但是人们应该受到鼓励去进行写作。实际上我常常对我的学生说："记住，当你写论文的时候，一定将自己看做是一个作家。不要只是给我写一篇论文。要运用你的想象力。将你自己想象为一个作家，就像你的研究对象一样的作家。"有时候他们做不到，但我还是尽量鼓励他们将他们的论文当做文学作品来写。譬如当我在牛津大学教授文学课程——我那时经常教的课程是 1740 年以来的英国文学——时，有时候我会鼓励他们去写一些模仿作品，而不是批评性文章。我会说：写一篇乔伊斯式的作品，运用乔伊斯的风格。这样做就是为了让他们多花些工夫用一种文学的方式去对文本作出回应。实际上在牛津，当修完三年文学课程后，那些以更多的文学色彩来完成他们的论文的学生，或者那些有些文学风格的学生，总是做得更好。因此最终看来，这是值得的。而且他们得的分数也更高些，因为考官们喜欢阅读他们的论文。阅读他们的论文是一种乐趣,因此他们得分就高些。因此我鼓励他们将自己当做作家来写作论文不但没有害了他们,反而对他们很有裨益。

生:多谢。您能否谈谈后殖民主义的未来呢?

杨:去年在《现代语言学会会刊》(*PMLA*)上,有一场关于后殖民主义未来的讨论。他们邀请了一些在后殖民主义领域有过著述的人士来讨论后殖民主义的未来。在他们所有的讨论中,没有一个人承认自己是一个后殖民批评家。他们不停地说:"我们应该做这个我们应该做那个。"他们一方面似乎是在说"这个嘛,它已经完蛋了",而关于这场讨论的不同寻常之处却在于:他们都将其看做是一种局限于美国之内的纯粹的学术活动。但我在他们的讨论中却看不到什么后殖民理论。首先,他们完全是局限于学术疆界内部展开讨论的。其次,他们从未提到过美国之外所发生的事情:他们谈及后殖民主义时,就好像它只是某种以美国为中心的活动,而毫不参照其他地方——后殖民地区!无论如何,这次讨论确实使人们变得心灰意冷了,我对此并不感到意外。它也使有些学生远离了这一领域。

我认为,在某个层面上说,后殖民研究有时候是其自身之成功的受害者,因为它已经变得十分沉溺于其他学科中,有时候很难看出后殖民研究的中心到底是在哪里了,因为它到处都是——甚至在中世纪研究和神学中我们也可以发现它的身影。我想目前的情况是,像赛义德、斯皮瓦克和巴巴等所筑造起来的巨大的理论模式没有被不断地重造、被重新发明出来;而且不断有其他问题产生出来,人们对其争相谈论——流散和跨国研究、动物研究等等,不一而足。数不清的新词汇源源不断地涌出来,使我们很难说清楚后殖民研究的未来到底会如何。我认为在某些方面这反而是很有好处的,因为那些选择留在后殖民研究领域里的人将是那些致力于后殖民主义的政治的人。如果你考虑全球正义问题,那么在后殖民研究工作结束之前我们还有很长的路要走,因为这个世界仍旧十分不公正,而文化上也极其不均衡。世界上各种底层文化的价值仍然受到贬低,它们的价值根本就没有被完整地认可过。在这两个领域内还有大量的工作要做。第三点,在恢复反殖民运动的文化工作(the cultural work)方面,还有大量的历史性工作(historical work)需要我们去完成。

因此,对我来说,所有这一切似乎都有必要继续进行下去,不论它们是否还能被叫做后殖民与否。在某种意义上,只要这些研究能够继续下去,名称问题就不会对我造成多大困扰;但我觉得后殖民一词仍然最为合适,这是因为它仍旧扎根于某种政治历史并寻求在某些方面取得成就。实际上,没有很多知性位置(intellectual positions)或者视角能够明晰地陈明它们是致力于这种问题或者那种价值的。如果我说跨国研究,那么它除了指代反民族主义,并不指代在政治上超出它范围之外的任何事物;如果我说流散研究,那么我可以跨越全世界和流散者的种种文化去审视他们。这些词汇只是描述它们的研究焦点或者它们的研究视角,但它们除此之外就别无所指了。而后殖民研究却不是这样的。从这一角度看,它还将继续存在下去;只要它还能代表这种种不同的价值,它就将继续存在下去。你也许会说:"或许我们应该用'世界社会主义'来替换它。"但它所包含的是整个文化领域、整体的文化焦点、对它所做的知性工作——政治工作同时也包括知性工作——的整体的历史性恢复。因此,在我看来,后殖民主义的未来是一样的,但是会更多,因为仍然有大量的工作需要去做。其工作远未完成。我不会说,我也不能说它自己会转型,会完全改观。但我确信,新的理论和方法会涌现出来;我希望它有足够的弹性可以将这些都含纳进来。我希望它能够在方法上或者它的重心上作出改变。但最终看来,我觉得它的价值必须保持不变。它将坚持其核心身份。但也会有办法让它可以接纳新的问题。比如说,到目前为止,它还未能理解基于宗教的新式抵抗形式。我认为,如果说后殖民主义有什么需要更充分地去加以处理的大挑战,那就是:宽泛地说,对权力的抵制在全球范围内都变成宗教性的,而不再是其他的政治形势了。到目前为止,后殖民主义还未能对此提出自己的见解。在我看来,这似乎就是它的软肋,而这是一个值得深思熟虑的问题。事实上,这一语境中所提出的很多社会问题甚至政治问题都在转变,但是,反殖民主义或者反西方抵制的现代形式,也就是原教旨主义或者伊斯兰基要主义,已经根本上改编了、采纳了并挪用了反殖民主义的大多数语言。

我们也可以说当代诉诸于暴力也是一种反殖民策略,而我也对此做过很多思考:反殖民的活动主义者在暴力和非暴力之间所作出的选择,以及在当代语境中重估使用非暴力的力量而不是暴力的必要性。或许,从后殖民的角度去看待非暴力传统可以帮助人们显明非暴力的方法是比暴力方法更为行之有效的一种形式,在我看来,暴力只会不可避免地导致更多的暴力。这就是暴力的问题,这也是对其回应时所要面临的挑战。这是后殖民主义在将来必须要处理的一个问题。这个问题很难对付,很多人对此避而不谈是毫不奇怪的。这确实是个难题。

生：您前面谈到神学领域也成为后殖民研究所触及的新区域，我想中国学者对此不是太熟悉，能否再就此方面详细谈一下？

杨：后殖民理论确实含纳了多种不同的概念（这些概念都是被设计出来以解决或者重新思考特定问题的）这一思想，是它为什么（正如我前面所讲的）被如此多的学科领域所推崇和使用的原因。它的非欧洲中心论的立场给人们提供了一种重新思考某些问题并从他们各自角度去发言的方法，然而，后殖民理论竟然被来自如此不同学科背景的不同学者所使用，这确实是极不寻常的。回顾历史，我所能想到的在过去五十年间唯一能够可以与它相媲美的一个例子或许就是结构主义了。结构主义是一个更加具体的方法论，但它也给人们提供了一种完全不同的视角。但一般来说，这种情况并不经常发生。

下面我就要谈到你所提出的具体问题，也就是关于神学的问题。我第一次接触后殖民神学的问题是在去年（2008）的蓝贝斯神学大会（Lambeth Conference）上，我被邀请做一个关于后殖民主义的发言。蓝贝斯大会由英国圣公会教会———一个全球性的新教教会———组织举办，每十年举行一次。在大会上，来自世界各地的主教们一起讨论当今有关神学的或者建制性的问题，这次讨论的是能否可以容忍同性恋者做神父的问题。英国圣公会，正如其名字所表示的那样，是由英国国教（也就是英国圣公会）领导的。他们将这一全球性组织的名字从英国国教改为英国圣公会是为了使它听起来更加公正合理一些。然而，另一个仍旧发生作用的事实是英国国教也有一段殖民历史。当英国在世界各地展开殖民活动的时候，政府通常也随之建立起英国圣公会教堂，这主要是为英国居民或者殖民者服务的。譬如，如果你现在去印度，你还会在很多大一点的城市里看到英国圣公会的哥特式教堂。也有很多属于各个教派的传教士到处活动以说服当地人民皈依基督教。到19世纪下半叶，殖民主义的逻辑和辩解之道之一就是要传播基督教；有些人以此作为殖民统治的一种借口。因此在教会和殖民之间的相互关系有着很长的历史渊源。现在殖民地已经成为明日黄花，但是英国圣公会却还在世界各地继续存在。然而，有一种感觉却是挥之不去的，那就是：英国圣公会教会（当然了，一般而言，所有的基督教教派都是这样的，而不仅仅是英国圣公会）从来就没有真正正视过它自己在殖民历史上的角色。对此，今天的人们当然有很多看法。

教会在殖民历史上也扮演了它的角色,但是,虽然长期以来在英国文化中,对英国所扮演的角色从历史上和文化上都一直会根据其殖民历史作出重新评价,而在某种意义上说,这就是后殖民主义所要关心的,但是英国圣公会却从来没有认真地正视它在那段历史上所扮演的角色。这就是为什么他们对谈论后殖民主义感兴趣的原因,因为他们现在想要去面对、去讨论这些问题。英国圣公会仍旧是一个全球性的组织结构,其触角仍旧伸到世界各地,譬如在这次大会上,我的发言的讨论人是一个来自白沙瓦(Peshawar)的主教。他是一个巴基斯坦人,在塔利班控制的巴基斯坦北部地区担任主教,直至现在。这太令我感到惊奇了,尤其是白沙瓦就是我在《后殖民主义:一个简短的介绍》的开端所描述的地方。除了这一殖民历史,后殖民神学的要旨在于突出这样一个事实:基督教作为宗教其实是源自现在所谓的西方之外的。从一种非西方的视角来看,它会是什么样子呢?

生:在您那部具有原创性的著作《后殖民主义:历史的导引》(2001,台湾2006年出了繁体字汉译本)中,您对不同的反殖民形式作了一个历史性陈述,这里面包括切·格瓦拉、恩克鲁玛、胡志明和毛泽东等。这与很多其他后殖民理论家如斯皮瓦克和霍米·巴巴等的话语分析极为不同。我们能否称之为某种后殖民主义的宏大叙事?您能否说说将这一些后殖民形式归为同一个大叙事的目的?您是否受到了詹姆逊关于马克思主义的宏大叙事的影响呢?

杨:写那本书时的困难之一就是当我检视这些不同的历史时,我需要一种方法或者一个框架,以便将他们都整合在一起,但又不把他们看做是一个单一性历史的一部分,因为它们其实本来就不是这样的。譬如说,中国抵抗日本侵略与恩克鲁玛抵抗英国的侵略之间是什么关系?你或许会说它们是完全不同的历史事件。但是,从另一个角度来看,它们确实有些类似。他们都是抵抗外来侵略、反抗试图宰制他们国家的列强的好例子。因此在一个层面上看,它们是很不一样的;而在另一个层面上看,它们又在殖民统治这一点上有着结构上的相似性。因此我很难将它们归为某种单一叙事,而且我也不愿意将它们变成一个紧凑而单一的叙事。当然,我自己也写了一本书(《白色神话》,1990),抨击那种将历史置于一个单一的欧洲中心论框架的历史观念。因此我必须对此保持警惕。然而,我所做的,在某种程度上,就是制造出某一类的叙事,虽然它是对截然不同的各种时刻的叙述;这些不同的历史时刻,在特定的时间、对应着特定的历史事件,有着巨大的变化。

譬如,在反殖民斗争的历史上,宽泛地说,大多数声言反对殖民主义的人——这倒不是说亲身去抵抗殖民主义,而是进行这方面的写作——都是来自欧洲和美国,这种情形一直持续到20世纪。这就是主导性形式。而我事实上还发现有很多欧洲人也是抵制殖民主义的。并非所有的欧洲人都认为帝国主义是一件好事:在欧洲内部,对殖民主义也有很多抵制,这可以追溯到16世纪西班牙的巴特罗梅·德·拉卡萨斯(Bartolomé de las Casas),包括英国的埃德蒙·伯克(Edmund Burke)和亚当·斯密、马克思以及19世纪的很多其他人物等等。因此在欧洲也有着一整条抵制的传统。但从1917年布尔什维克革命开始,事情就发生了急剧的变化,将整个叙事轨迹转换为一种全新的模式。俄国革命之后,殖民地人民突然感到有了一次机会,因为这里出现了一个积极反抗帝国主义的国家。在那之前,没有任何国家为殖民地人民反抗殖民者提供过任何道义上的或者物质上的支持。如果任何殖民地国家成功地推翻了殖民者,将殖民霸权赶出国门,那么无一例外的是,另一个殖民列强就会乘虚而入,抓住机会迅速占领并取而代之。因此苏联的干预是非常非常重要的,因为它在人类历史上第一次使人们看到了真正的自由与国家主权的希望和前景。但实际上,在斯大林上台之后,苏联在推进反殖民斗争方面其实不是十分奏效,因为它的意识形态十分教条僵化,不适合殖民地国家的现实。然而,它确实创造了某种支持的后盾,从1917年开始,几乎所有抵制殖民主义并寻求赶走殖民霸权的人们都将苏联看做是他们的同盟军,并求助于各种不同形式的马克思主义思想,因为正是马克思主义,也只有马克思主义,为人们提供了一种反帝国主义的政治意识形态。因此,它确实是某种宏大叙事,但它也恰巧是一种十分真实的宏大叙事。而它确实发生了。1917年之后,反殖民主义的主导性形式变成了马克思主义的。然而,也有例外,而且是很大的例外,那就是我在书中写到的印度的甘地。由于种种原因,在印度,马克思主义、印度共产党并没有实质性地参与反殖民斗争,没有在这场斗争发挥多少重要作用。实际上是国大党尤其是甘地发展出了一种全新的斗争形式,也就是进行和平抵制这种形式。这就是我所讲述的有关殖民地斗争的另一种叙事:爱尔兰人所谓的"道义力量"("moral force")和暴力斗争之间的区分。这是另一种按照所使用的不同方法看待反殖民斗争的方式。本质上看,你不得不选择这种或者那种方式:这就是两种可能的选择。

因此,反殖民斗争是一种可以被当做某种整体性来看待的叙事。我对此并不反对,在这种意义上,我认同詹姆逊:可以有宏大叙事,但它是复数的。反殖民主义是一种关于某个特定的历史性斗争的宏大叙事。这种叙事不是关于发生在世界上的一切事物的,而是一种特殊的线索,这种线索有一种宏大叙事。而我也认为它在另一种意义上也是一种宏大叙事,这也是我试图要传达的:它是一种非常高贵的叙事,因为你知道,人们所要为之奋斗的不过就是自治,一种任何人都想过上的体面的生活,一种不被外国霸权任意宰割、控制和镇压的生活。被殖民者的要求实际上并不算多。他们只不过是想要在某种程度上参与对他们自己国家的治理和管辖;他们不过是想要参与一点对他们自己的生活的管理。而为了这个相对简单的、并不十分激进的要求,他们却不得不进行艰苦卓绝的斗争。在这场斗争中,成千上万的人们失去了生命,受尽折磨。因此,我认为从这个角度上看,它确实是一个宏大叙事;而这一叙事的结果就是到20世纪末,我们可以说,除了寥寥几个特殊情况之外,殖民时代基本上已经结束了。因此我十分乐于称之为一种宏大叙事。我实际上从来就不是一个对后现代主义的反基础力量(anti-foundational force)含糊不清的人,因为我也同意:如果你有一种历史性眼光,你就总能看到某些种类的基础。因此,我从来就没有完全信服过那些反基础性的观点。

生: 后殖民主义和现代性之间的关系是怎样的?您是否认为后殖民主义论者解构了单一现代性而为多种现代性铺平了道路?

杨: 是的。这在印度尤为突出,我们应该思考现代性,不是作为一个单一的实体或者是一个单一的时刻,而是作为一整套不同形式的现代性或者人们所说的多样另类现代性(alternative modernities)。所有这一切,可以说都是相互关联的,而且在某种意义上都分享了现代性这一事实。我认为现代性并不构成某种单一的阶段:现代性并不是采取了同样的形式,它也不是为了全世界包含着同样的实体。这将是对现代性的一种后殖民阅读方式:指出另类现代性也在现代性自身的一般轨道上同时运作着。

至于后殖民主义和后现代主义之间的关系,我要强调一种我已经在前面提到的差异:后现代主义发展出了反基础性思考的种种形式,这与后殖民主义是截然不同的;在我看来,后者是十分基础性的,也是十分物质性的。在这一点上,二者是不能混为一谈的。显而易见,因为这二者都是以"后"开头的,故而人们常把它们放到一处谈,但在我看来,它们是相互对立的形式。

生:下一个问题也与现代性有关。您在清华大学的演讲中提到后殖民主义的道德性力量,也谈到殖民主义所造成的各种社会不公正,这与生态批评的很多关切点是十分相近的。您能否多谈一点当今全球化世界上后殖民主义的道德诉求和生态批评之间的关系呢?

杨:生态运动的大英雄之一就是印度的甘地。如果你去看看反殖民主义思想家的历史,那么有些像甘地那样的人确实发展出了一种关于世界的理论,其政治也包含着生态的问题。甘地对现代性持一种严厉批判的态度,尤其是它那种人定胜天的意识形态。实际上有时候甚至到了荒唐的程度。譬如,他在自己的反殖民著作中花费了整整一章的篇幅谴责火车,而他自己却为了获得对他的事业的支持,一生都乘坐火车四处奔走。但他确实强调这种思想:工业化,以及引导我们走上消费主义之路的现代性的种种形式,都严重地戕害了我们的环境;他也同样强调:你不必为了解决当地问题而跑步奔向某些工业化的形式。人们现在感到很多去殖民化(decolonized)国家的领袖们——印度的尼赫鲁或者埃及的纳赛尔——所犯的错误之一就是,他们太过于轻易地采取了现代性的思想,他们认为前进的道路就是使他们的国家获得现代性,而取得现代性的方法就是启动巨大的基础建设工程,这些项目无一例外都需要大量的外来专家。在这些情况下,当地人民的知识往往被漠视不顾,只有到了后来,当地知识和生态知识才逐渐发挥作用。例如在印度,外聘专家会跑来要求种植桉树,因为据说桉树生长迅速而且产量极高。但实际上它们却破坏了生长地地表上的整个生态系统。甘地是一个对这类问题十分敏感的人,他现在成了当代发展理论的先驱者,这种发展理论不但寻求以生态理论作为起点,而且也以当地知识为考虑问题的出发点。

因此,在生态批评和反殖民主义思想中发展出的理论之间存在着很强的联系。另一个例子就是阿米尔卡·加布拉尔(Amílcar Cabral),他是西非的几内亚比绍独立运动的领导人,后来被葡萄牙人暗杀了。他是一个农学家,由于工作需要,他走遍了各地农村,为农事提供建议和咨询。在工作中,他的足迹实际上遍及全国各地,这给了他丰富的地方知识,这些知识在独立斗争中十分有用。他是以下思想的早期的鼓吹者:实际上当地人民对当地的情形状况最为了解，而非那些外聘的技术专家。当他们与葡萄牙人奋战的时候，加布拉尔和他的军队也教给当地农民更好的庄稼种植技术——这些技术都是他自己从积累多年的当地经验中学到的。

后殖民主义和生态批评都对现代性的某些思想提出批判，这些思想认为进步就是对技术的应用。其他关于现代性的相关问题就是：只要你一发明了现代性的思想，你就也立即指明了一大片不现代的地区和人们。因此现代性是一个将这个世界分割开来的概念。这又牵涉到另一个甚至在后殖民理论中也加以运用的术语——"他者"，我自己很不喜欢这个术语。最近几年，有很多围绕"他者"展开的讨论。我不认为有什么他者。"他者"是一个被发明出来的指代某一类人的范畴，你决定要这样称呼他们。但其实他们是不存在的。而现代性就是人们被称作他者的一种方式之一，因为他们被描述为"原始的"，也就是现代性的对立面。这一分割经常不太明确地延伸到指涉城里人和乡下人之间的区别。因此，在我看来，生态批评和生态学思想在某种意义上试图打破现代性和原始性之间的这种区分，因为它们都可以说是意识形态范畴：一旦你看到现代性被对立于某种原始性的思想，那么你就要对这种现代性多加小心、慎重思考了。而实际上，据我们所知，所谓的原始民族都有很丰富的知识。后殖民主义和生态批评都意识到：知识在实践中其实是受到各种机构譬如大学的很大限制的，这些机构只认可某些知识，却将世界上其他大量的知识砍掉或者对其加以贬抑。譬如，我们是从南美洲玻利维亚农民那里学会使用奎宁来预防和治疗疟疾的，这种药提取自金鸡纳树。最近有很多类似的例子，美国的孟山都公司（Monsanto）想要注册南亚的各种印度香料的商标，包括姜黄等，因为他们发现姜黄含有某种有益的药用价值。因此，在某种形式的后殖民主义和生态学、生态批评之间存在着很多共同关心的话题和思想的契合。考虑到中国的饮食习惯，另一种思想在中国或许不太容易接受，这就是对动物生命的关注。尽管后殖民主义在动物批评（animal criticism）中并没有起到什么作用，但对其是抱有同情的，因为它认可这样的观点：我们关于人类的思想和关于动物的思想是相互关联的。我们越是善待动物，我们就会越有人性。有一种思考人类的方式导致了过去的种种暴行，它恰恰就是有些人类被描述为原始的，而且因为原始所以就是次于人类的劣等人、弱智人，他们只是比动物略微好一点而已。如果我们将动物看做是自足的存在物，就会阻止我们援用关于次等人类的范畴。后殖民主义倡导弗朗茨·法侬所谓的新人类,这种新人类包括所有的人,而不只是某些人。为了做到这一点,我们必须停止在人类和动物之间划出一道绝对的疆界——因为人类也是动物。

生:这差不多就是访谈的尾声了,但由于本访谈将在中国以汉语的形式发表,您是否还要对关心您和后殖民理论的中国读者说点什么呢?有没有您想说而我没有问到的呢?

杨:我很想说几句,尽管我感到我还处在学习中国的阶段呢。一件让我很感兴趣的事就是中国对后殖民主义本身的兴趣——虽然我还搞不太懂中国学者的主要兴趣在哪里。在我所到过的世界上的所有地方,那里都有某种对后殖民主义的兴趣,总是在普泛的兴趣之外还存在某种特殊的、当地的情况。那么,中国人对后殖民主义的看法是怎样的呢?它可能是对视角的简单逆转——从一种西方的或者欧洲中心论的观点转到一种非西方的观点;或者它也可以联系中国的历史,以及19世纪和20世纪上半叶帝国主义列强尤其是日本所造成的中国的半殖民地状况,也包括义和团运动(1898—1901)等各个时期;它也可能是对探索中国文化多样性、少数民族以及其他群体在国家中的作用和角色(尤其在西部边疆地区)的日益增长的兴趣;或者它也可能探讨数量巨大的中国流散者和他们不同于中国大陆的文化身份等问题。它有可能是这其中的任何问题或者所有问题——但我还没有找到答案。

(作者单位:清华大学外语系)